最新字音字形辨正辭典

編著／蔡有秩

依據教育部最新公布「一字多音審訂表」編成

析辨 1500 條容易訛誤的字詞

長銷經典，大幅增修，更具權威

字音更標準，語彙更豐富，例句更新穎，
從此和念錯音、用錯字說再見！

螢火蟲出版社

自序

十年前，筆者有鑑於校園學生讀錯寫錯的字，常有固定的形態，便起心動念，編寫了《字音字形辨正辭典》一書，書成之後，竟普獲社會大眾的肯定。根據各縣市字音字形指導老師反映：他們在訓練學生參加競賽之前，總是要求學生先熟讀這本書，再針對其中表現較差的部分，加強訓練，發現效果更加顯著。

而如今，時勢更易，網路語言竄起、電腦打字的便利性，更使青年學子的語文程度每下愈況，訛用訛讀亂象，層出不窮，較諸從前顯然有過之而無不及，這也使筆者更加提醒自己，應該投注更多的心力，以維護語言文字的純潔與健康。另外，從《辨正辭典》問世後，這些年來，筆者仍然不斷地蒐集相關資料，並針對字音字形競賽的考題進行分析，時日既久，匣中存藏，不免越來越豐富，因此乃決定再推出這本《最新字音字形辨正辭典》，以提供校園師生更多的幫助。

本書的編輯，一如過去體例：先依照詞頭的部首順序編列，其下並針對詞條加上【解釋】、【造句】，使讀者能充分理解該詞語的意義、用法，接下來的【分析】，則是針對容易訛誤的部分提出辨正——這部分包括容易誤讀的音及容易寫錯的字的解析，而相關的別字、同音詞也一併舉出說明；至於【相關詞】則涵蓋更多的形近字、破音字，以擴大類比統整的效果。例如開篇「一不拗眾」，相關詞有「山坳」（形近字）、「拗折」（破音字）……這部分也都附上解釋，以求知其然，更知所以然；最後提供的【全國考題】，則期待讀者諸君，能發現歷年字音字形競賽該詞條出現頻率，找到學習的重點所在。

二十多年來，筆者始終在訓練字音字形競賽的路途上，努力前進，未曾稍有停歇，因此，也接觸過許多資質特別的學生，96年，認識了臺南市（原台南縣）國小選手蔡旻言。訓練過程中，發現他寫字工整漂亮、速度穩定，求知慾極強，頗有大將之風。說起來很有趣，只要看到集訓名單有他，筆者就像吃了定心丸似的。蔡同學從國小開始參賽，直到高中畢業，每次都獲得獎項，目前已得到六座全國賽獎盃，可惜就是一直與冠軍失之交臂，這讓他不免有些遺憾。經家長及筆者鼓勵建議，103年再次參加社會組競賽，終於拿下全國第一名。所謂「學精於勤」，字音字形競賽其實也和其他學科的學習一樣：只要懷著「積土成山」的精神，全力以赴，最後必然可以採擷到成功的甜美果實。

本書得以順利付梓，除了感謝螢火蟲出版社賴老師一再催促外，更要感謝臺南大學李淑華教授、臺南市興國中學吳孝林老師、崑山國小沈素香老師及高雄市中正高中李富琪老師、四維國小黃馨儀老師用心校對，讓訛誤降至最低，在此，也一併致上由衷的謝意。

蔡有秩

二〇一六年二月九日

目錄

一畫

一不拗眾 一
一扠 一
一抔土 二
一剎那 二
一炷香 三
一幀 三
一隅之見 四
一溜煙 五
一鼓作氣 五
一塵不染 六
一語成讖 六
一幢 七
一暴十寒 七
一瀉千里 八
一蹴可幾 八
一籌莫展 九
一鱗半爪 一〇

二畫

乜斜 一〇
人才濟濟 一一
人情世故 一一
人質 一二
人謀不臧 一三
入不敷出 一三
入場券 一四
入闈 一四
刁難 一五

三畫

三折肱 一六
三緘其口 一六
三審定讞 一七
三顧茅廬 一七
丈二金剛 一八
万俟 一八
于思 一九
千鈞一髮 一九
口供 二〇
土階茅茨 二一
大夫 二一
大名鼎鼎 二二
大拇指 二二
女媧 二三
山重水複 二四
弓弦 二四
彳亍 二五

四畫

不分首從 二五
不刊之論 二六
不可勝數 二六
不甘示弱 二七
不忮不求 二七
不明就裡 二八
不省人事 二九
不屑一顧 二九
不恥下問 三〇
不脛而走 三一
不敢置喙 三二
不著邊際 三三
不揣淺陋 三四
不腆之儀 三四
不慍不火 三五
不落窠臼 三六
不齒 三六
中流砥柱 三七
中飽私囊 三七
中輟 三八
予取予求 三九
內訌 三九
公帑 四〇
切膚之痛 四一
分娩 四一
分道揚鑣 四二
分際 四三
勾當 四三
化裝舞會 四四
匹敵 四四
及笄 四五
反映 四五
太倉稊米 四六
天真爛漫 四七
天崩地坼 四八

天涯海角 四八
引吭高歌 四九
心悅誠服 四九
心浮氣躁 五〇
心廣體胖 五〇
戶樞不蠹 五一
手不釋卷 五二
手腕 五二
手舞足蹈 五三
扎根 五四
文過飾非 五四
斗杓東指 五五
斗轉參橫 五六
木訥 五六
比比皆是 五七
毛骨悚然 五八
毛遂自荐 五九
水到渠成 五九
火候 六〇
王寶釧 六〇

五畫

世外桃源 六一
付之闕如 六一
以偏概全 六二
以訛傳訛 六三
以鄰為壑 六三
代罪羔羊 六四
仗義執言 六四
仗義疏財 六五
充沛 六六
冬溫夏清 六六
凹凸不平 六七
出其不意 六七
出奇制勝 六八
出類拔萃 六九
功虧一簣 七〇
匝道 七一
半身不遂 七一
半晌 七二
占卜 七二
召集 七三
可見一斑 七四
可塑性 七五
另起爐灶 七五
叨擾 七六
戊戌政變 七七
未雨綢繆 七七
本末倒置 七八
民脂民膏 八〇
民瘼 八一
氾濫 八一
瓜瓞綿綿 八二
瓜葛 八三
瓦楞紙 八四
甘拜下風 八四
生起爐火 八五
生吞活剝 八六
甲冑 八六
白駒過隙 八七
目不暇給 八八
目眥盡裂 八九
目連救母 八九
立錐之地 九〇

六畫

丟三落四 九一
亙古 九二
交卸 九二
交惡 九三
仰事俯畜 九四
任重道遠 九四
光耀門楣 九五
全神貫注 九六
再接再厲 九六
冰雹 九七
危如累卵 九八
吉光片羽 九九
各行其是 一〇〇
同仇敵愾 一〇〇
同窗共硯 一〇一
名列前茅 一〇一
名副其實 一〇二
吐谷渾 一〇二
吐屬不凡 一〇三
回祿之災 一〇三
因噎廢食 一〇四

妄自菲薄 一〇五
如火如荼 一〇六
如坐針氈 一〇六
如釋重負 一〇七
奸宄 一〇八
好高騖遠 一〇九
好整以暇 一〇九
姹紫嫣紅 一一〇
安土重遷 一一一
安詳 一一二
守正不阿 一一二
屹立 一一三
并州剪 一一四
忖度 一一四
收穫 一一五
曲突徙薪 一一六
曲高和寡 一一七
有恃無恐 一一八
有稜有角 一一八
死心塌地 一一九
汗流浹背 一二〇
汙穢 一二〇
牝雞司晨 一二一
百口莫辯 一二二
米珠薪桂 一二三
羽扇綸巾 一二四
老嫗能解 一二四
老饕 一二六
耳濡目染 一二六
自力更生 一二七
自怨自艾 一二八
舛誤 一二八
行頭 一二九
衣錦還鄉 一三〇

七畫

佇立 一三一
伶牙俐齒 一三一
估衣 一三二
伺候 一三二
佝僂 一三三
作踐 一三四
作繭自縛 一三五
兵荒馬亂 一三五
冷嘲熱諷 一三六
否極泰來 一三六
含情脈脈 一三七
含飴弄孫 一三八
吮墨 一三九
囫圇吞棗 一三九
坎坷 一四〇
坐鎮指揮 一四〇
妊娠 一四一
妙語解頤 一四二
完璧歸趙 一四三
岌岌可危 一四三
岑寂 一四四
形跡可疑 一四五
彷徨 一四六
忤逆 一四七
扶老挈幼 一四七
扳機 一四八
折騰 一四九
投閒置散 一四九
投繯自盡 一五〇
杞人憂天 一五一
汩沒 一五二
沒轍 一五二
沆瀣一氣 一五三
良莠不齊 一五四
見識譾陋 一五四
角色 一五五
言簡意賅 一五六
足音跫然 一五七
身體力行 一五七
迤邐 一五八
防患未然 一五九

八畫

並肩 一五九
乳臭未乾 一六〇
依偎 一六〇
刮目相看 一六一
卓犖不羈 一六二
取締 一六三
味同嚼蠟 一六三
呼天搶地 一六四
呼籲 一六五

咋舌 一六六
呱呱墜地 一六七
和珅 一六八
和顏悅色 一六八
咄咄逼人 一六九
咆哮 一七〇
囹圄 一七〇
奉為圭臬 一七一
奉養 一七二
奇葩 一七二
奔喪 一七三
妲己 一七五
始作俑者 一七五
姍姍來遲 一七六
宜人 一七七
居心叵測 一七七
怙惡不悛 一七八
怦然心動 一七九
拓印 一八〇
拘泥 一八〇
披荊斬棘 一八一
押解 一八二
拐彎抹角 一八三
抿嘴 一八三
東施效顰 一八四
枕戈待旦 一八五
杳如黃鶴 一八六
杯盤狼藉 一八六
法家拂士 一八七
泥濘 一八八
波譎雲詭 一八九
炙手可熱 一九〇
狙擊 一九一
玫瑰 一九二
玩世不恭 一九三
直截了當 一九四
盱衡 一九四
知書達禮 一九五
虯髯 一九六
青紅皂白 一九六
青睞 一九七

九畫

信口胡謅 一九八
便溺 一九九
冠冕堂皇 一九九
前仆後繼 二〇一
哀悼 二〇一
哂納 二〇二
咽喉 二〇三
城垣 二〇四
垂涎三尺 二〇五
奕訢 二〇六
姣好 二〇七
度量衡 二〇七
徇私 二〇八
恬不知恥 二〇九
怨天尤人 二一〇
恫瘝在抱 二一一
恪守 二一二
扁舟 二一三
扁擔 二一四
拮据 二一五
按部就班 二一六
按捺不住 二一七
挑燈夜戰 二一八
挑釁 二一八
故態復萌 二一九
既往不咎 二二〇
星宿 二二一
春華秋實 二二二
枯萎 二二三
歪了腳 二二四
洋涇浜 二二四
洗滌 二二五
為民前鋒 二二五
狩獵 二二六
玳瑁 二二七
玲瓏剔透 二二七
看守 二二八
相撲 二二九
耍把戲 二三〇
舢舨 二三〇
茅塞頓開 二三一
茅廁 二三二
迥然不同 二三三
重作馮婦 二三四
面目可憎 二三五

面面相覷 二三六
面黃肌瘦 二三七
風流倜儻 二三七
風靡一時 二三八
食髓知味 二三九
首屈一指 二四〇
香消玉殞 二四一

十畫

乘虛而入 二四二
倔強 二四三
倥傯 二四四
冤枉 二四五
師心自用 二四六
師鐸獎 二四六
座無虛席 二四七
弱不禁風 二四八
恭賀年釐 二四九
捉襟肘見 二五〇
捏造 二五一
株連九族 二五一
桀驁不馴 二五二
殷紅 二五三
烏煙瘴氣 二五四
狹隘 二五五
畛域 二五六
病入膏肓 二五七
病革 二五八
疾首蹙頞 二五八
皋陶 二五九
破釜沉舟 二六〇
神采奕奕 二六一
神祇 二六一
神荼鬱壘 二六二
祝嘏 二六三
祕魯 二六四
笑靨 二六五
紛至沓來 二六六
耆宿 二六六
耄耋 二六七
胯下之辱 二六八
胸脯 二六九
脈搏 二七〇
茲事體大 二七一
草菅人命 二七二
草滿囹圄 二七三
記載 二七四
豺狼虎豹 二七四
針灸 二七五
骨頭 二七五
高粱酒 二七六

十一畫

健步如飛 二七七
勘察 二七八
參差不齊 二七九
參與 二七九
商埠 二八〇
商賈 二八一
堅苦卓絕 二八一
婢女 二八二
婆娑 二八三
寅吃卯糧 二八四
強詞奪理 二八五
彗星 二八六
徜徉 二八六
掮客 二八七
掙錢 二八八
掐頭去尾 二八九
旋風 二八九
梟首示眾 二九〇
涸乾 二九一
涮羊肉 二九二
混沌 二九二
混凝土 二九三
深中肯綮 二九四
淤塞 二九五
淋漓盡致 二九六
畢竟 二九六
疏不間親 二九七
眾說紛紜 二九八
眼瞼 二九九
符合 三〇〇
粗製濫造 三〇〇
粗糙 三〇二
粗獷 三〇三
翌日 三〇三
舂米 三〇四

莞爾 三〇五
處理 三〇五
貪婪 三〇六
通緝 三〇七
透露 三〇八
部署 三〇九
酗酒 三一〇
鳥瞰 三一一

十二畫

勞燕分飛 三一一
博聞強識 三一二
唾手可得 三一三
喟嘆 三一四
孱弱 三一五
寒暄 三一五
尊王攘夷 三一六
幾乎 三一七
悶熱 三一八
愀然變色 三一九
揩油 三二〇
揠苗助長 三二〇
提綱挈領 三二一
摒棄 三二二
棘手 三二三
殗殜 三二四
渾身解數 三二五
湮滅 三二六
渣滓 三二七
無忝所生 三二七
痙攣 三二八
痛下針砭 三二九
發噱 三三〇
短小精悍 三三一
童叟無欺 三三一
結實 三三二
結褵 三三三
紫薇花 三三三
華佗再世 三三四
虛無縹緲 三三五
貿然 三三六
賁臨 三三六
跋山涉水 三三七
逮捕 三三八
雋永 三三九
黃鸝鳥 三四〇

十三畫

傾家蕩產 三四一
傾斜 三四二
傾訴衷曲 三四二
傳播 三四三
嗑瓜子 三四四
圓鑿方枘 三四五
塗鴉 三四六
意氣用事 三四七
搖曳生姿 三四八
敬而遠之 三四九
敬業樂群 三四九
暈頭轉向 三五〇
椿萱並茂 三五一
歃血為盟 三五二
滂沱大雨 三五二
煞車 三五四
煥然一新 三五四
萬人空巷 三五五
萬頭攢動 三五五
絛蟲 三五六
罪魁禍首 三五七
羨慕 三五八
肆無忌憚 三五九
肄業 三六〇
葷粥 三六一
葉公好龍 三六二
裝潢 三六三
觥籌交錯 三六四
話匣子 三六五
逾期 三六六
道觀 三六七

十四畫

兢兢業業 三六八
嘔心瀝血 三六八
嘖嘖稱奇 三六九
嗾使 三七〇
嘀咕 三七〇
嘉賓 三七一
察言觀色 三七二

寡廉鮮恥 三七二
嶄露頭角 三七三
撇清 三七四
斡旋 三七五
旖旎 三七六
歉收 三七七
滿不在乎 三七八
滿腹牢騷 三七八
滷肉飯 三七九
漲價 三七九
滯銷 三八〇
煽動 三八一
稱職 三八二
竭澤而漁 三八三
綜合 三八三
罰鍰 三八四
膏腴之地 三八四
貌合神離 三八五
踉蹌 三八六
鳳毛麟角 三八七
鳳冠霞帔 三八八

十五畫

嘮叨 三八九
噗哧 三九〇
噘著嘴巴 三九一
嫵媚 三九一
廝殺 三九二
彈丸之地 三九三
憤世嫉俗 三九三
撮合 三九四
撚指間 三九五
撫卹金 三九五
撙節 三九六
摩頂放踵 三九六
暴戾恣睢 三九七
槭樹 三九八
潛力 三九九
澎湃 四〇〇
熨貼 四〇〇
璀璨 四〇一
皚皚白雪 四〇一
盤根錯節 四〇二
稼穡 四〇三
編纂 四〇四
罷弊 四〇四
諄諄教誨 四〇五
踧踖不安 四〇六
踩高蹺 四〇七
踟躕不前 四〇八
鋌而走險 四〇八
震撼 四〇九
餓殍 四一〇
墨守成規 四一一
墨經從公 四一一

十六畫

儘管 四一二
奮翮高飛 四一三
撻伐 四一四
擒拿術 四一四
瞞心昧己 四一五
翱翔 四一六
興奮 四一六
褫奪公權 四一七
褲襠 四一八
踽踽獨行 四一九
踴躍輸將 四二〇
靦顏事仇 四二一
龜裂 四二一

十七畫

應屆畢業 四二二
擢髮難數 四二三
檢覈 四二四
瞭如指掌 四二五
矯揉造作 四二六
繁文縟節 四二六
繁星熠熠 四二七
縲絲 四二八
繃著臉 四二九
罄竹難書 四二九
膾炙人口 四三〇
膽怯 四三一
臀部 四三二
臃腫 四三二
褻瀆 四三三
蹊蹺 四三四

轂擊肩摩　四三五
鍥而不舍　四三六

十八畫

嚮往　四三七
瀆職　四三八
瞿然　四三九
蹚渾水　四四〇
轉捩點　四四〇
雞毛撢子　四四一
鬩牆　四四二

十九畫

懵懂　四四三
懲罰　四四四
瓊樓玉宇　四四四
矇騙　四四五
羸弱　四四六
鏤骨銘心　四四七
離鄉背井　四四八
顛撲不破　四四九
鯰魚　四四九

二十畫

懸梁刺股　四五〇
黥面　四五一

二十一畫

懾服　四五二
齜牙咧嘴　四五三

二十二畫

儻來之物　四五三
儼然　四五四
歡欣鼓舞　四五四
籠絡　四五五
聽天由命　四五六
饔飧不繼　四五七
鰻魚　四五八

二十三畫

驚濤駭浪　四五九

二十四畫

癲癇症　四六〇
鹽水蜂炮　四六〇
齷齪　四六一

一不拗眾（ㄧˋ ㄅㄨˋ ㄋㄧㄡˋ ㄓㄨㄥˋ）

【解釋】一人難以違抗眾人的意見。

【造句】「一不拗眾」，我只好依從大夥的說法，不再固執己見。

【分析】拗，音ㄋㄧㄡˋ，不讀ㄠˋ。

【相關詞】山坳（兩山間低凹的地方。坳，音ㄠ）。坳堂（堂上低窪處）。坳塘（小的蓄水池）。拗口（發音不順口。拗，音ㄠˋ）。拗句（近體詩中不依格律的句子。拗，音ㄠˋ）。拗（ㄠˇ）折。拗性（個性固執而不順從。拗，音ㄋㄧㄡˋ）。拗（ㄠˇ）花。拗強（音ㄠˋ ㄐㄧㄤˋ。倔強）。拗彆（音ㄠˋ ˙ㄅㄧㄝ。固執不順從）。執拗（ㄠˋ）。拗口令（繞口令。拗，音ㄠˋ）。拗不過（無法改變他人的意見或想法。拗，音ㄋㄧㄡˋ）。拗相公（指王安石。拗，音ㄠˋ）。脾氣拗（ㄋㄧㄡˋ）。皮膚黝（ㄧㄡˇ）黑。佳冶窈窕（容貌豔麗，體態美好。窈窕，音ㄧㄠˇ ㄊㄧㄠˇ）。拗體詩（平仄不合格律的近體詩。拗，音ㄠˋ）。四不拗六（同「一不拗眾」。拗，音ㄋㄧㄡˋ）。呦呦鹿鳴（鹿兒呦呦地歡叫著。呦，音ㄧㄡ）。拗曲作直（顛倒是非、歪曲事實。音ㄠˇ）。窈窕淑女。

【全國考題】93國小；95中教；96國中。

一扠（ㄧˋ ㄓㄚˇ）

【解釋】拇指與食指伸張的長度。

【造句】這把匕（ㄅㄧˇ）首僅有「一扠」長，難怪歹徒將它藏在腰際，而能避開警方的目光。

【分析】扠，音ㄓㄚˇ，不讀ㄔㄚ；右作「叉」：橫撇與捺筆不封口，中作一點，寫法與「叉」不同。

【相關詞】刀叉。扠腰（不作「插腰」）。扠，音ㄔㄚ）。開衩（ㄔㄚˋ）。樹杈（分岔的樹枝。杈，音ㄔㄚ）。荊釵布裙（婦女粗劣的服飾。釵，音ㄔㄞ）。

【全國考題】83國中；86中教。

一抔土（ㄧˋ ㄆㄡˊ ㄊㄨˇ）

【解釋】即一捧黃土。後稱墳墓為「一抔土」。抔，數量名，物一捧的意思。

【造句】歹徒捧起「一抔土」往空中一拋，隨即竄入巷弄（ㄌㄨㄥˋ）而不知去向，讓警方扼腕（ㄨㄢˋ）不已。

【分析】一抔土，也作「一坏（ㄆㄟˊ）土」，但不作「一杯土」。抔，音ㄆㄡˊ，不讀ㄆㄧ和ㄅㄟ；右從「不」：作一橫、一撇、一豎（不鉤）、一點（輕觸豎筆）。

【相關詞】抔飲（用手捧水而飲）。杯葛（ㄍㄜˊ）。芝罘（山東煙臺的舊名。罘，音ㄈㄨˊ）。衃血（赤黑色的瘀血。衃，音ㄆㄟ）。獎盃。抔土未乾（形容時間不久）。

【全國考題】92高中；95小教；98教大。

一剎那（ㄧˊ ㄔㄚˋ ㄋㄚˋ）

【解釋】表示極短暫的時間。

【造句】那一場大火，在「一剎那」間吞噬了十幾棟木造房屋，令人怵目驚心。

【分析】剎，音ㄔㄚˋ，不讀ㄕㄚ；左下作「朩」（ㄓㄨˇ），不作「术」。那，本讀ㄋㄨㄛˇ，今改讀作ㄋㄚˋ。

【相關詞】古剎（年代久遠的寺廟）。剎那

間。殺（ㄕㄚ）風景。不豐不殺（比喻不奢侈也不儉約。殺，音ㄕㄞˋ）。威勢稍殺（威勢稍為減低。殺，音ㄕㄞˋ）。親親之殺（與親人相親愛，是由親而及疏的。殺，音ㄕㄞˋ）。鎩（ㄕㄚ）羽而歸。

【全國考題】81中教；93高中；102國小。

一炷香（ㄧˊ ㄓㄨˋ ㄒㄧㄤ）

【解釋】燒燃一支香的時間。比喻時間極為短暫。炷，量詞，計算線香的單位。

【造句】他文思敏捷，僅花「一炷香」的時間，就完成佳構，真是奇蹟。

【分析】一炷香，不作「一柱香」。

【相關詞】駐紮（ㄓㄚˊ）。麈尾（拂麈。麈，音ㄓㄨˇ）。黈益（增益。黈，音ㄊㄡˇ）。抱柱信（比喻堅守約定）。備註欄。駐在國（外交使節駐留的國家）。駐衛警。一拳柱定（堅持自己的意見或主張）。大雨如注。六神無主。功均柱地（形容功勛顯著）。血流如注。拄笏看山（比喻人倜儻不羈，雖身在官場卻有閒情逸趣。拄，音ㄓㄨˇ；笏，音ㄏㄨˋ）。拄著枴杖。青春永駐。精神貫注。撐腸拄腹（形容吃得太飽）。膠柱鼓瑟（比喻固執而不知變通）。駐外使節。駐顏有術。謹受麈教（恭謹地接受教誨指點）。

【全國考題】91小教。

一幀（ㄧˊ ㄓㄥˋ）

【解釋】一幅。幀，計算照片、字畫等的單位。

【造句】牆上掛的這「一幀」西畫，是大舅舅的精心傑作。

【分析】幀，音ㄓㄥˋ，不讀ㄓㄣ。

【相關詞】偵辨。忠貞不渝。貞風亮節（形容道德、操守高潔。同「高風亮節」）。國之楨榦（指國家的棟梁、有用的人才）。魴魚赬尾（比喻生活極為勞苦。魴，音ㄈㄤˊ；赬，音ㄔㄥ）。赬面長髯（紅光滿面，且留著長鬍鬚。髯，音ㄖㄢˊ）。

一隅之見（ㄧˋ ㄩˊ ㄓ ㄐㄧㄢˋ）

【全國考題】81、85、96高中；85師院；76、81、90小教；91、95國中；97、98中教；96國小；98社會。

【解釋】比喻片面偏頗的見解。隅，事物的一端或一面。

【造句】這是鄙人「一隅之見」，內容膚淺不成熟，請各位先進不吝批評與指教。

【分析】一隅之見，不作「一嵎之見」。隅，音ㄩˊ，不讀ㄡˇ。

【相關詞】向隅（比喻錯過良機而失望）。寓所（住所）。顒望（盼望。顒，音ㄩㄥˊ）。齵齒（牙齒不整齊的樣子。齵，音ㄩˊ）。蓮藕茶。一隅之地（指狹小偏遠的地方）。向隅而泣（泛稱孤獨絕望地哭泣）。知遇之恩（受到他人賞識和重用的恩情）。負嵎頑抗（比喻憑藉地勢險固而頑強抵抗。嵎，音ㄩˊ）。海外寓公（在海外出租公寓的有錢人）。砥礪廉隅（指加以磨鍊，使品行方正不苟）。託物寓興（藉事物以寄託作者的興致。興，音ㄒㄧㄥˋ）。喁喁向慕（眾人歸向仰慕的樣子。喁，音ㄩㄥˊ）。喁喁私語（形容人低聲說話。喁，音ㄩˊ）。寓教於樂。寓意深遠。游心寓目（用心體會，用眼睛觀看）。愚不可及。敬請寓目（敬請過目）。隨遇而安。藕斷絲連（比喻表面上關係斷絕，實際仍有往來）。

【全國考題】92小教；100國中。

一溜煙（ㄧˊ ㄌㄧㄡˋ ㄧㄢ）

【解釋】形容飛快的樣子。

【造句】小明剛才還在這裡，怎麼「一溜煙」就不見了呢？

【分析】溜，音ㄌㄧㄡˋ，不讀ㄌㄧㄡ；煙，「土」上作「西」，不作「襾」（ㄧㄚˋ）。

【相關詞】史籀（周宣王的太史。籀，音ㄓㄡˋ）。遛狗（不作「溜狗」。遛，音ㄌㄧㄡˋ）。簷溜（屋簷間流下的水滴。溜，音ㄌㄧㄡˋ）。簷霤（同「簷溜」。霤，音ㄌㄧㄡˋ）。驊騮（音ㄏㄨㄚˊ ㄌㄧㄡˊ。古代駿馬之一）。手榴彈。石榴裙（指婦女的裙子）。順口溜（ㄌㄧㄡ）。蒸餾（ㄌㄧㄡˋ）水。山溜穿石（比喻只要有決心、有毅力，必可達到目的。溜，音ㄌㄧㄡˋ）。朱唇榴齒（形容女子容貌美麗）。溜（ㄌㄧㄡ）之大吉。說溜（ㄌㄧㄡ）了嘴。驊騮開道（比喻有賢才輔弼）。

【全國考題】88、89、90國中；84、97小教。

一鼓作氣（ㄧˋ ㄍㄨˇ ㄗㄨㄛˋ ㄑㄧˋ）

【解釋】比喻做事一開始就鼓足力氣，勇往直前，才容易成功。

【造句】為了明天和家人到花蓮旅遊，小華放學後就「一鼓作氣」地將功課寫完。

【分析】一鼓作氣，不作「一股作氣」。鼓，左上作「士」，不作「土」。

【相關詞】鼓勵。狂言瞽說（誇大放肆的言

語。瞽，音ㄍㄨˇ）。狂瞽之言（指愚昧無知的言論）。兩瞽相扶（比喻彼此都得不到任何好處）。蒙在鼓裡。旗鼓相當。瞽言妄舉（胡言亂語，草率行動）。瞽言芻議（謙稱自己的意見粗淺不成熟）。

【全國考題】83國中；91中教。

一塵不染（ㄧˋ ㄔㄣˊ ㄅㄨˋ ㄖㄢˇ）

【解釋】非常乾淨，一點灰塵都沒有。也形容人極為純淨，不受壞習氣的影響。也作「纖（ㄒㄧㄢ）塵不染」。

【造句】媽媽把客廳打掃得「一塵不染」，令來訪的客人讚揚有加。

【分析】染，右上作「九」，不作「丸」（ㄐㄧˇ）。

【相關詞】汙染。感染。媒染劑（布類染色時，幫助染料固著於纖維上的物質）。傳染病。耳濡目染。染指於鼎（比喻覬覦非分的利益）。飛文染翰（揮筆疾書）。

【全國考題】93國小。

一語成讖（ㄧˋ ㄩˇ ㄔㄥˊ ㄔㄣˋ）

【解釋】指本為一句無心的話，竟然與後來發生的事實相同。讖，預言。

【造句】相命先生說他今年會有厄運，果然「一語成讖」，他於日前因車禍撒（ㄙㄚ）手人寰。

【分析】讖，音ㄔㄣˋ，不讀ㄑㄧㄢ或ㄔㄢˋ。

【相關詞】牙籤。抽籤。孅弱（瘦弱。同「纖弱」。孅，音ㄒㄧㄢ）。懺悔。殲（ㄐㄧㄢ）滅。纖（ㄒㄧㄢ）弱。纖維。貼標籤。牙籤萬軸（形容藏書非常豐富）。犬馬齒殲（謙稱自己年老體衰）。光纖電纜。膳食纖維。穠纖合度（形容身材的胖瘦恰到好處。穠，音ㄋㄨㄥˊ）。纖塵不染。纖纖玉手（形容女子細長柔美的嫩手）。

【全國考題】84小教；84、85、87中教；94國小；95高中；96、101國中；97、100社會。

一幢 ㄧˋ ㄔㄨㄤˊ

【解釋】房屋一棟，如「一幢大樓」、「一幢別墅」。

【造句】位於圓環附近的那「一幢」古色古香的建築物，昨晚不幸慘遭祝融肆虐，被燒得面目全非。

【分析】幢，音ㄔㄨㄤˊ，不讀ㄓㄨㄤˋ。

【相關詞】經幢（刻有佛名或佛經的石柱子）。僮族（中國少數民族之一，即壯族。僮，音ㄓㄨㄤˋ）。憧（ㄔㄨㄥ）憬。瞳孔。金鐘罩。鐘乳石（同「石鐘乳」）。鐘鼎文（周至漢代鑄刻在青銅器上的文字，又稱「金文」、「銘文」）。不知薡董（比喻人愚昧無知。薡董，音ㄉㄧㄥˇ ㄉㄨㄥˇ）。心緒憧憧（心神不定）。決帆摧橦（船帆扯破，桅竿折斷。橦，音ㄔㄨㄤˊ）。鬼影幢幢（形容陰森恐怖，使人害怕的樣子）。童山濯濯（形容人頭禿無髮。濯，音ㄓㄨㄛˊ）。黃鐘毀棄（比喻賢才不被重用）。黑影幢幢。暮鼓晨鐘。頭童齒豁（形容人年老體衰的樣子）。鐘鳴鼎食（形容生活奢侈豪華）。鐘鳴漏盡（比喻晚年）。

【全國考題】86、95、99國小；84國中；79高中。

一暴十寒 ㄧˋ ㄆㄨˋ ㄕˊ ㄏㄢˊ

【解釋】比喻人做事沒有恆心，時常中斷。

暴，晒的意思，同「曝」。

【造句】妹妹學琴總是「一暴十寒」，難怪琴藝進步得十分緩慢。

【分析】暴，音ㄆㄨˋ，不讀ㄅㄠˋ；「共」下作「氺」（ㄕㄨㄟˇ），不作「小」（ㄒㄧㄣ）。

【相關詞】表襮（張揚、炫耀。襮，音ㄅㄛˊ）。暴漲（ㄓㄤˇ）。暴露（ㄆㄨˋ ㄌㄨˋ）。曝光。瀑布。瀑雨（疾雨。瀑，音ㄅㄠˋ）。暴露狂。爆冷門。爆發力。山洪暴發。火山爆發。野人獻曝（人對所獻東西或意見的自謙詞）。暴骨原野（橫屍荒野。暴，音ㄆㄨˋ）。暴腮龍門（比喻處境困頓或應試落第，未被錄取。同「曝腮龍門」、「曝鰓龍門」。暴，音ㄆㄨˋ）。

【全國考題】81、82國小；83國中；74、81小教；92高中。

一瀉千里（ㄧˊ ㄒㄧㄝˋ ㄑㄧㄢ ㄌㄧˇ）

【解釋】形容水流通暢快速。也可比喻口才的雄辯。

【造句】江水滔滔，「一瀉千里」，極為壯觀。

【分析】一瀉千里，不作「一洩千里」。

【相關詞】潟（ㄒㄧˋ）湖。上吐（ㄊㄨˋ）下瀉。倒舃摳衣（比喻非常急切。倒，音ㄉㄠˋ；舃，音ㄒㄧˋ；摳，音ㄎㄡ）。莊舃越吟（比喻思念故國）。傾瀉而下（不作「傾洩而下」）。履舃交錯（比喻賓客眾多）。

【全國考題】96小教；98、101教大；102高中。

一蹴可幾（ㄧˊ ㄘㄨˋ ㄎㄜˇ ㄐㄧ）

【解釋】一舉腳就可以到達。比喻很容易成功。蹴，踏踩；幾，幾近成功。

【造句】市政建設經緯萬端，非「一蹴可幾」。

【分析】一蹴可幾，也作「一蹴而就」，但不作「一蹴可及」。幾，音ㄐㄧ，不讀ㄐㄧˇ。

【相關詞】幾（ㄐㄧ）乎。幾希（相差不多。幾，音ㄐㄧ）。譏諷（ㄈㄥˋ）。鬧饑荒。珠璣咳唾（比喻人的談吐或詩文十分美好）。蝨脛蟣肝（比喻非常微小。蟣，音ㄐㄧˇ）。機事不密（機密的事情洩露不保）。積穀防饑。

【全國考題】76、81、86、99國中；78、79、84、89高中；73師院；84、88、92小教；94中教；95國小。

一籌莫展（ㄧ ㄔㄡˊ ㄇㄛˋ ㄓㄢˇ）

【解釋】一點計策也施展不出來。比喻一點辦法也沒有。籌，計數的器具。

【造句】就在大家「一籌莫展」之際，他想出一套兩全其美的解決辦法。

【分析】一籌莫展，不作「一愁莫展」。

【相關詞】匹儔（音ㄆㄧˇ ㄔㄡˊ。配偶）。波濤（ㄅㄛ ㄊㄠ）。衾幬（音ㄑㄧㄣ ㄔㄡˊ。被褥和床帳）。檮杌（音ㄊㄠˊ ㄨˋ。古代楚國的史書）。燾育（覆育。燾，音ㄊㄠˋ）。覆幬（覆蓋。幬，音ㄉㄠˋ）。九籌好漢（九條好漢）。天幬地載（指天地廣大，無所不包。幬，音ㄉㄠˋ）。平疇（ㄔㄡˊ）沃野。延年益壽。海屋添籌（比喻人長壽）。憂心如擣（比喻心中焦急難安。擣，音ㄉㄠˇ）。疇咨之憂（比喻人才難求的憂慮）。鶯儔燕侶（形容男女恩愛，如膠似漆）。馨香禱祝（形容真誠地期盼）。譸張為幻（用不實的話來欺騙人。譸，音ㄓㄡ）。躊躇滿志（從容自得的樣子。躊躇，音ㄔㄡˊ ㄔㄨˊ）。鑄成大錯。

【全國考題】83、87國小；79國中。

一鱗半爪（ㄧˋ ㄌㄧㄣˊ ㄅㄢˋ ㄓㄠˇ）

【解釋】比喻零星片段的事物。

【造句】這件事他只知「一鱗半爪」，就信口開河，妄下斷言，真不應該。

【分析】爪，音ㄓㄠˇ，不讀ㄓㄨㄚˇ。凡「爪」加詞綴「子」、「兒」時，音ㄓㄨㄚˇ，如「爪子」、「爪兒」、「雞爪子」、「三爪兒鍋」，其餘皆讀ㄓㄠˇ，如「爪牙」、「張牙舞爪」、「雪泥鴻爪」。

【相關詞】爪（ㄓㄠˇ）牙。笊籬（在水裡撈東西的器具。笊，音ㄓㄠˋ）。雞爪（ㄓㄠˇ）。魔爪（ㄓㄠˇ）。雞爪（ㄓㄨㄚˇ）子。伸出狼爪（ㄓㄠˇ）。東鱗西爪（ㄓㄠˇ）。雪泥鴻爪（ㄓㄠˇ）。

【全國考題】99高中。

二畫

乜斜（ㄇㄧㄝ ㄒㄧㄝˊ）

【解釋】斜眼看或眼睛困倦瞇不開的樣子。

【造句】「乜斜」著眼睛看人是不禮貌的行為，你最好避免。

【分析】乜，音ㄇㄧㄝ，不讀ㄧㄝˇ；作姓時，則讀作ㄋㄧㄝˋ，如「乜先」。

【相關詞】乜先（明代蒙古酋長。乜，音ㄋㄧㄝˋ）。乜乜斜斜（走路歪歪倒倒的樣子）。乜乜趄趄（假裝痴呆。趄，音ㄒㄩㄝ）。乜斜倦眼。乜斜纏帳（假裝痴呆地糾纏）。

【全國考題】84、87、88、92師院；79、81中教；91小教；102教師。

人才濟濟（ㄖㄣˊ ㄘㄞˊ ㄐㄧˇ ㄐㄧˇ）

【解釋】形容人才眾多。濟濟，形容人多，陣容盛大。

【造句】本班「人才濟濟」，參加校內各項比賽迭有佳績。

【分析】濟，音ㄐㄧˇ，不讀ㄐㄧˋ。

【相關詞】同儕（ㄔㄞˊ）。肚臍（ㄑㄧˊ）。書齋。齊衰（音ㄗ ㄘㄨㄟ。一種喪服）。濟（ㄐㄧˇ）南。齌怒（暴怒。齌，音ㄐㄧˋ）。藥劑師。齎盜糧（比喻助長敵寇。齎，音ㄐㄧ）。大雪初霽（大雪過後天氣轉晴。霽，音ㄐㄧˋ）。甘之如薺（指事情若心甘情願去做，雖苦亦甜。薺，音ㄐㄧˋ）。光風霽月（比喻人的胸懷坦蕩，品格高潔）。時運不濟。領如蝤蠐（形容脖子潔白纖長。蝤蠐，音ㄑㄧㄡˊ ㄑㄧˊ）。齋心滌慮（摒棄雜念，清心寡欲。齋，音ㄓㄞ）。噬臍莫及（比喻後悔已經來不及。噬，音ㄕˋ）。濟河焚舟（比喻抱著必死的決心，勇往直前。濟，音ㄐㄧˋ）。濟濟多士（人才眾多。濟，音ㄐㄧˇ）。懲羹吹齏（比喻過分戒懼。同「懲羹吹虀」。懲，音ㄔㄥˊ；齏，音ㄐㄧ）。躋（ㄐㄧ）身國際。齎志而歿（心願未能實現而死去）。霽範永存（高風亮節的品德，可永遠作為人們的典範）。

【全國考題】83、88國小；83高中；94國中；96小教。

人情世故（ㄖㄣˊ ㄑㄧㄥˊ ㄕˋ ㄍㄨˋ）

【解釋】為人處世應對進退的方法。

【造句】他因為不懂「人情世故」，所以經常遭到同僚翻白眼。

【分析】人情世故，不作「人情事故」，而「交通事故」則不作「交通世故」。世故，通達人情，處世圓滿周到；事故，變故或意外災禍。

【相關詞】泄洪（同「洩洪」）。宣泄。抽屜。鼓枻（划槳行船。枻，音ㄧˋ）。縲紲（音ㄌㄟˊ ㄒㄧㄝˋ。監獄。同「縲絏」）。泄洪道。不幸過世。水泄不通。見過世面。泄泄沓沓（懈怠渙散的樣子。泄，音ㄧˋ）。金貂貰酒（富貴者放蕩不羈，恣情縱酒。也作「金貂換酒」。貰，音ㄕˋ）。飽經世故（嘗盡世間變化，處世經驗豐富）。融融泄泄（和樂而輕鬆自在的樣子。泄，音ㄧˋ）。

【全國考題】98國小；98教大；101國中。

人質 ㄖㄣˊ ㄓˋ

【解釋】歹徒擄人勒索，被擄者即為人質。

【造句】遭匪徒綁架的「人質」已經獲得釋放，令家屬與警方鬆了一口氣。

【分析】質，音ㄓˋ，不讀ㄓˊ。

【相關詞】困躓（境遇困頓不順利。躓，音ㄓˋ）。典質（典當。質，音ㄓˋ）。質押（債務人以動產財產作為擔保，向債權人貸款。質，音ㄓˋ）。躓踣（音ㄓˋ ㄅㄛˊ。比喻遭受失敗）。跋前躓後（比喻陷入困境，進退兩難。同「跋前疐後」）。質妻鬻子（形容生活極為貧苦。質，音ㄓˋ；鬻，音ㄩˋ）。

【全國考題】77國小；76國中。

人謀不臧（ㄖㄣˊ ㄇㄡˊ ㄅㄨˋ ㄗㄤ）

【解釋】由於人的計畫不夠細密完善，以致失敗。不臧，不善。

【造句】此次失敗完全是「人謀不臧」所造成，怎（ㄗㄣˇ）麼又歸咎於老天爺呢？

【分析】人謀不臧，不作「人謀不贓」。臧，音ㄗㄤ，部首為「臣」部，非「戈」部。

【相關詞】庫藏（倉庫中所收藏的東西。藏，音ㄘㄤˊ）。栽贓。臧否（音ㄗㄤ ㄆㄧˇ。評論）。藏青（藍中帶黑的顏色。藏，音ㄗㄤˋ）。寶藏（ㄗㄤˋ）。礦藏（ㄘㄤˊ）。人贓俱獲。陟罰臧否（獎勵好人，處罰壞人。陟，音ㄓˋ）。貪贓枉（ㄨㄤˇ）法。臧否人物（評論人物的好壞）。臧穀亡羊（比喻凡有虧職守，不論其理由如何，都難逃失職之責）。

【全國考題】77國中；77、102高中；97、101國小；97社會。

入不敷出（ㄖㄨˋ ㄅㄨˋ ㄈㄨ ㄔㄨ）

【解釋】收入少而支出多。指收支無法平衡。敷，足夠。

【造句】收入微薄的人，要是沒有計畫開支而揮霍無度，勢必「入不敷出」，陷入經濟困境。

【分析】入不敷出，不作「入不符出」。敷，音ㄈㄨ，不讀ㄈㄨˊ。

【相關詞】反哺。日晡（將近黃昏。晡，音ㄅㄨ）。匍（ㄆㄨˊ）匐。胸脯（ㄆㄨˊ）。逋逃（逃亡。逋，音ㄅㄨ）。窗牖（窗戶。牖，音ㄧㄡˇ）。餔菜（替客人夾菜。餔，音ㄅㄨ）。

黼黻（音ㄈㄨˇ ㄈㄨˊ。比喻文章）。捲鋪（ㄆㄨ）蓋。不敷成本。玄圃積玉（比喻辭藻華美，字字珠璣）。合浦珠還（比喻人去而復返或東西失而復得。浦，音ㄆㄨˇ）。吐哺握髮（比喻求賢心切。吐，音ㄊㄨˇ）。肉山脯林（比喻生活極為奢侈。脯，音ㄈㄨˇ）。相輔相成。修橋補路。財殫力痡（錢財竭盡，民力困頓。殫，音ㄉㄢ；痡，音ㄆㄨ）。蒲鞭不施（比喻施政者寬厚仁慈。蒲，音ㄆㄨˊ）。鋪（ㄆㄨ）天蓋地。簠簋不飭（比喻為官不廉潔。簠簋，音ㄈㄨˇ ㄍㄨㄟˇ）。羅敷有夫（指有夫之婦）。驚魂甫定。

【全國考題】88國小；79、87、96國中。

入場券（ㄖㄨˋ ㄔㄤˇ ㄑㄩㄢˋ）

【解釋】進入會場時做憑據用的票券。

【造句】為了會場容易掌控，請觀眾憑「入場券」魚貫進場。

【分析】入場券，不作「入場卷」或「入場劵」。券，音ㄑㄩㄢˋ，不讀ㄐㄩㄢˋ；劵，音ㄐㄩㄢˋ，「倦」的異體字。

【相關詞】空弮（無箭的弓。弮，音ㄑㄩㄢ）。彩券。眷念。眷屬。眷顧。豢（ㄏㄨㄢˋ）養。獎券。招待券。優待券。神仙眷屬。勝券在握。穩操勝券。攜家帶眷。

【全國考題】76國中；80高中；80小教；102國小。

入闈（ㄖㄨˋ ㄨㄟˊ）

【解釋】進入闈場。闈場，辦理考試時，供試務人員命題及印製試題的機密場所。

【造句】大學指考即將在七月一日舉行，工

任務能圓滿達成。

【分析】入闈，不作「入圍」。入圍，入選、被錄取，如「影片入圍」。闈，音ㄨㄟˊ，不讀ㄨㄟˇ。

【相關詞】庭闈（父母）。瑋寶（珍奇的寶物。瑋，音ㄨㄟˇ）。違（ㄨㄟˊ）建。蘆葦。大不韙（大不是。韙，音ㄨㄟˇ）。官官相衛（為官者互相遮掩過失）。韋編三絕（比喻勤奮讀書，刻苦勵學。韋，音ㄨㄟˊ）。直言不諱（ㄏㄨㄟˋ）。經天緯地（比喻治理國家。緯，音ㄨㄟˇ）。嫠不恤緯（比喻忘家憂國。嫠，音ㄌㄧˊ）。諱疾忌醫。顧盼暐如（目光炯炯有神，膽識非凡的樣子。暐，音ㄨㄟˇ）。

【全國考題】98高中。

刁難 ㄉㄧㄠ ㄋㄢˊ

【解釋】故意為難，如「百般刁難」。

【造句】他跟你無冤無仇，你為什麼要百般「刁難」他呢？

【分析】難，本讀ㄋㄢˋ，今改讀作ㄋㄢˊ。又如「庫藏」的「藏」與「虧累」的「累」，今改讀作ㄘㄤˊ和ㄌㄟˊ。

【相關詞】色難（ㄋㄢˊ）。克難（ㄋㄢˊ）。儺神（舉行儺祭時，驅除瘟疫的神。儺，音ㄋㄨㄛˊ）。癱瘓。不戁不竦（不畏懼，不驚恐。戁，音ㄋㄢˇ；竦，音ㄙㄨㄥˇ）。兩手一攤。執經問難（指從師受學。難，音ㄋㄢˋ）。

【全國考題】83國中。

三畫

三折肱（ㄙㄢ ㄓㄜˊ ㄍㄨㄥ）

【解釋】比喻對某種事情閱歷既多，自然造詣精深。也作「三折肱為良醫」。肱，人體自肘到腕（ㄨㄢˋ）的部分，就是下臂（ㄅㄧˋ）。

【造句】俗話說：「三折肱」為良醫。失敗並不可恥，只要從中記取教訓，終會有成功的一天。

【分析】肱，音ㄍㄨㄥ，不讀ㄏㄨㄥˊ。偏旁從「厷」者，一般讀作ㄏㄨㄥˊ，如「宏」、「紘」、「翃」、「閎」，本字例外。

【相關詞】噌吰（音ㄘㄥ ㄏㄨㄥˊ。聲音壯闊）。曲肱而枕（比喻安於窮困的生活。枕，音ㄓㄣˋ）。汪洋閎肆（形容文辭氣勢豪放。閎，音ㄏㄨㄥˊ）。股肱耳目（比喻得力的助手）。姜肱共被（形容兄弟友愛和睦）。閎中肆外（文章內容豐富，而文筆奔放）。鏤簋朱紘（比喻器物極為華美。簋，音ㄍㄨㄟˇ；紘，音ㄏㄨㄥˊ）。辯知閎達（比喻聰辯、明慧、博學、通達的賢材）。

【全國考題】94高中；102國中。

三緘其口（ㄙㄢ ㄐㄧㄢ ㄑㄧˊ ㄎㄡˇ）

【解釋】比喻說話謹慎，或一句話也不肯說。緘，緊閉。

【造句】他對此事的發展總是「三緘其口」，不肯透露（ㄌㄨˋ）一丁點消息。

【分析】三緘其口，不作「三箴其口」。緘，音ㄐㄧㄢ，不讀ㄓㄣ或ㄒㄧㄢˊ。

【相關詞】官箴（官吏應遵守的禮法。箴，

音ㄓㄣ）。緘默。觱篥（音ㄅㄧˋ ㄌㄧˋ。樂器名）。鍼灸（音ㄓㄣ ㄐㄧㄡˇ。同「針灸」）。老少咸宜。有玷（ㄉㄧㄢˋ）官箴。緘口如瓶（比喻說話謹慎，嚴守祕密）。鹹魚翻身。

【全國考題】81、86、87、90、102國小；81、89、96、97國中；81、84高中；81小教；92師院；94中教。

三審定讞（ㄙㄢ ㄕㄣˇ ㄉㄧㄥˋ ㄧㄢˋ）

【解釋】法院經過三次審判，終於將案件判定。

【造句】那名搶劫殺人案，經法院「三審定讞」，被判處死刑，褫（ㄔˇ）奪公權終身。

【分析】讞，音ㄧㄢˋ，不讀ㄒㄧㄢˋ。

【相關詞】奉獻。絕巘（指斷崖。巘，音ㄧㄢˇ）。甑甗（音ㄗㄥˋ ㄧㄢˇ。兩種蒸煮食物的器具）。判決定讞。野人獻芹（對所獻東西或意見的自謙詞）。

【全國考題】86、93、95、98國中；84、93、95師院；80小教；93、95高中；98國小。

三顧茅廬（ㄙㄢ ㄍㄨˋ ㄇㄠˊ ㄌㄨˊ）

【解釋】比喻敬賢之禮或邀請時的誠懇殷切。也作「三顧草廬」。

【造句】經我「三顧茅廬」，小王才首肯助我一臂（ㄅㄧˋ）之力。

【分析】三顧茅廬，不作「三顧茅蘆」。

【相關詞】葫蘆。頭顱。臚列（羅列）。滑鐵盧。盧溝橋。乍入蘆圩（比喻剛到新地方，對當地情形還不熟悉。圩，音ㄩˊ）。出手得盧（比喻一舉而獲勝）。另起爐灶。妙手盧醫（稱大夫醫術高明）。呼盧喝雉（形容賭博時的呼叫聲。喝，音ㄏㄜˋ）。官法如爐（形容國家的法律嚴正無情）。初出茅廬。舳艫千里（形容船隻很多。舳，音ㄓㄨˊ）。圓顱方趾（指人類）。盧生之夢（比喻富貴榮華短促而虛幻）。黔（ㄑㄧㄢˊ）驢技窮。廬山真面目。

【全國考題】88國小；83師院；95高中

丈ㄓㄤˋ二ㄦˋ金ㄐㄧㄣ剛ㄍㄤ

【解釋】（歇後語）後接「摸不著頭腦」。意指弄不清情況、原因。也作「丈六金身」。

【造句】你淨說一些不著（ㄓㄨㄛˊ）邊際的話，真讓我有如「丈二金剛」——摸不著頭腦之嘆。

【分析】丈二金剛，不作「丈二金鋼」。其他如「金剛經」、「金剛鑽」和「無敵鐵金剛」的「金剛」，也不作「金鋼」。

【相關詞】站崗（ㄍㄤˇ）。崗（ㄍㄤˇ）位。金剛經。金剛鑽。黃花岡。鋼一鋼（把刀放在皮、布或磨刀石等上磨，使變得銳利。鋼，音ㄍㄤˋ）。百鍊成鋼。討論提綱。無限上綱。綱舉目張（比喻條理分明）。變形金剛。

【全國考題】97社會。

万ㄇㄛˋ俟ㄑㄧˊ

【解釋】複姓。本為鮮卑部落名之一，後魏以為姓氏。

【造句】宋朝大臣「万俟」卨（ㄒㄧㄝˋ）曾幫助秦檜陷害岳飛，最後竟與秦檜交惡（ㄨˋ）。

【分析】万俟，音ㄇㄛˋ ㄑㄧˊ，不讀ㄨㄢˋ ㄙˋ。

【相關詞】欸（ㄞˇ）乃。惹塵埃。河清

難俟（比喻時間漫長，難以等待。俟，音ㄙˋ）。塵埃落定。韜光俟奮（隱藏才能，等待機會奮起。韜，音ㄊㄠ；俟，音ㄙˋ）。

【全國考題】86小教；90高中；91、92、101師院。

于思 ㄩˊ ㄙㄞ

【解釋】鬍鬚濃密的樣子，如「滿面于思」。

【造句】隔壁林叔叔滿面「于思」，又穿得邋（ㄌㄚ）裡邋遢的，和流浪漢沒有兩樣。

【分析】思，音ㄙㄞ，不讀ㄙ。

【相關詞】兔崽（ㄗㄞˇ）子。切切偲偲（互相責勉。切，音ㄑㄧㄝˋ；偲，音ㄙ）。畏葸不前（畏懼怯懦，不敢前進。葸，音ㄒㄧˇ）。笨嘴拙腮（說話不伶俐）。暴腮龍門（比喻處境困頓或應試落第。也作「曝鰓龍門」。暴，音ㄆㄨˋ）。鰓鰓過慮（過於擔心憂慮。鰓，音ㄒㄧˇ）。

【全國考題】73、83師院；87、92小教；99國中；100教師。

千鈞一髮 ㄑㄧㄢ ㄐㄩㄣ ㄧˊ ㄈㄚˇ

【解釋】比喻非常危險。也作「一髮千鈞」。鈞，古時計算重量的單位，一鈞等於三十斤。

【造句】在「千鈞一髮」之際，警方衝入屋內，救出人質（ㄓˋ）。

【分析】鈞，音ㄐㄩㄣ，右從「勻」：「勹」內作「二」，不作「冫」；髮，下作「犮」（ㄅㄛˊ），不作「友」。

【相關詞】均勻。千鈞重負（比喻沉重的負擔或極為重要的責任）。勻出時間。

利益均霑。松筠之節（比喻堅貞的節操。筠，音ㄩㄣˊ）。勢均力敵。筠心不變（堅貞不改變）。

【全國考題】81、88、93、94、101國小；87、89、96國中；85師院；81小教。

口供 ㄎㄡˇ ㄍㄨㄥ

【解釋】訴訟關係人在受訊問時，做與案情有關的陳述。

【造句】在警方鍥（ㄑㄧㄝˋ）而不捨地逼問下，嫌犯終於招出「口供」，坦承殺人滅跡。

【分析】供，音ㄍㄨㄥ，不讀ㄍㄨㄥˋ。作給（ㄐㄧˇ）予及受審者所陳說的案情紀錄，音ㄍㄨㄥ，如「提供」、「串供」、「翻供」、「供不應求」；作奉祀及從事，音ㄍㄨㄥˋ，如「供佛」、「供職」。

【相關詞】共工（古職官名。負責治水及掌百工事宜的官吏。共，音ㄍㄨㄥ）。串供（ㄍㄨㄥ）。招供（ㄍㄨㄥ）。供（ㄍㄨㄥˋ）奉。供（ㄍㄨㄥˋ）品。供（ㄍㄨㄥ）詞。供養（音ㄍㄨㄥˋ ㄧㄤˋ。提供生活上所需要的物品、金錢）。供（ㄍㄨㄥ）應。巷衖（同「巷弄」。衖，音ㄌㄨㄥˋ）。哄（ㄏㄨㄥˇ）騙。秋蛬（蟋蟀。蛬，音ㄍㄨㄥˇ）。烘焙（ㄅㄟˋ）。起鬨（ㄏㄨㄥˋ）。提供（ㄍㄨㄥ）。逼供（ㄍㄨㄥ）。翻供（ㄍㄨㄥ）。雪裡蕻（ㄏㄨㄥˋ）。熱烘烘。龔自珍（清代學者。龔，音ㄍㄨㄥ）。一哄（ㄏㄨㄥ）而散。冬烘先生（頭腦迂腐，不明事理的人）。供（ㄍㄨㄥ）不應求。哄（ㄏㄨㄥ）堂大笑。拱手讓人。洪喬之誤（書信寄失）。洪福齊天。洗耳恭聽。連哄帶騙。墓木已拱（指人死亡已久）。鬨堂大笑（同

「哄堂大笑」）。聲如洪鐘。龔行天罰（敬奉上天的意志去征罰）。

【全國考題】76、96國中；78高中；86、88中教；90、91、92國小。

土階茅茨（ㄊㄨˇ ㄐㄧㄝ ㄇㄠˊ ㄘˊ）

【解釋】以土為階，以茅草覆蓋屋頂。比喻屋舍簡陋。

【造句】「土階茅茨」是從前鄉下的特有景觀，如今由於經濟繁榮，已大半被洋房取代了。

【分析】茨，音ㄘˊ，不讀ㄘˋ；左下作「二」，不作「冫」。

【相關詞】姿勢。瓷器。諮詢。不敢造次。以資鼓勵。咨爾多士。楶棁之材（比喻不能擔當重任的小材。楶棁，音ㄐㄧㄝˊ ㄓㄨㄛˊ）。趑趄不前（想要往前卻又猶豫不進。趑趄，音ㄗ ㄐㄩ）。暴戾恣睢（形容凶惡橫暴。恣睢，音ㄗˋ ㄙㄨㄟ）。疇咨之憂（比喻人才難覓的憂慮。疇，音ㄔㄡˊ）。

【全國考題】93、95中教；95師院。

大夫（ㄉㄞˋ ·ㄈㄨ）大夫（ㄉㄚˋ ㄈㄨ）

【解釋】指醫生，如「大夫治病」、「主治大夫」；又是古代職官名，如「士大夫」、「卿大夫」。

【造句】看病真的要碰運氣，若是遇上蒙古「大夫」，破財事小，恐怕還會誤了生命。

【分析】指醫生時，大夫，音ㄉㄞˋ ·ㄈㄨ，不讀ㄉㄚˋ ㄈㄨ；指古代職官名時，大夫，音ㄉㄚˋ ㄈㄨ，不讀ㄉㄞˋ ·ㄈㄨ。

【相關詞】尖銳。杕杜（詩經．唐風的篇名。杕，音ㄉㄧˋ）。淘汰。馱子（騾、馬等牲口馱著的東西。馱，音

ㄉㄨㄛˋ）。馱（ㄊㄨㄛˊ）負。馱（ㄊㄨㄛˊ）運。士大（ㄉㄚˋ）夫（ㄈㄨ）。舌尖音。美人尖。卿大（ㄉㄚˋ）夫（ㄈㄨ）。騾馱子（馱負貨物的騾子）。大夫治病。心奓體忕（心胸寬大而身體安泰、舒適。奓，音ㄔˇ；忕，音ㄊㄞˋ）。白馬馱（ㄊㄨㄛˊ）經。全面汰換。有杕之杜（詩經・唐風的篇名）。舌尖口快。汰舊換新。侈忕無度（過度浪費沒有節度）。韋馱菩薩（佛教的護法神。韋馱，音ㄨㄟˊ ㄊㄨㄛˊ）。御史大（ㄉㄚˋ）夫（ㄈㄨ）。頂尖高手。馱（ㄊㄨㄛˊ）在背上。蒙古大夫。

【全國考題】79國小。

大名鼎鼎（ㄉㄚˋ ㄇㄧㄥˊ ㄉㄧㄥˇ ㄉㄧㄥˇ）

【解釋】形容人的名氣很大。也作「鼎鼎大名」。

【造句】林教授可是「大名鼎鼎」的數學權威，你竟然不認識他，真是有眼無珠！

【分析】大名鼎鼎，不作「大名頂頂」。鼎，音ㄉㄧㄥˇ，「目」下作左右兩片（表示木片）：左作「爿（ㄑㄧㄤˊ）」，右作「片」，左右豎筆上皆不出頭，共十三畫。

【相關詞】鼎鼐臣（宰相。鼐，音ㄋㄞˋ）。一言九鼎。人聲鼎沸。三國鼎立。不知薡董（比喻愚昧無知。薡董，音ㄉㄧㄥˇ ㄉㄨㄥˇ）。折鼎覆餗（比喻不勝負荷必招致失敗。餗，音ㄙㄨˋ）。春秋鼎盛（正值壯盛之年）。染指於鼎（比喻覬覦非分的利益）。革故鼎新（革除舊弊，建立新制）。香火鼎盛。鼎力相助。鼎足三分。鼎鼎有名。調和鼎鼐（指宰相的職責）。鐘鳴鼎食（形容生活極為豪奢）。

【全國考題】83國中。

大拇指（ㄉㄚˋ ㄇㄨˇ ㄓˇ）

【解釋】手腳的第一個指頭。

【造句】小王對待朋友的豪情，接觸過的人無不豎起「大拇指」，衷心地稱讚。

【分析】大拇指，不作「大姆指」。

【相關詞】拇戰（划拳）。保母。保姆（同「保母」）。鈷鉧（音ㄍㄨˇ ㄇㄨˇ。熨斗）。阿坶坪（桃園市地名。坶，音ㄇㄨˇ）。鈷鉧潭（湖泊名。位於湖南省）。

【全國考題】100社會。

女媧（ㄋㄩˇ ㄨㄚ）

【解釋】神話中的人物，人首蛇身，與伏羲為兄妹或夫婦，相傳曾煉五色石以補天，並摶（ㄊㄨㄢˊ）土造人。

【造句】「女媧」煉石補天是我國古代的神話故事，富有神祕浪漫的色彩，也是小朋友的最愛。

【分析】媧，音ㄨㄚ，不讀ㄍㄨㄚ。

【相關詞】火鍋。咼斜（嘴巴歪斜不正。咼，音ㄎㄨㄞ）。渦（ㄨㄛ）輪。腡紋（指紋。腡，音ㄌㄨㄛˊ）。萵（ㄨㄛ）苣。蝸（ㄍㄨㄚ）牛。蝸居（謙稱居舍窄小）。千刀萬剮（ㄍㄨㄚˇ）。心癢難撾（形容按捺不住躍躍欲試的念頭。撾，音ㄓㄨㄚ）。碩人之薖（賢士胸襟開闊。薖，音ㄎㄜ）。窩藏人犯。蝸角虛名（比喻微不足道的浮名虛譽）。

【全國考題】76、77國中；98國小。

山重水複（ㄕㄢ ㄔㄨㄥˊ ㄕㄨㄟˇ ㄈㄨˋ）

【解釋】山巒層層重疊，流水彎曲迴繞。形容地形複雜。

【造句】〔山重水複〕疑無路，柳暗花明又一村。

【分析】山重水複，不作「山重水覆」。

【相關詞】重複。履新（官員到任）。履歷表。反覆無常。剝極必復（比喻惡劣的情況到達極點後，必定轉變為好）。剛愎自用（個性倔強，固執己見。愎，音ㄅㄧˋ）。無以復加（指已到達了極點）。腹心之疾（嚴重或致命的禍患）。臨淵履薄（比喻戒慎恐懼）。蘭薰桂馥（比喻世德流芳而歷久不衰。馥，音ㄈㄨˋ）。

【全國考題】94、97高中；99師院。

弓弦（ㄍㄨㄥ ㄒㄧㄢˊ）

【解釋】張在弓上的弦。

【造句】小劉的生活緊繃，像拉滿的「弓弦」，只知工作，不知休閒。

【分析】弦，音ㄒㄧㄢˊ，不讀ㄒㄩㄢˊ。

【相關詞】炫耀。船舷（船的兩側。舷，音ㄒㄧㄢˊ）。鉉席（宰相。鉉，音ㄒㄩㄢˋ）。續絃（ㄒㄧㄢˊ）。改弦更張。泫（ㄒㄩㄢˋ）然涕下。故弄玄（ㄒㄩㄢˊ）虛。弩箭離絃（形容速度飛快。弩，音ㄋㄨˇ）。衒玉賈石（比喻虛假欺詐，言行不相符。衒，音ㄒㄩㄢˋ；賈，音ㄍㄨˇ）。頭暈（ㄩㄣ）目眩（ㄒㄩㄢˋ）。

【全國考題】91、92國小。

彳亍（ㄔˋ ㄔㄨˋ）

【解釋】緩步慢行的樣子。左步為「彳」，右步為「亍」，兩字合起來就成了「行」字。

【造句】他獨自在河邊「彳亍」，一副心事重重的樣子。

【分析】彳亍，音ㄔˋ ㄔㄨˋ，不讀ㄔ ㄩˊ。

【相關詞】叮（ㄉㄧㄥ）咬。盯梢。碘酊（碘酒。酊，音ㄉㄧㄥ）。飣餖（音ㄉㄡˋ ㄉㄧㄥˋ。文辭重疊堆砌）。付丙丁（被火燒掉）。西門町（ㄉㄧㄥ）。酩酊（ㄉㄧㄥˇ）大醉。緊迫盯人。

【全國考題】81高中；81中教；84、88、98小教；91中教。

四畫

不分首從（ㄅㄨˋ ㄈㄣ ㄕㄡˇ ㄗㄨㄥˋ）

【解釋】對事情的主謀和附從者，一律處罰。也作「不分主從」。

【造句】那件喧騰一時的殺人焚屍案，昨天經法院判決，被告「不分首從」，一律被判處死刑。

【分析】從，音ㄗㄨㄥˋ，不讀ㄘㄨㄥˊ。①隨侍的人。②親屬中比至親稍疏的。③附屬的、次要的。以上都讀作ㄗㄨㄥˋ，如「僕從」、「從兄弟」（堂兄弟）、「從犯」。

【相關詞】合縱（ㄗㄨㄥ）。侍從（ㄗㄨㄥˋ）。從（ㄗㄨㄥˋ）犯。僕從（ㄗㄨㄥˋ）。慫恿（ㄙㄨㄥˇ ㄩㄥˇ）。錚鏦（音ㄓㄥ ㄘㄨㄥ。形容聲音鏗鏘清脆）。縱（ㄗㄨㄥ）谷。

縱（ㄗㄨㄥˋ）貫。肉蓯蓉（植物名。蓯，音ㄘㄨㄥ）。行蹤飄忽。涕泗縱（ㄗㄨㄥˋ）橫。從（ㄘㄨㄥ）容不迫。欲不可從（不可放縱個人的情欲，須加以約束。從，音ㄗㄨㄥˋ）。聳人聽聞。雞尸牛從（比喻寧願做小團體的首領，不願做大團體中不重要的分子。從，音ㄗㄨㄥˋ）。

【全國考題】85高中。

不刊之論（ㄅㄨˋ ㄎㄢ ㄓ ㄌㄨㄣˋ）

【解釋】形容不能改動或不可磨滅的言論。

【造句】我國古代先賢聖哲留下許多「不刊之論」，可以作為新世代行為的準則。

【分析】不刊之論，不作「不刋之論」。刊，左作「干」，不作「千」；刋，音ㄑㄧㄢ，是切的意思。

【相關詞】刊載（ㄗㄞˋ）。可汗（音ㄎㄜˋ ㄏㄢˊ。西域各國對君王的稱呼）。攻訐（ㄐㄧㄝˊ）。宴衎（宴飲作樂。衎，音ㄎㄢˋ）。狴犴（音ㄅㄧˋ ㄢˋ。監獄）。干犯禮義。扞格不入（彼此的意見完全不相合。扞，音ㄏㄢˋ）。汗牛充棟（形容藏書甚豐）。宵衣旰食（形容勤於政事。旰，音ㄍㄢˋ）。軒然大波。顢（ㄇㄢˊ）頇（ㄏㄢ）無能。

【全國考題】88、96、102高中；87、97中教；93國中；94、96、98師院；98、100社會。

不可勝數（ㄅㄨˋ ㄎㄜˇ ㄕㄥ ㄕㄨˇ）

【解釋】數量非常多，多到數不完。

【造句】宇宙間的知識何等浩瀚龐雜，記載（ㄗㄞˋ）這些知識的書本，又多得

「不可勝數」。

【分析】勝，音ㄕㄥ，不讀ㄕㄥˋ；數，音ㄕㄨˇ，不讀ㄕㄨˋ。

【相關詞】田塍（田埂。塍，音ㄔㄥˊ）。勝（ㄕㄥ）任。媵妾（陪嫁的侍妾。媵，音ㄧㄥˋ）。螣蛇（飛蛇。螣，音ㄊㄥˊ）。謄寫。攝緘縢（用繩索將箱子綁緊。縢，音ㄊㄥˊ）。不勝（ㄕㄥ）其煩。戶籍謄本。指不勝（ㄕㄥ）屈（比喻數量很多。勝，音ㄕㄥ）。弱不勝（ㄕㄥ）衣。喧騰一時。喜不自勝（ㄕㄥ）。悲不自勝（ㄕㄥ）。殘膏賸馥（比喻祖先的遺蔭。賸，音ㄕㄥˋ）。滕薛爭長（比喻互比高下，互爭長短）。騰笑中外。

【全國考題】84、86國中；74師院。

不甘示弱（ㄅㄨˋ ㄍㄢ ㄕˋ ㄖㄨㄛˋ）

【解釋】不甘落於別人後面，或不願差人一等。

【造句】今天學校舉辦一年一度的運動會，運動員個個「不甘示弱」，卯足全力，誰也不讓誰。

【分析】不甘示弱，不作「不甘勢弱」。示，上作二橫，上短下長，下作一豎（不鉤）。

【相關詞】裝蒜。賒欠。賒帳。告示牌。啟示錄。顯示器。不良示範。宣示主權。雞毛蒜皮。

【全國考題】91國小。

不忮不求（ㄅㄨˋ ㄓˋ ㄅㄨˋ ㄑㄧㄡˊ）

【解釋】指沒有嫉（ㄐㄧˊ）妒心，也沒有貪求心。

【造句】林先生一生「不忮不求」，自奉甚儉，贏得里民的敬重。

【分析】不忮不求，不作「不伎不求」。忮，音ㄓˋ，不讀ㄐㄧˋ。

【相關詞】木屐（ㄐㄧ）。伎倆（ㄌㄧㄤˇ）。庋（ㄐㄧˇ）藏。豆豉（ㄔˇ）。芰荷（荷花。芰，音ㄐㄧˋ）。跂望（企望。跂，音ㄑㄧˋ）。吱（ㄓ）吱叫。不敢吱聲。支離破碎。岐黃之術（比喻醫術）。歧路亡羊（比喻所學駁雜，不易專精）。蚑行蟯動（蟲類爬行的樣子。蚑，音ㄑㄧˊ；蟯，音ㄖㄠˊ）。鬼蜮伎倆（指暗中害人的陰險手段。蜮，音ㄩˋ）。傾筐倒庋（泛指竭盡所有。倒，音ㄉㄠˋ）。意見紛歧。裙屐少年（服飾華美的公子哥兒）。踶跂為義（用心去求義。踶跂，音ㄉㄧˋ ㄑㄧˇ）。駢拇枝指（比喻多餘而不必要的東西。駢，音ㄆㄧㄢˊ；枝，音ㄑㄧˊ）。

【全國考題】86國小；82、98、101國中；80、85、89、95、102高中；79、83師院；95教大；87小教；78、90、97中教；98、102社會。

不明就裡（ㄅㄨˋ ㄇㄧㄥˊ ㄐㄧㄡˋ ㄌㄧˇ）

【解釋】不清楚事件的內情。也作「不知就裡」。就裡，內情。

【造句】名嘴「不明就裡」地妄加論斷，遭到當事者向法院按鈴申告。

【分析】不明就裡，不作「不明究裡」、「不明就理」。

【相關詞】僦屋（租屋居住。僦，音ㄐㄧㄡˋ）。憱然（心裡不高興的樣子。憱，音ㄘㄨˋ）。灰面鷲（ㄐㄧㄡˋ）。一蹴可幾（比喻一下子就能成功。蹴，音

ㄘㄨˋ；幾，音ㄐㄧ）。就地取材。準備就緒。

【全國考題】87、93、100、101國中；89師院；98、101教大；93小教；98社會；101、102教師；102國小。

不省人事（ㄅㄨˋ ㄒㄧㄥˇ ㄖㄣˊ ㄕˋ）

【解釋】昏迷而失去知覺。也作「不醒人事」。

【造句】自從上星期發生車禍昏迷以來，林同學一直「不省人事」，情況不甚樂觀。

【分析】省，音ㄒㄧㄥˇ，不讀ㄕㄥˇ；「目」上作「少」：上半中豎不鉤，下長撇不接豎筆。

【相關詞】反省（ㄒㄧㄥˇ）。省（ㄒㄧㄥˇ）思。省（ㄕㄥˇ）儉。省（ㄒㄧㄥˇ）親。減省（ㄕㄥˇ）。歸省（回鄉探望父母。省，音ㄒㄧㄥˇ）。反躬自省（ㄒㄧㄥˇ）。昏定晨省（同「晨昏定省」。省，音ㄒㄧㄥˇ）。省刑薄斂（減輕刑罰，薄收賦稅。省，音ㄕㄥˇ）。省（ㄕㄥˇ）卻麻煩。晨昏定省（子女侍奉父母的日常禮節。省，音ㄒㄧㄥˇ）。發人深省（ㄒㄧㄥˇ）。

【全國考題】91小教；92國小。

不屑一顧（ㄅㄨˋ ㄒㄧㄝˋ ㄧˊ ㄍㄨˋ）

【解釋】瞧不起而不加以注意。

【造句】蔡董是個億萬富翁，對於這些小錢，根本「不屑一顧」。

【分析】屑，音ㄒㄧㄝˋ，不讀ㄒㄩㄝˋ；下作「月」：左筆作豎撇，內作點、挑，點僅輕觸左筆，不輕觸右筆，而挑均輕觸左右筆。

【相關詞】花稍（打扮豔麗。不作「花

俏」)。俏麗。削(ㄒㄩㄝˋ)減。剝削(ㄒㄩㄝˋ)。消夜。紙屑(ㄒㄧㄝˋ)。帩頭(束髮用的頭巾。帩,音ㄑㄧㄠˋ)。捎信(送信)。逍遙。艄公(船夫。艄,音ㄕㄠ)。瘦削(ㄒㄩㄝˋ)。譏誚(以譏諷的話責備他人。誚,音ㄑㄧㄠˋ)。刀削(ㄒㄧㄠ)麵。老來俏。肖(ㄒㄧㄠˋ)像權。前哨(ㄕㄠˋ)戰。俏皮話。海螵蛸(烏賊體內的骨狀硬殼。螵蛸,音ㄆㄧㄠ ㄒㄧㄠ)。硝(ㄒㄧㄠ)煙味。靜悄(ㄑㄧㄠˇ)悄。頭皮屑。不肖之徒。斗筲之人(比喻氣度狹小,才疏學淺的人。筲,音ㄕㄠ)。斗筲穿窬(比喻氣度褊狹、見識淺陋。窬,音ㄩˊ)。行情看俏。形銷骨立(形容人極其瘦弱)。削(ㄒㄩㄝˋ)髮為尼。春寒料峭。捎來喜訊。唯妙唯肖(ㄒㄧㄠˋ)。彩面山魈(動物名。魈,音ㄒㄧㄠ)。通宵達旦。逍遙法外。喜上眉梢。硝雲彈雨(形容槍林彈雨,戰況十分激烈)。稍事休息。當艄拿舵(行船掌舵)。鞘裡藏刀(暗藏害人的利器。鞘,音ㄑㄧㄠˋ)。響徹雲霄。

【全國考題】87國小;81、95、99國中;79中教;93國中;102高中。

不恥下問(ㄅㄨˋ ㄔˇ ㄒㄧㄚˋ ㄨㄣˋ)

【解釋】不以向地位、學識不如自己的人求教為羞恥。

【造句】在這個知識爆炸的時代,「不恥下問」的人才能了解更多、更深入。

【分析】不恥下問,不作「不齒下問」。而「為人所不齒」則不作「為人所不恥」。

【相關詞】沁(ㄑㄧㄣˋ)涼。沁寒(透出寒意)。沁脾。燈芯(ㄒㄧㄣ)。一瓣心香（比喻心悅誠服，如燃香供佛）。心香一瓣（同「一瓣心香」）。伈伈俔俔（畏怯而低聲下氣的樣子。伈，音ㄒㄧㄣˇ；俔，音ㄒㄧㄢˋ）。冰涼沁骨。沁人肺腑。沁入心脾（形容令人感受深刻。同「沁人心脾。」）。沁涼如水（像水一樣清涼）。別出心裁。討人歡心。

【全國考題】97國小。

不脛而走（ㄅㄨˋ ㄐㄧㄥˋ ㄦˊ ㄗㄡˇ）

【解釋】比喻消息或事物不用宣布推廣，也能迅速地傳播。也作「無脛而行」。

【造句】銀行財務危機的消息「不脛而走」，弄得客戶人心惶惶，引發擠兌潮。

【分析】不脛而走，不作「不逕而走」或「不徑而走」。脛，音ㄐㄧㄥˋ，小腿。

【相關詞】井陘（河北省縣名。陘，音ㄒㄧㄥˊ）。年輕。自剄（割頸自殺。剄，音ㄐㄧㄥˇ）。勁旅（精銳的軍隊）。起勁（ㄐㄧㄥˋ）。痙攣（ㄐㄧㄥˋ ㄌㄨㄢˊ）。費勁（ㄐㄧㄥˋ）。幹勁（ㄐㄧㄥˋ）。對勁（ㄐㄧㄥˋ）。脖頸子（脖子的後部。頸，音ㄍㄥˇ）。口徑一致。突破瓶頸。涇渭分明（比喻是非好壞區別得極為清楚。涇，音ㄐㄧㄥ）。涇渭不分。逕行告發。硜硜自守（比喻固執己見。硜，音ㄎㄥ）。雲淡風輕。塵務經心（被世俗的事務所煩擾）。數莖白髮（數根白髮）。醋勁（ㄐㄧㄥˋ）大發。積雪沒脛（比喻雪下得很多。沒，音ㄇㄛˋ）。

【全國考題】77、89師院；73、92、98小教；84、85中教；89、95、96、98國中；89高中；101、102國小。

不敢置喙（ㄅㄨˋ ㄍㄢˇ ㄓˋ ㄏㄨㄟˋ）

【解釋】即不敢插嘴。喙，泛指人的嘴。

【造句】關於你們之間的糾紛，我是局外人，實在「不敢置喙」。

【分析】不敢置喙，不作「不敢置啄」。喙，音ㄏㄨㄟˋ，右上作「彑」（音ㄐㄧˋ，三畫），不可作「夂」（四畫）。

【相關詞】彖辭（易經中統論卦義的文字。彖，音ㄊㄨㄢˋ）。范蠡（春秋時楚人。蠡，音ㄌㄧˇ）。掾吏（輔佐官吏的通稱。掾，音ㄩㄢˋ）。篆刻（ㄎㄜˋ）。蠡縣（河北省縣名。蠡，音ㄌㄧˇ）。大筆如椽（稱揚他人文筆出眾。椽，音ㄔㄨㄢˊ）。不容置喙（不容許插嘴或批評。喙，音ㄏㄨㄟˋ）。因緣際會。如椽之筆（稱讚他人文章優美）。良玉不瑑（比喻本質良好，不憑藉修飾外表。瑑，音ㄓㄨㄢˋ）。采椽不斲（比喻生活簡樸。斲，音ㄓㄨㄛˊ）。接篆視事（接下印信，任職治事）。喙長三尺（比喻人強言善辯）。管窺蠡測（比喻見識淺薄。蠡，音ㄌㄧˊ）。緣木求魚（比喻徒勞無功）。

【全國考題】95國小。

不著邊際（ㄅㄨˋ ㄓㄨㄛˊ ㄅㄧㄢ ㄐㄧˋ）

【解釋】指言論空泛，不切實際。也作「不落邊際」。

【造句】我們做事要腳踏實地，若只是發表一些「不著邊際」的言論，這和空中樓閣又有何差別？

【分析】著，音ㄓㄨㄛˊ，不讀ㄓㄠˊ。際，右從「祭」：左上作斜「月」（ㄖㄡˋ），下作「示」，豎筆不鉤。

【相關詞】江渚（江中小陸地。渚，音

ㄓㄨˇ）。防堵。洲渚（水中可以居住的小陸地）。堵水（湖北省水名。堵，音ㄓㄜˇ）。堵陽（河南省古地名。堵，音ㄓㄜˇ）。堵塞（ㄙㄜˋ）。奢求。奢侈。奢靡。屠宰。圍堵。楮（ㄔㄨˇ）樹。楮墨（紙墨）。著（ㄓㄨㄛˊ）手。著（ㄓㄠˊ）火。著花（開花。著，音ㄓㄨㄛˊ）。著（ㄓㄠ）涼。著（ㄓㄨㄛˊ）重。著（ㄓㄨㄛˊ）眼。著棋（下棋。著，音ㄓㄨㄛˊ）。著（ㄓㄠ）慌。著（ㄓㄠˊ）魔。瘏悴（因過度疲累而生病。瘏，音ㄊㄨˊ）。儲（ㄔㄨˊ）蓄。藷蔗（甘蔗。藷，音ㄓㄨ）。一堵牆。著先鞭（比喻搶先一步成功。著，音ㄓㄨㄛˊ）。嘟著嘴。七級浮屠（七層的佛塔）。安堵如故（形容像過去一樣相安無事）。入耳箸心（對所聽聞的事都能謹記在心。箸，音ㄓㄨˋ）。寸楮尺素（書信）。先睹為快。有目共睹。耳聞目睹。見微知著（看到細微的跡象，就能知道事情發展的趨向。著，音ㄓㄨˋ）。拔著短籌（比喻短命。著，音˙ㄓㄜ）。案堵如故（同「安堵如故」）。茫無頭緒。高翔遠翥（比喻遁世隱居。翥，音ㄓㄨˋ）。屠門大嚼（比喻內心喜歡而不能得到，藉幻想已得到的樣子來自慰。嚼，音ㄐㄩㄝˊ）。屠龍之技（比喻技能高妙卻不實用）。渚清沙白（指水中的小陸地及陸地上的白沙清晰可見）。莫辨楮葉（比喻模仿逼真，難以分辨真假）。棋高一著（比喻能力或智謀比人高超。著，音ㄓㄨㄛˊ）。視若無睹。筆楮難窮（筆墨難以盡記）。著手成春（比喻醫術高明。同「著手回春」。著，音ㄓㄨㄛˊ）。象箸玉杯（形容豪奢的生活）。準備就緒。瘏口嘵舌（費盡脣舌。

嘵，音ㄒㄧㄠ）。睹物思人。遍尋無著（ㄓㄨㄛˊ）。慘不忍睹。撦鼓奪旗（形容英勇作戰。撦，音ㄔㄜˇ）。聞雷失箸（比喻利用巧言來掩飾實情）。環堵蕭然（形容居室簡陋，極為貧窮）。簡策楮墨（指書籍紙墨）。驕奢淫佚。觀者如堵（形容觀看的人很多）。鸞翔鳳翥（比喻書法筆勢生動神妙）。

【全國考題】77、93國小；85高中；84小教；89師院。

不揣淺陋（ㄅㄨˋ ㄔㄨㄞˇ ㄑㄧㄢˇ ㄌㄡˋ）

【解釋】不自量（ㄌㄧㄤˋ）於己身的淺陋而提供（ㄍㄨㄥ）意見。是謙虛的話。也作「不揣譾（ㄐㄧㄢˇ）陋」。

【造句】筆者「不揣淺陋」，提出個人的看法，尚祈讀者不吝指正。

【分析】不揣淺陋，不作「不惴（ㄓㄨㄟˋ）淺陋」。揣，音ㄔㄨㄞˇ，不讀ㄓㄨㄟˋ。

【相關詞】開耑（開端。耑，音ㄉㄨㄢ）。揣摩。湍（ㄊㄨㄢ）急。瑞雪。顓頊（音ㄓㄨㄢ ㄒㄩˋ。五帝之一）。平白無端（無緣無故）。耑此奉達（書信結尾的敬辭。耑，音ㄓㄨㄢ）。氣喘如牛。惴（ㄓㄨㄟˋ）惴不安。逸興遄飛（超脫世俗的興致快速飛揚。興，音ㄒㄧㄥˋ；遄，音ㄔㄨㄢˊ）。踹（ㄔㄨㄞˋ）門而入。

【全國考題】86國小。

不腆之儀（ㄅㄨˋ ㄊㄧㄢˇ ㄓ ㄧˊ）

【解釋】禮物不豐厚。腆，豐厚。

【造句】千里送鵝毛，禮輕人意重。這「不腆之儀」，請您笑納。

【分析】腆，音ㄊㄧㄢˇ，不讀ㄉㄧㄢˇ。

【相關詞】捵麵（用手把麵塊拉成麵條。

捵，音ㄔㄣ）。淟涊（音ㄊㄧㄢˇ ㄋㄧㄢˇ。汙濁而不鮮明）。碘酒。靦腆（音ㄇㄧㄢˇ ㄊㄧㄢˇ。害羞，難為情的樣子）。明正典刑（指依照法律公開處決）。

【全國考題】85小教。

不慍不火（ㄅㄨˋ ㄩㄣˋ ㄅㄨˋ ㄏㄨㄛˇ）

【解釋】形容心情平靜，不怨恨也不動怒。

【造句】雖然臺下觀眾噓聲四起，他一點也不引以為意，這種「不慍不火」的態度，令人動容。

【分析】不慍不火，不作「不溫不火」。慍，音ㄩㄣˋ，不讀ㄨㄣ，「皿」上從「囚」，不從「日」。

【相關詞】老媼（年老的婦人。同「老嫗」。媼，音ㄠˇ）。氤氳（音ㄧㄣ ㄩㄣ。煙雲瀰漫的樣子）。魚塭。嗢噱（音ㄨㄚˋ ㄐㄩㄝˊ。笑個不停，樂不自勝）。媼神（地神）。慍色（發怒的臉色）。慍怒（怒恨、生氣）。揾鈴（按鈴。揾，音ㄨㄣˋ）。溫暖。溫馨。熨斗（即熨斗。熨，音ㄩㄣˋ）。膃肭（音ㄨㄚˋ ㄋㄚˋ。即海狗）。瘟疫。醞釀。醞酒（造酒。醞，音ㄩㄣˋ）。蘊藏。水蘊草。不明底蘊（不明白詳細的內容）。束縕請火（比喻為人排解紛爭或求助於人。縕，音ㄩㄣˋ）。良醞可戀（比喻為迷戀美酒之意）。面有慍色。揾英雄淚（擦拭英雄淚）。溫文爾雅。溫柔敦厚。醞釀情緒。韜光韞玉（比喻隱藏才能。韜，音ㄊㄠ；韞，音ㄩㄣˋ）。韞玉待價（同「待價而沽」）。韞櫝而藏（比喻懷才而不為世用。櫝，音ㄉㄨˊ）。

【全國考題】95國小。

不落窠臼（ㄅㄨˋ ㄌㄨㄛˋ ㄎㄜ ㄐㄧㄡˋ）

【解釋】比喻不落俗套，有獨創的風格。多指文章、作品而言。

【造句】這些藝術品是作者匠心獨運、「不落窠臼」的偉大創作，勢必引起文化界一陣騷動。

【分析】不落窠臼，不作「不落巢臼」。窠，音ㄎㄜ，不讀ㄔㄠˊ。

【相關詞】包裹。果腹。青稞（植物名。稞，音ㄎㄜ）。彙整。碗粿（ㄍㄨㄛˇ）。祼祭（將酒灑在地上以告神的祭禮。祼，音ㄍㄨㄢˋ）。窠巢（鳥巢）。腳踝（ㄏㄨㄞˊ）。蜾蠃（音ㄍㄨㄛˇ ㄌㄨㄛˇ。昆蟲名，體形似蜂）。裸露（ㄌㄨˋ）。髁骨（大腿骨或膝蓋骨。髁，音ㄎㄜ）。杜口裹足（形容心裡畏懼而不敢進言）。食不果腹（形容生活貧困）。馬革裹屍（比喻軍人英勇作戰，戰死沙場）。揚堁弭塵（比喻不從根本上解決，反而助長其聲勢。堁，音ㄎㄜˋ；弭，音ㄇㄧˇ）。裹足不前。

【全國考題】85、93、96、98、102國中；79師院；99國小；102教師；102社會。

不齒（ㄅㄨˋ ㄔˇ）

【解釋】不屑（ㄒㄧㄝˋ）與之同列，表示極為輕視，如「不齒」、「為人所不齒」。

【造句】他為了升官，對上司極盡巴結之能事，令人「不齒」。

【分析】不齒，不作「不恥」。但「不恥下問」不作「不齒下問」。

【相關詞】齧臂盟（指男女私訂的婚約。齧臂，音ㄋㄧㄝˋ ㄅㄧˋ）。不足掛齒（不值得一談。表示輕視或謙虛）。分班序齒（指依年齡長幼而分位次）。馬齒徒增（自謙年歲徒增，而毫無成就）。窮鼠齧貓（比喻人到了走投無路時，也會起而反抗）。齧雪吞氈（比喻困境中艱難的生活。氈，音ㄓㄢ）。

【全國考題】73、85高中；91、92、99國小；101教大。

中流砥柱 ㄓㄨㄥ ㄌㄧㄡˊ ㄉㄧˇ ㄓㄨˋ

【解釋】比喻獨立不撓、力挽狂瀾的人。砥柱，山名，位於河南省三門峽東，屹（ㄧˋ）立在黃河的中流。

【造句】像你這樣不畏強權、堅持正義的人，真是濁世中獨一無二的「中流砥柱」。

【分析】中流砥柱，不作「中流柢柱」。

【相關詞】官邸。詆毀。大勢底定。化鴟為鳳（指官吏以德教化民，而不濫用刑罰。鴟，音ㄔ）。氐首仰給（順從聽命，仰賴他人供給。氐，音ㄉㄧ；給，音ㄐㄧˇ）。根深柢固。砥志礪行（ㄒㄧㄥˋ）。祇（ㄓ）候光臨。胼手胝足（形容極為辛勞。胼，音ㄆㄧㄢˊ；胝，音ㄓ）。追根究柢。羝羊觸藩（比喻進退兩難。羝，音ㄉㄧ；藩，音ㄈㄢˊ）。觝排異端（排斥違背正統思想的學說、主張。觝，音ㄉㄧˇ）。微文深詆（用繁苛的法律條文，陷人入罪）。

【全國考題】85師院；89、96國中；92、99高中；94、95小教；102國小。

中飽私囊 ㄓㄨㄥ ㄅㄠˇ ㄙ ㄋㄤˊ

【解釋】經手公款，以不正當（ㄉㄤˋ）的手段而從中貪汙。

【造句】公司上個月虧損嚴重，高層懷疑經辦人有「中飽私囊」之嫌，正暗中調查。

【分析】中，音ㄓㄨㄥ，不讀ㄓㄨㄥˋ；囊，音ㄋㄤˊ，不讀ㄋㄤˇ。

【相關詞】中（ㄓㄨㄥˋ）肯。仲介。怔忡（音ㄓㄥ ㄔㄨㄥ。內心驚悸）。苦衷。酒盅（小酒杯。盅，音ㄓㄨㄥ）。熱中（ㄓㄨㄥˋ）。沖天炮。种師道（宋代人名。种，音ㄔㄨㄥˊ）。一飛沖天。中（ㄓㄨㄥˋ）規中矩。公忠體國（公正而忠心地為國家服務。即盡忠為國）。由衷之言。伯仲之間（才能相當，不相上下）。言不由衷。和衷共濟。直沖天際。深中肯綮（即中肯。中，音ㄓㄨㄥˋ；綮，音ㄑㄧㄥˋ）。莫忘初衷。莫衷一是。傾訴衷曲（ㄑㄩ）。憂心忡忡。謙沖自牧（待人處世謙和退讓，以修養自我的德性）。難易適中（ㄓㄨㄥ）。

【全國考題】89師院。

中輟 ㄓㄨㄥ ㄔㄨㄛˋ

【解釋】中途停頓。輟，停止。

【造句】由於家庭突遭變故，他的學業只得（ㄉㄜˊ）暫時「中輟」。

【分析】輟，音ㄔㄨㄛˋ，不讀ㄓㄨㄟˋ；右作四「又」：除右下「又」的第二筆維持捺筆外，餘皆改長頓點。不作四「又」。

【相關詞】危惙（病危。惙，音ㄔㄨㄛˋ）。敁敠（音ㄉㄧㄢ ˙ㄉㄨㄛ。指在心中衡量、考慮事態大小）。啜（ㄔㄨㄛˋ）泣。蝃蝀（音ㄉㄧˋ ㄉㄨㄥ。虹。同「螮蝀」）。蝃蝥（音ㄓㄨㄛˊ ㄇㄠˊ。蜘蛛）。輟學。攛掇（音ㄘㄨㄢ ㄉㄨㄛˊ。慫恿）。中輟生。剟定法令（刪削法令。剟，音ㄉㄨㄛ）。啜菽飲水（指生活清苦，飲食粗劣）。輟耕壟上（比喻不甘才能被埋沒，心中躍躍思動。壟，音ㄌㄨㄥˇ）。餔糟歠醨（比喻隨波逐流，與世浮沉的生活態度。餔，音ㄅㄨ；歠醨，音ㄔㄨㄛˋ ㄌㄧˊ）。

【全國考題】91高中；101國小。

予取予求（ㄩˇ ㄑㄩˇ ㄩˊ ㄑㄧㄡˊ）

【解釋】任意取求，需索無度。含有強橫（ㄏㄥˋ）不講理的意思。

【造句】明知妻子賺的是辛苦錢，卻對她「予取予求」，你算什（ㄕㄣˊ）麼男子漢大丈夫！

【分析】予，音ㄩˊ，不讀ㄩˇ。

【相關詞】婕妤（漢代女官。妤，音ㄩˊ）。人莫予毒（比喻為所欲為，毫無顧忌。予，音ㄩˊ）。予智自雄（驕矜自滿，自以為了不起。予，音ㄩˊ）。公序良俗（公共秩序，善良風俗）。生殺予奪（比喻至高無上的權威。予，音ㄩˇ）。各抒己見。自出機杼（比喻詩文別出心裁，獨創新意。杼，音ㄓㄨˋ）。別出機杼（比喻創作新穎，不落俗套）。紓（ㄕㄨ）解旱象。曾母投杼（比喻流言可畏）。舒筋活血。毀家紓難（捐出所有家產以解救國難。難，音ㄋㄢˋ）。獨抒性靈（指文學作品以抒發作者性情為主，講究真實、自然）。

【全國考題】83、95國中；79中教；99、100國小。

內訌（ㄋㄟˋ ㄏㄨㄥˋ）

【解釋】內部由於權力或利益等原因，而自相爭奪傾軋（ㄧㄚˋ）。

【造句】這家公司由於人事安排不當，引起嚴重的「內訌」，營運一落千丈。

【分析】內訌，不作「內鬨」。訌，音ㄏㄨㄥˊ，不讀ㄏㄨㄥˋ。

【相關詞】女紅（ㄍㄨㄥ）。仝（ㄊㄨㄥˊ）賀。扛鼎石矼（石橋。矼，音ㄐㄧㄤ）。扛鼎（力氣很大。扛，音ㄍㄤ）。舡魚（一種軟體動物。舡，音ㄒㄧㄤ）。缸豇（ㄐㄧㄤ）豆。頂缸（頂罪）。魟（ㄏㄨㄥˊ）魚。大染缸。汞（ㄍㄨㄥˇ）汙泥。力能扛鼎（力氣很大）。士氣如虹。工於心計。代為說項（替人說好話）。巧奪天工。拔山扛鼎（力氣強大）。氣勢如虹。鬼斧神工。異曲同工。筆力扛鼎（形容文筆遒勁）。項背相望（形容人數很多）。德厚信矼（品德純厚，行為誠實。矼，音ㄑㄧㄤ）。

【全國考題】79、85、87國小；86、91、93、94小教；94、96國中；94高中；97中教；101社會。

公帑 ㄍㄨㄥ ㄊㄤˇ

【解釋】公款，如「浪費公帑」。

【造句】盜用「公帑」是犯法的行為，公務人員要時時刻刻謹記在心。

【分析】帑，音ㄊㄤˇ，不讀ㄋㄨˊ。

【相關詞】弓弩（ㄋㄨˇ）。努嘴（翹起嘴脣，向人示意）。妻孥（妻子與兒女。孥，音ㄋㄨˊ）。帑藏（國庫。藏，音ㄗㄤˋ）。駑（ㄋㄨˊ）鈍。駑駘（比喻才能平庸低劣。駘，音ㄊㄞˊ）。奴顏婢膝（譏人卑屈諂媚極其無恥的態度。婢，音ㄅㄧˋ）。呶呶不休（嘮叨個不停。呶，音ㄋㄠˊ）。拏雲攫石（形容姿態輕盈矯捷。拏，音ㄋㄚˊ；攫，音ㄐㄩㄝˊ）。浪費公帑。罪人不孥（治罪僅止本人，不累及妻子兒女。也作「罪人不帑」。孥與帑，皆音ㄋㄨˊ）。劍拔弩張。駑馬戀棧（比喻庸才貪戀俸祿與官位。同「駑馬戀棧豆」）。

【全國考題】86、89、95國小；85、91、92師院；91小教；94、96、97國中；97高中。

切膚之痛（ㄑㄧㄝˋ ㄈㄨ ㄓ ㄊㄨㄥˋ）

【解釋】形容極為深刻難忘。切膚，即切身。

【造句】晚年白髮人送黑髮人的「切膚之痛」，使他至今仍鬱鬱寡歡，無法開朗樂觀地面對親友。

【分析】切，音ㄑㄧㄝˋ，不讀ㄑㄧㄝ；左作一橫、一豎挑（共兩筆），不作「土」。膚，「田」下作「月」（ㄖㄡˋ），不作「月」。

【相關詞】反切（古人切語拼音之法，用二字以求一字之音。切，音ㄑㄧㄝˋ）。切（ㄑㄧㄝ）磋。沏油（油經加熱，把花椒放入快炒，然後倒在菜餚上。沏，音ㄑㄧ）。沏茶。砌末（道具和布景。砌，音ㄑㄧㄝˋ）。堆砌（ㄑㄧˋ）。切中時弊（指言論恰好說中當時的弊病。切，音ㄑㄧㄝˋ；中，音ㄓㄨㄥˋ）。粉妝玉砌（形容雪景）。望聞問切（ㄑㄧㄝˋ）。

【全國考題】85、89、93國中；74小教。

分娩（ㄈㄣ ㄇㄧㄢˇ）

【解釋】母體生產的過程，如「無痛分娩」。

【造句】「分娩」必須經過一番痛苦的過程，有些孕婦為了減輕痛苦，於是聽從醫生的建議，採用無痛「分娩」的方式。

【分析】娩，音ㄇㄧㄢˇ，不讀ㄨㄢˇ；右從「免」：上作「ㄅ」（ㄖㄣˊ），不作「刀」，中筆長撇直貫而下為一筆。

【相關詞】免除。於菟（音ㄨ ㄊㄨˊ。老虎）。俛首（低頭。俛，音ㄈㄨˇ）。冤枉（ㄨㄤˇ）。挽留。嘉勉。輓聯。鞔鼓（將皮革固定在鼓框上做成鼓面。鞔，音ㄇㄢˊ）。無冕王（指記者）。衛冕者。以逸待勞。冠（ㄍㄨㄢ）冕堂皇。動如脫兔。殺手輓歌。勞逸不均。說豫娩澤（喜悅歡樂，容光煥發的樣子。說，音ㄩㄝˋ；娩，音ㄨㄢˇ）。避之若浼（指躲避唯恐不及，生怕玷辱了自己。浼，音ㄇㄟˇ）。

【全國考題】79、95、98、101國小；86小教；92、95、96國中；96中教。

分道揚鑣（ㄈㄣ ㄉㄠˋ ㄧㄤˊ ㄅㄧㄠ）

【解釋】比喻依各人志趣，各自分頭發展。也作「分路揚鑣」。鑣，馬口中所含的鐵環。

【造句】從此我倆（ㄌㄧㄚˇ）「分道揚鑣」，你走你的陽關道，我過我的獨木橋。

【分析】分道揚鑣，不作「分道揚鏢」。鑣，音ㄅㄧㄠ。

【相關詞】臕壯（獸類肥壯。臕，音ㄅㄧㄠ）。雨雪瀌瀌（雪下得很大的樣子。也作「雨雪麃麃」。雨，音ㄩˋ；瀌，音ㄅㄧㄠ）。連鑣並軫（比喻並駕齊驅。軫，音ㄓㄣˇ）。

【全國考題】83、84、96國中；79、80、84、96高中；79、83師院；82、83、87小教；82、83、85中教；98國小；102教師。

分際（ㄈㄣˋ ㄐㄧˋ）

【解釋】分別的界限，如「有失分際」、「嚴守分際」。

【造句】老蔡行事知守「分際」，從不逾（ㄩˊ）越權限，深得長官厚愛。

【分析】分，音ㄈㄣˋ，不讀ㄈㄣ；上半作「八」，不作「人」或「入」。

【相關詞】分（ㄈㄣˋ）外。邠縣（陝西省縣名。邠，音ㄅㄧㄣ）。夜分（ㄈㄣ）。春分（ㄈㄣ）。秋分（ㄈㄣ）。時分（ㄈㄣˋ）。氣氛（ㄈㄣ）。頒獎。鳻鳩（斑鳩。鳻，音ㄅㄢ）。鳻鶞（音ㄈㄣ ㄔㄨㄣ。候鳥名）。分斤掰兩（比喻過分斤斤計較。掰，音ㄅㄞ）。交岔（ㄔㄚˋ）路口。治絲益棼（比喻行事不得要領而越做越糟。棼，音ㄈㄣˊ）。枌榆同契（同故鄉的人。枌，音ㄈㄣˊ）。河汾門下（比喻名師門下人才輩出。汾，音ㄈㄣˊ）。胡說瞎掰。夢醒時分（ㄈㄣˋ）。懲忿窒欲（遏止忿怒，阻塞情欲。懲，音ㄔㄥˊ）。嚴守分際。

【全國考題】83國中；88、98國小；95高中。

勾當（ㄍㄡˋ ˙ㄉㄤ）

【解釋】事情。多指壞事而言。

【造句】雖然毒梟以合法的名義掩護非法「勾當」，在貨櫃內暗藏毒品，仍被海關人員一眼識破。

【分析】勾，音ㄍㄡˋ，不讀ㄍㄡ；當字輕讀。

【相關詞】勾勒（描畫輪廓）。勾搭。勾踐（同「句踐」）。勾魂攝魄（比喻極具吸引力，使人為之迷戀）。非法勾當。裡勾外連（同「裡應外合」）。勾，音ㄍㄡ）。

【全國考題】76國中；80高中；88師院；83小教。

化裝舞會（ㄏㄨㄚˋ ㄓㄨㄤ ㄨˇ ㄏㄨㄟˋ）

【解釋】參加者掩飾本來面目，改扮成其他形象，以增加樂趣的舞會。

【造句】市政府為青少年舉辦的「化裝舞會」，博得各界的好評。

【分析】化裝舞會，不作「化妝舞會」。化裝，改變裝束，讓別人認不出；化妝，修飾容貌，使自己更漂亮。

【相關詞】玄奘（ㄒㄩㄢˊ ㄗㄤˋ）。莊稼漢。化裝潛（ㄑㄧㄢˊ）逃。壯志未酬。鴻案相莊（比喻夫妻和睦相敬。同「舉案齊眉」）。

【全國考題】96、98、101教大。

匹敵（ㄆㄧˇ ㄉㄧˊ）

【解釋】雙方地位平等、力量相同，如「無可匹敵」（沒有可相對抗的）。

【造句】他的聰明睿智、才華橫溢，無人能與之「匹敵」。

【分析】匹，音ㄆㄧˇ，不讀ㄆㄧ；部首屬「匸」（ㄒㄧˋ）部，而非「匚」（ㄈㄤ）部。

【相關詞】匹（ㄆㄧˇ）夫。匹（ㄆㄧˇ）配。匹練（一匹白布。指瀑布。匹，音ㄆㄧˇ）。布匹（ㄆㄧˇ）。一匹（ㄆㄧˇ）布。一匹（ㄆㄧ）馬。匹夫之勇。匹夫匹婦。匹夫有責。匹（ㄆㄧ）馬單槍。無可匹敵。舉世無匹（形容十分優秀，凌駕群倫。匹，音ㄆㄧˇ）。匹夫無罪，懷璧其罪（擁有珍寶容易招致禍害）。

【全國考題】77、101國小；92國中。

及笄（ㄐㄧˊ ㄐㄧ）

【解釋】古代女子年滿十五歲而束髮加笄，以示成年。笄，頭簪（ㄗㄢ）。

【造句】她正值「及笄」年華，彷彿含苞待放的玫瑰美麗動人。

【分析】笄，音ㄐㄧ，第七、八筆各為一橫，中不間斷。

【相關詞】舞勺之年（十三歲。勺，音ㄓㄨㄛˊ）。志學之年（十五歲）。二八年華、破瓜之年（指女子十六歲）。弱冠之年（指男子二十歲。冠，音ㄍㄨㄢˋ）。花信年華（指女子二十四歲）。而立之年（三十歲）。不惑之年（四十歲）。強仕之年（指男子四十歲。強，音ㄑㄧㄤˇ）。知命之年、艾服之年、杖家之年（皆為五十歲）。耳順之年、平頭甲子、杖鄉之年、花甲之年（皆為六十歲）。從心之年、古稀之年、懸車（ㄐㄩ）之年、杖國之年（皆為七十歲）。杖朝之年（八十歲）。期頤之年（一百歲。期頤，音ㄑㄧˊ ㄧˊ）。

【全國考題】81國小；73、81、86、98國中；84、97高中；83、97中教；84、88師院；95教大；77、95、97小教；101教師；97社會。

反映（ㄈㄢˇ ㄧㄥˋ）

【解釋】指上級或政府各種設施和作風，所得到下級或民間的意見。

【造句】執政當局應重視民意的「反映」，才能獲得選民的認同。

【分析】反映，不作「反應」。由刺激而引起的一切活動，稱為「反應」，如

「反應遲鈍」。兩者詞意不同。

【相關詞】央求。災殃。坱圠（音一ㄤˇ 一ㄚˋ。廣闊無邊）。盎然。遭殃。鴛（ㄩㄢ）鴦。反映民意。王事鞅掌（官差忙碌）。央人作伐（請人作媒。伐，音ㄈㄚ）。生意盎（ㄤˋ）然。池魚之殃。怏（一ㄤˋ）怏不樂。怏然不悅（不快樂、不滿意的樣子）。泱（一ㄤ）泱大國。殃及無辜。盎盂相敲（比喻家人爭吵，發生口角。盂，音ㄩˊ）。逸塵斷鞅（形容跑得非常快）。雲英未嫁（女子尚未嫁人）。落英繽紛。禍國殃民。綠意盎然。誤國殃民。

【全國考題】76、83國中；86中教；97國小；100社會。

太倉稊米（ㄊㄞˋ ㄘㄤ ㄊㄧˊ ㄇㄧˇ）

【解釋】比喻極為渺小。稊米，小米。

【造句】船隻在大海中航行，宛如「太倉稊米」一般，此時的我瞿（ㄐㄩˋ）然驚覺天地的偉大，自己的渺小。

【分析】太倉稊米，不作「太滄稊米」。稊，音ㄊㄧˊ，不讀ㄊㄧˋ或ㄉㄧˋ；米，上左點、上右撇、下左撇、下右頓點，四筆皆不接橫、豎筆。

【相關詞】孝弟（ㄊㄧˋ）。剃髮。豈弟（音ㄎㄞˇ ㄊㄧˋ。和樂的樣子）。娣姒（妯娌。娣，音ㄉㄧˋ）。昆弟（兄弟。昆，音ㄎㄨㄣ）。凝睇（注視。睇，音ㄉㄧˋ）。入孝出弟（在家要孝順父母，出門要恭敬長上。弟，音ㄊㄧˋ）。剃刀邊緣（比喻性命瀕臨生死邊緣）。剃度出家。拾人涕唾（比喻因襲他人的言論或主張）。枯楊生稊（比喻年老者娶年少的妻子）。突梯滑稽（婉轉順從、圓滑而隨俗。滑，音ㄍㄨˇ）。破涕為笑。感激涕零。綈袍之贈（貧困時他人餽贈之物或寄予的同情。綈，音ㄊㄧˊ）。綈袍垂愛（同「綈袍之贈」）。

【全國考題】97國小。

天ㄊㄧㄢ真ㄓㄣ爛ㄌㄢˋ漫ㄇㄢˋ

【解釋】性情率真，毫不造作。

【造句】兒歌是小孩子快樂的泉源，它在純樸中帶有俏皮和「天真爛漫」的色彩，深受兒童的喜愛。

【分析】天真爛漫，不作「天真浪漫」或「天真瀾漫」。

【相關詞】波（ㄅㄛ）瀾（ㄌㄢˊ）。斑爛（形容色彩鮮麗，光彩奪目。爛，音ㄌㄢˊ）。瀾汗（水勢浩大的樣子。瀾，音ㄌㄢˋ）。瀾漫（分散雜亂的樣子。瀾，音ㄌㄢˋ）。蘭若（寺院。若，音ㄖㄜˇ）。讕言（誣妄而沒有根據的話。讕，音ㄌㄢˊ）。力挽狂瀾。口無遮攔。色彩斑爛。夜闌人靜。波瀾壯闊（比喻氣勢雄壯浩大）。春意闌珊（指春天將結束）。桂子蘭孫（稱譽他人的子孫）。推波助瀾。意興（ㄒㄧㄥˋ）闌珊。夢蘭之喜（稱婦人有孕）。蒸漚歷瀾（形容溼熱地區因長期浸水，以致泥土冒泡糜爛的樣子。漚，音ㄡˋ）。興盡意闌（興味和情致都沒有了。興，音ㄒㄧㄥˋ）。攔腰撞上。蘭艾俱焚（同「玉石俱焚」）。

【全國考題】79高中；79中教；95國小。

天崩地坼（ㄊㄧㄢ ㄅㄥ ㄉㄧˋ ㄔㄜˋ）

【解釋】形容巨大的聲音。也作「天崩地裂」。

【造句】地震來時，只聽到一陣「天崩地坼」的聲響，山上的土石隨即紛紛崩落。

【分析】天崩地坼，不作「天崩地折」或「天崩地坼」。坼，裂開，音ㄔㄜˋ，不讀ㄔㄞ或ㄑㄧˊ；「斥」的豎筆上加一點，點輕觸豎筆上而不穿過。

【相關詞】充斥。坼裂（裂開）。跅弛（音ㄊㄨㄛˋ ㄔˊ。放蕩而不加檢束）。斥資興建。抱關擊柝（泛指位卑祿薄的官吏。柝，音ㄊㄨㄛˋ）。沿泝阻絕（船隻上下阻斷，不能通行。泝，音ㄙㄨˋ）。

【全國考題】81、95、101國中；88高中；88小教；91中教；98國小。

天涯海角（ㄊㄧㄢ ㄧㄚˊ ㄏㄞˇ ㄐㄧㄠˇ）

【解釋】偏遠或相距遙遠的地方。也作「天涯地角」。

【造句】即使你逃到「天涯海角」，我也要把你揪（ㄐㄧㄡ）出來！

【分析】天涯海角，不作「天崖海角」。涯，音ㄧㄚˊ；崖，音ㄧㄞˊ。

【相關詞】生涯。捱（ㄞˊ）打。崖岸自高（比喻自高自大，不知謙卑）。捱人笑罵。捱肩擦背（形容人潮擁擠的樣子）。睚眥必報（指極小的仇恨也一定要報復。睚眥，音ㄧㄞˊ ㄗˋ）。橫無際涯（形容廣闊而沒有邊際）。懸崖勒馬。

【全國考題】81國小；81高中；84、86師院。

引吭高歌（ㄧㄣˇ ㄏㄤˊ ㄍㄠ ㄍㄜ）

【解釋】放開喉嚨而高聲歌唱。吭，咽喉、喉嚨。

【造句】絢（ㄒㄩㄢˋ）麗的花叢裡，蝶兒翩翩飛舞；茂密的樹林中，鳥兒「引吭高歌」，一切顯得詩意盎（ㄤˋ）然。

【分析】吭，音ㄏㄤˊ，不讀ㄎㄥ。若作「吭聲」，則讀作ㄎㄥ，不讀ㄏㄤˊ。

【相關詞】亢奮。吭（ㄎㄥ）聲。高亢。落炕（音ㄌㄠˋ ㄎㄤˋ。病得很嚴重而不能起床）。頡頏（音ㄒㄧㄝˊ ㄏㄤˊ。鳥飛上飛下）。護航。賢伉儷。不卑不亢。沆瀣一氣（比喻氣味相投，後多用於貶義。沆瀣，音ㄏㄤˋ ㄒㄧㄝˋ）。悶（ㄇㄣ）不吭聲。搤肮拊背（比喻抓住要害，使對手毫無反抗能力。搤肮，音ㄜˋ ㄏㄤˊ；拊，音ㄈㄨˇ）。

【全國考題】83、85、89國小；77、88、97國中；82、88、92、95、97高中；74、83、88、90師院；87、88、91、92中教。

心悅誠服（ㄒㄧㄣ ㄩㄝˋ ㄔㄥˊ ㄈㄨˊ）

【解釋】指誠心誠意地服從。

【造句】老闆對員工照顧有加，員工個個莫不「心悅誠服」。

【分析】心悅誠服，不作「心悅臣服」。臣服，服輸，如「對手實力堅強，我不得不臣服。」悅，右從「兌」：上兩筆作撇、點，不作點、撇，作「兊」，非正。

【相關詞】兌命（書經篇名。兌，音ㄩㄝˋ）。兌現。納稅。傅說（殷高宗的賢相。說，音ㄩㄝˋ）。喜悅。蛻（ㄊㄨㄟˋ）變。遊說（ㄕㄨㄟˋ）。山窠藻梲（斗栱雕刻山的圖形，梁上短柱畫水藻花紋。棨，音ㄐㄧㄝˇ；梲，音ㄓㄨㄛˊ）。兩情相悅。弧帨齊輝（祝人夫婦高壽。帨，音ㄕㄨㄟˋ）。設帨佳辰（祝賀他人生女之辭）。銳不可當（ㄉㄤ）。閱人無數。閱聽大眾。

【全國考題】87中教。

心浮氣躁（ㄒㄧㄣ ㄈㄨˊ ㄑㄧˋ ㄗㄠˋ）

【解釋】形容情緒不穩定，容易發怒的樣子。

【造句】有些「心浮氣躁」的年輕人，受不了別人三言兩語的刺激，就大發雷霆。

【分析】心浮氣躁，不作「心浮氣燥」。凡與人的個性、心情、脾氣有關，都用「躁」，不用「燥」。

【相關詞】肉燥（ㄙㄠˋ）。害臊（ㄙㄠˋ）。乾燥。煩躁。腥臊（ㄙㄠ）。鼓譟。暴躁。幧頭（古代男子的束髮巾。幧，音ㄘㄠ）。臊氣（腥臭的氣味。臊，音ㄙㄠ）。臊聲（醜陋的名聲。臊，音ㄙㄠˋ）。肉燥飯。口乾舌燥。少（ㄕㄠˇ）安勿躁。名噪一時。征伐剿絕（出征討伐並加以消滅。伐，音ㄈㄚ；剿，音ㄐㄧㄠˇ）。念子懆懆（想你想到憂慮不安。懆，音ㄘㄠˇ）。枯燥乏味。燥（ㄙㄠˋ）子豆腐。臊眉搭眼（形容羞愧的樣子。臊，音ㄙㄠˋ）。聲名大噪。躁人辭多（急躁的人話多）。

【全國考題】85國小。

心廣體胖（ㄒㄧㄣ ㄍㄨㄤˇ ㄊㄧˇ ㄆㄢˊ）

【解釋】比喻心懷坦蕩，沒有憂慮，體貌自然舒泰。

【造句】李先生開朗樂觀，「心廣體胖」，看起來總是那麼和藹可親。

【分析】胖，音ㄆㄢˊ，不讀ㄆㄤˋ。

【相關詞】入泮（科舉時代學童入學為生員。泮，音ㄆㄢˋ）。耳畔。拌嘴。泮宮（古代稱學校）。頖宮（同「泮宮」。頖，音ㄆㄢˋ）。伴手禮。夫妻牉合（指夫婦的婚配。牉，音ㄆㄢˋ）。伴食宰相（諷刺尸位素餐的高官）。判若雲泥（比喻相差懸殊）。判若鴻溝（比喻界線很清楚，區別極為明顯）。

【全國考題】81、87國小；84國中；80、82、88高中；84、85師院；74、80、81、87小教；83、84、88中教。

戶樞不蠹（ㄏㄨˋ ㄕㄨ ㄅㄨˋ ㄉㄨˋ）

【解釋】門軸經常轉動就不會被蟲蛀蝕。比喻經常活動便不至於退化或老化。戶樞，門的轉軸。

【造句】流水不腐，「戶樞不蠹」。人要經常運動，才能永保健康。

【分析】戶，起筆作一撇，不作一點或一橫；蠹，音ㄉㄨˋ，不讀ㄊㄨㄛˊ。

【相關詞】囊（ㄋㄤˊ）括。齉鼻（鼻音特別重，發音不清楚。齉，音ㄋㄤˋ）。智囊團。蠹書蟲（比喻死讀書而不知融會貫通的人）。中（ㄓㄨㄥ）飽私囊。阮囊羞澀（稱自己貧困窘迫。阮，音ㄖㄨㄢˇ）。持橐簪筆（侍從手提書囊，插筆於頭，以備隨時記事。橐，音ㄊㄨㄛˊ；簪，音ㄗㄢ）。探囊取物。推推攮攮（推辭。攮，音ㄋㄤˇ）。魚枯生蠹（比喻禍患的產生，必有其原因）。傾（ㄑㄧㄥ）囊相授。櫜弓臥鼓（比喻停止戰爭或議和。櫜，音ㄍㄠ）。囊空如洗（比喻窮得一點錢都沒有）。蠹居棋處（比喻壞人深入社會，散布很廣。處，音ㄔㄨˇ）。

【全國考題】73、77、96國中；82、93小教；82、95、98中教。

手（ㄕㄡˇ）不（ㄅㄨˋ）釋（ㄕˋ）卷（ㄐㄩㄢˋ）

【解釋】比喻勤奮好學。

【造句】雖然學測已經結束，他依舊「手不釋卷」，真令人佩服。

【分析】手不釋卷，不作「手不釋券」。卷，音ㄐㄩㄢˋ，下作「㔾」（ㄐㄧㄝˊ），不作「巳」（ㄙˋ）或「己」。

【相關詞】卷髮（卷曲的頭髮。卷，音ㄑㄩㄢˊ）。卷（ㄐㄩㄢˇ）鬚。桮棬（音ㄅㄟ ㄑㄩㄢ。形狀彎曲的木製飲酒器）。圈檻（音ㄐㄩㄢˋ ㄐㄧㄢˋ。豢養猛獸的鐵籠）。蜷（ㄑㄩㄢˊ）縮。鬈髮（同「卷髮」。鬈，音ㄑㄩㄢˊ）。城圈兒（城牆圍繞著城市。圈，音ㄑㄩㄢ）。卷帙浩繁（形容書籍很多。帙，音ㄓˋ）。卷卷服膺（真摯誠懇地服從。卷，音ㄑㄩㄢˊ）。惓惓垂問（真摯誠懇地詢問。惓，音ㄑㄩㄢˊ）。睠以佳耦（因關心而為他人介紹佳偶。睠，音ㄐㄩㄢˋ）。繾綣難捨（情意纏綿，難分難捨。繾綣，音ㄑㄧㄢˇ ㄑㄩㄢˇ）。

【全國考題】84、93國小。

手（ㄕㄡˇ）腕（ㄨㄢˋ）

【解釋】手與臂相接的部分，如「扳（ㄅㄢ）手腕」；也可用來指手段、本事，如「手腕靈活」、「外交手腕」。

【造句】他處事的「手腕」很高明，就算棘手難辦的任務，也馬上迎刃而解。

【分析】腕，音ㄨㄢˋ，不讀ㄨㄢˇ；右下

作「㔾」（ㄐㄧㄝˊ），不作「巳」（ㄙˋ）。

【相關詞】大宛（漢時西域國名。宛，音ㄩㄢ）。扼腕。剜空（挖空。剜，音ㄨㄢ）。婉謝。惋（ㄨㄢˋ）惜。涴潬（音ㄨㄛˋ ㄉㄢˋ。水波相碰擊）。琬琰（音ㄨㄢˇ ㄧㄢˇ。泛指美玉或比喻君子的品德）。搤捥（音ㄜˋ ㄨㄢˋ。失意、憤怒的樣子。同「搤腕」、「扼腕」）。蜿（ㄨㄢ）蜒。豌（ㄨㄢ）豆。憤腕。鐵腕。好肉剜瘡（比喻本來無事，而自尋煩惱）。壯士斷腕。宛轉周折（不直接、多曲折變化）。宛轉動聽。虎體鵷班（比喻為朝廷的文武百官。鵷，音ㄩㄢ）。剜肉醫瘡（比喻用有害的方法濟急，而不計後果。也作「剜肉補瘡」）。剖腹剜心（比喻殘酷行為或指人憤怒的樣子。剖，音ㄆㄡˇ）。偏袒扼腕（形容激動憤怒的樣子）。婉言相勸。腕力比賽。鶯聲宛轉。

【全國考題】76、80、86國小；79、91、95國中；84小教；98中教。

手舞足蹈（ㄕㄡˇ ㄨˇ ㄗㄨˊ ㄉㄠˋ）

【解釋】形容非常高興、喜悅。

【造句】瞧他那副「手舞足蹈」的樣子，莫非中了樂透彩頭獎？

【分析】蹈，音ㄉㄠˋ，不讀ㄉㄠˇ；「臼」上作「爫」（ㄓㄠˇ），不作「ㄅ」（ㄖㄣˊ）。

【相關詞】舀湯。慆慢（怠慢。慆，音ㄊㄠ）。掏擢（音ㄊㄠ ㄓㄨㄛˊ。挖取、掏出）。稻穀。舞蹈。天道不謟（天命不容懷疑。謟，音ㄊㄠ）。文韜武略（指用兵的計謀。韜，音ㄊㄠ）。白浪滔滔。赴湯蹈火。重蹈覆轍（ㄔㄜˋ）。躬蹈矢石（指親自作戰）。高舉遠蹈（隱居）。循規蹈矩。雄辯滔滔。慆慆不歸（長久不回來）。滔天大罪。滔滔不絕。罪惡滔天。蹈常襲故（因循舊法而不知變通）。韜光養晦（比喻隱藏才能，不為世用。晦，音ㄏㄨㄟˋ）。韜光韞玉（比喻掩藏才能。韞，音ㄩㄣˋ）。

【全國考題】93、97國小。

扎根（ㄓㄚ ㄍㄣ）

【解釋】植物根部向土裡生長。比喻建立基礎。

【造句】樹木努力地往下「扎根」，才能結出豐碩的果實。

【分析】扎根，不作「紮根」。扎，音ㄓㄚ，不讀ㄓㄚˊ。

【相關詞】扎（ㄓㄚ）手。扎眼（刺眼。扎，音ㄓㄚ）。扎（ㄓㄚ）針。扎（ㄓㄚ）實。包紮（ㄓㄚˊ）。坱圠（音ㄧㄤˇ ㄧㄚˋ。廣闊無邊的樣子）。結紮（ㄓㄚˊ）。傾軋（ㄧㄚˋ）。牛軋（ㄍㄚˊ）糖。軋（ㄍㄚˊ）一腳。軋朋友（交朋友。軋，音ㄍㄚˊ）。紮（ㄓㄚ）辮子。刀割針扎（ㄓㄚ）。車聲軋軋（ㄧㄚˋ）。動輒得咎。穩紮（ㄓㄚˊ）穩打。

【全國考題】81、93、101、102國小；83、85、90國中；76、93、95小教；80、87高中；78、79中教；98、101教大。

文過飾非（ㄨㄣˋ ㄍㄨㄛˋ ㄕˋ ㄈㄟ）

【解釋】掩飾過失、錯誤。文、飾，遮掩。

【造句】人非聖賢，孰（ㄕㄨˊ）能無過？做錯了事，要勇敢承認，千萬不可「文過飾非」。

【分析】文過飾非，不作「文過是非」。文，音ㄨㄣˋ，不讀ㄨㄣˊ。

【相關詞】吝惜。抆（ㄨㄣˇ）拭。汶萊（國名。汶，音ㄨㄣˋ）。旻天（秋天。旻，音ㄇㄧㄣˊ）。紊（ㄨㄣˋ）亂。虔（ㄑㄧㄢˊ）誠。翁昭旼（臺大醫院醫師。旼，音ㄇㄧㄣˊ）。文風不動。文過遂非（掩飾過失而不求改正。文，音ㄨㄣˋ）。夙遭閔凶（幼時遭遇親人死亡。閔，音ㄇㄧㄣˇ）。汶川地震。聚蚊成雷（比喻眾口詆毀讒害，積小可以成大）。

【全國考題】81、96國小；77、79、82、84國中；81、82、84、86、88、92高中；73、84、86師院；95教大；81小教。

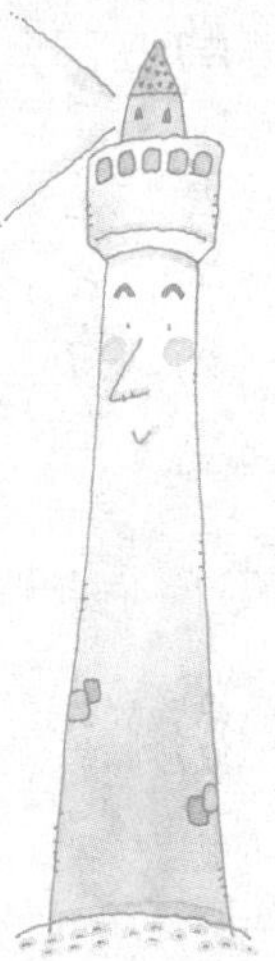

斗杓東指（ㄉㄡˇ ㄅㄧㄠ ㄉㄨㄥ ㄓˇ）

【解釋】斗柄指向東方，表示春季來臨。也可比喻時間過得很快。斗杓，北斗七星中，第五至第七顆星，排列成弧狀，形如酒斗之柄。

【造句】光陰似箭，又將「斗杓東指」，歲月真是不饒人啊！

【分析】杓，音ㄅㄧㄠ，不讀ㄕㄠˊ。另「斗杓南指」指夏，「斗杓西指」指秋，「斗杓北指」指冬。

【相關詞】彴約（流星的別名。彴，音ㄅㄛˊ）。玓瓅（音ㄉㄧˋ ㄌㄧˋ。明珠的色澤）。灼傷。略彴（獨木橋。彴，音ㄓㄨㄛˊ）。斟酌。鵠的（音ㄍㄨˇ ㄉㄧˋ。練習射箭的目標）。尥蹶子（比喻個性不馴順。尥，音ㄌㄧㄠˋ）。趵突泉（泉水名，位於山東濟南。趵，音

ㄅㄠˋ）。一窺全豹（看到全貌）。字斟句酌。君子豹變（比喻人由貧賤轉為顯達）。灼艾分痛（比喻兄弟友愛和睦）。沽名釣譽。采蘭贈芍（指男女互贈禮物表示愛意）。芍，音ㄕㄠˊ）。真知灼見。眾矢之的（ㄉㄧˋ）。媒妁（ㄕㄨㄛˋ）之言。斟酌損益（酌量事理，掌握分寸）。舞勺之年（十三歲。勺，音ㄓㄨㄛˊ）。窺豹一斑（只見局部，未見整體。比喻所見狹小）。

【全國考題】82高中；89、96國中；101國小。

斗轉參橫（ㄉㄡˇ ㄓㄨㄢˇ ㄕㄣ ㄏㄥˊ）

【解釋】指天將亮的時候。參，參星。

【造句】每天「斗轉參橫」的時刻，勤勞的農夫就已下田耕種了。

【分析】參，音ㄕㄣ，不讀ㄘㄢ。

【相關詞】參商（比喻彼此隔絕，不得相見。參，音ㄕㄣ）。曹參（漢時宰相。參，音ㄘㄢ）。摻（ㄔㄢ）假。滲（ㄕㄣˋ）透。白毿毿（鬢毛斑白且細長的樣子。毿，音ㄙㄢ）。古木參天。參（ㄘㄣ）差（ㄘ）不齊。略無參商（比喻意見相合）。曾參殺人（比喻流言可畏。參，音ㄕㄣ）。解驂推食（比喻以財物濟人之急。驂，音ㄘㄢ）。漁陽摻撾（鼓曲名。摻撾，音ㄘㄢˋ ㄓㄨㄚ）。糝粒不繼（比喻生活困頓。糝，音ㄙㄢˇ）。

【全國考題】89、95、101國中；95小教；100社會。

木訥（ㄇㄨˋ ㄋㄜˋ）

【解釋】質樸遲鈍，不善於辭令，如「木訥

寡言」。

【造句】這個學生「木訥」寡言，要培養成為演說人才，恐非易事。

【分析】訥，音ㄋㄜˋ，不讀ㄋㄚˋ；右從「內」：「冂」中作「入」，不作「人」。

【相關詞】**吶喊**。**膃肭**（音ㄨㄚˋ ㄋㄚˋ。海狗）。**低鈉鹽**。**呼吸吐納**。**拘攣補衲**（形容詩文中好用典故，勉強拼湊而不自然。攣，音ㄌㄨㄢˊ；衲，音ㄋㄚˋ）。**芮氏級度**（地震強度的級度表。芮，音ㄖㄨㄟˋ）。**剛毅木訥**（剛強堅毅、質樸而不善於辭令）。**蚊蚋負山**（比喻力小而負擔繁重。蚋，音ㄖㄨㄟˋ）。**深文周內**（四處搜尋疑證，務使人獲罪入獄。內，音ㄋㄚˋ）。**圓鑿方枘**（比喻格格不入，互不相容。鑿，音ㄗㄠˊ，不讀ㄗㄨㄛˊ；枘，音ㄖㄨㄟˋ）。

【全國考題】74、79國中。

比比皆是（ㄅㄧˋ ㄅㄧˋ ㄐㄧㄝ ㄕˋ）

【解釋】到處都是。形容很多。

【造句】臺灣社會貧富懸殊，有錢人住豪宅、開名車「比比皆是」；貧窮者流浪街頭、三餐不繼時有所聞。

【分析】比，音ㄅㄧˋ，不讀ㄅㄧˇ；二「匕」並排，左「匕」的豎曲鉤改豎挑。

【相關詞】**比**（ㄅㄧˋ）**肩**。**包庇**（ㄅㄧˋ）。**仳離**（分離。仳，音ㄆㄧˇ）。**庇**（ㄅㄧˋ）**護**。**枇**（ㄆㄧˊ）**杷**。**毗連**（彼此相連接。毗，音ㄆㄧˊ）。**砒**（ㄆㄧ）**霜**。**狴犴**（音ㄅㄧˋ ㄢˋ。監獄）。**陛下**。**排比**（ㄅㄧˋ）。**梐枑**（音ㄅㄧˋ ㄏㄨˋ。即今之「拒馬」）。**比**（ㄅㄧˇ）**翼鳥**。**出紕**（ㄆㄧ）**漏**。**如喪考妣**（比喻極為悲痛。喪，音ㄙㄤˋ；妣，音ㄅㄧˇ）。**坐擁皋比**（位居講席

的人。皋，音ㄍㄠ）。朋比（ㄅㄧˋ）為奸。狗彘不如（比喻人的品格卑劣無恥。彘，音ㄓˋ）。蚍蜉撼樹（比喻不自量力。蚍蜉，音ㄆㄧˊ ㄈㄨˊ）。曾子殺彘（比喻人講求誠信）。黑面琵鷺。塵垢秕糠（比喻卑賤無用的東西。秕，音ㄅㄧˇ）。懲前毖後（以從前的過失為教訓，戒慎不再犯錯。懲，音ㄔㄥˊ；毖，音ㄅㄧˋ）。鱗次櫛比（形容建築物排列密集。比，音ㄅㄧˋ）。

【全國考題】77、91國小；83國中；86中教。

毛骨悚然（ㄇㄠˊ ㄍㄨˇ ㄙㄨㄥˇ ㄖㄢˊ）

【解釋】身上寒毛豎起，脊（ㄐㄧˇ）梁骨發冷。形容極端驚懼害怕。也作「毛骨聳然」。

【造句】笑貴乎自然。奸笑有似笑裡藏刀，冷笑使人「毛骨悚然」。

【分析】悚，音ㄙㄨㄥˇ；右作「束」，不作「朿」（ㄘˋ）。

【相關詞】瓦剌（部落名。剌，音ㄌㄚˋ）。束縛。迅速。剌開（割開。剌，音ㄌㄚˊ）。悚懼。嫩芽。大剌（ㄌㄚˋ）剌。不速之客。折足覆餗（比喻不能勝任，必導致失敗。餗，音ㄙㄨˋ）。束手無策。明罰敕法（嚴明刑罰，整頓法紀。敕，音ㄔˋ）。剌心剌肝（形容極為擔憂。剌，音ㄌㄚˊ）。重整旗鼓。涑水先生（司馬光。涑，音ㄙㄨˋ）。竦然起敬（肅然起敬。竦，音ㄙㄨㄥˇ）。飯蔬衣綀（形容生活儉樸。衣，音ㄧˋ；綀，音ㄕㄨ）。酸甜苦辣。觳觫伏罪（惶恐不安地認罪。觳觫，音ㄏㄨˊ ㄙㄨˋ）。

【全國考題】81、84國小；76、82、86、96國中；87；89高中；74、85、87、88、90師院；82、94小教；82、83、85中教。

毛遂自荐（ㄇㄠˊ ㄙㄨㄟˋ ㄗˋ ㄐㄧㄢˋ）

【解釋】比喻自告奮勇，自我推荐。毛遂，平原君門下食客。

【造句】張董用人唯才，你不妨「毛遂自荐」，或許在多人競爭中被圈選上也說不定。

【分析】荐，音ㄐㄧㄢˋ，也作「薦」。但標準字體作「荐」，不作「薦」。

【相關詞】洊歲（隔年。指兩年。洊，音ㄐㄧㄢˋ）。推荐。名存實亡。洪水洊至（洪水接連來到）。超荐法會（法會名）。饑饉荐臻（指連年災荒）。

【全國考題】73師院。

水到渠成（ㄕㄨㄟˇ ㄉㄠˋ ㄑㄩˊ ㄔㄥˊ）

【解釋】比喻事情條件完備了則自然成功，不須強（ㄑㄧㄤˇ）求。

【造句】他是個苦幹實幹的青年，今天的成功是「水到渠成」的事，不值得大驚小怪。

【分析】水到渠成，不作「水道渠成」。渠，右上作「巨」：上下橫筆接豎筆處皆出頭，保留「工」字筆意。

【相關詞】火炬。巨大。拒馬。柜柳（植物名。柜，音ㄐㄩˇ）。貨柜（同「貨櫃」。柜，音ㄍㄨㄟˋ）。渠輩（他們）。詎料（意想不到。詎，音ㄐㄩˋ）。間（ㄐㄧㄢˋ）距。萵（ㄨㄛ）苣。付之一炬。目光如炬。血流成渠

（形容戰場上死傷極為慘重）。來者不拒。矩矱繩尺（比喻規矩法度。矱，音ㄏㄨㄛˋ）。深閉固距（比喻堅拒新觀念、新事物）。麟角鳳距（比喻珍貴卻未必有用的東西）。

【全國考題】85、87中教；101、102國小。

火候（ㄏㄨㄛˇ ㄏㄡˋ）

【解釋】火力的大小與時間的長短。

【造句】媽媽煮的燒酒雞「火候」十足，美味極了，全家吃得大呼過癮。

【分析】火候，不作「火侯」。候，音ㄏㄡˋ，不讀ㄏㄡˊ。另「候鳥」的「候」也讀作ㄏㄡˋ，不讀ㄏㄡˊ。

【相關詞】斥堠（偵察敵情的哨兵。也作「斥候」。堠，音ㄏㄡˋ）。候（ㄏㄡˋ）鳥。候補。喉嚨。全天候。緱氏山（河南省山名。緱，音ㄍㄡ）。王侯將相（指達官顯要。將相，音ㄐㄧㄤˋ ㄒㄧㄤˋ）。侯門如海（指門禁森嚴，外人不得進入）。為（ㄨㄟˋ）民喉舌。候補球員。候補選手。乾餱以愆（比喻招待客人不周到。餱，音ㄏㄡˊ；愆，音ㄑㄧㄢ）。陽侯之患（水災）。

【全國考題】85高中。

王寶釧（ㄨㄤˊ ㄅㄠˇ ㄔㄨㄢˋ）

【解釋】民間傳說中的人物，與薛平貴結為夫婦。

【造句】「王寶釧」與薛平貴結為夫婦，薛平貴從軍十八年，她苦守寒窯十八年而不改志節，令人感動。

【分析】釧，音ㄔㄨㄢˋ，不讀ㄔㄨㄢ。

【相關詞】川資（旅費）。水圳（ㄗㄨㄣˋ）。圳（ㄗㄨㄣˋ）溝。甽畝（田地。同「畎畝」。甽，音ㄑㄩㄢˇ）。金釧（金鐲子）。紃屨（音ㄒㄩㄣˊ ㄐㄩˋ。用粗繩編成的草鞋）。深圳。釵釧（釵與鐲。釵，音ㄔㄞ）。溫馴（ㄒㄩㄣˊ）。馴化。馴良。馴服。馴順。馴養。曹公圳（位於高雄）。馴養師。馴獸師。川流不息。不足為訓（不能奉為法則或典範）。布衣紃屨（一般百姓）。生聚教訓。桀驁不馴（凶悍乖戾，傲慢不順從。驁，音ㄠˊ）。嘉南大圳。

【全國考題】93小教；98國中。

五畫

世外桃源（ㄕˋ ㄨㄞˋ ㄊㄠˊ ㄩㄢˊ）

【解釋】比喻風景優美而人跡罕（ㄏㄢˇ）至的地方。

【造句】奧萬大位於南投縣山區，風光宜人，有如人間仙境、「世外桃源」。

【分析】世外桃源，不作「世外桃園」。不過，「桃園結義」不作「桃源結義」。

【相關詞】鄉愿（外貌忠厚老實，實際上卻不能明辨是非的人。愿，音ㄩㄢˋ）。桃花源（避世隱居的地方）。發源地。過敏原。平原督郵（指劣酒。與「青州從事」義反）。源遠流長。

【全國考題】88國小；83國中；79中教。

付之闕如（ㄈㄨˋ ㄓ ㄑㄩㄝ ㄖㄨˊ）

【解釋】指缺少某些應該有而沒有的。闕，空缺；如，語助詞。

【造句】有關財產分配的問題，竟然在他預留的遺囑（ㄓㄨˇ）中「付之闕如」，令家屬感到十分納悶。

【分析】付之闕如，不作「付之闋如」。

闕，音ㄑㄩㄝ，不讀ㄑㄩㄝˋ；闋，音ㄑㄩㄝˋ，不讀ㄑㄩㄝ。如「一闋曲」、「一闋詞」。

【相關詞】服闋（三年守喪期滿除服。闋，音ㄑㄩㄝˋ）。城闕（ㄑㄩㄝˋ）。宮闕（宮殿。闕，音ㄑㄩㄝˋ）。闕文（文章或字句脫落的情形。闕，音ㄑㄩㄝ）。闕失（缺失。闕，音ㄑㄩㄝ）。闕疑（有所疑問則暫時擱置，不下斷語。闕，音ㄑㄩㄝ）。一闋曲。一闋詞。心存魏闕（不論身處何地，仍關心國家。闕，音ㄑㄩㄝˋ）。多聞闕疑（雖然見多識廣，遇到不懂之處，仍須存疑。闕，音ㄑㄩㄝ）。曲終闋盡（歌曲演奏結束）。珠宮貝闕（形容宮殿富麗堂皇，光彩奪目。闕，音ㄑㄩㄝˋ）。登樓望闕（比喻思念朝廷。闕，音ㄑㄩㄝˋ）。盡付闕如（完全缺乏。闕，音ㄑㄩㄝ）。裨補闕漏（有助於改善缺失。裨，音ㄅㄧˋ；闕，音ㄑㄩㄝ）。

【全國考題】96、100國中。

以偏概全（ㄧˇ ㄆㄧㄢ ㄍㄞˋ ㄑㄩㄢˊ）

【解釋】以少數的例證或特殊的情形，來概括（ㄍㄨㄚ）全部。

【造句】個人觀點充滿了濃厚的主觀意識。若主觀意識過於強烈，便容易導致「以偏概全」的錯誤結論。

【分析】以偏概全，不作「以偏蓋全」。概，音ㄍㄞˋ。

【相關詞】大概。既然。氣概。感慨（ㄎㄞˇ）。暨今（迄今。暨，音ㄐㄧˋ）。憤慨。既成事實。英雄氣概。概然允諾。概括承受。深耕概種（田地要深耕，禾稻種得很密。概，音ㄐㄧˋ）。概莫能外（完全不能除外）。膜外概置（指除一己之外，皆置之不顧。膜，音ㄇㄛˊ）。

【全國考題】101教大；102高中。

以訛傳訛（ㄧˇ ㄜˊ ㄔㄨㄢˊ ㄜˊ）

【解釋】指錯誤的訊息繼續傳播（ㄅㄛˋ）下去，離真相越來越遠。

【造句】事情的來龍去脈（ㄇㄞˋ）要經過查證，「以訛傳訛」只會帶來當事者的困擾。

【分析】訛，音ㄜˊ，右作「匕」：首筆作橫，不作撇，末筆作豎曲鉤。另「吪」右作「匕」：撇筆穿過豎曲鉤；「它」下作「匕」，撇筆則不穿過豎曲鉤。要注意此三種不同的寫法。

【相關詞】化妝。皮靴（ㄒㄩㄝ）。囮子（用來誘捕其他同類鳥的鳥。囮，音ㄧㄡˊ）。馬靴。訛舛（音ㄜˊ ㄔㄨㄢˇ。錯誤）。訛誤。叫化（ㄏㄨㄚ）子。冒牌貨。大而化之。出神入化。面似靴皮（形容臉部皺紋多）。殺人越貨（指殺人搶劫）。隔靴搔癢。鳳靡鸞吪（哀輓之辭。比喻人死。吪，音ㄜˊ）。

【全國考題】79高中；96、99國中；102教師。

以鄰為壑（ㄧˇ ㄌㄧㄣˊ ㄨㄟˊ ㄏㄨㄛˋ）

【解釋】比喻把困難或災禍轉嫁給他人。即損人利己的行為。

【造句】鄰居要守望相助，若處處「以鄰為壑」，恐怕只會帶來紛爭。

【分析】壑，音ㄏㄨㄛˋ，「谷」上有一短橫，不可省略。

【相關詞】溝壑（溪谷、山溝）。填溝壑（稱自己死亡）。一丘一壑（指隱者所居住的地方）。千巖萬壑（形容高山深谷極多）。怒濤排壑（形容聲勢浩大，一發不可收拾。濤，音ㄊㄠˊ）。胸有丘壑（比喻思慮深遠，胸懷遠大）。欲深谿壑（形容欲望永難滿足）。欲壑難填（同「欲深谿壑」）。萬壑爭流（山谷中的瀑布紛紛向下奔流）。

【全國考題】80小教；95高中；96國中；100社會。

代罪羔羊（ㄉㄞˋ ㄗㄨㄟˋ ㄍㄠ ㄧㄤˊ）

【解釋】比喻代替別人受罪的犧牲者。也作「替罪羔羊」。

【造句】阿明生性憨厚，成為這件貪汙案的「代罪羔羊」。

【分析】代罪羔羊，不作「待罪羔羊」或「戴罪羔羊」。

【相關詞】瓜代（比喻工作期滿，換人接替）。交代。玳瑁（ㄇㄟˋ）。借貸。掉書袋（譏嘲人喜歡引經據典、咬文嚼字）。告貸無門（形容財力困窘，且無處借錢）。責無旁貸。碧藍如黛（形容顏色深藍似綠。黛，音ㄉㄞˋ）。燕岱之石（比喻才能平庸。燕岱，音ㄧㄢ ㄉㄞˋ）。

【全國考題】98高中；98社會。

仗義執言（ㄓㄤˋ ㄧˋ ㄓˊ ㄧㄢˊ）

【解釋】秉持正義，說話正直公道。

【造句】他的個性耿直不阿（ㄜ），喜歡「仗義執言」，經常替人打抱不平，深受同事的敬重。

【分析】仗義執言，不作「仗義直言」。

【相關詞】代墊。坐墊。真摯。誠摯。墊底。懇摯。蟄（ㄓˊ）伏。父執輩

（指年齡相當於父親這一輩的人）。執牛耳（指人在某方面居領導地位）。墊腳石。贄見禮（初次見面所饋贈的禮物。贄，音ㄓˋ）。摯而有別（指夫妻感情融洽，相敬如賓）。蟄居田野（隱居鄉間）。鷙鳥不群（比喻忠貞之士不合於世俗。鷙，音ㄓˋ）。

【全國考題】79中教；91、93小教；97、98社會；100、101國中。

仗義疏財（ㄓㄤˋ ㄧˋ ㄕㄨ ㄘㄞˊ）

【解釋】重義輕財，以錢財助人。疏財，施捨錢財。

【造句】標哥「仗義疏財」的豪情，絕不是沽名釣譽，請大家以正面看待。

【分析】仗義疏財，不作「仗義輸財」。疏，右上作「**𠫓**」（三畫），不作「云」。

【相關詞】生疏。奏疏（古代臣子向君王進言的奏章。疏，音ㄕㄨˋ）。梳洗。疏忽。梳妝臺。疏離感。才疏學淺。百密一疏。爬梳剔抉（形容蒐集極為廣博，選擇極為正確。剔，音ㄊㄧ）。花木扶疏。流芳百世。流金歲月（指青春絢爛的年紀）。流連忘返。惡衣蔬食（形容生活儉約樸實。惡，音ㄜˋ）。毓子孕孫（指生養繁衍後代子孫。毓，音ㄩˋ）。萬頃琉璃（形容水波蕩漾）。頗曉書疏（指對於書信或奏章的理解與撰寫有一定程度的能力。疏，音ㄕㄨ）。鍾靈毓秀（形容能孕育傑出人才的環境）。

【全國考題】102社會。

充沛 ㄔㄨㄥ ㄆㄟˋ

【解釋】充足飽滿，如「體力充沛」。

【造句】爸爸體力「充沛」，雖然夜以繼日地工作，仍不喊累。

【分析】沛，右作「巿」（ㄈㄨˊ）：「巾」上作一橫，貫穿豎筆（共四畫），與「市」（ㄕˋ）五畫寫法有異。

【相關詞】反旆（將帥出師歸來。旆，音ㄆㄟˋ）。甘霈（同「甘霖」。霈，音ㄆㄟˋ）。米芾（宋朝書畫家。芾，音ㄈㄨˊ）。豐沛。別具肺腸（比喻人另有企圖或打算）。沛雨甘霖（比喻恩澤深厚）。肺腑之言。狼心狗肺。蔽芾甘棠（長得茂盛的棠梨樹。芾，音ㄈㄟˋ）。顛沛流離。

【全國考題】88、90師院；90、96國小；90、91、95國中；90中教；91小教；92高中。

冬溫夏凊 ㄉㄨㄥ ㄨㄣ ㄒㄧㄚˋ ㄐㄧㄥˋ

【解釋】稱讚子女孝事雙親。冬天為父母溫暖被褥，夏天則扇（ㄕㄢ）涼床席。凊，寒涼。

【造句】由於社會環境變遷，現代的子女拋棄父母者屢見報端，更遑論「冬溫夏凊」的禮節了。

【分析】冬溫夏凊，不作「冬温夏清」。溫，「皿」上作「囚」，不作「日」。「温」為異體字；凊，音ㄐㄧㄥˋ，不讀ㄑㄧㄥ。

【相關詞】訬婧（音ㄇㄧㄠˇ ㄐㄧㄥˋ。腰纖細的樣子）。朝請（朝見。請，音ㄐㄧㄥˋ）。菁（ㄐㄧㄥ）英。錆色（金屬或礦物因氧化作用而形成的顏色。錆，音ㄑㄧㄤ）。靚妝（美麗的妝扮。靚，音

ㄐㄧㄥ）。長青樹。不情之請（不合情理的請求）。月白風清。去蕪存菁。巧笑倩兮（形容女子甜美的笑容）。青州從事（稱美酒。與「平原督郵」義反）。郁郁青青（草木芳香茂盛的樣子。青，音ㄐㄧㄥ）。時局不靖（時局不穩定）。倩人捉刀（請人捉刀）。清風徐來。萑苻不靖（盜匪很多，治安不平靜。萑苻，音ㄏㄨㄢˊ ㄈㄨˊ）。溫清定省（同「冬溫夏清」。省，音ㄒㄧㄥˇ）。體大思精（形容著作規模宏大、構思精密）。

【全國考題】88、91高中；83、87、90師院；101教大；82、86、88、90、97小教；82、85、90、92、95、97中教；97國中。

凹凸不平（ㄠ ㄊㄨˊ ㄅㄨˋ ㄆㄧㄥˊ）

【解釋】高低不平。

【造句】路面「凹凸不平」，機車騎士常摔得鼻青臉腫。

【分析】凸，音ㄊㄨˊ，不讀ㄊㄨ，與「凹」皆為五畫。

【相關詞】凸眼。凸顯（同「突顯」）。凸透鏡。凹凸有致（形容女子的身材曲線十分完美）。前凸後翹。挺胸凸肚（形容強壯威武的樣子）。

【全國考題】83小教；96、98國小。

出其不意（ㄔㄨ ㄑㄧˊ ㄅㄨˋ ㄧˋ）

【解釋】乘（ㄔㄥˊ）人不備時而採取行動。

【造句】小蔡「出其不意」地從我背後打了一下，害我嚇了一大跳。

【分析】出其不意，不作「出奇不意」。

【相關詞】豆萁（豆的莖。萁，音ㄑㄧˊ）。期月（一年或滿一個月。期，音ㄐㄧ）。期年（一週年。期，音ㄐㄧ）。惎悔（教人悔悟。惎音ㄐㄧˋ）。詆諆（毀謗汙衊。諆，音ㄑㄧ）。執箕帚（為人妻的謙詞）。人中騏驥（比喻才能傑出的人。騏驥，音ㄑㄧˊ ㄐㄧˋ）。上下其手。宏碁（ㄑㄧˊ）電腦。南箕北斗（比喻有名無實）。星羅棋布（形容廣泛分布）。突如其來。家教綦嚴（家教極為嚴格。綦，音ㄑㄧˊ）。莫名其妙。責任綦重。煮豆燃萁（比喻兄弟相迫，骨肉相殘。）。琪花瑤草（比喻珍異的花草）。順候近祺（書信結尾時的祝頌語）。旗開得勝。旗鼓相當。箕山之志（指避世隱居，不慕虛榮的志節）。頭會箕斂（比喻賦稅繁重苛刻）。舉棋不定。蠹居棋處（比喻壞人深入社會，散布很廣。蠹，音ㄉㄨˋ；處，音ㄔㄨˇ）。

【全國考題】85國中；91小教；98、102高中。

出奇制勝（ㄔㄨ ㄑㄧˊ ㄓˋ ㄕㄥˋ）

【解釋】以奇特、創新的方法獲勝。

【造句】籃球比賽冠亞（ㄧㄚˋ）軍之戰，由於我方運用「出奇制勝」的戰略，使得日本隊俯首稱臣。

【分析】出奇制勝，不作「出奇致勝」。另「料敵制勝」、「臨機制勝」和「克敵制勝」的「制勝」也不作「致勝」。

【相關詞】掣肘（為難、牽制。掣，音ㄔㄜˋ）。瘛狗（瘋狗。同「瘈狗」）。瘛，音ㄔˋ；瘈，音ㄐㄧˋ）。掣後腿

（同「扯後腿」）。風馳電掣（形容速度很快）。粗製濫造。掣襟肘見（形容生活窮困窘迫。同「捉襟肘見」。見，音ㄒㄧㄢˋ）。

【全國考題】79、85、91國中；83師院；98教大；92國小；93、94小教；98高中。

出類拔萃（ㄔㄨ ㄌㄟˋ ㄅㄚˊ ㄘㄨㄟˋ）

【解釋】形容才能或學識特出，超越眾人。萃，同類、群類。

【造句】人要憑著恆心與毅力去克服困難，才能「出類拔萃」。

【分析】出類拔萃，不作「出類拔粹」。萃，音ㄘㄨㄟˋ。

【相關詞】周晬（小兒出生滿一歲。晬，音ㄗㄨㄟˋ）。粉碎。國粹。崒硉（音ㄗㄨˊ ㄌㄨˋ。高而不平的樣子）。捽髮（揪著頭髮。捽，音ㄗㄨˊ）。淬礪（刻苦鍛鍊，奮發努力）。猝（ㄘㄨˋ）死。焠掌（用火灼掌，以警惕自己勿因貪睡而廢讀。焠，音ㄘㄨㄟˋ）。萃取。精粹。憔悴。窸窣（音ㄒㄧ ㄙㄨˋ。形容細碎且斷續的聲音）。人文薈萃（比喻傑出人物會聚的地方）。心力交瘁。邦國殄瘁（指國家陷於絕境。殄，音ㄊㄧㄢˇ）。為德不卒（好事沒做到底）。粉身碎（ㄙㄨㄟˋ）骨。啐一口痰（用力吐出一口痰。啐，音ㄘㄨㄟˋ）。猝不及防。朝榮夕悴（比喻生命短暫，富貴無常。朝，音ㄓㄠ）。朝誶夕替（早上勸諫君主，晚上即被貶官。誶，音ㄙㄨㄟˋ）。睟面盎背（為仁德者的儀態。睟，音ㄙㄨㄟˋ）。詬誶謠諑（毀謗的話。諑，音ㄓㄨㄛˊ）。翠繞珠圍（形容婦女華麗的妝飾）。鞠躬盡瘁。

【全國考題】85、96國中；74師院；84、88、90中教；89、101國小；92高中；97社會。

功虧一簣（ㄍㄨㄥ ㄎㄨㄟ ㄧˊ ㄎㄨㄟˋ）

【解釋】比喻事情不能堅持到底，將成功而沒有成功。

【造句】眼看任務就要圓滿達成了，卻因天公不作美而「功虧一簣」，令人惋（ㄨㄢˇ）惜不已。

【分析】功虧一簣，不作「功虧一匱」或「功虧一蕢」。簣，音ㄎㄨㄟˋ，盛土的竹器；蕢，也讀作ㄎㄨㄟˋ，古代用草編的筐子。兩字音同義異，不宜混用。

【相關詞】回饋。昏聵（視力模糊。聵，音ㄍㄨㄟˋ）。虺隤（音ㄏㄨㄟˇ ㄊㄨㄟˊ。生病，多指馬而言）。問遺（饋贈。遺，音ㄨㄟˋ）。匱乏。憂憒（憂愁煩心。憒，音ㄎㄨㄟˋ）。潰敗。潰爛。闤闠（音ㄏㄨㄢˊ ㄏㄨㄟˋ。市場）。胃潰瘍。貨櫃車。一饋十起（形容事務多而忙碌不堪）。中饋猶虛（比喻男子尚未娶妻）。振聾發聵（比喻大聲疾呼，喚醒糊塗愚昧的人。聵，音ㄎㄨㄟˋ）。陳寔遺盜（比喻義行善舉。寔，音ㄕˊ；遺，音ㄨㄟˋ）。寢饋難安（比喻心神不寧）。潰不成軍。繢事後素（比喻行事起先簡單，然後逐步深入。同「繪事後素」。繢，音ㄏㄨㄟˋ）。

【全國考題】86、95、98、101、102國小；74、77、86、87、88、90、96、98、102國中；83、85、91、92師院；84、90、95中教。

匝道（ㄗㄚ ㄉㄠˋ）

【解釋】交流道中主線車道與其他道路間的連接部分，如「匝道管制」。

【造句】為了疏解交通阻塞（ㄙㄜˋ），每逢連續假期，高速公路便實施「匝道」管制措施。

【分析】匝道，不作「閘道」。匝，音ㄗㄚ，不讀ㄓㄚˊ或ㄗㄚˊ。

【相關詞】匝月（滿月）。周匝（圍繞一周）。咂嘴（以舌尖接觸上顎發出聲音。咂，音ㄗㄚ）。砸（ㄗㄚˊ）傷。針箍（縫紉時套在手指上的金屬環。箍，音ㄍㄨ）。髮箍。頭箍。金箍棒。砸招牌。咂嘴弄舌（表示讚嘆、欣賞）。笙歌匝地（歌聲和奏樂聲充滿各處）。搬磚砸腳（比喻自找麻煩或自食惡果）。漫天匝地（比喻聲勢浩大）。

【全國考題】85、88國中；97、98、100國小；96小教。

半身不遂（ㄅㄢˋ ㄕㄣ ㄅㄨˋ ㄙㄨㄟˋ）

【解釋】因為中風而引起半身不能行動的癱病。

【造句】日前他因中風而造成「半身不遂」，家人特別請看（ㄎㄢ）護照料。

【分析】遂，音ㄙㄨㄟˋ，不讀ㄙㄨㄟˊ或ㄙㄨㄟˇ。

【相關詞】順遂。順邃（幽深。邃，音ㄙㄨㄟˋ）。墜毀。隧道。燧人氏（傳說中的古代帝王，教人鑽木取火）。大命隕隊（比喻死亡。隕隊，音ㄩㄣˇ ㄓㄨㄟˋ）。天花亂墜。毛遂自荐。功成名遂（同「功成名就」）。順心遂意（同「順心如意」）。墜歡重拾（夫妻離異又復合）。

【全國考題】102國小。

半晌（ㄅㄢˋ ㄕㄤˇ）

【解釋】一會兒、片刻，如「沉吟半晌」。

【造句】她遲疑了「半晌」，才答應男朋友的求婚。

【分析】半晌，不作「半响」。晌，音ㄕㄤˇ，不讀ㄒㄧㄤˇ；响，音ㄒㄧㄤˇ，「響」的異體字。

【相關詞】片晌（片刻）。晌午（中午。午，音˙ㄏㄨㄛ）。薪餉。糧餉。嚮（ㄒㄧㄤˋ）往。嚮導。睡晌覺（睡午覺）。一晌貪歡（貪求一時的歡樂）。女生外嚮（女子的心向著夫家）。心嚮神往。向平之願（指兒女婚嫁的事）。

【全國考題】74、95師院；96高中；96中教；97國中；97小教。

占卜（ㄓㄢ ㄅㄨˇ）

【解釋】以龜甲、蓍（ㄕ）草、銅錢、骨牌等物推斷未來的吉凶禍福。

【造句】人的命運操之在己，只求助「占卜」問卦，卻不思奮發圖強，恐怕離成功越來越遠。

【分析】占，音ㄓㄢ，不讀ㄓㄢˋ。

【相關詞】字帖（ㄊㄧㄝˇ）。乩（ㄐㄧ）童。呫嚅（音ㄓㄢ ㄖㄨˊ。附耳細語）。阽危（危急。阽，音ㄉㄧㄢˋ）。玷（ㄉㄧㄢˋ）汙。玷辱。碑帖（ㄊㄧㄝˇ）。敁敪（音ㄉㄧㄢ ˙ㄉㄨㄛ。考慮、估量。同「掂掇」）。砧（ㄓㄣ）板。粘（ㄋㄧㄢˊ）貼。覘候（偵察探聽。覘，音ㄓㄢ）。占（ㄓㄢ）星術。紙黏土。鐵砧山（位於臺中市大甲區）。早占勿藥（祝人早日康復的話。占，音ㄓㄢ）。利益均霑。呻其佔畢（比喻照本宣科。佔，音ㄓㄢ）。呫血之盟（古代盟誓時，用牲血塗在嘴邊，表示誠信不渝。呫，音ㄔㄜˋ）。拈（ㄋㄧㄢˊ）花惹草。拈酸吃醋（形容喜歡吃醋、嫉妒。拈，音ㄋㄧㄢˊ）。沾沾自喜。花枝招颭（同「花枝招展」）。颭，音ㄓㄢˇ）。信手拈來（比喻寫文章時取材運筆十分自然。拈，音ㄋㄧㄢˊ）。苫眉努目（形容面容嚴峻。苫，音ㄕㄢ）。俯首帖（ㄊㄧㄝ）耳。貼身保鑣。跕鳶之悟（比喻地位卑微者，須安分守己，否則會招致危難。跕鳶，音ㄊㄧㄝ ㄩㄢ）。勤其佔畢（勤勉讀書。佔，音ㄓㄢ）。椳闑居楔（音ㄨㄟ ㄋㄧㄝˋ ㄉㄧㄢˋ ㄒㄧㄝ。門臼、門檻、門閂、門柱）。寢苫枕塊（古代居父母喪的禮節。苫，音ㄕㄢ；枕，音ㄓㄣˇ）。滴酒不沾。壇坫周旋（外交上的交涉。坫，音ㄉㄧㄢˋ）。霑體塗足（形容耕作的辛苦）。績麻拈苧（搓麻線、織布等女紅。拈苧，音ㄋㄧㄢˊ ㄓㄨˋ）。

【全國考題】76、95國中。

召集（ㄓㄠˋ ㄐㄧˊ）

【解釋】通知眾人聚集起來。

【造句】老師「召集」全班同學，商討有關畢業旅行的事宜。

【分析】召，音ㄓㄠˋ，不讀ㄓㄠ。

【相關詞】招致（引起）。沼（ㄓㄠˇ）澤。笤帚（竹製的掃帚。笤，音ㄊㄧㄠˊ）。詔令（皇帝的命令。詔，音ㄓㄠˋ）。感召（ㄓㄠˋ）。號召（ㄓㄠˋ）。鞀鼓（小鼓。鞀，音ㄊㄠˊ）。韶光（光陰。韶，音ㄕㄠˊ）。髫齡（童年。

髫，音ㄊㄧㄠˊ）。齠年（幼年。齠，音ㄊㄧㄠˊ）。召父杜母（稱頌地方長官的話。召，音ㄕㄠˋ）。年高德劭（同「年高德卲」）。克紹箕裘（比喻能繼承父業）。怊悵自失（惆悵失意的樣子。怊，音ㄔㄠ）。狗尾續貂（事物以壞續好，前後不相稱。多指文學作品）。金貂換酒（形容文人富貴者的狂妄不羈）。昭然若揭（指真相完全顯露無遺）。乘軺建節（乘輕車、擁旄節。指將領駐守一地。軺，音ㄧㄠˊ）。貂皮大衣。黃髮垂髫（老人和小孩。髫，音ㄊㄧㄠˊ）。葦苕繫巢（處境極為危險。苕，音ㄊㄧㄠˊ）。聞韶忘味（比喻對某種事物痴迷）。韶華如駛（形容時光像馬飛馳般消逝）。聰明韶秀（聰明且清秀美麗）。關山迢遞（比喻路途遙遠。迢，音ㄊㄧㄠˊ）。

【全國考題】87師院；88、90、91中教；90高中；91、92國小；96小教。

可見一斑（ㄎㄜˇ ㄐㄧㄢˋ ㄧˋ ㄅㄢ）

【解釋】由事情的某小部分可推論其全貌。

【造句】飆車是一項危險的活動，青少年卻趨之若鶩。人不畏死，由此「可見一斑」。

【分析】可見一斑，不作「可見一般」。

【相關詞】斑斕。石斑魚。斑馬線。分班序齒（依年齡長幼而分位次）。血跡斑斑。按部就班。科班出身。原班人馬。拿班作勢（裝模作樣）。班功行賞（按功勞大小給予獎賞）。班門弄斧。班師回朝。班班可考。班荊道故（形容朋友在途中相逢，互敘舊情）。班馬文章（泛稱文章可媲美班固和司馬遷）。窺豹一斑（只見局部，未見整體。比喻所見狹小）。

【全國考題】79、83國中；91高中；93小教。

可塑性（ㄎㄜˇ ㄙㄨˋ ㄒㄧㄥˋ）

【解釋】生物體因外在環境、壓力等因素的改變，而能隨之作適當調整，以因應變化的特性。

【造句】一個人在幼稚期的「可塑性」最大，學好學壞都很容易。一旦養成壞習慣後，要改正它，比養成新習慣還要困難許多。

【分析】塑，音ㄙㄨˋ，不讀ㄕㄨㄛˋ。

【相關詞】追溯（ㄙㄨˋ）。塑造。塑像。塑膠。臺塑。雕塑。塑化劑。不溯既往。木雕泥塑（比喻人被突發事件嚇得手足無措、表情呆滯）。告朔餼羊（比喻虛應故事。告，音ㄍㄨˋ；餼，音ㄒㄧˋ）。奉其正朔（投降。正，音ㄓㄥ）。追本溯源（追溯事物的根本源頭）。朔風凜冽（北風寒冷刺骨。朔，音ㄕㄨㄛˋ）。推本溯源（同「追本溯源」）。腷臆誰愬（滿肚子的委屈，向誰傾訴。腷，音ㄅㄧˋ；愬，音ㄙㄨˋ）。膚受之愬（利害切身的讒言）。橫槊賦詩（形容意氣風發的樣子。槊，音ㄕㄨㄛˋ）。

【全國考題】83高中。

另起爐灶（ㄌㄧㄥˋ ㄑㄧˇ ㄌㄨˊ ㄗㄠˋ）

【解釋】比喻事情不能繼續進行，而另想其他的方法去做。

【造句】這個計畫已功敗垂成，你就「另起爐灶」，好好地重新規畫一番。

【分析】灶，音ㄗㄠˋ，同「竈」。標準字體作「灶」，不作「竈」。

【相關詞】牛肚（ㄉㄨˇ）。吐（ㄊㄨˇ）血。吐沫（唾液。吐，音ㄊㄨˋ）。吐（ㄊㄨˇ）痰。吐（ㄊㄨˇ）劑。吐（ㄊㄨˋ）瀉。吐露（ㄌㄨˋ）。吐屬（談吐。屬，音ㄓㄨˇ）。牝牡（音ㄆㄧㄣˋ ㄇㄨˇ。雌性與雄性）。羊肚（ㄉㄨˇ）。杜絕。杜撰。屆滿。病灶。魚肚（ㄉㄨˇ）。傾（ㄑㄧㄥ）吐（ㄊㄨˇ）。嘔吐（ㄊㄨˋ）。豬肚（ㄉㄨˇ）。歷屆。吐（ㄊㄨˇ）苦水。炮羊肚（一種菜餚。炮，音ㄅㄠ）。魚肚（ㄉㄨˋ）白。催吐（ㄊㄨˋ）劑。嘔吐物。上吐（ㄊㄨˋ）下瀉。口吐（ㄊㄨˋ）白沫。吐哺握髮（比喻求賢心切。吐，音ㄊㄨˇ；哺，音ㄅㄨˇ）。杜口無言（閉口不說）。杜門卻掃（謝絕見客，清靜自適）。杜絕後患。杜漸防萌（ㄇㄥˊ）。灶上騷除（比喻很容易辦到）。房謀杜斷（稱頌人善於謀斷）。狗屁倒灶（比喻胡言亂語，行為荒唐至極。倒，音ㄉㄠˇ）。城狐社鼠（比喻倚仗權勢而恣意為惡的人）。無遠弗（ㄈㄨˊ）屆。塞井夷灶（表示決心戰鬥而勇往直前。塞，音ㄙㄞ）。寧媚於灶（不如奉承在灶的神主）。應（ㄧㄥ）屆畢業。繩床瓦灶（形容居家環境簡陋，生活窮困）。

【全國考題】85高中；99國小。

叨（ㄊㄠ）擾（ㄖㄠˇ）

【解釋】打擾，感謝他人款待的客套用語。

【造句】今夜「叨擾」，承蒙熱情款待，不勝（ㄕㄥ）感激。

【分析】叨擾，不作「叼擾」。叨，音ㄊㄠ，不讀ㄉㄠ。

【相關詞】叨光（受人恩惠。叨，音ㄊㄠ）。叨念（因掛念而常常提起。

叨，音ㄉㄠ）。叨教（蒙受教誨。叨，音ㄊㄠ）。叨竊（自謙不該得而得。叨，音ㄊㄠ）。絮叨（說話瑣碎不止。叨，音ㄉㄠ）。嘮（ㄌㄠˊ）叨。叨在知己（承蒙對方把自己當作知己。叨，音ㄊㄠ）。

【全國考題】85、87、95國小；88、90師院；84、93小教；91中教。

戊戌政變（ㄨˋ ㄒㄩ ㄓㄥˋ ㄅㄧㄢˋ）

【解釋】清光緒二十四年，德宗實施新政，銳意變法，遭慈禧（ㄒㄧˇ）太后及守舊大臣反對，慈禧將德宗幽禁在瀛（ㄧㄥˊ）臺，廢止新政，史稱「戊戌政變」。

【造句】自從「戊戌政變」後，慈禧太后所領導的舊黨，地位更形鞏固。

【分析】戊戌政變，不作「戊戍政變」。戌，音ㄒㄩ，不讀ㄕㄨˋ；戍，音ㄕㄨˋ，不讀ㄒㄩ。

【相關詞】戍（ㄕㄨˋ）守。戌月（九月。戌，音ㄒㄩ）。戌時（晚上七時到九時）。竹篾（竹片。篾，音ㄇㄧㄝˋ）。遣戍（放逐犯人至邊界戍守）。蕆事（事情已完全解決或辦理完成。蕆，音ㄔㄢˇ）。篾席（竹席）。戊戌變法。英聲茂實（比喻名聲和事跡都很卓著）。

【全國考題】82國小；82高中。

未雨綢繆（ㄨㄟˋ ㄩˇ ㄔㄡˊ ㄇㄡˊ）

【解釋】比喻事先作準備，防患未然。

【造句】凡事應該「未雨綢繆」，以免事到臨頭而不知所措。

【分析】未雨綢繆，不作「未雨稠繆」。繆，音ㄇㄡˊ，不讀ㄇㄧㄡˋ。

【相關詞】病瘳（病癒。瘳，音ㄔㄡ）。殺戮。嫪毐（音ㄌㄠˋ ㄞˇ。戰國時秦人）。憀亮（同「嘹亮」。憀，音ㄌㄧㄠˊ）。樛木（彎曲的樹木。樛，音ㄐㄧㄡ）。璆琳（美玉。璆，音ㄑㄧㄡˊ）。蓼莪（音ㄌㄨˋ ㄜˊ。詩經．小雅的篇名）。謬（ㄇㄧㄡˋ）論。壯繆侯（即關羽。繆，音ㄇㄨˋ）。嘐嘐然（志大言誇、言行不一致的樣子。嘐，音ㄒㄧㄠ）。繆騫人（香港女星。繆，音ㄇㄧㄠˋ）。引頸就戮（從容就義，無所畏懼）。死有餘僇（同「死有餘辜」。僇，音ㄌㄨˋ）。荒謬絕倫。寥若晨星（形容數量稀少。寥，音ㄌㄧㄠˊ）。寥寥無幾。銜杯漱醪（喝酒。醪，音ㄌㄠˊ）。戮力以赴。膠柱鼓瑟（比喻頑固而不知變通）。膠漆相投（比喻情誼深厚，志趣相合）。蓼蟲忘辛（比喻為了所好，就忘記辛苦。蓼，音ㄌㄧㄠˇ）。濁醪妙理（飲酒的樂趣）。繆為恭敬（假裝恭敬的樣子。繆，音ㄇㄧㄡˋ）。

【全國考題】81、88、101、102國小；84高中；73、83、84、85師院；87、97小教；94、96、98國中。

本末倒置（ㄅㄣˇ ㄇㄛˋ ㄉㄠˋ ㄓˋ）

【解釋】比喻不知事情的輕重緩急。

【造句】國家建設應有一套完整的規畫藍圖，注意輕重緩急，循序漸進，不可「本末倒置」。

【分析】倒，音ㄉㄠˋ，不讀ㄉㄠˇ。

【相關詞】倒包（頂替。倒，音ㄉㄠˇ）。倒（ㄉㄠˋ）立。倒（ㄉㄠˋ）扣。倒帳（欠錢不還。倒，音ㄉㄠˇ）。倒（ㄉㄠˋ）敘。倒（ㄉㄠˇ）嗓。倒運（倒楣。倒，音ㄉㄠˇ）。倒（ㄉㄠˋ）

影。顛倒（ㄉㄠˇ）。倒（ㄉㄠˋ）不如。倒（ㄉㄠˇ）胃口。倒（ㄉㄠˋ）栽蔥。倒（ㄉㄠˋ）裝句。喝（ㄏㄜˋ）倒采。喝倒彩（同「喝倒采」）。本末顛倒（ㄉㄠˇ）。玉山傾倒（酒醉的樣子。倒，音ㄉㄠˇ）。如解倒懸（比喻把人民從困苦中解救出來。倒，音ㄉㄠˋ）。房屋傾倒（ㄉㄠˇ）。拔山倒樹（比喻聲勢浩大。倒，音ㄉㄠˇ）。狗屁倒灶（比喻胡言亂語，行為荒唐至極。倒，音ㄉㄠˇ）。冠履倒易（比喻本末倒置。冠，音ㄍㄨㄢ；倒，音ㄉㄠˋ）。柳眉倒豎（女子發怒的樣子。倒，音ㄉㄠˋ）。為（ㄨㄟˋ）之傾倒（ㄉㄠˇ）。倒山傾海（形容氣勢浩大的樣子。倒，音ㄉㄠˇ）。倒心伏計（心甘情願地聽從。倒，音ㄉㄠˇ）。倒（ㄉㄠˋ）吃甘蔗。倒（ㄉㄠˋ）行逆施。倒（ㄉㄠˋ）果為因。倒持泰阿（比喻授人以權，自己反受害。倒，音ㄉㄠˋ）。倒（ㄉㄠˋ）背如流。倒海翻江（比喻力量或聲勢浩大。倒，音ㄉㄠˇ）。倒舄摳衣（比喻極為急切。倒，音ㄉㄠˋ；舄，音ㄒㄧˋ；摳，音ㄎㄡ）。倒屣相迎（熱情款待賓客。倒，音ㄉㄠˋ；屣，音ㄒㄧˇ）。倒履相迎（同「倒屣相迎」）。倒，音ㄉㄠˋ）。倒（ㄉㄠˇ）頭就睡。倒繃孩兒（比喻原本熟習的事竟因一時疏忽而弄錯。倒，音ㄉㄠˋ）。倒（ㄉㄠˋ）懸之苦。排山倒峽（形容聲勢浩大，無法抵抗。倒，音ㄉㄠˇ）。排山倒（ㄉㄠˇ）海。移山倒（ㄉㄠˇ）海。黑白顛倒（ㄉㄠˇ）。傾倒（ㄉㄠˋ）而出。傾倒（ㄉㄠˋ）垃圾。傾筐倒庋（泛指盡其所有。同「傾筐倒篋」。倒，音ㄉㄠˋ；庋，音ㄐㄧˇ）。經驗老到。解民倒懸（比喻解救人民於艱困之境。

倒，音ㄉㄠˋ）。銀河倒瀉（形容雨勢很大。倒，音ㄉㄠˋ）。隨風倒舵（比喻順著情勢的發展而改變態度。倒，音ㄉㄠˇ）。翻江倒（ㄉㄠˇ）海。翻箱倒（ㄉㄠˇ）篋（ㄑㄧㄝˋ）。翻箱倒（ㄉㄠˇ）櫃。顛三倒（ㄉㄠˇ）四。顛倒（ㄉㄠˇ）是非。

【全國考題】77國小；82、95國中；80高中。

民脂民膏 ㄇㄧㄣˊ ㄓ ㄇㄧㄣˊ ㄍㄠ

【解釋】人民用血汗辛苦換來的財富。

【造句】百姓所繳納的稅金都是「民脂民膏」，政府應該善加利用，不可任意揮霍。

【分析】脂，音ㄓ，不讀ㄓˇ；右上首筆為一橫，次筆為一豎折（不鉤），不可析為兩筆。

【相關詞】宗旨。品嘗。油脂。脂肪。造詣（ㄧˋ）。稽查。樹脂。血脂肪。卵磷脂。油脂類。脂肪酸。脂肪瘤。脂粉氣。胭脂虎。詣太守（拜訪太守）。體脂肪。反脣相稽。先意希旨（善於揣度他人心理而加以迎合）。全脂奶粉。抹粉施脂。拜手稽首（古代一種敬禮方式。稽，音ㄑㄧˇ）。苦心孤詣（辛苦經營）。食指浩繁（家中賴以維生的人口眾多）。脂粉未施。脂膏不潤（比喻為人廉潔自持，不貪取財物）。備嘗艱苦。庸脂俗粉（形容庸俗或指濃妝豔抹的女人）。脣若塗脂（形容嘴脣鮮紅豔麗）。脫脂奶粉。無稽之談。無關宏旨（不涉及主要宗旨。指意義不大）。塗脂抹粉。詣門請益（臨門拜訪請教）。膚如凝脂（形容皮膚如油脂般光滑柔白）。燃燒脂肪。

【全國考題】95、96、99教大。

民瘼（ㄇㄧㄣˊ ㄇㄛˋ）

【解釋】人民的痛苦，如「廣求民瘼」、「探求民瘼」。瘼，疾病、痛苦。

【造句】楊縣長主政期間，經常深入山區、海邊，和民眾在一起，並處處關心「民瘼」，獲得縣民的愛戴。

【分析】瘼，音ㄇㄛˋ，不讀ㄇㄛˊ；另「馬來貘」的「貘」也讀作ㄇㄛˋ，不讀ㄇㄛˊ。

【相關詞】字模（ㄇㄛˊ）。耳膜（ㄇㄛˊ）。冷漠。良謨（好的謀略。謨，音ㄇㄛˊ）。募捐。落寞。嫫母（古時的醜女。嫫，音ㄇㄛˊ）。幕北（中國北方沙漠地區。同「漠北」）。幕，音ㄇㄛˋ）。幕僚。模（ㄇㄛˊ）樣。膜（ㄇㄛˊ）拜。臨摹。馬來貘（ㄇㄛˋ）。日暮途窮。定鼎訏謨（指安定王都帝業的大計。訏，音ㄒㄩ）。夜幕低垂。美人遲暮（比喻年華老去，盛年不再）。剛行剛驀（勉強走動的樣子）。蚤出莫入（早出晚歸。莫，音ㄇㄨˋ）。退居幕後。葺牆冪室（修補牆壁，粉刷房間。葺，音ㄑㄧˋ；冪，音ㄇㄧˋ）。墓木已拱（指人死去已久）。幕天席地（比喻胸襟寬闊開朗）。幕後功臣。幕後英雄。漠不關心。漠然不動（毫不動心）。慕名而來。膜外概置（指除一己之外，皆置之不顧）。孺慕之情（指對人如小兒愛慕父母的深切依戀之情）。關心民瘼。驀然回首。

【全國考題】92高中；92師院。

氾濫（ㄈㄢˋ ㄌㄢˋ）

【解釋】形容大水橫（ㄏㄥˋ）流，向四處溢出，如「氾濫成災」。

【造句】建商大肆開發山坡地，洪水「氾濫」成災，成為居民在雨季來臨時揮之不去的夢魘（ㄧㄢˇ）。

【分析】氾濫，不作「汜濫」。氾，音ㄈㄢˋ，右作「㔾」（ㄐㄧㄝˊ）；汜，音ㄙˋ，右作「巳」（ㄙˋ）。

【相關詞】厄運。示範。扼殺。阨塞（險要的地方。塞，音ㄙㄞˋ）。漏卮（滲漏的酒器。卮，音ㄓ）。久違顏範（好久不見）。干犯禮義。玉卮無當（比喻物品雖然貴重，卻毫無用處。當，音ㄉㄤˋ）。扼守前線。消災解厄。彗氾畫塗（比喻極為容易）。簡單扼要。

【全國考題】74、79、94、97國小；91高中。

瓜瓞綿綿 ㄍㄨㄚ ㄉㄧㄝˊ ㄇㄧㄢˊ ㄇㄧㄢˊ

【解釋】比喻子孫繁盛。

【造句】李先生一家五代同堂，「瓜瓞綿綿」，人人稱羨。

【分析】瓜，首筆作撇，第三筆為豎挑，總筆畫為五畫；瓞，音ㄉㄧㄝˊ，不讀ㄓˋ。

【相關詞】日昳（日已過中午。昳，音ㄉㄧㄝˊ）。佚樂（縱情玩樂。佚，音ㄧˋ）。更迭。怢慄（身體怕冷發抖。怢，音ㄊㄨˊ）。蛈蝪（音ㄊㄧㄝˋ ㄊㄤˊ。蜘蛛的一種）。軼事（不見於正史記載的鄉談傳聞。軼，音ㄧˋ）。八秩誕辰（八十歲生日）。叫苦不迭。形貌昳麗（容貌光豔亮麗。昳，音ㄧˋ）。卷帙浩繁（形容書籍繁多。帙，音ㄓˋ）。迭遭挫敗。高潮迭起。超軼絕塵（比喻出類拔萃，不同凡俗）。

【全國考題】83、86、88、91、97高中；73、86師院；101教大；85小教；85、97中教；96、97、100國中；101教師。

瓜葛（ㄍㄨㄚ ㄍㄜˊ）

【解釋】比喻糾紛。

【造句】一個人要豁達樂觀，如果凡事過於斤斤計較，難免會「瓜葛」糾纏，煩惱叢生。

【分析】葛，音ㄍㄜˊ，不讀ㄍㄜˇ；作單姓時，音ㄍㄜˇ，其餘音ㄍㄜˊ，包括複姓「諸葛」的「葛」也讀作ㄍㄜˊ。

【相關詞】杯葛（ㄍㄜˊ）。糾葛（ㄍㄜˊ）。拜謁（ㄧㄝˋ）。曷若（難道。曷，音ㄏㄜˊ）。偈句（佛經中的唱詞。偈，音ㄐㄧˋ）。暑暍（因盛夏而中暑的病。暍，音ㄏㄜˋ）。椌楬（音ㄑㄧㄤ ㄑㄧㄚˋ。古樂器名）。歇業。碑碣（碑刻的統稱。碣，音ㄐㄧㄝˊ）。暮靄（傍晚的雲霧）。羯鼓（樂器名。羯，音ㄐㄧㄝˊ）。喝倒采（表達對某種行為、現象的不滿而報以噓聲。喝，音ㄏㄜ；倒，音ㄉㄠˋ）。諸葛（ㄍㄜˊ）亮。求賢若渴（形容求才的心情極為迫切）。呼盧喝雉（形容賭博時的呼喊聲。喝，音ㄏㄜˋ）。和藹可親。玩日愒歲（安逸享樂，虛度光陰。玩，音ㄨㄢˊ；愒，音ㄎㄞˋ）。恫疑虛猲（虛張聲勢，使人疑懼不安。同「恫疑虛喝」。猲，音ㄏㄜˋ）。昭然若揭（指真相完全顯露無遺）。袁家渴記（柳宗元所作。渴，音ㄏㄜˊ）。庶士有朅（隨從的武士雄壯威武。朅，音ㄑㄧㄝˋ）。深厲淺揭（比喻行事隨機應變。揭，音ㄑㄧˋ）。蛇蠍美人。被褐懷玉（比喻賢能之士，才德不外露。

被褐，音ㄆㄧ ㄏㄜˊ）。喀什噶爾（新疆省地名。喀，音ㄎㄚ；噶，音ㄍㄜˊ）。瑞靄華堂（賀人新居落成的吉祥話）。當頭棒喝（ㄏㄜˋ）。蝎盛木朽（蝕木的蛀蟲多，則樹木容易腐朽。蝎，音ㄏㄜˊ）。聲嘶力竭。響遏行雲（形容聲音響亮高妙）。

【全國考題】86高中。

瓦楞紙（ㄨㄚˇ ㄌㄥˊ ㄓˇ）

【解釋】呈波（ㄅㄛ）浪形的硬紙板，可供製作包裝紙箱用。

【造句】小朋友使用「瓦楞紙」製作的美勞作品，每一件都十分討喜。

【分析】楞，音ㄌㄥˊ，不讀ㄌㄥˋ；瓦，第二筆為一豎，第三筆為一挑（不可作一豎挑），總筆畫共五畫，非四畫。

【相關詞】愣（ㄌㄥˋ）住。發楞（同「發怔」。楞，音ㄌㄥˋ）。楞角（同「稜角」。楞，音ㄌㄥˊ）。楞小子（頭腦簡單、反應不靈敏的人。同「愣小子」。楞，音ㄌㄥˋ）。楞伽經（佛教典籍。楞伽，音ㄌㄥˊ ㄑㄧㄝˊ）。色楞格河（河川名。楞，音ㄌㄥˊ）。愣頭愣腦（痴呆的樣子）。

【全國考題】94中教；96高中；101國小。

甘拜下風（ㄍㄢ ㄅㄞˋ ㄒㄧㄚˋ ㄈㄥ）

【解釋】誠心佩服，自認不如。

【造句】你的棋藝果真厲害，在下不得不「甘拜下風」。

【分析】甘拜下風，不作「甘敗下風」。拜，左作「手」，但不鉤；右作四橫一豎，非三橫一豎。

【相關詞】拜訪。滂湃（音ㄆㄤ ㄆㄞˋ。雨勢盛大的樣子）。洶湧澎（ㄆㄥ）湃。

望塵而拜（形容趨炎附勢，逢迎諂媚的樣子）。

【全國考題】100國小。

生起爐火（ㄕㄥ ㄑㄧˇ ㄌㄨˊ ㄏㄨㄛˇ）

【解釋】使爐子裡的柴、煤炭等燃燒起來。

【造句】寒流來襲的夜晚，爸爸「生起爐火」，全家圍在一起取暖，以阻擋刺骨的寒風。

【分析】生起爐火，不作「升起爐火」。

【相關詞】**生火**。**眚災**（因過失而釀成災害。眚，音ㄕㄥˇ）。**旌旗**（旗子。旌，音ㄐㄧㄥ）。**旌麾**（軍隊。麾，音ㄏㄨㄟ）。**葳蕤**（音ㄨㄟ ㄖㄨㄟˊ。枝葉繁密，草木茂盛的樣子）。**三牲之養**（指孝行）。**三牲四果**。**心如搖旌**（比喻心神不寧、六神無主）。**心如懸旌**（同「心如搖旌」）。**心旌搖曳**（比喻心思起伏不定）。**心旌搖惑**（比喻思緒不定，十分困惑）。**玉帛笙歌**（比喻和平的氣象）。**生火取暖**。**兩姓之好**。**夜夜笙歌**。**眚災肆赦**（赦免因過失而造成災害的人）。**捨生取義**。**旌善懲惡**（表揚美善，懲罰醜惡。懲，音ㄔㄥˊ）。**旌旗蔽空**（軍容壯盛的樣子）。**笙歌宛轉**。**笙歌達旦**。**笙歌鼎沸**（形容歌聲和奏樂聲熱鬧非凡）。**笙歌徹夜**。**笙磬同音**（樂聲和諧或比喻人相處和睦。磬，音ㄑㄧㄥˋ）。**頌旌忠狀**。**談笑風生**。**蕤賓佳節**（端午節）。**瓊蕤玉樹**（形容園林一片欣欣向榮）。**懸旌萬里**（比喻軍隊遠征，武力顯耀海外）。**議論風生**（形容論析事理極為生動而幽默）。**一眚掩大德**（一件小過錯而掩沒了大功德）。

【全國考題】98國小。

生吞活剝（ㄕㄥ ㄊㄨㄣ ㄏㄨㄛˊ ㄅㄛ）

【解釋】比喻只知一味地襲用他人的經驗或成果，而不知融會貫通。

【造句】知識的獲得要經過理解、消化和吸收等三道手續，一味「生吞活剝」是無法收到效果的。

【分析】吞，從口、天聲，起筆作橫，不作撇；剝，左上作「彑」（ㄐㄧˋ），不作「夂」。

【相關詞】平添。祆教（拜火教。祆，音ㄒㄧㄢ）。掭筆（用毛筆在硯臺上勻蘸墨汁。掭，音ㄊㄧㄢˋ）。蜸蚕（音ㄑㄧㄢˇ ㄊㄧㄢˇ。蚯蚓）。舔嘴脣。刀頭舔血（形容極危險的行為）。天狗吞月（指月蝕）。加油添醋。如虎添翼。忍氣吞聲。忝列門牆（學生對師長的自謙語。忝，音ㄊㄧㄢˇ）。忝為人師（為人師的自謙語）。昊天罔極（比喻父母恩德廣大，無以回報。昊，音ㄏㄠˋ）。添枝加葉。無忝所生（不辱沒父母，即對得起父母）。錦上添花。

【全國考題】90中教。

甲冑（ㄐㄧㄚˇ ㄓㄡˋ）

【解釋】鎧甲和頭盔。護身的衣服為「甲」，護頭的銅盔為「冑」。

【造句】古代戰士身穿「甲冑」，馳騁沙場，為國家建立了汗馬功勞。

【分析】甲冑，不作「甲胄」。冑，音ㄓㄡˋ，下作「冃」（ㄇㄠˋ），不作「月」（ㄖㄡˋ）或「月」；胄，也音ㄓㄡˋ，下作「月」（ㄖㄡˋ），不作「冃」（ㄇㄠˋ）。

【相關詞】介冑（鎧甲和頭盔）。世冑

（世家的後代）。胄裔（子孫。裔，音ㄧˋ）。天潢貴胄（皇族或其後代子孫）。躬擐甲胄（比喻親自上戰場指揮作戰。擐，音ㄏㄨㄢˋ）。豪門貴胄（富家貴族的子孫）。簪纓世胄（世代仕宦的人家。簪，音ㄗㄢ）。

【全國考題】87、88中教；90、94國小；91師院；98教大；91、96小教；94國中。

白駒過隙 ㄅㄞˊ ㄐㄩ ㄍㄨㄛˋ ㄒㄧˋ

【解釋】比喻時間過得極快。白駒，白色的駿馬；隙，孔洞。

【造句】光陰猶如「白駒過隙」，當及時把握，如果任歲月蹉跎，將會後悔莫及。

【分析】隙，右作「小、白、小」，不作「少、曰、小」，但上「小」中豎不鉤。駒，音ㄐㄩ。

【相關詞】孔隙。空（ㄎㄨㄥˋ）隙。間（ㄐㄧㄢˋ）隙。嫌隙。縫（ㄈㄥˋ）隙。罅隙（裂縫、縫隙。罅，音ㄒㄧㄚˋ）。寸隙難留（比喻時間過得很快）。小隙沉舟（比喻一點小差錯即能釀成大災禍）。不虞之隙（意想不到的嫌隙）。凶終隙末（好友後來因誤會而反目）。有隙可乘（有可利用的機會。乘，音ㄔㄥˊ）。投隙抵巇（指伺機鑽營。巇，音ㄒㄧ）。抵瑕蹈隙（針對他人弱點、短處加以攻擊。蹈，音ㄉㄠˋ）。指瑕造隙（比喻挑毛病，製造分裂）。乘間投隙（利用機會挑撥離間。乘間，音ㄔㄥˊ ㄐㄧㄢˋ）。乘隙而入（同「乘虛而入」。乘，音ㄔㄥˊ）。過隙不留（指光陰不停留）。隙大牆壞（比喻輕忽小漏洞，最後釀成大禍害）。駟之過隙（同

「白駒過隙」）。踰牆鑽隙（指男女不合禮法的幽會。踰，音ㄩˊ）。觀釁伺隙（觀察對方的破綻，伺機行動。釁，音ㄒㄧㄣˋ）。

【全國考題】77、84、102國小；83高中；85師院；96中教；99、100國中。

目不暇給（ㄇㄨˋ ㄅㄨˋ ㄒㄧㄚˊ ㄐㄧˇ）

【解釋】形容眼前美好事物太多，或景物變化太快，使人來不及觀看。也作「目不暇接」。

【造句】墾丁國家公園風景優美，令人「目不暇給」，是旅遊的好去處。

【分析】與「日不暇給」不同。日不暇給，指事情繁重而時間不夠用。給，音ㄐㄧˇ，不讀ㄍㄟˇ。

【相關詞】上頷（構成口腔上部位的骨骼、肌肉組織。頷，音ㄍㄜˊ）。公合（ㄍㄜˇ）。答（ㄉㄚ）理。答（ㄉㄚ）腔。給（ㄐㄧˇ）予。給（ㄐㄧˇ）獎。蛤（ㄍㄜˊ）蜊（ㄌㄧˊ）。劄記（同「札記」。劄，音ㄓㄚˊ）。哈（ㄏㄚˇ）巴狗。哈喇呢（毛織物，為呢絨的最上品。哈，音ㄎㄚ）。駐劄國（稱使節所駐紮的國家）。自給（ㄐㄧˇ）自足。利口捷給（辯才敏捷，能言善道。給，音ㄐㄧˇ）。拾級而上（順著階梯一步一步地往上走。拾，音ㄕㄜˋ）。閉閤思過（在家檢討反省自己的過失。同「閉閣思過」。閤，音ㄍㄜˊ）。鞈如金石（像金石般堅硬。鞈，音ㄐㄧㄚˊ）。雕蚶鏤蛤（比喻飲食奢侈。蚶，音ㄏㄢ；蛤，音ㄍㄜˊ）。

【全國考題】88高中；96國中。

目眥盡裂（ㄇㄨˋ ㄗˋ ㄐㄧㄣˋ ㄌㄧㄝˋ）

【解釋】形容張目怒視的樣子。眥，眼眶（ㄎㄨㄤ）。

【造句】爸爸看到弟弟滿江紅的成績單時，一時怒火中燒、「目眥盡裂」。

【分析】眥，音ㄗˋ，不讀ㄗ；同「眦」。但標準字體作「眥」，不作「眦」。

【相關詞】鹿柴（圍籬、柵欄。柴，音ㄓㄞˋ）。鹿砦（作戰時的防禦設施。砦，音ㄓㄞˋ）。髭鬚（生在嘴唇上下的短毛。髭，音ㄗ）。麼些族（中國少數民族之一。麼些，音ㄇㄛˊ ㄙㄨㄛ）。一決雌（ㄘ）雄。不甘雌伏（指人不甘沒沒無聞，無所作為）。不苟訾議（不隨便批評別人。訾，音ㄗˇ）。元氣呰敗（元氣虛弱敗壞。呰，音ㄗˇ）。吹毛求疵。所費不貲（花費錢財很多。貲，音ㄗ）。掩骼埋胔（掩埋腐爛的屍骨。胔，音ㄗˋ）。損失不貲（損失的數量很多）。睚眥必報（指極小的仇恨也一定要報復。睚，音ㄧㄞˊ）。雌雄莫辨。髮指眥裂（形容極度憤怒）。齜牙咧嘴（形容因痛苦或受驚嚇而面部扭曲變形。齜，音ㄗ；咧，音ㄌㄧㄝˇ）。

【全國考題】73國中；93高中。

目連救母（ㄇㄨˋ ㄌㄧㄢˊ ㄐㄧㄡˋ ㄇㄨˇ）

【解釋】戲曲劇目。目連，人名。釋迦牟尼佛的弟子，以神通第一著稱。也稱為「目犍（ㄐㄧㄢ）連」。

【造句】過節的時候，我們不但要舉行許多由古代流傳下來的儀式和活動，還有許多古老的故事值得（ㄉㄜ˙）一聽再聽，「目連救母」就是其中之一。

【分析】目連救母，不作「目蓮救母」。

【相關詞】目連。黃連。榴槤。漣洏（哭泣流淚的樣子。洏，音ㄖㄨˊ）。漣漪（ㄧ）。鉸鏈（音ㄐㄧㄠˇ ㄌㄧㄢˋ。裝在器具或門窗上用來開關的兩塊金屬薄片）。蓮子（ㄗˇ）。鏈球。目犍連（同「目連」）。並蒂蓮（比喻彼此相愛的夫妻）。食物鏈。淚漣漣。黃連木。蓮蓬頭。鏈球菌。鏈黴素。泣血漣如（形容十分悲痛的樣子）。泣涕漣漣（同「漣洏」）。流連忘返。連城之珍（比喻極其珍貴的寶物）。鏈鎖反應（同「連鎖反應」）。啞巴吃黃連。

【全國考題】82國中；80高中；83師院；76、80、82、87小教；78、82中教。

立錐之地（ㄌㄧˋ ㄓㄨㄟ ㄓ ㄉㄧˋ）

【解釋】比喻極小的土地，如「貧無立錐之地」（形容非常貧窮）。

【造句】一個人只要肯努力，就算貧無「立錐之地」的窮小子，也有機會躋（ㄐㄧ）身億萬富翁之林。

【分析】立錐之地，不作「立椎之地」。

【相關詞】脊（ㄐㄧˇ）椎。脊椎骨。一里撓椎（形容人言可畏）。引錐刺股（比喻勤奮向學，刻苦自勵）。手持鐵椎。身無立錐（指境況窘迫）。鬥而鑄錐（比喻時機已喪失。也作「鬥而鑄兵」）。脫穎囊錐（比喻有才識者出人頭地）。椎心之痛。椎心刺骨。椎心泣血（形容極為哀痛）。椎心蝕骨（比喻內心極為痛苦）。椎牛饗士（指慰勞作戰的軍隊）。椎拍輐斷（順應變化，不露稜角。輐，音ㄨㄢˋ）。椎輪大輅（比喻事物由粗到精，由簡至繁，逐步完善。後人亦稱始創者為「椎輪大輅」。輅，音ㄌㄨˋ）。椎魯無能（愚昧無能力）。無置錐地（比喻非常貧窮）。錐刀之末（比喻微小的利益）。錐處囊中（比喻有才智的人很快就會顯露頭角）。

【全國考題】77中教；95國小。

六畫

丟三落四（ㄉㄧㄡ ㄙㄢ ㄌㄚˋ ㄙˋ）

【解釋】指人記憶力不好或做事沒有條理，經常做了這個，忘了那個。

【造句】老李做事經常「丟三落四」，你怎麼可以將此重責大任交付給他呢？

【分析】丟三落四，不作「丢三落四」。丟，一去不回，所以首筆作橫，不作撇，「丢」為異體字；落，音ㄌㄚˋ，不讀ㄌㄨㄛˋ。

【相關詞】佉沙（古國名。佉，音ㄑㄩ）。怯（ㄑㄩㄝˋ）場。法（ㄈㄚˇ）子。法（ㄈㄚˇ）國。法（ㄈㄚˇ）碼。砝碼（同「法碼」。砝，音ㄈㄚˇ）。祛疑（解除疑惑。祛，音ㄑㄩ）。搶劫。法（ㄈㄚˇ）蘭西。琺（ㄈㄚˋ）瑯質。口呿不合（張開嘴巴合不攏。呿，音ㄑㄩ）。丟人現眼。劫後餘生。近鄉情怯。探囊胠篋（比喻偷盜。胠篋，音ㄑㄩ ㄑㄧㄝˋ）。

【全國考題】81、84、86、88、90、97國小；87、92國中；81、93高中；84、85、86師院；96教大；81小教；81中教。

亙古（ㄍㄣˋ ㄍㄨˇ）

【解釋】從古到今，有永遠的意思，如「亙古未有」（從古到今都沒有過）。

【造句】世間萬物變化莫測，只有母親所蘊藏的母愛，才是「亙古」不變的。

【分析】亙，音ㄍㄣˋ，中作一撇、一橫撇、兩點（起筆處輕觸撇筆），共六畫。與「互」的寫法不同。

【相關詞】恆心。連亙。綿亙。絙梯（用粗繩所製作的梯子。絙，音ㄍㄥ）。絙橋（用粗繩所製作的橋，可架起渡河）。日升月恆（比喻事物漸趨興盛圓滿。為祝頌語）。亙古未有（從古到今都沒有過）。亙古亙今（從古到今）。哀痛逾（ㄩˊ）恆。恆河沙數（形容數量極多。數，音ㄕㄨˋ）。家無恆產。彌天亙地（充滿天地之間）。

【全國考題】87國小；73師院。

交卸（ㄐㄧㄠ ㄒㄧㄝˋ）

【解釋】卸除職務而交付給繼任的人。

【造句】在公司步入正軌後，他即「交卸」總經理的職務，回家享受含飴弄孫之樂。

【分析】卸，音ㄒㄧㄝˋ，左偏旁末筆作一豎挑，不可析為兩筆。

【相關詞】防禦。拆卸。抵禦。卸責。啣命（奉命。啣，音ㄒㄧㄢˊ）。推卸。禦寒。防禦戰。御史臺（御史治事的地方）。御林軍（負責保衛京都及皇帝的部隊）。御花園。御書房。御膳房。大卸八塊。不畏強禦（為官剛正不阿，無懼權勢的威逼）。共禦外侮。防禦工事。卸下心防。卸下重擔

（ㄉㄢˋ）。皇帝御賜。射御詩禮（指射箭、駕車、誦詩和習禮）。啣觴賦詩（喝酒作詩）。御史大夫。御用律師。御用學者。御風而行。御溝題葉（比喻姻緣之巧合）。御駕親征。馮虛御風（在空中乘風飛行。馮，音ㄆㄧㄥˊ）。領導統御。鐵面御史（指公正不阿，負有監察權的官員或民意代表。即今監察委員，又稱「柏臺」）。

【全國考題】88國中。

交惡（ㄐㄧㄠ ㄨˋ）

【解釋】感情破裂，彼此厭惡對方。

【造句】鄰居要守望相助，疾病相扶持。若為了芝麻小事「交惡」，而老死不相往來，鐵定會被人看笑話。

【分析】惡，音ㄨˋ，不讀ㄜˋ。不善的、粗劣的，音ㄜˋ，如「險惡」、「惡衣惡食」；憎（ㄗㄥ）恨、討厭，音ㄨˋ，如「厭惡」、「嫌惡」、「憎惡」。

【相關詞】亞（ㄧㄚˋ）洲。亞軍。枝椏（ㄧㄚ）。姻婭（指姻親。婭，音ㄧㄚˋ）。羞惡（ㄨˋ）。氬（ㄧㄚˇ）氣。嫌惡（ㄨˋ）。壼範（婦女的典範。壼，音ㄎㄨㄣˇ）。險惡（ㄜˋ）。白堊紀（在地質時間表中，中生代的最後一紀。堊，音ㄜˋ）。伸枝展椏（形容樹木生長茂盛的樣子）。啞然失色（驚嚇得說不出話，臉色也變了。啞，音ㄧㄚˇ）。掗在袖內（將東西硬塞在他人的袖內。掗，音ㄧㄚˋ）。深惡（ㄨˋ）痛絕。善善惡惡（喜歡好人，憎惡壞人。惡惡，音ㄨˋ ㄜˋ）。惡醉強酒（比喻明知故犯。惡，音ㄨˋ；強，音ㄑㄧㄤˇ）。嘔啞嘲哳（指聲音嘈雜不和諧。嘔啞，音ㄡ ㄧㄚ；哳，音ㄓㄚˊ）。鼻堊揮斤（比喻糾正錯誤）。

【全國考題】93國小。

仰（ㄧㄤˇ）事（ㄕˋ）俯（ㄈㄨˇ）畜（ㄒㄩˋ）

【解釋】對上供（ㄍㄨㄥˋ）養（ㄧㄤˋ）父母，對下撫育妻兒。泛指維持家計。

【造句】他由於沉溺賭博，終日流連賭場，怠忽了「仰事俯畜」之責，受到親友的責難。

【分析】畜，音ㄒㄩˋ，不讀ㄔㄨˋ。

【相關詞】抽搐（ㄔㄨˋ）。畜（ㄒㄩˋ）牧。畜（ㄒㄩˋ）產。畜（ㄒㄩˋ）養。蓄意（蘊積已久的意念）。人頭畜鳴（說人愚昧如畜類。畜，音ㄔㄨˋ）。豕交獸畜（比喻待人沒有禮貌。豕，音ㄕˇ；畜，音ㄒㄩˋ）。兼收並蓄。畜我不卒（養我無法養到老。畜，音ㄒㄩˋ）。蓄意殺人。蓄勢待發。蓄髮還俗。養精蓄銳。

任（ㄖㄣˋ）重（ㄓㄨㄥˋ）道（ㄉㄠˋ）遠（ㄩㄢˇ）

【解釋】比喻責任重大，需要經過長期的艱苦奮鬥。

【造句】理事長是個「任重道遠」的職務，非一般人所能勝（ㄕㄥ）任。

【分析】任，右從「壬」：首筆作橫，不作一撇，中橫筆最長。

【相關詞】壬人（奸佞之人。壬，音ㄖㄣˊ）。妊（ㄖㄣˋ）娠（ㄕㄣ）。凭欄（倚著欄杆。凭，音ㄆㄧㄥˊ）。恁般（這般。恁，音ㄖㄣˋ）。租賃（ㄌㄧㄣˋ）。荏染（柔弱的樣子。荏，音ㄖㄣˇ）。荏苒（時間漸漸消逝。苒，音ㄖㄢˇ）。烹飪。責任。賃金

（租金）。壬辰年。任家萱（藝人Selina的本名。任，音ㄖㄣˊ）。任賢齊（歌手。任，音ㄖㄣˊ）。妊娠紋。衽金革（形容隨時保持警戒，準備迎敵。衽，音ㄖㄣˋ）。悲不任（悲傷得無法承受。任，音ㄖㄣˊ）。難壬人（批駁巧言諂媚的小人。難，音ㄋㄢˋ）。任性妄為。任重致遠。任真自得（任性率真，自得其樂）。任勞任怨。任督二脈。色厲內荏（外表剛強嚴厲而內心卻十分軟弱）。紡績織紝（紡績織布。紝，音ㄖㄣˋ）。眾怒難任（眾人的憤怒，個人難以抵擋或欺侮。任，音ㄖㄣˊ）。被髮左衽（比喻文化落後的民族。被，音ㄆㄧ）。連衽成帷（形容人多擁擠）。勤恁旅力（心裡念念不忘努力）。韶光荏苒（時光漸漸地過去。同「光陰荏苒」。韶，音ㄕㄠˊ）。斂衽正容（整飾衣襟、端正容貌）。

【全國考題】83師院；87小教；93國小。

光耀門楣（ㄍㄨㄤ ㄧㄠˋ ㄇㄣˊ ㄇㄟˊ）

【解釋】指人有好成就，使家門增添光彩。

【造句】人到了老年，總希望後代能「光耀門楣」，延續自己的生命之火。

【分析】楣，音ㄇㄟˊ，不讀ㄇㄟˋ。

【相關詞】眉批。眉壽（長壽）。眉頭（ㄊㄡˊ）。倒楣。巾幗鬚眉（指具有男子氣概的女子）。以介眉壽（即延年益壽）。甘言媚詞（甜美動聽的諂媚言語）。在水之湄（在河水的岸邊。湄，音ㄇㄟˊ）。良辰媚景（同「良辰美景」）。春光明媚。眉目不清（比喻事情毫無頭緒）。眉目如畫（形容面貌端正美麗）。眉睫之禍（眼前的災禍）。眉頭不展。迫在眉睫。風光明媚。倒楣透頂。崇洋媚外。掃眉才子（比喻具有文學修養的女子）。敗壞門楣。湄洲媽祖。紫芝眉宇（稱讚他人相貌的話）。煙視媚行（形容新婚婦女舉止安詳的神態）。燃眉之急。舉案齊眉（比喻夫妻相敬如賓，感情融洽）。

【全國考題】88國小；98國中。

全神貫注（ㄑㄩㄢˊ ㄕㄣˊ ㄍㄨㄢˋ ㄓㄨˋ）

【解釋】將全部的心思精神集中於某事物上。

【造句】老師上課的時候，小朋友要「全神貫注」地聽講，才能獲得良好的學習效果。

【分析】貫，上作「毌」（ㄍㄨㄢˋ）：起筆豎折與橫折相觸不出頭，中豎下也不出頭，但中橫兩邊皆出頭。與「毋」或「毋」寫法不同。

【相關詞】俘擄。貫通。守財虜（同「守財奴」）。一仍舊貫（完全按照舊例行事）。司空見慣。名存實亡。貫徹始終。魚貫而入。惡貫滿盈。萬貫家財。實至名歸。摜倒在地（將對方摔倒在地。摜，音ㄍㄨㄢˋ）。嬌生慣養。擄人勒（ㄌㄜˋ）贖。擄獲人心。

【全國考題】83國中。

再接再厲（ㄗㄞˋ ㄐㄧㄝ ㄗㄞˋ ㄌㄧˋ）

【解釋】比喻勇往奮進，毫不鬆懈。

【造句】遭遇一時的挫敗，千萬不可氣餒。只有發揮「再接再厲」、奮鬥不懈的精神，才能到達成功的彼岸。

【分析】再接再厲，不作「再接再勵」。

【相關詞】水蠆（蜻蜓的幼蟲。蠆，音ㄔㄞˋ）。勉勵。砥礪。躉賣（整批出售。躉，音ㄉㄨㄣˇ）。**夕惕若厲**（終日戒懼謹慎，不敢稍加懈怠）。**日月逾邁**（指時光流逝。逾，音ㄩˊ）。**布衣糲食**（形容生活儉樸）。**年紀老邁**。**泰山若厲**（比喻時間久遠）。**秣馬厲兵**（比喻完成作戰的準備）。**敦品勵學**。**蜂蠆有毒**（比喻微小的東西也能害人）。**漆身為厲**（塗漆使身體長瘡。厲，音ㄌㄞˋ）。**銀鉤蠆尾**（指書法中上鉤的趯筆遒勁有力）。**厲行節約**。**鋪張揚厲**（極力鋪陳張揚，以表闊綽。鋪，音ㄆㄨ）。**勵精圖治**。**礪山帶河**（比喻歷時久遠，任何動盪也絕不變節）。**變本加厲**。

【全國考題】88、92師院；99高中；102國小。

冰雹 ㄅㄧㄥ ㄅㄠˊ

【解釋】自對流雲層中落下的球狀或不規則的冰塊，常伴隨雷雨而至。

【造句】據媒體報導，安徽省遭「冰雹」肆虐，損失極為慘重。

【分析】雹，音ㄅㄠˊ，不讀ㄅㄠ或ㄅㄠˋ。

【相關詞】**刨（ㄆㄠˊ）土**。**刨（ㄅㄠˋ）木**。**刨（ㄅㄠˋ）冰**。**刨（ㄆㄠˊ）除**。**尿脬**（膀胱。脬，音ㄆㄠ）。**咆哮（ㄒㄧㄠ）**。**庖丁**（廚師。庖，音ㄆㄠˊ）。**瓟瓜**（同「匏瓜」。瓟，音ㄆㄠˊ）。**面皰**。**匏（ㄆㄠˊ）瓜**。**鉋子**（削平木材所用的工具。鉋，音ㄅㄠˋ）。**鮑（ㄅㄠˋ）魚**。**齙牙**（牙齒長得不整齊，露在嘴唇外面。齙，音ㄅㄠ）。**一泡（ㄆㄠ）尿**。**杏鮑菇**。**虎跑寺**（寺名。位於杭州。跑，音

ㄆㄠˊ）。虎跑泉（泉名。位於杭州西湖畔。跑，音ㄆㄠˊ）。炮（ㄅㄠ）羊肉。電燈泡。鮑叔牙。如法炮（ㄆㄠˊ）製。竹苞松茂（賀人新居落成的吉詞）。枹鼓相應（比喻配合得很緊密。枹，音ㄈㄨˊ）。炰鳳烹龍（豪奢的珍饈。炰，音ㄆㄠˊ）。苞苴公行（指公開賄賂。苴，音ㄐㄩ）。軍中袍澤。風颮電激（風雷交加。形容威勢盛大的樣子。颮，音ㄆㄠˊ）。匏瓜空懸（比喻有才能的人卻毫無施展的機會）。烹龍炮鳳（同「炰鳳烹龍」。炮，音ㄆㄠˊ）。越俎代庖（比喻逾越自己的職分而代人做事。俎，音ㄗㄨˇ）。雷霆電雹（形容盛怒時，氣勢凶猛的樣子）。管鮑之交（比喻友情深厚）。遷蘭變鮑（潛移默化）。

【全國考題】87、95國小；87、92、96中教；89、98高中；94國中；96小教；102教大。

危如累卵（ㄨㄟˊ ㄖㄨˊ ㄌㄟˇ ㄌㄨㄢˇ）

【解釋】比喻情況極為危險。

【造句】在「危如累卵」之際，幸好迅雷小組及時趕到，把她從魔掌中救出。

【分析】累，音ㄌㄟˇ，不讀ㄌㄟˋ。危，第三筆為一橫，不可作橫撇；內作「㔾」（ㄐㄧㄝˊ）。

【相關詞】陀螺。家累（ㄌㄟˋ）。嫘祖（黃帝正妃。嫘，音ㄌㄟˊ）。漯河（山東省水名。漯，音ㄊㄚˋ）。蔂梩（音ㄌㄟˊ ㄌㄧˊ。取土、運土的器具）。縲紲（音ㄌㄟˊ ㄒㄧㄝˋ。監獄）。吹法螺（比喻誇口說大話）。漯河市（河南省地名。漯，音ㄌㄨㄛˋ）。騾馱子（專供馱運貨物的騾子。馱，音ㄉㄨㄛˋ）。

不差累黍（形容絲毫不差。累，音ㄌㄟˇ）。盛名之累（ㄌㄟˋ）。

【全國考題】84高中。

吉光片羽 ㄐㄧˊ ㄍㄨㄤ ㄆㄧㄢˋ ㄩˇ

【解釋】比喻殘存的文章或書畫等藝術珍品。吉光，神馬名。

【造句】先人遺留下來的「吉光片羽」是珍貴的文化資產，我們應該善加維護。

【分析】吉光片羽，不作「吉光片語」。羽，左右橫折鉤中各作一點、一挑，不作撇筆，且不輕觸橫折鉤。

【相關詞】后羿（ㄧˋ）。羽化。羽翼（比喻輔佐的人或力量）。黨羽。羽林軍（古代皇帝的禁衛軍）。羽量級。天生羽翼（比喻兄弟間和睦友愛）。羽化登仙（形容人遠離塵囂，飄灑如臨仙境）。羽毛未豐。羽扇綸巾（形容態度從容不迫的樣子。綸，音ㄍㄨㄢ）。羽翼已成（比喻已得到輔佐的人才，勢力已經鞏固壯大）。沙鷗翔集（沙鷗時而飛翔，時而聚集於一處）。負羽從軍（比喻投身軍旅，從軍出征）。射石飲羽（比喻心神專注，發揮超人的力量）。栩栩如生（形容貌態逼真，彷彿具有生命力）。栩，音ㄒㄩˇ）。移宮換羽（比喻事情起了變化）。愛惜羽毛。詡詡自得（誇大自得的樣子。詡，音ㄒㄩˇ）。積羽沉舟（比喻積小患而成大災禍）。鎩（ㄕㄚ）羽而歸。鑽皮出羽（比喻因偏愛而過分地稱譽。鑽，音ㄗㄨㄢ）。

【全國考題】92小教；97社會。

各行其是（ㄍㄜˋ ㄒㄧㄥˊ ㄑㄧˊ ㄕˋ）

【解釋】各人照著自己認為對的去做。

【造句】經過開會檢討，大家把失敗的原因歸咎於幹部的「各行其是」。

【分析】各行其是，不作「各行其事」或「各行其式」。

【相關詞】蝭母（中藥草名。即知母。蝭，音ㄔˊ）。蝭蟧（音ㄊㄧˊ ㄌㄠˊ。蟪蛄）。鋒鍉（箭鏃。鍉，音ㄉㄧˊ）。諟正（審辨校正。諟，音ㄕˋ）。鞮鞪（音ㄉㄧ ㄇㄡˊ。頭盔。同「鞮鍪」）。分背相踶（相背而立並用腳互踢。踶，音ㄉㄧˋ）。共商國是。耳提面命。金榜題名。討論提綱。國是會議。陳寔遺盜（比喻義行善舉。寔，音ㄕˊ；遺，音ㄨㄟˋ）。雁塔題名（比喻科舉金榜題名）。惹是生非。緹（ㄊㄧˊ）縈救父。跂踶為義（用心去求義。跂，音ㄑㄧˊ）。醍醐灌頂（比喻灌輸智慧，使人獲得啟發，澈底覺悟。醍，音ㄊㄧˊ）。

【全國考題】81、98國小；81高中；81小教；85師院。

同仇敵愾（ㄊㄨㄥˊ ㄔㄡˊ ㄉㄧˊ ㄎㄞˋ）

【解釋】抱著憤恨的心情，一致對付共同的敵人。也作「敵愾同仇」。愾，憤恨。

【造句】唯有官兵發揮「同仇敵愾」的精神，才能殲（ㄐㄧㄢ）滅來犯的敵軍。

【分析】同仇敵愾，不作「同仇敵慨」。愾，音ㄎㄞˋ，不讀ㄑㄧˋ。

【相關詞】氣球。熱氣球。牛餼退敵（形容人運用機智退敵。餼，音ㄒㄧˋ，活的牲口）。告朔餼羊（比喻徒有形式或虛應故事。告，音ㄍㄨˋ）。脯資餼牽（糧食與牲口。脯，音ㄈㄨˇ）。

【全國考題】83國小；76、96國中；84中教。

同窗共硯（ㄊㄨㄥˊ ㄔㄨㄤ ㄍㄨㄥˋ ㄧㄢˋ）

【解釋】指稱同學一起讀書求學的情狀。

【造句】我們「同窗共硯」多年，應彼此珍惜這份難得的情誼（ㄧˋ）。

【分析】窗，下從「囪」：為「窗」的本字，內作二撇、一長頓點。硯，音ㄧㄢˋ，磨墨的用具，如「硯臺」。

【相關詞】囪戶（同「窗戶」）。囪，音ㄔㄨㄤ）。青蔥。煙囪（ㄘㄨㄥ）。空窗期。蔥油餅。手如削蔥（比喻女子的手指纖細白嫩。削，音ㄒㄩㄝˋ）。戎馬倥傯（形容軍務繁忙迫切。倥傯，音ㄎㄨㄥˇ ㄗㄨㄥˇ）。耳聰目明。東窗事發。草木蔥蘢（草木蒼翠茂盛的樣子。蘢，音ㄌㄨㄥˊ）。窗明几（ㄐㄧ）淨。

【全國考題】89中小教。

名列前茅（ㄇㄧㄥˊ ㄌㄧㄝˋ ㄑㄧㄢˊ ㄇㄠˊ）

【解釋】形容名字排在前面。表示成績優異。

【造句】她是個求好心切的學生，功課方面常常要求非「名列前茅」不可。

【分析】名列前茅，不作「名列前矛」。

【相關詞】矛盾。廣袤（土地的面積。東西稱「廣」，南北稱「袤」。袤，音ㄇㄠˋ）。蟊賊（比喻危害社會的敗類。同「蝥賊」。蟊，音ㄇㄠˊ）。三顧茅廬。亡戟得矛（比喻有失有得或得失相當。戟，音ㄐㄧˇ）。拔茅連茹（比喻賢人互相引荐）。茅塞（ㄙㄜˋ）頓開。廣袤千里（指土地廣闊無邊際）。懋遷有無（勉勵人民彼此貿易，互通有無。懋，音ㄇㄠˋ）。

【全國考題】89國小；91小教；92師院。

名副其實（ㄇㄧㄥˊ ㄈㄨˋ ㄑㄧˊ ㄕˊ）

【解釋】名聲或名稱與實際相符（ㄈㄨˊ）合。反之稱為「名不副實」。

【造句】他造橋鋪路、樂善好施，真是一位「名副其實」的大善人。

【分析】名副其實，不作「名符其實」。副，音ㄈㄨˋ，不讀ㄈㄨˊ或ㄈㄨˇ。

【相關詞】富態（體態豐腴。不作「福泰」）。輻射。人煙輻輳（人口稠密，居民眾多。輳，音ㄘㄡˋ）。不坼不副（產門不裂開。坼，音ㄔㄜˋ；副，音ㄆㄧˋ）。不修邊幅。名高難副（比喻盛名與實際才能難以相符）。車馬輻輳（形容車馬眾多，擁擠不堪）。匍（ㄆㄨˊ）匐（ㄈㄨˊ）前進。悃愊無華（誠樸不浮華。悃愊，音ㄎㄨㄣˇ ㄅㄧˋ）。幅員遼闊。腷臆誰愬（滿肚子的冤屈和悶氣向誰傾訴。腷，音ㄅㄧˋ；愬，音ㄙㄨˋ）。

【全國考題】77、79、96國小；83、85中教；86、93小教；96國中；97社會。

吐谷渾（ㄊㄨˇ ㄩˋ ㄏㄨㄣˊ）

【解釋】古代少數民族之一。主要聚居在今青海北部及新疆東南部。

【造句】李靖是唐朝開國名將，曾經統一江南，平定突厥和「吐谷渾」。

【分析】谷，音ㄩˋ，不讀ㄍㄨˇ。

【相關詞】充裕。退卻。絺綌（音ㄔ ㄒㄧˋ。夏天所穿的葛衣）。腳（ㄐㄧㄠˇ）色。鴝鵒（音ㄑㄩˊ ㄩˋ。鳥名，即八哥）。優裕。嘉峪關（位於甘肅省。

峪，音ㄩˋ）。千巖萬壑（形容高山深谷極多。壑，音ㄏㄨㄛˋ）。以鄰為壑（比喻損人利己）。好問則裕（喜歡詢問的人，學識就會淵博精深）。批郤導窾（比喻凡事得其要領，就可以順利解決。郤，音ㄒㄧˋ）。郤之不恭（接受饋贈或邀請時的客套話）。盛情難卻。虛懷若谷。進退維谷。黍谷生春（比喻處境困厄，卻有轉機）。萬壑爭流。補天浴日（形容功勛卓著）。綽有餘裕（十分寬裕，足以應付所需）。應付裕如。

【全國考題】73師院；85、86、98中教；86、93高中；86、87小教。

吐屬不凡（ㄊㄨˇ ㄓㄨˇ ㄅㄨˋ ㄈㄢˊ）

【解釋】表示人說話言詞典雅不俗。

【造句】林教授學識淵博、「吐屬不凡」，是一位人人敬重的彬彬君子。

【分析】屬，音ㄓㄨˇ，不讀ㄕㄨˇ。

【相關詞】屬文（寫文章。屬，音ㄓㄨˇ）。屬望（注目、期待。屬，音ㄓㄨˇ）。遺囑（ㄓㄨˇ）。囑咐。前後相屬（前後相連續。屬，音ㄓㄨˇ）。高瞻遠矚。舉酒屬客（舉起酒杯，勸客人喝酒。屬，音ㄓㄨˇ）。屬引淒異（聲音連續不斷，異常淒涼怪異。屬，音ㄓㄨˇ）。屬毛離裡（比喻親子關係的密切。屬，音ㄓㄨˇ）。屬垣有耳（以耳附牆，偷聽他人談話。屬，音ㄓㄨˇ）。屬（ㄓㄨˇ）意人選。屬辭比事（泛指撰文記事。屬，音ㄓㄨˇ）。

【全國考題】87、101高中。

回祿之災（ㄏㄨㄟˊ ㄌㄨˋ ㄓ ㄗㄞ）

【解釋】火災。也作「舞馬之災」。回祿，

火神名。

【造句】這家旅館昨夜慘遭「回祿之災」，第九樓客房全部付之一炬。

【分析】祿，右上作「彑」（音ㄐㄧˋ，三畫），不作「夂」。

【相關詞】忙碌。俸祿。剝落。破紀錄。氯（ㄌㄩˋ）化鈉。勞碌命。錄音機。生吞活剝。括囊守祿（比喻臣子不肯建言，只圖保住祿位。括，音ㄍㄨㄚ）。剝極必復（比喻情況壞到極點後，必定轉好）。高官厚祿。庸碌無能。逯逯之輩（指平庸無奇的人。逯，音ㄌㄨˋ）。綠（ㄌㄩˋ）林大盜。綠意盎然。

【全國考題】96高中；97中教。

因噎廢食（ㄧㄣ ㄧㄝ ㄈㄟˋ ㄕˊ）

【解釋】比喻為了某種小問題怕再出錯，而把要緊的事放棄不做。

【造句】你如果因為這次意外就放棄參加自由車比賽，未免太「因噎廢食」了。

【分析】噎，音ㄧㄝ，不讀ㄧˋ。

【相關詞】吃飯防噎（比喻做事要謹慎）。抽抽噎噎（形容哭泣時一吸一頓的樣子）。貞懿賢淑（形容女子堅貞善良，性情賢淑。懿，音ㄧˋ）。食饐而餲（食物太熱、太溼或變了味道。食，音ㄙˋ；饐，音ㄧˋ；餲，音ㄞˋ）。哽噎難言（因極度悲傷，而說不出話來）。終風且曀（天氣既颳風又陰暗。曀，音ㄧˋ）。嘉言懿行（美好的言行。行，音ㄒㄧㄥˋ）。摧堅殪敵（摧毀敵陣，加以殲滅。殪，音ㄧˋ）。殪敵無算（殲滅很多敵人）。臨噎掘井（比喻事到臨頭才匆忙應付，而無濟於事）。禮先壹飯（年歲比別人大）。

【全國考題】76、81、82、84、98國小；73、82、96國中；74、85師院；81、90小教；81、93高中；84、88中教；95教大；100社會。

妄自菲薄（ㄨㄤˋ ㄗˋ ㄈㄟˇ ㄅㄛˊ）

【解釋】自暴自棄而而不知自重。菲，微少。

【造句】人必自重而後人重之。你如此「妄自菲薄」，難怪大家會瞧不起你。

【分析】妄自菲薄，不作「妄自匪薄」。菲，音ㄈㄟˇ，不讀ㄈㄟ。

【相關詞】心扉。俳賦（一種賦體。俳，音ㄆㄞˊ）。俳優（戲劇演員）。剕刑（古代一種斷腳的刑名。剕，音ㄈㄟˋ）。徘徊（ㄏㄨㄞˊ）。腓骨（腿部中的骨頭，有腓骨和脛骨。腓，音ㄈㄟˊ）。菲酌（粗劣的酒飯。菲，音ㄈㄟˇ）。緋紅（深紅。緋，音ㄈㄟ）。緋聞。翡翠。蜚蠊（蟑螂。蜚，音ㄈㄟˇ）。誹謗。腓尼基（古地名）。痱（ㄈㄟˋ）子粉。人才輩出。成績斐（ㄈㄟˇ）然。待遇菲薄。流言蜚語（指謠言。蜚，音ㄈㄟ）。倚扉而望（靠在門扉上遠望）。匪石之心（比喻意志堅定，不可動搖）。惡衣菲食（形容生活節儉樸實。惡，音ㄜˋ；菲，音ㄈㄟˇ）。斐然向風（形容人們景仰對方的德政或良好的風尚）。斐然成章（形容文章富有文采，且成章法）。煙霏霧集（煙霧瀰漫集結的樣子）。蜚英騰茂（稱頌人的聲名與事業日盛。蜚，音ㄈㄟ）。蜚短流長（指眾人之口的閒言閒語。蜚，音ㄈㄟ）。蜚聲國際（揚名國際。蜚，音ㄈㄟ）。價值不菲（ㄈㄟˇ）。獲益匪淺。纏綿悱（ㄈㄟˇ）惻。

【全國考題】79、88、89、91高中；87中教；97、99國小；97小教；101教大。

如火如荼（ㄖㄨˊ ㄏㄨㄛˇ ㄖㄨˊ ㄊㄨˊ）

【解釋】形容氣勢或氣氛（ㄈㄣ）等的蓬勃、熾（ㄔˋ）烈。也作「如荼如火」。荼，茅、蘆的白花。

【造句】高雄市體育季活動正「如火如荼」地展開，歡迎市民踴躍參觀或親自參與（ㄩˋ）比賽。

【分析】如火如荼，不作「如火如茶」。荼，音ㄊㄨˊ，不讀ㄔㄚˊ。

【相關詞】余吾（山西省地名。余，音ㄒㄩˊ）。敘舊。荼毗（火葬。毗，音ㄆㄧˊ）。畬民（中國少數民族之一。畬，音ㄕㄜ）。燒畬（焚燒草木，開墾旱田。畬，音ㄕㄜ）。永不敘用（永不任用）。生靈塗炭（同「生靈荼炭」）。老馬識途。肝腦塗地（比喻竭力盡忠，不惜犧牲生命）。神荼鬱壘（神話中的兩位門神。荼，音ㄕㄨ；壘，音ㄌㄩˋ）。荼毒生靈。暢敘所感。餘興節目。灑掃庭除（灑掃庭院）。

【全國考題】80國小；85、88師院、74、82小教；82、90中教；92、95、97國中。

如坐針氈（ㄖㄨˊ ㄗㄨㄛˋ ㄓㄣ ㄓㄢ）

【解釋】比喻心神不寧，片刻難安。

【造句】小劉生性木訥（ㄋㄜˋ）寡言，今日美女當前，難怪他「如坐針氈」，窘態畢露（ㄌㄨˋ）了。

【分析】如坐針氈，不作「如坐針毯」。氈，音ㄓㄢ，不讀ㄊㄢˇ。

【相關詞】屯邅（音ㄓㄨㄣ ㄓㄢ。處境險惡，前進困難）。杏壇（教育界）。花壇。腥羶（ㄕㄢ）。遞嬗（交替更迭。嬗，音ㄕㄢˋ）。擅長。顫抖。鱣序（學校。鱣，音ㄕㄢˋ）。檀香扇。膻中穴（穴道名。位於前胸正中的部位。膻，音ㄉㄢˋ）。古公亶父（周文王的祖父。亶父，音ㄉㄢˇ ㄈㄨˇ）。如蟻附羶（比喻趨炎附勢或追逐名利的齷齪行為）。官清氈冷（為官廉潔不貪汙）。擅自作主。擅離職守。澶淵之盟（宋真宗與遼國所訂的盟約。澶，音ㄔㄢˊ）。獨擅勝場（比喻技術高超）。檀郎謝女（稱才貌雙全的夫妻或情侶）。饘粥餬口（吃稀飯勉強過日子。饘，音ㄓㄢ）。鸇視狼顧（形容露出貪婪的目光。鸇，音ㄓㄢ）。

【全國考題】88國小；93高中；98、100國中；100社會。

如釋重負（ㄖㄨˊ ㄕˋ ㄓㄨㄥˋ ㄈㄨˋ）

【解釋】比喻責任已盡或工作完成，身心感到舒暢輕快。

【造句】考完段考之後，心情「如釋重負」，大夥兒又玩在一起了。

【分析】負，上作「ㄅ」（ㄖㄣˊ），不作「刀」，與「賴」右偏旁寫法不同。

【相關詞】抱負。背（ㄅㄟ）負。負笈（比喻出外求學）。負荷（ㄏㄜˋ）。負責。決勝負。負心漢。負離子。久負盛名。不分勝負。不負重託。不負眾望。生死不負（比喻不論生死，永不違背）。因公負傷。夙負盛名（擁有極大的名聲）。自負不凡（自以為不平凡）。自負盈虧。忘恩負義。忍辱負重。使蚊負山（比喻力不能勝任）。負山面海（靠山面海）。

負才使氣（自恃才華、才能而放任意氣）。負老攜幼（形容百姓全體出動的情景）。負固不服（憑恃險阻，不肯臣服。同「負固不悛」）。負屈含冤。負重致遠。負氣出走。負荊請罪。負薪之議（卑賤者的議論）。負薪救火（同「抱薪救火」）。腹負將軍（比喻才能平庸的人）。頗負盛名。

【全國考題】88國中。

奸宄（ㄐㄧㄢ ㄍㄨㄟˇ）

【解釋】犯法作亂，或指犯法作亂的人。藏在內部的叫「奸」，起自外頭的叫「宄」。也作「姦宄」。

【造句】「奸宄」之徒，縱使能逃過一時，也不能逃過一世。

【分析】奸宄，不作「奸究」。宄，音ㄍㄨㄟˇ，不讀ㄐㄧㄡˋ。

【相關詞】仇英（明代畫家。仇，音ㄑㄧㄡˊ）。仇偶（配偶。仇，音ㄑㄧㄡˊ）。厹矛（武器名。厹，音ㄑㄧㄡˊ）。厹由（古國名。厹，音ㄑㄧㄡˊ）。犰狳（音ㄑㄧㄡˊ ㄩˊ。動物名）。艽野（荒遠的地方。艽，音ㄑㄧㄡˊ）。秦艽（植物名。艽，音ㄐㄧㄠ）。票匭（ㄍㄨㄟˇ）。鍾馗（ㄎㄨㄟˊ）。旮旯兒（偏僻角落。旮旯，音ㄍㄚ ㄌㄚˊ）。九合諸侯（糾集會合諸侯。九，音ㄐㄧㄡ）。公侯好仇（公侯的好幫手。好仇，音ㄏㄠˇ ㄑㄧㄡˊ）。尻輪神馬（隨心所欲地神遊物外。尻，音ㄎㄠ）。首下尻高（形容磕頭跪拜的樣子）。氣殺鍾馗（比喻憤怒而臉色變得難看）。鳩工庀材（聚集工人，儲備材料。庀，音ㄆㄧˇ）。鳩占鵲巢。圖謀不軌。

【全國考題】86國小；86、101、102國中；

80、83、93高中；84師院；76、98小教；78、86中教；101社會。

好高騖遠（ㄏㄠˋ ㄍㄠ ㄨˋ ㄩㄢˇ）

【解釋】指一味地嚮往高遠的目標而不切實際。

【造句】平實的人腳踏實地，不會「好高騖遠」，追求虛幻的美夢。

【分析】好高騖遠，不作「好高鶩遠」。騖，音ㄨˋ，放縱地追求；鶩，音ㄨˋ，野鴨子。

【相關詞】昏瞀（愚昧不明事理。瞀，音ㄇㄠˋ）。旁騖。兜鍪（一種古代戰士戴的頭盔。鍪，音ㄇㄡˊ）。瞀亂（昏亂）。蝥賊（比喻禍害、敗類。同「蟊賊」。蝥，音ㄇㄠˊ）。鞮鍪（音ㄉㄧ ㄇㄡˊ。頭盔。同「兜鍪」）。國務卿。刻鵠類鶩（比喻仿效雖欠逼真，但仍類似。鵠，音ㄏㄨˊ；鶩，音ㄨˋ）。貪多務得（指欲望很大，貪婪無厭）。極婺聯輝（賀年長夫妻長壽的祝頌辭。婺，音ㄨˋ）。趨之若鶩。雞鶩爭食（比喻庸俗小人互相爭奪名利）。寶婺星沉（哀悼婦女死亡的輓辭）。

【全國考題】80、81、84國小；73、77、82、87、90國中；80、81、82、88高中；84、85、86、91、92師院；95教大；73、76、82、84、87小教；78、82、88、92中教；101社會。

好整以暇（ㄏㄠˋ ㄓㄥˇ ㄧˇ ㄒㄧㄚˊ）

【解釋】形容在繁忙中顯得從（ㄘㄨㄥ）容不迫的樣子。

【造句】雖然事情繁多，他還是「好整以暇」地處（ㄔㄨˇ）理完畢，可真令人刮（ㄍㄨㄚ）目相看。

【分析】好，音ㄏㄠˋ，不讀ㄏㄠˇ。

【相關詞】孑（ㄐㄧㄝˊ）孓（ㄐㄩㄝˊ）。瓜子（ㄗˇ）。仔（ㄗˇ）肩。孖蟲（一種寄生蟲。孖，音ㄗ）。棋子（ㄗˇ）。種子（ㄗˇ）。水筆仔（ㄗˇ）。牛仔（ㄗˇ）褲。金龜子（ㄗˇ）。敗家子（ㄗˇ）。蚵（ㄜˊ）仔（ㄗˇ）煎。歌仔（ㄗˇ）戲。擔仔（ㄗˇ）麵。孑然一身。君子好逑（君子好的匹配。好，音ㄏㄠˇ）。知識分子（ㄗˇ）。搖囝（ㄐㄧㄢˇ）仔（ㄗˇ）歌。潔身自好（ㄏㄠˋ）。靡有孑遺（一點都沒有剩餘。靡，音ㄇㄧˇ）。

【全國考題】88國小；96高中。

奼（ㄔㄚˋ）紫（ㄗˇ）嫣（ㄧㄢ）紅（ㄏㄨㄥˊ）

【解釋】形容花開得鮮豔美麗。

【造句】陽明山國家公園一到花季，便百花怒放、「奼紫嫣紅」，好似一幅美麗的圖畫。

【分析】奼，音ㄔㄚˋ，不讀ㄓㄚˋ；同「姹」。但標準字體作「奼」，不作「姹」。

【相關詞】侘傺（音ㄔㄚˋ ㄔˋ。失意、不得志的樣子）。亳縣（安徽省縣名。亳，音ㄅㄛˊ）。推託。詫異。叱吒風雲（形容英雄人物威風氣概（ㄍㄞˋ），足以左右世局。吒，音ㄓㄚˋ）。托塔天王（佛教四大天王之一）。狂妄托大（同「狂妄自大」）。徒託空言（只說空話，但不去實行）。浮家泛宅（以船為家或長期在水上生活。宅，音ㄓㄞˊ）。

【全國考題】80、89、97國小；82、93、95國中；80、88、96高中；83、84師院；76小教；78、85、97中教；97社會。

安(ㄢ)土(ㄊㄨˇ)重(ㄓㄨㄥˋ)遷(ㄑㄧㄢ)

【解釋】久居本土的人，滋生情感不肯輕易遷徙。

【造句】現代的新新人類嚮（ㄒㄧㄤˋ）往都市的生活，比較缺少「安土重遷」的觀念。

【分析】重，音ㄓㄨㄥˋ，不讀ㄔㄨㄥˊ；遷，右上作「西」（ㄧㄚˋ），不作「西」。

【相關詞】下種（ㄓㄨㄥˇ）。町畽（音ㄊㄧㄥˇ ㄊㄨㄢˇ。舍旁空地）。芒種（節氣名。種，音ㄓㄨㄥˋ）。乳湩（乳汁。湩，音ㄉㄨㄥˋ）。哀慟（ㄊㄨㄥˋ）。浮腫。種德（修積德行。種，音ㄓㄨㄥˋ）。撒（ㄙㄚˇ）種（ㄓㄨㄥˇ）。衝南走（向南走。衝，音ㄔㄨㄥˋ）。一見鍾情。老態龍鍾。味道好衝（味道非常強烈。衝，音ㄔㄨㄥˋ）。延頸企踵（形容熱切盼望的樣子）。怒髮衝冠（ㄍㄨㄢ）。情有獨鍾。接種（ㄓㄨㄥˋ）疫苗。接踵而來。脾氣太衝（ㄔㄨㄥˋ）。預防接種（ㄓㄨㄥˋ）。摩肩接踵（形容人多擁擠的樣子）。積重難返（長期形成的不良習慣，不容易改變。重，音ㄓㄨㄥˋ）。踵決肘見（形容衣履破爛，極為窮困。見，音ㄒㄧㄢˋ）。龍鍾潦倒（形容老年人的衰態）。鍾靈毓秀（形容能培育傑出人才的環境。毓，音ㄩˋ）。

【全國考題】80國小。

安詳（ㄢ ㄒㄧㄤˊ）

【解釋】指平靜或形容人言行（ㄒㄧㄥˋ）舉止從（ㄘㄨㄥ）容不迫的樣子。詳，從容、莊重。

【造句】夜幕低垂，信步走在村落的羊腸小徑上，感受到一股寧靜、自然又「安詳」的氣氛（ㄈㄣ）。

【分析】安詳，不作「安祥」。

【相關詞】打烊。吉羊（同「吉祥」）。羊，音ㄒㄧㄤˊ）。佯裝（假裝。佯，音ㄧㄤˊ）。牂羊（母羊。牂，音ㄗㄤ）。牂牁（繫綁船隻的木樁。牁，音ㄍㄜ）。羼水（和水混雜在一起。同「攙水」。羼，音ㄔㄢˋ）。咩（ㄇㄧㄝ）咩叫。發祥地。十羊九牧（比喻政令不一，讓人無所適從）。佯若無事。庠序之教（各級學校的教育。庠，音ㄒㄧㄤˊ）。佳兵不祥（好用兵是不吉祥的）。詐敗佯輸（假裝失敗而引人上當）。語焉不詳。舉止安詳。

【全國考題】91國小；92國中；92中教。

守正不阿（ㄕㄡˇ ㄓㄥˋ ㄅㄨˋ ㄜ）

【解釋】謹守正道，公正無私。

【造句】李先生為人「守正不阿」，是擔任調解委員的不二人選。

【分析】阿，音ㄜ，不讀ㄚ。

【相關詞】沉痾（ㄜ）。啊（ㄚ）呀。阿（ㄚ）里山。阿（ㄜ）房宮。阿堵物（錢。阿，音ㄚ）。不通痾癢（無關緊要）。方正不阿（ㄜ）。曲學阿世（指歪曲或違背學識良知，以投世俗之所好。曲，音ㄑㄩ；阿，音ㄜ）。吳下阿蒙（比喻人學識淺陋。阿，音ㄚ）。沉痾頓愈（拖了很久的病突然痊癒）。阿其所好（迎合他人的喜好。阿，音ㄜ）。阿順取容（刻意地討好取悅。阿，音ㄜ）。阿（ㄜ）諛奉承。倒持泰阿（比喻授人以權，自己反受其害。倒，音ㄉㄠˋ；阿，音ㄜ）。婀娜多姿。獨吃自屙（比喻獨享利益，不顧別人。不作「獨吃自痾」。屙，音ㄜ，排泄）。歙漆阿膠（比喻情投意合。歙，音ㄕㄜˋ；阿，音ㄜ）。

【全國考題】88、93高中；99國中。

屹立（ㄧˋ ㄌㄧˋ）

【解釋】直立不動的樣子，如「屹立不搖」。

【造句】這棟三十層大樓「屹立」在火車站前，顯得特別突出。

【分析】屹立，不作「疙立」。屹，音ㄧˋ，不讀ㄑㄧˋ。

【相關詞】口吃（ㄐㄧˊ）。仡佬（民族名。仡，音ㄍㄜ）。仡然（勇壯的樣子。仡，音ㄧˋ）。回紇（族名。紇，音ㄏㄜˊ）。迄今（至今）。疙（ㄍㄜ）瘩（˙ㄉㄚ）。虼蚤（一種跳蚤。虼，音ㄍㄜˋ）。起訖（開始與結束。不作「起迄」）。乾（ㄑㄧㄢˊ）卦。掎齕（音ㄐㄧˇ ㄏㄜˊ。嫉妒他人的才華而排擠對方）。仡仡勇夫（勇士。仡，音ㄧˋ）。屹立不搖。汔可小康（希望稍得安康。汔，音ㄑㄧˋ）。孜孜矻矻（勤勉努力而不懈怠。矻，音ㄎㄨˋ）。紇字不識（譏諷人不識字）。乾綱不振（國家無道，君權不能伸張。乾，音ㄑㄧㄢˊ）。銀貨兩訖（指雙方完成交易）。數忔食飲（沒有胃口，勉強進食。忔，音ㄧˋ）。

【全國考題】74、83、84、94、96國小；

74、86、88師院；76小教；84、88、92國中。

并州剪（ㄅㄧㄥ ㄓㄡ ㄐㄧㄢˇ）

【解釋】山西省的并州產剪刀著名，刀極銳利。因此以「并州剪」比喻處事敏捷而有決斷。

【造句】柯市長處事明快俐落，好像一把銳利的「并州剪」，令市民一新耳目。

【分析】并，音ㄅㄧㄥ，不讀ㄅㄧㄥˋ；第三、四筆各為一長橫，中不間（ㄐㄧㄢˋ）斷。

【相關詞】火併（ㄅㄧㄥˋ）。帡幪（音ㄆㄧㄥˊ ㄇㄥˊ。帳幕）。栟櫚（音ㄅㄧㄥ ㄌㄩˊ。即棕櫚）。迸（ㄅㄥˋ）裂。軿車（古代車廂四周掛有帷幕障蔽的車子。軿，音ㄆㄧㄥˊ）。併發症。拼裝車。洴澼絖（音ㄆㄧㄥˊ ㄆㄧˋ ㄎㄨㄤˋ。在水中漂洗棉絮）。交通瓶頸。守口如瓶。并州故鄉（比喻對長期旅居之地的眷戀。并，音ㄅㄧㄥ）。胼手胝足（形容不辭勞苦，努力工作。胼，音ㄆㄧㄢˊ；胝，音ㄓ）。迸出火花。絣扒吊拷（剝衣捆綁，吊起來拷打。絣扒，音ㄅㄥ ㄅㄚ）。缾沉簪折（比喻男女訣別、分離。缾，音ㄆㄧㄥˊ；簪，音ㄗㄢ）。缾罄罍恥（比喻關係緊密，彼此利害一致。罄，音ㄑㄧㄥˋ；罍，音ㄌㄟˊ）。駢拇枝指（比喻多餘而不必要的東西。駢，音ㄆㄧㄢˊ；枝，音ㄑㄧˊ）。駢肩雜遝（形容人多擁擠的樣子。遝，音ㄊㄚˋ）。

【全國考題】101高中。

忖度（ㄘㄨㄣˇ ㄉㄨㄛˋ）

【解釋】思考推測，如「仔細忖度」。

【造句】小王仔細「忖度」老闆話中的含

意，終於了解公司要他三日之內捲鋪（ㄆㄨ）蓋走路。

【分析】忖，音ㄘㄨㄣˇ，不讀ㄘㄨㄣˋ；度，音ㄉㄨㄛˋ，不讀ㄉㄨˋ。有考慮、推測的意思，音ㄉㄨㄛˋ，如「推度」、「猜度」、「揣度」。

【相關詞】度假（不作「渡假」）。料度（ㄉㄨㄛˋ）。推度（ㄉㄨㄛˋ）。猜度（ㄉㄨㄛˋ）。揣度（ㄉㄨㄛˋ）。審度（詳細考量。度，音ㄉㄨㄛˋ）。度假村。泥船渡河（比喻世道險惡）。度日如年。度長絜大（指度量長短大小，含有比較的意思。度，音ㄉㄨㄛˋ；絜，音ㄒㄧㄝˊ）。桃花過渡（戲曲劇目）。審時度勢（詳細考量局勢的變化。度，音ㄉㄨㄛˋ）。過渡時期。遠渡重洋。

【全國考題】86國中；81、86、94高中；86中教。

收穫 ㄕㄡ ㄏㄨㄛˋ

【解釋】泛指得到的成果或利益。

【造句】大地是萬物之母，只要你肯下種（ㄓㄨㄥˋ），一定會發芽茁壯；只要你肯耕耘，必定會有豐盈的「收穫」。

【分析】收穫，不作「收獲」。穫、獲，右上作「艹」（ㄍㄨㄞˇ），不作「艹」（ㄘㄠˇ）；且「艹」不可在此兩字的正上方。

【相關詞】矩矱（比喻規矩法度。矱，音ㄏㄨㄛˋ）。愛護。漁獲。尺蠖蛾（一種蛾類。蠖，音ㄏㄨㄛˋ）。魚獲量。一樹百穫（比喻培植人才，收效長遠）。刀鋸鼎鑊（皆為古代的刑具。鑊，音ㄏㄨㄛˋ）。不勞而獲。不獲前來（不能前來）。先難後獲（先歷經艱苦的過程，而後有收穫。指成功必須努力）。斧鉞湯鑊（指漢時兩種酷刑。鉞，音ㄩㄝˋ）。蠖屈求伸（比喻人不得志時隱退，以待時機）。

【全國考題】73、92、96國小；87、91、92師院；88、92中教；90小教；91國中；91高中。

曲突徙薪（ㄑㄩ ㄊㄨˊ ㄒㄧˇ ㄒㄧㄣ）

【解釋】比喻預先採取措施，以防患未然。也作「未焚徙薪」、「枉突徙薪」。突，煙囪。

【造句】凡事「曲突徙薪」，做好萬全準備，才能有穩操勝券（ㄑㄩㄢˋ）的把握。

【分析】曲突徙薪，不作「曲突徒薪」。曲，音ㄑㄩ，不讀ㄑㄩˇ；徙，音ㄒㄧˇ，不讀ㄊㄨˊ。

【相關詞】敝屣（比喻毫無價值的，不受重視的事物。屣，音ㄒㄧˇ）。遷徙。未焚徙薪（比喻防患未然）。或相倍蓰（有的相差一倍或五倍。蓰，音ㄒㄧˇ）。倒屣相迎（比喻熱情款待賓客。倒，音ㄉㄠˋ）。退徙三舍（也作「退避三舍」）。敝屣王侯（表示輕視、不屑或毫不在意）。徙木立信（建立人民守信的手段）。徙宅忘妻（比喻人健忘，做事荒唐粗心）。敝屣尊榮（同「敝屣王侯」）。敝屣視之。棄如敝屣（比喻毫不珍惜）。移天徙日（比喻奸臣玩弄大權，顛倒是非）。視如敝屣（比喻輕蔑，不屑一顧）。麻屣鶉衣（形容衣衫襤褸。鶉，音ㄔㄨㄣˊ）。屣履出迎（同「倒屣相迎」）。屣履造門（形容急於拜見或會見某人）。聞義不徙（聽到合宜的道理不遷從）。遷徙流離（遷移分散而流浪各處）。獲利倍蓰（獲得數倍的利益)。

【全國考題】73小教；95國小；96高中。

曲高和寡（ㄑㄩˇ ㄍㄠ ㄏㄜˋ ㄍㄨㄚˇ）

【解釋】比喻深奧的藝術或理論，賞識者很少。

【造句】這些抽象畫是高教授的嘔心瀝血之作，但「曲高和寡」，難以引起大眾的共鳴。

【分析】曲，音ㄑㄩˇ，不讀ㄑㄩ；和，音ㄏㄜˋ，不讀ㄏㄜˊ。

【相關詞】和（ㄏㄨㄛˋ）弄。和牌（玩牌戲時，牌張已湊齊成副而獲勝。和，音ㄏㄨˊ）。和（ㄏㄜˊ）暖。和（ㄏㄜˋ）詩。和（ㄏㄨㄛˋ）墨。和聲。和（ㄏㄨㄛˋ）麵。相和（ㄏㄜˋ）。唱和（ㄏㄜˋ）。軟和（柔軟。和，音˙ㄏㄨㄛ）。暖和（˙ㄏㄨㄛ）。違和。酬和（ㄏㄜˋ）。摻和（ㄏㄨㄛˋ）。熱和（親密、親熱。和，音˙ㄏㄨㄛ）。應和（ㄏㄜˋ）。攙和（ㄏㄨㄛˋ）。攪和（ㄏㄨㄛˋ）。和（ㄏㄨㄛˋ）稀泥。和（ㄏㄨㄛˋ）麵粉。窮攪和（ㄏㄨㄛˋ）。一唱百和（比喻響應附和的人很多。和，音ㄏㄜˋ）。玉體違和（敬稱人身體不適）。和丸教子（唐人柳公綽娶妻韓氏教子的故事。和，音ㄏㄨㄛˊ）。和衣而睡（不脫衣服而睡。和，音ㄏㄜˊ）。和衷共濟。和（ㄏㄨˊ）牌獲勝。和（ㄏㄜˋ）著筑（ㄓㄨˊ）聲。和熊畫荻（稱頌母教的褒讚語。和，音ㄏㄨㄛˋ）。和盤托出。握手言和。搦筆和（ㄏㄨㄛˋ）墨。翦鬚和藥（比喻上位者恤愛屬下。和，音ㄏㄨㄛˋ）。調和鼎鼐（指宰相的職責。和，音ㄏㄜˊ。鼐，音ㄋㄞˋ）。羲和馭日（比喻時光的流逝。和，音ㄏㄜˊ）。隨聲附和（ㄏㄜˋ）。鸞鳳和（ㄏㄜˋ）

鳴。

【全國考題】74師院；77、86國中；86高中；95教大；97國小。

有恃無恐（ㄧㄡˇ ㄕˋ ㄨˊ ㄎㄨㄥˇ）

【解釋】因有所依靠而毫無顧忌。恃，依靠。

【造句】由於父母親在背後撐腰，使得他行事「有恃無恐」。這種態度若不改變，將來步入社會鐵定吃大虧。

【分析】恃，音ㄕˋ，不讀ㄔˊ；右上作「士」，不作「土」。恐，右上作「丮」（ㄐㄧˇ），不作「凡」。

【相關詞】仗恃。寺（ㄙˋ）廟。佛寺。侍奉。怙恃（父母。怙，音ㄏㄨˋ）。對峙（ㄓˋ）。不時之需。吮癰舐痔（比喻逢迎諂媚權貴的卑鄙行為。癰，音ㄩㄥ；舐，音ㄕˋ）。待（ㄉㄞ）一會兒。恃才傲物。恃強凌弱。恃寵而驕。持平之論。相持不下。淵渟岳峙（比喻人品德高尚，氣度恢弘。渟，音ㄊㄧㄥˊ）。雄峙亞（ㄧㄚˋ）東。熊據虎跱（比喻雄據一方。跱，音ㄓˋ）。蒔（ㄕˊ）花養草。

【全國考題】79、82、87、90國中；81高中；81小教；89、94國小。

有稜有角（ㄧㄡˇ ㄌㄥˊ ㄧㄡˇ ㄐㄧㄠˇ）

【解釋】比喻為人處事有原則、有主見。

【造句】林主任做起事來「有稜有角」，令全校同仁欽佩得五體投地。

【分析】稜，音ㄌㄥˊ，不讀ㄌㄧㄥˊ；右下作「夊」（ㄙㄨㄟ），不作「夂」（ㄓˇ）。

【相關詞】凌晨。凌亂。凌厲。凌駕。陵

寢。菱形。菱角。稜角。稜線。三稜鏡。眉稜骨（生長在眉毛部位的骨頭。稜，音ㄌㄥˊ）。金星凌日（一種天文現象，指位於太陽和地球之間的金星直接從太陽的前方掠過，成為太陽表面的可見暗斑）。風骨崚嶒（比喻人風骨奇高。崚嶒，音ㄌㄥˊ ㄘㄥˊ）。凌雲壯志。校園霸凌。陵土未乾（比喻人剛死去不久。與「墓木已拱」義反）。傲骨崚嶒（性情剛直、堅貞不屈）。綾羅綢緞。廣陵絕響（比喻學問或技藝中斷，無法流傳下去）。模稜兩可。

【全國考題】87高中。

死心塌地（ㄙˇ ㄒㄧㄣ ㄊㄚ ㄉㄧˋ）

【解釋】一心一意，不作其他打算。

【造句】小如「死心塌地」地（˙ㄉㄜ）愛著你，你竟然像呆頭鵝一樣無動於衷。

【分析】死心塌地，不作「死心踏地」或「死心蹋地」。塌，音ㄊㄚ，不讀ㄊㄚˋ；右上作「冃」（ㄇㄠˋ），不作「日」。

【相關詞】下榻（ㄊㄚˋ）。床榻。坍塌。倒塌。塌陷。塌實（安穩，扎實）。塌鼻。塌臺（比喻事業失敗）。糟蹋（ㄊㄚˋ）。闒茸（音ㄊㄚˋ ㄖㄨㄥˊ。資質駑鈍）。邋（ㄌㄚ）遢。榻榻米。闒茸貨（比喻懦弱無用的人）。一塌糊塗。天塌地陷（比喻秩序紊亂，或發生極大的變故）。同榻共眠（同床睡覺）。垂頭搨翼（形容受挫後精神委靡的樣子。搨，音ㄊㄚˋ）。病榻纏綿（長期臥病在床）。掃榻以待（比喻熱切地盼望客人的來到）。

【全國考題】84、89、94國小；85師院；86、93、99國中；90、91、97中教；

95教大；98高中；101教師。

汗流浹背（ㄏㄢˋ ㄌㄧㄡˊ ㄐㄧㄚˊ ㄅㄟˋ）

【解釋】汗流很多，溼透背部。形容工作辛勞或非常害怕、慚愧的樣子。

【造句】造就一名天才，除了個人天賦因素外，後天環境的刻意設計，加上「汗流浹背」的努力，都是缺一不可的。

【分析】汗流浹背，不作「汗流夾背」或「汗流頰背」。

【相關詞】夾生（食物半生不熟。夾，音ㄐㄧㄚˊ）。豆莢。要（ㄧㄠ）挾（ㄒㄧㄚˊ）。挾（ㄒㄧㄚˊ）持。愜意（滿意、舒適。愜，音ㄑㄧㄝˋ）。瘞埋（埋葬。瘞，音ㄧˋ）。龜筴（古代卜筮的用具。筴，音ㄘㄜˋ）。夾生飯（半生不熟的飯）。狹（ㄒㄧㄚˊ）心症。不愜於心（心裡不暢快如意）。出面緩頰。字挾風霜（形容文章筆法嚴正凌厲）。挾怨報復。挾貴倚勢（倚仗權貴、權勢）。梨頰微渦（形容女子的笑靨迷人）。淪肌浹髓（比喻感受極為深刻。髓，音ㄙㄨㄟˇ）。筐篋中物（比喻平常的事物。篋，音ㄑㄧㄝˋ）。馮諼彈鋏（音ㄈㄥˊ ㄒㄩㄢ ㄊㄢˊ ㄐㄧㄚˊ。比喻有才能的人暫處困境而有求於人）。傾（ㄑㄧㄥ）筐倒（ㄉㄠˋ）篋。瘞玉埋香（比喻美女死亡）。頰上添毫（比喻文章一經潤飾，則更為生動精采）。翻箱倒篋。

【全國考題】79、89高中；84、87、89、90、92國小；87、93國中；90、91中教。

汙穢（ㄨ ㄏㄨㄟˋ）

【解釋】骯髒、不清潔。

【造句】人往往看不見自己臉上的大片「汙穢」，卻能明察別人身上的一點塵埃。

【分析】汙，同「污」，標準字體作「汙」，不作「汚」；穢，音ㄏㄨㄟˋ，不讀ㄙㄨㄟˋ，「戊」內作「𣥂」（ㄊㄚˋ）：為反「止」的變形，右側不加一點。

【相關詞】乾噦（有嘔吐的聲音、動作，卻吐不出東西來。噦，音ㄩㄝ）。口出穢言。田薉稼惡（田地荒蕪，作物敗惡。薉，音ㄏㄨㄟˋ）。自慚形穢（比喻自愧比不上別人）。施罛濊濊（魚網放入水中呼呼作響。罛，音ㄍㄨ；濊，音ㄏㄨㄛˋ）。耘耨失薉（過度失當耕種，損失歲收）。曹劌論戰（比喻振作勇氣。劌，音ㄍㄨㄟˋ）。廉而不劌（比喻為人廉潔寬厚）。劌目鉥心（比喻看到極為恐怖的事。鉥，音ㄕㄨˋ）。噦鳳棲梧（賀人新居落成的題辭。噦，音ㄏㄨㄟˋ）。鷹揚鳳翽（指人氣概威武剛強，才華傑出。翽，音ㄏㄨㄟˋ）。鑾聲噦噦（傳來有節奏的車鈴聲。噦，音ㄏㄨㄟˋ）。

【全國考題】79高中；84國中；85國小；93小教。

牝雞司晨（ㄆㄧㄣˋ ㄐㄧ ㄙ ㄔㄣˊ）

【解釋】比喻婦人專權。有歧視的意味。牝，雌（ㄘ）性的鳥獸，與「牡」相反。

【造句】在傳統社會裡，「牝雞司晨」的現象比較不被大多數人所接受。

【分析】牝，音ㄆㄧㄣˋ，右作「匕」：首筆作橫，不作撇，與「它」的下偏旁及「叱」的右偏旁寫法皆不同。

【相關詞】匕（ㄅㄧˇ）首。牝牡（雌性和

雄性。牡，音ㄇㄨˇ）。老鴇（管理或控制妓女的女人。鴇，音ㄅㄠˇ）。始齔（開始換牙。齔，音ㄔㄣˋ）。湯匙（ㄔˊ）。童齔（兒童）。聚麀（亂倫。麀，音ㄧㄡ）。憂鬱。鑰匙（˙ㄕ）。鬱金香。匕鬯不驚（比喻軍隊軍紀嚴明不擾民。鬯，音ㄔㄤˋ）。草木鬯茂（草木繁茂滋長）。鳩工庀材（招集工人，儲備材料。庀，音ㄆㄧˇ）。圖窮匕見（比喻事情發展到最後，暴露真相，陰謀顯現。見，音ㄒㄧㄢˋ）。鬱鬱寡歡。

【全國考題】80、84、87高中；83、88師院；95教大；73、80、82、85、97、98小教；78、82、85、98中教；95、101國小；101國中。

百口莫辯（ㄅㄞˇ ㄎㄡˇ ㄇㄛˋ ㄅㄧㄢˋ）

【解釋】形容受冤屈，不論如何辯解，也無法使人相信。

【造句】明知是被栽贓嫁禍，因不能提出有力證據而「百口莫辯」，令他氣憤填膺。

【分析】百口莫辯，不作「百口莫辨」。辯、辨，二「辛」（下兩橫以上橫較長，和「幸」寫法不同）左右並列，左「辛」豎筆改豎撇。

【相關詞】分辨。抗辯。花瓣。狡辯。辦公。辨別。辨認。辮子。辯論。辯護。豆瓣醬。翹辮子（比喻死亡。翹，音ㄑㄧㄠˋ）。一手包辦。一瓣心香。口才辨給（形容一個人口才好、表達能力強。同「口才辯給」。給，音ㄐㄧˇ）。不辨菽麥（形容人愚昧無知。菽，音ㄕㄨˊ）。巧言舌辯（形容口才鋒利，能言善辯）。米鹽博辯（比喻議論廣博細雜）。明辨是非。滔滔雄辯。解辯請職（表示願意歸順臣服）。辯才無礙。辯口利舌（形容人善於辯論）。

【全國考題】102國小。

米珠薪桂（ㄇㄧˇ ㄓㄨ ㄒㄧㄣ ㄍㄨㄟˋ）

【解釋】米像珍珠，柴像肉桂。比喻物價昂貴。也作「爨（ㄘㄨㄢˋ）桂炊玉」。

【造句】臺北居，大不易。在這樣「米珠薪桂」的繁華都市裡生活，實在過得十分艱辛。

【分析】米珠薪桂，不作「米珠薪貴」。

【相關詞】刲羊（宰羊。刲，音ㄎㄨㄟ）。夏娃（ㄨㄚˊ）。恚怒（憤怒。恚，音ㄏㄨㄟˋ）。罣（ㄍㄨㄚˋ）礙。跬步（半步。跬，音ㄎㄨㄟˇ）。嬌娃。鮭菜（魚類菜餚的總稱。鮭，音ㄒㄧㄝˊ）。鮭（ㄍㄨㄟ）魚。灌畦（ㄑㄧˊ）。變卦。洋娃娃。佳兵不祥（好用兵是不吉祥的）。奉為圭臬（奉為依據的準則。圭臬，音ㄍㄨㄟ ㄋㄧㄝˋ）。披掛上陣。待字閨中。析圭分土（帝王以土地分封諸侯）。長袍馬褂。奎星高照（比喻考運佳）。奎，音ㄎㄨㄟˊ）。計不旋跬（計謀很快就實現了）。珪璋特達（比喻人品高潔，卓越非凡。珪，音ㄍㄨㄟ）。跬步千里（指前進雖然緩慢，只要不懈怠，終能達到目的地。比喻學習應該持之以恆）。跬步不離（指半步也不離開）。篳門圭竇（比喻貧苦人家）。

【全國考題】81國小；83、86國中；81、86、89、96高中；83、84、86師院；77、80、81、85、86小教；79、94中

教。

羽扇綸巾（ㄩˇ ㄕㄢˋ ㄍㄨㄢ ㄐㄧㄣ）

【解釋】手持羽毛扇，頭著（ㄓㄨㄛˊ）青絲巾。形容態度從（ㄘㄨㄥ）容不迫的樣子。

【造句】遙想公瑾當年，小喬初嫁了，雄姿英發，「羽扇綸巾」，談笑間、強虜灰飛煙滅。〈蘇軾．念奴嬌．赤壁懷古〉

【分析】綸，音ㄍㄨㄢ，不讀ㄌㄨㄣˊ。

【相關詞】吃癟（ㄅㄧㄝˇ）。沉淪。乾癟。掄（ㄌㄨㄣ）刀。掄才（甄選人才。掄，音ㄌㄨㄣˊ）。掄元（獲得第一。掄，音ㄌㄨㄣˊ）。掄（ㄌㄨㄣ）拳。綸布（昆布。綸，音ㄌㄨㄣˊ）。論量（音ㄌㄨㄣˊ ㄌㄧㄤˊ。論議是非）。論（ㄌㄨㄣˊ）語。癟三（流氓。癟，音ㄅㄧㄝˇ）。新血輪。一輪明月。出倫之才（形容才能出眾的人）。如奉綸音（如同奉為天子的聖旨。綸，音ㄌㄨㄣˊ）。囫（ㄏㄨˊ）圇（ㄌㄨㄣˊ）吞棗。胡掄混鬧（比喻糊裡糊塗、任性妄為。掄，音ㄌㄨㄣ）。美輪美奐。掄眉豎目（形容極為憤怒的樣子。掄，音ㄌㄨㄣ）。淪為波臣（溺死。波，音ㄅㄛ）。無與倫比。經綸世務（指處理政事）。滿腹經綸。語無倫次。

【全國考題】77、82、83、96、99國中；80、84小教；81中教；87國小；88、93高中；102社會。

老嫗能解（ㄌㄠˇ ㄩˋ ㄋㄥˊ ㄐㄧㄝˇ）

【解釋】形容文字淺近通俗，容易看懂。老嫗，老婦人。

【造句】白居易的詩淺顯易懂，「老嫗能

解」，所以大家都能琅琅上口。

【分析】嫗，音ㄩˋ，不讀ㄡˇ；右作「區」：屬「匸」（ㄒㄧˋ）部，折筆處為圓筆，與「匚」（ㄈㄤ）部折筆處為方筆不同。

【相關詞】先驅。妝奩（嫁妝。奩，音ㄌㄧㄢˊ）。浮漚（水上浮泡。漚，音ㄡ）。烏蓲（草名。蓲，音ㄑㄧㄡ）。鬥毆。區脫（邊界。區，音ㄡ）。傴僂（音ㄩˇ ㄌㄡˇ。背脊彎曲的病）。嘔啞（音ㄡ ㄧㄚ。形容鳥叫聲）。彄環（指環之類的東西。彄，音ㄎㄡ）。謳（ㄡ）歌。摳（ㄎㄡ）鼻子。中樞神經。先驅螻蟻（比喻不顧生死，竭誠效命）。名動金甌（形容名望很高，是國家選用的棟梁之材）。如海一漚（比喻微小虛幻。漚，音ㄡ）。血肉之軀。豆區釜鍾（古代計算容量的單位。區，音ㄡ）。並駕齊驅。金甌無缺（比喻國土完整鞏固）。長驅直入。為國捐軀。為叢毆爵（比喻處理不當而使結果違背最初的願望。為，音ㄨㄟˋ；毆，音ㄑㄩ；爵，音ㄑㄩㄝˋ）。傴僂提攜（老人和小孩）。嘔心瀝血。嘔啞嘲哳（嘈雜刺耳的聲音。哳，音ㄓㄚˊ）。摳心挖肚（形容絞盡腦汁、費心思索）。熊羆貙虎（比喻勇猛的士兵。羆，音ㄆㄧˊ；貙，音ㄔㄨ）。蒸漚歷瀾（形容溼熱地區因長期積水而冒泡糜爛的樣子。漚，音ㄡˋ；瀾，音ㄌㄢˊ）。熱湯驅寒。甕牖繩樞（比喻貧窮之家。甕牖，音ㄨㄥˋ ㄧㄡˇ）。鷗鷺忘機（隱逸者恬淡自適，不存機心而忘身物外）。

【全國考題】88國小；85、89國中；86、87、95小教；95、101高中。

老饕（ㄌㄠˇ ㄊㄠ）

【解釋】貪吃的人，或指講究美食的人。

【造句】蛤（ㄍㄜˊ）蜊（ㄌㄧˊ）屬於軟體動物門，肉味鮮美，甚得一般「老饕」的喜愛。

【分析】饕，音ㄊㄠ。貪財為饕，貪食為餮（ㄊㄧㄝˋ），今喻貪吃的人叫「老饕」，而不叫「老餮」。

【相關詞】呺然（外大而中空的樣子。呺，音ㄒㄧㄠ）。鴟鴞（音ㄔ ㄒㄧㄠ。鳥類名）。饕客（同「老饕」）。饕家（同「老饕」）。見彈求鴞（比喻算計得過早。彈，音ㄉㄢˋ）。枵腹重趼（形容長途跋涉，辛勞挨餓的樣子。枵，音ㄒㄧㄠ；趼，音ㄐㄧㄢˇ）。枵腹從公（形容不顧己身，勤於公事）。枵腸轆轆（形容非常飢餓的樣子）。發號施令。鴞心鸝舌（形容人說話動聽，卻心腸狠毒。鸝，音ㄌㄧˊ）。鴞鳥生翼（比喻忘恩負義）。蘭嶼角鴞。饕餮之徒（比喻貪婪無厭或貪吃的人）。

【全國考題】76國中；79、86高中。

耳濡目染（ㄦˇ ㄖㄨˊ ㄇㄨˋ ㄖㄢˇ）

【解釋】聽熟了，看慣了，因而慢慢地受到影響。

【造句】父親是個商場老將，小兒子在「耳濡目染」下，學會了做生意的竅門。

【分析】濡，音ㄖㄨˊ，不讀ㄖㄨˇ；染，右上作「九」，不作「丸」（ㄐㄧˇ），下撇及頓筆不輕觸橫、豎筆。

【相關詞】懦弱。囁嚅（音ㄋㄧㄝˋ ㄖㄨˊ。說話有顧慮而吞吞吐吐的樣子）。糯米。蠕（ㄖㄨˊ）動。犬儒之徒（指玩世不恭的人）。民生所需。老弱婦孺。耳擩目染（同「耳濡目染」。擩，音ㄖㄨˇ）。終軍棄繻（比喻年少立志，求取功名。繻，音ㄖㄨˊ）。雪中贈襦（比喻人在危難時伸出援手救助。襦，音ㄖㄨˊ）。腸胃蠕動。綺襦紈褲（指富貴人家子弟。綺，音ㄑㄧˇ）。

【全國考題】78中教；81、82、102國小；84師院；94小教。

自力更生（ㄗˋ ㄌㄧˋ ㄍㄥˋ ㄕㄥ）

【解釋】靠自己的力量經營生計。

【造句】他憑著堅強的意志和「自力更生」的精神，開創出一片璀（ㄘㄨㄟˇ）璨的前程。

【分析】自力更生，不作「自立更生」。更，音ㄍㄥˋ，不讀ㄍㄥ。

【相關詞】田埂。便宜。哽咽。甦醒。粳稻（一種稻米。粳，音ㄍㄥ）。三更（ㄍㄥ）半夜。口齒便給（比喻伶牙俐齒，能言善道。便給，音ㄆㄧㄢˊ ㄐㄧˇ）。心肌梗塞（ㄙㄜˋ）。便宜行事（經上級許可，不用請示而自己處理事務。便，音ㄅㄧㄢˋ）。浮萍斷梗（比喻四處飄泊無定的浪子）。骨鯁在喉（比喻心中有話，非說不可）。淚如綆縻（形容極為傷心。綆縻，音ㄍㄥˇ ㄇㄧˊ）。硬語盤空（形容文章、言語雄渾有力）。楩楠之材（即棟梁之材。楩，音ㄆㄧㄢˊ）。綆短汲深（比喻才力無法勝任）。蒲鞭之政（比喻寬厚仁慈的政治。蒲，音ㄆㄨˊ）。

【全國考題】79、81、97中教；90、91小教；92、93國小；98社會；98教大。

自怨自艾（ㄗˋ ㄩㄢˋ ㄗˋ ㄧˋ）

【解釋】悔恨自己過去所犯的錯誤而加以改正缺失。今只指自己悔恨、責備，不包括改正的意思。

【造句】遇到挫折時，若只是怨天尤人和「自怨自艾」，只會延誤反敗為勝的時機。

【分析】艾，音ㄧˋ，不讀ㄞˋ。

【相關詞】乂安（太平無事。乂，音ㄧˋ）。刈草（割草。刈，音ㄧˋ）。艾安（同「乂安」。艾，音ㄧˋ）。艾髮（白髮。艾，音ㄞˋ）。俊乂（才智出眾的人才。乂，音ㄧˋ）。怨艾（怨恨。艾，音ㄧˋ）。懲乂（受懲罰而戒慎恐懼。乂，音ㄞˋ）。方興未艾。灼艾分痛（比喻兄弟友愛。艾，音ㄞˋ）。斬刈殺伐（作戰時以兵器互相砍殺。伐，音ㄈㄚ）。蘭艾同焚（同「玉石俱焚」）。

【全國考題】83、84、93國中；80、89高中；73、74、80、90、95小教；78、79、84、92中教；93、97國小；98、101教大。

舛誤（ㄔㄨㄢˇ ㄨˋ）

【解釋】錯誤。也作「訛舛」。

【造句】拙著匆匆付梓（ㄗˇ），內容「舛誤」甚多，祈請方家不吝指正。

【分析】舛，音ㄔㄨㄢˇ；左半作「夕」，右半作「㐄」（音ㄎㄨㄚˇ，一橫、一撇橫、一豎，筆畫為三畫，非四畫）。

【相關詞】乖舛（不順利）。一瞬間。轉瞬間。命途多舛（命運不順利）。流光瞬息（形容時間短暫，很快就過去了）。唐堯虞舜。堯天舜日（比喻太平盛世）。揚眉瞬目（形容志得意滿、沾沾自喜的樣子）。舞馬之災（火災。同「馬舞之災」）。瞬息萬變。轉瞬成空（轉眼成空）。

【全國考題】81高中；88小教；98國小；101國中。

行頭（ㄒㄧㄥˊ ˙ㄊㄡ）

【解釋】演戲所用的衣物或道具。

【造句】為了戲劇的演出，她特別到香港購買不少「行頭」，令劇組人員眼睛為（ㄨㄟˋ）之一亮。

【分析】行頭，音ㄒㄧㄥˊ ˙ㄊㄡ，不讀ㄏㄤˊ ㄊㄡˊ；若音ㄏㄤˊ ㄊㄡˊ，則指行業的頭子。兩者詞意不同。

【相關詞】行伍（軍隊。行，音ㄏㄤˊ）。行誼（音ㄒㄧㄥˋ 一ˋ。品行道義）。孝行（ㄒㄧㄥˋ）。言行（ㄒㄧㄥˋ）。桁條（架在屋頂，用來支撐椽子或屋面板的橫木。桁，音ㄏㄥˊ）。桁楊（古代夾頸項、腳脛的刑具。桁，音ㄏㄤˊ）。荇菜（莧菜的別名。荇，音ㄒㄧㄥˋ）。善行（ㄒㄧㄥˋ）。罪行（ㄒㄧㄥˋ）。罪愆（罪過。愆，音ㄑㄧㄢ）。義行（ㄒㄧㄥˋ）。暴行（ㄒㄧㄥˋ）。全武行（打架。行，音ㄏㄤˊ）。行（ㄒㄧㄥˊ）道樹。高蹺鴴（水鳥名。蹺，音ㄑㄧㄠ；鴴，音ㄏㄥˊ）。現行犯。行短才高（才能雖高，但品格卑劣。行，音ㄒㄧㄥˋ）。桁楊相望（比喻罪犯極多）。高山景行（比喻做事光明磊落。行，音ㄒㄧㄥˋ）。景行行止（比喻高尚的品德，令人景仰。第一個「行」，音ㄒㄧㄥˋ，第二個「行」，音ㄒㄧㄥˊ）。雁行折翼（指兄弟分離或死亡。行，音ㄏㄤˊ）。當行出色（擅長某事而顯得特別出色。行，音

ㄏㄤˊ）。敷衍塞（ㄙㄜˋ）責。繩愆糾謬（糾正過失、錯誤。謬，音ㄇㄧㄡˋ）。

【全國考題】93高中。

衣錦還鄉（ㄧˋ ㄐㄧㄣˇ ㄏㄨㄢˊ ㄒㄧㄤ）

【解釋】形容人功成名就後，光榮地回到故鄉。

【造句】周董年輕時飽受鄉民的譏諷（ㄈㄥˇ）嘲笑，如今「衣錦還鄉」，可以揚眉吐氣了。

【分析】衣，當動詞用，音ㄧˋ，不讀ㄧ。

【相關詞】負扆（比喻南面稱帝。扆，音ㄧˇ）。衣輕裘（穿著皮衣。衣，音ㄧˋ）。牛衣對泣（比喻夫妻共度窮苦的生活）。衣帛食肉（形容生活富足安樂。衣，音ㄧˋ）。衣被群生（比喻恩澤廣及百姓。衣，音ㄧˋ；被，音ㄅㄟˋ）。衣褐懷寶（比喻外表樸實鄙陋，卻內藏真才。衣，音ㄧˋ；褐，音ㄏㄜˊ）。衣錦食肉（同「衣帛食肉」）。衣（ㄧˋ）錦榮歸。衣繡夜行（比喻顯貴榮華不為人知，徒自埋沒湮滅。衣，音ㄧˋ）。衣繡畫行（比喻身居官職，光采顯耀。衣，音ㄧˋ）。依然故我。妟不衣（ㄧˋ）帛。腰金衣紫（指當大官。同「衣紫腰金」。衣，音ㄧˋ）。解衣衣人（脫下衣服給他人穿。第二個「衣」，音ㄧˋ）。

【全國考題】84高中；73、85師院。

七畫

佇（ㄓㄨˋ）立（ㄌㄧˋ）

【解釋】久立。

【造句】澎湖的跨海舊橋長久「佇立」在湍（ㄊㄨㄢ）急海流中，縣政府為了安全考量（ㄌㄧㄤˊ），決定採用爆破方式拆除。

【分析】佇，音ㄓㄨˋ，不讀ㄓㄨˇ。

【相關詞】佇候（等候）。苧麻（植物名。苧，音ㄓㄨˋ）。貯（ㄓㄨˇ）存。貯藏。貯藏室。佇候佳音。倚門佇望（靠著門而佇立遠望）。停辛佇苦（形容備嘗艱苦）。貯水備用。縞紵之交（指交情深厚。縞紵，音ㄍㄠˇ ㄓㄨˋ）。績麻拈苧（搓麻線、織布等女紅。拈，音ㄋㄧㄢˇ）。

【全國考題】73、85、94國小；86國中。

伶（ㄌㄧㄥˊ）牙（ㄧㄚˊ）俐（ㄌㄧˋ）齒（ㄔˇ）

【解釋】說人口才很好，能言善道。也作「伶牙俐嘴」。

【造句】小妹「伶牙俐齒」，家中任何一個人都說不過她。

【分析】伶牙俐齒，不作「伶牙利齒」。

【相關詞】伶俐。犁田。蛤蜊（音ㄍㄜˊ ㄌㄧˊ。同「蛤蠣」）。勢利眼。大發利市。化劍為犁（即化干戈為玉帛）。手腳俐落。利害得失。利害關係。災梨禍棗（濫刻一些沒有價值的書籍）。爭權奪利。乾淨俐落。梨園子弟（泛稱表演戲曲的演員）。梨頰微渦（形容美女的笑靨迷人）。犁庭掃穴（比喻澈底消滅敵人）。讓棗推梨（比喻兄弟間友愛和睦）。

【全國考題】88國小。

估衣（ㄍㄨˋ ㄧ）

【解釋】出售的舊衣服，如「估衣鋪」、「估衣攤」。

【造句】這家「估衣」鋪出售的衣服十分便宜，顧客絡繹不絕。

【分析】估，音ㄍㄨˋ，不讀ㄍㄨ。

【相關詞】失怙（喪父。怙，音ㄏㄨˋ）。估算。怙恃（父母）。辜負。骷（ㄎㄨ）髏。拉祜族（族名。祜，音ㄏㄨˋ）。訓詁學（解釋文字意義的學問。詁，音ㄍㄨˇ）。鈷（ㄍㄨ）六十。不省所怙（不了解父親的樣子。省，音ㄒㄧㄥˇ）。王事靡盬（指國事極為繁忙。盬，音ㄍㄨˇ）。死有餘辜。自我作古（自創新意，不沿襲舊法）。姑息養奸。怙惡不悛（堅持為惡而不肯悔改。悛，音ㄑㄩㄢ）。波（ㄅㄛ）及無辜。沽名釣譽。待價而沽。故步自封。故劍情深（比喻夫妻感情深厚）。陟岵陟屺（遊子思念遠方的父母親。陟岵，音ㄓˋ ㄏㄨˋ；屺，音ㄑㄧˇ）。陟屺瞻望（同「陟岵陟屺」）。無父何怙（沒有父親，將依靠誰呢）。楛矢東來（邊遠的族國都來上朝進貢。楛，音ㄏㄨˋ）。楛耕傷稼（粗劣的耕種，使農作物受到損害。楛，音ㄎㄨˇ）。難以估計。蘑菇半天。

【全國考題】74、86、90師院；83、91小教；86、90中教；91國中；100社會。

伺候（ㄘˋ ㄏㄡˋ）

【解釋】服侍，如「伺候雙親」。

【造句】「伺候」雙親是我國固有的倫理道

德。然而子女殺死父母的逆倫事件屢見報端，令人唏噓不已。

【分析】伺，音ㄘˋ，不讀ㄙ；若讀作ㄙ，則是偵候的意思，如「伺候敵情」。

【相關詞】後嗣（後代子孫。嗣，音ㄙˋ）。哲嗣（敬稱別人家的孩子）。祠堂。嗣後（從此以後）。經笥（比喻學識淵博的人。笥，音ㄙˋ）。窺伺。嗣父母（養父母）。強敵環伺。嗣承道統（繼承道統）。腹笥便便（形容學識廣博。便，音ㄆㄢˊ）。腹笥甚廣（同「腹笥便便」）。

【全國考題】90國小；91、92國中；93小教；94中教。

佝僂 ㄎㄡˋ ㄌㄡˊ

【解釋】背部向前彎曲。而「佝僂病」就是軟骨病。

【造句】他長得眉清目秀，卻因罹（ㄌㄧˊ）患「佝僂」病而挺不起腰桿來，令人憐惜不已。

【分析】佝，音ㄎㄡˋ，不讀ㄐㄩˋ；佝僂，與「痀僂」同義。不過，痀，音ㄐㄩ，不讀ㄎㄡˋ。

【相關詞】句當（同「勾當」。句，音ㄍㄡˋ）。句龍（複姓。句，音ㄍㄡ）。句（ㄍㄡ）踐。劬勞（勞苦。劬，音ㄑㄩˊ）。和煦（ㄒㄩˇ）。枸（ㄍㄡˇ）杞（ㄑㄧˇ）。枸橘（植物名。枸，音ㄍㄡ）。枸櫞（音ㄐㄩ ㄩㄢˊ。植物名）。唏呴（喉中所發出的聲音。呴，音ㄏㄡ）。耆耇（音ㄑㄧˊ ㄍㄡˇ）。

老人）。雉雊（雄雉鳴叫。雊，音ㄍㄡˋ）。蒟（ㄐㄩˇ）蒻。鴝鵒（音ㄑㄩˊ ㄩˋ。八哥鳥）。齁苦（很苦。齁，音ㄏㄡ）。一齣（ㄔㄨ）戲。句漏山（廣西省山名。句，音ㄍㄡ）。高句麗（古國名。句麗，音ㄍㄡ ㄌㄧˊ）。白駒過隙（比喻時間過得很快）。劬勞顧復（辛苦地照顧撫育）。相呴相濡（比喻同處困境，以微小的力量互相幫助。呴，音ㄒㄩˇ）。苟且偷安。眾呴漂山（眾人的力量極為強大。呴，音ㄒㄩˇ）。眾喣漂山（同「眾呴漂山」。喣，音ㄒㄩˇ）。煦仁孑義（小仁小義）。鉤心鬥角。鼾齁如雷（打鼾聲極為響亮）。

【全國考題】92師院；93高中；97社會。

作踐 ㄗㄨㄛˊ ㄐㄧㄢˋ

【解釋】糟蹋，如「作踐自己」、「自我作踐」。

【造句】公務生涯四十年，他始終兢（ㄐㄧㄥ）兢業業、廉潔自守，從來沒有「作踐」過自己的人格。

【分析】作踐，不作「作賤」。作，音ㄗㄨㄛˊ，不讀ㄗㄨㄛˋ。

【相關詞】信箋（ㄐㄧㄢ）。客棧。貧賤。棧道。實踐。蜜餞。踐踏。錢鎛（音ㄐㄧㄢˇ ㄅㄛˊ。古代兩種鋤田的農具）。餞行。處方箋。水花四濺。言不踐行（所說的話沒有實踐）。戔戔微物（東西微小的樣子。戔，音ㄐㄧㄢ）。洗盞更酌（清洗酒杯，再度飲酒。更，音ㄍㄥ）。為數戔戔（數量很少）。食毛踐土（古代臣民感戴君恩的話）。無心戀棧。貴古賤今（推崇古代而鄙視當代的事物）。蜜餞砒霜（同「口蜜腹劍」。砒，音ㄆㄧ）。穀賤傷農。駑馬戀棧（比喻庸才貪戀俸祿與官位。駑，音ㄋㄨˊ）。

【全國考題】85高中。

作繭自縛 ㄗㄨㄛˋ ㄐㄧㄢˇ ㄗˋ ㄈㄨˊ

【解釋】比喻人做事反使自己受困。

【造句】你最好別蹚（ㄊㄤ）這渾（ㄏㄨㄣˊ）水，以免「作繭自縛」，抽身不得。

【分析】繭，音ㄐㄧㄢˇ，上作「𦫳」（ㄍㄨㄞˇ），不作「艹」；中豎不伸出上橫筆，其左作「糸」（下豎不鉤），不作「糹」，其右作「虫」。

【相關詞】蠶繭。手足重繭（形容十分辛勤勞苦。重，音ㄔㄨㄥˊ）。吐絲成繭。百舍重繭（比喻長途跋涉，非常辛苦。同「百舍重趼」。趼，音ㄐㄧㄢˇ）。老蠶作繭（比喻年老時仍奔波勞碌）。抽絲剝繭。破繭而出（掙脫束縛）。繭絲牛毛（形容精細周密）。

【全國考題】76、94國小；76、82、89國中；80、88、96高中；89、93師院；96教大；94小教。

兵荒馬亂 ㄅㄧㄥ ㄏㄨㄤ ㄇㄚˇ ㄌㄨㄢˋ

【解釋】形容戰爭時混（ㄏㄨㄣˋ）亂的景象。兵荒，戰爭造成的饑荒及其他災禍。

【造句】戰國末年，中國境內「兵荒馬亂」、民不聊生。

【分析】兵荒馬亂，不作「兵慌馬亂」。

【相關詞】荒唐。著（ㄓㄠ）慌。撒（ㄙㄚ）謊。謊言。破天荒。地老天荒。拾荒老人。荒誕不經（荒唐而不近情理）。落荒而逃。驚慌失措。

【全國考題】79中教；83、85國中；86高中；96國小。

冷嘲熱諷（ㄌㄥˇ ㄔㄠˊ ㄖㄜˋ ㄈㄥˋ）

【解釋】用尖酸刻（ㄎㄜˋ）薄的話去嘲笑和諷刺他人。

【造句】他雖然受盡了同學的「冷嘲熱諷」，但一點也不引以為意，真是修養到家。

【分析】諷，音ㄈㄥˋ，不讀ㄈㄥˇ；右從「風」：「虫」上作一短橫，不作一撇。

【相關詞】山嵐（山中的霧氣。嵐，音ㄌㄢˊ）。反諷。衰颯（衰落。颯，音ㄙㄚˋ）。煙嵐（山中蒸騰的霧氣）。嘲諷。諷刺。蕭颯（秋風蕭瑟）。譏諷。山光嵐影。春風風（ㄈㄥˋ）人。風世勵俗（規勸世人，鼓勵善良風俗。風，音ㄈㄥˋ）。借古諷今。迷颩模登（指人迷糊的樣子。颩，音ㄅㄧㄠ）。煙嵐雲岫（比喻山間雲霧瀰漫。岫，音ㄒㄧㄡˋ）。義行可風（仁義好善的行為，可作為後人的典範。行，音ㄒㄧㄥˋ）。颯爽英姿（形容體態矯健，容光煥發。同「英姿颯爽」）。

【全國考題】88、93國小；87、93國中。

否極泰來（ㄆㄧˇ ㄐㄧˊ ㄊㄞˋ ㄌㄞˊ）

【解釋】情況壞到極點後漸漸地好轉。也作「否極生泰」。

【造句】陳伯伯歷經十年的奮鬥，終於「否極泰來」，開創出一番偉大的事業。

【分析】否，音ㄆㄧˇ，不讀ㄈㄡˇ。

【相關詞】屯否（音ㄓㄨㄣ ㄆㄧˇ。比喻處境艱難困頓）。地痞。否卦。否泰。否婦

（粗俗無知的婦女）。桮棬（音ㄅㄟ ㄑㄩㄢ。形狀彎曲的木質飲酒器）。臧否（音ㄗㄤ ㄆㄧˇ。評論）。太宰嚭（人名。春秋楚人。同「伯嚭」。嚭，音ㄆㄧˇ）。不勝桮杓（酒量有限，已經醉了，不能再喝。勝，音ㄕㄥ）。屯蹶否塞（同「屯否」。屯，音ㄓㄨㄣ；否塞，音ㄆㄧˇ ㄙㄜˋ）。胸腹痞脹（胸腹鬱結脹悶）。陟罰臧否（獎勵好人，懲罰惡人。陟，音ㄓˋ）。晦盲否塞（國政紊亂，下情無法上達）。臧否人物（評論人物的好壞）。

【全國考題】81、102國小；79、86國中；73、84師院；82小教；81、82中教。

含情脈脈 ㄏㄢˊ ㄑㄧㄥˊ ㄇㄛˋ ㄇㄛˋ

【解釋】形容默默地用眼神表達內心無限的情思。也作「脈脈含情」。

【造句】姊姊「含情脈脈」地望著林大哥，終於答應他的求婚。

【分析】含情脈脈，不作「含情默默」。脈，音ㄇㄛˋ，不讀ㄇㄞˋ；除「含情脈脈」、「脈脈含情」和「餘暉脈脈」讀作ㄇㄛˋ以外，其餘皆讀作ㄇㄞˋ。

【相關詞】人脈。山脈。切（ㄑㄧㄝˋ）脈。支脈。血脈。把脈。命脈。派遣。脈息（脈搏）。脈動。脈象。脈絡。脈搏。動脈。經脈。葉脈。靜脈。大動脈。主動脈。平行脈。網狀脈。靜脈瘤。一派胡言。一派輕鬆。一脈相承。一脈相通。一脈相連。一脈相傳。一脈單傳。中央山脈。血脈相連。來龍去脈。奇經八脈。延續命脈。冠（ㄍㄨㄢ）狀動脈。派上用場。脈絡分明。脈絡相連。脈絡貫通。張脈僨興（形容緊張興奮的樣子。僨興，音ㄈㄣˋ ㄒㄧㄥ）。溶溶脈脈（水流不止的樣子。脈，音ㄇㄞˋ）。

【全國考題】91高中。

含飴弄孫（ㄏㄢˊ ㄧˊ ㄋㄨㄥˋ ㄙㄨㄣ）

【解釋】上了年紀的人在家逗弄孫子，享受天倫之樂的情景。飴，麥芽糖。

【造句】「含飴弄孫」是大多數人所憧（ㄔㄨㄥ）憬的晚年生活。的確，享受兒孫繞膝的天倫之樂是多（ㄉㄨㄛ）麼令人羨慕啊！

【分析】含飴弄孫，不作「含貽弄孫」或「含頤弄孫」。

【相關詞】舌苔（ㄊㄞ）。冶豔。盱眙（音ㄒㄩ ㄧˊ。江蘇省縣名）。青苔（ㄊㄞˊ）。怠惰。怠慢。枲麻（泛指麻質的紙張。枲，音ㄒㄧˇ）。笞（ㄔ）刑。欺紿（欺騙。紿，音ㄉㄞˋ）。跆拳。駑駘（音ㄋㄨˊ ㄊㄞˊ）。

比喻才能低下平庸）。駘蕩（令人舒暢。駘，音ㄉㄞˋ）。鞭笞。民心望治。甘之如飴。目眙不禁（未禁止眉目傳情。眙，音ㄔˋ；禁，音ㄐㄧㄣ）。車殆馬煩（旅途疲累）。咍臺大睡（呼呼大睡。咍，音ㄏㄞ）。始料未及。怡然自得。怡聲下氣（形容聲音柔和，態度恭順）。怠忽職守。消滅殆盡。高抬貴手。異苔同岑（比喻朋友感情契合。岑，音ㄘㄣˊ）。備胎人選。視死如飴（形容人勇敢不怕死）。詒厥孫謀（為子孫的將來作打算。同「貽厥孫謀」。詒，音ㄧˊ）。貽人口實（同「落人口實」）。貽笑大方。貽誤戎機（耽誤軍事性行動）。黃髮鮐背（泛指老年人。鮐，音ㄊㄞˊ）。諸呂不台（外戚呂姓當權，人心不悅。台，音ㄧˊ）。

【全國考題】82、94、98國中；80、84、89高中；85師院；76、82小教；78、82、91中教；89國小。

吮墨 ㄕㄨㄣˇ ㄇㄛˋ

【解釋】形容沉思寫作的樣子。

【造句】由於缺乏靈感，他「吮墨」半天，才勉強（ㄑㄧㄤˇ）寫出一段文章。

【分析】吮，音ㄕㄨㄣˇ，不讀ㄩㄣˇ。

【相關詞】公允。吸吮。沇水（即濟水。沇，音ㄧㄢˇ）。沇州（即兗州）。應允。玁狁（音ㄒㄧㄢˇ ㄩㄣˇ。匈奴於周朝時的名稱）。允文允武（能文能武）。

【全國考題】93中教；102教大。

囫圇吞棗 ㄏㄨˊ ㄌㄨㄣˊ ㄊㄨㄣ ㄗㄠˇ

【解釋】比喻凡事籠統含糊，不仔細分辨明白，或指為學不求甚解。

【造句】讀書切忌「囫圇吞棗」，必須領略文章中深刻的義理。

【分析】囫圇，音ㄏㄨˊ ㄌㄨㄣˊ；吞，上作「天」，不作「夭」；棗，音ㄗㄠˇ，與「棘」（ㄐㄧˊ）不同。

【相關詞】父歾（父親過世。同「父歿」。歾，音ㄇㄛˋ）。匆忙。吻合。物色。恍惚。興匆匆。魩（ㄇㄛˋ）仔（ㄗˇ）魚。刎頸之交（比喻可同生死、共患難的至交好友）。秉笏披袍（指在朝為官。笏，音ㄏㄨˋ）。拄笏看山（比喻身在官場卻有閒情雅興。拄，音ㄓㄨˇ）。物色人選。密勿從事（勤勉努力地辦理公務）。袍笏登場（比喻官員初接新職，猶如登場作戲，含有諷刺意味）。開物成務（指開發各種物資，建立各種制度）。遭人物議。

【全國考題】76國小；73、93、94國中；74

小教。

坎坷（ㄎㄢˇ ㄎㄜˇ）

【解釋】地不平，不好走。比喻人窮困潦倒不得志，如「命途坎坷」。

【造句】人生的路本是崎（ㄑㄧˊ）嶇「坎坷」的，路越「坎坷」，當走完這段路後，心裡越感到快活。

【分析】坷，音ㄎㄜˇ，不讀ㄎㄜ。

【相關詞】可汗（音ㄎㄜˋ ㄏㄢˊ。古代西域各國對君王的稱呼）。可敦（可汗之妻。可，音ㄎㄜˋ）。呵護。為荷（平行書函的末尾用語。荷，音ㄏㄜˋ）。牂牁（音ㄗㄤ ㄍㄜ。繫船隻的木樁）。辱荷（承蒙。荷，音ㄏㄜˋ）。訶責（厲聲叱責。訶，音ㄏㄜ）。磊砢（眾石堆累的樣子。砢，音ㄌㄨㄛˇ）。轗軻（音ㄎㄢˇ ㄎㄜˇ。同「坎坷」）。天可汗（中國西北各民族對唐太宗所稱的尊號）。屎蚵蜋（蜣螂的別名。蚵，音ㄎㄜ）。蚵（ㄜˊ）仔（ㄗˇ）煎。一氣呵成。口若懸河。南柯一夢。執柯作伐（替人作媒。伐，音ㄈㄚ）。舸艦迷津（船隻堵塞渡口。舸，音ㄍㄜˇ）。荷（ㄏㄜ）槍實彈。

【全國考題】79、85、95、100國小；83、92高中；88、98小教；94國中。

坐鎮指揮（ㄗㄨㄛˋ ㄓㄣˋ ㄓˇ ㄏㄨㄟ）

【解釋】駐地鎮守，指揮他人行動。

【造句】這次掃黃行動，由警察局長「坐鎮指揮」，希望還給市民一個清靜的家園。

【分析】坐鎮指揮，不作「坐陣指揮」。

【相關詞】元稹（唐代人名。稹，音ㄓㄣˇ）。喧闐（形容聲音大而雜亂。

闐，音ㄊㄧㄢˊ）。嗔怒（發怒。嗔，音ㄔㄣ）。寘懷（放在心上。寘，音ㄓˋ）。滇池（湖泊名。滇，音ㄉㄧㄢ）。嬌嗔。縝密（周密、細緻。縝，音ㄓㄣˇ）。蹎仆（跌倒。同「顛仆」。蹎，音ㄉㄧㄢ）。和闐玉。以規為瑱（比喻不聽他人的規勸。瑱，音ㄊㄧㄢˋ）。回嗔作喜（由生氣轉為高興）。戒慎恐懼。慎終追遠。瞋目切齒（形容極為憤怒的樣子。瞋，音ㄔㄣ；切，音ㄑㄧㄝˋ）。親自坐鎮。顛沛流離。鬒髮如雲（比喻頭髮烏黑明亮。鬒，音ㄓㄣˇ）。巔峰狀態。鑼鼓喧闐。

【全國考題】88國小；93小教；98、101教大。

妊娠 ㄖㄣˋ ㄕㄣ

【解釋】婦女懷孕，如「妊娠紋」。

【造句】「妊娠」婦女要隨時保持心情的輕鬆，並注意營養的攝取。

【分析】妊，音ㄖㄣˋ，不讀ㄖㄣˊ；右上作一橫，不作一撇。娠，音ㄕㄣ，不讀ㄔㄣˊ。

【相關詞】宸衷（天子的心意。宸，音ㄔㄣˊ）。脤膰（音ㄕㄣˋ ㄈㄢˊ。古代帝王祭祀用的生肉和熟肉）。裖衣（單層無內裡的衣服。裖，音ㄓㄣˇ）。賑災。賑濟。嘴脣。功高震主。生不逢辰。良辰美景。振振有辭。海市蜃樓（比喻虛幻不實的景象或事物。蜃，音ㄕㄣˋ）。參辰卯酉（比喻彼此隔絕或對立。參，音ㄕㄣ；卯酉，音ㄇㄠˇ ㄧㄡˇ）。費盡脣舌。寥若晨星。

震古鑠今（形容功業偉大）。震耳欲聾。濟寒賑貧（救濟清寒，幫助貧苦）。賑然而笑（笑的樣子。賑，音ㄓㄣˇ）。

【全國考題】80、90、91高中；83、88、90師院；95、96教大；73、76、80、87、88、90、91、92小教；78、81、86、92中教；100社會。

妙語解頤（ㄇㄧㄠˋ ㄩˇ ㄐㄧㄝˇ ㄧˊ）

【解釋】形容說話風趣雋（ㄐㄩㄢˋ）永，使人發笑

【造句】周老師學識豐富，上起課來幽默風趣、「妙語解頤」，深受學生的喜歡。

【分析】妙語解頤，不作「妙語解頣」。頤，左作「𦣞」（ㄧˊ），不作「臣」。

【相關詞】姬妾。宧隅（音ㄧˊ ㄩˊ。房屋的東北角）。期頤（一百歲。期，音ㄑㄧˊ）。頤和園。大快朵頤。方頤大口（形容相貌堂堂的樣子）。以手支頤（用手托住臉頰）。目使頤令（形容以高傲的態度指使屬下）。物阜民熙（物產豐饒，人民安康和樂。阜，音ㄈㄨˋ）。涕泗交頤（形容哭得非常傷心）。貫頤奮戟（形容將士奮勇殺敵，毫無畏懼。戟，音ㄐㄧˇ）。期頤之壽（指人高壽）。期頤偕老（祝福夫妻白頭到老的賀辭。偕，音ㄒㄧㄝˊ）。過頤豕視（形容極為醜陋的相貌）。熙來攘（ㄖㄤˇ）往。頤指氣使（同「目使頤令」）。頤養天年（清靜安養年老的歲月）。霸王別姬（戲曲劇目）。

【全國考題】95國小；97中教；101教師。

完璧歸趙（ㄨㄢˊ ㄅㄧˋ ㄍㄨㄟ ㄓㄠˋ）

【解釋】比喻物歸原主。璧，和氏璧。

【造句】這是上回跟你借的漫畫書，現在「完璧歸趙」，請你查收。

【分析】完璧歸趙，不作「完壁歸趙」。

【相關詞】手臂（ㄅㄧˋ）。巨擘（比喻傑出的人才。擘，音ㄅㄛˋ）。冰檗（形容婦女的苦節。檗，音ㄅㄛˋ）。便嬖（音ㄆㄧㄢˊ ㄅㄧˋ。會說諂媚奉承的話而受寵信的人）。復辟（失位的君主重新恢復君位。辟，音ㄅㄧˋ）。潔癖（ㄆㄧˇ）。擘畫。薜荔（植物名。薜，音ㄅㄧˋ）。癖好。洴澼絖（音ㄆㄧㄥˊ ㄆㄧˋ ㄎㄨㄤˋ。在水中漂洗棉絮）。壁上觀。中西合璧。失之交臂（錯失良機）。白璧微瑕。珠聯璧合。陶侃運甓（勤奮不懈，不懼往返重複。甓，音ㄆㄧˋ）。飲冰茹蘗（比喻生活極為清苦。蘗，音ㄅㄛˋ）。嗜痂之癖（形容人的嗜好很特殊）。劈頭蓋臉（朝著頭和臉）。窮鄉僻壤。餘珍璧謝（接受部分禮物，退還其餘的，並表達感謝之意）。壁壘分明（彼此界限清楚，不相混淆）。擗踊拊心（形容極為悲痛的樣子。擗踊，音ㄆㄧˋ ㄩㄥˇ；拊，音ㄈㄨˇ）。擘肌分理（比喻分析事理極為細密）。鞭辟入裡（評論他人的文章見解深刻，絲絲入扣。辟，音ㄅㄧˋ）。闢室密談。

【全國考題】76、80、81、82、83、85、93、102國小；76國中；84師院。

岌岌可危（ㄐㄧˊ ㄐㄧˊ ㄎㄜˇ ㄨㄟ）

【解釋】形容非常危險。

【造句】高速公路發生車禍，駕駛受到重

傷，被送到醫院急救，情況「岌岌可危」。

【分析】岌岌可危，不作「急急可危」。

【相關詞】扱鞋（拖鞋。扱，音ㄒㄧ）。垃圾。硪硪（音ㄜˋ ㄜˊ。高大聳立的樣子）。及時雨。及時行樂。天動地岋（天搖地動。岋，音ㄜˋ）。奸詐不級（極為奸猾狡詐）。岋岋惙惙（憂慮不安的樣子。惙，音ㄔㄨㄛˋ）。汲汲營營（形容人急切地追求名利的樣子）。負笈千里（比喻求學不辭辛勞）。負笈東瀛（到日本求學。瀛，音ㄧㄥˊ）。負笈從師（出外求學）。迫不及待。趿拉著鞋（拖拉著鞋子走路。趿，音ㄊㄚ）。綆短汲深（比喻才力不能勝任艱鉅的工作。綆，音ㄍㄥˇ）。

【全國考題】83、85國小。

岑寂 ㄘㄣˊ ㄐㄧˊ

【解釋】寂靜。

【造句】山居「岑寂」，半夜只聽到竹子的窸窣（ㄙㄨˋ）聲及小蟲的唧（ㄐㄧˊ）唧聲。

【分析】岑寂，不作「芩寂」。岑，音ㄘㄣˊ，不讀ㄔㄣˊ或ㄑㄧㄣˊ；下作「今」，不作「令」。芩，音ㄑㄧㄣˊ，如「黃芩」（植物名，可入藥）。

【相關詞】吟誦。妗母（舅媽。妗，音ㄐㄧㄣˋ）。矜持。貪婪（ㄌㄢˊ）。鈐記（印信。鈐，音ㄑㄧㄢˊ）。頷首（點頭。頷，音ㄏㄢˋ）。驕矜。汗涔涔（形容汗流很多的樣子。涔，音ㄘㄣˊ）。寸木岑樓（比喻相差懸殊）。以愚黔首（使百姓愚昧無知。黔，音ㄑㄧㄢˊ）。同衾共枕（指夫婦同眠。衾，音ㄑㄧㄣ）。好自矜誇（驕傲自滿，喜愛炫耀自己。好，音ㄏㄠˋ）。有噴其饁（送飯的人眾多。噴，音ㄊㄢˇ；饁，音ㄧㄝˋ）。岑樓齊末（比喻不從根本著手，則不能認清事實）。虎頭燕頷（形容相貌威武）。青青子衿（學生）。哀矜勿喜（看到悲慘之事應同情憐憫，不應有喜悅的心情）。矜功伐善（自我炫耀功勞和長處。伐，音ㄈㄚˊ）。矜寡孤獨（孤獨而無依靠的人。矜，音ㄍㄨㄢ，同「鰥」）。唅菽飲水（指生活清苦，飲食粗簡。同「啜菽飲水」。唅，音ㄏㄢˊ）。衾影無慚（比喻為人光明磊落、問心無愧）。異苔同岑（比喻朋友彼此相契合）。鳴琴垂拱（比喻無為而治）。黔驢之技（比喻拙劣的技能已經使完，再也想不出其他辦法）。

【全國考題】89、94國小。

形跡可疑（ㄒㄧㄥˊ ㄐㄧ ㄎㄜˇ ㄧˊ）

【解釋】形容人的舉止、動作或態度令人起疑。

【造句】那個人鬼鬼祟（ㄙㄨㄟˋ）祟，「形跡可疑」，你最好跟蹤他一下。

【分析】形跡可疑，不作「行跡可疑」。

【相關詞】及笄（女子十五歲。笄，音ㄐㄧ）。妍媸（美麗與醜惡。媸，音ㄔ）。妍麗（美豔）。宋鈃（戰國人。鈃，音ㄐㄧㄢ）。岍山（陝西省山名。岍，音ㄑㄧㄢ）。汧陽（陝西省縣名。汧，音ㄑㄧㄢ）。焚研（自愧文不如人，焚毀筆硯，不再著述。研，音ㄧㄢˋ）。鈃鍾（皆酒器名。鈃，音ㄒㄧㄥˊ）。尹邢避面（比喻因嫉妒而彼此不見面。尹邢，音ㄧㄣˇ ㄒㄧㄥˊ）。百舍重趼（比喻長途跋涉，極為辛苦。重趼，音ㄔㄨㄥˊ ㄐㄧㄢˇ）。百花爭妍。爭妍比美。枵腹重趼（形容長途跋涉，辛勞挨餓的情狀。枵，音ㄒㄧㄠ）。相形失色。研桑心計（比喻有理財的本事）。獻豣于公（將獵獲的大獸全部繳公。豣，音ㄐㄧㄢ）。驢生笄角（比喻極不可能發生的事情）。

【全國考題】79國小；83國中；98、101教大。

彷徨（ㄆㄤˊ ㄏㄨㄤˊ）

【解釋】猶疑不定的樣子。

【造句】那個在銀行前「彷徨」不去的人，彷（ㄈㄤˇ）佛有不良意圖。

【分析】彷，音ㄆㄤˊ，不讀ㄈㄤˇ。

【相關詞】坊記（禮記篇名。坊，音ㄈㄤ）。坊（ㄈㄤ）間。妨（ㄈㄤˊ）害。妨礙。宗祊（宗廟。祊，音ㄅㄥ）。枋寮（屏東縣鄉名。枋，音ㄈㄤ）。脂（ㄓ）肪（ㄈㄤˊ）。牌坊（為表彰與紀念人物的建築物。牌坊，音·ㄈㄤ）。畫舫（彩飾華麗的遊船。舫，音ㄈㄤˇ）。髣髴（音ㄈㄤˇ ㄈㄨˊ。同「彷彿」）。模仿。工作坊（ㄈㄤ）。仿冒品。好事多妨（同「好事多磨」）。彷徨失措（心緒不寧，舉動失常）。卸下心防（不作「卸下心房」）。房謀杜斷（稱人善於謀略、判斷）。雨雪其雱（雪下得這麼大。雨，音ㄩˋ；雱，音ㄆㄤˊ）。街坊（ㄈㄤ）鄰居。榆枋之見（比喻膚淺的見解）。魴魚赬尾（比喻生活極為勞苦。魴，音ㄈㄤˊ；赬，音ㄔㄥ）。

【全國考題】76、94國中。

忤逆（ㄨˇ ㄋㄧˋ）

【解釋】不孝順父母，如「忤逆不孝」。

【造句】「忤逆」父母是不孝的行為，青少年必須謹記在心。

【分析】忤逆，不作「侮逆」。忤，音ㄨˇ。

【相關詞】乖迕（違背。迕，音ㄨˇ）。杵臼（舂搗物品的器具。杵，音ㄔㄨˇ）。晌午（音ㄕㄤˇ ˙ㄏㄨㄛ。中午）。水滸（ㄏㄨˇ）傳。不以為忤（不在意、不生氣）。不敢忤視（不敢正視）。在河之滸（生長在大河邊）。血流漂杵（形容戰場上殺戮的慘烈）。孤高自許（驕矜傲慢，自命不凡）。杵在一旁（在一旁呆立不動）。杵臼之交（比喻朋友交往，不分貴賤）。祁奚舉午（比喻舉拔賢能，重在才德，不刻意迴避親人。祁，音ㄑㄧˊ）。莫敢復迕（不敢再次違逆）。與物無忤（指處世態度隨和，與人和諧相處）。磨杵成針。

【全國考題】79、83高中。

扶老挈幼（ㄈㄨˊ ㄌㄠˇ ㄑㄧㄝˋ ㄧㄡˋ）

【解釋】攙扶著老人，帶領著小孩。引申為全體出動。也作「扶老攜幼」、「攜老挈幼」。挈，帶領。

【造句】村民「扶老挈幼」地到廟前的廣場參加中秋節聯歡晚會。

【分析】挈，音ㄑㄧㄝˋ，不讀ㄑㄧˋ；左上作二橫、一挑、一豎，與「丰」寫法不同。

【相關詞】帶挈（帶領）。提挈（提拔、照顧）。齧臂盟（指男女私訂的婚約。齧，音ㄋㄧㄝˋ；臂，音ㄅㄧˋ）。左提右挈（互相扶持協助）。冰清玉潔。度長絜大（度量長短大小，含有比較之意。度，音ㄉㄨㄛˋ；絜，音ㄒㄧㄝˊ）。恝置不顧（毫不介意，不加以理會。恝，音ㄐㄧㄚˊ）。挈瓶之知（比喻淺薄的見識。知，音ㄓˋ）。提綱挈領。絜之百圍（比喻樹木粗壯高大。絜，音ㄒㄧㄝˊ）。絜矩之道（忠恕之道。絜，音ㄒㄧㄝˊ）。窮鼠齧貓（比喻人到走投無路之時，也會起而反抗）。養虎自齧（比喻姑息敵人而自受其害）。積仁絜行（積累仁德，修養品行。絜，音ㄐㄧㄝˊ；行，音ㄒㄧㄥˊ）。齧雪吞氈（比喻在困境中艱困的生活。氈，音ㄓㄢ）。

【全國考題】99教大；100高中。

扳（ㄅㄢ）機（ㄐㄧ）

【解釋】槍械機槽底面供手指扣動的擊發器，如「扣扳機」。

【造句】林警員在服勤時，因誤扣「扳機」而造成一名路人不幸受傷。

【分析】扳機，不作「板機」。扳，音ㄅㄢ，不讀ㄅㄢˇ；右從「反」：起筆作橫，不作撇。

【相關詞】反叛。田畈（田地。畈，音ㄈㄢˋ）。扳手。扳倒。版圖。皈（ㄍㄨㄟ）依。背叛。舢舨（同「舢板」。舢，音ㄕㄢ）。粄條。扳機指（手指的一種症狀）。絕版書。量販店。土宇眅章（指疆域、國土。眅，音ㄅㄢˇ）。扳回一城。扳纏不清（糾纏不清）。阪上走丸（比喻事情隨著情勢的發展迅速而順利）。拍板定案。板起臉孔。版築飯牛（指賢臣出身卑賤）。流連忘返。牽絲扳藤（比喻事情牽扯糾纏）。眾叛親離。販夫走卒。

【全國考題】91中教；92高中。

折騰（ㄓㄜ ˙ㄊㄥ）

【解釋】揮霍浪費或反覆折磨。

【造句】他是個十足的敗家子。把父親留下的千萬家產都「折騰」光了。

【分析】折，音ㄓㄜ，不讀ㄓㄜˊ。

【相關詞】折本（賠本。折，音ㄕㄜˊ）。折耗（虧損、耗費。折，音ㄕㄜˊ）。踅探（窺探。踅，音ㄒㄩㄝˊ）。折跟頭（翻跟頭。折，音ㄓㄜ）。海蜇皮。腿折（ㄕㄜˊ）了。山盟海誓。心折首肯（心裡由衷佩服、讚許）。片言折獄（憑一句話就能判決訴訟案件）。刑馬作誓（宰馬盟誓，守信不悔）。折本生意（賠本生意。折，音ㄕㄜˊ）。明哲保身。哲人其萎（悼念賢者的輓詞。萎，音ㄨㄟˇ）。掂梢折本（指生意虧本，賠人錢財。掂，音ㄉㄧㄢ。折，音ㄕㄜˊ）。棍子折（ㄕㄜˊ）了。稍縱即逝。嘔啞嘲哳（嘈雜刺耳的聲音。嘔啞，音ㄡ ㄧㄚ；哳，音ㄓㄚ）。踅了一趟（來回地走了一趟）。踅門瞭戶（串門子。瞭，音ㄌㄧㄠˋ）。

【全國考題】84、90、92高中；90中教；91、95國中；91小教；96、100國小。

投閒置散（ㄊㄡˊ ㄒㄧㄢˊ ㄓˋ ㄙㄢˇ）

【解釋】放在不重要的地位，不予重用。

【造句】像你這樣傑出的人才，竟然「投閒置散」，不被重用，令人不可思議。

【分析】散，音ㄙㄢˋ，不讀ㄙㄢ；左下作「⺼」，不作「月」。

【相關詞】冰霰（ㄒㄧㄢˋ）。散（ㄙㄢˇ）裝。閒散（ㄙㄢˇ）。撒（ㄙㄚ）旦。撒（ㄙㄚ）尿。撒（ㄙㄚ）野。撒（ㄙㄚˇ）種（ㄓㄨㄥˇ）。撒（ㄙㄚ）嬌。撒（ㄙㄚ）賴。撒（ㄙㄚ）謊。鬆散（ㄙㄢˇ）。懶散（ㄙㄢˇ）。藥散（ㄙㄢˇ）。望彌撒（ㄙㄚ）。撒（ㄙㄚ）手鐧（ㄐㄧㄢˇ）。一盤散（ㄙㄢˇ）沙。雨雪維霰（比喻事情發生必有預兆。雨，音ㄩˋ；霰，音ㄒㄧㄢˋ）。耶（ㄧㄝ）路撒（ㄙㄚ）冷。撒手長辭（死亡。撒，音ㄙㄚ）。撒手塵寰（同「撒手長辭」）。撒豆成兵（小說戲曲中所說的一種法術）。撒，音ㄙㄚˇ）。撒（ㄙㄚˇ）然驚覺。撒（ㄙㄚ）網捕魚。撒（ㄙㄚ）腿就跑。撒（ㄙㄚ）繖（ㄙㄢˇ）房花序。

【全國考題】85中教；100教大。

投（ㄊㄡˊ）繯（ㄏㄨㄢˊ）自（ㄗˋ）盡（ㄐㄧㄣˋ）

【解釋】上吊自殺。

【造句】她在萬念俱灰下「投繯自盡」，令親友唏噓不已。

【分析】投繯自盡，不作「投環自盡」。繯，音ㄏㄨㄢˊ。

【相關詞】狂獧（過於激進與過於保守的人。同「狂狷」）。獧，音ㄐㄩㄢˋ）。便嬛（音ㄆㄧㄢˊ ㄒㄩㄢ。輕巧美好的樣子）。儇薄（輕薄無行。儇，音ㄒㄩㄢ）。圜土（監獄。同「圜牆」）。圜，音ㄩㄢˊ）。懁急（性情急躁衝動。懁，音ㄒㄩㄢ）。闤闠（音ㄏㄨㄢˊ ㄏㄨㄟˋ。市場，店鋪）。乍暖還（ㄏㄨㄢˊ）寒。便嬛綽約。威震寰宇（指聲威強大，令人震驚。寰，音ㄏㄨㄢˊ）。風鬟雨鬢（形容婦女的頭髮蓬亂。鬟，音ㄏㄨㄢˊ；鬢，音ㄅㄧㄣˋ）。破觚為圜（比喻去除嚴刑峻法。同「破觚為圓」。觚，音ㄍㄨ；圜，音ㄩㄢˊ）。躬擐甲冑（比喻親自上戰場指揮作戰。擐，音ㄏㄨㄢˋ；冑，音ㄓㄡˋ）。結草銜環（比喻受人恩惠，而設法報答）。撒手塵寰（即死亡。撒，音ㄙㄚ）。圜鑿方枘（比喻格格不入，互不相合。鑿，音ㄗㄠˋ；枘，音ㄖㄨㄟˋ）。擐甲執兵（全副武裝，準備作戰的樣子。同「擐甲揮戈」）。環肥燕瘦（比喻美人體態不同而各擅其美）。翾風迴雪（形容舞姿輕盈曼妙。翾，音ㄒㄩㄢ）。蠉飛蠕動（蟲飛翔和爬動的樣子。蠉，音ㄒㄩㄢ；蠕，音ㄖㄨˊ）。

【全國考題】79中教；85高中；95國小。

杞人憂天（ㄑㄧˇ ㄖㄣˊ ㄧㄡ ㄊㄧㄢ）

【解釋】比喻不必要的憂慮。

【造句】船到橋頭自然直，再棘手的事情終有解決的一天，何必「杞人憂天」，自尋煩惱呢？

【分析】杞，音ㄑㄧˇ，不讀ㄐㄧˇ；右作「己」，不作「巳」（ㄙˋ）。

【相關詞】圮毀（傾圮毀壞，圮，音ㄆㄧˇ）。妃偶（同「配偶」。妃，音ㄆㄟˋ）。屺岵（音ㄑㄧˇ ㄏㄨˋ。父母）。忌諱。杞柳（植物名）。芑菜（植物名。芑，音ㄑㄧˇ）。陟屺（思念母親。而「陟岵」為思念父親。陟，音ㄓˋ）。傾圮。禁忌。紀錄片。打破紀錄。兵家大忌。杞宋無徵（比喻事情證據不足）。取青妃白（比喻文句對仗工整。妃，音ㄆㄟˋ）。荊南杞梓（比喻傑出的人才。梓，音ㄗˇ）。記錄下來。葷素不忌。肆無忌憚（ㄉㄢˋ）。諱疾忌醫。

【全國考題】81、82、86、87、96國小；81、85、87國中；84小教；83、92中教；85師院；85、87中教；94高中；102社會。

汩沒（ㄍㄨˇ ㄇㄛˋ）

【解釋】隨波（ㄅㄛ）急轉而歸於沉沒。

【造句】最猛的風浪「汩沒」不了一個有信心的人；最大的障礙阻擋不了一個有勇氣的人。

【分析】汩，音ㄍㄨˇ，右作「曰」（ㄩㄝ），與「汨」（ㄇㄧˋ）右作「日」不同；沒，音ㄇㄛˋ。

【相關詞】汩汩（狀聲詞。形容波浪聲。汩，音ㄍㄨˇ）。汩徂（音ㄩˋ ㄘㄨˊ。疾行）。汩流（急流。汩，音ㄩˋ）。汩起（湧起。汩，音ㄍㄨˇ）。汩越（水流湍急的樣子。汩，音ㄩˋ）。汩亂（擾亂。汩，音ㄍㄨˇ）。

【全國考題】81國小；86國中；73高中；84師院；87小教；81、82中教。

沒轍（ㄇㄟˊ ㄓㄜˊ）

【解釋】沒有辦法，無計可施。

【造句】弟弟喜歡耍賴，全家人對他真是「沒轍」。

【分析】沒轍，不作「沒輒」。轍，音ㄓㄜˊ，不讀ㄔㄜˋ；中從「育」：作「𠫓」、「月」（ㄖㄡˋ），不作「厶」、「月」。

【相關詞】清澈。透澈（同「透徹」）。

撤除。撤退。徹查。澈底（同「徹底」）。合轍押韻（指歌曲、戲曲的唱詞或韻白押韻，使音調優美和諧。轍，音ㄓㄜˊ）。如出一轍（比喻事物十分相似或言行舉止非常相像）。改弦易轍（比喻改變做法、制度或態度。弦，音ㄒㄧㄢˊ）。南轅北轍（比喻行動和目的背道而馳）。重蹈（ㄉㄠˋ）覆轍。貫徹始終。痛徹心扉。撤職查辦。轍亂旗靡（形容軍隊潰敗的樣子。靡，音ㄇㄧˇ）。攀轅臥轍（挽留或感懷賢明的長官。轅，音ㄩㄢˊ）。響徹雲霄。

【全國考題】74師院；93中教；101國小。

沆瀣一氣（ㄏㄤˋ ㄒㄧㄝˋ ㄧˊ ㄑㄧˋ）

【解釋】說人彼此志同道合。多用於貶義。也作「沆瀣相投」。

【造句】那兩個毒蟲「沆瀣一氣」，終日形影不離，專門幹一些不法勾（ㄍㄡˋ）當。

【分析】沆瀣，音ㄏㄤˋ ㄒㄧㄝˋ，不讀ㄏㄤˊ ㄒㄧㄝˋ。

【相關詞】韭菜。薤露（音ㄒㄧㄝˋ ㄌㄨˋ。古時輓歌名）。虀粉（指粉身碎骨。虀，音ㄐㄧ）。冒雨剪韭（比喻友情深厚）。朝虀暮鹽（形容生活貧苦）。斷漏虀搭菜（比喻做事拖泥帶水）。虀畫粥（形容不畏艱苦，刻苦勤學。粥，音ㄓㄡ）。

【全國考題】85國小；80、83、84、88、102高中；79、83、88、92師院；74、82、84、87、90、94小教；78、82、83、87、94、98中教；101國中；101教師。

良莠不齊（ㄌㄧㄤˊ ㄧㄡˇ ㄅㄨˋ ㄑㄧˊ）

【解釋】好壞參（ㄘㄣ）差（ㄘ），素質不一。莠，品行不良。

【造句】學生素質的「良莠不齊」，對老師的教（ㄐㄧㄠˋ）學和輔導是一大挑（ㄊㄧㄠˇ）戰。

【分析】莠，本讀ㄧㄡˇ，今改讀作ㄧㄡˋ。

【相關詞】莠民（壞人）。滲透。誘騙。山明水秀。不稂不莠（比喻不成材、沒有出息。稂，音ㄌㄤˊ）。威脅（ㄒㄧㄝˊ）利誘。後起之秀。苗而不秀（比喻資質好卻沒有成就）。循循善誘。

【全國考題】82、86、95、102國小；84、86、89、95高中；74、79、86、87、92師院；95教大；90中教；92、96、98國中。

見識譾陋（ㄐㄧㄢˋ ㄕˋ ㄐㄧㄢˇ ㄌㄡˋ）

【解釋】指人見識淺陋。

【造句】你的言論鞭辟（ㄅㄧˋ）入裡，礙於個人「見識譾陋」，不敢發表任何意見。

【分析】見識譾陋，不作「見識簡陋」。譾，音ㄐㄧㄢˇ。

【相關詞】曼鬋（形容美人的頭髮。鬋，音ㄐㄧㄢˇ）。揃平（消滅、敉平。揃，音ㄐㄧㄢˇ）。揃搣（摩搓臉頰兩旁。為道家的一種養生術。搣，音ㄇㄧㄝˋ）。湔江（四川省河川名。湔，音ㄐㄧㄢ）。煎熬。弓箭步。擋箭牌。一箭之仇。一箭之地（比喻路程、距離不遠）。不揣譾陋（不自量於己身的淺陋而提供意見。揣，音ㄔㄨㄞˇ）。孔明借箭。光陰似箭。西窗翦燭（與親友夜聚相談）。折箭為誓（形容意志堅定不移）。松柏不翦（比喻祖墳安好未被損毀）。前度劉郎（稱去而復返的人）。南金東箭（比喻傑出的人才）。停滯不前。湔浣腸胃（清洗腸胃。浣，音ㄨㄢˇ）。湔雪前恥。暗箭難防。煎膏炊骨（比喻殘酷無情的壓迫、剝削）。膏火自煎（比喻人因才能而招來災禍）。歸心似箭。豐容盛鬋（指面貌豐潤，秀髮如雲）。雙瞳翦水（形容眼睛清澈明亮）。彎弓搭箭。

【全國考題】82高中。

角色 ㄐㄩㄝˊ ㄙㄜˋ

【解釋】演員在戲劇中扮演的人物。也指個人在團體中所處的地位和身分。

【造句】你想演技大躍（ㄩㄝˋ）進，就應該嘗試各種不同的「角色」，即使犧牲形象也無所謂。

【分析】角，音ㄐㄩㄝˊ，不讀ㄐㄧㄠˇ；上作「⺈」（ㄖㄣˊ），下左作豎撇（不作豎筆），中豎下不出頭。

【相關詞】主角（ㄐㄩㄝˊ）。角里（江蘇省地名或複姓之一。角，音ㄌㄨˋ）。角宿（音ㄐㄩㄝˊ ㄒㄧㄡˋ。星宿名）。男主角（ㄐㄩㄝˊ）。觔（ㄐㄧㄣ）斗雲。桁桷（音ㄏㄥˊ ㄐㄩㄝˊ。屋上的橫木和方椽）。犖确（音ㄌㄨㄛˋ ㄑㄩㄝˋ。地勢險峻不平的樣子）。墝埆（音ㄑㄧㄠ ㄑㄩㄝˋ。土地不肥沃）。馬生角（比喻不可能實現的事。角，音ㄐㄧㄠˇ）。丹楹刻桷（形容建築物的精美壯觀。刻，音ㄎㄜˋ）。細木為桷（小的木頭做椽子）。嶄露（ㄌㄨˋ）頭角（ㄐㄧㄠˇ）。彈觔估兩（比喻挑剔。彈，音ㄊㄢˊ）。總角之交（從小即要好的朋友。角，音

ㄐㄧㄠˇ）。宮商角（ㄐㄩㄝˊ）徵（ㄓˇ）羽。

【全國考題】88師院；91、94小教。

言簡意賅（ㄧㄢˊ ㄐㄧㄢˇ ㄧˋ ㄍㄞ）

【解釋】言詞簡要，但要義能包括（ㄍㄨㄚ）無遺。賅，充足、完備。

【造句】他的評論「言簡意賅」，深得眾多讀者的讚揚。

【分析】言簡意賅，不作「言簡義賅」。賅，音ㄍㄞ，不讀ㄏㄞˋ。

【相關詞】下頦（下巴。頦，音ㄏㄞˊ）。考核。刻（ㄎㄜˋ）印。氦（ㄏㄞˋ）氣。殘骸（ㄏㄞˊ）。隔閡（ㄏㄜˊ）。彈劾（ㄏㄜˊ）。雕刻（ㄎㄜˋ）。謦欬（音ㄑㄧㄥˇ ㄎㄞˋ。談笑）。蘭陔（比喻孝養雙親。陔，音ㄍㄞ）。下巴頦兒（下巴。頦，音ㄎㄜ）。尖酸刻（ㄎㄜˋ）薄。刻（ㄎㄜˋ）板印象。刻苦耐勞。放浪形骸（縱情放任，不加以約束）。咳唾成珠（比喻言談不俗或文詞優美。咳，音ㄎㄜˊ）。咳（ㄏㄞ）聲嘆氣。核心人物。欬唾成珠（同「咳唾成珠」。欬，音ㄎㄜˊ）。紛紅駭綠（形容花葉繁盛，隨風飄動。駭，音ㄏㄞˋ）。億兆京垓（數目名。垓，音ㄍㄞ）。膚如刻畫（形容傷痕累累。刻，音ㄎㄜˋ）。魯魚亥豕（指因文字形似而致傳抄或刊刻發生錯誤。亥豕，音ㄏㄞˋ ㄕˇ）。學問賅博（學問淵博）。駭人聽聞。驚世駭俗。

【全國考題】87、95、97、98、102國小；82國中；83、84、96、102高中；83、86師院；74、76、85、87、93小教；81、97中教；99教師。

足音跫然（ㄗㄨˊ ㄧㄣ ㄑㄩㄥˊ ㄖㄢˊ）

【解釋】比喻客人到訪，心裡十分高興。跫然，走路時的腳步聲。也作「跫然足音」。

【造句】今夜大哥到訪，「足音跫然」，我倆（ㄌㄧㄚˇ）何不小酌幾杯？

【分析】足音跫然，不作「足音煢然」。跫，音ㄑㄩㄥˊ，右上作「丮」（ㄐㄧˇ），不作「凡」；煢，也讀作ㄑㄩㄥˊ，孤獨無依的樣子，如「煢獨」。

【相關詞】吟蛩（蟋蟀。同「吟蛬」。蛩，音ㄑㄩㄥˊ；蛬，音ㄍㄨㄥˇ）。斧銎（斧頭上的孔，用以裝柄。銎，音ㄑㄩㄥ）。建築。飛蛩（蝗蟲）。恐怕。恐怖。恐懼。寒蛩（同「吟蛩」）。跫音（腳步聲）。鞏（ㄍㄨㄥˇ）固。綠建築。爭先恐後。空谷跫音（比喻難得可貴的人物或言論。同「空谷足音」）。寒蛩噪罷。債臺高築。跫然足音（同「足音跫然」）。跫響空谷（同「空谷跫音」）。鞏固邦誼（ㄧˋ）。築室道謀（比喻人多嘴雜，難以定論）。擊筑而歌。

【全國考題】85國中；99高中。

身體力行（ㄕㄣ ㄊㄧˇ ㄌㄧˋ ㄒㄧㄥˊ）

【解釋】親自努力實踐。

【造句】做個好學生不是嘴巴說說而已，而是要「身體力行」，德智體群美五育並重才行。

【分析】身體力行，不作「身體厲行」。

【相關詞】仂語（指文法上不成句的詞組。仂，音ㄌㄜˋ）。手泐（手書。泐，音ㄌㄜˋ）。叻埠（音ㄌㄧˋ ㄅㄨˋ。新加坡）。夯貨（笨重的東西。夯，音

ㄏㄤˋ）。夯漢（幹粗活的男子）。肋（ㄌㄜˋ）骨。泐石（刻字於石）。整飭（整頓。飭，音ㄔˋ）。下苦功。力行不輟（ㄔㄨㄛˋ）。力學不倦。心拙口夯（心思笨拙，不擅言辭）。功德無量。同等學力。有力人士。有力證據。自力更（ㄍㄥˋ）生。兩肋插刀。味如雞肋。急功近利。耑此泐達（特以書函傳達。耑，音ㄓㄨㄢ）。氣夯胸脯（形容非常氣憤。脯，音ㄆㄨˊ）。當庭飭回。銅筋鐵肋（形容身體強壯）。德言容功（指婦德、婦言、婦容、婦功）。學力檢定。學力鑑定。整飭風紀。獨力撫養。權力鬥爭。

【全國考題】79國小。

迆邐（ㄧˊ ㄌㄧˇ）

【解釋】曲折綿延的樣子。也作「迤邐」。

【造句】沿著這條山路「迆邐」而上，大約二十分鐘光景，就可以到達全縣知名的生態實驗小學。

【分析】迆，本讀ㄧˇ，今改讀作ㄧˊ；邐，音ㄌㄧˇ，不讀ㄌㄧˊ。

【相關詞】阤靡（山勢連綿不絕的樣子。阤，音ㄧˊ）。虵蟺（音ㄕㄜˊ ㄕㄢˋ。指蛇與蚯蚓）。貤封（古代官員以自身所受的爵位名號呈請朝廷改授給親族尊長。貤，音ㄧˊ）。馳騁。廢弛（ㄔˊ）。盤匜（供盥洗的器具。匜，音ㄧˊ）。慢慢地（˙ㄌㄜ）。一張一弛（比喻處理事物在鬆緊之間配合得宜）。心蕩神馳（形容心神迷亂，無法自持）。先馳得點。外弛內張（表面上輕鬆，實際上卻是緊張、急迫）。色衰愛弛（姿色衰退而失去寵幸）。奉匜沃盥（以盥匜澆水洗手。奉，音ㄆㄥˇ）。背道而馳。酒池肉林

（比喻生活豪奢縱欲而無節制）。

【全國考題】80高中；97社會

防患未然（ㄈㄤˊ ㄏㄨㄢˋ ㄨㄟˋ ㄖㄢˊ）

【解釋】在禍患還沒發生之前，就先加以防範。與「曲（ㄑㄩ）突徙薪」同義。

【造句】連日豪雨，在水位還沒暴漲（ㄓㄤˇ）之前，疏散低窪地區的民眾乃為「防患未然」之計。

【分析】防患未然，不作「防範未然」。

【相關詞】串供（ㄍㄨㄥˋ）。客串。漫漶（木石上所刻的文字，因長期受風雨侵蝕，變得模糊不清而無法辨識。漶，音ㄏㄨㄢˋ）。串門子。有備無患。後患無窮。患得患失。

【全國考題】96國小。

八畫

並肩（ㄅㄧㄥˋ ㄐㄧㄢ）

【解釋】肩挨著肩。比喻行動一致，共同努力。

【造句】只有員工發揮精誠團結、「並肩」作戰的精神，才能讓公司轉虧為盈。

【分析】並肩，不作「併肩」。但「三步併作兩步」不作「三步並作兩步」。

【相關詞】椪（ㄆㄥˋ）柑。椪餅。離譜。並蒂蓮（比喻夫妻恩愛）。擺譜兒（擺架子）。心裡有譜。並肩而行。並肩作戰。並肩前進。普降甘霖。譜出戀曲。

【全國考題】100國小。

乳臭未乾（ㄖㄨˇ ㄒㄧㄡˋ ㄨㄟˋ ㄍㄢ）

【解釋】比喻年幼無知，經驗不足。是譏諷（ㄈㄥˋ）人的話。

【造句】這些「乳臭未乾」的青少年，竟在眾目睽睽下抽起菸來，真不知成何體統！

【分析】臭，音ㄒㄧㄡˋ，不讀ㄔㄡˋ。

【相關詞】出糗（ㄑㄧㄡˇ）。嗅覺。溴酸（無色液體，為強氧化劑。溴，音ㄒㄧㄡˋ）。糗事。銅臭（ㄒㄧㄡˋ）味。口尚乳臭（比喻年紀輕，缺乏經驗。臭，音ㄒㄧㄡˋ）。香三臭四（說人與某些人親近，與另一些人卻顯得疏遠。臭，音ㄔㄡˋ）。臭味相投（彼此志趣、性情相投合。臭，音ㄒㄧㄡˋ；作貶義詞時，臭，音ㄔㄡˋ）。崔烈銅臭（譏諷富人賄賂夤緣等不良風氣。臭，音ㄒㄧㄡˋ）。無聲無臭（比喻人湮沒不顯、沒沒無聞。臭，音ㄒㄧㄡˋ）。飯糗茹草（比喻生活貧困）。嗅出端倪。糗態百出。

【全國考題】81、89、93、98、101國小；84、86師院；93國中；95中教。

依偎（ㄧ ㄨㄟ）

【解釋】彼此緊靠在一起。

【造句】姊姊「依偎」在姊夫的懷裡，狀極親熱。

【分析】偎，音ㄨㄟ，不讀ㄨㄟˋ。

【相關詞】山隈（山彎曲的地方。隈，音ㄨㄟ）。偎傍（緊靠、親近。傍，音ㄅㄤˋ）。猥（ㄨㄟˇ）褻（ㄒㄧㄝˋ）。煨牛肉（用小火慢慢燒煮牛肉。煨，音ㄨㄟ）。人言可畏。後生可畏。偎香倚玉（比喻狎妓）。偎乾就溼（比喻母親撫育孩子的辛勞）。望而生畏。貪猥無厭（貪多而不知滿足）。猥自枉屈（委屈自己，不顧貶低自己的身分）。猥當大任（鄙陋無才，卻擔負重要職務）。視為畏途（把事情看作艱難而不敢去嘗試）。椳闑居楔（音ㄨㄟ ㄋㄧㄝˋ ㄉㄧㄢˋ ㄒㄧㄝ。門臼、門檻、門閂、門柱）。煨乾就溼（同「偎乾就溼」）。輕偎低傍（形容親密的樣子。傍，音ㄅㄤˋ）。

【全國考題】79、85、89國小；91高中。

刮目相看（ㄍㄨㄚ ㄇㄨˋ ㄒㄧㄤ ㄎㄢˋ）

【解釋】比喻進步神速，令人驚訝，而讓人另眼看待。

【造句】今日婦女的社會地位提高，成就也令人「刮目相看」。

【分析】刮，音ㄍㄨㄚ，不讀ㄍㄨㄚˇ。

【相關詞】包括（ㄍㄨㄚ）。老鴰（烏鴉。鴰，音ㄍㄨㄚ）。括弧。括號。絜聒。聒噪。蛞（ㄎㄨㄛˋ）蝓。銛利（鋒利。銛，音ㄒㄧㄢ）。囊（ㄋㄤˊ）括。刮鬍刀。括約肌（一種環狀肌。位於賁門、幽門及肛門，能收縮和舒張。括，音ㄎㄨㄛˋ）。大刀闊斧。冰前颳雪（同「雪上加霜」）。刮骨療傷。括囊拱手（比喻臣子不建言，對朝政無所作為，只圖保住祿位）。海闊天空。高談闊論。強聒不舍（嘮叨個不停。強，音ㄑㄧㄤˇ；舍，音ㄕㄜˇ）。概括承受。

【全國考題】85、92師院；83、87中教；92、101國小；102社會。

卓(ㄓㄨㄛˊ)犖(ㄌㄨㄛˋ)不(ㄅㄨˋ)羈(ㄐㄧ)

【解釋】形容才華卓越，性格豪邁，不拘於世俗禮法。

【造句】他自少「卓犖不羈」，並善於言辭，很得親友的喜愛。

【分析】犖，音ㄌㄨㄛˋ，不讀ㄧㄥˊ。

【相關詞】先塋（祖先的墳墓。塋，音ㄧㄥˊ）。晶瑩。滎陽（河南省縣名。滎，音ㄒㄧㄥˊ）。滎經（四川省縣名。滎，音ㄧㄥˊ）。熒惑（迷惑。熒，音ㄧㄥˊ）。犖确（怪石嶙峋或險峻不平的樣子。确，音ㄑㄩㄝˋ）。縈（ㄧㄥˊ）繞。縈懷（牽掛於心）。螢幕。營利。螢光棒。螢光幕。螢光劑。金碧熒煌（同「金碧輝煌」）。熒熒然（微光閃動的樣子）。步步為營。映雪囊螢（形容在艱困的環境中勤學苦讀）。榮辱與共。魂牽夢縈（形容非常思念的樣子）。緹（ㄊㄧˊ）縈救父。賣友求榮。汲汲營營。狗苟蠅營（比喻小人鑽營攀附，逢迎諂媚的卑劣行為）。新鶯出谷（比喻歌聲清脆悅耳）。犖犖大端（極為明顯、明確）。燕妒鶯慚（形容女子貌美如花）。燈火熒熒（燈火微弱閃動的樣子）。燈燭熒煌（燈火閃耀輝煌）。縈青繚白（比喻山林景致美不勝收）。螢窗雪案（比喻勤學苦讀）。頭角崢嶸（形容才華洋溢，能力傑出的年輕人。角，音ㄐㄧㄠˇ；崢嶸，音ㄓㄥ ㄖㄨㄥˊ）。營利事業。營私舞弊。囊螢夜讀。囊螢積雪（同「映雪囊螢」）。

【全國考題】97國中；98高中；98中教。

取締（ㄑㄩˇ ㄉㄧˋ）

【解釋】懲（ㄔㄥˊ）罰、管制違犯法規的行為。

【造句】賭場呼盧喝（ㄏㄜˋ）雉之聲，破壞住宅區的安寧，盼警方迅速「取締」。

【分析】締，音ㄉㄧˋ，不讀ㄊㄧˋ。

【相關詞】不啻（如同。啻，音ㄔˋ）。礿禘（音ㄩㄝˋ ㄉㄧˋ。天子在春夏的祭典）。真諦。菸蒂。象揥（用象牙製成的搔首器具、髮飾。揥，音ㄊㄧˋ）。締造。諦視（仔細觀看）。諦聽（仔細地聽）。口蹄疫。並蒂蓮（比喻夫妻恩愛）。不啻天淵（形容差距極大）。心存芥蒂。瓜熟（ㄕㄡˊ）蒂落。甘瓜苦蒂（比喻事物不可能完美無缺）。初試啼聲。洗耳諦聽。根深蒂固。馬不停蹄。得兔忘蹄（比喻事情成功後，反而遺忘當初的憑藉、依恃。同「得魚忘筌」）。豚蹄穰田（比喻花費極少卻希望求取大量收益。穰，音ㄖㄤˊ）。無根無蒂（比喻無所憑藉）。締造佳績。締結條約。魯魚帝虎（指因文字形似而致傳抄或刊刻發生錯誤。同「魯魚亥豕」）。

【全國考題】97社會。

味同嚼蠟（ㄨㄟˋ ㄊㄨㄥˊ ㄐㄩㄝˊ ㄌㄚˋ）

【解釋】比喻沒有味道。

【造句】這篇文章詰（ㄐㄧㄝˊ）屈聱（ㄠˊ）牙，讀起來「味同嚼蠟」，一點也不吸引人，難怪點閱率很低。

【分析】味同嚼蠟，不作「味同嚼臘」。嚼，音ㄐㄩㄝˊ，不讀ㄐㄧㄠˊ。

【相關詞】打蠟。涉獵。邋（ㄌㄚ）遢。蠟炬（蠟燭）。蠟筆。蠟黃。蠟燭。鬣狗（動物名。又名土狼。鬣，音ㄌㄝˋ）。汽車蠟。亮光蠟。臘八粥。臘腸狗。蠟像館。見獵心喜（比喻舊習難忘，觸其所好，便心動技癢而躍躍欲試）。阮孚蠟屐（比喻對某物痴迷。阮孚，音ㄖㄨㄢˇ ㄈㄨˊ；屐，音ㄐㄧ）。面如白蠟（臉色蒼白）。面色蠟黃。涉獵不精。寒冬臘月。越次躐等（超越等級，不循正規次序。躐，音ㄌㄝˋ）。歲時伏臘（指逢年過節）。學不躐等（求學問循序漸進，不超越等級）。獵戶星座（星座名）。獵取功名。獵取鏡頭。臘鼓頻催（比喻年關將近）。臘盡冬殘（年終歲末。同「殘冬臘月」）。邋（ㄌㄚ）裡邋遢。

【全國考題】88、98國小。

呼天搶地（ㄏㄨ ㄊㄧㄢ ㄑㄧㄤ ㄉㄧˋ）

【解釋】形容極度悲痛。搶地，用頭撞地。同「愴（ㄔㄨㄤˋ）天呼地」。

【造句】瞧她哭得「呼天搶地」的，一定是發生了不幸的事情。

【分析】搶，本讀ㄔㄨㄤˇ，今改讀作ㄑㄧㄤ，但不讀ㄑㄧㄤˇ。

【相關詞】受創（ㄔㄨㄤ）。船艙。傖父（音ㄘㄤ ㄈㄨˇ。品格卑賤的人）。創（ㄔㄨㄤ）痕。創（ㄔㄨㄤ）傷。寒傖（貧苦、寒酸的樣子）。悲愴（ㄔㄨㄤˋ）。嗆（ㄑㄧㄤˋ）鼻。搶風（逆風。搶，音ㄑㄧㄤ）。滄桑。戧金（在器物上刻出圖案花紋的刻痕中填上金色。戧，音ㄑㄧㄤˋ）。瘡（ㄔㄨㄤ）疤。踉蹌（音ㄌㄧㄤˋ ㄑㄧㄤˋ。走路搖晃不穩的樣子）。欃槍（音ㄔㄢˊ ㄔㄥ。彗星的別名）。

揭瘡(ㄔㄨㄤ)疤。鎗底飯(鍋底焦飯。即鍋巴。同「鐺底飯」。鎗、鐺皆音ㄔㄥ)。太倉稊米(比喻極為渺小。稊，音ㄊㄧˊ)。白雲蒼狗(比喻世事變幻不定)。百孔千創(同「百孔千瘡」。創，音ㄔㄨㄤ)。受到重創(ㄔㄨㄤ)。倉皇失措。滄滄涼涼(寒冷的樣子。滄，音ㄔㄨㄤˋ)。創殘餓羸(指老弱殘兵。創，音ㄔㄨㄤ；羸，音ㄌㄟˊ)。創鉅痛深(比喻遭受極大的傷痛。創，音ㄔㄨㄤ)。愴然涕下。滄海一粟。滄海桑田(比喻世事無常，變化快速)。滄海遺珠(比喻被埋沒的人才或指珍品)。滿目瘡痍。暮色蒼茫。鎗然有聲(敲擊金屬樂器的聲響。鎗，音ㄔㄥ)。

【全國考題】83、94小教；85、96中教；93高中；100社會；101國中。

呼籲(ㄏㄨ ㄩˋ)

【解釋】大聲疾呼，請求援助、支持。

【造句】尼泊爾發生大地震，死傷慘重。賑災主辦單位「呼籲」各界發揮人溺己溺的精神，踴躍捐款。

【分析】籲，音ㄩˋ，從「竹」、「籲」；「竹」在「籲」的正上方，不在「龠」(ㄩㄝˋ)的正上方。

【相關詞】煜爚(音ㄩˋ ㄩㄝˋ。光耀的樣子)。管籥(笙與簫兩種樂器。籥，音ㄩㄝˋ)。鎖鑰(比喻險要之地或指事物的關鍵所在。鑰，音ㄧㄠˋ)。鑰匙(˙ㄕ)。翁同龢(清代人名。龢，音ㄏㄜˊ)。瀹濟漯(音ㄩㄝˋ ㄐㄧˇ ㄊㄚˋ。疏瀹濟水和漯水)。忠臣籥口(忠臣閉口，不得發言)。盲翁捫籥(比喻只憑片面了解就妄加論斷。也作「盲翁捫籥」）。闢門籲俊（廣納賢才）。

【全國考題】94、96、101國中；96小教；96中教。

咋舌（ㄗㄜˊ ㄕㄜˊ）

【解釋】形容因驚嚇、悔恨而說不出話的樣子。

【造句】隨著政治形勢的發展與政黨競爭的激化，民意調查的繁多已到了令人「咋舌」的地步。

【分析】咋，音ㄗㄜˊ，不讀ㄓㄚˋ；舌，首筆作短橫，與「舌」（ㄍㄨㄚ）首筆作撇不同。

【相關詞】作（ㄗㄨㄛˋ）料。作摩（揣度。作，音ㄗㄨㄛˊ）。作踐（糟蹋。作，音ㄗㄨㄛˊ）。油炸（ㄓㄚˊ）。怎（ㄗㄣˇ）麼。柞蠶（昆蟲名。柞，音ㄗㄨㄛˋ）。炸（ㄓㄚˊ）雞。舴艋（音ㄗㄜˊ ㄇㄥˇ。小船）。魚鮓（醃魚。鮓，音ㄓㄚˇ）。愧怍（慚愧。怍，音ㄗㄨㄛˋ）。酬酢（指交際應酬。酢，音ㄗㄨㄛˋ）。踐阼（皇帝即位。阼，音ㄗㄨㄛˋ）。壓迮（壓迫。迮，音ㄗㄜˊ）。炸（ㄓㄚˊ）醬麵。酢（ㄘㄨˋ）漿（ㄐㄧㄤ）草。分茅胙土（古時天子分封土地給諸侯。胙，音ㄗㄨㄛˋ）。乍暖還寒。打躬作（ㄗㄨㄛ）揖。自作（ㄗㄨㄛˋ）自受。門衰祚薄（門庭衰微、福祚淺薄。祚，音ㄗㄨㄛˋ）。載芟載柞（開始剷除荒草和雜樹。芟，音ㄕㄢ；柞，音ㄗㄜˊ）。敲詐勒（ㄌㄜˋ）索。

【全國考題】87、98、101國小；83、87、93、97高中；80、94小教；83中教；92師院。

呱呱墜地（ㄍㄨ ㄍㄨ ㄓㄨㄟˋ ㄉㄧˋ）

【解釋】嬰兒脫離母體而出生。也作「呱呱墮地」。

【造句】家庭是每個人最早的教育環境。一個人從「呱呱墜地」之後，就無時無刻不在接受家庭教育。

【分析】呱呱墜地，不作「哇哇墜地」、「呱呱墬地」。呱，音ㄍㄨ，右從「瓜」：內作豎挑（不可析為豎、挑兩筆）、一點。墬，音ㄉㄧˋ，同「地」。

【相關詞】瓜分。瓜代。弧度。狐疑。果蓏（瓜果的總稱。蓏，音ㄌㄨㄛˇ）。窊下（土地凹陷。窊，音ㄨㄚ）。窳劣（粗劣。窳，音ㄩˇ）。簡窳（簡陋粗劣）。懸弧（生男孩。「懸帨」指生女孩。帨，音ㄕㄨㄟˋ）。呱（ㄍㄨㄚ）呱叫。及瓜而代（指任期屆滿時，由他人繼任）。瓜田李下（比喻容易引起懷疑的地方）。皮膚窊皺（皮膚乾癟而皺）。良窳不分（好壞不分）。孤芳自賞。孤高自許（性情高傲，自視不凡）。狐死首丘（比喻不忘本或思念故鄉）。削觚為圓（比喻將人的性格由正直轉為圓融。削觚，音ㄒㄩㄝ ㄍㄨ）。施罛濊濊（魚網放入水中時呼呼作響。罛，音ㄍㄨ；濊，音ㄏㄨㄟˋ）。染翰操觚（指寫文章）。桑弧蓬矢（指男子有遠大的志向）。桃弧棘矢（皆為辟邪的工具）。破觚為圜（比喻去除嚴刑峻法。圜，音ㄩㄢˊ）。率爾操觚（不多考慮，輕率寫作）。滿腹狐疑。稱孤道寡（比喻以皇帝自居）。

【全國考題】90國中；91小教；93國小；94、95中教；99高中。

和珅（ㄏㄜˊ ㄕㄣ）

【解釋】清朝權臣，深得清高宗寵任。乾隆末，官至大學士，貪婪（ㄌㄢˊ）專擅。嘉慶年間，被彈劾（ㄏㄜˊ）下獄，賜自盡。

【造句】清朝權臣「和珅」，貪汙聚財，生活糜爛。嘉慶年間，被彈劾下獄，並沒收家產。

【分析】和珅，不作「和坤」。珅，音ㄕㄣ，不讀ㄎㄨㄣ。

【相關詞】呻吟。三令五申。土豪劣紳。申旦達夕（形容日夜不休）。生申令日（賀人生日之詞）。扭轉乾（ㄑㄧㄢˊ）坤。按鈴申告。能屈能伸。乾坤一擲（一決勝負，以奪取天下。擲，音ㄓˊ）。壺裡乾坤（比喻仙境或勝境）。無病呻吟。

【全國考題】93高中。

和顏悅色（ㄏㄜˊ ㄧㄢˊ ㄩㄝˋ ㄙㄜˋ）

【解釋】溫和而歡喜的臉色。

【造句】雖然某些學生冥頑不靈，一再犯錯，張老師總是以「和顏悅色」對待。因此，頗受學生的愛戴。

【分析】和顏悅色，不作「和言悅色」；但「察言觀色」不作「察顏觀色」。悅，右從「兌」：上作「八（捺改頓點）」，不作點、撇，作「兌」，非正。

【相關詞】汗顏。邦彥（國內才學兼優的人士）。俗諺。俊彥（才智傑出的美士）。諺語。紅顏色。久違顏範（即好久不見）。正顏厲色。犯顏苦諫（冒犯君主或尊長極力規勸）。名流俊彥。汗顏無地（形容極為羞愧而無地自容）。**抗顏為師**（不看別人臉色、態度嚴正不屈的人可作為學習的榜樣）。**俗諺俚語**（流傳於地方的通俗語。俚，音ㄌㄧˇ）。**彥國吐屑**（形容人口才好，說話滔滔不絕）。**旁求俊彥**（多方尋找有能力的人）。**笑逐顏開**。**童顏鶴髮**（形容老人氣色佳，有精神）。**碩彥名儒**（學識豐富，才學傑出的人才）。**廟廊之彥**（朝廷內才德出眾之人）。**顏筋柳骨**（指顏真卿、柳公權的書法遒勁有力）。

【全國考題】83、87小教；88、97國小。

咄咄逼人（ㄉㄨㄛˋ ㄉㄨㄛˋ ㄅㄧ ㄖㄣˊ）

【解釋】指盛氣逼人，使人驚懼。

【造句】陳立委質詢時言辭犀利，「咄咄逼人」的氣勢讓出席官員毫無招架之力。

【分析】咄，音ㄉㄨㄛˋ，不讀ㄓㄨㄛˊ。

【相關詞】**拙荊**（謙稱自己的妻子）。**朏魄**（農曆初三的月光。朏，音ㄈㄟˇ）。**罷黜**（ㄔㄨˋ）。**心勞日拙**（比喻費盡心力而無補於事）。**心餘力絀**（即心有餘而力不足）。**左支右絀**（形容財力或能力不足，窮於應付的窘況。同「捉襟見肘」。絀，音ㄔㄨˋ）。**咄咄怪事**（令人詫異的怪事情）。**咄嗟可辦**（事情很快就辦好。嗟，音ㄐㄧㄝ）。**時絀舉贏**（當困窘不足時，仍然過著奢侈浮華的生活）。**鬼鬼祟祟**（ㄙㄨㄟˋ）祟。**從中作祟**（於事情進行中搗鬼）。**詘寸伸尺**（形容不計較小損失，以求得大利益。詘，音ㄑㄩ）。**避賢謝拙**（自謙笨拙而讓位給賢者的客套話）。**黜陟幽明**（罷免愚昧的昏官，晉升賢明的好官。陟，音ㄓˋ）。**勸善黜惡**（獎勵善人，懲戒作奸犯科的人）。

【全國考題】76、80、82小教；81、82中教；87、92、101國小；87國中；82高中；92師院。

咆哮（ㄆㄠˊ ㄒㄧㄠ）

【解釋】指野獸的怒吼，或形容人在生氣發怒時的吼叫。

【造句】說話以溝通為目的，為什（ㄕㄣˊ）麼有人一定要大聲說話，形同「咆哮」呢？

【分析】咆哮，不作「咆嘯」。哮，音ㄒㄧㄠ，不讀ㄒㄧㄠˋ。

【相關詞】孝行（ㄒㄧㄥˋ）。哮喘。教（ㄐㄧㄠˋ）材。教（ㄐㄧㄠˋ）法。教（ㄐㄧㄠˋ）導。醱（ㄆㄛˋ）酵。哮天犬（神話傳說中三郎神身邊的神獸）。教（ㄐㄧㄠ）書匠。酵母菌。大肆咆哮。戶外教（ㄐㄧㄠˋ）學。火山孝子（拿錢供歡場女子花用的男人）。有教（ㄐㄧㄠˋ）無類。咆哮山莊（書名）。教（ㄐㄧㄠ）一識百（形容人聰慧敏捷，教導一種知識，就能觸類旁通）。教（ㄐㄧㄠˋ）學相長。教（ㄐㄧㄠˋ）學目標。教（ㄐㄧㄠˋ）學觀摩。教（ㄐㄧㄠˋ）戰守策。孺子可教（ㄐㄧㄠˋ）。

【全國考題】73、91高中；76小教；81、84、86、94國小；86、91師院；91國中；92中教。

囹圄（ㄌㄧㄥˊ ㄩˇ）

【解釋】監獄，如「身陷囹圄」。

【造句】柯縣長因貪汙而身陷「囹圄」，斷送璀（ㄘㄨㄟˇ）璨的政治前途。

【分析】囹圄，音ㄌㄧㄥˊ ㄩˇ，不讀ㄌㄧㄥˋ ㄨˊ。

【相關詞】柷敔（音ㄓㄨˋ ㄩˇ）。古代兩種木製敲擊樂器）。捂住（遮住。捂，音ㄨˇ）。晤談。牾逆（違逆。牾，音ㄨˇ）。痦子（黑痣。痦，音ㄨˋ）。衙（ㄧㄚˊ）門。衙署（同「衙門」）。寤寐（時時刻刻。寤，音ㄨˋ）。魁梧（ㄨˊ）。齟齬（音ㄐㄩˇ ㄩˇ。比喻彼此不合）。吾語汝（我告訴你。語，音ㄩˋ）。捂耳朵。支吾其詞。草滿囹圄（比喻吏治清明，犯罪者少）。執迷不悟。梧鼠技窮（比喻技能雖多但不專精）。莫敢與牾（不敢相違背。牾，音ㄨˇ）。寤言不寐（睜著眼，睡不著覺）。寤寐以求（形容願望強烈，隨時都想獲取）。鳳止高梧（比喻人各有所選擇）。鳳棲高梧（賀人新居落成的題辭）。穎悟絕倫（聰明才智無人能比）。

【全國考題】74、79小教；98國中；102教師。

奉為圭臬（ㄈㄥˋ ㄨㄟˊ ㄍㄨㄟ ㄋㄧㄝˋ）

【解釋】把某些事物或言論拿來當（ㄉㄤˋ）作依據的準則。

【造句】子女都將父母的一言一行（ㄒㄧㄥˊ）「奉為圭臬」，為人父母者豈可不慎？

【分析】奉為圭臬，不作「奉為圭皋」。圭，音ㄍㄨㄟ；臬，音ㄋㄧㄝˋ，不讀ㄍㄠ。

【相關詞】圭臬（比喻法度、標準）。棖闑（音ㄔㄥˊ ㄋㄧㄝˋ。比喻家門）。臲卼（音ㄋㄧㄝˋ ㄨˋ。動搖不安的樣子）。鎳幣。地方臲卼。陳圭置臬（放置測量日影方位的器具，用以計算時間）。椳闑扂楔（門臼、門檻、門閂、門柱。椳，音ㄨㄟ；扂楔，音ㄉㄧㄢˋ ㄒㄧㄝ）。臲卼跋躓（指動搖不安、進退不得的樣子。躓，音ㄓˋ）。

【全國考題】82、95國小；82、95高中；83師院；79、85、87小教；97社會；97中教。

奉養（ㄈㄥˋ ㄧㄤˋ）

【解釋】侍養父母。

【造句】「奉養」父母是為人子女應盡的責任，也是我國固有的倫理道德。

【分析】養，音ㄧㄤˋ，不讀ㄧㄤˇ。

【相關詞】山羌（ㄑㄧㄤ）。氐羌（民族名。氐，音ㄉㄧ）。白鮝（指晒乾的石首魚。鮝，音ㄒㄧㄤˇ）。孝養（盡孝奉養父母。養，音ㄧㄤˋ）。供（ㄍㄨㄥˋ）養（ㄧㄤˋ）。羌笛（樂器名）。無恙。微恙。豢（ㄏㄨㄢˋ）養。鮝魚（晒乾且醃製過的鹹魚）。姜太公。恙蟲病。優養化。犬馬之養（指奉養父母。養，音ㄧㄤˇ）。布帆無恙（比喻旅途平安順利）。休養生息。安然無恙。早勿抱恙（祝人早日康復之詞。同「早占勿藥」）。別來無恙。身體無恙。身體微恙。奉養父母。姑息養奸。抱恙在身（身體有病）。抱恙參加。羌無故實（比喻言論或文章沒有根據）。姜家大被（比喻兄弟間相親相愛）。棄其天養（拋棄上天的滋養。養，音ㄧㄤˇ）。敬姜猶績（比喻雖富貴卻不求安逸，不忘過去艱苦）。臺灣山羌。養生送死（指子女對父母生前的孝養和死後的安葬。養，音ㄧㄤˋ）。養尊處優。

【全國考題】73、79、83國小。

奇葩（ㄑㄧˊ ㄆㄚ）

【解釋】比喻優秀傑出的人才或事物，如

「藝壇奇葩」。

【造句】張惠妹以嘹亮的歌喉快速崛起，堪稱歌壇的一朵「奇葩」。

【分析】葩，音ㄆㄚ，不讀ㄆㄚˊ。

【相關詞】刀把（ㄅㄚˋ）。色子（同「骰子」。色，音ㄕㄞˇ；骰，音ㄊㄡˊ）。爸（ㄅㄚˋ）爸。酒吧（ㄅㄚ）。葩經（詩經）。槍把（ㄅㄚˋ）。劍弝（劍柄。弝，音ㄅㄚˋ）。梔（ㄓ）子花。巴蛇吞象（比喻人心貪婪無厭）。文壇奇葩。百卉千葩（各式各樣盛開的花朵）。奇葩異卉（珍奇而不常見的花草）。物色對象。空前絕後。重葩累藻（比喻許多華麗的篇章。重，音ㄔㄨㄥˊ；累，音ㄌㄟˇ）。風華絕代。倒打一耙（不承認做錯事，反而誣陷揭發或批評的人。耙，音ㄆㄚˊ）。揚葩振藻（形容文章富麗多采）。琵琶別抱（指婦女改嫁）。趕盡殺絕。餐葩飲露（形容超凡脫俗的神仙生活。露，音ㄌㄨˋ）。藝壇奇葩。

【全國考題】89中小教；90、93師院；91、95國中；93高中；98國小。

奔喪（ㄅㄣ ㄙㄤ）

【解釋】從他鄉奔赴親喪。

【造句】一聽到母親去世的噩耗，他立即放下身邊的工作，返鄉「奔喪」。

【分析】喪，音ㄙㄤ，不讀ㄙㄤˋ。凡是喪亡義音ㄙㄤ，如「喪事」、「喪禮」；失去義音ㄙㄤˋ，如「垂頭喪氣」、「喪權辱國」。

【相關詞】心喪（古代弟子為師長守喪，不穿著喪服而心存哀悼。喪，音ㄙㄤ）。居喪（ㄙㄤ）。沮（ㄐㄩˇ）喪。國喪（ㄙㄤ）。淪喪（ㄙㄤˋ）。喪（ㄙㄤ）亡。喪（ㄙㄤˋ）失。

喪（ㄙㄤ）事。喪（ㄙㄤ）服。喪（ㄙㄤ）家。喪（ㄙㄤˋ）膽。喪（ㄙㄤ）禮。喪鐘（比喻死亡、滅亡。喪，音ㄙㄤ）。斲（ㄓㄨㄛˊ）喪。頹喪（ㄙㄤˋ）。哭喪棒（喪家出殯時，孝子所執的孝棒。喪，音ㄙㄤ）。哭喪（ㄙㄤ）臉。喪家狗（比喻不得志、無處投靠或驚慌失措的人。喪，音ㄙㄤˋ）。敲喪鐘。遭母喪（ㄙㄤ）。一言喪邦（一句話可以使國家滅亡。喪，音ㄙㄤˋ）。弔喪問疾（形容關懷人民生活。喪，音ㄙㄤ）。囚首喪面（形容人儀容不整、骯髒的樣子。喪，音ㄙㄤ）。如喪考妣（比喻極為悲痛。喪，音ㄙㄤˋ；妣，音ㄅㄧˇ）。治喪（ㄙㄤ）委員。玩物喪志（玩賞無益的器物，因而消磨人的壯志。玩，音ㄨㄢˊ；喪，音ㄙㄤˋ）。垂頭喪（ㄙㄤˋ）氣。哭喪著臉（臉色難看、一副不高興的樣子。喪，音ㄙㄤ）。時日害喪（這太陽什麼時候毀滅呢。害，音ㄏㄜˊ；喪，音ㄙㄤˋ）。婚喪（ㄙㄤ）喜慶。喪天害理（形容做事凶狠暴戾，違背天理良心。喪，音ㄙㄤˋ）。喪（ㄙㄤˋ）心病狂。喪明之痛（比喻喪子。喪，音ㄙㄤˋ）。喪家之犬（同「喪家狗」。喪，音ㄙㄤˋ）。喪魂落魄（形容極為驚恐害怕。喪，音ㄙㄤˋ；魄，音ㄆㄛˋ）。喪蕩遊魂（惶惶不定的樣子。喪，音ㄙㄤˋ）。喪聲嚎氣（咳聲嘆氣如遇喪事一般。喪，音ㄙㄤ）。喪（ㄙㄤˋ）權辱國。聞風喪（ㄙㄤˋ）膽。膽喪（ㄙㄤˋ）心驚。懷憂喪（ㄙㄤˋ）志。

【全國考題】77國小。

妲己 ㄉㄚˊ ㄐㄧˇ

【解釋】商朝紂王的妃子。

【造句】「妲己」是商朝紂王的愛妃，因助紂為虐，被周武王所殺。

【分析】妲，音ㄉㄚˊ，不讀ㄊㄢˇ。

【相關詞】一旦（假設有一天。不作「一但」）。但書（法律上的用語。指有條件的協約）。坦率。坦途。坦誠。坦蕩。偏袒。惻怛（憂愁、悲傷。怛，音ㄉㄚˊ）。袒護。黃疸（病名）。慘怛（憂勞、哀痛）。韃靼（族名。靼，音ㄉㄚˊ）。月旦評（品評人物）。危在旦夕。肉袒負荊（表示謝罪或請對方責罰）。肉袒面縛（表示投降順服）。肉袒牽羊（同「肉袒面縛」）。坦承不諱。坦腹東床（指女婿）。怛然失色（因害怕而變了臉色）。東坦蕭然（還沒有女婿。即女兒尚未出嫁）。信誓旦旦。袒胸露（ㄌㄨˋ）背。袒裼裸裎（身上一絲不掛。裼，音ㄒㄧˊ；裎，音ㄔㄥˊ）。勞心怛怛（憂勞哀傷的樣子）。惻怛之心（同「惻隱之心」）。毀於一旦。韃靼海峽。

【全國考題】77、88中教；90高中；91國中；91小教。

始作俑者 ㄕˇ ㄗㄨㄛˋ ㄩㄥˇ ㄓㄜˇ

【解釋】比喻首創惡例或惡端的人。俑，古時殉（ㄒㄩㄣˋ）葬用的木偶。

【造句】自私自利的營求是罪惡的「始作俑者」；公而忘私的犧牲奉獻則是福祉的源泉。

【分析】始作俑者，不作「始作蛹者」。俑，音ㄩㄥˇ，不讀ㄩㄥ。

【相關詞】吟誦。甬道（通路、走道。甬，音ㄩㄥˇ）。背誦。朗誦。慫（ㄙㄨㄥˇ）恿。蝶蛹。踴貴（物價騰貴）。蠶蛹。兵馬俑。垃圾桶。捅樓子（比喻闖禍。同「捅婁子」、「捅嘍子」）。千古傳誦。急流勇退。風起雲湧。家傳戶誦（形容詩文極佳，廣受人喜愛）。捅馬蜂窩（比喻引發糾紛或招惹難以對付的人）。通家之好（即世交）。過目成誦（形容記憶力極強）。擗踊拊心（形容捶胸頓足，極為哀痛的樣子。擗踊，音ㄆㄧˋ ㄩㄥˇ；拊，音ㄈㄨˇ）。屨賤踊貴（比喻刑罰嚴酷苛濫。屨，音ㄐㄩˋ）。

【全國考題】82、87、89國小；84國中；87高中；97社會。

姍姍來遲（ㄕㄢ ㄕㄢ ㄌㄞˊ ㄔˊ）

【解釋】譏諷（ㄈㄥˋ）人不依時赴會，害人苦等。

【造句】每次開會，她總是「姍姍來遲」，不知心裡作何感想？

【分析】姍姍來遲，不作「蹣跚來遲」。姍，音ㄕㄢ，不讀ㄒㄧㄢ；右從「冊」：「冂」內作兩豎、一橫，橫筆兩端出頭，作「冊」，非正。

【相關詞】名冊。刪改。刪除。刪減。姍笑（譏笑）。柵（ㄓㄚˋ）門。柵欄。珊瑚。註冊。蹣跚（形容步伐不穩，走起路來搖搖擺擺的樣子。蹣，音ㄇㄢˊ）。珊瑚礁。紀念冊。步履蹣跚。春意闌珊（指春天將結束）。意興闌珊（形容提不起興致。興，音ㄒㄧㄥˋ）。

【全國考題】88國小；90高中；92小教。

宜人（ㄧˊ ㄖㄣˊ）

【解釋】適合於人生活的，如「風景宜人」、「景色宜人」。

【造句】墾丁國家公園景色「宜人」，假日不妨攜家帶眷前往一遊。

【分析】宜人，不作「怡人」。

【相關詞】友誼（ㄧˋ）。行誼（品行道義。行，音ㄒㄧㄥˋ）。情誼。誼士（義士）。聯誼。友誼賽。交誼舞。交誼廳。聯誼會。不合時宜。同舟之誼（比喻立場相同或效力於相同對象的人）。因地制宜。權宜之計。同聲之誼（比喻好友間的情誼）。羊左之誼（比喻至交好友）。地主之誼。宜室宜家（女子出嫁時的祝賀語）。便（ㄅㄧㄢˋ）宜行事。面授機宜。風景宜人。氣候宜人。氣誼相投（志氣、情意相契合）。高情厚誼。深情厚誼。清風高誼（高尚的節操，深厚的友誼）。雲天高誼（形容情誼深重）。鞏固邦誼。

【全國考題】83小教；98國小。

居心叵測（ㄐㄩ ㄒㄧㄣ ㄆㄛˇ ㄘㄜˋ）

【解釋】心存險詐，難以預測。叵，不可。

【造句】由於歹徒陰險狡猾、「居心叵測」，所以警方每次的追緝（ㄑㄧˋ）行動，都顯得格外艱難。

【分析】居心叵測，不作「居心巨測」。叵，音ㄆㄛˇ，不讀ㄐㄩˋ或ㄆㄡˇ。

【相關詞】叵奈（不可忍耐，可恨。同「叵耐」）。叵信（不可信）。叵測（難以預料）。笸籮（用柳條或竹篾所編成的盛器。笸，音ㄆㄛˇ）。人心巨測。心懷巨測（心地狡詐，難以預測）。

【全國考題】76、81、82、84、86、87、89、94、98、102國小；77、82、86、93、94國中；80、89、95高中；83師院；74、76、81、82、87、94小教；78、82、84、88中教。

怙惡不悛（ㄏㄨˋ ㄜˋ ㄅㄨˋ ㄑㄩㄢ）

【解釋】只知作惡，而不肯悔改。怙，依靠；悛，改過。

【造句】一個人犯罪之後，如果不能及時改過而一犯再犯，終將成為「怙惡不悛」的亡命之徒。

【分析】悛，音ㄑㄩㄢ，不讀ㄐㄩㄣˋ；右從「夋」（ㄑㄩㄣ）：第四筆作豎折，不作點，下作「夊」（ㄙㄨㄟ），不作「夂」（ㄓˇ）。

【相關詞】冷峻。完竣。俊俏。穿梭。唆使。悛改（悔悟改過）。狻猊（音ㄙㄨㄢ ㄋㄧˊ。獅子）。教唆。梭巡（往來察看）。朘削（音ㄐㄩㄢ ㄒㄩㄝˋ。剝削。同「朘削」）。疏浚（同「疏濬」。浚，音ㄐㄩㄣˋ）。皴法（國畫的筆法。皴，音ㄘㄨㄣ）。竣工。踆鴟（音ㄘㄨㄣ ㄔ。古代岷山下出產的大芋）。險峻。駿馬。嚴峻。披麻皴（山水畫皴法的一種）。日月如梭。日削月朘（每日每月的減損。同「日削月朘」）。克明峻德（能彰顯大德）。投梭折齒（女子拒絕男子的調戲、引誘）。忍俊不禁（忍不住地笑。禁，音ㄐㄧㄣ）。長惡不悛（長期為非作歹，不肯改過。長，音ㄔㄤˇ）。神采駿發（同「神采奕奕」）。高風峻節（高尚堅貞的品格和氣節）。高頭駿馬（高大健壯的馬匹）。崇山峻嶺。逡巡不前（徘徊不前。逡，音ㄑㄩㄣ）。詔書切峻（詔書急切嚴峻。詔，音ㄓㄠˋ）。歲月如梭。稔惡不悛（作惡多端而不肯悔改。稔，音ㄖㄣˇ）。腰痠背痛。嚴刑峻法。

【全國考題】86國小；84、89、96高中；79、83、90師院；95、101教大；80、86、88、90、94、97小教；78、83、84、85、88、97中教；96國中；101教師。

怦然心動 ㄆㄥ ㄖㄢˊ ㄒㄧㄣ ㄉㄨㄥˋ

【解釋】指對人或事產生了興趣。怦然，心跳動的樣子。

【造句】看著歌唱比賽的海報，他不禁「怦然心動」、躍躍欲試，隨即上網報名參加。

【分析】怦然心動，不作「砰然心動」。怦，音ㄆㄥ，不讀ㄆㄧㄥˊ。

【相關詞】天秤（ㄆㄧㄥˊ）。抨（ㄆㄥ）擊。泙湃（同「澎湃」。泙，音ㄆㄥ）。草坪。評鑑。過秤（用秤稱重量。秤，音ㄔㄥˋ）。天秤座。停機坪。人生如萍。大肆抨擊。平章百姓（指辨明各官員的職守。同「便章百姓」。平，音ㄅㄧㄢˊ）。平獄緩刑（判案公正，寬減刑罰。平，音ㄅㄧㄢˋ）。我心如秤（表示自己處理事情極為公正。秤，音ㄔㄥˋ）。浮萍斷梗（比喻四處飄泊的浪子）。砰（ㄆㄥ）的一聲。萍水相逢。萍蹤浪跡（比喻人四處飄泊，行蹤無定。同「萍蹤不定」）。

【全國考題】88、90、93國小；86、87、91、94、97、99國中；83師院；84小教。

拓（ㄊㄚˋ）印（ㄧㄣˋ）

【解釋】將石碑上的字或畫摹印在紙張上。也作「搨（ㄊㄚˋ）印」。

【造句】這塊石碑經過一再地「拓印」，字跡已模糊不堪。

【分析】拓，音ㄊㄚˋ，不讀ㄊㄨㄛˋ。

【相關詞】公石（ㄉㄢˋ）。水泵（一種抽水的機器。泵，音ㄅㄥˋ）。岩石。延宕。拓（ㄊㄚˋ）本。拓展。拓荒。拓（ㄊㄚˋ）碑。柘黃（用柘木汁染成的赤黃色。柘，音ㄓㄜˋ）。柘漿（甘蔗汁）。泵浦（同「幫浦」）。魚拓（將魚體拓在紙上所形成的魚形圖案。拓，音ㄊㄚˋ）。盜跖（古代大盜。跖，音ㄓˊ）。開拓。懸宕。鴨跖草（植物名）。光明磊落。匠石運斤（形容技藝精巧高超）。柘弓新張（第一次拉開用柘木所製成的弓箭）。匪石之心（比喻意志堅定，不可動搖）。躬蹈矢石（親赴沙場作戰。蹈，音ㄉㄠˋ）。盜跖顏淵（指好人與壞人）。跖犬吠堯（比喻各為其主。同「桀犬吠堯」）。跌宕不羈（放縱心志，無拘無束）。嶔崎磊落（比喻品格高潔，有骨氣）。藥石罔效（形容病情極為嚴重。同「藥石無功」）。

【全國考題】80、94國小；86小教。

拘（ㄐㄩ）泥（ㄋㄧˋ）

【解釋】固執而不知變通。

【造句】結婚典禮應力求簡單隆重，不要太「拘泥」於傳統形式。

【分析】泥，音ㄋㄧˋ，不讀ㄋㄧˊ；「尸」下作「匕」，不作「匕」。

【相關詞】尼父（對孔子的尊稱。父，音ㄈㄨˇ）。呢（ㄋㄧˊ）喃。昵友（情誼特別親密的朋友。同「膩友」。昵，音ㄋㄧˋ）。昵愛（同「暱愛」）。旖旎（音ㄧˇ ㄋㄧˇ。柔媚的樣子）。判若雲泥（比喻相差懸殊）。坐無尼父（比喻缺乏能辨別賢才的聖人）。忸（ㄋㄧㄡˇ）怩（ㄋㄧˊ）作態。泥古不化（拘泥於古代的制度或說法而不知融合變通。泥，音ㄋㄧˋ）。泥古非今（堅持陳規舊法，否定現今模式。泥，音ㄋㄧˋ）。致遠恐泥（想以此推求高遠的道理，恐怕行不通。泥，音ㄋㄧˋ）。風光旖旎（形容景色柔美的樣子）。旖旎風光（柔和而美麗的風采）。雲泥異路（比喻彼此地位懸殊）。爛醉如泥。

【全國考題】73、79師院；81、84、90國小；86、91中教；92國中。

披荊斬棘（ㄆㄧ ㄐㄧㄥ ㄓㄢˇ ㄐㄧˊ）

【解釋】比喻克服種種艱難。荊棘，多刺的灌木。

【造句】大哥「披荊斬棘」，克服重重的困難，終於開創出一番事業來。

【分析】荊，音ㄐㄧㄥ，「艹」在「刑」的正上方，不作「荆」；棘，音ㄐㄧˊ，與「棗」音義不同。

【相關詞】典型。徒刑。荊棘。酷刑。模型。刑事犯。刑仁講讓（以仁德為準則，並講勸禮讓）。刑馬作誓（宰馬盟誓，守信不悔）。刑期無刑（指刑罰在於教育人恪遵法律，從而達到不用刑的目的）。典型足式（形容死者的德行與風範，足為後人楷模）。幸獲識荊（初見仰慕者的敬辭）。明正典刑（指依照法律將犯人公開處決）。政簡刑清（讚頌地方官政績的話）。負荊請罪。班荊道故（形容朋友在途中相遇，共敘舊情。同「班荊道舊」）。荊山之玉（比喻資質美好）。荊天棘地（比喻充滿重重障礙和困難）。荊釵布裙（指節儉或貧困婦女粗劣的服飾。釵，音ㄔㄞ）。荊棘銅駝（國土淪陷後殘破的景象）。荊榛滿目（形容荒蕪的景象。榛，音ㄓㄣ）。新硎初試（比喻首次嘗試或鋒芒初露。硎，音ㄒㄧㄥˊ）。新發於硎（同「新硎初試」）。蓬門荊布（形容貧困人家）。嚴刑峻法。

【全國考題】86國小。

押解 ㄧㄚ ㄐㄧㄝˋ

【解釋】拘送犯人，如「押解囚犯」。

【造句】殺人凶嫌林某利用偷渡潛（ㄑㄧㄢˊ）逃泰國躲藏，當地警方逮（ㄉㄞˇ）捕後，移交我司法單位「押解」回國。

【分析】解，音ㄐㄧㄝˋ，不讀ㄐㄧㄝˇ；右作「刀」、「牛」，不作「刃」（ㄖㄣˊ）、「牛」。

【相關詞】公廨（官署。廨，音ㄒㄧㄝˋ）。解元（科舉時代，鄉試第一名。解，音ㄐㄧㄝˋ）。解池（山西省的鹹水湖。解，音ㄒㄧㄝˋ）。解送（押送。解，音ㄐㄧㄝˋ）。解縣（山西省縣名。解，音ㄒㄧㄝˋ）。解鹽（解池出產的鹽。解，音ㄒㄧㄝˋ）。懈怠。獬豸（音ㄒㄧㄝˋ ㄓˋ。古代傳說中的獨角獸。同「獬廌」。廌，音ㄓˋ）。邂（ㄒㄧㄝˋ）逅（ㄏㄡˋ）。鬆懈。夙夜匪懈。無懈可擊。會審公廨（清末列強在中國租界內強行設立的審判機關）。遞解出境（執行驅逐出境。解，音ㄐㄧㄝˋ）。蝦兵蟹將（神話中海龍王手下的兵將）。邂逅相逢（事先沒有約定而遇見）。蘇三起解（戲曲劇目。解，音ㄐㄧㄝˋ）。

【全國考題】74、84、86師院；81、84小教。

拐彎抹角 ㄍㄨㄞˇ ㄨㄢ ㄇㄛˋ ㄐㄧㄠˇ

【解釋】比喻說話或做事故意不直爽。也作「轉彎抹角」。

【造句】豪爽的人實話實說，不會「拐彎抹角」，說了半天的廢話，還沒有說出心中的真意。

【分析】拐，右作「另」，不作「另」；抹，音ㄇㄛˋ，不讀ㄇㄛˇ。

【相關詞】末年。妹喜（夏桀的寵妃。妹，音ㄇㄛˋ）。抹布。抹灰（用石灰塗平。抹，音ㄇㄛ）。抹胸（肚兜。抹，音ㄇㄛˋ）。抹殺（ㄕㄚ）。抹頭（掉頭。抹，音ㄇㄛˋ）。泡沫。芥末（不作「芥茉」）。袜肚（肚兜。袜，音ㄇㄛˋ）。塗抹。糧秣。抹不開（行不通。抹，音ㄇㄛˋ）。一抹斜陽。口沫橫飛。六馬仰秣（比喻樂聲美妙動聽）。抹頭就走（掉頭就走。抹，音ㄇㄛˋ）。相濡以沫（比喻人同處於困境，而以微力互相救助）。秣馬厲兵（比喻完成作戰的準備）。搽脂（ㄓ）抹粉。窮途末路。濃妝豔抹。

【全國考題】77、81、88、93、97國小；79、84、87、90、96國中；83、93小教；83中教；90、96高中。

抿嘴 ㄇㄧㄣˇ ㄗㄨㄟˇ

【解釋】輕輕地合上嘴。

【造句】參（ㄘㄣ）差（ㄘ）不齊的牙齒

經過矯正後，「抿嘴」而笑的情況就不會再發生，你不妨接受醫生的建議接受矯正。

【分析】抿，音ㄇㄧㄣˇ，不讀ㄇㄧㄣˊ。

【相關詞】氓黎（百姓。氓，音ㄇㄥˊ）。氓隸（即社會低層的賤民。同「甿隸」。氓，音ㄇㄥˊ）。泯（ㄇㄧㄣˇ）沒。泯除。泯滅。流氓。編氓（指平民。氓，音ㄇㄥˊ）。一緡錢（一串錢，一貫錢。緡，音ㄇㄧㄣˊ）。地痞流氓。沒齒難泯（永遠不會忘記。沒，音ㄇㄛˋ）。良心未泯。岷江夜曲（國語老歌。岷，音ㄇㄧㄣˊ）。抿嘴而笑。泯除偏見。泯然無跡（滅盡而無形跡可尋）。泯滅人性。盛德不泯（偉大的風範不會泯沒無聞）。眠思夢想。童心未泯。一笑泯恩仇。

【全國考題】92高中；94中教；95國小。

東施效顰（ㄉㄨㄥ ㄕ ㄒㄧㄠˋ ㄆㄧㄣˊ）

【解釋】比喻盲目胡亂地模仿他人，以致弄巧成拙而收到反效果。也作「東施效矉（ㄆㄧㄣˊ）」。

【造句】志玲姊姊的身材高挑，適合穿迷你裙，你又何必「東施效顰」、自暴（ㄆㄨˋ）其短呢？

【分析】顰，音ㄆㄧㄣˊ，下從「卑」：「白」中作撇，一貫而下接橫筆。

【相關詞】白蘋（植物名。即馬尿花。蘋，音ㄆㄧㄣˊ）。青蘋（水中浮萍。蘋，音ㄆㄧㄣˊ）。頻仍（連續發生）。頻率。頻繁。瀕（ㄅㄧㄣ）臨。蘋（ㄆㄧㄥˊ）果。奉蘋蘩（婦女主持家務的代詞。蘋蘩，音ㄆㄧㄣˊ ㄈㄢˊ）。蘋果綠。蘋果臉。含嚬不語（憂心皺眉不說話。嚬，音ㄆㄧㄣˊ）。來往頻數（常常來往。數，音ㄕㄨㄛˋ）。病重瀕危。國步斯頻（國家命運如此危急）。捷報頻傳。掌葉蘋婆（植物名。蘋，音ㄆㄧㄣˊ）。戰火頻仍。頻頻失利。頻頻回首。瀕臨絕種。

【全國考題】76、87、89、95國小；76、100國中；86中教。

枕ㄓㄣˋ戈ㄍㄜ待ㄉㄞˋ旦ㄉㄢˋ

【解釋】形容時時警惕，準備作戰，不敢懈怠。

【造句】前線將士「枕戈待旦」，矢志捍衛國土，不容敵人越雷池一步。

【分析】枕，音ㄓㄣˋ，不讀ㄓㄣˇ；待，右上作「士」，不作「土」。

【相關詞】枕藉（縱橫相枕而臥。枕，音ㄓㄣˋ）。耽湎（沉迷。湎，音ㄇㄧㄢˇ）。耽溺（同「耽湎」）。耽誤。耽擱。

酖毒（毒藥或毒酒。同「鴆毒」）。酖，音ㄓㄣˋ）。熱忱。鴆酒（毒酒。鴆，音ㄓㄣˋ）。謝忱。酖於酒（喜歡喝酒。酖，音ㄉㄢ）。冘冘緩行（慢慢地前進。冘，音ㄧㄣˊ）。北枕大江（北邊靠近大江。枕，音ㄓㄣˋ）。死相枕藉（人死很多）。曲肱而枕（比喻安於貧困的生活。肱，音ㄍㄨㄥ；枕，音ㄓㄣˋ）。枕山棲谷（指隱居山林。枕，音ㄓㄣˋ）。枕戈寢甲（同「枕戈待旦」）。枕石漱流（形容隱居的生活。枕，音ㄓㄣˋ；漱，音ㄕㄨˋ）。枕經藉史（形容喜愛讀書，與書為友。枕，音ㄓㄣˋ）。虎視眈（ㄉㄢ）眈。宴安鴆毒（貪圖逸樂猶如飲鴆自殺。同「宴安酖毒」）。高枕無憂。飲鴆止渴（比喻只求解決眼前的困難，而不顧將來嚴重的禍患）。寢苫枕塊（古代居父母之喪的禮節。苫，音ㄕㄢ；枕，音ㄓㄣˋ）。

【全國考題】73、81小教；79、87、95、102國小；81、82高中；82、83、86國中；85師院。

杳如黃鶴（ㄧㄠˇ ㄖㄨˊ ㄏㄨㄤˊ ㄏㄜˋ）

【解釋】比喻一去不返，毫無消息。

【造句】小李自兩年前離家出走後，至今仍「杳如黃鶴」，毫無音訊。

【分析】杳如黃鶴，不作「渺如黃鶴」。杳，音ㄧㄠˇ，不讀ㄇㄧㄠˇ。

【相關詞】杏林（醫界）。杏壇（教育界）。杲日（明亮的太陽。杲，音ㄍㄠˇ）。入木三分。木已成舟（比喻事已成定局，無法改變）。瓜田李下。宋襄之仁（指不明事態嚴重而空談仁義，因而影響整個大局）。投桃報李（比喻彼此的贈答）。杏眼圓睜（形容女子發怒時瞪大眼睛的樣子）。雨沐風餐（比喻奔波勞苦）。音稀信杳（比喻音訊全無）。雁杳魚沉（同「音稀信杳」）。櫛風沐雨（比喻在外奔波，非常辛苦）。疊床架屋（比喻重複、累贅）。

【全國考題】79、99國小；92中教；97國中；100社會。

杯盤狼藉（ㄅㄟ ㄆㄢˊ ㄌㄤˊ ㄐㄧˊ）

【解釋】形容酒席結束後，杯盤散亂的情形。

【造句】喜筵（ㄧㄢˊ）結束，觸目所及盡是一片「杯盤狼藉」的景象，令人不忍卒睹。

【分析】藉，音ㄐㄧˊ，不讀ㄐㄧㄝˋ。

【相關詞】剒斷（斬斷。剒，音ㄘㄨㄛˋ）。斮斷（砍斷。斮，音ㄓㄨㄛˊ）。蜡月（陰曆十二月。蜡，音ㄓㄚˋ）。蜡祭（歲末祭祀百神。蜡，音ㄓㄚˋ）。嚄唶（音ㄏㄨㄛˋ ㄗㄜˊ。形容剛健的樣子）。藉口。籍貫。籌措。透天厝（ㄘㄨㄛˋ）。窮措大（貧困的讀書人）。噬腊肉（咬著堅硬的肉。腊，音ㄒㄧˊ）。人言藉藉（指人們議論紛紛。同「人言籍籍」。藉，音ㄐㄧˊ）。山珍海錯。手足無措。背城借一（與敵人決一死戰）。烏鵲成橋（比喻男女結合為夫妻）。措辭和婉。傷亡枕（ㄓㄣˋ）藉。鳩占鵲巢。撫今追昔。跼蹐不安（外表恭敬而內心卻侷促不安。跼蹐，音ㄘㄨˋ ㄐㄧˊ）。積薪厝火（比喻情勢危急，潛藏著無窮的禍害）。聲名狼藉（ㄐㄧˊ）。聲譽鵲起（聲望突然崛起）。鵲笑鳩舞（比喻歌舞歡樂的樣子）。鵲橋相會。齰舌緘脣（形容閉口不說。齰，音ㄗㄜˊ；緘，音ㄐㄧㄢ）。

【全國考題】77、82、87國小；73、82、92國中；74、84師院；84、88中教；89高中；94小教。

法家拂士（ㄈㄚˇ ㄐㄧㄚ ㄅㄧˋ ㄕˋ）

【解釋】指謹守法度的大臣和輔佐君王的賢士。

【造句】一個國家若沒有「法家拂士」對國君提出諍（ㄓㄥˋ）言，國君能不為所欲為的，恐怕少之又少。

【分析】拂，音ㄅㄧˋ，不讀ㄈㄨˊ。

【相關詞】仿佛（同「彷彿」。佛，音ㄈㄨˊ）。佛肸（音ㄅㄧˋ ㄒㄧˋ。春秋人名）。吹拂（ㄈㄨˊ）。拂拭。拂曉（天將亮時）。沸騰。狒（ㄈㄟˋ）狒。執紼（泛指送葬。紼，音ㄈㄨˊ）。佛貍祠（祠名。在江蘇揚州。佛，音ㄅㄧˋ）。氟化物（氟與金屬或非金屬所形成的化合物。氟，音ㄈㄨˊ）。人聲鼎沸（形容人眾會聚，吵嚷喧譁）。以指撓沸（比喻自不量力，必定失敗）。自愧弗（ㄈㄨˊ）如。拂袖而去。怫然不悅（因生氣而顯現出不悅的臉色。怫，音ㄈㄨˊ）。艴然作色（因忿怒而臉色遽變）。艴然不悅（同「怫然不悅」）。艴，音ㄈㄨˊ）。惠而不費（予人恩惠，而自己又無絲毫損失）。揚湯止沸（比喻治標而不治本，無法根本解決問題）。無遠弗居（再遠的地方也能到達）。

【全國考題】88、95國中；82、95高中；83、92師院；102教大；85、86、93、95小教。

泥濘 ㄋㄧˊ ㄋㄧㄥˋ

【解釋】雨後地上的水與泥土混（ㄏㄨㄣˋ）合稀爛的樣子。

【造句】故鄉的泥土路，遇風則塵土飛揚，遇雨則「泥濘」不堪，有行不得也之苦。

【分析】濘，音ㄋㄧㄥˋ，不讀ㄋㄧㄥˊ；又「濘泥」的「濘」，本讀ㄋㄥˋ，今改讀作ㄋㄧㄥˋ。

【相關詞】叮嚀。耵聹（音ㄉㄧㄥˇ ㄋㄧㄥˇ。耳屎）。傖儜（音ㄘㄤ ㄋㄥˊ。形容聲音粗俗嘈雜）。寧戚（春秋時韓國人。寧，音ㄋㄧㄥˋ）。懧愚（懦弱愚昧。懧，音ㄋㄨㄛˋ）。擰性（個性倔強。擰，音ㄋㄧㄥˋ）。擰（ㄋㄧㄥˇ）乾。擰（ㄋㄧㄥˇ）開。擰種（罵人性情倔強的話。擰，音ㄋㄧㄥˋ）。濘泥（稀糊狀的爛泥。濘，音ㄋㄧㄥˋ）。弄擰了（弄僵、弄糟。擰，音ㄋㄧㄥˇ）。鬧擰了（意見不合或發生誤會而把氣氛弄得很僵）。擰（ㄋㄧㄥˇ）毛巾。擰（ㄋㄧㄥˇ）耳朵。擰（ㄋㄧㄥˇ）乾器。擰脖子（形容故意不理睬對方。擰，音ㄋㄧㄥˇ）。擰脾氣（脾氣倔強、固執。擰，音ㄋㄧㄥˋ）。面目猙獰。息事寧人。脾氣擰（ㄋㄧㄥˋ）倔。擰成一股（形容彼此關係緊密，不能分離。擰，音ㄋㄧㄥˇ）。擰眉瞪眼（形容非常生氣。擰，音ㄋㄧㄥˇ）。擰（ㄋㄧㄥˇ）緊螺絲。

【全國考題】76、101國小；88小教。

波譎雲詭 ㄅㄛ ㄐㄩㄝˊ ㄩㄣˊ ㄍㄨㄟˇ

【解釋】形容事態變動無常。也作「波詭雲譎」、「雲譎波詭」。

【造句】理事長的選舉表面上一片祥和，檯面下卻「波譎雲詭」，各候選人莫不全力以赴。

【分析】波，音ㄅㄛ，不讀ㄆㄛ；譎，音ㄐㄩㄝˊ，不讀ㄐㄩˊ。

【相關詞】玉璚（玉製的耳飾。璚，音ㄐㄩㄝˊ）。扃鐍（音ㄐㄩㄥ ㄐㄩㄝˊ）。箱篋或門窗裝鎖的地方）。矞雲（彩色的瑞雲。矞，音ㄩˋ）。詭譎（奇特、怪誕）。橘色。氄毛（柔細的毛。氄，音ㄖㄨㄥˇ）。璚枝（如玉般的枝條。璚，音ㄑㄩㄥˊ）。主文譎諫（假借形容事物而達到規諫的效果）。生性怪譎（生性古怪而變化多端）。典麗矞皇（形容富麗堂皇、耀眼奪目）。南橘北枳（比喻事物會因環境條件不同而發生改變。枳，音ㄓˇ）。詭譎多變。潏潏淈淈（水流細小而向上湧出的樣子。潏，音ㄐㄩㄝˊ；淈，音ㄍㄨˇ）。璚漿玉液（比喻香醇的美酒。同「瓊漿玉液」。液，音ㄧㄝˋ）。頭髮發氄（髮毛纖細柔軟）。譎而不正（通權達變而不能謹守正道）。鷸（ㄩˋ）蚌相爭。

【全國考題】95高中；101教師；102國中。

炙（ㄓˋ）手（ㄕㄡˇ）可（ㄎㄜˇ）熱（ㄖㄜˋ）

【解釋】比喻地位尊貴，權勢與氣焰熾（ㄔˋ）盛。

【造句】幾年前，她才從歌唱比賽中脫穎而出，如今是個「炙手可熱」、人人爭相邀請的熠（ㄧˋ）熠紅星。

【分析】炙手可熱，不作「灸手可熱」。炙，音ㄓˋ，上作斜「月」（音ㄖㄡˋ，中間兩筆作點、挑），不作斜「月」。

【相關詞】炙熱。疢疾（疾病。疢，音ㄔㄣˋ）。疢毒（比喻禍害）。疾疢（同「疢疾」）。親炙（親受教誨）。日炙風篩（形容旅途的艱辛勞苦。篩，音ㄕㄞ）。存乎疢疾（成長在憂患之中）。老苦疾疢（老年受疾病的折磨）。見彈求炙（比喻希望過於急切。彈，音ㄉㄢˋ）。炎陽炙人。承受親炙。炙鳳烹龍（比喻豪奢的美食）。雨淋日炙（同「日炙風篩」）。疢如疾首（內心煩熱得頭痛腦脹）。疢篤難療（病重難以醫治）。疢頭怪腦（比喻人長相醜陋、怪異）。浴火重生。欲炙之色（形容極為貪食）。殘杯冷炙（剩下的酒菜）。膾（ㄎㄨㄞˋ）炙人口。驕陽如炙（形容天氣酷熱）。

【全國考題】76、82小教；82中教；83國小；84、85、87、90高中；97國中。

狙擊（ㄐㄩ ㄐㄧˊ）

【解釋】暗中埋伏而伺機突擊。

【造句】李警員執行勤務時遭歹徒「狙擊」致死，家屬哀痛逾（ㄩˊ）恆。

【分析】狙，音ㄐㄩ，不讀ㄗㄨˇ。

【相關詞】刀俎（刀和砧板。俎，音ㄗㄨˇ）。且月（陰曆六月。且，音ㄐㄩ）。咀（ㄐㄩˇ）嚼（ㄐㄩㄝˊ）。徂暑（盛暑。徂，音ㄘㄨˊ）。徂落（死亡）。沮水（湖北省水名。沮，音ㄐㄩ）。沮洳（音ㄐㄩˋ ㄖㄨˋ。低溼的地方）。沮敗（敗壞。沮，音ㄐㄩˇ）。沮（ㄐㄩˇ）喪。沮澤（低溼且水草叢生的地方。沮，音ㄐㄩˋ）。殂落（同「徂落」。殂，音ㄘㄨˊ）。范雎（戰國時人名。雎，音ㄐㄩ）。罝罘（音ㄐㄩ ㄈㄨˊ。捕鳥獸的網）。崩殂（稱天子死亡）。蛆蟲（蠅類的幼蟲。蛆，音ㄑㄩ）。菹醢（音ㄐㄩ ㄏㄞˇ。古時酷刑，將人殺死後剁成肉醬）。詛（ㄗㄨˇ）咒。駔儈（音ㄗㄤˇ ㄎㄨㄞˋ。指居中介紹買賣的商人）。關雎（詩經．周南的篇名）。齟齬（音ㄐㄩˇ ㄩˇ。比喻彼此不合）。癰疽（音ㄩㄥ ㄐㄩ）。狙擊手。俎上肉（比喻無力反抗而任人宰割迫害的人）。炭疽病（病名）。自西徂東（由西往東）。含英咀華（反覆玩味，體會文章中的精華）。折衝樽俎（在杯酒宴會間，運用外交手腕獲勝。指進行外交談判）。俎豆馨香（受到後人永遠地祭祀和懷念）。苞苴公行（指公開賄賂。苴，音ㄐㄩ）。祖鞭先著（比喻努力進取，領先他人一步。著，音ㄓㄨㄛˊ）。越俎代庖（ㄆㄠˊ）。蝍蛆鉗帶（比喻物物相剋。蝍蛆，音ㄐㄧˊ

ㄐㄩ）。赼趄不前（徘徊不前的樣子。赼趄，音ㄗ ㄐㄩ）。鉏櫌棘矜（鋤頭、鋤柄和戟柄。鉏櫌，音ㄔㄨˊ ㄧㄡ）。籩豆有且（眾多祭祀用的杯盤。籩，音ㄅㄧㄢ；且，音ㄐㄩ）。

【全國考題】84、94國中；85小教；83、90、92中教。

玫瑰（ㄇㄟˊ ˙ㄍㄨㄟ）

【解釋】植物名。屬薔薇（ㄨㄟˊ）科，枝有刺，花朵香氣很濃。

【造句】花園裡百花盛開，尤其「玫瑰」花開得更是豔麗。

【分析】瑰，音ㄍㄨㄟ，不讀ㄍㄨㄟˋ；此處可輕讀。

【相關詞】羞愧。傀偉（奇特壯大的樣子。傀，音ㄍㄨㄟ）。傀然（高大魁梧的樣子。傀，音ㄍㄨㄟ）。傀（ㄎㄨㄟˇ）儡（ㄌㄟˇ）。落魄（窮困潦倒而不得志。魄，音ㄊㄨㄛˋ）。槐（ㄏㄨㄞˊ）樹。蒐證。瑰麗。瑰寶。瘣隤（音ㄏㄨㄟˋ ㄊㄨㄟˊ。生病。同「虺隤」。虺，音ㄏㄨㄟ）。磊磈（比喻心中積鬱難平。磈，音ㄎㄨㄟˇ）。餽贈。獻醜。巍（ㄨㄟˊ）峨。馬嵬（ㄨㄟˊ）坡。慕容廆（前燕建立者，慕容皝之父。廆，音ㄍㄨㄟ；皝，音ㄏㄨㄤˇ）。醉落魄（詞牌名。魄，音ㄊㄨㄛˋ）。醜小鴨。三槐九棘（比喻三公九卿）。失神落魄（精神恍惚，或受到驚恐的樣子。魄，音ㄆㄛˋ）。失意落魄（ㄊㄨㄛˋ）。失魂落魄（同「失神落魄」。魄，音ㄆㄛˋ）。指桑罵槐。春蒐夏苗（於春夏兩季打獵）。俯仰無愧。家貧落魄（ㄊㄨㄛˋ）。家醜外揚。晚景落魄（ㄊㄨㄛˋ）。喪魂落魄（形容極為驚懼害怕。喪，音ㄙㄤˋ；魄，音ㄆㄛˋ）。寒酸落魄（形容不得志時窮困潦倒的樣子。魄，音ㄊㄨㄛˋ）。嵬然不動（穩若泰山，屹立不搖的樣子。同「巍然不動」）。落魄（ㄊㄨㄛˋ）不堪。落魄不羈（性情狂放，不受拘束的樣子。魄，音ㄊㄨㄛˋ）。落魄江湖（為生活所迫而到處流浪。魄，音ㄊㄨㄛˋ）。蒐羅匪易（不易蒐集網羅）。瑰意琦行（思想行為特出，與眾不同）。窮途落魄（ㄊㄨㄛˋ）。醜態畢露（ㄌㄨˋ）。懾人心魄（使人心神恐懼。懾，音ㄓㄜˊ）。

【全國考題】81、86高中。

玩（ㄨㄢˊ）世（ㄕˋ）不（ㄅㄨˋ）恭（ㄍㄨㄥ）

【解釋】說人輕視禮法，不莊重、不嚴謹的生活態度。

【造句】你這種「玩世不恭」的消極思想，實在令人無法苟同。

【分析】玩，本讀ㄨㄢˋ，今改讀作ㄨㄢˊ；恭，「共」下作「小」（ㄒㄧㄣ），不作「氺」（ㄕㄨㄟˇ）。

【相關詞】元配。古玩（ㄨㄢˊ）。忨愒（音ㄨㄢˊ ㄎㄞˋ。貪圖逸樂，虛度光陰）。狎翫（音ㄒㄧㄚˊ ㄨㄢˊ。戲弄）。玩（ㄨㄢˊ）弄。玩（ㄨㄢˊ）忽。玩愒（同「忨愒」。玩，音ㄨㄢˊ）。珍玩（ㄨㄢˊ）。童玩（ㄨㄢˊ）。頑皮。褻玩（ㄨㄢˊ）。童玩（ㄨㄢˊ）節。日久玩生（時間久了而產生輕忽漠視的心理。玩，音ㄨㄢˊ）。水懦民翫（比喻政令過寬，人民易玩忽法令而誤蹈法網）。刓方為圓（比喻改變忠直的性格為圓融世故。刓，音ㄨㄢˊ）。阮囊羞澀（稱自己經濟拮据，一無所有。阮，音ㄖㄨㄢˇ）。玩（ㄨㄢˊ）人喪德。玩日愒時（同「玩愒」。玩，音ㄨㄢˊ）。玩日愒歲（同「玩愒」）。玩物喪志（指人沉溺於器物的玩賞，而消磨壯志。玩，音ㄨㄢˋ）。寇不可翫（對於強盜，不可輕忽防範）。

【全國考題】82國中。

直截了當 ㄓˊ ㄐㄧㄝˊ ㄌㄧㄠˇ ㄉㄤˋ

【解釋】形容說話或做事爽快乾脆，絕不拐彎抹（ㄇㄛˋ）角。

【造句】你有話就「直截了當」地說出來，不要再拐彎抹角了。

【分析】直截了當，不作「直接了當」。了當，音ㄌㄧㄠˇ ㄉㄤˋ。

【相關詞】半截。截止。截稿。截獲。攔截機。中途截獲。半截入土（說人將不久於人世）。斬釘截鐵。矮了半截。截止報名。截長補短。截然不同。截髮留賓（比喻女性待客十分真摯誠懇）。截彎取直。斷章截句（截取他人的文章、句子，重新組合成自己的）。簡截了當（語言、文字簡潔明確而不繁瑣）。

【全國考題】82高中；83國中；84、88國小；85師院；95教大。

盱衡 ㄒㄩ ㄏㄥˊ

【解釋】觀察分析，如「盱衡世局」。

【造句】「盱衡」當世，又有幾人能意氣風發、叱吒風雲地過一生？

【分析】盱衡，不作「旴衡」。盱，音ㄒㄩ，不讀ㄩˊ。

【相關詞】于歸（女子出嫁）。汙染。芋（ㄩˋ）頭（ㄊㄡˊ）。迂（ㄩ）腐。眉宇（指容貌）。徐訏（作家。訏，音ㄒㄩ）。痰盂（吐痰用的容器。盂，音ㄩˊ）。乍入蘆圩（比喻初到一個新地方，對當地情況還不熟悉。

圩，音ㄩˊ）。包舉宇內（指併吞天下）。杅穿皮蠹（比喻國家的蓄積十分充足。杅，音ㄩˊ；蠹，音ㄉㄨˋ）。定鼎訏謨（指安定王都帝業的大計。謨，音ㄇㄛˊ）。盂蘭盆會。長吁短嘆。紆朱懷金（比喻地位十分顯貴。紆，音ㄩ）。紆尊降貴（貶抑尊貴的地位而謙卑自處）。氣宇軒昂（形容神采飛揚、氣度不凡。同「器宇軒昂」）。盎盂相敲（比喻家人發生口角）。貪官汙吏。濫竽（ㄩˊ）充數。藏汙納垢。瓊樓玉宇（指月宮或形容華麗的樓閣）。

【全國考題】85小教；90、91師院；96中教；99教師。

知書達禮（ㄓ ㄕㄨ ㄉㄚˊ ㄌㄧˇ）

【解釋】比喻人有學識與教養，懂得應對進退的禮節。

【造句】先生行事魯莽、處處得罪人，而太太則是溫柔婉約、「知書達禮」，夫妻倆（ㄌㄧㄚˇ）形成強烈的對比。

【分析】知書達禮，不作「知書達理」。

【相關詞】豊器（豆形的禮器。豊，音ㄌㄧˇ）。澧水（湖南省水名。澧，音ㄌㄧˇ）。澧縣（湖南省縣名）。禮貌。體育。克己復禮（克制私欲，使言行舉止合乎禮節）。沅芷澧蘭（比喻高潔的人或事物。沅，音ㄩㄢˊ）。金漿玉醴（美酒。醴，音ㄌㄧˇ）。醴酒不設（比喻主人待客之禮漸衰）。體大思精（形容著作規模宏大、構思嚴密）。

【全國考題】91中教；92師院；93國中；99國小。

虯髯（ㄑㄧㄡˊ ㄖㄢˊ）

【解釋】蜷曲的鬍鬚，如「虯髯客」。

【造句】隋末俠士張仲堅滿面「虯髯」，人稱「虯髯」客。

【分析】虯髯，音ㄑㄧㄡˊ ㄖㄢˊ，不讀ㄐㄧㄡ ㄖㄢˇ；虯，不作「虬」。「虬」為異體字。

【相關詞】冉冉（緩慢行進的樣子。冉，音ㄖㄢˇ）。李耼（老子。耼，音ㄉㄢ）。柟木（楠木。柟，音ㄋㄢˊ）。苒弱（草茂盛的樣子。苒，音ㄖㄢˇ）。荏苒（時間漸漸地過去。荏，音ㄖㄣˇ）。蚺蛇（蟒蛇的別名。蚺，音ㄖㄢˊ）。髯口（國劇演員所掛的假鬍子）。髯蛇（同「蚺蛇」）。髯鬚（指鬍子）。一字髯（一字形的鬍鬚）。冉肖玲（老歌星。肖，音ㄒㄧㄠˋ）。再生紙。美髯公（稱鬍鬚長而美的人）。光陰荏苒（時間漸漸過去）。再生之德（比喻重大的恩德）。東山再起。虯髯客傳。垂楊冉冉（垂楊柔弱下垂的樣子）。恩同再造。時光冉冉（時間漸漸地過去）。揚眉奮髯（形容說話時激動興奮的樣子）。華（ㄏㄨㄚˋ）佗再世。碧眼紫髯（形容人相貌堂堂，氣勢威武）。韶光荏苒（形容時光漸漸地流逝。韶，音ㄕㄠˊ）。鬚髯如戟（比喻外貌雄健威武的樣子。戟，音ㄐㄧˇ）。鬚髯若神（鬍鬚長得像神仙一樣）。鬢髯如漆（鬢毛髯鬚像漆一般黑。鬢，音ㄅㄧㄣˋ）。

【全國考題】77高中；85、95小教。

青紅皂白（ㄑㄧㄥ ㄏㄨㄥˊ ㄗㄠˋ ㄅㄞˊ）

【解釋】指各種不同的顏色。比喻事情的是

非原委。皂，黑色。

【造句】他一回家就不分「青紅皂白」地亂摔東西，讓家人十分困惑和不安。

【分析】青紅皂白，不作「青紅皀白」。皂，音ㄗㄠˋ；皀，音ㄒㄧㄤ，指稻穀的香氣。

【相關詞】血泊（ㄅㄛˊ）。伯業（同「霸業」）。伯，音ㄅㄚˋ）。肥皂。柏臺（御史大夫）。柏樹。船舶。琥珀（古代松柏等樹脂的化石。珀，音ㄆㄛˋ）。糟粕（比喻廢棄無用的東西。粕，音ㄆㄛˋ）。舶來品。鋁箔包。錫箔紙。一泊二食（旅館住宿，住一晚，吃兩餐）。牛驥同皁（比喻賢愚不分。皁，音ㄗㄠˋ）。代客泊車。伯道無兒（比喻人無子嗣）。柏舟之痛（比喻喪夫的哀痛）。柏舟之節（比喻婦女喪夫後守節不嫁）。柏臺烏府（御史治事的地方。即御史臺）。倒臥血泊。淡泊名利。楓橋夜泊。

【全國考題】80國小。

青睞（ㄑㄧㄥ ㄌㄞˋ）

【解釋】重視、好意相待的意思。

【造句】林同學優異的表現，獲得評審委員一致的「青睞」。

【分析】青睞，不作「青徠」。睞，音ㄌㄞˋ，不讀ㄌㄞˊ。

【相關詞】回來。招勑（慰勞。勑，音ㄌㄞˋ）。招徠（ㄌㄞˊ）。勑令（誡令。同「敕令」。勑，音ㄔˋ）。勞勑（音ㄌㄠˋ ㄌㄞˋ。勸勉）。勞徠（音ㄌㄠˋ ㄌㄞˋ。同「勞勑」）。賚品（賞賜的物品。賚，音ㄌㄞˋ）。錫賚（賞賜）。邛崍山（四川省山名。邛崍，音ㄑㄩㄥˊ ㄌㄞˊ）。憗憗然（謹慎恭敬的樣子。憖，音ㄧㄣˋ）。千眄萬睞（極為寵愛眷顧。眄，音ㄇㄧㄢˇ）。天不憖遺（古代天子哀悼大臣的輓詞）。奴顏婢睞（形容卑賤無恥、諂媚奉承的態度。婢，音ㄅㄧˋ）。老萊娛親（比喻孝養父母）。明眸善睞（美人的目光善於顧盼傳情）。既匡既敕（既端正又戒慎。敕，音ㄔˋ）。萊綵北堂（賀他人母親高壽之詞）。蓬萊仙境（比喻人間仙境）。

【全國考題】88小教；94國中。

九畫

信口胡謅（ㄒㄧㄣˋ ㄎㄡˇ ㄏㄨˊ ㄗㄡ）

【解釋】隨口胡亂論說、瞎編。

【造句】他只是「信口胡謅」罷了，你又何必當（ㄉㄤˋ）真。

【分析】謅，音ㄗㄡ，不讀ㄓㄡ或ㄓㄡˋ。

【相關詞】反芻（ㄔㄨˊ）。芻狗（比喻輕賤無用的東西）。芻豢（指牛、羊與犬、豬等家畜。豢，音ㄏㄨㄢˋ）。芻議（謙稱自己的議論淺薄鄙陋）。皺紋。縐紗（一種絲織物。縐，音ㄓㄡˋ）。雛形。文縐縐（同「文謅謅」）。搊琵琶（以五指撥弄琵琶。搊，音ㄔㄡ）。搊彈詞（說唱藝術的一種。彈，音ㄊㄢˊ）。皺眉頭（ㄊㄡˊ）。大勢所趨。反裘負芻（形容生活貧苦）。伏龍鳳雛（比喻有潛能而尚未被發掘的人）。胡吹亂謅（胡亂吹噓或瞎掰）。新篘美酒（新濾清的美酒。篘，音ㄔㄡ）。詢於芻蕘（不恥下問。蕘，音ㄖㄠˊ）。鄒纓齊紫（比喻上行下效。鄒，音ㄗㄡ）。瞽言芻議（謙稱己見淺陋，不夠成熟。瞽，音ㄍㄨˇ）。

【全國考題】101高中。

便溺 ㄅㄧㄢˋ ㄋㄧㄠˋ

【解釋】排泄大小便。溺，同「尿」。

【造句】由於流浪漢聚集，而又隨地「便溺」，使得公園臭氣沖天。

【分析】溺，音ㄋㄧㄠˋ，不讀ㄋㄧˋ。

【相關詞】沉溺（ㄋㄧˋ）。嫋娜（音ㄋㄧㄠˇ ㄋㄨㄛˇ。細長柔美的樣子）。搦管（執筆。搦，音ㄋㄨㄛˋ）。搦戰（挑戰）。溺職（失職。溺，音ㄋㄧˋ）。蒟（ㄐㄩˇ）蒻。蒻笠（用蒻葉所做成的笠帽。同「篛笠」。蒻，音ㄖㄨㄛˋ）。己飢己溺。匡床蒻席（形容舒適的床席）。見溺不救（見死不救。溺，音ㄋㄧˋ）。阿金溺銀（比喻能夠生財。阿，音ㄜ；溺，音ㄋㄧㄠˋ）。弱肉強食。搦管操觚（提筆寫文章。觚，音ㄍㄨ）。溺於酒色（沉溺於酒色。溺，音ㄋㄧˋ）。餘音嫋嫋（形容聲音十分美妙，綿延不絕）。濟弱扶傾。

【全國考題】76國小；83、95國中。

冠冕堂皇 ㄍㄨㄢ ㄇㄧㄢˇ ㄊㄤˊ ㄏㄨㄤˊ

【解釋】比喻說話或議論莊嚴正大、理由充分（ㄈㄣˋ）。含有諷（ㄈㄥˋ）刺的意味。

【造句】有的人滿嘴說得「冠冕堂皇」，可是腦子裡想的又是另一回事。

【分析】冠，音ㄍㄨㄢ，不讀ㄍㄨㄢˋ；冕，音ㄇㄧㄢˇ，上半從「冃」：音ㄇㄠˋ，中作兩短橫，左右不接豎筆，與「曰」的寫法不同。

【相關詞】及冠（男子二十歲。冠，音ㄍㄨㄢˋ）。未冠（未滿二十歲。

冠，音ㄍㄨㄢˋ）。后冠（ㄍㄨㄢ）。羽冠（ㄍㄨㄢ）。肉冠（ㄍㄨㄢ）。花冠（ㄍㄨㄢ）。冠禮（古代男子的成年儀式。冠，音ㄍㄨㄢˋ）。皇冠（ㄍㄨㄢ）。弱冠（男子二十歲。冠，音ㄍㄨㄢˋ）。桂冠（ㄍㄨㄢ）。禮冠（ㄍㄨㄢ）。雞冠（ㄍㄨㄢ）。月桂冠（ㄍㄨㄢ）。衣冠（ㄍㄨㄢ）冢。衣冠塚（同「衣冠冢」）。冠（ㄍㄨㄢˋ）夫姓。冠（ㄍㄨㄢˋ）罪名。奪后冠（ㄍㄨㄢ）。樹冠（ㄍㄨㄢ）層。雞冠（ㄍㄨㄢ）石。雞冠（ㄍㄨㄢ）花。衣冠沐猴（同「沐猴而冠」。冠，音ㄍㄨㄢ）。衣冠梟獍（指行為惡劣的人。冠，音ㄍㄨㄢ）。衣冠（ㄍㄨㄢ）楚楚。衣冠（ㄍㄨㄢ）禽獸。免冠解印（解除官位。冠，音ㄍㄨㄢ）。冠上加冠（比喻重複。冠，音ㄍㄨㄢ）。冠（ㄍㄨㄢ）狀動脈。冠（ㄍㄨㄢˋ）絕一時。冠（ㄍㄨㄢˋ）絕古今。冠（ㄍㄨㄢˋ）

絕群倫。冠蓋相望（使者往來不斷。冠，音ㄍㄨㄢ）。冠蓋相屬（同「冠蓋相望」。屬，音ㄓㄨˇ）。冠蓋雲集（達官貴人聚集眾多）。怒髮衝冠（ㄍㄨㄢ）。美如冠玉（指男子面貌俊美。冠，音ㄍㄨㄢ）。美冠一方（指女子容貌美麗，為一方之冠。冠，音ㄍㄨㄢˋ）。面如冠玉（同「美如冠玉」。冠，音ㄍㄨㄢ）。弱冠（ㄍㄨㄢˋ）之年。桂冠（ㄍㄨㄢ）湯圓。桂冠（ㄍㄨㄢ）詩人。被髮纓冠（形容急切的樣子。被，音ㄆㄧ；冠，音ㄍㄨㄢ）。掛冠而去（自動辭職離開）。掛冠求去。掛冠歸里（形容辭官隱居。冠，音ㄍㄨㄢ）。張冠（ㄍㄨㄢ）李戴。超今冠古（超越古今，無人能比。冠，音ㄍㄨㄢˋ）。鳳冠霞帔（指古時嫁服或后妃的冠飾。冠，音ㄍㄨㄢ；帔，音ㄆㄟˋ）。彈冠相慶（將出仕而互相慶賀。彈，音ㄊㄢˊ；冠，音ㄍㄨㄢˋ）。彈冠結綬（比喻朋友間在官場上互為提攜。冠，音ㄍㄨㄢˋ）。優孟衣冠（指登場演戲。冠，音ㄍㄨㄢˋ）。

【全國考題】94中教；98國小；102社會。

前仆後繼（ㄑㄧㄢˊ ㄆㄨ ㄏㄡˋ ㄐㄧˋ）

【解釋】形容不怕犧牲，勇往直前。仆，跌倒伏地。

【造句】由於革命先烈的捨生取義、「前仆後繼」，終於推翻滿清，建立中華民國。

【分析】前仆後繼，不作「前撲後繼」。仆，音ㄆㄨ。

【相關詞】卜（ㄅㄨˇ）卦。卜筮（同「占卜」。筮，音ㄕˋ）。占（ㄓㄢ）卜。朴刀（軍器名。朴，音ㄆㄨˊ）。朴子（嘉義縣地名。朴，音ㄆㄨˊ）。朴直（樸實正直。朴，音ㄆㄨˊ）。朴茂（樸實敦厚。朴，音ㄆㄨˊ）。朴硝（中藥。朴，音ㄆㄛˋ）。訃聞（報告喪事的柬帖。訃，音ㄈㄨˋ）。桑朴（桑樹的樹皮。朴，音ㄆㄛˋ）。僵仆（倒下）。質朴（樸實無華。朴，音ㄆㄨˊ）。朴正熙（人名。朴，音ㄆㄧㄠˊ）。卜晝卜夜（形容宴樂沒有節制）。卜鄰而居（選擇鄰居而住）。生死未卜。全力以赴。此仆彼起。吉凶未卜。朴資茅斯（地名。朴，音ㄆㄛˋ）。求神問卜。屢仆屢起。慷慨赴義。顛仆跌撞。

【全國考題】76、95國小。

哀悼（ㄞ ㄉㄠˋ）

【解釋】哀傷悲慟地悼念。

【造句】高雄市發生嚴重氣爆，造成多人死

傷，為表示對不幸罹（ㄌㄧˊ）難民眾「哀悼」之意，行政院決定公家機關降半旗三天。

【分析】悼，音ㄉㄠˋ，不讀ㄉㄧㄠˋ。

【相關詞】卓越。泥淖（ㄋㄠˋ）。面罩。追悼。悲悼。悼念。棹歌（船夫行船時所唱的歌。棹，音ㄓㄠˋ）。闊綽。追悼會。卓有成效（有顯著的績效或效果）。卓然有成。卓爾不群（特立突出，與眾不同）。風姿綽約。堅苦卓絕。悼心失圖（因為過於悲傷，而疏於謀畫）。悼心疾首（形容十分悲傷）。掉以輕心。掉頭不顧。買棹歸航（雇船回航）。綽有餘裕（同「綽綽有餘」）。綽綽有餘。遠見卓識（高遠卓越的眼光和見識）。踔厲風發（形容文氣奮揚，如風速迅疾強勁。踔，音ㄓㄨㄛˋ）。顏苦孔卓（顏回苦於孔子的卓越特出，不可企及）。舉國震悼。驚心悼膽（形容極為害怕而內心不安）。

【全國考題】79高中；88中教；91、100國小。

哂納（ㄕㄣˇ ㄋㄚˋ）

【解釋】餽贈禮物時，請人接受的謙詞。也作「笑納」。

【造句】謝謝您傾（ㄑㄧㄥ）全力幫忙，這是我的一點心意，敬請「哂納」。

【分析】哂，音ㄕㄣˇ，右作「西」，不作「襾」（ㄧㄚˋ）或「酉」；納，右從「內」：「冂」內作「入」，不作「人」。

【相關詞】哂笑（嘲笑）。洒心（同「洗心」。洒，音ㄒㄧˇ）。洒如（肅敬的樣子。洒，音ㄒㄧㄢˇ）。洒家（我。洒，音ㄙㄚˇ）。洒淅（寒冷發抖的樣子。洒，音ㄒㄧㄢˇ）。洒濯（同「洗濯」。洒，音ㄒㄧˇ）。洒埽（同「灑掃」。洒，音ㄙㄚˇ）。茜草（植物名。茜，音ㄑㄧㄢˋ）。跴緝（音ㄘㄞˇ ㄑㄧˋ。查尋追捕）。晒衣場。晒穀場。不值一晒（表示事物毫無意義或內容貧乏）。日晒雨淋。付之一哂（毫不在意而一笑置之）。洒心自新（摒除雜念，改過自新。洒，音ㄒㄧˇ）。洒洒時寒（寒冷顫抖的樣子。洒，音ㄒㄧㄢˇ）。栖栖皇皇（匆忙不安的樣子。同「棲棲遑遑」、「棲棲皇皇」。栖、棲皆音ㄒㄧ）。新臺有洒（新建築的樓臺高聳矗立著。洒，音ㄘㄨㄟˇ）。跴緝歸案。銜膽栖冰（比喻刻苦自勵。同「銜膽棲冰」）。栖，音ㄑㄧ）。暮栖木上（晚上睡樹巢上。栖，音ㄑㄧ）。

【全國考題】78中教；80高中；84師院；99國中。

咽喉（ㄧㄢ ㄏㄡˊ）

【解釋】位於嘴、鼻孔後面，通食道跟氣管的地方。也稱「喉嚨」。

【造句】患了白喉病的人，起初會發燒，「咽喉」疼痛，然後扁桃腺上出現白膜（ㄇㄛˊ）。

【分析】咽，音ㄧㄢ，不讀ㄧㄣ；喉，右作「侯」，不作「候」。

【相關詞】吞咽（ㄧㄢˋ）。幽咽（ㄧㄝˋ）。咽氣（人死斷氣。咽，音ㄧㄢˋ）。咽頭（ㄊㄡˊ）。哽咽（ㄧㄝˋ）。悲咽（ㄧㄝˋ）。嗚咽（ㄧㄝˋ）。摁（ㄣˋ）電鈴。人物闐咽（形容人多氣盛，聲音喧鬧。闐咽，音ㄊㄧㄢˊ ㄧㄝˋ）。列鼎重裀（形容極盡奢華的富貴生活。重裀，音ㄔㄨㄥˊ ㄧㄣ）。因緣巧合（無法預料的湊巧機緣）。因緣為市（指官吏以不公正的判決收取賄賂）。因緣際會。咽喉要路（比喻地勢最為險要之處）。流涎咽唾（形容見到美食就不斷流口水，想吃的樣子。涎，音ㄒㄧㄢˊ；咽，音ㄧㄢˋ）。食不下咽（形容內心極為悲傷、憂愁或煩惱。咽，音ㄧㄢˋ）。狼吞虎咽（同「狼吞虎嚥」）。舐脣咽唾（一副很想吃東西的樣子。舐，音ㄕˋ；咽，音ㄧㄢˋ）。陳陳相因（因襲舊例，毫無革新進步）。無語凝咽（因悲痛哽咽而說不出話來。咽，音ㄧㄝˋ）。會咽軟骨（位於舌後會厭的軟骨。同「會厭軟骨」。咽，音ㄧㄢˋ）。綠草如茵。聲絲氣咽（形容人非常虛弱，連說話都很困難。咽，音ㄧㄝˋ）。飄茵落溷（比喻人生際遇好壞各有不同。溷，音ㄏㄨㄣˋ）。

【全國考題】74國中；91、96、98國小。

城垣 ㄔㄥˊ ㄩㄢˊ

【解釋】城牆。

【造句】面對頹圮（ㄆㄧˇ）的「城垣」，令遊客不禁發思古之幽情。

【分析】垣，音ㄩㄢˊ，不讀ㄏㄨㄢˊ。

【相關詞】垣牆（圍牆）。省垣（省政府所在地）。姮娥（嫦娥。姮，音ㄏㄥˊ）。烜赫（名聲或威望盛大顯著的樣子。烜，音ㄒㄩㄢˇ）。赫咺（威儀盛大的樣子。咺，音ㄒㄩㄢˇ）。盤桓（ㄏㄨㄢˊ）。石垣島（位於日本琉球列島的八重山群島的南方）。齊桓公。省垣各界。烜赫一時。短垣自逾（比喻親身違背禮法。同「短垣自踰」。逾、踰，皆音ㄩˊ）。碎瓦頹垣（形容建築物殘破、毀壞）。斷井頹垣（形容破敗荒涼，無人居住的景象）。斷垣殘壁。屬垣有耳（以耳附牆，偷聽他人談話。屬，音ㄓㄨˇ）。懸貆素餐（比喻無功受祿。貆，音ㄏㄨㄢˊ）。

【全國考題】76國中；78高中；96中教；97小教；101社會。

垂涎三尺（ㄔㄨㄟˊ ㄒㄧㄢˊ ㄙㄢ ㄔˇ）

【解釋】形容貪饞或比喻非常渴望得到某種東西。

【造句】看到飯桌上的美味佳餚，不禁令我「垂涎三尺」。

【分析】涎，音ㄒㄧㄢˊ，不讀ㄧㄢˊ；同「次」，就是口水。

【相關詞】八埏（八方邊遠之地。埏，音ㄧㄢˊ）。刀鋋（刀和矛。鋋，音ㄧㄢˊ）。夸誕（誇大荒誕而不可信。夸，音ㄎㄨㄚ）。延續。流涎（流口水）。蚰蜒（音ㄧㄡˊ ㄧㄢˊ。動物名。又名「蠼螋」。蠼螋，音ㄐㄩㄝˊ ㄙㄡ）。喜筵（ㄧㄢˊ）。筵席。蜒蚰（指蛞蝓。與「蚰蜒」不同）。蜑戶（中國少數民族之一。蜑，音ㄉㄢˋ）。誕辰。九垓八埏（天之極高處及八方邊遠之地。垓，音ㄍㄞ；埏，音ㄧㄢˊ）。言詞閎誕（言詞誇大不實。閎，音ㄏㄨㄥˊ）。延陵掛劍（比喻友誼至死不變）。怪誕不經。垂涎欲滴。荒誕不經。埏埴而器（用水和泥來製造陶器。埏，音ㄕㄢ）。涎皮賴臉（罵人無賴，且不知羞恥）。盛筵易散（比喻美好的事物不能久存）。盛筵難再（比喻美好的事物或機會應及時珍惜）。結婚喜筵。蠻雲蜑雨（形容偏僻地區荒涼的景象）。饞涎欲滴（形容貪食的樣子。同「垂涎欲滴」）。

饞，音ㄔㄢˊ)。

【全國考題】81、82、92、96、102國小；82、92國中；80高中；74師院；95教大；80、86、94小教；78中教；97、102社會。

奕訢（ㄧˋ ㄒㄧㄣ）

【解釋】人名。清宣宗子，文宗立，封為恭親王。

【造句】英法(ㄈㄚˇ)聯軍攻入北京，恭親王「奕訢」奉命與英、法談判，分別訂立北京條約。

【分析】奕訢，不作「奕訴」。訢，音ㄒㄧㄣ，不讀ㄙㄨˋ；右作「斤」，與「訴」右作「斥」不同。

【相關詞】忻慕(羨慕。忻，音ㄒㄧㄣ)。沂水(山東省縣名。沂，音ㄧˊ)。斫伐(音ㄓㄨㄛˊ ㄈㄚ。砍伐)。頎長(身材修長。頎，音ㄑㄧˊ)。疆圻(疆界。圻，音ㄑㄧˊ)。不近人情。功在旂常(建功勛於軍界。旂，音ㄑㄧˊ)。匠心獨運(指文學藝術的創作，運用精巧高妙的構想與心思)。匠石斫鼻(形容技藝精湛高超，運用自如)。如驂之靳(比喻關係密切，形影不離。驂，音ㄘㄢ；靳，音ㄐㄧㄣˋ)。別具匠心。斧破斨缺(指兵器損壞殘缺。斨，音ㄑㄧㄤ)。昕夕往返(一天往返。昕，音ㄒㄧㄣ)。班門弄斧。終身訢然(一生喜悅的樣子。訢，音ㄒㄧㄣ)。野人獻芹(謙稱自己所獻東西或意見。芹，音ㄑㄧㄣˊ)。運斤成風(比喻手法純熟，技藝高超絕妙)。齗齗不休(爭論不休。齗，音ㄧㄣˊ)。

【全國考題】93高中。

姣好（ㄐㄧㄠˇ ㄏㄠˇ）

【解釋】容貌美麗。

【造句】女模改當女兵，由於身材高挑、面貌「姣好」，相當引人注目。

【分析】姣好，是指面貌好看，並非指身材美好。姣，本讀ㄐㄧㄠ，今改讀作ㄐㄧㄠˇ。

【相關詞】水餃。杯珓（同「杯筊」）。珓，音ㄐㄧㄠˋ）。杯筊（ㄐㄧㄠˇ）。狡詐。校（ㄐㄧㄠˋ）正。校（ㄐㄧㄠˋ）對。校（ㄐㄧㄠˋ）閱。皎潔。蛟（ㄐㄧㄠ）龍。鉸鏈（音ㄐㄧㄠˇ ㄌㄧㄢˋ。裝在器具或門窗上以便開關的兩塊金屬薄片）。鳴骹（響箭）。骹，音ㄑㄧㄠ）。駁正（糾正錯誤）。駁，音ㄅㄛˊ）。駁議（持不同的意見）。佼（ㄐㄧㄠˇ）佼者。茭（ㄐㄧㄠ）白筍。心如刀絞（形容內心非常痛苦）。交口稱譽（眾人交相讚美）。

戎馬生郊（比喻戰亂不休）。佼佼不群（形容才貌出眾）。狡兔三窟。倚姣作媚（憑恃貌美，撒嬌胡鬧）。庸中佼佼（在平庸的眾人中顯得特別出色）。皎如日星（形容非常明顯）。絞盡腦汁。蛟龍得水（比喻有才能的人得到施展本領、抱負的機會）。摔了一跤。潛蛟困鳳（與「蛟龍得水」義反。潛，音ㄑㄧㄢˊ）。擲筊比賽。騰蛟起鳳（比喻才華優異突出）。

【全國考題】89、94國小。

度量衡（ㄉㄨˋ ㄌㄧㄤˋ ㄏㄥˊ）

【解釋】「度」是量長短的標準，「量」是計體積的標準，「衡」是算輕重的標準。

【造句】秦始皇對中國最大的貢獻，就是統一全國的文字和「度量衡」。

【分析】量，音ㄌㄧㄤˋ，不讀ㄌㄧㄤˊ。

【相關詞】丈量（ㄌㄧㄤˊ）。打量（ㄌㄧㄤˋ）。考量（ㄌㄧㄤˊ）。估量（ㄌㄧㄤˋ）。量（ㄌㄧㄤˋ）刑。不自量（ㄌㄧㄤˋ）。不量（ㄌㄧㄤˋ）力。費思量（ㄌㄧㄤˊ）。不自量（ㄌㄧㄤˋ）力。比權量力（互相較量權勢的大小。量，音ㄌㄧㄤˋ）。自不量（ㄌㄧㄤˋ）力。車載斗量（比喻數量很多。量，音ㄌㄧㄤˊ）。政治考量（ㄌㄧㄤˊ）。唱籌量沙（比喻製造假象，欺騙敵人。量，音ㄌㄧㄤˊ）。量（ㄌㄧㄤˋ）入為出。量（ㄌㄧㄤˋ）力而行。量（ㄌㄧㄤˋ）力而為。量才稱職（根據各人的才能，授予相當的職務。量，音ㄌㄧㄤˋ；稱，音ㄔㄥˋ）。量材器使（同「量才稱職」。量，音ㄌㄧㄤˋ）。量（ㄌㄧㄤˋ）才適所。量（ㄌㄧㄤˋ）材錄用。量（ㄌㄧㄤˊ）身打造。量時度力（形容做事謹慎有計畫。量，音ㄌㄧㄤˋ；度，音ㄉㄨㄛˋ）。量（ㄌㄧㄤˋ）腹而食。量腹取食（按照食量拿取食物。量，音ㄌㄧㄤˋ）。量體裁衣（比喻事情做得剛好合適。同「稱體裁衣」。量，音ㄌㄧㄤˊ）。海水不可斗量（ㄌㄧㄤˊ）。

【全國考題】100國中；102國小。

徇（ㄒㄩㄣˋ）私（ㄙ）

【解釋】受私情或利益左右，不能秉公處（ㄔㄨˇ）理事物，如「徇私舞弊」。

【造句】在今天環保意識逐漸抬頭之際，有些消費者卻不諳（ㄢ）法令的管制標準，常遷怒執法者「徇私」不公。

【分析】徇私，不作「循私」。徇，本讀ㄒㄩㄣˊ，今改讀作ㄒㄩㄣˋ。

【相關詞】垂詢。徇情（同「徇私」）。徇，音ㄒㄩㄣˋ。恂慄（音ㄒㄩㄣˊ ㄌㄧˋ。恐懼害怕）。查詢。殉（ㄒㄩㄣˋ）葬。殉職。

殉難。眴轉（眼睛看不清楚。眴，音ㄒㄩㄢˋ）。惸獨（孤苦無依的人。惸，音ㄑㄩㄥˊ）。絢（ㄒㄩㄢˋ）麗。絢爛。詢問。質詢。不徇顏面（形容處事公正無私）。以身殉國。因公殉職。年過七旬（年過七十歲）。孟宗泣筍（二十四孝故事之一）。怪石嶙峋（石頭多且奇形怪狀。嶙峋，音ㄌㄧㄣˊ ㄒㄩㄣˊ）。玩法徇私。雨後春筍。徇公滅私（捐棄私利而為國家或百姓的利益著想）。徇私舞弊。徇國忘家。徇情枉法（曲從私情而做出違法的事）。洵屬可貴（確實可貴。洵，音ㄒㄩㄣˊ）。洵屬虛言（真是不切實際的言辭）。思慮徇通（思慮周密通達）。風骨嶙峋（形容人風骨高傲，正直剛毅）。烈士徇名（烈士為保全名節而犧牲性命）。偏袒徇私。淹旬曠月（荒廢拖延歲月）。貪夫徇財（貪心的人為錢財送命）。惸獨無依。惴慄恂懼（恐懼的樣子。惴，音ㄓㄨㄟˋ）。傲骨嶙峋（形容人高傲不屈，剛毅正直）。經旬累月（經過一段很長的時間。累，音ㄌㄟˇ）。詢於芻蕘（比喻不恥下問。蕘，音ㄖㄠˊ）。憂心惸惸（擔心煩惱的樣子）。瘦骨嶙峋（形容身體極為瘦弱）。

【全國考題】74師院；95教大；97社會。

恬不知恥（ㄊㄧㄢˊ ㄅㄨˋ ㄓ ㄔˇ）

【解釋】形容人犯了過錯卻態度安然，一點也不感到羞恥。

【造句】那批漢奸走狗出賣國家，還露（ㄌㄡˋ）出一副神氣活現的樣子，真是「恬不知恥」。

【分析】恬不知恥，不作「忝不知恥」或

「靦不知恥」。恬，音ㄊㄧㄢˊ。

【相關詞】舌頭（˙ㄊㄡ）。舌戰。休憩。恬淡。恬逸。恬適。恬靜。三寸之舌。大費脣舌。小憩片刻。不舍（ㄕㄜˇ）晝夜。心甜意洽（形容心情愉快、滿足）。文恬武嬉（形容文武官員安逸享樂，不務國事）。以言餂之（用話去探取別人的歡心。餂，音ㄊㄧㄢˇ）。用行舍藏（指可以仕則仕，不得任用就退隱的處世態度。舍，音ㄕㄜˇ）。用筆如舌（形容為文自然流暢）。金口木舌（比喻為傳道者）。金口弊舌（比喻枉費口舌）。恬不為怪（對於不合理的事情，不覺得奇怪）。恬不為意（滿不在乎的樣子）。恬淡寡欲。恬然不恥（同「恬不知恥」）。恬然自足（胸中恬淡，自覺滿足的樣子）。風恬浪靜（比喻平安無事）。徒費脣舌。強聒不舍（嘮叨個不停。強，音ㄑㄧㄤˇ；舍，音ㄕㄜˇ）。脣槍舌劍。甜言蜜語。駟不及舌（比喻說話要小心謹慎）。瞠目結舌（形容吃驚、受窘的樣子。瞠，音ㄔㄥ）。

【全國考題】84高中；85、97、101國中；89、98國小；90中教；91、95小教；102教師。

怨天尤人（ㄩㄢˋ ㄊㄧㄢ ㄧㄡˊ ㄖㄣˊ）

【解釋】因事情不如意而懷恨上天，責怪他人。

【造句】失敗了便「怨天尤人」，不但於事無補，而且可能讓自己從此一蹶不振。

【分析】怨天尤人，不作「怨天由人」。

【相關詞】尤其。尨犬（多毛的狗。尨，音ㄇㄤˊ）。尨茸（音ㄇㄥˊ ㄖㄨㄥˊ。毛多而亂的樣子）。怨尤。效尤（故意仿效他人的過錯，跟著學壞的意思。為貶義詞）。炒魷魚（被解雇）。天生尤物（指生來就是冶豔動人的女子）。以儆（ㄐㄧㄥˇ）效尤。羊體嵇心（指人精於琴藝。嵇，音ㄐㄧ）。尨眉皓髮（眉髮盡白。形容老人的相貌。同「龐眉皓髮」。尨，音ㄆㄤˊ）。忍尤含詬（能忍受怨謗恥辱）。狐裘尨茸（比喻國政混亂不堪）。附贅懸疣（比喻多餘而無用的事物。同「贅疣」。贅，音ㄓㄨㄟˋ；疣，音ㄧㄡˊ）。淬鋒潰疣（比喻除惡極為容易而順利。淬，音ㄘㄨㄟˋ）。無恥之尤（無恥到了極點）。嵇侍中血（比喻忠臣為君主而死）。群起效尤（大家紛紛仿效。為貶義詞）。競相效尤（爭相效法。為貶義詞）。

【全國考題】81、83、89、92、95國小；83、91國中；86師院。

恫瘝在抱（ㄊㄨㄥ ㄍㄨㄢ ㄗㄞˋ ㄅㄠˋ）

【解釋】把百姓的疾苦當（ㄉㄤˋ）作自己疾苦。形容愛民殷切。也作「痌（ㄊㄨㄥ）瘝在抱」。瘝，疾苦。

【造句】蔣故總統經國先生具有悲天憫人、「恫瘝在抱」的襟懷，雖然已去世多年，至今仍受到臺灣同胞的懷念和追思。

【分析】恫瘝在抱，不作「恫鰥在抱」。恫，音ㄊㄨㄥ，不讀ㄉㄨㄥˋ；瘝，音ㄍㄨㄢ，不讀ㄓㄨㄥˋ。

【相關詞】雜遝（眾多而雜亂的樣子。遝，音ㄊㄚˋ）。鰥夫（老而無妻或喪妻的人。鰥，音ㄍㄨㄢ）。鰥居（沒有妻室的男子）。鰥寡（泛指孤獨無助的人）。人馬雜遝。車聲雜遝。兩眼鰥鰥（兩眼張開不閉合）。魚鱗雜遝

（指眾多密集而紛亂的樣子）。寡婦鰥夫。駢肩雜遝（形容人多擁擠的樣子。駢，音ㄆㄧㄢˊ）。鰥夫孤子。鰥魚渴鳳（比喻獨身的男子急於求得另一半）。鰥寡孤獨（孤獨貧苦、無依無靠的人）。

【全國考題】88、93、102高中；73、79、87師院；95教大；85、94小教；95中教；97、101國中；98國小；101教師。

恪（ㄎㄜˋ）守（ㄕㄡˇ）

【解釋】恭敬謹慎地遵守，如「恪守成憲」。

【造句】小朋友要「恪守」校規，做個循規蹈（ㄉㄠˇ）矩的好學生。

【分析】恪，音ㄎㄜˋ，不讀ㄍㄜˋ。

【相關詞】奶酪（ㄌㄨㄛˋ）。乳酪（ㄌㄨㄛˋ）。咯（ㄎㄚˇ）血。恪遵。活絡。炮烙（音ㄆㄠˊ ㄌㄨㄛˋ。古代一種用燒紅的鐵器灼燙身體的酷刑）。烙（ㄌㄠˋ）印。烙（ㄌㄠˋ）痕。烙（ㄌㄠˋ）餅。烙（ㄌㄠˋ）鐵。耽擱。硌腳（腳觸到凸起物而感到難受。硌，音ㄍㄜˋ）。胳膊。脈（ㄇㄞˋ）絡。落子（舊時乞丐所唱的歌曲。落，音ㄌㄠˋ）。落（ㄌㄚˋ）字。落（ㄌㄠˋ）枕。落炕（音ㄌㄠˋ ㄎㄤˋ。病得很厲害而不能起床）。落（ㄌㄚˋ）神。落（ㄌㄨㄛˋ）單。落款。落（ㄌㄨㄛˋ）腳。落話（吩咐不詳細。落，音ㄌㄚˋ）。落價（跌價。落，音ㄌㄠˋ）。賄賂（ㄌㄨˋ）。撂（ㄌㄧㄠˋ）倒。閣揆。熱絡。鴝鴿（音ㄍㄡ ㄍㄜˊ）。貓頭鷹的一種。即鵂鶹）。鵅鳥（水鳥名。鵅，音ㄌㄨㄛˋ）。瓔珞（音ㄧㄥ ㄌㄨㄛˋ。珠玉綴成的頸飾）。咯（ㄍㄜ）咯叫。絡腮鬍（連著鬢角的鬍子。也作「落腮鬍」。絡，音ㄌㄨㄛˋ）。絲瓜絡（老的絲瓜內部形成的強韌纖維。絡，音ㄌㄠˋ）。當然咯（˙ㄌㄛ）。落不是（遭到責備、處分。落，音ㄌㄠˋ）。落腳貨（賣剩下的貨色。落，音ㄌㄨㄛˋ）。落（ㄌㄨㄛˋ）腳處。落（ㄌㄠˋ）價兒。落褒貶（受到別人的批評。落，音ㄌㄠˋ）。蓮花落（舊時乞丐所唱的歌曲。落，音ㄌㄠˋ）。一丘之貉（ㄏㄜˊ）。一時落空（一時疏忽而未顧及。落空，音ㄌㄚˋ ㄎㄨㄥ）。一時落（ㄌㄚˋ）神。丟三落（ㄌㄚˋ）四。各個擊破。言容詻詻（說話時臉色和語氣嚴肅莊重。詻，音ㄜˋ）。招權納賂（獨攬權柄，收受賄賂）。咯（ㄍㄜ）咯作響。恪守成式（謹守前人訂定的法令規章）。恪守不渝。恪守成憲（同「恪守成式」）。恪勤為公（為公事謹慎勤勞）。恪遵教誨。恪遵遺訓。洛陽紙貴。苞苴賄賂（公開賄賂。苴，音ㄐㄩ）。格物致知（推究事物的道理，以獲得知識）。烙（ㄌㄠˋ）下印痕。珞珞如石（形容剛正的樣子）。深烙（ㄌㄠˋ）心頭。閉閣思過（在家檢討反省過失）。椎輪大輅（比喻事物由簡至繁，由粗到精，逐步完善。輅，音ㄌㄨˋ）。絡繹不絕。絡繹於途。落（ㄌㄚˋ）在後頭。落在樹上（停在樹上。落，音ㄌㄠˋ）。撂下狠話。臺閣生風（比喻官風廉潔不苟取）。熱鐵烙膚（比喻記憶長久或感受極為深刻。烙，音ㄌㄠˋ）。機車烙（ㄌㄠˋ）碼。籠（ㄌㄨㄥˊ）絡人心。

【全國考題】87國小；94國中；94小教。

扁（ㄆㄧㄢ）舟（ㄓㄡ）

【解釋】小船。

【造句】那個釣客駕著一葉「扁舟」出海捕魚，令人為他捏把冷汗。

【分析】扁，音ㄆㄧㄢ，不讀ㄅㄧㄢˇ；起筆為一撇，不作一點。

【相關詞】匾額。普遍(ㄅㄧㄢˋ)。牌匾。斒斕(音ㄅㄢ ㄌㄢˊ。形容花紋鮮麗，光彩奪目的樣子。同「斑斕」)。篇幅。褊急(度量狹窄，性情急躁。褊，音ㄅㄧㄢˇ)。褊狹。褊淺(度量狹窄、見識淺薄)。諞言(花言巧語。諞，音ㄆㄧㄢˊ)。蹁躚(音ㄆㄧㄢˊ ㄒㄧㄢ。形容姿態曼妙的樣子)。扁桃腺。一偏之見(偏向某方面的見解)。千篇一律。土地褊狹。心地褊狹。心胸褊狹。羽衣蹁躚(穿著羽衣翩翩起舞的樣子)。哀鴻遍野(比喻到處都是流離失所的難民)。風度翩翩。剛褊自用(固執己見，不聽他人的建言)。遍體鱗傷。漫山遍野。翩翩起舞。褊狹小器(器量狹窄，胸襟不寬闊)。

【全國考題】73、89國小；81、86國中；74、86、87師院；88中教；91高中；100社會。

扁擔 (ㄅㄧㄢˇ ㄉㄢ)

【解釋】竹製或木製的扁長形，用來挑物的器具。

【造句】記得小時候，我跟弟弟用「扁擔」挑水，一路踉(ㄌㄧㄤˋ)踉蹌(ㄑㄧㄤˋ)蹌，當抵達家門，滿滿的水只剩下一半。

【分析】擔，音ㄉㄢ，不讀ㄉㄢˋ。

【相關詞】屋檐(同「屋簷」。檐，音ㄧㄢˊ)。重擔(ㄉㄢˋ)。儋縣(地名。位於海南島西岸。儋，音ㄉㄢ)。擔(ㄉㄢ)負。澹臺(複姓。澹，音ㄊㄢˊ)。擔竿(高舉竹竿。擔，音

ㄉㄢˋ）。瞻仰。譫語（病中神志不清時的胡言亂語。譫，音ㄓㄢ）。贍（ㄕㄢˋ）養。擔（ㄉㄢˋ）仔（ㄗˇ）麵。擔不是（承擔過錯。擔，音ㄉㄢ）。贍養費。有礙觀瞻。枉擔虛名（徒有空名。指名實不副。擔，音ㄉㄢ）。風檐寸晷（同「風簷寸晷」。檐，音ㄧㄢˊ；晷，音ㄍㄨㄟˇ）。風簷寸晷（形容舊時科舉考試分秒必爭的情形）。飛簷走壁。家無儋石（形容生活極為貧困）。家給戶贍（家家戶戶生活富裕。給，音ㄐㄧˇ）。馬首是瞻。高瞻遠矚（ㄓㄨˇ）。動見觀瞻（一舉一動都有人在注意）。極切瞻韓（比喻極為景仰思慕。切，音ㄑㄧㄝˋ）。詞華典贍（文詞華麗，用典豐贍）。慘澹經營。學優才贍（學問豐富，又有才氣）。擔驚受怕。澹臺滅明（孔子弟子，字子羽）。瞻前顧後。蟾宮折桂（比喻科舉及第。蟾，音ㄔㄢˊ）。

【全國考題】98社會；98中教。

拮据（ㄐㄧㄝˊ ㄐㄩ）

【解釋】境況窘迫，尤指經濟困難而言。

【造句】平時要懂得節約，若隨意浪費，就不免弄得手頭「拮据」而四處告貸。

【分析】拮据，不作「拮據」。拮，音ㄐㄧㄝˊ，不讀ㄐㄧˊ；据，音ㄐㄩ，不讀ㄐㄩˋ。

【相關詞】倨（ㄐㄩˋ）傲。盤踞。鋸碗（用兩腳鉤釘緊合連綴破裂的碗。鋸，音ㄐㄩ）。蟠踞（同「盤踞」。蟠，音ㄆㄢˊ）。瓊琚（美玉。琚，音ㄐㄩ）。拉鋸戰。鋸齒狀。刀鋸之餘（指服過刑的人。同「刑餘之人」）。刀鋸鼎鑊（皆為古代的刑具。鑊，音ㄏㄨㄛˋ）。心如刀鋸（同「心如刀割」）。玉佩瓊琚（稱讚他人的詩文作品）。曳裾王門（指攀附權貴，仰承鼻息。裾，音ㄐㄩ）。居停主人（指房東）。前倨後恭（比喻待人勢利，態度轉變快速，前後不一）。科頭箕踞（比喻過著無拘無束、悠然自得的隱逸生活）。倨傲不恭（傲慢不恭敬的樣子）。倨傲鮮腆（傲慢不謙虛。鮮腆，音ㄒㄧㄢˇ ㄊㄧㄢˇ）。馬牛襟裾（比喻人行徑卑劣可惡像禽獸一般）。高踞枝頭。絕裾而去（形容決意離開）。經濟拮据。鉤爪鋸牙（形容爪子和牙齒十分銳利）。龍蟠虎踞。

【全國考題】90小教；90、91中教；100國小；100社會；102教師。

按部就班 ㄢˋ ㄅㄨˋ ㄐㄧㄡˋ ㄅㄢ

【解釋】指做事依照順序進行，條理層次分明。

【造句】與其打馬虎眼，倒（ㄉㄠˋ）不如「按部就班」去做，才能完成上級交辦的任務。

【分析】按部就班，不作「按步就班」。

【相關詞】北碚（地名。位於重慶市北方。碚，音ㄅㄟˋ）。剖（ㄆㄡˇ）析。烘焙（ㄅㄟˋ）。培塿（音ㄆㄡˇ ㄌㄡˇ。小土山）。掊克（以苛稅斂聚財物。掊，音ㄆㄡˊ）。解剖。掊擊（抨擊。掊，音ㄆㄡˇ）。涪江（四川省水名。涪，音ㄈㄨˊ）。涪陵（四川省縣名）。焙乾（在火上烘烤，以去除水分）。菩提。蓓（ㄅㄟˋ）蕾。醱醅（音ㄆㄛˋ ㄆㄟ。釀酒）。顛踣（跌倒。踣，音ㄅㄛˊ）。躓踣（比喻遭受挫敗。躓，音ㄓˋ）。烘焙班。覆醬瓿（比喻論著不受人重視。同「覆瓿」。瓿，音ㄆㄡˇ）。豆剖瓜分（比喻國土被分割併吞）。剖肝泣血（比喻內心極為痛苦）。剖腹生產。掊斗折衡（指廢除讓人爭多論少的斗衡。掊，音ㄆㄡˇ）。掊多益寡（減有餘，補不足。同「裒多益寡」。掊，音ㄆㄡˊ）。掊克在位（不賢良的人在位。掊，音ㄆㄡˊ）。菩薩低眉（形容人面貌慈善的樣子）。摧心剖肝（形容極度悲痛）。踣地不起（倒地不起）。

【全國考題】79、81、84、86、87、95、98、102國小；77、82、93國中；73、79、81、83、84、89高中；79、84、86、88師院；98、101教大；80、81、83、87、90、91、92小教；83、86、88中教。

按捺不住（ㄢˋ ㄋㄚˋ ㄅㄨˋ ㄓㄨˋ）

【解釋】無法抑制、忍耐。

【造句】受不了眾人的冷嘲熱諷（ㄈㄥˋ），他終於「按捺不住」胸中的怒火而大發雷霆。

【分析】按捺不住，不作「按耐不住」。捺，音ㄋㄚˋ，不讀ㄋㄞˋ。

【相關詞】按捺（抑止、忍耐）。捺印（手指著墨後，印於紙上以為憑據）。捺筆（一種書法筆法。永字八法稱為「磔」。磔，音ㄓㄜˊ）。無奈。捺手印。捺指紋。一撇（ㄆㄧㄝˇ）一捺。如之奈何。奈米科技。按捺指紋。捺定性子（壓住脾氣）。莫可奈何。無可奈何（同「莫可奈何」）。

【全國考題】98國小；98教大。

挑（ㄊㄧㄠˇ）燈（ㄉㄥ）夜（ㄧㄝˋ）戰（ㄓㄢˋ）

【解釋】熬夜讀書或做事。

【造句】為了能夠金榜題名，他每天「挑燈夜戰」，勤奮讀書的精神令人感佩。

【分析】挑，音ㄊㄧㄠˇ，不讀ㄊㄧㄠ。

【相關詞】宗祧（宗廟。祧，音ㄊㄧㄠ）。挑剔（音ㄊㄧㄠ·ㄊㄧ。故意找毛病）。挑（ㄊㄧㄠˇ）戰。挑（ㄊㄧㄠˇ）釁（ㄒㄧㄣˋ）。洮河（河川名。洮，音ㄊㄠˊ）。洮湖（江蘇省湖名。洮，音ㄧㄠˊ）。朕兆（預兆。朕，音ㄓㄣˋ）。窈（ㄧㄠˇ）窕（ㄊㄧㄠˇ）。眺望。輕佻（ㄊㄧㄠˇ）。銚子（炊具。銚，音ㄉㄧㄠˋ）。銚鎒（音ㄧㄠˊ ㄋㄡˋ。鋤草的用具）。趙孟頫（元代書畫家。頫，音ㄈㄨˇ）。五日京兆（比喻任職無法長久的人）。目挑心招（形容女子勾引人的媚態。挑，音ㄊㄧㄠˇ）。目窕心與（指眼眉逗引，內心相許）。孤燈挑盡（比喻長夜漫漫，難以入睡。挑，音ㄊㄧㄠˇ）。長銚利兵（長矛和鋒利的兵器。銚，音ㄊㄧㄠˊ）。挑三窩四（搬弄口舌，挑撥是非。挑，音ㄊㄧㄠˇ）。挑（ㄊㄧㄠˇ）撥離間（ㄐㄧㄢˋ）。億兆京垓（ㄍㄞ）。斷袖分桃（比喻男同性戀之間的親密關係）。

【全國考題】83、93、96國中；91、93國小。

挑（ㄊㄧㄠˇ）釁（ㄒㄧㄣˋ）

【解釋】故意惹起爭端。

【造句】只要我方厚植國力，並堅守處變不驚的信念，就無懼敵人任何的「挑釁」。

【分析】挑，音ㄊㄧㄠˇ，不讀ㄊㄧㄠ；釁，音ㄒㄧㄣ，上中內作二橫一豎，不作「同」。與「興」上半的寫法有異。

【相關詞】分爨（兄弟分家，各自為炊。爨，音ㄘㄨㄢˋ）。析爨（分家）。炊爨（燒火煮飯）。尋釁。險釁（命運惡劣）。亹源（青海省縣名。亹，音ㄇㄣˊ）。釁端（爭端）。另起煙爨（另外開伙）。同居各爨（指一家人同居而各自為炊）。同居異爨（同「同居各爨」）。卑梁之釁（指因細故而引起的衝突）。析骸以爨（形容戰亂或災荒時百姓的悲慘困境。骸，音ㄏㄞˊ）。炊金爨玉（主人以珍貴的飲食熱情待客）。炊骨爨骸（同「析骸以爨」）。貪功起釁（貪圖功績而故意挑起爭端）。禍結釁深（指禍害事故接連不斷，以致災難慘重）。稱薪而爨（形容人斤斤計較於小利或小節。稱，音ㄔㄥ）。樵蘇不爨（形容清苦的生活）。亹亹不倦（勤勉而不倦怠。亹，音ㄨㄟˇ）。觀釁伺隙（觀察對方的破綻，等待機會行動）。釁面吞炭（比喻不惜犧牲性命以報答主恩）。釁起蕭牆（比喻內部發生禍亂，同「禍起蕭牆」）。爨桂炊玉（形容物價昂貴，生活困苦）。

【全國考題】87、94、99國小；86、90、96高中；93、96小教；102教大。

故（ㄍㄨˋ）態（ㄊㄞˋ）復（ㄈㄨˋ）萌（ㄇㄥˊ）

【解釋】顯出原來不好的行為。就是老毛病又犯了的意思。

【造句】你好不容易才把喜歡欺負人的習慣改掉，怎（ㄗㄣˇ）麼「故態復萌」呢？

【分析】萌，音ㄇㄥˊ，不讀ㄇㄧㄥˊ。

【相關詞】結盟。萌芽。盟主。盟邦。盟

約。加盟店。同盟會。明信片。盟兄弟（異姓結盟的兄弟）。山明水秀。杜漸防萌（比喻防患未然）。見微知萌（看到一點跡象，就能預知事情即將發生）。海誓山盟。草木萌動（草木開始發芽）。喪明之痛（比喻喪子。喪，音ㄙㄤˋ）。渝盟毀約（改變信約。渝，音ㄩˊ）。詐偽萌生（欺詐虛偽的事情孳生。偽，音ㄨㄟˋ）。歃血為盟（古代會盟時，將牲血塗在嘴邊，表示誠信不渝。歃，音ㄕㄚˋ）。遏漸防萌（在錯誤或壞事剛要發生時，即加以制止防範。遏，音ㄜˋ）。黜陟幽明（罷黜愚昧的昏官，晉升賢明的好官。黜陟，音ㄔㄨˋ ㄓˋ）。

【全國考題】97、100國小。

既往不咎（ㄐㄧˋ ㄨㄤˇ ㄅㄨˋ ㄐㄧㄡˋ）

【解釋】指對過去的錯誤不再追究、責難。也作「不咎既往」。

【造句】只要你肯浪子回頭，不再為非作歹，相信大家都會「既往不咎」，給你自新的機會。

【分析】既往不咎，不作「既往不究」。咎，右上作「人」（捺改頓點），不作「卜」。

【相關詞】一綹（頭髮或鬍鬚一束。綹，音ㄌㄧㄡˇ）。咎陶（音ㄍㄠ ㄧㄠˊ。人名。中國法典的創始人）。剪綹（扒手。同「翦綹」）。歸咎。鼛鼓（樂器名。即大鼓。鼛，音ㄍㄠ）。日晷儀（一種利用日影測量時間的儀器。晷，音ㄍㄨㄟˇ）。引咎自責。引咎辭職。日不移晷（比喻非常迅速）。日無暇晷

（形容非常忙碌，時間不夠使用）。咎由自取。昃晷不食（過了正午不吃。昃，音ㄗㄜˋ）。風簷寸晷（形容科舉考試分秒必爭的情形）。動輒得咎。焚膏繼晷（形容夜以繼日地工作或勤讀不倦）。順絲順綹（不違逆反抗）。難辭其咎。

【全國考題】80、87、89國小；82、87、90國中；82、95高中；85師院；95、96、101教大；76、93、94小教；90、92中教。

星宿 ㄒㄧㄥ ㄒㄧㄡˋ

【解釋】天空的列星，如「滿天星宿」。

【造句】仲夏夜晚，如棋盤似的「星宿」羅列天空，非常燦爛美麗。

【分析】宿，音ㄒㄧㄡˋ，不讀ㄙㄨˋ。

【相關詞】一宿（ㄒㄧㄡˇ）。列宿（ㄒㄧㄡˋ）。角宿（音ㄐㄩㄝˊ ㄒㄧㄡˋ。星座名）。畏縮。耆宿（音ㄑㄧˊ ㄙㄨˋ。年高而有德望的人）。宿命。宿雨（前夜下的雨）。宿疾。宿將（作戰經驗十分豐富的老將）。宿敵。宿醉。通宿（整夜。宿，音ㄒㄧㄡˇ）。瑟縮（蜷縮。縮，音ㄙㄨㄛ）。整宿（ㄒㄧㄡˇ）。住一宿（ㄒㄧㄡˇ）。星宿海（湖泊名。位於青海省中部。宿，音ㄒㄧㄡˋ）。宿命論。一償（ㄔㄤˊ）宿願。二十八宿（ㄒㄧㄡˋ）。弋不射宿（指不射殺已歸巢的鳥。弋，音ㄧˋ；射，音ㄕㄜˋ）。自反而縮（省察自己的作為與理念，覺得正直。縮，音ㄙㄨㄛ）。辰宿列張（星辰布滿在無邊的太空中。宿，音ㄒㄧㄡˋ）。星宿（ㄒㄧㄡˋ）滿天。胸無宿物（比喻坦率正直，對人沒有成見。宿，音ㄙㄨˋ）。宿疾復發。宿學舊儒（老成飽學的讀書人）。宿願得償。節衣縮食（指生活節儉。縮，音ㄙㄨㄛ）。整宿未眠（整夜沒睡覺）。餐風宿露（ㄌㄨˋ）。縮手旁觀（同「袖手旁觀」。縮，音ㄙㄨㄛ）。縮衣節食（同「節衣縮食」。縮，音ㄙㄨㄛ）。縮頭烏龜。

【全國考題】76、91、94國中；79、90高中；86、88師院；86中教；92、99、100國小；93小教。

春華秋實（ㄔㄨㄣ ㄏㄨㄚ ㄑㄧㄡ ㄕˊ）

【解釋】比喻文采和格調雖不同，而精美則一。華，同「花」。

【造句】這些作家的作品「春華秋實」，各具特色，擁有不同階層的讀者群。

【分析】華，音ㄏㄨㄚ，不讀ㄏㄨㄚˊ。實，「宀」下作「毌」（ㄍㄨㄢˋ），不作「毋」。

【相關詞】范曄（南朝宋人。著後漢書。曄，音ㄧㄝˋ）。華（ㄏㄨㄚˋ）山。華（ㄏㄨㄚˋ）佗。華陰（陝西省地名。華，音ㄏㄨㄚˋ）。嘩（ㄏㄨㄚ）啦。喧嘩（同「喧譁」。嘩，音ㄏㄨㄚˊ）。燁然（光彩鮮明的樣子。燁，音ㄧㄝˋ）。譁變（部下叛變。譁，音ㄏㄨㄚˊ）。驊騮（音ㄏㄨㄚˊ ㄌㄧㄡˊ。周穆王八匹駿馬之一）。王彩樺（ㄏㄨㄚˋ）。枯樹生華（比喻在絕望中重現生機。華，音ㄏㄨㄚ）。寒木春華（比喻各具特色，各有所長。華，音ㄏㄨㄚ）。朝華夕秀（比喻富有文采。華，音ㄏㄨㄚ）。棣華增映（比喻兄弟和睦，相親相愛。棣，音ㄉㄧˋ；華，音ㄏㄨㄚ）。華封三祝（祝頌之詞。華，音ㄏㄨㄚˋ）。跗萼載韡（比喻兄弟均顯貴而榮耀。跗，音ㄈㄨ；韡，音ㄨㄟˇ）。鄂不韡韡（花蒂多麼鮮明茂盛。不，音ㄈㄨ）。曇華一現（同「曇花一現」）。曇華，音ㄊㄢˊ ㄏㄨㄚˊ）。顏如舜華（臉蛋美得像木槿花一樣。華，音ㄏㄨㄚˊ）。輿（ㄩˊ）論譁然。譁眾取寵（以迎合眾人的言語或行動來博取他人的注意）。驊騮開道（比喻有賢人輔弼）。

【全國考題】88、90師院；101教大；79中教；92高中。

枯萎 ㄎㄨ ㄨㄟ

【解釋】草木乾枯凋萎，沒有生氣的樣子。

【造句】希望是生命的泉源，失去了它，生命就會「枯萎」。

【分析】萎，音ㄨㄟ，不讀ㄨㄟˇ。

【相關詞】委蛇（音ㄨㄟ ㄧˊ。隨順的樣子）。倭瓜（南瓜。倭，音ㄨㄛ）。倭寇。凍餧（寒冷飢餓。同「凍餒」）。餧，音ㄋㄟˇ）。凋萎。推諉。捼莎（音ㄖㄨㄛˊ ㄙㄨㄛ。兩手互相搓揉）。萎縮。萎謝。逶迤（音ㄨㄟ ㄧˊ。彎曲而綿長的樣子）。餧毒（餵毒。餧，音ㄨㄟˋ）。巍然（獨立不動的樣子。巍，音ㄨㄟˊ）。心存魏闕（不論身處何地，仍關心朝政。闕，音ㄑㄩㄝˋ）。以肉餧虎（比喻平白犧牲，無濟於事。餧，音ㄨㄟˋ）。肌肉萎縮。委決不下（一再猶豫，不能下決定）。委罪於人（把罪責推卸給他人）。委靡（ㄇㄧˇ）不振。爭功諉過。哲人其萎（悼念賢者的輓辭）。虛與委蛇（指對人假意殷勤，敷衍應付）。痿不忘起（比喻意志堅定，卻無法實現願望。痿，音ㄨㄟˇ）。經濟萎縮。萱萎北堂（哀悼母親去世的輓辭）。痿蹶不振（同「委靡不振」）。蹶，音ㄐㄩㄝˊ）。蟹匡蟬緌（比喻名實不副。

綏，音ㄖㄨㄟˊ）。纓綏之徒（比喻顯貴的人）。

【全國考題】81、101國小；84、94國中；95教大。

歪（ㄨㄞˇ）了（˙ㄌㄜ）腳（ㄐㄧㄠˇ）

【解釋】扭傷了腳。

【造句】跑步時，劉同學「歪了腳」，我連忙攙扶他到樹下休息。

【分析】歪，音ㄨㄞˇ，不讀ㄨㄞ。

【相關詞】正（ㄓㄥ）月。正旦（農曆正月一日。正，音ㄓㄥ）。正朔（同「正旦」。正，音ㄓㄥ）。征伐（ㄈㄚ）。怔住（同「愣住」、「楞住」。怔，音ㄌㄥˋ）。怔（ㄓㄥ）忡（ㄔㄨㄥ）。怔忪（音ㄓㄥ ㄓㄨㄥ。驚恐害怕）。發怔（同「發楞」。怔，音ㄌㄥˋ）。新正（同「正月」。正，音ㄓㄥ）。鉦鼓（兩種樂器名。比喻軍事。鉦，音ㄓㄥ）。天罡星（北斗星。罡，音ㄍㄤ）。奉其正朔（投降。正，音ㄓㄥ）。步罡踏斗（道教法師設壇建醮，禮拜星斗的步態和動作。同「步斗踏罡」）。政出多門（比喻中央政府或領導階層軟弱，權力渙散）。歪打正著（ㄓㄠˊ）。政躬康泰（祝賀官員身體安康之詞）。對症下藥。橫征暴斂。

【全國考題】92國小；94小教；100社會。

洋（ㄧㄤˊ）涇（ㄐㄧㄥ）浜（ㄅㄤ）

【解釋】泛指不純正或雜有中國語文的英語。

【造句】他那滿口「洋涇浜」，竟然能和老外交談，真服了他！

【分析】洋涇浜，不作「洋涇濱」。涇，

音ㄐㄧㄥ，不讀ㄐㄧㄥˋ；浜，音ㄅㄤ，不讀ㄅㄧㄣ。

【相關詞】乒乓（音ㄆㄧㄥ ㄆㄤ。東西碰撞的聲音）。乒乓球。太丘道廣（指人交遊廣闊）。兵革之禍（指戰爭所造成的禍害）。狐死首丘（比喻人不忘本或對家鄉的思念）。負山戴岳（比喻擔負重大的責任）。首丘之望（比喻思念故鄉）。曹丘之德（主動推荐、稱揚他人的事蹟，使其名聲遠揚。後以「曹丘」或「曹丘生」作為荐引、稱揚者的代稱）。潘岳貌美（讚譽男子貌美）。

【全國考題】93高中。

洗滌（ㄒㄧˇ ㄉㄧˊ）

【解釋】用水洗去汙穢（ㄏㄨㄟˋ）。

【造句】配合全國清潔週活動，請大家將廚廁「洗滌」乾淨，溝渠保持暢通。

【分析】洗滌，同「洗濯」。滌，音ㄉㄧˊ，右上作「攵」（ㄆㄨ），不作「夂」（ㄓˇ）；濯，音ㄓㄨㄛˊ，與「濯」（ㄑㄩˊ）不同。

【相關詞】松篠（泛稱隱士。篠，音ㄒㄧㄠˇ）。滌蕩（洗去汙穢）。碧篠（綠色的竹子）。蕭條。篠懸木（植物名）。以杖荷篠（用枴杖擔著除草的農具。荷篠，音ㄏㄜˋ ㄉㄧㄠˋ）。洗心滌慮（比喻澈底改變思想、念頭）。痛滌前非。滌瑕蕩垢（洗除汙穢）。滌盡惡習。蕩瑕滌穢（同「滌瑕蕩垢」）。

【全國考題】84、91、92國中；101社會。

為民前鋒（ㄨㄟˋ ㄇㄧㄣˊ ㄑㄧㄢˊ ㄈㄥ）

【解釋】作為全國人民的楷模、表率。

【造句】咨爾多士，「為民前鋒」；夙夜匪懈，主義是從。

【分析】為，音ㄨㄟˊ，不讀ㄨㄟˋ；鋒，右上作「夂」（ㄓˇ），不作「攵」（ㄆㄨ）。

【相關詞】帝嬀（古帝名。即舜。嬀，音ㄍㄨㄟ）。指撝（指揮。撝，音ㄏㄨㄟ）。真偽（ㄨㄟˋ）。偽造。偽鈔。偽裝。偽藥。偽證。嬀河（河川名。注入永定河）。虛偽。蔿賈（音ㄨㄟˇ ㄐㄧㄚˇ。人名，孫叔敖之父）。作偽證。偽君子。偽政權。偽組織。偽善者。偽陽性。偽裝術。偽證罪。溈仰宗（中國佛教禪宗的一派。溈，音ㄍㄨㄟ）。不為（ㄨㄟˊ）利誘。不為（ㄨㄟˊ）所動。去偽存真（去除虛假的，保留真實的）。官官相為（官員互相袒護。同「官官相衛」。為，音ㄨㄟˋ）。為人作嫁（比喻為別人忙碌，為別人辛苦。為，音ㄨㄟˋ）。為（ㄨㄟˋ）人吹噓。為（ㄨㄟˋ）人詬病。為（ㄨㄟˋ）之不安。為（ㄨㄟˋ）民喉舌。為（ㄨㄟˋ）虎作倀。為虎傅翼（比喻替惡人助勢。為，音ㄨㄟˋ）。為非作歹。真偽莫辨。真偽難辨。偽造文書。撝戈反日（比喻勇敢堅強，排除萬難而扭轉危機）。項為之強（脖子因此而僵硬。為，音ㄨㄟˋ；強，音ㄐㄧㄤˋ）。鮮為（ㄨㄟˊ）人知。

【全國考題】76、81、83國中；79中教；82高中。

狩獵（ㄕㄡˋ ㄌㄧㄝˋ）

【解釋】以獵具或鷹犬捕捉野生鳥獸。

【造句】他是個神射手，每次上山「狩獵」，總是滿載而歸。

【分析】狩，音ㄕㄡˋ，不讀ㄕㄡˇ。

【相關詞】手肘。忖（ㄘㄨㄣˇ）度（ㄉㄨㄛˋ）。巡狩（舊稱天子巡行天下）。忖前思後（對前因後果仔細地思考衡量）。助紂為虐。肘腋之患（比喻潛藏在身旁的禍患。腋，音ㄧㄝˋ）。捉襟見肘（比喻生活非常窮困。同「捉襟肘見」）。膝行肘步（形容恭敬服從的樣子）。踵決肘見（比喻非常貧困。見，音ㄒㄧㄢˋ）。變生肘腋（比喻禍亂發生在身邊或內部。通常指親信背叛。同「事生肘腋」）。

【全國考題】79國中；86高中；88小教；95、101國小。

玳（ㄉㄞˋ）瑁（ㄇㄟˋ）

【解釋】海龜科動物，其背可作裝飾品。

【造句】「玳瑁」是一種瀕（ㄅㄧㄣ）臨絕種的龜類動物，卻遭漁民恣意濫捕。

【分析】瑁，音ㄇㄟˋ，不讀ㄇㄠˋ；右上作「冃」（ㄇㄠˋ），不作「曰」。

【相關詞】冒充。冒犯。冒頓（音ㄇㄛˋ ㄉㄨˊ。漢初匈奴的單于）。賵儀（送給喪家助喪的財物。賵，音ㄈㄥˋ）。賻賵（同「賵儀」。賻，音ㄈㄨˋ）。冒失鬼。冒牌貨。戴高帽。螺絲帽。火冒三丈。冒名頂替。冒險犯難。貪榮冒寵（貪圖富貴與寵愛）。

【全國考題】76、89、91、92、95國小；80高中；88師院；84、87、94小教；78、86、96中教；90、96國中。

玲（ㄌㄧㄥˊ）瓏（ㄌㄨㄥˊ）剔（ㄊㄧ）透（ㄊㄡˋ）

【解釋】形容器物精巧細緻、明亮透澈的樣子。

【造句】這顆寶石「玲瓏剔透」，價值連城，很受行家的喜愛。

【分析】剔，音ㄊㄧ，不讀ㄊㄧˋ。

【相關詞】挑剔（音ㄊㄧㄠ ˙ㄊㄧ）。吹毛求疵）。剔牙。剔除。疆埸（邊界、邊境）。警惕。一字不易（指一字不改地抄襲他人的文章）。不易之論（形容論斷或意見極為正確）。平易近人。平易謙沖（態度謙遜有禮）。永錫不匱（形容蒙受恩遇，不虞匱乏）。易牙之味（比喻食物味道鮮美）。易科罰金。易與之人（容易應付的人）。爬羅剔抉（形容蒐羅極為廣泛、選擇極為正確）。虺蜴為心（比喻心極為毒辣。虺，音ㄏㄨㄟˇ）。拳打腳踢。移風易俗。袒裼裸裎（赤身露體。裼，音ㄒㄧˊ；裎，音ㄔㄥˊ）。通功易事（比喻分工合作，互通有無）。寒暑易節（比喻光陰的移轉，季節的更換）。晶瑩剔透。朝夕惕厲。朝乾夕惕（形容勤奮戒懼，不敢稍有懈怠。乾，音ㄑㄧㄢˊ）。賢賢易色（指尊重賢德的人，而不愛好女色）。

【全國考題】77國中；87師院；88中教。

看守（ㄎㄢ ㄕㄡˇ）

【解釋】細心照料。

【造句】牧羊人嚴加「看守」著羊群，不容掠食動物侵入。

【分析】看，音ㄎㄢ，不讀ㄎㄢˋ。

【相關詞】看押（拘留。看，音ㄎㄢ）。看（ㄎㄢˋ）板。看（ㄎㄢ）門。看（ㄎㄢ）家。看（ㄎㄢ）管。看（ㄎㄢ）護。看（ㄎㄢˋ）顧。看（ㄎㄢ）守所。看（ㄎㄢ）門狗。看家戲（演員或劇團專擅的戲碼。看，音ㄎㄢ）。看財奴（守財奴。看，音ㄎㄢ）。看錢奴（同「看財奴」）。看，音ㄎㄢ）。看（ㄎㄢ）護工。看（ㄎㄢ）守內閣。看（ㄎㄢ）家本領。看（ㄎㄢ）緊荷包。看（ㄎㄢ）護病人。廣告看（ㄎㄢˋ）板。看風使舵（比喻隨機應變，看情形做事。看，音ㄎㄢˋ）。嚴加看（ㄎㄢ）守。嚴加看（ㄎㄢ）管。

【全國考題】76國小；84小教；85師院。

相（ㄒㄧㄤ）撲（ㄆㄨ）

【解釋】一種流行於日本的摔跤法。

【造句】據文獻報導，「相撲」是埃及式角力傳到中國，再傳到日本並發揚光大的。雖然日本多方奔走，至今仍無法列入奧運的正式比賽。

【分析】相，音ㄒㄧㄤ，不讀ㄒㄧㄤˋ。

【相關詞】包廂。車廂。相貌。相機。相（ㄒㄧㄤˋ）親。相（ㄒㄧㄤˋ）聲。遺孀。縹緗（音ㄆㄧㄠˇ ㄒㄧㄤ。比喻珍貴的書籍）。孀妻（寡婦）。孀婦（同「孀妻」）。相（ㄒㄧㄤˋ）女婿。將相器（稱能擔當大任的人才。將相，音ㄐㄧㄤˋ ㄒㄧㄤˋ）。霜淇淋。藺相（ㄒㄧㄤ）如。一廂情願。出將（ㄐㄧㄤˋ）入相（ㄒㄧㄤˋ）。司馬相（ㄒㄧㄤ）如。冷若冰霜。兩相情願。金相玉質（形容人、物的內外兼美。相，音ㄒㄧㄤˋ）。相女配夫（女兒許配前，先審視對方才貌家世是否相稱。相，音ㄒㄧㄤˋ）。相（ㄒㄧㄤˋ）夫教子。相如消渴（罹患糖尿病的代稱。相，音ㄒㄧㄤ）。相如歸璧（同「完璧歸趙」。相，音ㄒㄧㄤ）。相撲比賽。相（ㄒㄧㄤˋ）機行事。相（ㄒㄧㄤ）親相愛。相（ㄒㄧㄤˋ）親擇偶。真相大白。雪上加霜。琨玉秋霜（比喻品格高潔，言行謹慎莊重）。飽經風霜。蜜餞砒霜（比喻言語親切而居心狠毒）。縑緗黃卷（指書冊。縑，音ㄐㄧㄢ；卷，音ㄐㄩㄢˋ）。

【全國考題】98社會；98中教。

耍把戲 ㄕㄨㄚˇ ㄅㄚˇ ㄒㄧˋ

【解釋】比喻施展詭計。

【造句】你最好照我的意思去做，別跟我「耍把戲」！

【分析】耍把戲，不作「要把戲」。耍，上作「而」，不作「襾」。

【相關詞】玩耍。耍賴。恧縮（慚愧而畏縮。恧，音ㄋㄩˋ）。愧恧（慚愧）。慚恧（心中羞愧）。耍心機。耍威風。耍脾氣。耍嘴皮。愧恧不安。愧恧畏縮。補苴調胹（比喻對理論或文章加以修飾，使之更加完美。苴，音ㄐㄩ；調胹，音ㄊㄧㄠˊ ㄦˊ）。

【全國考題】80小教。

舢舨 ㄕㄢ ㄅㄢˇ

【解釋】一種行駛便捷的小船。也作「舢板」。

【造句】從山頂俯瞰（ㄎㄢˋ）小「舢舨」在波（ㄅㄛ）光粼（ㄌㄧㄣˊ）粼的海上航行，不禁讚嘆海的廣大，心胸頓時舒暢無比。

【分析】舢，音ㄕㄢ，不讀ㄕㄢˋ。

【相關詞】汕頭（廣東省地名。汕，音ㄕㄢˋ）。氙（ㄒㄧㄢ）氣。疝（ㄕㄢˋ）氣。秈米（用秈稻碾出的米。秈，音ㄒㄧㄢ）。秈稻（一種水稻。米粒細長）。訕笑（嘲笑。訕，音ㄕㄢˋ）。訕嘴（胡言亂語）。訕臉（臉皮厚的樣子）。搭訕。訕訕然（難為情的樣子）。仙風道骨（形容人很瘦的樣子）。

樣子）。努目訕筋（形容生氣的樣子）。貝積如山（比喻錢財極多）。居下訕上（屬下背地裡嘲笑長官）。東山高臥（隱居而不出仕）。搭訕攀談。譏諷（ㄈㄥˋ）訕笑。

【全國考題】79小教；92師院；102高中。

茅塞頓開（ㄇㄠˊ ㄙㄜˋ ㄉㄨㄣˋ ㄎㄞ）

【解釋】比喻人聽了有啟發性的話，忽然開悟、明瞭。

【造句】老師的一番話使我「茅塞頓開」，從此奮發圖強，不再怨天尤人。

【分析】茅塞頓開，不作「毛塞頓開」。塞，音ㄙㄜˋ，不讀ㄙㄞˋ。

【相關詞】充塞（ㄙㄜˋ）。出塞（遠出邊塞。塞，音ㄙㄞˋ）。耳塞（ㄙㄞ）。阨塞（險要的地方。塞，音ㄙㄞˋ）。阻塞（ㄙㄜˋ）。活塞（ㄙㄞ）。要塞（ㄙㄞˋ）。栓塞（血管受阻塞，血液不能流通的病狀。塞，音ㄙㄜˋ）。堵塞（ㄙㄜˋ）。梗塞（ㄙㄜˋ）。淤（ㄩ）塞（ㄙㄜˋ）。瓶塞（ㄙㄞ）。閉塞（ㄙㄜˋ）。塞（ㄙㄞˋ）牙。塞（ㄙㄞˋ）外。塞耳（堵住耳朵不聽。塞，音ㄙㄜˋ）。塞（ㄙㄞ）住。塞（ㄙㄞ）車。塞（ㄙㄞ）滿。塞職（稱職。塞，音ㄙㄜˋ）。塞（ㄙㄞ）藥。搪塞（ㄙㄜˋ）。鼻塞（鼻子阻塞。塞，音ㄙㄜˋ）。蔽塞（ㄙㄜˋ）。壅（ㄩㄥ）塞（ㄙㄜˋ）。邊塞（ㄙㄞˋ）。山寨版。火星塞（ㄙㄞ）。耳塞（ㄙㄞ）子。軟木塞（ㄙㄞ）。堰塞湖（河流因山中土石崩塌而圍成的湖泊。堰，音ㄧㄢˋ；塞，音ㄙㄜˋ）。塞（ㄙㄞˋ）上曲。塞（ㄙㄞˋ）下曲。塞牙縫（比喻東西小，只夠填補牙縫。塞，音ㄙㄞ）。塞狗洞（比喻把錢花在無用處。塞，音ㄙㄞ）。塞（ㄙㄜˋ）爆音。腦栓塞（ㄙㄜˋ）。腸阻塞（ㄙㄜˋ）。邊塞詩。一時語塞（一時說不出話來。塞，音ㄙㄜˋ）。屯街塞巷（形容人多擁擠。塞，音ㄙㄜˋ）。心肌梗塞（ㄙㄜˋ）。交通阻塞（ㄙㄜˋ）。汗牛塞屋（形容藏書很多。同「汗牛充棟」。塞，音ㄙㄜˋ）。抑塞磊落（形容人雖抑鬱不得志，而心胸卻坦蕩光明。塞，音ㄙㄜˋ）。兩豆塞耳（比喻受蒙蔽而看不見真相。塞，音ㄙㄜˋ）。命蹇時乖（命運不好，時機不佳。蹇，音ㄐㄧㄢˇ）。忠臣擁塞（忠臣被排擠，無法建言。塞，音ㄙㄜˋ）。押寨夫人。拔本塞源（比喻人毀棄根本。或指從根本上解決。塞，音ㄙㄜˋ）。推諉塞（ㄙㄜˋ）責。斬將搴旗（形容驍勇善戰或鏖戰沙場。搴，音ㄑㄧㄢ）。閉目塞聽（比喻與外

界事物完全斷絕。塞，音ㄙㄜˋ）。閉門塞竇（防禦堅固。塞，音ㄙㄜˋ）。壺漿塞道（形容百姓歡迎所擁護的軍隊的熱烈情形。塞，音ㄙㄜˋ）。寒毛直豎。寒毛盡戴（同「寒毛直豎」）。塞耳偷鈴（比喻自欺欺人。同「掩耳盜鈴」。塞，音ㄙㄜˋ）。塞耳盜鐘（同「塞耳偷鈴」。塞，音ㄙㄜˋ）。塞（ㄙㄞˋ）翁失馬。鼻塞聲重（指感冒時，鼻子阻塞，且鼻音變得很重。塞，音ㄙㄜˋ）。數奇命蹇（指時運不濟，事多乖違。奇，音ㄐㄧ）。敷衍塞（ㄙㄜˋ）責。蔽聰塞明（比喻對世事不聞不問。塞，音ㄙㄜˋ）。赭衣塞路（形容罪犯很多。赭，音ㄓㄜˇ；塞，音ㄙㄜˋ）。擔雪塞井（比喻白費力氣。塞，音ㄙㄞ）。褰衣涉水（提起衣裳，涉水過河。搴，音ㄑㄧㄢ）。譽塞天下（美好的名聲，

世人皆知。塞，音ㄙㄜˋ）。

【全國考題】88國小；92小教；96國中。

茅廁（ㄇㄠˊ ㄘㄜˋ）

【解釋】俗稱廁所。

【造句】他的脾氣就像「茅廁」裡的石頭（˙ㄊㄡ）——又臭又硬，很不容易溝通。

【分析】廁，本讀ㄙˋ，今改讀作ㄘㄜˋ。

【相關詞】屴崱（音ㄌㄧˋ ㄗㄜˊ。山峰高聳的樣子）。開鍘（對人採取懲罰的行動。鍘，音ㄓㄚˊ）。罰則。鍘刀（一種用來切割東西的工具）。鍘草（用機器將草料切碎）。虎頭鍘。清君側（指清除君王身旁的奸臣）。一鍘兩斷。引人側目。以身作則。有典有則（有法典規則可供依循）。事出不測（突然發生不測的變化）。居心叵（ㄆㄛˇ）測。側目而視（形容敬畏或鄙視的樣子）。側耳傾（ㄑㄧㄥ）聽。廁身廁足其間（同「廁身其間」）。廁身士林。廁身文壇。廁身其間（加入參與在中間）。惻怛之心（憐憫同情的心。怛，音ㄉㄚˊ）。惻隱之心。險遭不測。纏綿悱惻（情感深刻且哀婉動人。悱，音ㄈㄟˇ）。

【全國考題】86小教。

迥然不同（ㄐㄩㄥˇ ㄖㄢˊ ㄅㄨˋ ㄊㄨㄥˊ）

【解釋】相差很遠，完全不相同。也作「迥乎不同」。

【造句】地球剛形成時，有如一個大火球，地面的環境和現在「迥然不同」。

【分析】迥然不同，不作「迴然不同」。迥，音ㄐㄩㄥˇ，不讀ㄏㄨㄟˊ。

【相關詞】坰野（荒郊、郊野。坰，音

ㄐㄩㄥ）。扃門（關門。扃，音ㄐㄩㄥ）。炯戒（明顯的警惕）。扃牖（關閉窗戶。牖，音ㄧㄡˇ）。扃鐍（箱篋或門窗裝鎖的地方。鐍，音ㄐㄩㄝˊ）。迥別（大不相同）。詗察（窺探偵察。詗，音ㄒㄩㄥˋ）。天高地迥（形容天地極其廣闊）。以昭炯戒。目光炯炯。衣錦尚絅（君子懷其德而不顯露出來。同「衣錦褧衣」。衣，音ㄧˋ；絅、褧皆音ㄐㄩㄥˇ）。門不夜扃（比喻社會安寧，沒有盜賊）。扃牖而居（閉門苦讀，奮發圖強，以期有所作為）。炯炯有神。迥不相侔（完全不一樣。侔，音ㄇㄡˊ）。迥異其趣。迥隔天壤（形容相隔遙遠）。極目迥望（窮盡目力，眺望遠方）。駉駉牡馬（高大健壯的公馬。駉，音ㄐㄩㄥ）。

【全國考題】84、96、102國小；84、90國中；79、96高中；73、74、87師院；91小教；94中教。

重作馮婦 ㄔㄨㄥˊ ㄗㄨㄛˋ ㄈㄥˊ ㄈㄨˋ

【解釋】比喻重操舊業。馮婦，人名，春秋晉人。

【造句】婚後退出演藝圈的她，近年來被生活擔子壓得喘不過氣，只得「重作馮婦」。

【分析】馮，音ㄈㄥˊ，不讀ㄆㄧㄥˊ。馮婦，不可誤為姓馮的婦女或女人的行業。

【相關詞】文憑。病篤（病勢嚴重）。馬表。嗎（ㄇㄚˇ）啡。瑪瑙。憑弔。篤定。篤實。螞蚱（蚱蜢。螞，音ㄇㄚˋ）。螞螂（蜻蜓。螞，音ㄇㄚˇ）。羈押。羈旅（寄居他鄉）。羈留。羈絆。兩碼事。零碼鞋（尺碼已不全的鞋）。力學篤行（勤勉學習且確切實踐）。不足為憑。有憑有據。私交甚篤。空口無憑。真憑實據。馬齒徒增（自謙年齡徒增，而毫無成就）。馮夷之怒（淹大水。馮，音ㄈㄥˊ）。馮恃其眾（倚仗他的人多。馮，音ㄆㄧㄥˊ）。馮唐易老（慨嘆生不逢時，命運乖舛，或表示年老體衰，再也不能有所作為。馮，音ㄈㄥˊ）。馮虛御風（在空中乘風飛行。馮，音ㄆㄧㄥˊ）。馮諼彈鋏（音ㄈㄥˊ ㄒㄩㄢ ㄊㄢˊ ㄐㄧㄚˊ。比喻有才華者暫處困境而有求於人）。暴虎馮河（比喻人有勇而無謀。馮，音ㄆㄧㄥˊ）。憑空杜撰。憑空捏造。篤定當選。篤信宗教。

【全國考題】79、92師院；97小教。

面目可憎（ㄇㄧㄢˋ ㄇㄨˋ ㄎㄜˇ ㄗㄥ）

【解釋】容貌令人覺得厭惡（ㄨˋ）。

【造句】三日不讀書，「面目可憎」。可見書本對於人類的精神陶冶、氣質修養，有相當大的助益。

【分析】憎，音ㄗㄥ，不讀ㄗㄥˋ。

【相關詞】味噌（ㄘㄥ）。高僧（ㄙㄥ）。嫌憎（厭惡）。曾益（增加，增強。同「增益」。曾，音ㄗㄥ）。愛憎。僧人。僧尼。僧侶。塵甑（形容家境貧困，無米下鍋。甑，音ㄗㄥˋ）。憎恨。憎惡（ㄨˋ）。磨蹭（來回摩擦。蹭，音ㄘㄥˋ）。矰繳（音ㄗㄥ ㄓㄨㄛˊ。繫有絲繩的射鳥工具）。鬅鬙（音ㄆㄥˊ ㄙㄥ。頭髮蓬亂的樣子）。蹭蹬（指人失勢、不得意。蹬，音ㄉㄥˋ）。味噌湯。苦行僧。老僧入定。削髮為僧（剃除鬚髮，出家為僧人。削，音ㄒㄩㄝˋ）。怨憎會苦（指互不喜歡的人卻聚在一起）。浮皮蹭癢（形容不仔細、不認真）。破甑生塵（比喻極為窮困）。高曾規矩（比喻依循前人的法則。曾，音ㄗㄥ）。愛憎分明。盜憎主人（比喻奸詐邪惡者怨恨正直的人）。傲骨崚嶒（說人性情剛直、堅貞不屈。崚嶒，音ㄌㄥˊ ㄘㄥˊ）。僧多粥少。墮甑不顧（比喻既成事實，追悔也沒有用。同「墮甑不顧」。墮，音ㄉㄨㄛˋ）。層出不窮。層次分明。甑塵釜魚（同「破甑生塵」）。

【全國考題】95、97高中；96教大；102國小。

面面相覷（ㄇㄧㄢˋ ㄇㄧㄢˋ ㄒㄧㄤ ㄑㄩˋ）

【解釋】形容驚詫而不知該怎（ㄗㄣˇ）麼辦的樣子。

【造句】剛出獄的他突然出現，讓現場人士「面面相覷」，錯愕不已。

【分析】面面相覷，不作「面面相戲」。覷，音ㄑㄩˋ，不讀ㄒㄧˋ。

【相關詞】吹噓。筍虡（懸掛鐘磬等樂器的木架。虡，音ㄐㄩˋ）。廢墟。虛榮心。不可小覷。不勝唏噓（極為悲哀嘆息。勝，音ㄕㄥ）。自我吹噓。名不虛傳。形同虛設。宗廟丘墟（比喻國家衰弱滅亡）。故弄玄（ㄒㄩㄢˊ）虛。胡寇覷邊（胡人蠢蠢欲動，準備攻擊）。報以噓聲。華屋丘墟（比喻遭逢巨大災禍）。虛室生白（心中清虛無欲，則能純白空明，真理自出）。虛論高議（高妙而不切實際的言論）。虛張聲勢。虛與委蛇（假意殷勤，敷衍應付。委蛇，音ㄨㄟ ㄧˊ）。虛應（ㄧㄥˋ）故事（ㄕˋ）。虛懷若谷。噓枯吹生（形容人能言善道）。噓寒問暖。噓聲四起。膝下猶虛（比喻沒有兒女）。鷹覷鶻望（形容眼光極為敏銳。鶻，音ㄏㄨˊ）。

【全國考題】79、80、83、85國小；88、97、99國中；84、102高中；83、87師院；95教大；74、94、95小教；81、88、93中教。

面黃肌瘦（ㄇㄧㄢˋ ㄏㄨㄤˊ ㄐㄧ ㄕㄡˋ）

【解釋】形容身體瘦弱、營養不良的樣子。

【造句】看他「面黃肌瘦」、弱不禁（ㄐㄧㄣ）風的樣子，想必是身染重疾。

【分析】面黃肌瘦，不作「面黃飢瘦」。瘦，「疒」內從「叟」：音ㄙㄡˇ，上作「臼」（ㄕㄣ），左右分開，中作一豎。與「臾」（ㄩˊ）寫法不同。

【相關詞】冗（ㄖㄨㄥˇ）長。冗員（閒散無事的官員）。茶几（ㄐㄧ）。鳧水（游泳）。鳧，音ㄈㄨˊ）。麂眼（籬笆）。麂，音ㄐㄧˇ）。机上肉（比喻任人宰割）。同「俎上肉」。机，音ㄐㄧ）。己飢己溺（指關懷別人的苦難）。溺，音ㄋㄧˋ）。孟母仉（ㄓㄤˇ）氏。窗明几（ㄐㄧ）淨。鳧居雁聚（指集聚一處）。撥冗參加。鳧脛鶴膝（指事物各有長短）。脛，音ㄐㄧㄥˋ）。鳧雁難明（比喻誤會難以說明清楚）。鳧趨雀躍（歡欣鼓舞）。躍，音ㄩㄝˋ）。慚鳧企鶴（對自己的短處慚愧，而只羨慕他人的長處）。斷鶴續鳧（比喻做事違反自然的本性）。鶴長鳧短（比喻凡事順其自然，不隨意改變）。

【全國考題】81高中；81小教；86師院；92國小。

風流倜儻（ㄈㄥ ㄌㄧㄡˊ ㄊㄧˋ ㄊㄤˇ）

【解釋】形容男子風度灑脫、豪邁不羈的樣子。

【造句】李白生性「風流倜儻」、曠達不羈，至今仍為後人所津津樂道。

【分析】本語不指男子貪好女色，與「風流成性」的「風流」不同。倜儻，音ㄊㄧˋ ㄊㄤˇ，不讀ㄓㄡ ㄉㄤˇ。

【相關詞】凋敝。凋零。凋謝。衾裯（音ㄑㄧㄣ ㄔㄡˊ。被褥及床帳）。惆悵。週末。碉堡。綢緞。調（ㄉㄧㄠˋ）度。雕琢。一箭雙鵰。人煙稠密。大費周章。未雨綢繆（ㄇㄡˊ）。地狹人稠。如蜩如螗（比喻議論喧嚷，紛亂不寧。蜩，音ㄊㄧㄠˊ；螗，音ㄊㄤˊ）。老成凋謝。招待不周。朋黨比周（指一群人彼此勾結而排斥異己。比，音ㄅㄧˋ）。服務周到。急景凋年（指歲暮）。租庸調法（一種唐代賦稅徭役的制度。調，音ㄉㄧㄠˋ）。國運蜩螗（指國家的前途茫然）。稠人廣眾（指人數眾多）。精雕細琢。蜩螗沸羹（同「如蜩如螗」）。慮周行果（考慮周詳，行動果決。行，音ㄒㄧㄥˊ）。斲琱為樸（去除浮華，讓事物變為質樸。同「斲雕為樸」。斲琱，音ㄓㄨㄛˊ ㄉㄧㄠ）。調詞架訟（唆使他人興訟，以便從中牟利。調，音ㄊㄧㄠˊ）。鵰心雁爪（比喻心狠手辣。爪，音ㄓㄠˇ）。

【全國考題】79小教；84、86、87高中；101國小。

風靡一時（ㄈㄥ ㄇㄧˇ ㄧˋ ㄕˊ）

【解釋】形容某種事物於一時之間流行迅速。

【造句】這首曲子於六十年代曾「風靡一時」，是具有鄉土情味的好歌。

【分析】風靡一時，不作「風迷一時」。靡，音ㄇㄧˇ，「广」內作「𣏟」

（ㄆㄞˋ），不作「林」。

【相關詞】石磨（ㄇㄛˋ）。老嬤（年老的女僕。嬤，音ㄇㄚ）。幹嘛（ㄇㄚˊ）。摩擦。麾下（將帥的部下。麾，音ㄏㄨㄟ）。劘滅（同「磨滅」。劘，音ㄇㄛˊ）。喇嘛（˙ㄇㄚ）教。麼些族（音ㄇㄛˊ ㄙㄨㄛ。民族名）。摩天樓。磨豆腐（比喻人反覆說個不停。磨，音ㄇㄛˋ）。么麼小醜（比喻微不足道的小人。麼，音ㄇㄛˊ）。不可磨滅。心緒如麻。生活糜爛。走火入魔。委靡不振。所向披靡。韋叡樹麾（比喻意志堅定，誓死不退卻。韋，音ㄨㄟˊ；叡，音ㄖㄨㄟˋ）。國事如麻。望風披靡。殺人如麻。淚如綆縻（形容極為傷心。綆縻，音ㄍㄥˇ ㄇㄧˊ）。麻木不仁。摩天大樓。摩肩如雲（形容人多擁擠的樣子）。摩肩接踵。摩拳擦掌。摩頂放（ㄈㄤˇ）踵。潸（ㄕㄢ）然淚下。轍亂旗靡（形容軍隊潰散逃亡的樣子。轍，音ㄔㄜˋ）。靡衣玉食（形容生活豪華奢侈）。蘑菇半天。蘼蕪路斷（比喻女子失寵而遭到冷落。蘼，音ㄇㄧˊ）。

【全國考題】84、93國中；91師院；92高中。

食髓知味（ㄕˊ ㄙㄨㄟˇ ㄓ ㄨㄟˋ）

【解釋】比喻人得到一次好處後便貪得無厭，不知滿足。

【造句】一再得手的小偷，可能「食髓知味」，由闖空門而變成搶劫犯，也可能膽子越來越大，成為強盜集團的一分子。

【分析】髓，音ㄙㄨㄟˇ，不讀ㄙㄨㄟˊ。

【相關詞】神髓。脊（ㄐㄧˇ）髓。骨髓。惰性。精髓。墮壞（毀壞、破壞）。

同「隳壞」。墮，音ㄏㄨㄟ）。隳惰（懈怠。隳，音ㄏㄨㄟ）。隳壞（毀壞、破壞。同「墮壞」）。懶惰。橢（ㄊㄨㄛˇ）圓形。隳城郭。因循怠惰。伐毛洗髓（比喻滌除汙垢，脫胎換骨。伐，音ㄈㄚ）。自甘墮落。身敗名隳（比喻人澈底地失敗。同「身敗名裂」）。呱呱墮地（比喻誕生。同「呱呱墜地」。呱，音ㄍㄨ）。怨入骨髓（形容怨恨極深，無法去除）。骨髓捐贈。骨髓移植。淪肌浹髓（比喻感受深刻或受到深厚的恩澤）。深入骨髓（形容感受深刻）。痛入骨髓。華髮隳顛（白髮掉落，年齡老邁）。隋侯之珠（指珍貴的物品或稱譽人有才智。同「隨侯之珠」）。敲骨吸髓（比喻殘酷地榨取）。鳳髓龍肝（比喻難得珍美的佳餚）。墮甑不顧（比喻既成事實，追悔也沒有用）。同「墮甑不顧」。甑，音ㄗㄥˋ）。龍肝鳳髓（同「鳳髓龍肝」）。隳肝瀝膽（比喻坦誠相待，忠貞不貳）。隳突叫號（形容極為憤怒，暴跳如雷。號，音ㄏㄠˊ）。隳節敗名（破壞節操與名譽）。騎者善墮（比喻熟悉某一技巧，卻因大意疏忽而失敗）。曠廢隳惰（浪費時日，自甘墮落）。鏤骨蝕髓（比喻深刻而難以忘懷。鏤，音ㄌㄡˋ）。

【全國考題】82、93國中；85中教；97國小；101社會。

首屈一指（ㄕㄡˇ ㄑㄩ ㄧˋ ㄓˇ）

【解釋】表示第一或最優秀。

【造句】張大千不僅是中國近代最偉大的畫家，也是「首屈一指」的收藏家。

【分析】首屈一指，不作「手屈一指」。

【相關詞】首肯。首飾。訓導。戴首飾。不堪回首。心折首肯（心裡佩服、稱讚）。失道寡助。白首如新（形容朋友相交甚久，卻互不了解對方）。求道於盲（比喻向不懂的人請教。同「問道於盲」）。東道之情（做主人的情誼）。狐死首丘（比喻不忘本或對故土的懷念）。首丘之情（同「狐死首丘」）。首善之區。首鼠兩端（形容猶豫不前，瞻前顧後的樣子）。盜亦有道。進退首鼠（指拿不定主意而進退兩難）。黃道吉日。道貌岸然。築室道謀（比喻人多嘴雜，難有定論）。

【全國考題】81、93、96國小；79、93國中；81高中；73、81小教。

香消玉殞（ㄒㄧㄤ ㄒㄧㄠ ㄩˋ ㄩㄣˇ）

【解釋】比喻女子死亡。殞，死亡。

【造句】年紀輕輕的她因車禍「香消玉殞」，讓家人哀痛逾（ㄩˊ）恆。

【分析】香消玉殞，不作「香消玉損」。殞，音ㄩㄣˇ，不讀ㄙㄨㄣˇ。

【相關詞】元勛。功勛。勛章。幅員。鄖縣（湖北省縣名。鄖，音ㄩㄣˊ）。隕石。殞沒（死亡。沒，音ㄇㄛˋ）。殞命（同「殞沒」）。隕首（犧牲生命。隕，音ㄩㄣˇ）。隕越（比喻失職）。打圓場。大星殞落（比喻偉人逝世）。心殞膽破（形容內心非常恐懼）。巨星隕落。早世隕命（年少夭折）。汗馬勛勞（比喻戰功或指工作的辛勞與績效）。自圓其說。杏眼圓睜（形容女子發怒時瞪大眼睛的神態）。事緩則圓（遇事慢慢地設法應付，才能圓滿解決）。兩員大將。星隕如雨（星星如下雨般墜落於地）。星霣如雨（同「星隕如雨」）。霣，音ㄩㄣˇ）。風流韻事。捐軀殞首（指犧牲生命）。殊勛茂績（卓越的功勛與業績）。累彰勛效（屢屢表現功績）。累，音ㄌㄟˇ）。開國元勛。隕首結草（形容對他人的感恩或臣子對君主的效忠）。屢建奇勛。殞身滅命（喪失生命）。蓋世功勛。

【全國考題】82、95小教；82中教；95高中。

十畫

乘虛而入（ㄔㄥˊ ㄒㄩ ㄦˊ ㄖㄨˋ）

【解釋】趁著對方沒有防備的時候進入。也作「乘隙而入」。

【造句】蔡先生舉家出遊，竊賊「乘虛而入」，偷走不少珍貴的物品。

【分析】乘，音ㄔㄥˊ，不讀ㄔㄣˋ或ㄔㄥˋ。

【相關詞】下乘（下等。乘，音ㄕㄥˋ）。上乘（上等。乘，音ㄕㄥˋ）。千乘（ㄕㄥˋ）。大乘（ㄕㄥˋ）。小乘（ㄕㄥˋ）。史乘（史籍。乘，音ㄕㄥˋ）。車乘（車輛。乘，音ㄕㄥˋ）。乘客。乘（ㄔㄥˊ）機。家乘（家譜。乘，音ㄕㄥˋ）。嵊縣（浙江省縣名。嵊，音ㄕㄥˋ）。搭乘（ㄔㄥˊ）。最上乘。千乘之國（諸侯之國）。千乘兵車。千乘萬騎（形容車馬壯盛。騎，音ㄑㄧˊ）。大乘佛教。小乘佛教。可乘（ㄔㄥˊ）之機。有隙可乘（有可利用的機會。乘，音ㄔㄥˊ）。有機可乘（ㄔㄥˊ）。百乘之家（卿大夫。乘，音ㄕㄥˋ）。乘（ㄔㄥˊ）人之危。乘（ㄔㄥˊ）其不意。乘（ㄔㄥˊ）其不備。乘馬在廄（四匹馬圈養在馬棚。乘，音ㄕㄥˋ；廄，音ㄐㄧㄡˋ）。乘堅策肥（形容生活豪奢）。乘（ㄔㄥˊ）勝追擊。乘間投隙（利用機會挑撥離間。乘間，音ㄔㄥˊ ㄐㄧㄢˋ）。乘（ㄔㄥˊ）機坐大。乘（ㄔㄥˊ）興（ㄒㄧㄥˋ）而來。晉乘楚杌（晉楚史書名。乘，音ㄕㄥˋ；杌，音ㄨˋ）。萬乘之尊（天子。乘，音ㄕㄥˋ）。萬乘之國。變亂紛乘（時局動亂不止。乘，音ㄔㄥˊ）。

【全國考題】100社會。

倔強 ㄐㄩㄝˊ ㄐㄧㄤˋ

【解釋】態度頑強，很不容易屈服。

【造句】想成為受人歡迎的人，首先必須克服主觀、「倔強」、吝嗇和粗暴等不良個性。

【分析】倔，音ㄐㄩㄝˊ，不讀ㄐㄩㄝˋ；強，音ㄐㄧㄤˋ，不讀ㄑㄧㄤˊ。

【相關詞】火窟。石窟。洞窟。堀穴（洞穴。堀，音ㄎㄨ）。大堀溪（河川名。位於桃園市境內）。倔（ㄐㄩㄝˋ）脾氣。貧民窟。新堀江（高雄市地名）。大直若屈（品行端直者，外表反似委曲隨和）。不屈不撓。卑躬屈膝。屈打成招。屈居下風。屈指可數（ㄕㄨˇ）。威武不屈。狡兔三窟。首屈一指。倔巴棍子（說話粗魯率直的人。倔，音ㄐㄩㄝˋ）。倔頭倔腦（言語粗魯、態度執拗的樣子。倔，音ㄐㄩㄝˊ）。堀江市場。崛起歌壇。淈泥揚波（比喻隨俗浮沉。同「滑泥揚波」。淈、滑皆音ㄍㄨˇ）。脾氣很倔（ㄐㄩㄝˋ）。葬身火窟。羅掘一空（財物被人搜括殆盡）。羅掘俱窮（形容陷於財物缺乏，且無力籌措的處境）。羅雀掘鼠（形容財物缺乏之時，竭盡一切方法籌措款項）。直搗匪窟。破獲賭窟。

【全國考題】84、85師院；88中教；92國中。

倥傯（ㄎㄨㄥˇ ㄗㄨㄥˇ）

【解釋】事情煩冗而忙碌的樣子，如「戎馬倥傯」。

【造句】一代梟雄曹操雅愛文學，雖然一生軍務「倥傯」，仍有二十三首樂府詩傳世。

【分析】倥，音ㄎㄨㄥˇ，不讀ㄎㄨㄥ；傯，音ㄗㄨㄥˇ，「心」上作「囱」（內作二撇、一長頓點）。

【相關詞】空白。空乏（窮困貧乏。空，音ㄎㄨㄥ）。空地。空（ㄎㄨㄥˋ）房。空閒。空隙。空檔（休閒時間。空，音ㄎㄨㄥˋ）。空額（缺額。空，音ㄎㄨㄥˋ）。倥侗（音ㄎㄨㄥ ㄊㄨㄥˊ。年幼無知的樣子）。空肚兒（空著肚子，沒有進食。空，音ㄎㄨㄥˋ）。空（ㄎㄨㄥˋ）房子。鑽空子（比喻利用時機，採取行動）。空，音ㄎㄨㄥˋ）。椌楬（音ㄑㄧㄤ ㄑㄧㄚˋ。古代兩種打擊樂器）。虧空（ㄎㄨㄥ）。倥著臉（繃著臉。倥，音ㄎㄨㄥˇ）。焢（ㄏㄨㄥ）土窯。撲個空（ㄎㄨㄥ）。一時落空（一時疏忽而未顧及。落空，音ㄌㄚˋ ㄎㄨㄥˋ）。戎馬倥傯（形容軍務繁雜而忙碌的樣子）。兵馬倥傯（即兵荒馬亂）。希望落（ㄌㄨㄛˋ）空（ㄎㄨㄥ）。油腔滑調。空（ㄎㄨㄥˋ）頭支票。裝腔作勢。簞瓢屢空（形容生活極為貧困，缺乏食物。空，音ㄎㄨㄥˋ）。

【全國考題】79小教；84、89、92高中；94中教。

冤枉 ㄩㄢ ㄨㄤˇ

【解釋】無故被人誣（ㄨ）告或迫害。或比喻吃虧、不值得（˙ㄉㄜ）。

【造句】沒常識的人，才會輕信廣告，花「冤枉」錢買一些戕（ㄑㄧㄤˊ）害身體的偽（ㄨㄟˋ）藥。

【分析】冤，上作「冖」，不作「宀」，末筆為一點；枉，音ㄨㄤˇ，不讀ㄨㄤˋ。

【相關詞】玉成（敬請他人因愛護而成全某事）。尪劣（疲弱。尪，音ㄨㄤ）。尪怯（懦弱。怯，音ㄑㄩㄝˋ）。尪羸（同「尪劣」。羸，音ㄌㄟˊ）。枉費。潤滑。王天下（統治天下。王，音ㄨㄤˋ）。尪仔標（舊時兒童玩具。仔，音ㄗˇ）。冤枉路。冤枉錢。大度汪洋（形容人度量很大）。不枉此生。玉成其事（成全美事，多指男女婚事）。玉樹臨風（形容人年少而才貌出眾）。尪羸壽考（身體孱弱卻長壽）。受賕枉法（因收受賄賂而觸法。賕，音ㄑㄧㄡˊ）。拋磚引玉。枉口拔舌（指肆意胡言，惡意中傷）。珠圓玉潤。貪贓枉法。鼎力玉成。種玉之緣（兩家聯姻）。矯枉過正。礎潤而雨（從事物變化的跡象中，就能知道其真相及發展）。藍田種玉（比喻女子懷孕）。

【全國考題】83高中。

師心自用 ㄕ ㄒㄧㄣ ㄗˋ ㄩㄥˋ

【解釋】固執己見，自以為是。也作「師心自是」。

【造句】吳三桂「師心自用」，引清兵入關，明朝因此滅亡。

【分析】師心自用，不作「私心自用」。

【相關詞】篩子（一種有密孔的竹器。篩，音ㄕㄞ）。篩選。篩檢。螺螄（動物名。與田螺同類。螄，音ㄙ）。風獅爺。過篩子（比喻細心選擇）。篩檢站。八卦米篩。日炙風篩（形容旅途的艱苦）。出師不利。河東獅吼（比喻妻子凶悍發威）。師出無名（做事沒有正當的理由）。師老兵疲（軍隊長期在外奔波，兵士勞累不堪）。班師回朝。獅子搏兔（比喻雖做小事情也全力以赴）。擂鼓篩鑼（比喻竭力地將事情誇大）。

【全國考題】81、90、97國小；83、84、87國中；81高中；84、86師院；96、98、101教大；81小教；79、86中教。

師鐸獎 ㄕ ㄉㄨㄛˊ ㄐㄧㄤˇ

【解釋】教育部為表揚全國特殊優良教師而設立的獎項。

【造句】「師鐸獎」的設立是為了表揚全國特殊優良教師。不過，一些為教育默默奉獻的老師卻總是與它無緣。

【分析】鐸，音ㄉㄨㄛˊ，不讀ㄉㄨㄛˋ。

【相關詞】不懌（不悅、不愉快。懌，音ㄧˋ）。光澤。冰釋。竹籜（竹皮。籜，音ㄊㄨㄛˋ）。法斁（法律敗壞。斁，音ㄉㄨˋ）。耗斁（耗損、敗壞。斁，音ㄉㄨˋ）。筍籜（筍殼）。睪（ㄍㄠ）丸。釋放。釋疑。釋憲。釋懷。保釋金。釋善意。驛（一ˋ）馬車。十月隕蘀（十月草木凋萎。蘀，音ㄊㄨㄛˋ）。不忍釋手。手不釋卷。水鄉澤國。同袍同澤（形容軍中同事間甘苦與共的友情）。如釋重負。物競天擇。假釋出獄。眷念無斁（指時時惦記著。斁，音一ˋ）。無罪開釋。無罪獲釋。絡繹不絕。絡繹於途。愛不釋手。毀鐘為鐸（比喻愚蠢的行為）。煙消冰釋（比喻誤會已獲澄清，不再猜疑）。演繹歸納。盡釋前嫌。擇善固執。彝倫攸斁（倫常敗壞。彝，音一ˊ；斁，音ㄉㄨˋ）。釋出善意。釋放壓力。鐵馬驛站。

【全國考題】87、98國中。

座無虛席（ㄗㄨㄛˋ ㄨˊ ㄒㄩ ㄒㄧˊ）

【解釋】形容觀眾或出席的人甚多。

【造句】昨晚的音樂會「座無虛席」，是一次成功的音樂饗宴。

【分析】座無虛席，不作「坐無虛席」。

【相關詞】叫座。受挫。挫折。挫敗。痤瘡（青春痘。痤，音ㄘㄨㄛˊ）。矬子（身材矮小的人。矬，音ㄘㄨㄛˊ）。銼（ㄘㄨㄛˋ）刀。叢脞（事情煩瑣細碎。脞，音ㄘㄨㄛˇ）。寶座。坐月子。後座力。座上賓。座右銘。挫銳氣。縱（ㄗㄨㄥ）坐標。心如刀剉（比喻心裡十分痛苦。剉，音ㄘㄨㄛˋ）。坐落何處。形貌矬陋（身材矮小，相貌醜陋）。抑揚頓挫。剉骨揚灰（比喻極為憤恨）。挫骨揚灰（同「剉骨揚灰」）。高朋滿座。愈挫愈勇。愈挫愈奮。敬陪末座。賓朋滿座。潘他唑新（毒品之一。俗稱「速賜康」）。唑，音ㄗㄨㄛˋ）。諸務叢脞（諸事雜亂廢弛。為自謙能力不足的話）。

【全國考題】91小教。

弱不禁風（ㄖㄨㄛˋ ㄅㄨˋ ㄐㄧㄣ ㄈㄥ）

【解釋】形容身體虛弱得禁不起風的吹襲。也作「弱不勝（ㄕㄥ）衣」。

【造句】看你一副「弱不禁風」的樣子，如何擔負起上級交付的重任？

【分析】弱不禁風，不作「弱不經風」。禁，音ㄐㄧㄣ，不讀ㄐㄧㄣˋ。

【相關詞】囚禁。衣襟。胸襟。禁忌。禁受（忍受。禁，音ㄐㄧㄣ）。襟抱（胸懷抱負）。襟懷（懷抱）。不自禁（ㄐㄧㄣ）。打寒噤。淚沾襟。淚滿襟。禁（ㄐㄧㄣ）不住。禁不起。禁不得（承受不起。禁，音ㄐㄧㄣ）。禁（ㄐㄧㄣ）得住。禁（ㄐㄧㄣ）得起。禁（ㄐㄧㄣˋ）閉室。關禁（ㄐㄧㄣˋ）閉。入境問禁（比喻明瞭當地法禁或俗尚，以免觸犯。禁，音ㄐㄧㄣˋ）。大展襟抱（大大地展開個人的抱負）。山河襟帶（比喻形勢險要）。不禁（ㄐㄧㄣ）嚮（ㄒㄧㄤˋ）往。正襟危坐（形容莊重嚴肅的樣子）。忍俊不禁（忍不住地笑。禁，音ㄐㄧㄣ）。泣下沾襟。捉襟見肘。捉襟肘見（同「捉襟見肘」。見，音ㄒㄧㄢˋ）。馬牛襟裾（比喻人行事像禽獸一樣。裾，音ㄐㄩ）。情不自禁（ㄐㄧㄣ）。推襟送抱（比喻推誠相見，傾吐真心實意）。喜不自禁（ㄐㄧㄣ）。噤口不語（閉嘴不說話。同「禁口不語」）。噤若寒蟬（形容害怕不敢作聲）。噤聲不語。噤聲躡足（形容偷偷摸摸，不敢出聲的樣子。躡，音ㄋㄧㄝˋ）。襟山帶河（同「山河襟帶」）。

【全國考題】74、86師院；89、94、97國小。

恭賀年釐（ㄍㄨㄥ ㄏㄜˋ ㄋㄧㄢˊ ㄒㄧ）

【解釋】恭敬地祝賀他人新年吉利。也作「恭賀年禧（ㄒㄧ）」。

【造句】新年期間，大街小巷充溢著「恭賀年釐」這句吉祥話。我也經常用它來祝福別人。

【分析】釐，音ㄒㄧ，不讀ㄌㄧˊ。

【相關詞】公釐（ㄌㄧˊ）。春釐（ㄒㄧ）。惸嫠（音ㄑㄩㄥˊ ㄌㄧˊ。孤苦的寡婦）。煢嫠（同「惸嫠」。煢，音ㄑㄩㄥˊ）。嫠婦（寡婦）。氂牛（同「犛牛」、「旄牛」。氂，音ㄇㄠˊ；旄，音ㄇㄠˊ）。犛牛（動物名。同「氂牛」、「旄牛」。犛，音ㄌㄧˊ）。龍漦（比喻禍國的女子。漦，音ㄌㄧˊ）。鴻釐（大福。釐，音ㄒㄧ）。釐訂。釐清。守嫠節。不差毫釐（絲毫不差，非常準確）。孤舟嫠婦（孤獨小船上的寡婦）。東海延釐（祝人長壽之詞。釐，音ㄒㄧ）。保全嫠節（保護寡婦的名節）。恭賀新釐（ㄒㄧ）。毫釐千里（開始相差極小，結果則相差很大）。毫釐不爽（同「不差毫釐」）。嫠不恤緯（比喻忘身憂國）。嫠憂宗周（同「嫠不恤緯」）。嫠緯之憂（同「嫠不恤緯」）。龍漦帝后（龍涎變生帝后）。釐清案情。釐清真相。釐清責任。孀妻嫠婦。

【全國考題】83國中；81高中；86師院；81、86小教。

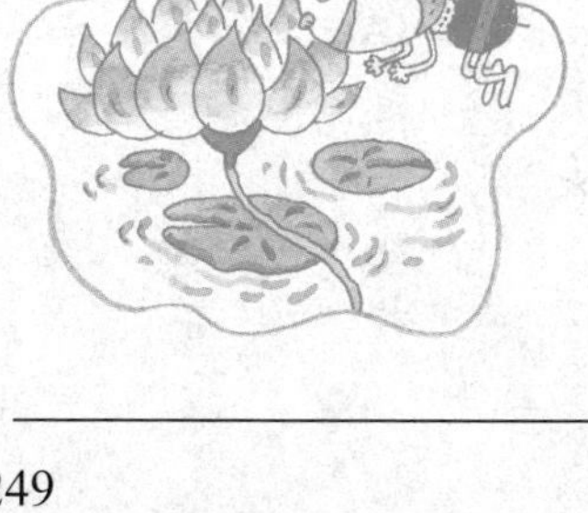

捉襟肘見（ㄓㄨㄛ ㄐㄧㄣ ㄓㄡˇ ㄒㄧㄢˋ）

【解釋】比喻生活極為窮困，或指無法顧及整體，照顧不周的窘態。也作「捉襟見肘」。

【造句】如果你再如此揮霍無度，不知節儉，恐怕下半年就要過著「捉襟肘見」的生活了。

【分析】見，音ㄒㄧㄢˋ，不讀ㄐㄧㄢˋ。作「捉襟見肘」，則「見」讀作ㄐㄧㄢˋ，不讀ㄒㄧㄢˋ。

【相關詞】河蜆（ㄒㄧㄢˇ）。峴山（湖北省山名。峴，音ㄒㄧㄢˋ）。莧菜（植物名。莧，音ㄒㄧㄢˋ）。覓食。尋覓。硯友（同學）。硯臺。發見（同「發現」。見，音ㄒㄧㄢˋ）。筧橋（浙江省地名。筧，音ㄐㄧㄢˇ）。蜆精。共筆硯（同窗）。馬齒莧（植物名）。

人善自見（人善於炫耀自己。見，音ㄒㄧㄢˋ）。伈伈睍睍（因畏懼而低聲下氣的樣子。伈，音ㄒㄧㄣˇ；睍，音ㄒㄧㄢˋ）。同窗共硯。自視過高。坐視不管。長生久視（生命長久活存，永不衰老。形容長壽）。俔天之妹（好像天上下凡的仙女。俔，音ㄑㄧㄢˋ）。軍無見糧（軍中無現存的米糧。見，音ㄒㄧㄢˋ）。硯耕不輟（不停地以寫作賣文維生。輟，音ㄔㄨㄛˋ）。筆耕硯田（指寫作）。情見乎辭（指真情表現於字裡行間。見，音ㄒㄧㄢˋ）。情見勢屈（事實顯露而力已竭盡。見，音ㄒㄧㄢˋ）。閉門覓句（形容作詩時冥思苦想）。尋死覓活（意圖自殺）。筆墨紙硯。磨穿鐵硯（比喻勤苦讀書，終有所成）。圖窮匕見（比喻事情發展到最後，暴露真相，陰謀顯現。匕見，音ㄅㄧˇ ㄒㄧㄢˋ）。踵決肘見（形容

衣履破敗，極為貧困的樣子。見，音ㄒㄧㄢˋ）。

【全國考題】74、94小教。

捏造（ㄋㄧㄝ ㄗㄠˋ）

【解釋】假造、偽（ㄨㄟˋ）造，如「憑空捏造」。

【造句】每次選舉，經常在媒體上看到候選人互控「捏造」事實、毀謗名譽的新聞。

【分析】捏，音ㄋㄧㄝ，同「揑」。標準字體作「捏」，不作「揑」。

【相關詞】拿捏。捏造。捏塑（ㄙㄨˋ）。涅槃（音ㄋㄧㄝˋ ㄆㄢˊ。出家人去世。同「圓寂」）。涅齒（把牙齒染黑）。捏餃子。捏麵人。白沙在涅（把白沙放在黑色的染料中。比喻環境的重要）。扭扭捏捏。拿捏分寸。捏手捏腳（同「躡手躡腳」）。捏把冷汗。涅而不緇（比喻本質極好，不受惡劣環境的影響。緇，音ㄗ）。憑空捏造。

【全國考題】77國小。

株連九族（ㄓㄨ ㄌㄧㄢˊ ㄐㄧㄡˇ ㄗㄨˊ）

【解釋】一個人的罪，牽連到九代的直系親屬。

【造句】古代一人犯罪，常會「株連九族」。因此，人民總是過著心驚膽戰的日子。

【分析】株連九族，不作「誅連九族」。

【相關詞】名姝（有名的美女。姝，音ㄕㄨ）。朱提（銀的別名。提，音ㄕˊ）。殊念（非常想念）。殊榮。鳥咮（鳥嘴。同「鳥噣」。咮、噣皆音ㄓㄡˋ）。誅戮（殺戮）。懸殊。侏羅紀。殊不知。殊死戰。人老珠黃。

口誅筆伐（ㄈㄚˊ）。天誅地滅。守株待兔。朱陳之好（比喻兩姓締結婚姻關係的情誼）。朱墨爛然（形容勤奮讀書）。杜門株守（閉門而居，等待機會）。言人人殊（每人所言各不相同）。看朱成碧（比喻眼睛昏花而不辨五色）。紅紫亂朱（比喻正道被邪道取代）。株守成規（比喻拘泥成規，不知變通）。殊方絕域（遠方人跡罕至的地方。或比喻極遠的地方）。殊形怪狀。殊途同歸。珠玉之論（形容極為精妙而有價值的言論）。貧富懸殊。陶朱之富。脣如塗朱（形容脣紅）。罪不容誅（比喻罪大惡極）。誅心之論（指深刻的議論或批評）。誅求無厭（不停地需求勒索，沒有滿足的時候）。誅殛殺絕（全部消滅。殛，音ㄐㄧˊ）。實力懸殊。算及錙銖（斤斤計較。錙，音ㄗ）。銖兩悉稱（比喻雙方分量或優劣相當，不分上下。稱，音ㄔㄥˋ）。銖積寸累（一點一滴地累積。累，音ㄌㄟˇ）。錙銖必較。

【全國考題】94高中；101國中

桀驁不馴（ㄐㄧㄝˊ ㄠˊ ㄅㄨˋ ㄒㄩㄣˊ）

【解釋】凶悍乖戾，傲慢不順從。

【造句】林同學的個性「桀驁不馴」，喜歡惹是生非，是校方的頭痛人物。

【分析】驁，音ㄠˊ，不讀ㄠˋ，左上作「士方」，不作「土方」；馴，音ㄒㄩㄣˊ，不讀ㄒㄩㄣˋ。

【相關詞】入贅（ㄓㄨㄟˋ）。冗贅（繁雜而多餘。冗，音ㄖㄨㄥˇ）。招贅。倉廒（貯藏米穀的地方。廒，音ㄠˊ）。累（ㄌㄟˇ）贅。傲骨。傲慢。煎熬。熬夜。獒犬。遨遊。贅肉。贅言（多餘的話）。贅述（多餘的敘述）。驕傲。最難熬。傲霜枝。熬心血（耗費心神和精力）。熬出頭。熬白菜（煮白菜。熬，音ㄠˊ）。熬高湯。冗詞贅句。心高氣傲。心癢難熬（情緒起伏不定，無法克制）。毋庸多贅。巨鼇戴山（同「鼇背負山」。鼇，音ㄠˊ）。倨傲不恭（驕慢不恭敬）。倨，音ㄐㄩˋ）。焦熬投石（比喻自取毀滅，必招致失敗）。無庸贅言。傲骨嶙峋（說人剛毅正直，高傲不屈。嶙峋，音ㄌㄧㄣˊ ㄒㄩㄣˊ）。傲視群倫。傲霜鬥雪。詰屈聱牙（文字深奧，音調艱澀，難懂難念。詰，音ㄐㄧㄝˊ；聱，音ㄠˊ）。嗷嗷待哺。熬夜加班。餘食贅行（比喻遭人厭惡的事物。行，音ㄒㄧㄥˋ）。獨占鼇頭（競賽中獲得第一名）。鼇背負山（比喻恩德深重）。鼇鼓溼地。鼇躍龍翔（2001高雄燈會主燈）。

【全國考題】82、98國小；80高中；82、93、96小教；78、82、94中教。

殷紅 ㄧㄢ ㄏㄨㄥˊ

【解釋】深紅色。

【造句】小李罹（ㄌㄧˊ）患一場怪病，不但不良於行，而且臉腫脹得「殷紅」，至今仍病榻（ㄊㄚˋ）纏綿。

【分析】殷，音ㄧㄢ，不讀ㄧㄣ。

【相關詞】殷切。殷商（富有的商人）。殷然（聲音低沉隱隱發出的樣子。殷，音ㄧㄢ）。殷勤。殷實。殷其雷（雷聲隆隆的樣子。殷，音ㄧㄣˇ）。獻殷勤。民殷財阜（百姓生活豐實，財物富足。阜，音ㄈㄨˋ）。民殷國富（人民充實，國家富裕）。殷天動地（形容震動得非常厲害。同「殷天震地」。殷，音ㄧㄣˇ）。殷切期盼。殷切期望。殷憂啟聖（深切的憂慮能啟發聖明）。殷鑑不遠（可供借鏡的事例近在眼前）。雷聲殷殷（雷聲隆隆的樣子。殷，音ㄧㄣˇ）。

【全國考題】76、91、100國小；79、95國中；73、93師院；86小教；88中教；90高中。

烏（ㄨ）煙（ㄧㄢ）瘴（ㄓㄤˋ）氣（ㄑㄧˋ）

【解釋】比喻氣氛（ㄈㄣ）極為惡劣，人事極不和諧。

【造句】最近為了人事升遷問題，把辦公室搞得「烏煙瘴氣」，氣氛變得很僵。

【分析】瘴，音ㄓㄤˋ，不讀ㄓㄤ。

【相關詞】姑嫜（舊稱丈夫的父母。即公婆。嫜，音ㄓㄤ）。屏障。章魚。喜幛（ㄓㄤˋ）。牛樟芝。急就章。大費周章。天理昭彰。弄璋之喜（恭喜人生男孩的賀詞）。相得益彰。重巖疊嶂（形容山峰重疊、險峻的樣子。重巖嶂，音ㄓㄤˋ）。效果不彰。珪璋特達（比喻人品高潔，卓越出眾。珪，音ㄍㄨㄟ）。高山重嶂（高峻的山峰重疊交錯。重，音ㄔㄨㄥˊ）。欲蓋彌彰。眾目昭彰（眾人都看得很清楚）。連雲疊嶂（形容高聳入雲，重疊綿亙的山峰）。惡名昭彰。彰明較著（形容極為顯明。著，音ㄓㄨˋ）。彰善癉（ㄔㄥˊ）惡。層巒疊嶂（同「重巖疊嶂」）。慞惶失次（恐懼驚惶，舉止失常。慞，音ㄓㄤ）。獐頭鼠目（形容人相貌鄙陋，心術不正）。蔽鄣於讒（被讒言所蒙蔽。鄣，音ㄓㄤ）。瘴雨蠻煙（指極為荒涼的地方）。績效不彰。

【全國考題】94中教；95國小。

狹隘（ㄒㄧㄚˊ ㄞˋ）

【解釋】指地方不寬敞，或指人心胸褊（ㄅㄧㄢˇ）狹。

【造句】連這種雞毛蒜皮的事情都斤斤計較，可見你是個心胸「狹隘」，不容易與人相處的人。

【分析】狹隘，不作「狹獈」。隘，音ㄞˋ，不讀ㄧˋ。

【相關詞】洋溢。要隘（險要的關隘）。搤腕（音ㄜˋ ㄨㄢˋ。失意、憤怒的樣子）。關隘（邊界上的要塞隘口）。溢洪道。腦溢血。公益事業。公益廣告。天才橫溢。日益壯大。多多益善。老當益壯。車馬駢溢（形容車馬排列眾多，極為熱鬧的樣子。駢，音ㄆㄧㄢˊ）。延年益壽。虎飽鷁咽（形容貪官汙吏貪婪凶暴。同「虎飽鴟咽」。鷁，音ㄧˋ；咽，音ㄧㄢˋ）。香氣四溢。海不波溢（比喻天下太平，沒有紛爭。波，音ㄅㄛ）。偏袒搤腕（心裡憤慨不平的樣子）。掩惡溢美（隱藏過失，而過分宣揚優點）。登門請益。開卷有益。集思廣益。搤肮拊背（比喻抓住要害，讓對手毫無反抗能力。肮，音ㄏㄤˊ；拊，音ㄈㄨˇ）。溢於言表（內容的深度、感情或思想超出言語以外）。溢美之言（過分讚美的話）。隘慴傷生（極度悲戚會傷害生命。慴，音ㄓㄜˊ）。滿而不溢（比喻富有而不浪費。或有才能而不自大驕矜）。精益求精。熱心公益。請益之旅。

【全國考題】89高中；94國中。

畛域（ㄓㄣˇ ㄩˋ）

【解釋】範圍、界限，如「不分畛域」。

【造句】國語文教育的實施，可以消弭（ㄇㄧˇ）「畛域」、隔閡（ㄏㄜˊ），進而達成各民族的融合。

【分析】畛域，不作「殄域」、「軫域」。畛，音ㄓㄣˇ，不讀ㄊㄧㄢˇ。

【相關詞】妖沴（災禍。沴，音ㄌㄧˋ）。災沴（指自然的災禍）。沴氣（惡氣）。殄滅（滅絕。殄，音ㄊㄧㄢˇ）。珍貴。軫恤（憐憫、體恤。軫，音ㄓㄣˇ）。軫念（悲痛思念）。軫悼（悲痛哀悼。悼，音ㄉㄠˋ）。軫懷（同「軫念」）。雞胗（雞的胃。同「雞肫」。胗，音ㄓㄣ；肫，音ㄓㄨㄣ）。饕餮（音ㄊㄠ ㄊㄧㄝˋ。凶暴貪婪的人）。饕餮紋（一種商周青銅器上常見的紋飾）。千變萬紾（形容變化無窮。紾，音ㄓㄣˇ）。不分畛域（形容不分彼此，感情融洽）。百沴辟易（各種惡氣自行退避。辟，音ㄅㄧˋ）。邦國殄瘁（國家面臨滅亡）。金徽玉軫（形容悅耳的琴音）。席珍待聘（身懷才德，等待受人聘用。聘，音ㄆㄧㄣˋ）。連鑣並軫（比喻並駕齊驅。鑣，音ㄅㄧㄠ）。軫念潢池（憐憫因飢餓而淪為盜匪的人民）。誅凶殄逆（指征討殘暴叛逆的人民）。誤國殄民（貽誤國事，殘害人民）。暴殄天物。暴殄輕生（任意蹧蹋生命而自殺）。饕餮之徒（比喻凶暴貪婪或貪饞的人）。

【全國考題】85、96小教；89師院；99國中；100國小。

病入膏肓（ㄅㄧㄥˋ ㄖㄨˋ ㄍㄠ ㄏㄨㄤ）

【解釋】指人病情嚴重，已經達到無藥可救的地步。後比喻事情已到無可挽回的程度。

【造句】一個吸毒人口多的社會，必定是一個「病入膏肓」的社會。

【分析】病入膏肓，不作「病入膏盲」。肓，音ㄏㄨㄤ，不讀ㄇㄤˊ；下作「月」（ㄖㄡˋ），不作「月」。

【相關詞】亡賴（同「無賴」。亡，音ㄨˊ）。牛虻（昆蟲名，會吸牛血。虻，音ㄇㄥˊ）。光芒。狂妄。甿隸（平民。甿，音ㄇㄥˊ）。盲目。渺茫。蒼茫。亡而為有（沒有裝作有。亡，音ㄨˊ）。日飲亡何（每天喝酒，不過問其他事情。亡，音ㄨˊ）。妄下雌黃（比喻任意評論。雌，音ㄘ）。妄自尊大。芒刺在背。芒寒色正（頌揚人品的高潔剛直）。前途茫茫。泉石膏肓（指酷愛山水風景成癖好。同「煙霞癖」）。背若芒刺（同「芒刺在背」）。恣（ㄗˋ）意妄為。茫無頭緒。茫然不知。蚊虻之勞（比喻小技能）。蚊虻負山（比喻力量雖然微小，卻願意承擔重任）。問道於盲（比喻求教於無知的人。同「求道於盲」）。無妄之災。肆意妄為。嶄露（ㄌㄨˋ）鋒芒。輕舉妄動。暮色蒼茫。鋒芒畢露（ㄌㄨˋ）。日知其所亡（每天獲取一些不知道的東西。亡，音ㄨˊ）。

【全國考題】77、82、84、87、88、102國小；76、79、84、86、93國中；82、88高中；85師院；99、102教大；74、76、94小教；83、84、87、88、92中教；97社會。

病革（ㄅㄧㄥˋ ㄐㄧˊ）

【解釋】指病況危急。

【造句】他視看病為畏途，除非「病革」，否則是不找醫生治療的。

【分析】革，音ㄐㄧˊ，不讀ㄍㄜˊ。

【相關詞】沿革。勒（ㄌㄜˋ）令。勒（ㄌㄜˋ）石。勒（ㄌㄟ）死。勒（ㄌㄟ）住。勒（ㄌㄜˋ）索。勒（ㄌㄟ）痕。勒碑（刻字於碑石上）。勒，音ㄌㄜˋ）。勒（ㄌㄟ）斃。勒（ㄌㄜˋ）贖。緙絲（一種以彩色絲線交錯織成的絲織品。緙，音ㄎㄜˋ）。轡勒。勒（ㄌㄜˋ）戒所。登革熱。緙絲畫。兵革之禍（戰爭的禍害）。洗心革面。革職查辦。病革垂危。馬革裹屍（比喻效命沙場）。勒令停業。勒緊褲帶（比喻忍受飢餓。勒，音ㄌㄟ）。敲詐勒索。擄人勒贖。懸崖勒馬。

【全國考題】77、81國小；74、81、89、97高中；83、84、85、88師院；83中教。

疾首蹙頞（ㄐㄧˊ ㄕㄡˇ ㄘㄨˋ ㄜˋ）

【解釋】感到頭痛或愁眉苦臉的樣子。也作「疾首蹙額」。頞，鼻梁。

【造句】近來治安敗壞，宵小猖獗，令員警「疾首蹙頞」，不知如何應付。

【分析】蹙，音ㄘㄨˋ；頞，音ㄜˋ，不讀ㄜˊ。

【相關詞】宴會。晏起（晚起床）。桉樹（油加利樹。桉，音ㄢ）。馬鞍。慶功宴。謝師宴。鴻門宴（指不懷好意的邀宴）。檸檬桉。天清日晏（天空晴朗無雲的樣子）。四海晏然

（政治清明，天下太平無事）。夙興晏寢（比喻勤勞。興，音ㄒㄧㄥ）。安裝冷氣。見鞍思馬（睹物而興起思念之情）。言笑晏晏（形容言談舉止和柔溫順）。拍案叫絕。河清海晏（比喻太平盛世）。按兵不動。宮車晏駕（天子駕崩。車，音ㄐㄩ）。宴安鴆毒（貪圖安逸享樂，無異飲鴆自殺。同「宴安酖毒」。鴆，音ㄓㄣˋ）。宴爾新婚（形容新婚甜蜜的生活。同「燕爾新婚」、「新婚燕爾」）。晏御揚揚（說人無知自滿）。案牘勞形（形容因文書工作繁重而感到疲憊不堪）。茶遲飯晏（待客怠慢，招待不周）。掩鼻蹙頞（形容極其厭惡，而不願提及）。設宴請客。雪案螢窗（比喻勤學苦讀）。摘鞍下馬（比喻退休）。鞍馬勞頓（策馬奔馳，疲憊困頓）。舉案齊眉（比喻夫妻相敬如賓）。鴻案相莊（同「舉案齊眉」）。鴻案鹿車（比喻夫妻甘苦與共，相敬如賓）。

【全國考題】79、95中教

皋陶（ㄍㄠ ㄧㄠˊ）

【解釋】人名。傳說為舜的臣子，中國法典的創始人。也作「咎（ㄍㄠ）陶」、「咎（ㄍㄠ）繇（ㄧㄠˊ）」。

【造句】舜即位後，任命大臣「皋陶」負責掌管刑法和擬定法律，以處（ㄔㄨˇ）理民眾之間的糾紛，被後人尊稱為司法的始祖。

【分析】皋陶，不作「臯陶」。皋，音ㄍㄠ，不讀ㄋㄧㄝˋ；陶，音ㄧㄠˊ，不讀ㄊㄠˊ。

【相關詞】掏錢。淘（ㄊㄠˊ）米。淘汰。淘（ㄊㄠˊ）金。淘氣。陶冶。陶醉。鬱陶（憂思。陶，音ㄧㄠˊ）。掏耳朵。浪淘沙（曲牌名。淘，音ㄊㄠˊ）。淘（ㄊㄠˊ）金客。淘金夢（比喻想發大財的夢想。淘，音ㄊㄠˊ）。淘（ㄊㄠˊ）金熱。淘氣鬼。自掏腰包。沙裡淘金（比喻費力多，但效果不大。淘，音ㄊㄠˊ）。掏心挖肺（比喻誠懇）。掏空心思。陶犬瓦雞（比喻毫無實用的東西）。陶然自得（感到自在快意）。富比陶衛（比喻極為富有）。

【全國考題】80、86國小；88、93、100高中；76小教。

破釜沉舟（ㄆㄛˋ ㄈㄨˇ ㄔㄣˊ ㄓㄡ）

【解釋】比喻做事果決而義無反顧。釜，烹飪用的鐵鍋。

【造句】叔叔抱著「破釜沉舟」的決心從事出版業，家人給（ㄐㄧˇ）予熱情的支持。

【分析】破釜沉舟，不作「破斧沉舟」。

【相關詞】岑崟（音ㄘㄣˊ ㄧㄣˊ。山勢高峻的樣子）。淦水（江西省水名。淦，音ㄍㄢˋ）。釜中魚（比喻處在危險困境中的人）。瓦釜雷鳴（比喻平庸無德者卻居於顯赫的高位）。臼中無釜（比喻妻子去世）。釜中生魚（比喻生活窮困，斷炊已久）。嶔崟磊落（品格高尚的樣子。嶔，音ㄑㄧㄣ）。釜中游魚（同「釜中魚」）。釜底抽薪。釜底枯魚（同「釜中魚」）。釜底游魚（同「釜中魚」）。

【全國考題】81、88、93、102國小；79、86國中；80、81、84、86、94、96高中；84師院；81、87、92小教。

神采奕奕（ㄕㄣˊ ㄘㄞˇ ㄧˋ ㄧˋ）

【解釋】形容人精神飽滿，容光煥發。

【造句】一個「神采奕奕」、精力充沛的人，自然散發出令人無法抗拒的魅力。

【分析】神采奕奕，不作「神釆奕奕」或「神采弈弈」。采，上作「爫」（ㄓㄠˇ），為「爪」的變形；下「木」中豎不鉤。雖屬「釆」（ㄅㄧㄢˋ）部，但不作「釆」。

【相關詞】丰采。剪綵。彩排。採信。掛彩。理睬。睬。瞅（ㄔㄡˇ）睬。踩踏。不理睬。采風錄。綵牌樓。踩高蹺（ㄑㄧㄠ）。一腳踩空。不理不睬。不瞅不睬（毫不理會）。文化踩街。多采多姿（同「多彩多姿」）。采椽不斲（比喻生活簡樸。椽，音ㄔㄨㄢˊ；斲，音ㄓㄨㄛˊ）。采薪之憂（生病的委婉說法）。面有菜色（形容人營養不良，臉色極差）。神采飛揚。張燈結綵（同「張燈結彩」）。無精打采。萊綵北堂（祝賀他人母親長壽之詞）。落成剪綵。綵衣娛親（比喻孝養雙親）。綵筆生花（比喻才思敏捷，文章富麗）。褒采一介（稱揚並採用微小的長處）。踩街遊行。興高采烈。戲綵娛親（同「綵衣娛親」）。舉手可采（比喻極容易得到）。鵠形菜色（形容飢餓瘦弱的臉色。鵠，音ㄏㄨˊ）。懸燈結彩（同「張燈結綵」）。

【全國考題】88國小。

神祇（ㄕㄣˊ ㄑㄧˊ）

【解釋】天神與地祇。泛指神明。

【造句】灶神是我國很早就有的「神祇」，祂一方面保佑家人平安，同時也負有督察家人行為善惡的責任。

【分析】神祇，不作「神衹」。祇，音ㄑㄧˊ，不讀ㄓˇ。

【相關詞】月氏（ㄓ）。抵掌（興奮激昂的樣子。抵，音ㄓˇ）。衹（ㄓˇ）有。衹是（只是。衹，音ㄓˇ）。祇悔（大悔。祇，音ㄑㄧˊ）。黃芪（中藥名。同「黃耆」。芪，音ㄑㄧˊ）。閼氏（音ㄧㄢ ㄓ。漢時匈奴君長的嫡妻）。伏羲氏。有巢氏。抵掌而談（比喻極為歡洽地交談）。扼腕抵掌（表示振奮的樣子。腕，音ㄨㄢˋ）。天神地祇。老牛舐犢（比喻人疼愛子女。舐犢，音ㄕˋ ㄉㄨˊ）。吮癰舐痔（比喻諂媚之徒逢迎阿順權貴的無恥行徑。吮癰，音ㄕㄨㄣˇ ㄩㄥ）。祇樹有緣（指和佛法有緣，表示適合出家修行。祇，音ㄑㄧˊ）。衹攪我心（正攪亂我的心神。衹，音ㄓˇ）。紙醉金迷。舐糠及米（比喻由外向內，逐步蠶食進逼）。舐犢情深。

【全國考題】79國小；81、95國中；87、92高中；73、84、93師院；96中教。

神荼鬱壘（ㄕㄣˊ ㄕㄨ ㄩˋ ㄌㄩˋ）

【解釋】神話傳說中的二位神明，漢代以後奉為門神。左為「神荼」，右為「鬱壘」。

【造句】傳說「神荼鬱壘」兩位門神指的就是唐朝的秦叔寶和尉（ㄩˋ）遲恭。

【分析】荼，音ㄕㄨ，不讀ㄊㄨˊ；壘，音ㄌㄩˋ，不讀ㄌㄟˇ。

【相關詞】重疊。堆疊。傀（ㄎㄨㄟˇ）儡（ㄌㄟˇ）。堡壘。對壘。全壘打。傀儡戲。摺疊車。疊羅漢。一疊鈔票。

四郊多壘（形容敵軍迫近，形勢非常危急）。印纍綬若（形容身兼數職，權勢顯赫。纍，音ㄌㄟˊ）。果實纍纍。挺胸疊肚（強壯威武的樣子）。酒澆壘塊（比喻懷才不遇而藉酒澆愁）。高壘深塹（比喻防禦堅固。塹，音ㄑㄧㄢˋ）。瓶罄罍恥（比喻關係密切，彼此利害一致。罄，音ㄑㄧㄥˋ；罍，音ㄌㄟˊ）。缾罄罍恥（同「瓶罄罍恥」。缾，音ㄆㄧㄥˊ）。傀儡政權。喪容纍纍（居喪時，面容瘦削疲憊的樣子。喪，音ㄙㄤ）。結（ㄐㄧㄝˊ）實（ㄕˊ）纍纍。陽關三疊（樂曲名）。維罍之恥（比喻不盡心孝順父母是子女的恥辱）。魁壘之士（身材魁梧的人）。層出疊見（比喻事物或言論接連出現）。層巒疊嶂（ㄓㄤˋ）。層巒疊翠。壁壘分明。纍瓦結繩（比喻堆砌一些無用的言詞）。纍臣釁鼓（殺了囚繫的臣子，並取其血去塗鼓。釁，音ㄒㄧㄣˋ）。疊床架屋（比喻重複累贅）。疊矩重規（形容模仿、重複。重，音ㄔㄨㄥˊ）。

【全國考題】83、86、87、93、98、101國中形；83師院；101教大；73、74、82、87小教；82、83、84中教。

祝嘏 ㄓㄨˋ ㄍㄨˇ

【解釋】舊稱賀天子壽為「祝嘏」。後泛指賀壽。

【造句】他交遊廣闊，在慶祝八十歲大壽時，前往「祝嘏」的人把現場擠得水泄不通。

【分析】嘏，音ㄍㄨˇ，不讀ㄒㄧㄚˇ；右上作「コ」，不作「マ」（ㄏㄢˇ）。

【相關詞】空暇。叚借（同「假借」）。叚，音ㄐㄧㄚˇ）。閒暇。瑕疵。遐思。

遐想。蝦蟆（音ㄏㄚˊ ˙ㄇㄚ。同「蛤蟆」）。工作餘暇。不假思索。公餘之暇。分身不暇（比喻非常繁忙，無法再兼顧他事）。天假之年（上天延長其壽命。假，音ㄐㄧㄚˇ）。引人遐思。日不暇給（指事情繁重而時間卻不夠用。給，音ㄐㄧˇ）。日無暇晷（同「日不暇給」。晷，音ㄍㄨㄟˇ）。白璧微瑕（比喻很好的人或事仍有小缺點）。目不暇給（ㄐㄧˇ）。名聞遐邇（指遠近馳名）。好（ㄏㄠˋ）整以暇。自顧不暇。完美無瑕。松鶴遐齡（為長壽的祝頌詞）。席不暇暖（比喻奔走忙碌，沒有休息的時候）。棄瑕錄用（指不計較對方缺點過失而加以任用）。敬事不暇（恭敬地為他人奔走效勞，忙得沒有空休息）。瑕不掩瑜（比喻事物雖有缺點，卻無損整體的完美）。葭莩之親（比喻關係疏遠的親戚。葭莩，音ㄐㄧㄚ ㄈㄨˊ）。葭管灰飛（指冬至）。遐方絕域（邊遠地區）。蒹葭倚玉（比喻品貌、地位極不相稱的兩人相處在一起。蒹，音ㄐㄧㄢ）。滌瑕蕩穢（比喻去除人的缺點過失。滌，音ㄉㄧˊ；穢，音ㄏㄨㄟˋ）。稱（ㄔㄥ）觴祝嘏。潔白無瑕。應接不暇。

【全國考題】85、98高中；76、87、90、94小教；83中教；99教師；102教大。

祕（ㄅㄧˋ）魯（ㄌㄨˇ）

【解釋】國名。位於南美洲西部，首都為利馬。

【造句】我計畫暑假偕（ㄒㄧㄝˊ）家人到「祕魯」旅遊，造訪這個舉世聞名的文化古國。

【分析】祕，音ㄅㄧˋ，不讀ㄇㄧˋ；同

「秘」，標準字體作「祕」，不作「秘」。

【相關詞】分泌。安謐（ㄇㄧˋ）。宓妃（相傳伏羲氏之女。宓，音ㄈㄨˊ）。泌水（河南省河川名。泌，音ㄅㄧˋ）。泌陽（河南省縣名。泌，音ㄅㄧˋ）。便祕（ㄇㄧˋ）。祕密。親密。靜宓（安靜。宓，音ㄇㄧˋ）。哈密瓜。口蜜腹劍。咇咇剝剝（形容燃燒時所發出的爆裂聲。同「嗶嗶剝剝」。咇，音ㄅㄧ）。柔情密意。琴瑟和鳴。膠柱鼓瑟（比喻固執而不知變通）。錦瑟華年（比喻美好的青春時代）。靜謐（ㄇㄧˋ）無聲。

【全國考題】84小教；90、92高中。

笑靨（ㄒㄧㄠˋ ㄧㄝˋ）

【解釋】笑時臉上所起的微渦。常指美人的笑容。

【造句】一張綻開的「笑靨」，有如和煦的冬陽照耀在人們的臉上，是那樣的溫暖、親切和友善。

【分析】靨，音ㄧㄝˋ，不讀ㄧㄢˇ。

【相關詞】酒靨（酒窩）。夢魘（ㄧㄢˇ）。擫息（用手指按壓脈搏。擫，音ㄧㄝˋ）。擫脈（同「擫息」）。擫笛（以手指按笛吹奏）。黶子（痣。黶，音ㄧㄢˇ）。病懨懨（久病而精神不振的樣子。懨，音ㄧㄢ）。大軍壓境。狐媚魘道（比喻行為歪邪不正）。桃腮帶靨（形容女子美麗的樣子）。笑靨迎人。會厭軟骨（位於舌後會厭的軟骨。同「會咽軟骨」。咽，音ㄧㄢˋ）。厭厭其苗（禾苗生長茂盛。厭，音ㄧㄢ）。厭厭夜飲（夜裡喝酒，多麼愉快安閒。厭，音ㄧㄢ）。綻開笑靨。壓軸好戲。

【全國考題】83、95國小；79、94、98國中；79、92高中；87師院；88小教；83、88、93中教。

紛（ㄈㄣ）至（ㄓˋ）沓（ㄊㄚˋ）來（ㄌㄞˊ）

【解釋】形容人事物眾多雜亂，接連不斷地到來。

【造句】自從他受傷的消息傳出後，慰問信便如雪片般「紛至沓來」，令他心裡悸動不已。

【分析】紛至沓來，不作「紛至杳來」。沓，音ㄊㄚˋ；杳，音ㄧㄠˇ。

【相關詞】拖沓（做事拖延不乾脆）。泄沓（怠惰渙散的樣子。泄，音ㄧˋ）。踐踏。踏青。踏實。踏腳石。飛黃騰踏（同「飛黃騰達」）。紛沓而來（形容接連不斷地到來）。紛紜雜沓（眾多而雜亂）。

【全國考題】76、82國中；87、96高中；99、102國小；102教師。

耆（ㄑㄧˊ）宿（ㄙㄨˋ）

【解釋】年高而素有德望的人。

【造句】林縣長常以縣政向地方「耆宿」大賢請益，深獲選民的認同。

【分析】耆宿，不作「著宿」。耆，音ㄑㄧˊ，不讀ㄕ或ㄕˋ；著，音ㄕ。

【相關詞】耆老（指德高望重的老人）。耆艾（老人的通稱）。胸鰭。嗜好（ㄏㄠˋ）。揩拄（音ㄓ ㄓㄨˇ）。支持）。著龜（指占卜。著，音ㄕ）。嗜睡症。不待著龜（不用占卜即可預知吉凶禍福）。刈著遺簪（比喻不忘故舊之情。刈，音ㄧˋ；簪，音ㄗㄢ）。國之著龜（指國家德高望眾之人）。文壇耆老。文壇耆宿。以木揩牆（以木頭支撐牆壁）。以手揩頤（以手支撐腮頰）。地方耆老。耆年碩德（年高而有才德）。耆老尊長。耆英望重（賀壽詞。形容壽星年高且聲望崇隆）。耆儒碩望（年老而德高望重的讀書人）。耆儒碩德（同「耆儒碩望」）。國之耆宿。揚鬐掉尾（指魚在水中游動的樣子。鬐，音ㄑㄧˊ）。嗜之如命（形容極為喜愛）。嗜痂成癖（形容人喜愛奇特的事物已成一種癖好。癖，音ㄆㄧˇ）。嗜酒如命（形容極度喜歡喝酒）。嗜賭如命。蓍龜難測。蓍簪不忘（同「刈蓍遺簪」）。

【全國考題】85國中；89國小。

耄耋 ㄇㄠˋ ㄉㄧㄝˊ

【解釋】指年紀很大的人。年紀約八、九十歲稱「耄」；年紀七十歲稱「耋」。

【造句】爺爺雖然已屆「耄耋」之年，但身體仍十分硬朗，完全沒有老態龍鍾的樣子。

【分析】耄，音ㄇㄠˋ，不讀ㄇㄠˊ；耋，音ㄉㄧㄝˊ，不讀ㄓˋ。

【相關詞】昏眊（視力模糊，看不清楚。眊，音ㄇㄠˋ）。眊亂（昏亂）。旄倪（老人與小孩。旄，音ㄇㄠˋ）。時髦。耗損。耗費。旌旄（音ㄐㄧㄥ ㄇㄠˊ。指揮軍隊的旗幟）。絲毫。消耗品。趕時髦。不差毫釐（絲毫不差，非常準確）。分毫不爽（形容沒有半點差錯）。左右芼之（左右手一起拔取。芼，音ㄇㄠˋ）。弁髦法令（輕視法令。弁，音ㄅㄧㄢˋ）。年齒老眊（指人已老邁）。利析秋毫（形容理財非常精明）。明察秋毫。狗拿耗子（多管閒事）。秋毫之末（比喻極微小的東西）。秋毫無犯（一點都不侵犯）。音耗不絕（音信往來，聯繫不斷）。耗盡家產。棄如弁髦（毫不吝惜地丟棄無用之物）。毫髮不爽（同「分毫不爽」）。毫釐千里（開始相差極小，結果則相差很大）。眸子眊焉（眼珠子昏花。眸，音ㄇㄡˊ）。銷耗鈍眊（勇氣衰竭，體力耗損）。擁旄萬里（形容統領範圍極廣。旄，音ㄇㄠˊ）。貓哭耗子（假慈悲）。頰上添毫（比喻文章經過一番潤飾，則更為生動傳神）。

【全國考題】81中教；95小教。

胯下之辱（ㄎㄨㄚˋ ㄒㄧㄚˋ ㄓ ㄖㄨˋ）

【解釋】比喻人未顯達時，被人鄙視、嘲笑，遭受恥辱。

【造句】我要學習韓信的「胯下之辱」，做好自己分內的工作，不再理會別人的閒言閒語。

【分析】胯，音ㄎㄨㄚˋ，不讀ㄎㄨㄚ或ㄎㄨˋ。

【相關詞】拖垮。垮臺。姱節（美好的節操。姱，音ㄎㄨㄚ）。洿池（停滯不流的水池。洿，音ㄨ）。胯骨。胯下瓠（ㄏㄨˋ）瓜。瓠瓢（ㄆㄧㄠˊ）。胯下癢。千金一瓠（比喻物雖輕賤，關鍵時發揮用途，卻十分珍貴）。玄酒瓠脯（指生活清苦恬淡。玄，音ㄒㄩㄢˊ；脯，音ㄈㄨˇ）。刳木為舟（剖開木頭，將中心挖空做成小船。刳，音ㄎㄨ）。刳肝瀝膽（比喻坦誠相見）。刳脂剔膏（比喻殘酷的剝削。脂，音ㄓ；剔，音ㄊㄧ）。為人跨刀。紈袴子弟（出身富貴卻不知人生甘苦的富家子弟。紈，音ㄨㄢˊ；袴，音ㄎㄨˋ，為「褲」的異體字）。瓠巴鼓瑟。誇下海口。跨年晚會。跨鶴西歸（比喻人死）。齒如瓠犀（比喻美人的牙齒整齊潔白）。

【全國考題】80、90高中；78、91中教；91、92師院。

胸脯（ㄒㄩㄥ ㄆㄨˊ）

【解釋】胸部。

【造句】施工單位拍「胸脯」保證，治水工程一定在近日完竣。

【分析】脯，音ㄆㄨˊ，不讀ㄆㄨˇ或ㄈㄨˇ。

【相關詞】反哺。肉脯（肉乾。脯，音ㄈㄨˇ）。哺乳。晡時（指下午三點到五點。晡，音ㄅㄨ）。逋客（指避世的隱士。逋，音ㄅㄨ）。窗牖（窗戶。牖，音ㄧㄡˇ）。敷藥。熱敷。鋪（ㄆㄨ）張。鋪菜（替客人夾菜）。餔，音ㄅㄨ）。捲鋪（ㄆㄨ）蓋。蒲（ㄆㄨˊ）公英。入不敷出。不敷成本。不敷使用。玄圃積玉（比喻辭藻華美，字字珠璣）。合浦珠還（比喻人去復返或東西失而復得。浦，音ㄆㄨˇ）。吐哺握髮（比喻求賢心切。吐，音ㄊㄨˇ）。肉山脯林（比喻生活極為奢侈。脯，音ㄈㄨˇ）。我黼子佩（比喻夫妻同享富貴的生活。黼，音ㄈㄨˇ）。漏脯充饑（比喻只顧眼前的利益與欲望，而不顧後患。脯，音ㄈㄨˇ）。匍（ㄆㄨˊ）匐（ㄈㄨˊ）前進。相輔相成。捕風捉影。桑樞甕牖（形容貧苦的居住環境。甕，音ㄨㄥˋ）。氣夯胸脯（形容非常氣憤。夯，音ㄏㄤ）。啟牖民智（開通民智）。責臣逋慢（責備臣子怠慢）。慈烏反哺（比喻子女報答父母的養育之恩）。望杏瞻蒲（比喻按照時令勸勉百姓耕種。蒲，音ㄆㄨˊ）。補天浴日（比喻功勛極大）。鼓腹含哺（形容太平盛世無憂無慮的生活）。蒲柳之姿（比喻體質衰弱）。蒲鞭不施（比喻施政者寬厚仁慈）。輔車相依（比喻兩者關係緊密，互相依存。車，音ㄐㄩ）。敷衍塞（ㄙㄜˋ）責。敷教明倫（普施教化，彰顯人倫）。牖中窺日（比喻見識淺薄）。蓬戶甕牖（形容居處的簡陋）。鋪天蓋地（聲勢大而猛烈。鋪，音ㄆㄨ）。甕牖繩樞（比喻貧窮的人家）。簠簋不飭（比喻為官不廉潔。簠簋，音ㄈㄨˇ ㄍㄨㄟˇ；飭，音ㄔˋ）。羅敷有夫（指有夫之婦。與「使君有婦」相對）。驚魂甫定。

【全國考題】74小教；92國中；93師院；100國小。

脈搏（ㄇㄞˋ ㄅㄛˊ）

【解釋】動脈膨脹及收縮所引起的搏動。

【造句】「脈搏」長時間跳動太快、太慢或不規律，表示心臟可能出現問題，就醫檢查是不二法門。

【分析】脈搏，不作「脈膊」或「脈博」。

【相關詞】束縛。傅粉（在臉上抹粉。傅，音ㄈㄨ）。傅說（殷高宗時賢相。說，音ㄩㄝˋ）。搏鬥。溥儀（清末代皇帝。溥，音ㄆㄨˇ）。薄（ㄅㄛˋ）荷。肉搏戰。博覽會。一傅眾咻（比喻環境對人的影響很大。咻，音ㄒㄧㄡ）。仁言利博（有德者的言論，能使大眾受益）。日薄西山（比喻人年老體衰，臨近死亡）。以小搏大。吐絲自縛（比喻為自作自受）。米鹽博辯（比喻議論廣泛細雜）。地大物博。作繭自縛。兵薄城下。束手就縛。放手一搏。施丹傅粉（比喻修飾妝扮。傅，音ㄈㄨ）。面如傅粉（形容人長得眉清目秀。傅，音ㄈㄨ）。面縛銜壁（比喻戰敗投降請罪）。傅以善藥（用好藥塗抹。傅，音ㄈㄨˋ）。傅粉施朱（同「施丹傅粉」。傅，音ㄈㄨˋ）。博大精深。博古通今。博君一笑。博取同情。博施濟眾（廣施德澤，救助眾人）。博聞強（ㄑㄧㄤˊ）記。搏手無策（同「束手無策」）。搏命演出。搏香弄粉（指化妝）。對簿（ㄅㄨˋ）公堂。彈箏搏髀（彈著古箏，拍擊大腿。髀，音ㄅㄧˋ）。褒衣博帶（古代儒生的服飾）。奮力一搏。縛雞之力（形容極小的力量）。獲利甚溥（獲利甚多）。薄海同仇（比喻激憤到了極點）。螳螂搏蟬（同「螳螂捕蟬」）。

【全國考題】85國中；100教大。

茲事體大（ㄗ ㄕˋ ㄊㄧˇ ㄉㄚˋ）

【解釋】事情牽涉的範圍很廣，影響很大。表示應慎重處（ㄔㄨˇ）理，不可以忽視。

【造句】這件緋（ㄈㄟ）聞案「茲事體大」，希望男女雙方運用智慧解決，把傷害降到最低。

【分析】茲事體大，不作「滋事體大」。茲，獨用時，上作「艹」，若作偏旁，上改作點、撇、橫，如「慈」、「滋」、「磁」等字。

【相關詞】孳生。孳尾（鳥獸交尾。孳，音ㄗ）。孳乳（滋生繁衍）。滋事。滋長。滋潤。龜茲（音ㄑㄧㄡ ㄘˊ。漢代西域國之一）。鸕鶿（ㄘˊ）。孳生源。孳乳字。日薄崦嵫（比喻人老。崦嵫，音ㄧㄢ ㄗ）。念茲在茲。

挹彼注茲（比喻取有餘以補不足。同「挹彼注此」）。挹，音ㄧˋ）。蚊蚋（ㄖㄨㄟˋ）孳生。孳孳不倦（勤勉而不知疲憊。同「孜孜不倦」）。孳孳為善（勤勉不懈地做善事）。滋生事端。策勵來茲。慈烏反哺。群眾滋擾。樹德務滋（施行德政，務使其不斷滋長）。

【全國考題】85國中。

草菅人命 ㄘㄠˇ ㄐㄧㄢ ㄖㄣˊ ㄇㄧㄥˋ

【解釋】殺人像割草似的。比喻輕視人命，濫殺無辜。

【造句】極權國家的人民生活在水深火熱之中，政府「草菅人命」的暴行（ㄒㄧㄥˋ）時有所聞。

【分析】草菅人命，不作「草管人命」。菅，音ㄐㄧㄢ，不讀ㄍㄨㄢˇ。

【相關詞】玉琯（古代玉製的管樂器。琯，音ㄍㄨㄢˇ）。沸涫（水滾沸的樣子。涫，音ㄍㄨㄢˋ）。涫湯（沸騰的熱水）。菅屨（用菅草編成的鞋。屨，音ㄐㄩˋ）。逭暑（避暑。逭，音ㄏㄨㄢˋ）。綰髮（束髮。綰，音ㄨㄢˇ）。綰轂（比喻守住要衝。轂，音ㄍㄨˇ）。菅芒花。四牡痯痯（四匹公馬疲累不堪。痯，音ㄍㄨㄢˇ）。赤繩綰足（比喻男女姻緣天注定）。略陳管見（約略說明自己的見解）。華管茅束（比喻夫妻離異）。罪無可逭（無法逃避罪刑）。管城生花（比喻才思泉湧，詞藻華麗）。管窺之見（比喻識見狹隘）。綰角夫妻（指元配夫婦）。綰髮少年。綰轂天下（指掌控政權）。總綰兵符（全面掌握兵符）。

【全國考題】81、84、86、87、97國小；

73、86、92、96國中；82、83、92、95高中；79、84、86、93師院；96教大；73、74、76、81、84小教；84、91中教。

草滿囹圄（ㄘㄠˇ ㄇㄢˇ ㄌㄧㄥˊ ㄩˇ）

【解釋】監獄中無犯人，以致長滿了雜草。比喻政治清明，犯罪者極少。囹圄，監獄。

【造句】林總統在位期間，吏治清明，「草滿囹圄」，呈現一片物阜民豐的景象。

【分析】囹圄，音ㄌㄧㄥˊ ㄩˇ，不讀ㄌㄧㄥˋ ㄨˊ。

【相關詞】伶俐。拎（ㄌㄧㄥ）著。泠遙（作家。泠，音ㄌㄧㄥˊ）。旍旗（旗子的通稱。同「旌旗」。旍，音ㄐㄧㄥ）。清泠（清涼）。羚羊。翎毛（鳥羽）。翎，音ㄌㄧㄥˊ）。聆賞。聆聽。一令紙（紙五百張。令，音ㄌㄧㄥˊ）。西泠橋（位於杭州西湖）。怯怜怜（膽小可憐的樣子。怜，音ㄌㄧㄢˊ）。拎水桶。龜苓膏。鵝翎扇（一種以鵝毛編製的羽扇）。引領而望。巧言令色。伶牙俐齒。言詞泠泠（說話時冷峻的樣子）。身陷囹圄（被關在牢裡）。拎著皮箱。泠泠作響（水流聲）。屋上建瓴（比喻居高臨下，形勢無法阻擋。瓴，音ㄌㄧㄥˊ）。建瓴之勢。涕淚交零（形容非常悲傷）。涕零如雨（比喻淚流很多）。破竹建瓴（比喻形勢順利，無法阻擋）。高屋建瓴（同「屋上建瓴」）。掩耳盜鈴。望秋先零（比喻體質孱弱而未老先衰）。羚羊掛角（比喻詩文意境超脫，不落痕跡）。感激涕零。鴒原之情（指兄弟之誼。鴒，音ㄌㄧㄥˊ）。鴒原抱痛（悼兄弟的輓辭）。

【全國考題】100高中。

記ㄐㄧˋ載ㄗㄞˋ

【解釋】把經過的事情記錄下來。

【造句】書籍是「記載」人類知識的結晶、思想的精華。我們可從書籍中吸收賢人的經驗，並擴大見聞。

【分析】載，音ㄗㄞˋ，不讀ㄗㄞˇ。跟「年」有關的都讀作ㄗㄞˇ，如「一年半載」、「三年五載」。與「年」無關的則讀作ㄗㄞˋ，如「載沉載浮」、「載譽歸國」。

【相關詞】刊載（ㄗㄞˋ）。連載（ㄗㄞˋ）。超載（ㄗㄞˋ）。搭載（ㄗㄞˋ）。高乘載（ㄗㄞˋ）。上傳下載（ㄗㄞˋ）。千載（ㄗㄞˇ）難逢。車載斗量（形容數量極多。載，音ㄗㄞˋ；量，音ㄌㄧㄤˊ）。披星戴月。怨聲載（ㄗㄞˋ）道。寒毛盡戴（比喻十分恐怖）。登載（ㄗㄞˋ）不實。感恩戴德（感激他人對自己的恩德）。載（ㄗㄞˋ）沉載浮。載（ㄗㄞˋ）歌載舞。載（ㄗㄞˋ）譽歸國。億載（ㄗㄞˇ）金城。戴天之仇（比喻仇恨很深）。戴罪立功。

【全國考題】73、76、98國小；83高中。

豺ㄔㄞˊ狼ㄌㄤˊ虎ㄏㄨˇ豹ㄅㄠˋ

【解釋】比喻為凶殘的惡人。

【造句】那些危害社會治安的「豺狼虎豹」，已在這次掃黑行動中一一落網，全民額手稱慶。

【分析】豺，音ㄔㄞˊ，不讀ㄘㄞˊ。

【相關詞】身材。人盡其才。因材施教。豺虎肆虐（比喻奸人橫行，暴虐無道）。豺狼野心（形容惡人的野心凶狠殘暴）。豺狼當道（比喻奸人掌握大權，暴虐凶狠）。骨瘦如豺（形容極為消瘦的樣子。同「骨瘦如柴」）。閉月羞花（形容女子容貌姣好）。閉門卻掃（不與人交往）。閉門造車（ㄐㄩ）。閉關自守。蜂目豺聲（形容人極為凶狠蠻橫）。

【全國考題】84師院；85國中；97中教。

針灸 ㄓㄣ ㄐㄧㄡˇ

【解釋】一種中醫療法。為針刺與艾灸的合稱。也作「鍼（ㄓㄣ）灸」。

【造句】「針灸」為我國的傳統醫術，對於治療和神經系統有關的疾病，效果十分顯著。

【分析】針灸，不作「針炙」。灸，音ㄐㄧㄡˇ，不讀ㄐㄧㄡ或ㄓˋ。

【相關詞】內疚。羑里（地名。商紂囚禁周文王的地方。羑，音ㄧㄡˇ）。愧疚。歉疚。靈柩（ㄐㄧㄡˋ）。愧疚感。內省不疚（自我反省而不感到愧疚。省，音ㄒㄧㄥˇ）。灸艾分痛（比喻兄弟友愛和睦。同「灼艾分痛」）。疚心疾首（形容極為痛苦慚愧）。急脈緩灸（比喻用和緩的方法處理急事。脈，音ㄇㄞˋ）。負疚良深。畎畝下才（比喻才能平庸。畎，音ㄑㄩㄢˇ）。針灸治療。無病自灸（比喻自尋苦惱或痛苦）。憂心孔疚（心中憂悶，非常痛苦）。鍼灸治病。

【全國考題】87、90、91、92、94、95、100國小；86、90、91、94國中；84、85、88師院；81、87、90中教；91小教；102高中。

骨頭 ㄍㄨˇ ˙ㄊㄡ

【解釋】動物身體內部的支架。

【造句】因酒駕肇事而摔斷「骨頭」，讓他後悔莫及。

【分析】骨頭，音ㄍㄨˊ ·ㄊㄡ，不讀ㄍㄨˇ ㄊㄡˊ。

【相關詞】回鶻（回族的古稱。鶻，音ㄏㄨˊ）。狡猾。骨碌（滾動的樣子。骨，音ㄍㄨ）。滑頭。鶻突（糊塗。鶻，音ㄏㄨˊ）。鶻鳩（斑鳩。鶻，音ㄍㄨˇ）。一骨碌（形容速度很快的樣子。骨，音ㄍㄨ）。回鶻文（記錄古土耳其語的文字。鶻，音ㄏㄨˊ）。骨朵兒（指未開放的花朵。骨，音ㄍㄨ）。滑手機。滑板車。滑鐵盧。禽滑釐（戰國魏人，墨子弟子。滑，音ㄍㄨˇ）。鶻鳩氏（古代官名。鶻，音ㄍㄨˇ）。鶻鴒眼（形容眼睛非常銳利。鶻鴒，音ㄏㄨˊ ㄌㄧㄥˊ）。油腔滑調。兔起鶻落（比喻書寫作畫時下筆疾速。鶻，音ㄏㄨˊ）。突梯滑稽（委婉順從、圓滑而隨俗。滑，音ㄍㄨˇ）。骨頭架子（動物身體內的骨骼）。滑泥揚波（比喻隨俗浮沉。同「淈泥揚波」。滑、淈皆音ㄍㄨˇ）。滑稽列傳（史記篇名。滑，音ㄍㄨˇ）。滑（ㄍㄨˇ）稽多辯。滑（ㄏㄨㄚˊ）稽有趣。說話滑（ㄏㄨㄚˊ）稽。鶻入鴉群（比喻威力強盛，所向無敵。鶻，音ㄏㄨˊ）。鶻崙吞棗（同「囫圇吞棗」。鶻，音ㄏㄨˊ）。鷹覷鶻望（形容眼光極為敏銳。覷，音ㄑㄩˋ；鶻，音ㄏㄨˊ）。

【全國考題】86小教。

高粱酒 ㄍㄠ ㄌㄧㄤˊ ㄐㄧㄡˇ

【解釋】由高粱所釀製成的烈酒。

【造句】金門「高粱酒」遠近馳名，是貪杯者的最愛。

【分析】高粱酒，不作「高梁酒」。

【相關詞】脊（ㄐㄧˇ）梁。棟梁。鼻梁。橋梁。挑大梁。背梁骨。結梁子。黃粱夢（比喻富貴榮華短促而虛幻）。穀梁傳（書名。戰國穀梁赤所撰）。一枕黃粱（同「黃粱夢」）。小醜跳梁（微不足道的人興風作浪）。金門高粱。偷梁換柱。梁上君子（小偷）。梁孟相敬（指夫婦相敬如賓）。陳年高粱。黃粱一夢（同「黃粱夢」）。逼上梁山。歌聲繞梁。膏粱子弟（指富貴人家的子弟）。澤梁無禁（比喻為政仁厚）。雕梁畫棟。聲動梁塵（形容歌聲嘹亮動人）。

【全國考題】98國中。

十一畫

健（ㄐㄧㄢˋ）步（ㄅㄨˋ）如（ㄖㄨˊ）飛（ㄈㄟ）

【解釋】形容人步行的速度像飛的一樣快速。

【造句】雖然父親已逾（ㄩˊ）古稀之年，仍「健步如飛」，令後輩自嘆弗（ㄈㄨˊ）如。

【分析】健步如飛，不作「箭步如飛」。

【相關詞】弓鞬（弓袋。鞬，音ㄐㄧㄢ）。健忘。琴鍵。關鍵。目犍連（目連。犍，音ㄐㄧㄢ）。健忘症。犍為縣（四川省縣名。犍，音ㄑㄧㄢˊ）。踢毽子。三軍健兒。父母健在。空軍健兒。建教合作。封建社會。凌雲健筆（形容詩文風格豪邁脫俗，文筆簡潔有力）。容易健忘。健行活動。健談風趣。運動健將。關鍵時刻。

【全國考題】84國中；88、93國小；97社會。

勘察（ㄎㄢ ㄔㄚˊ）

【解釋】實地調查。也作「勘查」。

【造句】天兔颱風肆虐，臺東縣損失極為慘重，縣長率同局處首長實地「勘察」災情，準備向中央申請補助。

【分析】勘察，不作「戡察」。勘，本讀ㄎㄢˋ，今改讀作ㄎㄢ。

【相關詞】甚（ㄕㄣˊ）麼。紅磡（香港地名。磡，音ㄎㄢˋ）。校（ㄐㄧㄠˋ）勘。桑葚（ㄕㄣˋ）。探勘。勘災。勘查。勘測。勘誤。勘驗。湛藍。戡亂（平定亂事。戡，音ㄎㄢ）。斟酌。斟酒。碪板（同「砧板」。碪，音ㄓㄣ）。精湛（ㄓㄢˋ）。禆諶（音ㄆㄧˊ ㄔㄣˊ。春秋鄭大夫，善於謀事）。踏勘（親臨現場查看）。履勘（親臨現場檢查或測量）。難堪。為甚（ㄕㄣˊ）麼。校勘學。勘誤表。堪輿家（風水先生。輿，音ㄩˊ）。工夫湛深（工夫深厚）。不堪一擊。不堪回首。不堪負荷（ㄏㄜˋ）。不堪設想。字斟句酌。技藝精湛。和樂且湛（大家快樂且盡興。同「和樂且耽」。湛，音ㄉㄢ）。後果堪虞。甚囂塵上。苦不堪言。神志湛然（精神意識清爽）。動員戡亂。情何以堪。淺斟低唱。欺人太甚。湛然不動（安靜不動）。痛苦不堪。戡亂時期。斟酌損益（酌量事理，掌握分寸）。過從甚密。學識湛深。醫術精湛。難堪大任。

【全國考題】94國中；95國小。

參差不齊（ㄘㄣ ㄘ ㄅㄨˋ ㄑㄧˊ）

【解釋】雜亂不整齊的樣子。

【造句】學生的數學程度「參差不齊」，老師只好利用課餘之暇對趕不上進度的學生實施補救教學。

【分析】參，音ㄘㄣ，不讀ㄘㄢ；差，音ㄘ，不讀ㄔㄚ。

【相關詞】夫差（ㄈㄨˊ ㄔㄞ）。相差（ㄔㄚ）。乘槎（乘著竹筏。槎，音ㄔㄚˊ）。病瘥（病癒。瘥，音ㄔㄞˋ）。景差（戰國時人名。差，音ㄘㄨㄛ）。嗟夫（音ㄐㄧㄝ ㄈㄨˊ。感嘆詞）。嵯峨（音ㄘㄨㄛˊ ㄜˊ。山勢高峻的樣子）。搓揉。磋商。蹉（ㄘㄨㄛ）跎。鹺務（鹽務的舊稱。鹺，音ㄘㄨㄛˊ）。嗟來食（指沒有禮貌或不懷好意的施捨）。切（ㄑㄧㄝ）磋琢磨。巧笑之瑳（甜甜一笑，牙齒如玉般的潔白。瑳，音ㄘㄨㄛ）。自嗟自嘆（獨自埋怨嘆息）。咄嗟便辦（很快就辦成。咄，音ㄉㄨㄛˋ）。差肩而坐（並肩而坐。差，音ㄘ）。嗟來之食（同「嗟來食」）。愛無差等（愛沒有區分等級。差，音ㄘ）。嘆老嗟卑（感嘆年紀老大而猶未顯達）。澤及髊骨（形容恩澤深厚，遍及萬物。髊，音ㄗˋ）。

【全國考題】95教大。

參與（ㄘㄢ ㄩˋ）

【解釋】參加。

【造句】學校是屬於大家的，校內各項活動或比賽，希望小朋友都能踴躍「參與」。

【分析】與，音ㄩˋ，不讀ㄩˇ。

【相關詞】島嶼。與聞（參與並且得知。與，音ㄩˋ）。與（ㄩˋ）會。璠璵（音ㄈㄢˊ ㄩˊ。魯國的美玉）。輿（ㄩˊ）論。參與感。千麾萬旟（形容軍容壯盛。麾，音ㄏㄨㄟ；旟，音ㄩˊ）。民胞物與。生殺與奪。易與之人（容易應付的人）。時不我與。欲取固與（欲奪取他人的東西，得先付出代價以誘使對方放鬆警戒）。猗歟盛哉（多麼盛大美好啊。猗，音ㄧ；歟，音ㄩˊ）。無與倫比。虛與委蛇（指假意殷勤，敷衍應付。委蛇，音ㄨㄟ ㄧˊ）。參與其事。與會人士。與聞其事。輿（ㄩˊ）論譁（ㄏㄨㄚˊ）然。

【全國考題】76、81國小；73、76國中；81、83高中；74、84、86師院；86中教。

商埠（ㄕㄤ ㄅㄨˋ）

【解釋】與外國通商的地方。

【造句】中、英發生鴉片戰爭，由於清政府戰敗，被迫接受開闢「商埠」、割地與賠款要求。

【分析】埠，音ㄅㄨˋ，不讀ㄈㄨˋ。

【相關詞】外埠（本地以外的都市）。本埠。曲阜（山東省地名。孔子的故鄉。阜，音ㄈㄨˋ）。港埠（港口、碼頭）。蚌埠市（安徽省地名）。民殷財阜（人民生活豐實，財物富足）。物阜民豐（物產豐足，民生富裕。同「物阜民康」）。

【全國考題】73、90、91、101國小；87、88師院；88中教；92、94、96國中；93高中。

商賈 ㄕㄤ ㄍㄨˇ

【解釋】商人的統稱。

【造句】這座古老的城市在十八世紀時十分繁榮，「商賈」絡繹不絕，如今沒落不堪，轂擊肩摩的情景已不復見。

【分析】賈，音ㄍㄨˇ，不讀ㄐㄧㄚˇ。

【相關詞】賈利（求取利益。賈，音ㄍㄨˇ）。賈勇（顯示勇氣有餘。賈，音ㄍㄨˇ）。賈怨（招致仇怨。賈，音ㄍㄨˇ）。賈禍（自己招致禍害。賈，音ㄍㄨˇ）。賈寶玉。多言賈禍（因話多而招惹禍害。賈，音ㄍㄨˇ）。多錢善賈（比喻條件充分，辦事就容易成功。賈，音ㄍㄨˇ）。行商坐賈（指一般大商小販。賈，音ㄍㄨˇ）。良賈深藏（比喻有才德者不在人前表露炫耀。賈，音ㄍㄨˇ）。直言賈禍（因言語正直而招惹災禍。賈，音ㄍㄨˇ）。商賈渡河。衒玉賈石（比喻虛假欺詐，言不副實。衒，音ㄒㄩㄢˋ；賈，音ㄍㄨˇ）。陸賈分金（比喻辭官歸鄉後平分家產與子孫以為生計。賈，音ㄍㄨˇ）。富商大賈（ㄍㄨˇ）。善賈而沽（等待好價錢賣出。賈，音ㄐㄧㄚˋ）。賈（ㄍㄨˇ）人渡河。賈其餘勇（顯示勇氣有餘。或指做事有勇氣，持久不懈。賈，音ㄍㄨˇ）。餘勇可賈（比喻做事有勇氣而持久不懈）。

【全國考題】83、86國小；86、97國中；87小教。

堅苦卓絕 ㄐㄧㄢ ㄎㄨˇ ㄓㄨㄛˊ ㄐㄩㄝˊ

【解釋】意志堅毅刻苦，超越常人。

【造句】只要我們奮發向上，眼前的險阻將會鍛鍊出「堅苦卓絕」的毅力，使我們邁上成功之路。

【分析】堅苦卓絕，不作「艱苦卓絕」。

【相關詞】牡菣（植物名。即牡蒿。菣，音ㄑㄧㄣˋ）。堅韌。腎臟。慳吝（吝嗇。慳，音ㄑㄧㄢ）。蜸蚕（音ㄑㄧㄢˇ ㄊㄧㄢˇ。蚯蚓）。賢淑。鏗鏘（音ㄎㄥ ㄑㄧㄤ。形容清脆悅耳的聲音）。鰹（ㄐㄧㄢ）鳥。二豎為虐（比喻生病）。大破慳囊（吝嗇者特意拿錢出來花用）。心如堅石（形容意志堅定不移）。毛髮皆豎（形容非常驚懼）。好事天慳（同「好事多慳」）。好事多慳（指男女佳期多波折）。肉袒掔羊（裸露上身，牽著羊。表示請罪降服。同「肉袒牽羊」）。掔，音ㄑㄧㄢ）。攻堅行動。見賢思齊。柳眉倒豎（形容女子生氣的樣子。倒，音ㄉㄠˋ）。乘堅策肥（形容生活奢靡）。堅忍不拔。慳吝苦尅（辛勞刻苦，省吃儉用）。撅豎小人（卑劣無行的小人。撅，音ㄐㄩㄝ）。緣慳一面（無緣見一面）。緣慳分淺（緣分淺薄。分，音ㄈㄣˋ）。緣慳命蹇（機緣乖舛，命運不順利。蹇，音ㄐㄧㄢˇ）。豎起脊梁（比喻振作精神。脊，音ㄐㄧˇ）。橫七豎八。橫眉豎目（面目凶惡的樣子）。雕肝鏤腎（比喻寫作時嘔心瀝血，苦心推敲修飾字句。鏤，音ㄌㄡˋ）。鏗然有聲（形容聲音清脆悅耳）。鏗鏘有力。

【全國考題】95國小。

婢女 ㄅㄧˋ ㄋㄩˇ

【解釋】古時稱家中供使喚的女孩子。

【造句】古時候的「婢女」，一輩子供主人使喚，由於身分卑微，所有的辛酸與無奈只能往肚子裡吞。

【分析】婢，音ㄅㄧˋ，不讀ㄅㄟ。

【相關詞】水埤（水塘。埤，音ㄆㄧˊ）。奴婢。自卑。啤酒。痲痺。睥睨（音ㄅㄧˋ ㄋㄧˋ。斜著眼睛看人）。裨海（小海。裨，音ㄆㄧˊ）。裨（ㄅㄧˋ）益。裨將（副將。裨，音ㄆㄧˊ）。鞞琫（音ㄅㄧㄥˇ ㄅㄥˇ。刀鞘）。牛鞞縣（古地名。鞞，音ㄅㄟ）。虎頭埤（ㄅㄟ）。口碑載道（形容到處都是頌揚的聲音。載，音ㄗㄞˋ）。奴顏婢膝。有口皆碑。沁（ㄑㄧㄣˋ）人心脾。卑躬屈膝。炊忘箸箄（煮飯時，忘記放置覆蓋蒸物的器具。箸箄，音ㄓㄨˋ ㄅㄟ）。美酒一椑（一罐美酒。椑，音ㄆㄧˊ）。俾晝作夜（指日夜生活顛倒。俾，音ㄅㄧˋ）。宮室卑庳（宮室低窪凹下。庳，音ㄅㄧˋ）。骨牌效應。婢學夫人（譏笑人好模仿，但不能逼真）。無裨於事。登高自卑。脾胃相合。稗官野史（泛指小說或私人編撰的雜史傳記。稗，音ㄅㄞˋ）。彈箏搏髀（彈著古箏，手拍擊大腿以為節拍。髀，音ㄅㄧˋ）。撫弦登陴（手持弓箭，登上城牆。陴，音ㄆㄧˊ）。縱橫捭闔（指政治或外交上使用的分化、拉攏等高明的手段。縱，音ㄗㄨㄥ；捭闔，音ㄅㄞˇ ㄏㄜˊ）。髀肉復生（比喻久處安逸，虛度光陰，無所作為）。鼙鼓雷鳴（指戰爭氣氛極濃。鼙，音ㄆㄧˊ）。

【全國考題】90中教；91師院；92高中。

婆娑（ㄆㄛˊ ㄙㄨㄛ）

【解釋】形容跳舞的姿態，如「婆娑起舞」。或指淚光閃動的樣子，如「淚眼婆娑」。

【造句】晨起的婦女們隨著音樂「婆娑」起舞，雖然身材有些臃（ㄩㄥ）腫，但看她們一副認真的模樣，倒令我稱羨不已。

【分析】娑，音ㄙㄨㄛ，不讀ㄕㄚ。

【相關詞】刮痧（ㄕㄚ）。挼挲（音ㄖㄨㄛˊ ㄙㄨㄛ。互相搓摩）。挼莎（同「挼挲」）。莎，音ㄙㄨㄛ）。桫欏（植物名。桫，音ㄙㄨㄛ）。莎岸（長滿莎草的岸邊。莎，音ㄙㄨㄛ）。莎草（植物名。莎，音ㄙㄨㄛ）。莎雞（昆蟲名。莎，音ㄕㄚ）。袈裟（出家人穿的法衣。裟，音ㄕㄚ）。摩挲（用手撫摩。挲，音ㄙㄨㄛ）。絞腸痧（中醫指稱腹痛如絞的急性腸胃炎）。踏莎行（詞牌名。莎，音ㄙㄨㄛ）。含沙射影。沙場老將。刮痧療法。恆河沙數（形容數量極多）。娑婆世界（稱我們人類所處的世界）。淚眼婆娑。婆娑起舞。摶沙作飯（比喻白費心力。摶，音ㄊㄨㄢˊ）。

【全國考題】89、95國小；94國中。

寅吃卯糧（ㄧㄣˊ ㄔ ㄇㄠˇ ㄌㄧㄤˊ）

【解釋】比喻入不敷出，預支以後的用項。也作「寅支卯糧」。

【造句】他平日「寅吃卯糧」，不知積蓄，如今只好勒（ㄌㄟ）緊褲帶過日子。

【分析】寅吃卯糧，不作「寅吃卬糧」或「寅吃卬糧」。寅，音ㄧㄣˊ，不讀ㄧㄣˇ；卯，音ㄇㄠˇ，不讀ㄤˊ。

【相關詞】同寅（同僚）。蚯螾（同「蚯蚓」）。螾，音ㄧㄣˇ）。夤夜（深夜。夤，音ㄧㄣˊ）。夤緣（比喻攀附權貴以求提升官階地位）。子丑寅卯。寅憂夕惕（早晚擔憂，戒慎警惕）。愈演愈烈。夤緣仕進（攀附權貴以求進身為官）。夤緣求進。夤緣為虐（攀附權貴以求進身之輩盛行）。夤緣攀附（趨附權貴，拉攏關係）。

【全國考題】87高中；97社會；98國小；100國中。

強（ㄑㄧㄤˇ）詞（ㄘˊ）奪（ㄉㄨㄛˊ）理（ㄌㄧˇ）

【解釋】用不合理的話和對方強（ㄑㄧㄤˇ）辯。

【造句】有些不可理喻的人，明知自己不對，不但不檢點反省，反而「強詞奪理」，認為別人無理取鬧。

【分析】強詞奪理，不作「搶詞奪理」。強，音ㄑㄧㄤˇ，不讀ㄑㄧㄤˊ。

【相關詞】拗強（音ㄠˋ ㄐㄧㄤˋ。倔強）。勉強（ㄑㄧㄤˇ）。倔（ㄐㄩㄝˋ）強（ㄐㄧㄤˋ）。強（ㄑㄧㄤˇ）求。強（ㄑㄧㄤˇ）制。強（ㄑㄧㄤˇ）迫。強（ㄑㄧㄤˇ）逼。強嘴（嘴硬，不肯認輸或認錯。強，音ㄐㄧㄤˋ）。強辯（理屈卻強為辯解。強，音ㄑㄧㄤˇ）。牽強（ㄑㄧㄤˇ）。糨糊（同「漿糊」。糨，音ㄐㄧㄤˋ）。襁（ㄑㄧㄤˇ）褓。鏹水（硫酸。鏹，音ㄑㄧㄤˇ）。強（ㄑㄧㄤˇ）制罪。強（ㄑㄧㄤˇ）迫症。強（ㄐㄧㄤˋ）脾氣。差強（ㄑㄧㄤˇ）人意。強（ㄑㄧㄤˇ）人所難。強文假醋（假裝成一副斯文的樣子。強，音ㄑㄧㄤˇ）。強作解人（形容不了解實情而妄發議論。強，音ㄑㄧㄤˇ）。強（ㄑㄧㄤˇ）作鎮靜。強（ㄑㄧㄤˇ）忍淚水。強（ㄑㄧㄤˇ）制拆除。強（ㄑㄧㄤˇ）制執行。強（ㄑㄧㄤˇ）制驅離。強聒不舍（嘮叨個不停。強，音ㄑㄧㄤˇ）。強飯為嘉（比喻善自珍重。強，音ㄑㄧㄤˇ）。強顏忍恥（厚著臉皮不知羞恥。強，音ㄐㄧㄤˋ）。強（ㄐㄧㄤˋ）顏事仇。強（ㄑㄧㄤˇ）顏歡笑。牽強（ㄑㄧㄤˇ）附會。博聞強記（見聞廣博，記憶力超強。強，音ㄑㄧㄤˊ）。惡醉強酒（比喻明知故犯。惡，音ㄨˋ；強，音ㄑㄧㄤˇ）。脾氣很強（ㄐㄧㄤˋ）。項為之強（脖子因此而僵硬。為，音ㄨㄟˋ；強，音ㄐㄧㄤˋ）。藏鏹千萬（比喻貯藏錢財甚多。鏹，音ㄑㄧㄤˇ）。藏鏹巨萬（形容貯藏錢財甚多。同「藏鏹千萬」。鏹，音ㄑㄧㄤˇ）。

【全國考題】88、93、97國小；83國中；74師院；81小教。

彗（ㄏㄨㄟˋ）星（ㄒㄧㄥ）

【解釋】星名。又稱為「欃（ㄔㄢˊ）槍（ㄔㄥ）」、「掃帚星」。

【造句】「彗星」的出現是災禍、戰爭的不祥之兆。這是前人的傳說，在今天科技昌明的時代，被斥為無稽之談。

【分析】彗星，不作「慧星」。

【相關詞】慧根。日中必彗（比喻做事要當機立斷，把握良機）。好行小慧（喜歡賣弄小聰明）。秀外慧中。哈雷彗星。拾人牙慧（比喻蹈襲他人的言論或主張）。彗氾畫塗（比喻非常容易）。剪莽擁篲（指辛勤工作。篲，音ㄏㄨㄟˋ）。彗星隕（ㄩㄣˇ）落。慧心巧手。擁彗先驅（手持掃帚掃地，為貴賓引路。表示敬意）。擁彗迎門（拿著掃帚掃地，在門前歡迎賓客。表示對賓客的敬意）。擁篲救火（比喻方法不當，事情就不容易成功）。擁篲清道（同「擁彗先驅」）。獨具慧眼。

【全國考題】91師院；98高中。

徜（ㄔㄤˊ）徉（ㄧㄤˊ）

【解釋】從（ㄘㄨㄥ）容自在或安閒徘徊的樣子。

【造句】黃昏時分（ㄈㄣˊ），「徜徉」在公園的草地上，心中的煩憂與壓力頓時一掃而空。

【分析】徜徉，不作「躺徉」。徜，音ㄔㄤˊ，不讀ㄊㄤˇ。

【相關詞】衣裳（˙ㄕㄤ）。補償（ㄔㄤˊ）。償還。人生無常。甘棠遺愛（對賢明官吏的愛戴或懷念）。如願以償。衣裳楚楚（服裝整齊而講究的樣子。裳，音ㄔㄤˊ）。孤芳自賞。迷離惝怳（形容模糊不清而難以分辨。惝怳，音ㄔㄤˇ ㄏㄨㄤˇ）。得不償失。淌眼抹淚（形容哭泣）。

【全國考題】85、89國小；79、93高中；87師院；79、94小教；88中教；89高中；94國中。

掮客 ㄑㄧㄢˊ ㄎㄜˋ

【解釋】媒介他人商業上的交易，而收取佣（ㄩㄥˋ）金的中間商人。

【造句】為了籌措資金，只好找「掮客」居中牽線，將位於鬧區的樓房賣掉。

【分析】掮，音ㄑㄧㄢˊ，不讀ㄐㄧㄢ；右從「肩」：首筆作一撇，不作一點或一橫。

【相關詞】肩負。土地掮客。行駛路肩。身肩重任。肩背相望（形容人數眾多，前後相接不斷。同「項背相望」）。肩負重擔（ㄉㄢˋ）。接踵摩肩（形容人多而擁擠。同「摩肩接踵」）。掮著行李（肩扛著行李）。掮鷹放鷂（指不務正業的紈褲子弟的行徑。鷂，音ㄧㄠˋ）。擦肩而過。

【全國考題】80、84、90、91、92、98高

中；83、84、86、87師院；95教大；73、76、87、88、91小教；78、83、86、88中教；97國中；97社會。

掙錢 ㄓㄥˋ ㄑㄧㄢˊ

【解釋】出力賺錢。

【造句】爸爸每天辛苦「掙錢」，無非希望我們一家人過著幸福快樂的日子。

【分析】掙，音ㄓㄥˋ，不讀ㄓㄥ。

【相關詞】風箏。乾淨。掙扎。掙命（勉強掙扎。掙，音ㄓㄥ）。掙（ㄓㄥ）脫。掙（ㄓㄥ）開。掙臉（爭面子。掙，音ㄓㄥ）。猙獰。崢嶸（音ㄓㄥ ㄖㄨㄥˊ。山勢高峻的樣子）。琤瑽（音ㄔㄥ ㄘㄨㄥ。形容彈撥弦樂所發出的聲音或流水聲）。竫言（偽造的話。即謊言。竫，音ㄐㄧㄥˋ）。諍友（能用直言互相規勸的朋友。諍，音ㄓㄥ）。諍言（規勸他人的言辭）。諫諍（以直言規勸在上位者）。鐵錚錚（形容不屈服於惡勢力的威武樣子。錚，音ㄓㄥ）。六根清淨。平心靜氣。杏眼圓睜（形容女子生氣時眼睛瞪得很大的神態）。面目猙獰（面目凶惡可怕）。消滅淨盡（澈底清除、毀滅）。崢嶸歲月（形容不平凡的歲月）。掙錢養家。窗明几（ㄐㄧ）淨。歲月崢嶸（同「崢嶸歲月」）。頭角崢嶸（形容才華洋溢、能力出眾而引人矚目的年輕人。角，音ㄐㄧㄠˇ）。錚錚有名（擁有顯赫的名聲）。錚錚鏦鏦（形容清脆的聲音。鏦，音ㄘㄨㄥ）。鐵中錚錚（比喻才能傑出的人物）。

【全國考題】92、94國小；96中教。

掐頭去尾（ㄑㄧㄚ ㄊㄡˊ ㄑㄩˋ ㄨㄟˇ）

【解釋】去掉頭尾兩個部分。引申為除去其中一部分，或指省略不重要的地方。

【造句】你就「掐頭去尾」簡短地說，別耽誤大家用餐的時間。

【分析】掐頭去尾，不作「搯頭去尾」。掐，音ㄑㄧㄚ，右上作「⺈」（ㄖㄢˇ），不作「爫」（ㄓㄠˇ）或「刀」；搯，音ㄊㄠ，探取，同「掏」。

【相關詞】火焰（同「火燄」）。火爓（同「火焰」）。爓，音ㄧㄢˋ。肉餡。攻陷。缺陷。啗飯（吃飯。同「啖飯」）。啗，音ㄉㄢˋ。掐死。淪陷。陷阱。陷害。菡萏（音ㄏㄢˋ ㄉㄢˋ。荷花的別稱）。諂（ㄔㄢˇ）媚。諂諛（逢迎阿諛。諛，音ㄩˊ）。閭閻（音ㄌㄩˊ ㄧㄢˊ。鄉里）。餡餅。露餡（洩露祕密。露，音ㄌㄡˋ）。閻羅王。十殿閻王。自視欿然（自覺不滿意。欿，音ㄎㄢˇ）。阿（ㄜ）諛諂媚。氣焰囂張。脅肩諂笑（形容逢迎拍馬的醜態）。埳井之蛙（比喻見識淺薄的人。同「井底之蛙」、「坎底之蛙」）。埳，音ㄎㄢˇ）。掐指一算。貧而無諂（雖然貧窮也不去巴結奉承人家）。陷入絕境。陷害無辜。越陷越深。衝鋒陷陣。閭閻撲地（村莊到處都是）。餘桃啗君（比喻愛憎喜怒無常。後以「餘桃」指男色或以男色事人）。餡多皮薄。

【全國考題】84國小；85師院；77、94小教；101高中。

旋風（ㄒㄩㄢˋ ㄈㄥ）

【解釋】來勢凶猛或突然引起社會震撼、關

心的事件。

【造句】最近不管是服飾或家具，都颳起一陣復古懷舊的「旋風」。

【分析】旋，音ㄒㄩㄢˊ，不讀ㄒㄩㄢˋ。

【相關詞】酒鏇（溫酒器。鏇，音ㄒㄩㄢˋ）。旋子（漩渦。旋，音ㄒㄩㄢˋ）。旋（ㄒㄩㄢˋ）球。凱旋。漩（ㄒㄩㄢˊ）渦。盤旋。不旋踵（比喻時間迅速）。打旋（ㄒㄩㄢˋ）球。一股旋（ㄒㄩㄢˋ）風。天旋地轉。周旋到底。持衡擁璇（比喻執握國家的權柄。璇，音ㄒㄩㄢˊ）。計不旋轉（指在短時間內打定主意後，即勇往直前，絕不後退）。捲入漩渦。旋一壺酒（溫一壺酒。同「鏇一壺酒」。旋，音ㄒㄩㄢˋ）。旋即北上（立刻北上）。旋乾（ㄑㄧㄢˊ）轉坤。僅容旋馬（形容為官清廉，不貪慕虛榮）。璇閨日暖（用於女性的祝壽賀辭）。鏇一壺酒（同「旋一壺酒」）。

【全國考題】84國小；87師院；90國中；90中教；95小教。

梟（ㄒㄧㄠ）首（ㄕㄡˇ）示（ㄕˋ）眾（ㄓㄨㄥˋ）

【解釋】殺人取頭懸掛在木桿上，以警示大眾。

【造句】殺人放火的匪徒終於被官府判處「梟首示眾」之罪，百姓額手稱慶、奔相走告。

【分析】梟首示眾，不作「削首示眾」。梟，音ㄒㄧㄠ。

【相關詞】私梟。毒梟。梟雄。梟獍（比喻不孝之人或忘恩負義之徒。獍，音ㄐㄧㄥˋ）。裊娜（音ㄋㄧㄠˇ ㄋㄨㄛˇ。形容體態輕盈柔美的樣子）。嫋娜（同「裊娜」）。嫋，音ㄋㄧㄠˇ）。鴟梟（同「鴟鴞」。鴟，音ㄔ）。大毒梟。

一代梟雄。化梟為鳩（比喻化凶險為平安）。衣冠梟獍（指行為惡劣的人或不孝的人。冠，音ㄍㄨㄢ）。梟雄之姿（形容人具有英雄氣概）。餘音裊裊（音調悠揚不絕。同「餘音嫋嫋」）。嬝娜纖巧（女子姿態柔美的樣子。纖，音ㄒㄧㄢ）。嬝嬝娜娜（同「嬝娜」）。

【全國考題】86、97國中；85、86高中；83師院；77、90中教；89、97國小。

涸乾（ㄏㄜˊ ㄍㄢ）

【解釋】枯竭，如「水池涸乾」。也作「乾涸」。

【造句】久旱不雨，河水「涸乾」，農民因無水灌溉而叫苦不迭。

【分析】涸，本讀ㄏㄠˋ，今改讀作ㄏㄜˊ。

【相關詞】乾涸。涸竭（枯竭）。痼疾（久治不癒的疾病。痼，音ㄍㄨˋ）。禁錮（限制。錮，音ㄍㄨˋ）。箇舊（雲南省縣名。箇，音ㄍㄜˋ）。自個兒（自己。個，音ㄍㄜˊ）。各個擊破。沉痼自若（比喻積久難改的習俗或嗜好）。沉痾（ㄜ）痼疾。固有文化。固有道德。固執己見。欲取固與（欲奪取他人之物，得先付出代價，以誘使對方放鬆警戒。原作「將欲取之，必固與之」）。涸澤而漁（比喻榨取殆盡而不留餘地）。涸轍枯魚（比喻陷於困境，亟待救援的人或物。轍，音ㄔㄜˋ）。涸轍鮒魚（同「涸轍枯魚」。鮒，音ㄈㄨˋ）。涸鱗濡沫（比喻所給予的幫助並不足以解決危難。濡，音ㄖㄨˊ）。痛改痼習。煙霞痼疾（熱愛山水成癖）。黨錮之禍（東漢末發生之事件）。

【全國考題】85小教。

涮羊肉（ㄕㄨㄢˋ ㄧㄤˊ ㄖㄡˋ）

【解釋】一種把羊肉片放在沸湯裡燙熟後，蘸（ㄓㄢˋ）著作（ㄗㄨㄛˊ）料吃的食用方式。也作「涮鍋子」。

【造句】本市的「涮羊肉」享負盛名，今晚我們決定前去大啖（ㄉㄢˋ）一番。

【分析】涮，音ㄕㄨㄢˋ，不讀ㄕㄨㄚ。

【相關詞】刷白（臉色白而帶青）。刷選（挑選）。刷新紀錄。涮涮鍋。涮碗碟（清洗碗碟）。

【全國考題】87、88國中；89、96高中；90、94國小；92小教。

混沌（ㄏㄨㄣˋ ㄉㄨㄣˋ）

【解釋】比喻模糊而不分明的樣子，如「混沌不明」。

【造句】原本「混沌」不明的吉安鄉五子命案，因尋獲其雙親屍體而露出一線曙（ㄕㄨˋ）光。

【分析】混，音ㄏㄨㄣˋ，不讀ㄏㄨㄣˊ；沌，音ㄉㄨㄣˋ，不讀ㄊㄨㄣˊ。

【相關詞】屯否（音ㄓㄨㄣ ㄆㄧˇ。際遇困頓不順）。屯（ㄓㄨㄣ）卦。屯留（山西省縣名。屯，音ㄔㄨㄣˊ）。屯窒（困難。屯，音ㄓㄨㄣ）。屯紮。屯積（同「囤積」）。屯蹇（音ㄓㄨㄣ ㄐㄧㄢˇ。遭遇挫折、不順利）。屯邅（音ㄓㄨㄣ ㄓㄢ。處境險惡，前進困難）。米囤（米倉。囤，音ㄉㄨㄣˋ）。囤貨。囤積。囤糧。困頓。迍邅（同「屯邅」）。迍，音ㄓㄨㄣ）。冒頓（音ㄇㄛˋ ㄉㄨˊ。漢初匈奴的單于）。窀穸（音ㄓㄨㄣ ㄒㄧˋ。墓穴）。駑（ㄋㄨˊ）鈍。遲鈍。餛（ㄏㄨㄣˊ）飩（ㄉㄨㄣˋ）。艱屯（艱難險阻。屯，音ㄓㄨㄣ）。雞肫（雞胃。

同「雞胗」。肫，音ㄓㄨㄣ；胗，音ㄓㄣ）。打盹（ㄉㄨㄣˇ）兒。屯街塞巷（形容人多擁擠。塞，音ㄙㄜ）。屯邅困躓（ㄓˋ）。屯蹶否塞（比喻處境困頓艱險。屯，音ㄓㄨㄣ；否塞，音ㄆㄧˇ ㄙㄜ）。屯難未靖（禍亂沒有平定。屯，音ㄓㄨㄣ）。目眢心忳（極為悲傷的樣子。眢，音ㄩㄢ；忳，音ㄊㄨㄣˊ）。成敗利鈍（成功、失敗與順利或遭遇挫折）。舟車勞頓（旅途疲勞困頓）。囤積居奇（積存物品，等待價格上漲時再賣出）。囤積脂（ㄓ）肪。抑揚頓挫。拙口鈍腮（形容拙於言辭）。殷殷屯屯（繁盛。屯，音ㄓㄨㄣ）。訰訰不安（心亂的樣子。訰，音ㄓㄨㄣ）。鈍刀慢剮（比喻緩慢地折磨。剮，音ㄍㄨㄚˇ）。頓口無言。雞肫鵝肝。鐵怕落爐，人怕落囤（比喻人若陷入困境，只能走一步算一步了。囤，音ㄉㄨㄣˋ）。

【全國考題】86中教。

混凝土（ㄏㄨㄣˋ ㄋㄧㄥˊ ㄊㄨˇ）

【解釋】由水泥、細沙、石子與水按一定比例相混（ㄏㄨㄣˋ）合，攪拌而成膠糊狀的建築材料。

【造句】用鋼筋「混凝土」建造的房子比木屋來得堅固，不怕颱風和地震等天災。

【分析】混凝土，不作「混泥土」。混，音ㄏㄨㄣˋ，不讀ㄏㄨㄣˊ；凝，音ㄋㄧㄥˊ，不讀ㄋㄧˊ。

【相關詞】混元（天地初開闢。混，音ㄏㄨㄣˋ）。混（ㄏㄨㄣˋ）合。混夷（中國古代西部部落名。混，音ㄎㄨㄣ）。混（ㄏㄨㄣˋ）血。混（ㄏㄨㄣˋ）沌（ㄉㄨㄣˋ）。混（ㄏㄨㄣˋ）帳。混（ㄏㄨㄣˋ）淆。混

（ㄏㄨㄣˋ）蛋。混（ㄏㄨㄣˋ）亂。混（ㄏㄨㄣˋ）跡。混（ㄏㄨㄣˋ）濁。混（ㄏㄨㄣˋ）戰。緄邊（在衣物的邊緣縫上帶狀物。緄，音ㄍㄨㄣˇ）。餛（ㄏㄨㄣˊ）飩（ㄉㄨㄣˋ）。混（ㄏㄨㄣˋ）充米。混（ㄏㄨㄣˋ）合物。混血兒。賢昆仲（對人兄弟的尊稱。同「賢昆玉」）。緄花邊。餛飩麵。玉石混淆（比喻賢愚混雜，難以區別。混，音ㄏㄨㄣˋ）。玉昆金友（盛讚兄弟才德兼美）。含混（ㄏㄨㄣˋ）不清。昆弟之好（形容如兄弟一般好的感情）。垂裕後昆（為後代子孫留下財富或功績）。崑山片玉（比喻稀世珍寶或才能傑出的人物。同「昆山片玉」）。混（ㄏㄨㄣˋ）水摸魚。混（ㄏㄨㄣˋ）合雙打。混沌初開。混（ㄏㄨㄣˋ）為一談。混（ㄏㄨㄣˋ）淆不清。混（ㄏㄨㄣˋ）淆黑白。混（ㄏㄨㄣˋ）淆視聽。魚目混（ㄏㄨㄣˋ）珠。琨玉秋霜（比喻人品高潔，言行莊重）。龍蛇混（ㄏㄨㄣˋ）雜。鯤鵬展翅（比喻前程遠大，無可限量。鯤，音ㄎㄨㄣ）。

【全國考題】102國小。

深中肯綮（ㄕㄣ ㄓㄨㄥˋ ㄎㄣˇ ㄑㄧㄥˋ）

【解釋】即中肯的意思。肯綮，骨（ㄍㄨˇ）頭（˙ㄊㄡ）和筋肉相連的部位，比喻事理的扼要處。

【造句】林教授這番話說得「深中肯綮」，與（ㄩˋ）會的學者都深表贊同。

【分析】中，音ㄓㄨㄥˋ，不讀ㄓㄨㄥ；綮，音ㄑㄧㄥˋ，不讀ㄑㄧˇ。

【相關詞】啟航。啟發。啟齒。棨戟（音ㄑㄧˇ ㄐㄧˇ。古代官吏遠行時，作為前驅的儀仗。同「綮戟」）。開啟。肇事。肇禍。肇端（起始、開端）。肇事者。大樓啟用。切（ㄑㄧㄝˋ）中

（ㄓㄨㄥˋ）肯綮。民國肇建。完工啟用。技經肯綮（經絡相連著骨肉和筋骨盤結的地方）。承先啟後。洞中肯綮（觀察極為敏銳，言論能掌握問題的關鍵處。中，音ㄓㄨㄥˋ）。殷憂啟聖（深切的憂慮能啟發聖明）。落成啟用。道歉啟事。肇事逃逸。肇事闖禍。

【全國考題】73國中；82國小；90、92師院；92高中；95中教；101教師。

淤（ㄩ）塞（ㄙㄜˋ）

【解釋】淤（ㄩ）積阻塞（ㄙㄜˋ）而不能暢通。

【造句】颱風來襲前，務必將「淤塞」的排水溝加以清理，以免釀成水災。

【分析】淤，音ㄩ，不讀ㄩˊ；塞，音ㄙㄜˋ，不讀ㄙㄞ。

【相關詞】抽菸。於菟（音ㄨ ㄊㄨˊ。虎的別稱）。於戲（音ㄨ ㄏㄨ。感嘆詞）。香菸。淤泥。淤積。淤閼（水流不通。閼，音ㄜˋ）。菸草。菸酒。菸蒂。雍閼（阻塞不通。閼，音ㄜˋ）。瘀血。瘀傷。壅閼（音ㄩㄥ ㄜˋ。同「雍閼」）。閼氏（音ㄧㄢ ㄓ。漢時匈奴君長的嫡妻）。閼伯（人名。為高辛氏長子。閼，音ㄜˋ）。閼塞（音ㄜˋ ㄙㄜˋ。壅塞）。二手菸。老菸槍。菸灰缸。樊於期（戰國時秦將。樊，音ㄈㄢˊ；於，音ㄨ）。於呼哀哉（同「嗚呼哀哉」）。於，音ㄨ）。河川閼塞。活血化瘀。菸酒公賣。

【全國考題】84國中。

淋漓盡致（ㄌㄧㄣˊ ㄌㄧˊ ㄐㄧㄣˋ ㄓˋ）

【解釋】形容文章或言論表達極為暢達詳盡。或指技能發揮到極點。

【造句】劉德華在〈無間道〉一片中將演技發揮得「淋漓盡致」，可謂是登峰造極之作。

【分析】盡，上作「⺻」，與「書」、「畫」上半的寫法不同；致，右作「夂」（音ㄙㄨㄟ，捺筆出頭），不作「夊」或「夂」（ㄓˇ）。

【相關詞】別致。致仕（辭官退休）。致富。致賀。致意。致敬。致謝。致贈。細緻。景致。精緻。標致。興（ㄒㄧㄥˋ）致。致命傷。凹凸（ㄊㄨˊ）有致。任重致遠。言行（ㄒㄧㄥˊ）一致。車禍致殘。和氣致祥。爭相羅致（爭相網羅人才）。致力革命。致命一擊。致勝關鍵。負重致遠。格物致知（推究事物的道理，以獲得知識）。專心致志。殺敵致果。陳設雅致。雅人深致（風雅的人，意致深遠）。閒情逸致。經商致富。過失致死。慢令致期（政令鬆懈而限期緊迫）。談吐有致（談話文雅有條理）。學以致用。興致勃勃。興致盎然。錯落有致（交錯紛雜而有條理）。羅致人才。

【全國考題】87中教；88高中；93國中；93師院。

畢竟（ㄅㄧˋ ㄐㄧㄥˋ）

【解釋】究竟，到底。

【造句】你為什（ㄕㄣˊ）麼要和他斤斤計較呢？「畢竟」他是你的親弟弟啊！

【分析】畢竟，不作「必竟」。畢，上作「田」，豎筆與下豎不接；中作

「艹」，不作「艹」，與傳統寫法不同。

【相關詞】完畢。畢業。駐蹕（古代帝王出巡時，沿途停留或暫住。蹕，音ㄅㄧˋ）。畢業生。出警入蹕（帝王出入時清空道路，百姓或閒人迴避）。原形畢露（ㄌㄨˋ）。悉心畢力（竭盡心思和力量）。畢力同心。畢生難忘。畢恭畢敬（同「必恭必敬」）。畢竟不同。群賢畢至（眾多賢能的人全聚在一起）。箕風畢雨（比喻施政能順應民心）。蓽門圭竇（比喻窮苦人家或窮苦人家居室的簡陋。圭竇，音ㄍㄨㄟ ㄉㄡˋ）。蓽路藍縷（比喻創造事業的艱辛）。蓬蓽生輝。篳門圭竇（同「蓽門圭竇」）。篳路藍縷（同「蓽路藍縷」）。

【全國考題】90師院；91、92國小。

疏不間親 ㄕㄨ ㄅㄨˋ ㄐㄧㄢˋ ㄑㄧㄣ

【解釋】關係疏遠的人不能離間（ㄐㄧㄢˋ）關係親近的人。

【造句】「疏不間親」，外人的閒言閒語，你聽聽就好，以免誤會自己的親人。

【分析】疏，左作「𤴔」（ㄕㄨ），右上作「𠫓」（音ㄊㄨˊ，三畫），下末筆不鉤；間，音ㄐㄧㄢˋ，不讀ㄐㄧㄢ。

【相關詞】山澗（ㄐㄧㄢˋ）。反間（ㄐㄧㄢˋ）。乘間（趁著機會。間，音ㄐㄧㄢˋ）。病間（病勢稍為好轉。間，音ㄐㄧㄢˋ）。間或（有時候。間，音ㄐㄧㄢˋ）。間（ㄐㄧㄢ）奏。間（ㄐㄧㄢ）架。間（ㄐㄧㄢˋ）接。間（ㄐㄧㄢˋ）歇。間（ㄐㄧㄢˋ）隔。間（ㄐㄧㄢˋ）隙。間壁（隔壁。間，音ㄐㄧㄢˋ）。間（ㄐㄧㄢˋ）諜。間（ㄐㄧㄢˋ）斷。溪澗（兩山間的流水。澗，音ㄐㄧㄢˋ）。瞷察（窺視、偵察。瞷，音ㄐㄧㄢˋ）。反間（ㄐㄧㄢˋ）計。殺手鐧（比喻最厲害、最致命的一招。鐧，音ㄐㄧㄢˇ）。間（ㄐㄧㄢ）奏曲。間歇性。間歇熱（一種定時發熱的病症）。撒手鐧（同「殺手鐧」。撒，音ㄙㄚ）。合作無間（ㄐㄧㄢˋ）。契合無間（ㄐㄧㄢˋ）。挑（ㄊㄧㄠˇ）撥離間（ㄐㄧㄢˋ）。乘間投隙（乘機挑撥離間。間，音ㄐㄧㄢˋ）。間不容息（時間極為急迫，不容稍有延遲。間，音ㄐㄧㄢˋ）。間不容髮（比喻情勢危急。間，音ㄐㄧㄢˋ）。間歇噴泉。黑白相間（ㄐㄧㄢˋ）。遠不間親（同「疏不間親」。間，音ㄐㄧㄢˋ）。餐松飲澗（形容超脫世俗）。籬壁間物（自己家園所生產的東西。間，音ㄐㄧㄢ）。

【全國考題】88高中。

眾說紛紜（ㄓㄨㄥˋ ㄕㄨㄛ ㄈㄣ ㄩㄣˊ）

【解釋】每個人的說法紛亂不一致。

【造句】在「眾說紛紜」的時代裡，要多看、多聽、多思考，用冷靜的心和理性的腦建立個人的價值觀。

【分析】眾說紛紜，不作「眾說紛云」。

【相關詞】芸窗（書齋的別稱）。紛紜。耕耘。曇（ㄊㄢˊ）花。人云亦云。判若雲泥（相差懸殊）。舍己芸人（比喻犧牲自己，以成就他人。舍，音ㄕㄜˇ）。芸芸眾生。春耕夏耘。紛紜雜沓（眾多且雜亂）。眾口紛紜（人多嘴雜，各有各的說法）。筆耕墨耘（寫作）。雲英未嫁（比喻女子尚未出嫁）。聚訟紛紜（論辯紛亂，難定是非）。播（ㄅㄛ）種（ㄓㄨㄥˇ）耕耘。曇花一現。

【全國考題】96中教。

眼瞼（ㄧㄢˇ ㄐㄧㄢˇ）

【解釋】俗稱「眼皮」。

【造句】「眼瞼」下垂分為先天性及後天性兩型。當「眼瞼」下垂嚴重到妨礙視力時，可以接受手術治療。

【分析】瞼，音ㄐㄧㄢˇ，不讀ㄌㄧㄢˇ。

【相關詞】內斂。收斂。嶮巇（音ㄒㄧㄢˇ ㄒㄧ。比喻艱難險惡。同「險巇」）。憸佞（音ㄒㄧㄢ ㄋㄧㄥˋ。奸佞的小人）。獫狁（音ㄒㄧㄢˇ ㄩㄣˇ。匈奴的古稱。同「玁狁」。玁，音ㄒㄧㄢˇ）。斂財。酸鹼值。口蜜腹劍。世路巇嶮（世途險峻難行）。自奉甚儉。克勤克儉。刻舟求劍（比喻拘泥固執而不知變通。刻，音ㄎㄜˋ）。波光瀲灩（波光閃爍的樣子。波，音ㄅㄛ；瀲灩，音ㄌㄧㄢˋ ㄧㄢˋ）。屏氣斂息（形容極為緊張或全神貫注的神情。屏，音ㄅㄧㄥˇ）。故劍情深（比喻夫妻感情深厚）。省刑薄斂（減輕刑罰及賦稅。省，音ㄕㄥˇ）。眾口僉同（大家所說的話都一樣。僉，音ㄑㄧㄢ）。意見僉同（意見相同）。詢謀僉同（向眾人諮詢，並獲得眾人的同意）。劍及履及（形容人行動果決快速）。劍拔弩（ㄋㄨˇ）張。鋒芒內斂。銷聲斂跡（隱藏形跡，不公開露面。同「銷聲匿跡」）。橫征暴斂（巧立名目，向人民收取重稅以聚斂財物）。斂衽正容（整理衣襟、端正容貌。衽，音ㄖㄣˋ）。斂首低眉（形容沮喪失意的樣子）。鹼性電池。

【全國考題】82小教；82、96中教。

符合（ㄈㄨˊ ㄏㄜˊ）

【解釋】相合。

【造句】這些產品十分「符合」市場需求，一推出就供（ㄍㄨㄥ）不應求。

【分析】符，音ㄈㄨˊ，不讀ㄈㄨˇ。

【相關詞】吩咐。拊掌（拍手。拊，音ㄈㄨˇ）。相符。胕腫（浮腫。胕，音ㄈㄨˊ）。苻堅（人名。苻，音ㄈㄨˊ）。跗（ㄈㄨ）骨。跗蹠（鳥類腿部以下至趾的部分。蹠，音ㄓˊ）。萼跗（比喻兄弟）。鼓柎（放鼓的底座。柎，音ㄈㄨˇ）。駙馬。附屬品。跗關節。駙馬爺。護身符。付之東流。拊背扼喉（比喻控制要衝）。拊掌大笑。拊膺切齒（極為悲憤、哀痛。膺，音ㄧㄥ；切，音ㄑㄧㄝˋ）。虎符金牌（皇帝賜予功臣或寵臣的虎頭形金牌）。附驥攀鴻（比喻依靠他人而成名。驥，音ㄐㄧˋ）。穿鑿（ㄗㄠˊ）附會。若合符節（比喻兩件事物完全相同、吻合）。桃符換舊（比喻新年到來）。涸轍之鮒（陷入困境，急需救援的人或物。或簡作「涸鮒」。涸，音ㄏㄜˊ；鮒，音ㄈㄨˋ）。萑苻不靖（盜匪很多，治安不平靜。萑苻，音ㄏㄨㄢˊ ㄈㄨˊ）。魂不附體。膠附不離（比喻十分密切）。擗踊拊心（形容捶胸頓足，極為哀痛的樣子。擗踊，音ㄆㄧˋ ㄩㄥˇ）。趨炎附勢。轍鮒之急（身陷困境，亟待救援）。

【全國考題】87、90師院；90、98國小；90國中。

粗製濫造（ㄘㄨ ㄓˋ ㄌㄢˋ ㄗㄠˋ）

【解釋】製作粗劣，只求數量多而不講究品

質。

【造句】這些節目「粗製濫造」，毫無水準可言，青少年應該拒看，以免影響身心健康。

【分析】粗製濫造，不作「粗製爛造」。

【相關詞】太監（ㄐㄧㄢˋ）。氾濫。門檻（ㄎㄢˇ）。浮濫。圈檻（音ㄐㄩㄢˋ ㄐㄧㄢˋ。圈禁猛獸的鐵籠）。船艦。搖籃。跟監。監（ㄐㄧㄢ）督。尷尬。濫墾。濫觴（比喻事物的開端。觴，音ㄕㄤ）。檻車（裝載禽獸或囚犯的車子。檻，音ㄐㄧㄢˋ）。藍圖。獸檻（ㄐㄧㄢˋ）。籃球。襤褸（音ㄌㄢˊ ㄌㄩˇ。衣服破爛的樣子）。欄檻（ㄐㄧㄢˋ）。祕書監（職官名。掌理歷代圖書。監，音ㄐㄧㄢˋ）。國子監（古行政機關名。監，音ㄐㄧㄢˋ）。理監（ㄐㄧㄢ）事。欽天監（職官名。相當於今日的天文臺或氣象局。監，音ㄐㄧㄢˋ）。旗艦店。監視器。氾濫成災。朱雲折檻（比喻臣子直言進諫。檻，音ㄐㄧㄢˋ）。衣衫藍褸（同「衣衫襤褸」）。青出於藍。陳腔濫調。場面尷尬。發監執行。寧缺勿濫。監守自盜。懂得門檻（知道竅門）。華路藍縷。觱沸檻泉（向上湧出的泉水翻騰不停。觱，音ㄅㄧˋ；檻，音ㄐㄧㄢˋ）。濫用職權。濫竽（ㄩˊ）充數。濫殺無辜。濫用藥物。藍田種玉（比喻女子受孕）。藍領階級（從事勞力工作的雇員）。篳路藍縷（同「華路藍縷」）。籠鳥檻猿（比喻人受拘禁而不自由。檻，音ㄐㄧㄢˋ）。鑑往知來（觀察過去的事，以推知未來）。

【全國考題】97社會。

粗糙（ㄘㄨ ㄘㄠ）

【解釋】表面不光滑，質地不細緻。

【造句】我抬頭望見那粗壯挺拔的老梧桐，它的樹皮雖然「粗糙」，根卻扎（ㄓㄚ）得又深又牢。

【分析】糙，音ㄘㄠ，不讀ㄗㄠˋ。

【相關詞】中鵠（音ㄓㄨㄥˋ ㄍㄨˇ。打中箭靶）。正鵠（音ㄓㄥ ㄍㄨˇ。箭靶的中心）。冰窖。地窖。告朔（古代一種祭祀儀式。告，音ㄍㄨˋ）。帝嚳（古帝名。嚳，音ㄎㄨˋ）。桎梏（音ㄓˋ ㄍㄨˋ。束縛）。浩劫。酷似。酷寒。酷熱。鵠（ㄏㄨˊ）立。鵠的（音ㄍㄨˇ ㄉㄧˋ。練習射擊的目標）。鵠（ㄏㄨˊ）候。鵠（ㄏㄨˊ）望。糙米粥。糙米飯。冰天雪窖（形容天氣極為寒冷或指酷寒之地）。朱脣皓齒（形容美女）。冷酷無情。告朔餼羊（比喻徒具形式或虛應故事。餼，音ㄒㄧˋ）。尨眉皓髮（老人眉髮盡白。形容年邁的樣子。尨，音ㄆㄤˊ）。刻鵠類鶩（比喻仿效雖不逼真，但仍相似。刻鵠，音ㄎㄜˋ ㄏㄨˊ；鶩，音ㄨˋ）。孤鸞寡鵠（比喻單身男女。鵠，音ㄏㄨˊ）。明眸（ㄇㄡˊ）皓齒。食指浩繁（家中賴以維生的人口眾多）。浩如煙海（形容典籍、文獻資料等極為豐富）。雪窖冰天（同「冰天雪窖」）。鳥面鵠形（形容人形貌疲憊而枯瘦的樣子。鵠，音ㄏㄨˊ）。皓月當空。皓首蒼顏（形容老人家的面貌）。皓首窮經（年老而仍持續地鑽研經書）。煙波浩渺（形容雲霧籠罩的遼闊水面。波，音ㄅㄛ）。鳩形鵠面（同「鳥面鵠形」。鵠，音ㄏㄨˊ）。寡鵠孤鸞（同「孤鸞寡鵠」。鵠，音ㄏㄨˊ）。聲勢浩大。鴻鵠之志（比喻志向遠大。鵠，音ㄏㄨˊ）。鶉衣鵠面（形容窮苦落魄的樣子。鶉，音ㄔㄨㄣˊ；鵠，音ㄏㄨˊ）。

【全國考題】74、81、83、84國小；83、86高中；86中教。

粗獷 ㄘㄨ ㄍㄨㄤˇ

【解釋】指行為豪邁不文雅。

【造句】他的個性「粗獷」，行事一向不拘小節，請大家不要見怪。

【分析】獷，音ㄍㄨㄤˇ，不讀ㄎㄨㄤˋ；「广」下作「黃」：上作「廿」，中作一長橫，次作「田」（中豎上不出頭），末作撇、點，不接上橫筆。

【相關詞】寬廣。壙埌（音ㄎㄨㄤˋ ㄌㄤˋ。廣闊遼遠的原野）。擴建。瀇瀁（音ㄨㄤˇ ㄧㄤˋ。水勢浩大的樣子）。獷悍（凶悍蠻橫）。曠課。曠職。礦藏（ㄘㄤˊ）。擴音器。礦物質。心曠神怡。招降獷敵（號召、勸諭強敵投降）。粗獷豪邁。歷日曠久（經過很久的時間）。曠日持久（荒廢時日，拖延良久）。曠日廢時。曠世奇才（當世罕見的傑出人才）。曠世無匹（指極為出色，當世沒有比得上的。匹，音ㄆㄧˇ）。曠古未有（自古以來所沒有的）。曠職僨事（指人不盡職，把事情弄糟了。僨，音ㄈㄣˋ）。

【全國考題】73、79國中；85、88、93小教；90高中；95、100國小。

翌日 ㄧˋ ㄖˋ

【解釋】明日。

【造句】趕快就寢，「翌日」清晨我們就要上祝山看日出。

【分析】翌，音ㄧˋ，不讀ㄌㄧˋ；與「翊」（ㄧˋ）不同。

【相關詞】斗笠。李煜（李後主。煜，音ㄩˋ）。翌年（第二年）。翊贊（輔助。翊，音ㄧˋ）。蒞（ㄌㄧˋ）臨。垃圾桶。可歌可泣。如泣如訴。米粒之珠（比喻細微的東西）。車笠之盟（比喻友誼深厚）。泫（ㄒㄩㄢˋ）然欲泣。孟宗泣筍。乘車戴笠（情誼深厚，不因貴賤而有所改變）。皋魚之泣（比喻孝順父母須及時。皋，音ㄍㄠ）。高軒蒞止（比喻貴客蒞臨）。翊贊中樞（襄助中央政府）。煙蓑雨笠（比喻隱士）。嘉賓蒞止（嘉賓來到）。嘉賓蒞臨。龍陽泣魚（失寵的典故）。戴笠荷（ㄏㄜˋ）鋤。

【全國考題】87國小。

舂米 ㄔㄨㄥ ㄇㄧˇ

【解釋】把穀物放在石臼裡，搗去米糠，使成潔淨的白米。

【造句】早期沒有碾米廠，石杵和石臼就成為「舂米」的主要工具。

【分析】舂米，不作「春米」。舂，音ㄔㄨㄥ，不讀ㄔㄨㄣ。

【相關詞】一樁（ㄓㄨㄤ）。木樁。舂碓（舊時搗米用的器具。碓，音ㄉㄨㄟˋ）。暗樁（布排在敵對陣營裡的眼線）。綁樁。惷愚（痴騃、愚蠢。同「惷愚」。惷，音ㄔㄨㄥ；惷，音ㄔㄨㄣˇ）。樁腳。水泥樁。打地樁。梅花樁。舂米機。一樁心事。小事一樁。以戈舂黍（比喻達不到目的）。或舂或揄（有的搗米，有的取出。揄，音ㄩˊ）。馬步站樁。舂容大雅（指文章氣度雍容，用辭典雅）。春穀去殼。選舉椿腳。霜春雨薪（形容勞苦工作）。

【全國考題】85、96國中；90國小；97、98、101社會；97中教。

莞爾（ㄨㄢˇ ㄦˇ）

【解釋】微笑的樣子，如「莞爾一笑」、「不覺莞爾」。

【造句】看到他急得抓耳撓腮的樣子，我不禁（ㄐㄧㄣ）「莞爾」一笑。

【分析】莞爾，不作「筦爾」。莞，音ㄨㄢˇ，不讀ㄨㄢˊ；筦，音ㄍㄨㄢˇ，同「管」。

【相關詞】東莞（廣東省地名。莞，音ㄍㄨㄢˇ）。胃脘（即胃腔。脘，音ㄨㄢˇ）。浣衣（洗衣。浣，音ㄨㄢˇ）。浣滌（洗滌。滌，音ㄉㄧˊ）。浣熊。莞席（莞草編製的席子。莞，音ㄍㄨㄢ）。莞草（植物名。莞，音ㄍㄨㄢ）。莞簟（音ㄍㄨㄢ ㄉㄧㄢˋ。草製及竹製之席）。皖北（安徽省北部。皖，音ㄨㄢˇ）。筦鍵（鎖鑰。筦，音ㄍㄨㄢˇ）。鯇魚（草魚。鯇，音ㄏㄨㄢˋ）。浣衣女。浣花溪（四川省河川名）。莞（ㄍㄨㄢ）先生。三鹵甲烷（一種化合物，能致癌。烷，音ㄨㄢˊ）。下莞上簟（下墊蒲席，上鋪竹席。莞，音ㄍㄨㄢ）。梡革為鞠（刮磨皮革做成皮球。梡，音ㄏㄨㄢˊ）。莞爾一笑（微笑）。椎拍輐斷（順應變化，不露稜角。輐，音ㄨㄢˋ）。雲林莞草（瀕臨絕種植物之一）。

【全國考題】84國中。

處理（ㄔㄨˇ ㄌㄧˇ）

【解釋】處置辦理，如「冷處理」。

【造句】這次任務由你全權「處理」，務必圓滿達成。

【分析】處，音ㄔㄨˇ，不讀ㄔㄨˋ。

【相關詞】周處（人名。處，音ㄔㄨˇ）。處士（有道德學問而隱居不仕的人。處，音ㄔㄨˇ）。處（ㄔㄨˇ）女。處子（同「處女」。處，音ㄔㄨˇ）。處（ㄔㄨˇ）死。處（ㄔㄨˇ）決。處（ㄔㄨˇ）斬。處暑（二十四節氣之一。處，音ㄔㄨˇ）。老處（ㄔㄨˇ）女。冷處（ㄔㄨˇ）理。處（ㄔㄨˇ）女地。處（ㄔㄨˇ）女作。處（ㄔㄨˇ）女秀。處（ㄔㄨˇ）女座。處（ㄔㄨˇ）女航。處（ㄔㄨˇ）方箋（ㄐㄧㄢ）。處（ㄔㄨˇ）女膜（ㄇㄛˊ）。五方雜處（形容居民複雜。處，音ㄔㄨˇ）。出處進退（當官和隱退。處，音ㄔㄨˇ）。立身處（ㄔㄨˇ）世。穴居野處（ㄔㄨˇ）。身首異處（身體與頭部分離。處，音ㄔㄨˋ）。首足異處（指被殺死且分屍。處，音ㄔㄨˋ）。處（ㄔㄨˇ）心積慮。設身處（ㄔㄨˇ）地。寢處游息（指起居作息。處，音ㄔㄨˇ）。龍蛇雜處（形容分子複雜，通常指黑道人物。同「龍蛇混雜」。處，音ㄔㄨˇ）。謹慎處理。巖居穴處（隱居於深山洞穴之中。處，音ㄔㄨˇ）。

【全國考題】76、80、91國小；80高中；88、92師院；79、87中教；90小教。

貪婪（ㄊㄢ ㄌㄢˊ）

【解釋】貪心而不知滿足，如「貪婪無厭」。

【造句】觀察國內發生的種種金錢與貪權的敗象，誰也不能否認「貪婪」是人心的一大毒瘤。

【分析】貪，上作「今」，不作「令」；

婪，音ㄌㄢˊ，不讀ㄌㄨㄢˊ。

【相關詞】貪惏（同「貪婪」）。惏，音ㄌㄢˊ）。郴江（湖南省河川名。郴，音ㄔㄣ）。郴縣（湖南省縣名）。焚燒。焚化爐。天降甘霖。心急如焚。文質彬彬。日晒雨淋。毛骨森然（同「毛骨悚然」）。沛雨甘霖（比喻恩澤深厚）。門禁森嚴。酒池肉林（比喻奢侈縱欲，毫無節制）。淋漓盡致。普降甘霖。森羅萬象。焚如之災（火災）。焚如之禍（遭到火燒的災禍）。焚琴煮鶴（比喻極殺風景的事）。琳宮梵宇（雕飾華美的佛寺道院。梵，音ㄈㄢˋ）。琳琅滿目。象齒焚身（比喻因財多而招來禍事）。憂心如焚。霖雨蒼生（比喻恩澤廣被於百姓）。

【全國考題】85、96國小；79、89、90高中；87、90、91師院；76、80小教；94國中。

通緝 ㄊㄨㄥ ㄑㄧˋ

【解釋】法院通令各地警方捉拿在逃的人犯。

【造句】殺人「通緝」犯林某，雖然逃亡多年，仍被捕入獄。所謂法網恢恢，疏而不漏，一點也不錯。

【分析】緝，音ㄑㄧˋ，不讀ㄐㄧˊ。

【相關詞】舟楫（船隻。楫，音ㄐㄧˊ）。作（ㄗㄨㄛˋ）揖（ㄧ）。巡緝（巡邏緝捕）。查緝。修葺（修理整治。葺，音ㄑㄧˋ）。追緝。偵緝。揖讓（作揖謙讓）。戢兵（息兵。戢，音ㄐㄧˊ）。戢怒（停止發怒）。葺屋（草屋）。補葺（修理、修補）。編輯。緝捕。緝拿。緝獲。蕺菜（即魚腥草。蕺，音ㄐㄧˊ）。邏輯。通緝犯。緝私船。干戈載戢（比喻停息戰事，不再訴諸武力）。不合邏輯。中流擊楫（比喻發誓收復失土，報效國家）。打躬作揖。長揖不拜（拱手而不跪拜。比喻態度不卑不亢）。拱手作揖。修葺房舍。挨風緝縫（比喻為了達到某種目的而到處找機會。縫，音ㄈㄥˋ）。揖客入門（向賓客拱手行禮請進門）。揖讓而升。開門揖客。開門揖盜（比喻引進壞人，自罹禍患）。戢暴除強（指剷除強暴勢力）。戢鱗潛翼（比喻退隱不仕。潛，音ㄑㄧㄢˊ）。蒙袂輯屨（形容極為困乏的樣子。袂，音ㄇㄟˋ；屨，音ㄐㄩˋ）。撫輯群黎（撫慰百姓）。戰事戢止（戰爭停止）。潛鱗戢羽（隱藏形跡，不讓人知道）。隱鱗戢翼（同「戢鱗潛翼」）。

【全國考題】76、91、94國小；73、76、94國中；87、88師院。

透露（ㄊㄡˋ ㄌㄨˋ）

【解釋】泄露，如「透露消息」、「透露祕密」。

【造句】我口風很緊，絕不會針對這件事向他人「透露」半點內幕消息，請大家放心。

【分析】露，音ㄌㄨˋ，不讀ㄌㄡˋ。

【相關詞】白露（ㄌㄨˋ）。吐露（ㄌㄨˋ）。披露（ㄌㄨˋ）。表露（ㄌㄨˋ）。流露（ㄌㄨˋ）。敗露（ㄌㄨˋ）。寒露（二十四節氣之一。露，音ㄌㄨˋ）。揭露（ㄌㄨˋ）。暴（ㄆㄨˋ）露（ㄌㄨˋ）。露（ㄌㄨˋ）天。露（ㄌㄨˋ）水。露（ㄌㄡˋ）出。露（ㄌㄡˋ）白。露（ㄌㄡˋ）相。露（ㄌㄡˋ）面。露（ㄌㄨˋ）珠。露（ㄌㄨˋ）骨。露

(ㄌㄨˋ)營。露(ㄌㄡˋ)臉。顯露(ㄌㄨˋ)。果子露(ㄌㄨˋ)。玫瑰露(ㄌㄨˋ)。花露(ㄌㄨˋ)水。紅露(ㄌㄨˋ)酒。露(ㄌㄡˋ)一手。露(ㄌㄡˋ)口風。露(ㄌㄨˋ)尾巴。露(ㄌㄡˋ)原形。露脊鯨(鯨的一種。露,音ㄌㄨˋ;脊,音ㄐㄧˇ)。露(ㄌㄡˋ)馬腳。露(ㄌㄡˋ)餡兒。不露(ㄌㄡˋ)風聲。公開露(ㄌㄡˋ)面。吐露心腹(說出真心話。露,音ㄌㄨˋ)。多露之嫌(古時男女不依循禮節而私會。露,音ㄌㄨˋ)。衣角外露(ㄌㄡˋ)。事機敗露(ㄌㄨˋ)。雨露之恩(恩澤、恩惠。露,音ㄌㄨˋ)。拋頭露(ㄌㄨˋ)面。原形畢露(ㄌㄨˋ)。財不露(ㄌㄡˋ)白。袒胸露(ㄌㄨˋ)背。陽阿薤露(皆古樂曲名。阿,音ㄜ;薤露,音ㄒㄧㄝˋ ㄌㄨˋ)。嶄露(ㄌㄨˋ)頭角(ㄐㄧㄠˇ)。齜牙露嘴(咧嘴露齒。露,音ㄌㄡˋ)。鋒芒畢露(ㄌㄨˋ)。醜態畢露(ㄌㄨˋ)。霜露之疾(指感冒。露,音ㄌㄨˋ)。餐風宿露(ㄌㄨˋ)。露才揚己(炫耀才能,表現自己。露,音ㄌㄨˋ)。露(ㄌㄨˋ)天劇場。露水夫妻(比喻暫時結合而非正式的夫妻。露,音ㄌㄨˋ)。露(ㄌㄡˋ)出馬腳。露尾藏頭(形容說話躲躲閃閃,舉止畏縮的樣子。露,音ㄌㄨˋ)。露(ㄌㄨˋ)宿街頭。露(ㄌㄡˋ)一手兒。真人不露(ㄌㄡˋ)相。

【全國考題】81國中。

部署(ㄅㄨˋ ㄕㄨˋ)

【解釋】布置、安排,如「人事部署」。

【造句】在警方嚴密「部署」下,歹徒知道無路可逃,只好棄械投降。

【分析】署，音ㄕㄨˋ，不讀ㄕㄨˇ；當動詞用，皆讀ㄕㄨˋ，如「連署」、「署名」、「簽署」。

【相關詞】公署（ㄕㄨˇ）。甘薯。官署（ㄕㄨˇ）。連署（ㄕㄨˋ）。麻糬。署（ㄕㄨˋ）名。署理（代理。署，音ㄕㄨˋ）。衙署（古代官吏辦理公務的地方。署，音ㄕㄨˇ）。曙（ㄕㄨˋ）光。曙（ㄕㄨˋ）色。薯條。題署（在匾額、對聯或書畫上題字、簽名。署，音ㄕㄨˋ）。簽署（ㄕㄨˋ）。迎曙（ㄕㄨˋ）光。馬鈴薯。連署（ㄕㄨˋ）書。曙鳳蝶（蝶名。曙，音ㄕㄨˋ）。一線曙（ㄕㄨˋ）光。人事部署（ㄕㄨˋ）。紅豆麻糬。重兵部署（ㄕㄨˋ）。面署第一（當面評定為第一等。署，音ㄕㄨˋ）。部署飛彈。廉政公署。落款署（ㄕㄨˋ）名。戰略部署（ㄕㄨˋ）。曙（ㄕㄨˋ）光乍現。曙後星孤（人死留下的孤女。曙，音ㄕㄨˋ）。簽署（ㄕㄨˋ）合約。露出曙（ㄕㄨˋ）光。

【全國考題】77國小；88中教；95師院；97國中。

酗酒（ㄒㄩˋ ㄐㄧㄡˇ）

【解釋】飲酒沒有節制，過了量。

【造句】「酗酒」不但有害健康，而且容易滋生事端，你應該勇敢向它說不。

【分析】酗，音ㄒㄩˋ，不讀ㄒㄩㄥ。

【相關詞】凶兆。匈奴。吉凶。洶湧。拍胸脯（ㄆㄨˊ）。人情洶洶（形容人心動盪不安）。凶多吉少。凶終隙末（好友因誤會而變成仇敵）。吉凶未卜。吉凶慶弔（喜事的慶賀和喪事的弔唁）。來勢洶洶。抬頭挺胸。氣勢洶洶。胸有成竹。暗潮洶湧。窮凶極惡。趨吉避凶。議論洶洶（討論時喧鬧的樣子）。

【全國考題】76、84、89、97國小；81、86、91國中；81、87、90高中；85、91師院；81小教。

鳥瞰（ㄋㄧㄠˇ ㄎㄢˋ）

【解釋】從高處往下看，如「空中鳥瞰」。

【造句】乘坐纜車由空中「鳥瞰」日月潭的湖光山色，對全家人來說是一次賞心悅目的旅遊體驗。

【分析】瞰，音ㄎㄢˋ，不讀ㄍㄢˇ。

【相關詞】俯瞰。虓闞（音ㄒㄧㄠ ㄎㄢˋ。比喻勇將像虎一般威猛）。噉飯（吃飯。噉，音ㄉㄢˋ）。噉蔗（比喻漸入佳境）。嬌憨。憨直。憨厚。橄欖。瞰視（俯看）。鳥瞰圖。喜憨兒。橄欖油。橄欖球。大噉一番（大吃一頓。同「大啖一番」）。俯瞰大地。遞橄欖枝（釋出善意）。憨厚可愛。憨厚老實。憨態可掬（形容憨直天真的情態溢於言表，十分逗趣）。闞如虓虎（怒吼像是咆哮的老虎）。闞如虓虎（同「闞如虓虎」。闞，音ㄏㄢˇ）。矙亡負罪（見人不在而負荊請罪。矙，音ㄎㄢˋ）。

【全國考題】79高中；80國小。

十二畫

勞燕分飛（ㄌㄠˊ ㄧㄢˋ ㄈㄣ ㄈㄟ）

【解釋】比喻別離，各奔東西。

【造句】再過些日子，同學們就要「勞燕分飛」了，希望各自珍重，並時常保持連繫。

【分析】勞燕分飛，不作「勞雁分飛」或「勞燕紛飛」。

【相關詞】吞嚥。燕（ㄧㄢ）京。燕脂（即胭脂。燕，音ㄧㄢ）。燕（ㄧㄢ）國。臙脂（同「燕脂」、「胭脂」。臙，音ㄧㄢ）。燕（ㄧㄢ）支山。燕尾服。燕（ㄧㄢ）昭王。燕（ㄧㄢˋ）麥片。燕（ㄧㄢ）然山。燕歌行（樂曲名。燕，音ㄧㄢ；行，音ㄒㄧㄥˊ）。身輕如燕。兔絲燕麥（比喻有名無實）。契闊談讌（情意相投，在一起談心飲酒。契，音ㄑㄧˋ；讌，音ㄧㄢˋ）。狼吞虎嚥（同「狼吞虎咽」）。郢書燕說（比喻穿鑿附會，曲解原意。郢，音ㄧㄥˇ；燕，音ㄧㄢ）。釜魚幕燕（比喻處境非常危險）。新婚燕爾（祝人新婚的賀詞。同「宴爾新婚」）。燕子飛來。燕姞夢蘭（比喻受寵或婦女有孕的吉兆。燕，音ㄧㄢ；姞，音ㄐㄧˊ）。燕昭築臺（比喻以禮廣納賢才。燕，音ㄧㄢ）。燕巢幕上（同「釜魚幕燕」）。燕雀相賀（祝賀新屋落成之詞）。燕然勒石（用以表彰開拓疆土之功。燕，音ㄧㄢ；勒，音ㄌㄜˋ）。環肥燕瘦（比喻女子的體態不同，但都很美麗）。

【全國考題】91高中。

博聞強識（ㄅㄛˊ ㄨㄣˊ ㄑㄧㄤˊ ㄓˋ）

【解釋】見聞廣博，記憶力很好。

【造句】小陳「博聞強識」，上知天文，下知地理，令我自嘆弗（ㄈㄨˊ）如。

【分析】識，音ㄓˋ，不讀ㄕˋ。

【相關詞】表識（標記。識，音ㄓˋ）。款識（書畫上的落款和題字。識，音ㄓˋ）。旗幟。標識（同「標誌」）。識，音ㄓˋ）。熾（ㄔˋ）烈。熾盛。

熾熱。人潮如織。心織筆耕（形容文章寫得好，並靠寫作賣錢生活）。白熾電燈（用炭精絲或鎢絲封入玻璃球內製成的電燈）。有虧職守。老馬識途。血淚交織。別樹一幟。改旗易幟（取勝敵人。同「拔幟易幟」）。拔葵去織（指為官者不與民互爭利益）。拔幟易幟（比喻以計謀戰勝敵人，並取而代之）。洗手奉職（指人廉潔無私，盡忠職守）。愛恨交織。賊氛方熾（敵人的氣焰正囂張。氛，音ㄈㄣ）。遊客如織。熯天熾地（天地極為熾熱。熯，音ㄏㄢˋ）。獨樹一幟（比喻自成一家，別具風格）。默而識之（默記在心裡。識，音ㄓˋ）。職是之故（因此）。羅織罪名。鐘鼎款識（書名。識，音ㄓˋ）。

【全國考題】79中教；100高中。

唾手可得 ㄊㄨㄛˋ ㄕㄡˇ ㄎㄜˇ ㄉㄜˊ

【解釋】比喻很容易得到或成功。

【造句】一個人如果能從失敗中檢討得失，進而為理想去奮鬥，相信成功必然「唾手可得」。

【分析】唾手可得，不作「垂手可得」或「隨手可得」。唾，音ㄊㄨㄛˋ。

【相關詞】垂青（得到重視。同「青睞」）。垂詢。唾（ㄊㄨㄛˋ）棄。唾罵。邊陲（邊疆地帶）。致書郵（古代傳達書信的人）。千錘百鍊。千錘萬鑿。欠資郵票。功敗垂成。永垂不朽。生命垂危。名垂青史。別具爐錘（比喻創作獨具特色）。坐不垂堂（形容謹慎保身，不停於危險之處）。杜郵之戮（比喻忠臣遭忌，無辜被殺）。咳唾成珠（比喻人談吐不俗或文詞優美。咳，音ㄎㄜˊ）。垂涎（ㄒㄧㄢˊ）三尺。拾人涕唾（比喻因襲他人的言論或主張）。欬唾成珠（同「咳唾成珠」。欬，音ㄎㄜˊ）。唾面自乾（比喻逆來順受，忍讓而不加反抗）。捶胸頓足（形容極為悲憤或悔恨）。郵遞區號。電子郵件。邊陲地帶。

【全國考題】81、89、91、97、102國小；76、86、92、96國中；81、84、87、95高中；85、88、90、92師院；81、92小教；92中教；97、102社會。

喟嘆 ㄎㄨㄟˋ ㄊㄢˋ

【解釋】感慨、嘆氣。

【造句】棄嬰事件層出不窮，令社工人員「喟嘆」不已。

【分析】喟，音ㄎㄨㄟˋ，不讀ㄨㄟˋ。

【相關詞】刺蝟（ㄨㄟˋ）。感喟（感慨嘆息）。膚淺。合胃口。無所謂。不勝感喟（無限的感嘆。勝，音ㄕㄥ）。公私蝟集（公事和私事都集於一身）。切膚之痛（形容極為深刻難忘。切，音ㄑㄧㄝˋ）。末學膚受（做學問不求根本，淺嘗輒止，僅得皮毛）。名不虛謂（同「名不虛傳」）。克奏膚功（能完成大功）。剝膚椎髓（比喻極為殘酷的壓迫與剝削。髓，音ㄙㄨㄟˇ）。涇渭不分（比喻是非不分，善惡不明。涇，音ㄐㄧㄥ）。涇渭分明（比喻是非好壞區別得極為清楚）。清渭濁涇（比喻明辨是非，善惡分明）。喟然而嘆（長聲嘆息）。渭陽之思（比喻甥舅間思念的情感。渭，音ㄨㄟˋ）。渭陽之情（比喻甥舅間的情誼）。無謂之舉（沒有意義的行動）。脾胃相投

（個性相投，彼此合得來。同「投脾胃」）。體無完膚。觀者蝟集（形容觀看的人聚集在一起）。

【全國考題】74、79國中；92高中。

孱弱（ㄔㄢˊ ㄖㄨㄛˋ）

【解釋】身體瘦弱。

【造句】他雖然出院了，但身體仍十分「孱弱」，需要長時間的療養。

【分析】孱弱，不作「殘弱」。孱，音ㄔㄢˊ，不讀ㄘㄢˊ；部首屬「子」部，非「尸」部。

【相關詞】孱頭（音ㄔㄢˊ ˙ㄊㄡ。懦弱沒用的人）。潺湲（音ㄔㄢˊ ㄩㄢˊ。水流動緩慢的樣子）。驏馬（不綁鞍轡的馬。驏，音ㄓㄢˋ）。自僝自僽（自己憂愁、怨恨和煩惱。僝，音ㄔㄢˊ；僽，音ㄓㄡˋ）。流水潺潺。

【全國考題】81高中；89國小；90中教；92國中；95小教。

寒暄（ㄏㄢˊ ㄒㄩㄢ）

【解釋】賓主見面時彼此問候起居或泛談氣候寒暖的交際應酬話。暄，溫暖的。

【造句】跟父親握手「寒暄」的人，大概是鄰居林叔叔吧！

【分析】寒暄，不作「寒喧」。

【相關詞】宣泄。宣戰。喧鬧。喧譁（ㄏㄨㄚˊ）。喧囂。渲（ㄒㄩㄢˋ）染。暄風（和風、春風）。萱草。萱堂（指母親）。寒暄書（問候、應酬的書信）。鞋楦子（木製的腳模型。同「楦頭」。楦，音ㄒㄩㄢˋ）。麒麟楦（比喻虛有其表，中看而不中用的人）。不可言宣（只能意會，而無法用言語表達）。心照不宣。見面寒暄。負日之暄（享受陽光的曝晒）。負暄之獻（謙稱所獻之物並不珍貴）。風和日暄（同「風和日暖」）。捋臂揎拳（形容粗野凶暴、準備動武的樣子。捋臂，音ㄌㄨㄛ ㄅㄧˋ；揎，音ㄒㄩㄢ）。祕而不宣。喧賓奪主。喧騰一時。揎拳捋袖（同「捋臂揎拳」。捋，音ㄌㄨㄛ）。暄風拂面。椿萱並茂（比喻父母都健在。椿，音ㄔㄨㄣ）。照本宣科。萱花春樹（指雙親）。萱草忘憂。萱堂日永（祝賀母親生日的題辭）。萱萎北堂（哀悼母親去世的輓辭。萎，音ㄨㄟ）。過度渲染。鼓樂（ㄩㄝˋ）喧天。鑼鼓喧天。鑼鼓喧闐（ㄊㄧㄢˊ）。

【全國考題】79、81、90高中；73、90、91師院；83、96中教；91小教；94國中。

尊王攘夷（ㄗㄨㄣ ㄨㄤˊ ㄖㄤˊ ㄧˊ）

【解釋】擁護王室，排斥夷狄。

【造句】齊桓公在位時，採取管仲「尊王攘夷」的政策，得到諸侯的擁（ㄩㄥˇ）護，成為春秋時代的第一個霸主。

【分析】攘，音ㄖㄤˊ，不讀ㄖㄤˇ。

【相關詞】瓜瓤（瓜果的肉質部分。瓤，音ㄖㄤˊ）。劻勷（音ㄎㄨㄤ ㄖㄤˊ）。急迫不安的樣子）。祈禳（祈求上蒼降福，消除災禍。禳，音ㄖㄤˊ）。接壤（兩國或兩地邊界相接）。爺孃（父母。孃，音ㄋㄧㄤˊ）。舞孃。襄助。醞釀。擾攘（紛亂。攘，音ㄖㄤˊ）。攘除（排除）。攘奪（奪取）。曩昔（從前。曩，音ㄋㄤˇ）。鑲嵌（ㄑㄧㄢ）。人煙浩穰（指某地方人口眾多。穰，音ㄖㄤˊ）。人稠物穰（形容城市物阜民豐的景象）。大聲嚷（ㄖㄤˇ）嚷。天壤之別（比喻差別很大）。天壤王郎（指婦女不滿意所嫁的丈夫）。心勞意攘（同「心慌意亂」）。共襄盛舉。安內攘外（安定內部的叛亂，抵禦外敵的侵犯）。兵戈擾攘（形容戰爭時期社會秩序的紊亂）。穹壤之間（指世間。穹，音ㄑㄩㄥˊ）。求福禳災（祈求神靈降福，消除災禍）。紛紜擾攘。遐方絕壤（邊遠地區）。熙來攘往（形容人來人往，非常熱鬧）。熙熙攘攘（同「熙來攘往」）。窮鄉僻壤。霄壤之別（同「天壤之別」）。攘人之美（掠奪別人的好處據為己有）。龍驤虎步（比喻氣概雄壯威武的樣子。驤，音ㄒㄧㄤ）。攘除奸凶（剷除奸邪凶惡之人）。攘臂一呼（揮動手臂，大聲呼喊。臂，音ㄅㄧˋ）。釀成大禍。

【全國考題】88國中；90中教；100國小。

幾乎（ㄐㄧ ㄏㄨ）

【解釋】將近於、接近於。

【造句】幾年不見，我「幾乎」認不出她來。

【分析】幾，音ㄐㄧ，不讀ㄐㄧˇ。

【相關詞】庶幾（音ㄕㄨˋ ㄐㄧ。表示希望的語氣詞）。幾（ㄐㄧˇ）何。幾希（相差不多。幾，音ㄐㄧ）。幾諫（委婉勸諫。幾，音ㄐㄧ）。譏笑。幾內亞（國名。幾，音ㄐㄧ）。劉知幾（唐代史學家。幾，音ㄐㄧ）。鬧饑荒。一蹴（ㄘㄨˋ）可幾（ㄐㄧ）。日理萬幾（每天處理繁多的政務。同「日理萬機」）。字字珠璣（形容文章中的遣詞用字極為優美。璣，音ㄐㄧ）。見幾而作（看到事發前細微的跡象，就能加以因應。幾，音ㄐㄧ）。事親幾諫（侍奉父母，當委婉勸諫）。春秋幾何（問人年齡的客氣用語）。相差無幾（ㄐㄧˇ）。研幾析理（指研究分析精微深奧的義理。幾，音ㄐㄧ）。珠璣咳唾（比喻人的談吐或詩文都極為美好）。庶幾無愧。幾（ㄐㄧ）可亂真。幾（ㄐㄧ）無人煙。鼠臂蟣肝（指人世間變化無常。臂，音ㄅㄧˋ；蟣，音ㄐㄧˇ）。滿腹珠璣（形容人善於詩文，很有才氣）。蝨脛蟣肝（比喻非常微小。脛，音ㄐㄧㄥˋ）。機事不密（機密的事情泄漏出去）。積穀防饑（比喻預先準備，以備不時之需）。

【全國考題】76國小；85師院。

悶熱 ㄇㄣ ㄖㄜˋ

【解釋】天氣炎熱，空氣不流通。

【造句】豔陽高照，天氣「悶熱」，人們的脾氣更為暴躁。

【分析】悶，音ㄇㄣ，不讀ㄇㄣˋ。

【相關詞】悶香（點燃後使人不能發聲及動作的香料。悶，音ㄇㄣˋ）。悶棍（形容不明原因的棍擊。悶，音ㄇㄣˋ）。悶（ㄇㄣ）飯。悶雷（比喻突然的打擊。悶，音ㄇㄣˋ）。煩悶（ㄇㄣˋ）。出悶（ㄇㄣˋ）氣。打悶棍（趁人沒防備，用棒棍襲擊，將人打倒。悶，音ㄇㄣˋ）。生悶（ㄇㄣˋ）氣。吃悶（ㄇㄣˋ）虧。受悶（ㄇㄣˋ）氣。喝悶（ㄇㄣˋ）酒。悶得慌（非常煩悶。悶，音ㄇㄣˋ）。悶得慌（天氣或屋裡空氣悶得忍受不住。悶，音ㄇㄣ）。

悶葫蘆（比喻弄不清楚的事情。悶，音ㄇㄣˋ）。燜（ㄇㄣˋ）燒鍋。天氣發悶（ㄇㄣ）。胡吃悶睡（能吃能睡，無憂無慮的樣子。悶，音ㄇㄣ）。悶（ㄇㄣ）不作聲。悶（ㄇㄣ）不吭聲。悶（ㄇㄣ）出病來。悶（ㄇㄣ）在心裡。悶（ㄇㄣ）在家裡。悶（ㄇㄣˋ）悶不樂。悶葫蘆罐（撲滿。悶，音ㄇㄣ）。悶頭幹活（不聲不響地埋著頭做事。悶，音ㄇㄣ）。悶（ㄇㄣˋ）聲不響。悶聲悶氣（比喻忍氣吞聲。悶，音ㄇㄣ）。

【全國考題】83、92國小。

愀然變色（ㄑㄧㄠˇ ㄖㄢˊ ㄅㄧㄢˋ ㄙㄜˋ）

【解釋】容色驟變的樣子。

【造句】當總經理「愀然變色」時，員工個個噤若寒蟬，不敢作聲。

【分析】愀，音ㄑㄧㄠˇ，不讀ㄑㄧㄡ。

【相關詞】松楸（墳墓。楸，音ㄑㄧㄡ）。泥鰍。城甃（砌城的磚石。甃，音ㄓㄡˋ）。啁啾（ㄐㄧㄡ）。揪（ㄐㄧㄡ）住。揪著。湫淵（湖名。在甘肅省。湫，音ㄐㄧㄡ）。湫隘（音ㄐㄧㄠˇ ㄞˋ。低溼狹窄）。圓鍬（ㄑㄧㄠ）。瞅（ㄔㄡˇ）見。鞦韆。鐵鍬。揪心錢（懷著吝惜之念所花的錢）。揪出來。揪耳朵。揪頭髮。揪辮子（比喻抓住他人的缺點或錯誤，以作為把柄）。瞅一眼。瞅不起（瞧不起）。一雨成秋。一葉知秋。不偢不倸（不加理睬。同「不瞅不睬」。偢，音ㄔㄡˇ；倸，音ㄘㄞˇ）。不瞅不睬（毫不理會）。平分秋色。自僝自僽（自己憂愁、怨恨和煩惱。僝，音ㄔㄢˊ；僽，音ㄓㄡˋ）。坐困愁城。秋扇見捐（比喻女子失寵而遭到冷落）。揪心之痛。揪心扒肝

（極為掛心、憂慮。扒，音ㄅㄚ）。揪住不放。揪團旅遊。湫隘囂塵（居處低溼狹小，喧鬧多塵）。無人瞅睬（無人理睬）。瞅了一眼。

【全國考題】74、83、84、97高中；76、80、82、85小教；81、82中教；85、102國中；89師院；99教師。

揩油（ㄎㄞ ㄧㄡˊ）

【解釋】以不法的手段牟取利益或占他人便宜。

【造句】他擔任總務，經常利用採購之便從中「揩油」，獲取不當利益，遭同事舉發。

【分析】揩，音ㄎㄞ，不讀ㄎㄞˇ。

【相關詞】和諧。相偕（同在一起）。偕，音ㄒㄧㄝˊ）。偕老。偕行（同行）。揩汗（擦汗）。揩拭（擦拭）。揩淚（擦拭眼淚）。楷書。楷模。下臺階。指鼻涕（擦鼻涕）。階下囚。人盡皆知。巧不可階（巧妙得無法企及）。白首偕老。白頭偕老。亦莊亦諧（莊重、戲謔兼而有之）。高階將領。高階警官。偕生之疾（先天性的疾病）。偕同前往。揩檯抹凳（擦拭桌椅）。期頤偕老（祝福夫妻白頭到老的賀辭。期頤，音ㄑㄧˊ ㄧˊ）。進身之階。詼諧逗趣。與子偕老（願和你白頭到老）。與民偕樂（和人民一同享樂）。寵辱偕忘（忘記所受到的尊寵和羞辱）。

【全國考題】90、93小教；92、95國小；98國中。

揠苗助長（ㄧㄚˋ ㄇㄧㄠˊ ㄓㄨˋ ㄓㄤˇ）

【解釋】比喻為求速成而方法不得當，結果

有害無益。

【造句】孩子這麼小就送進補習班，小心「揠苗助長」，適得其反。

【分析】揠苗助長，不作「偃苗助長」。揠，音ㄧㄚˋ，不讀ㄧㄢˇ。

【相關詞】偃臥（仰臥。偃，音ㄧㄢˇ）。偃蹇（困苦失志的樣子。蹇，音ㄐㄧㄢˇ）。都江堰（ㄧㄢˋ）。堰塞湖（河流因山中土石崩塌而圍成的湖泊。塞，音ㄙㄜˋ）。攔河堰。水來土堰（同「水來土掩」）。前合後偃（身體前後俯仰晃動，站立不穩的樣子）。風行草偃（比喻居上位者以德化民）。偃兵息甲（停戰收兵）。偃武修文（停止武備，提倡文教）。偃鼠飲河（比喻所求很少）。偃旗息鼓（比喻事情停止進行）。與世偃仰（隨波逐流，毫無主見）。韜戈偃武（同「偃武修文」。韜，音ㄊㄠ）。鼴鼠飲河（同「偃鼠飲河」。鼴，音ㄧㄢˇ）。

【全國考題】79、82、86、87、89、95國小；73、77、79、82、84、87、93國中；80、88高中；73、74、84、92師院；76、88、90小教；78、88中教。

提綱挈領（ㄊㄧˊ ㄍㄤ ㄑㄧㄝˋ ㄌㄧㄥˇ）

【解釋】比喻掌握事理的重要部分。挈，提起。

【造句】讀書要「提綱挈領」，把握重點，切忌囫（ㄏㄨˊ）圇（ㄌㄨㄣˊ）吞棗，不求甚解。

【分析】提綱挈領，不作「提綱契領」。挈，音ㄑㄧㄝˋ，不讀ㄑㄧˋ。

【相關詞】挈眷（帶領家屬）。帶挈（攜帶、帶領）。提挈（提拔）。絜己（修養自身。絜，音ㄐㄧㄝˊ）。廉潔。

齧（ㄋㄧㄝˋ）齒目。齧臂盟（指男女私訂的婚約。臂，音ㄅㄧˋ）。左提右挈（互相扶持、協助）。冰清玉潔。扶老挈幼。度長絜大（指度量長短、大小。有比較的意思。度，音ㄉㄨㄛˋ；絜，音ㄒㄧㄝˊ）。恝然置之（毫不經意，不加以理會。恝，音ㄐㄧㄚˊ）。恝置不顧（同「恝然置之」）。挈瓶之知（比喻見識淺薄。同「挈缾之知」。知，音ㄓˋ。缾，音ㄆㄧㄥˊ）。淳絜之風（樸實廉潔的風氣。絜，音ㄐㄧㄝˊ）。絜之百圍（比喻樹木高大粗壯。絜，音ㄒㄧㄝˊ）。絜矩之道（即恕道。絜，音ㄒㄧㄝˊ）。較短絜長（指比較高低。絜，音ㄒㄧㄝˊ）。潔己奉公。潔身自好（同「潔身自愛」。好，音ㄏㄠˋ）。窮鼠齧貓（比喻人到了走投無路時，也會起而反抗）。養虎自齧（姑息敵人而自受其害）。積仁絜行（聚積仁德，修養品行。絜，音ㄐㄧㄝˊ；行，音ㄒㄧㄥˋ）。攜老挈幼。齧雪吞氈（比喻在逆境中艱困地生活。氈，音ㄓㄢ）。

【全國考題】82國小；76、86、87、95國中；88、89、97高中；83、85、95師院；73、80小教；88、91、92中教；99教師。

摒棄（ㄅㄧㄥˋ ㄑㄧˋ）

【解釋】捨棄、排除。

【造句】一個背信忘義、不遵守諾言的人，容易被眾人所「摒棄」。

【分析】摒棄，也作「屏棄」。摒，音ㄅㄧㄥˋ，不讀ㄅㄧㄥˇ；屏，音ㄅㄧㄥˇ，不讀ㄅㄧㄥ。

【相關詞】屏（ㄆㄧㄥˊ）風。屏（ㄅㄧㄥˇ）息。屏（ㄅㄧㄥˇ）氣。屏（ㄅㄧㄥˇ）除。屏退

（趕走。屏，音ㄅㄧㄥˇ）。屏（ㄅㄧㄥˇ）棄。屏絕（斷絕往來。屏，音ㄅㄧㄥˇ）。屏當（音ㄅㄧㄥˇ ㄉㄤˋ。收拾、料理）。屏（ㄆㄧㄥˊ）障。屏（ㄆㄧㄥˊ）蔽。屏藩（音ㄆㄧㄥˊ ㄈㄢˊ。遮蔽、保護）。摒（ㄅㄧㄥˋ）除。杜門屏跡（緊閉門戶，隱藏自己的行蹤。屏，音ㄅㄧㄥˇ）。屏（ㄅㄧㄥˇ）息凝神。屏（ㄅㄧㄥˇ）氣凝神。屏氣攝息（形容全神貫注或指極為緊張的神情。屏，音ㄅㄧㄥˇ）。屏（ㄅㄧㄥˇ）跡江湖。屏聲息氣（即小心翼翼。屏，音ㄅㄧㄥˇ）。雀屏（ㄆㄧㄥˊ）中選。摒擋行裝（料理出門時所攜帶的行李。擋，音ㄉㄤˋ）。斂容屏氣（比喻因畏懼而恭敬謹慎，不敢放肆。屏，音ㄅㄧㄥˇ）。

【全國考題】85小教；94國小。

棘手 ㄐㄧˊ ㄕㄡˇ

【解釋】比喻事情很難處（ㄔㄨˇ）理。

【造句】小李的能力出眾，再「棘手」的事交到他手裡都能迎刃而解。

【分析】棘手，不作「辣手」。辣手，做事的手段狠毒，如「辣手摧花」。棘，音ㄐㄧˊ，不讀ㄌㄚˋ。

【相關詞】刺傷。荊棘。棗子。策馬（鞭策馬匹使前進）。嚴棘（監獄）。獻策。流刺網。眼中刺。棗紅色（像紅棗的顏色）。全力衝刺。囫（ㄏㄨˊ）圇（ㄌㄨㄣˊ）吞棗。束手無策。災梨禍棗（刊印沒有價值的書籍）。芒刺在背（因畏懼而坐立難安）。刺刺不休（說人嘮叨的樣子）。披荊斬棘。泥中隱刺（比喻語帶譏諷）。背生芒刺（同「芒刺在背」）。面如重棗（形容臉色紅如棗色。重，音ㄓㄨㄥˋ）。乘堅策肥（形容生活奢侈浪費）。桃弧棘矢（古人辟邪的工具）。胸中柴棘（形容人心險惡）。荊天棘地（比喻處境極為困難）。荊棘野草。荊棘遍（ㄅㄢˋ）地。蛋中挑刺（比喻故意挑毛病、找麻煩。挑，音ㄊㄧㄠ）。寒風刺骨。棘手難辦。棘皮動物。群策群力。鉤章棘句（比喻文辭艱澀難懂）。算無遺策。謀無遺策（計畫周詳細密，沒有疏漏）。簡策楮墨（指書籍和紙墨。楮，音ㄔㄨˇ）。懸梁刺股。讓棗推梨（比喻兄弟間的友愛）。

【全國考題】90高中；91、92師院；94國中；96國小。

殗殜（ㄧㄝˋ ㄧㄝˋ）

【解釋】病不太重，半臥半起。

【造句】這次罹（ㄌㄧˊ）病，經過醫生治療，病況雖有好轉，猶尚「殗殜」，須等完全康復再銷假上班。

【分析】殗殜，音ㄧㄝˋ ㄧㄝˋ，不讀ㄧㄢ ㄉㄧㄝˊ。

【相關詞】奄忽（忽然。奄，音ㄧㄢˇ）。奄國（古國名。奄，音ㄧㄢˇ）。奄欻（音ㄧㄢˇ ㄏㄨ。來去不定的樣子）。俺們（我們。俺，音ㄢˇ）。崦嵫（音ㄧㄢ ㄗ。山名）。掩（ㄧㄢˇ）沒。掩埋。掩護。晻世（昏暗無道的時代。晻，音ㄧㄢˇ）。腌臢（音ㄤ ㄗㄤ。同「骯髒」）。醃肉。醃製。鵪（ㄢ）鶉。尼姑庵（ㄢ）。冷罨（ㄧㄢˇ）法。熱罨法。醃漬（ㄗˋ）物。鵪鶉蛋。日薄崦嵫（比喻人老）。掩埋場。水來土掩。江淹才盡（比喻文思枯竭減退。同「江郎才盡」）。江淹夢筆（同「江淹才盡」）。奄有四方（統治四方。奄，音ㄧㄢˇ）。奄奄一息。奄然而逝（忽然去世。奄，音ㄧㄢˇ）。故淹珠玉（比喻故意掩飾他人的優點）。氣息奄奄。掩人耳目。淹年累月（同「經年累月」。累，音ㄌㄟˇ）。淹旬曠月（指荒廢歲月、拖延時日）。閹然媚世（迎合世俗，以博取他人歡心。閹，音ㄧㄢ）。

【全國考題】74、93高中；92中教。

渾身解數 ㄏㄨㄣˊ ㄕㄣ ㄐㄧㄝˇ ㄕㄨˋ

【解釋】指將全身所有的本領都使出來。

【造句】這場公益義演，表演者個個使出「渾身解數」，希望贏得滿堂彩。

【分析】渾身解數，不作「渾身解術」。

【相關詞】煩數（頻繁。數，音ㄕㄨㄛˋ）。數罟（音ㄘㄨˋ ㄍㄨˇ。細密的網）。數（ㄕㄨˇ）落。頻數（同「煩數」。數，音ㄕㄨㄛˋ）。數珠兒（佛教徒修行時用來計數的珠串。數，音ㄙㄨˋ）。數（ㄕㄨˇ）數（ㄕㄨˋ）兒。不足齒數（不值得一提。數，音ㄕㄨˇ）。不勝煩數（數量很多。勝，音ㄕㄥ；數，音ㄕㄨㄛˋ）。更僕難數（形容事物繁多，難以估計。更，音ㄍㄥ；數，音ㄕㄨˇ）。言之數數（屢次地說。數，音ㄕㄨㄛˋ）。恆河沙數（形容數量很多。數，音ㄕㄨˋ）。面數其罪（當面責備。數，音ㄕㄨˇ）。倒（ㄉㄠˋ）數計時。會數禮勤（聚會的次數多而禮節依舊周到。數，音ㄕㄨㄛˋ）。數大為美。數以萬計。數米而炊（比喻處理事物過於煩瑣，勞而無益。數，音

ㄕㄨˇ）。數（ㄕㄨㄛˋ）見不鮮（ㄒㄧㄢ）。數典忘祖（比喻忘本。數，音ㄕㄨˇ）。數往知來（推測過去的事，就可預知未來。數，音ㄕㄨˇ）。數領其首（頻頻點頭。數，音ㄕㄨㄛˋ；頷，音ㄏㄢˋ）。數數來訪（來訪頻繁。數，音ㄕㄨㄛˋ）。擢髮難數（形容罪狀或惡劣事項極多。擢，音ㄓㄨㄛˊ；數，音ㄕㄨˇ）。

【全國考題】91師院；92國小；93、97國中；97社會。

湮（ㄧㄣ）滅（ㄇㄧㄝˋ）

【解釋】消滅、埋沒，如「湮滅證據」。

【造句】殺人嫌犯企圖「湮滅」證據，幸好被警方及時發現，將他逮（ㄉㄞˇ）捕。

【分析】湮滅，不作「煙滅」。湮，音ㄧㄣ，不讀ㄧㄢ；「土」上作「西」，不作「西」（ㄧㄚˋ）。

【相關詞】堙滅（埋沒。堙，音ㄧㄣ）。鄄城（山東省縣名。鄄，音ㄐㄩㄢˋ）。湮沒（ㄇㄛˋ）。煙火。甄試。甄選。闉闍（音ㄧㄣ ㄕㄜˊ。城門）。分煙析產（兄弟分家，各自炊食）。年湮代遠（年代久遠）。灰飛煙滅（比喻人亡或事物迅速消失殆盡）。河道湮塞（河道阻塞。塞，音ㄙㄜˋ）。香煙不絕（形容香火鼎盛）。香煙後代（後代子孫）。浩如煙海（形容書籍或文獻資料等極為豐富）。荒煙蔓草。接續香煙（指繁衍子孫，接續香火）。教師甄選。湮沒無聞（埋沒，無人知曉）。湮滅證據。煙視媚行（形容新婚婦女安詳的姿態、舉止）。煙霞痼疾（熱愛山水成癖。痼，音ㄍㄨˋ）。過眼雲煙。甄拔人才。鬱堙不偶（指埋沒而不得志）。

【全國考題】79小教；90高中；91中教；99教師；101社會。

渣滓（ㄓㄚ ㄗˇ）

【解釋】物品提去精華後，所剩下粗糙（ㄘㄠ）的東西。

【造句】瀝青是利用石油提煉後的「渣滓」所製成，可作為道路鋪料或防水防腐的塗料。

【分析】渣滓，不作「渣涬」。滓，音ㄗˇ，不讀ㄗㄞˇ。

【相關詞】主宰。付梓（排印書籍。梓，音ㄗˇ）。辛苦。宰相。宰殺。桑梓（故鄉）。屠宰。梓匠（木工）。鄉梓（同「桑梓」）。屠宰場。賢喬梓（尊稱他人父子）。騂且角（牛純赤色而且頭角端正。騂，音ㄒㄧㄥ；角，音ㄐㄧㄠˇ）。任人宰割。伴食宰相（諷刺尸位素餐的高官）。含辛茹苦。杞梓之林（比喻人才眾多。杞，音ㄑㄧˇ）。服務桑梓。宰輔之器（比喻人的度量極大）。荊南杞梓（比喻傑出的人才）。莘莘學子（指眾多的學生。莘，音ㄕㄣ）。敬恭桑梓（熱愛故鄉和尊敬故鄉的人）。滓穢太清（比喻玷汙清白。穢，音ㄏㄨㄟˋ）。渣滓糟粕（ㄆㄛˋ）。犁生騂角（比喻不好的父親生賢明的兒女）。騂騂角弓（調和適度的角弓。角，音ㄐㄧㄠˇ）。

【全國考題】86國中；80、88、94小教。

無忝所生（ㄨˊ ㄊㄧㄢˇ ㄙㄨㄛˇ ㄕㄥ）

【解釋】不辱沒（ㄇㄛˋ）父母，也就是對得起父母的意思。

【造句】李先生不到四十歲就事業有成，並

經常參與（ㄩˋ）公益活動，深得里民的敬重，真是「無忝所生」。

【分析】忝，音ㄊㄧㄢˇ，上作「天」，起筆為一橫，不作一撇。

【相關詞】平添。掭筆（用毛筆在硯臺上匀蘸墨汁。掭，音ㄊㄧㄢˋ）。添加。添購。增添。添加物。舔（ㄊㄧㄢˇ）乾淨。舔嘴脣。刀口舔血（同「刀頭舔血」）。刀頭舔血（形容極其危險的行為）。刀頭舔蜜（指貪財好色而不顧性命）。加油添醋。如虎添翼。身名無忝（身分名聲沒有受到汙辱）。忝列門牆（學生對師長自謙語）。忝在愛末（幸運承蒙對方垂愛。為書信裡常見的應酬客套話）。忝為人師。忝為知己。為虎添翼（比喻替惡人助勢。同「為虎傳翼」。為，音ㄨㄟˋ）。海屋添籌（比喻高壽，或祝人長壽之詞）。掭筆作畫。添丁發財。添枝加葉。畫蛇添足。舔嘴咂舌（吃得很飽而且感到十分滿意。咂，音ㄗㄚ）。貓舔爪（ㄓㄨㄚˇ）子。錦上添花。

【全國考題】79、82高中；76小教；85中教；94教大；101國中。

痙攣 ㄐㄧㄥˋ ㄌㄨㄢˊ

【解釋】肌肉發生急遽而不自主的收縮，並有疼痛感的一種神經性疾病。

【造句】中樞神經系統的疾病、急性傳染病和過度疲勞等，都容易導致肌肉的「痙攣」現象。

【分析】痙，音ㄐㄧㄥˋ，不讀ㄐㄧㄥ；攣，本讀ㄌㄩㄢˊ，今改讀作ㄌㄨㄢˊ。

【相關詞】山巒。禁臠（比喻為某人所獨享，不許他人染指的東西。臠，音ㄌㄨㄢˊ）。孌童（舊時供人狎玩的美男子。孌，音ㄌㄨㄢˊ）。孿生（雙胞胎。孿，音ㄌㄨㄢˊ）。變幻。鑾駕（帝王的座車）。孤鸞年（民間習俗中以為不宜嫁娶的年頭）。金鑾殿（稱皇帝的正殿）。鵝鑾鼻。孿生子。山巒起伏。孤鸞寡鶴（比喻單身的男女）。拘攣補衲（形容好用典故，勉強拼湊而顯得不自然。衲，音ㄋㄚˋ）。紅鸞星動（通常指姻緣事近）。骨肉團圞（骨肉團圓。圞，音ㄌㄨㄢˊ）。牽攣乖隔（形容分隔兩地，彼此思念牽掛）。視為禁臠。嘗鼎一臠（比喻可由部分推知全部）。團欒明月（月亮圓又明。欒，音ㄌㄨㄢˊ）。層巒疊嶂（ㄓㄤˋ）。孿生兄弟。巒兄巒弟（妻子的兄弟）。蠻不講理。蠻觸之爭（比喻為細微之事而爭鬥）。鸞膠續斷（比喻男子喪妻再娶）。

【全國考題】91中教；92、93、96小教。

痛下針砭 ㄊㄨㄥˋ ㄒㄧㄚˋ ㄓㄣ ㄅㄧㄢ

【解釋】本指治病而言。今多用來表示決心改過。

【造句】有了過錯就要「痛下針砭」，才能切切實實地改過。

【分析】痛下針砭，不作「痛下針貶」。砭，音ㄅㄧㄢ，不讀ㄅㄧㄢˇ。

【相關詞】告窆（將安葬的時間訃告親友。窆，音ㄅㄧㄢˇ）。泛駕（翻車。泛，音ㄈㄥˇ）。空泛。眨（ㄓㄚˇ）眼。覂駕（同「泛駕」。覂，音ㄈㄥˇ）。貶低。貶抑。貶損。貶謫（古代官吏有罪，謫降到遠離京城的地方就任。謫，音ㄓㄜˊ）。褒貶。一眨眼。人困馬乏（形容因到處奔走而疲勞困倦）。乏人問津。乏善可陳。回天乏術。自貶身價。泛舟湖上。泛泛之交。泛泛之輩。泛萍浮梗（形容飄泊不定的樣子）。泛駕之馬（比喻有才能而不受禮法約束的人）。浮家泛宅（以船為家或長期生活在水上。宅，音ㄓㄞˊ）。砭人肌骨（比喻極為寒冷）。砭石無效（比喻病得十分嚴重，無藥可救）。針砭時事。針砭時弊。欲振乏力。眼眶（ㄎㄨㄤ）泛紅。貨幣貶值。寒風砭骨。褒善貶惡。殺人不眨眼。

【全國考題】87、96高中；97國小。

發噱 ㄈㄚ ㄐㄩㄝˊ

【解釋】指發笑，如「引人發噱」。

【造句】由鄭老師率領的相聲三口組在退休餐會上表演，詼諧的對白和滑（ㄏㄨㄚˊ）稽的動作，不時引起臺下同仁「發噱」。

【分析】噱，音ㄐㄩㄝˊ，不讀ㄒㄩㄝ。

【相關詞】劇烈。劇痛。劇變（劇烈地變動）。噱頭（音ㄒㄩㄝ ㄊㄡˊ。引人發笑的話或舉動）。醵資（湊集眾人的錢財，集資。醵，音ㄐㄩˋ）。耍噱頭。根據地。璩美鳳（前臺視記者。璩，音ㄑㄩˊ）。不足為據（不能作為憑據）。病情加劇。引經據典。於法無據。疾言遽色（形容人不能沉穩鎮靜的樣子）。高談劇論（同「高談闊論」）。進退失據。窮心劇力（竭盡心力，全力以赴）。銷鋒鑄鐻（把刀劍和樂器加以鎔鑄。鑄鐻，音ㄓㄨˋ ㄐㄩˋ）。據為己有。據理力爭。據實以報。蘧瑗知非（比喻不斷反省而重新做起。蘧瑗，音ㄑㄩˊ ㄩㄢˋ）。籧篨戚施（長得醜陋難看的人。籧篨，音ㄑㄩˊ ㄔㄨˊ）。

【全國考題】85、98國中；90小教；91高中；92師院；94國小。

短小精悍 ㄉㄨㄢˇ ㄒㄧㄠˇ ㄐㄧㄥ ㄏㄢˋ

【解釋】形容身體矮小而精明強悍的人。

【造句】這個年輕小伙子「短小精悍」，做起事來十分俐落，我實在望塵莫及。

【分析】短小精悍，不作「短小精幹」。

【相關詞】凶悍。悍妻。悍婦。悍將。捍衛（同「扞衛」）。強悍。莖稈（ㄍㄢˇ）。麥稈。剽（ㄆㄧㄠˋ）悍。電銲。銲接。稻稈。悍馬車。電線桿。一桿（ㄍㄢˇ）進洞。久旱不雨。肉毒桿菌。悍然不顧。悍然拒絕。捍衛主權。捍衛國家。捍難之功（抵禦外侮的功勞。難，音ㄋㄢˋ）。蘆荻莖稈。

【全國考題】87國中；91中教。

童叟無欺 ㄊㄨㄥˊ ㄙㄡˇ ㄨˊ ㄑㄧ

【解釋】對待小孩和老人都不會欺瞞。

【造句】做生意要誠實可靠，「童叟無欺」，才能財源廣進。

【分析】叟，音ㄙㄡˇ，上作「𦥔」（音ㄕㄣ。左右分開，中作丨（豎）），與「臾」（ㄩˊ）的寫法不同。

【相關詞】老叟（老人）。姑嫂。廋辭（隱語。廋，音ㄙㄡ）。搜捕。搜查。搜索。搜救。搜尋。瘦削（ㄒㄩㄝ）。瞽瞍（音ㄍㄨˇ ㄙㄡˇ。傳說為舜的父親）。餿（ㄙㄡ）水。一艘船。冷颼颼。飯餿了。餿水油。餿主意。人焉廋哉（他怎麼掩藏得住呢）。牛溲馬勃（比喻雖微賤而有用的東西。溲，音ㄙㄡ）。面黃肌瘦。黃童白叟（幼童與老人）。搜索枯腸（比喻竭力思索）。搜尋引擎。煙波釣叟（比喻不問世事，不貪求榮華的隱士。波，音ㄅㄛ）。瘦骨嶙（ㄌㄧㄣˊ）峋（ㄒㄩㄣˊ）。環肥燕瘦（比喻女子的體態不同，但都很美麗）。謏聞之陋（形容名氣小，且學識淺陋。謏，音ㄒㄧㄠˇ）。謏聞淺說（同「謏聞之陋」）。

【全國考題】85、94中教；89、97國中；90國小；92、102教大。

結實（ㄐㄧㄝˊ ㄕˊ） 結實（ㄐㄧㄝ ˙ㄕ）

【解釋】①植物結成果實或種子（ㄗˇ），如「結實纍（ㄌㄟˊ）纍」。②強健，如「身材結實」。

【造句】①看著「結實」纍纍的荔枝，我的口水不禁（ㄐㄧㄣ）掉了下來。②他身材「結實」，在表演臺上大出鋒頭。

【分析】若作①：結實，音ㄐㄧㄝˊ ㄕˊ，不讀ㄐㄧㄝ ˙ㄕ；若作②：結實，音ㄐㄧㄝ ˙ㄕ，不讀ㄐㄧㄝˊ ㄕˊ。

【相關詞】反詰（反問。詰，音ㄐㄧㄝˊ）。柑桔（同「柑橘」。桔，音ㄐㄩˊ）。狡黠（狡詐。黠，音ㄒㄧㄚˊ）。桔梗（音ㄐㄧㄝˊ ㄍㄥˇ。植物名）。桀黠（凶惡狡詐）。陶喆（名創作歌手。喆，音ㄓㄜˊ）。結（ㄐㄧㄝ）巴（˙ㄅㄚ）。詰問（質問）。詰責（譴責）。詰難（責備非難。難，音ㄋㄢˋ）。慧黠（聰慧靈敏）。盤詰。髮髻（ㄐㄧˋ）。黠慧（同「慧黠」）。吉光片羽（比喻殘餘的文章或書畫等珍貴文物）。汙吏黠胥（指貪贓枉法、奸險狡猾的官吏。胥，音ㄒㄩ）。佶屈聱牙（形容文句艱澀，不易誦讀。同「詰屈聱牙」。佶，音ㄐㄧˊ）。咭吱咯吱（形容器物摩擦或擠壓的聲音。咭，音ㄐㄧ；咯，音ㄍㄜ）。黃道吉日。燕姞夢蘭（比喻受寵愛或婦女懷孕生子的吉兆。燕姞，音ㄧㄢ ㄐㄧˊ）。

【全國考題】83國中；91國小。

結褵 ㄐㄧㄝˊ ㄌㄧˊ

【解釋】結婚。也作「結縭」。

【造句】那對夫婦「結褵」了半世紀，仍像新人一樣地恩愛。

【分析】褵，音ㄌㄧˊ，不讀ㄔ。

【相關詞】摛藻（鋪陳辭藻。摛，音ㄔ）。螭魅（傳說中山林間害人的精怪。同「魑魅」。螭，音ㄔ）。人心渙漓（同「人心渙散」）。英名遠摛（美好的聲名傳播很遠）。寄人籬下。淋漓盡致。傍人籬壁（比喻依靠他人。傍，音ㄅㄤˋ）。萬頃琉璃（形容水波蕩漾）。摛章繪句（鋪陳辭藻，雕琢文句）。鋪糟歠醨（比喻隨波逐流、與世浮沉的生活態度。鋪，音ㄅㄨ；歠醨，音ㄔㄨㄛˋ ㄌㄧˊ）。與（ㄒㄧㄥˋ）會淋漓。螭盤虎踞（同「龍蟠虎踞」）。鏤彩摛文（描述生動逼真，細緻入微。鏤，音ㄌㄡˋ）。魑魅魍魎（比喻各式各樣的壞人。魑，音ㄔ；魍魎，音ㄨㄤˇ ㄌㄧㄤˇ）。

【全國考題】88小教。

紫薇花 ㄗˇ ㄨㄟˊ ㄏㄨㄚ

【解釋】植物名。葉橢（ㄊㄨㄛˇ）圓形或卵形，夏開紫紅色花，又稱為「百日紅」。

【造句】夏天到了，公園裡的「紫薇花」絢（ㄒㄩㄢˋ）爛地開著，煞是好看。

【分析】薇，音ㄨㄟˊ，不讀ㄨㄟˋ。

【相關詞】式微。薔薇。陳茵媺（二○○六年香港小姐。媺，音ㄇㄟˇ）。微生物。顯微鏡。人微言輕（地位卑微，言論主張不受重視）。大花紫薇。出身寒微。民殷俗熾（人民富裕，禮俗良善）。防微杜漸。見微知著（ㄓㄨˋ）。具體而微。刻（ㄎㄜˋ）畫入微。無微不至。紫微斗數。微言大義（精微的言論，切要的義理）。微服出巡。道德式微。漸趨式微。頗有微詞。體貼入微。

【全國考題】100國小。

華佗再世（ㄏㄨㄚˋ ㄊㄨㄛˊ ㄗㄞˋ ㄕˋ）

【解釋】稱讚醫生醫術高明，有如華佗再度來到人世一般。

【造句】這名癌（ㄞˊ）症病患已病入膏肓（ㄏㄨㄤ）了，就算「華佗再世」，也無法治癒。

【分析】華佗再世，不作「華陀再世」。華，音ㄏㄨㄚˋ，不讀ㄏㄨㄚˊ。

【相關詞】佛陀。委蛇（音ㄨㄟ ㄧˊ。隨順的樣子）。房柁（房屋前後兩柱間的大橫梁。柁，音ㄊㄨㄛˊ）。陀螺。秤砣。掌舵。駱駝。蹉跎。大雨滂（ㄆㄤ）沱。日月蹉跎（歲月流逝，毫無成就）。見風轉舵。杯弓蛇影。封豕長蛇（比喻貪暴的人。豕，音ㄕˇ）。涕泗滂沱。荊棘銅駝（形容國土淪陷後的殘破景象）。酒醉臉酡（因酒醉而臉色泛紅。酡，音ㄊㄨㄛˊ）。蛇蛇碩言（虛誇的大話。蛇，音ㄧˊ）。虛與委蛇（對人虛情假意，敷衍應付）。象白駝峰（指罕見名貴的食品）。銅駝荊棘（同「荊棘銅駝」）。隨風倒舵（比喻隨著情勢的發展而轉變態度。同「隨風轉舵」。倒，音ㄉㄠˇ）。鴕鳥心態。龍蛇混（ㄏㄨㄣˋ）雜。雙頰酡紅。懸駝就石（比喻用力多，獲益少的愚蠢做法）。鶴髮酡顏（頭髮花白，臉色紅潤）。彎腰駝背。

【全國考題】80小教；94小教；95國小。

虛無縹緲（ㄒㄩ ㄨˊ ㄆㄧㄠˇ ㄇㄧㄠˇ）

【解釋】形容虛幻渺茫，捉摸不著的樣子。

【造句】忽聞海上有仙山，山在「虛無縹緲」間；樓閣玲瓏五雲起，其中綽約多仙子。（白居易‧長恨歌）

【分析】虛無縹緲，不作「虛無飄渺」或「虛無縹渺」。縹，音ㄆㄧㄠˇ，不讀ㄆㄧㄠ。

【相關詞】水瓢（ㄆㄧㄠˊ）。魚鰾（ㄅㄧㄠˋ）。剽悍（敏捷勇猛。剽，音ㄆㄧㄠˋ）。剽掠（搶奪）。剽竊。嘌唱（宋代民間一種演唱時曲中加字拉腔的唱法。嘌，音ㄆㄧㄠ）。嫖姚（矯捷強勁。嫖，音ㄆㄧㄠ）。彯帶（帶子。彯，音ㄆㄧㄠ）。摽梅（比喻女子已到適婚年齡。摽，音ㄆㄧㄠˋ）。漂（ㄆㄧㄠˇ）染。漂（ㄆㄧㄠˇ）洗。漂帳（欠帳不承認或不還。漂，音ㄆㄧㄠˋ）。熛風（迅疾的風。熛，音ㄅㄧㄠ）。瓢蟲。翲忽（微細。翲，音ㄆㄧㄠ）。螵蛸（音ㄆㄧㄠ ㄒㄧㄠ。螳螂產卵的卵房）。蹲膘（指好吃而少活動，造成身體肥胖。膘，音ㄅㄧㄠ）。海螵蛸（烏賊體內的白色骨狀硬殼）。霍嫖姚（指漢代霍去病將軍）。水皆縹碧（水呈青綠色）。名標青史（同「名垂青史」）。死鰾白纏（指寸步不離地跟著他人）。行蹤飄忽。眾呴漂山（比喻眾人的力量極大。同「眾喣漂山」。呴，音ㄒㄩˇ；漂，音ㄆㄧㄠ）。摽末之功（小功勞。摽，音ㄅㄧㄠ）。摽在一起（互相勾結、依附在一起。摽，音

ㄅㄧㄠˋ）。摽梅之年（同「摽梅」）。摽諸門外（揮之門外使離去。摽，音ㄅㄧㄠ）。漂母進食（比喻施恩而不望回報。漂，音ㄆㄧㄠˇ）。膘滿肉肥（指動物長得肥壯）。瞟了一眼（用眼斜看一下。瞟，音ㄆㄧㄠˇ）。鍋碗瓢盆。簞食瓢飲（比喻人安貧樂道。食，音ㄙˋ）。簞瓢屢空（ㄎㄨㄥˋ）。驃騎將軍（漢代對將軍的稱號。驃，音ㄆㄧㄠˋㄑㄧˊ）。鰾膠（用魚鰾或豬皮等熬煮成的膠）。

【全國考題】87高中；86、95、101教大；93國小；95中教。

貿然（ㄇㄠˋ ㄖㄢˊ）

【解釋】輕率不慎重的樣子。

【造句】她決定三十歲以前要力拚（ㄆㄢˋ）事業，不會因對方的猛烈求婚而「貿然」答應婚事，走進廚房。

【分析】貿然，不作「冒然」。

【相關詞】貿易。貿貿然（眼睛看不清楚的樣子）。抱布貿絲（比喻男子為求婚而與女子接近。或指進行商品交易）。保護貿易。是非相貿（是非相錯雜）。貿首之仇（指仇恨極深）。貿然行事。貿然行動。貿然決定。貿然前往。貿然從事。貿然造訪。貿然答應。

【全國考題】81、98國小；86、97高中；77、83、95、97國中；84師院；98、101教大；81、92小教。

賁臨（ㄅㄧˋ ㄌㄧㄣˊ）

【解釋】尊稱他人的光臨，如「賁臨指教」、「賁臨參觀」。

【造句】承蒙大哥「賁臨」指教，小弟感激

莫名。

【分析】賁，音ㄅㄧˋ，不讀ㄅㄣ；上「十」下接長橫筆，橫筆左作豎點，右作豎撇。

【相關詞】虎賁（勇士。賁，音ㄅㄣ）。賁育（指孟賁和夏育。比喻勇士。賁，音ㄅㄣ）。賁門（胃與食道相連的部分。賁，音ㄅㄣ）。噴（ㄆㄣˋ）香。噴（ㄆㄣˋ）鼻。濆泉（同「噴泉」）。濆，音ㄆㄣ）。嚏噴（・ㄈㄣ）。噴香獸（一種獸形的香爐，香氣從獸口中噴出。噴，音ㄆㄣˋ）。一言僨事（指一句話不適當，足以敗壞整件事情。僨，音ㄈㄣˋ）。三墳五典（傳說中上古時代的書籍）。令人噴飯。地勢墳起（地勢高起）。自掘墳墓（比喻自取滅亡）。血脈賁張（形容情緒極為激動。賁，音ㄅㄣ）。含血噴人。張脈僨興（形容緊張興奮的樣子。僨，音ㄈㄣˋ）。連壁賁臨（對兩位同來的賓客說的客套話）。發憤圖強。賁臨指導。劉蕡下第（比喻考試落第，名落孫山。蕡，音ㄈㄣˊ）。憤世嫉（ㄐㄧˊ）俗。瘠牛僨豚（比喻大國雖然衰弱，如果凌壓小國，則小國必亡。瘠，音ㄐㄧˊ）。曠職僨事（指工作不努力，而把事情弄糟了）。

【全國考題】80、90、97高中；79、83、88、90師院；99教大；76、87小教；78、93中教；101社會。

跋山涉水（ㄅㄚˊ ㄕㄢ ㄕㄜˋ ㄕㄨㄟˇ）

【解釋】形容走長遠路途的艱辛。

【造句】陳醫師的醫術高明，從各地「跋山涉水」前來請求醫治的病患絡繹不絕。

【分析】跋，音ㄅㄚˊ，右作「犮」

（ㄅㄛˊ），不作「犮」；涉，右作「步」，不作「步」。

【相關詞】干涉。交涉。步伐（ㄈㄚˊ）。涉嫌。牽涉。陰騭（陰德。騭，音ㄓˋ）。黜陟（音ㄔㄨˋ ㄓˋ。官位的升遷或貶黜）。牛步化。陰騭文（勸人布施陰德的文章）。陰騭紋（眼眶下的紋路）。損陰騭（即損陰德）。七步之才（稱人文思敏捷）。千里跋涉。平步青雲。安步當車（ㄐㄩ）。考績黜陟（考核官吏的政績，以決定升降官職）。改步改玉（死者身分改變，安葬禮數也隨之改易）。步人後塵。涉世未深。涉筆成趣（比喻文章富有才情，充滿意趣情致）。涉獵不精。涉獵古今。陟岵瞻望（比喻思念父母。岵，音ㄏㄨˋ）。陟罰臧否（獎勵好人，懲罰惡人。臧否，音ㄗㄤ ㄆㄧˇ）。登山陟嶺（形容長途跋涉的艱辛）。評騭是非（評論是非）。獨步天下（才華出眾，天下第一）。黜陟幽明（黜退愚昧的昏官，晉升賢明的好官）。

【全國考題】77國小；95國中。

逮（ㄉㄞˇ）捕（ㄅㄨˇ）

【解釋】拘禁犯人，強（ㄑㄧㄤˇ）制束縛其自由。

【造句】電梯之狼已被警方「逮捕」，讓附近居民鬆了一口氣。

【分析】逮，本讀ㄉㄞˋ，今改讀作ㄉㄞˇ。

【相關詞】奴隸。被逮（ㄉㄞˇ）。棠棣（比喻兄弟。棣，音ㄉㄧˋ）。逮（ㄉㄞˇ）獲。賢棣（同「賢弟」）。隸書。隸屬（受管轄）。王小棣（名導演）。黃友棣（知名作曲家）。燕（ㄧㄢ）王棣。入彀（ㄍㄡˋ）就逮（ㄉㄞˇ）。

力有未逮（ㄉㄞˋ）。匡我不逮（請人幫忙或向人求教的謙詞。逮，音ㄉㄞˋ）。言不逮意（言談間沒把心意確切地表達出來。逮，音ㄉㄞˋ）。威儀棣棣（儀容端莊，舉止嫻雅）。恥躬不逮（因沒辦好事情而感到羞恥）。棣華增映（比喻兄弟和睦，相親相愛。華，音ㄏㄨㄚ）。棠棣競秀（稱讚他人兄弟傑出優異）。逮（ㄉㄞˇ）到機會。逮（ㄉㄞˇ）個正著（ㄓㄠˊ）。萬物棣通（萬物暢達貫通）。塵垢秕糠（比喻無用的東西。秕，音ㄅㄧˇ）。慷慨解囊（指毫不吝嗇地拿財物援助他人。囊，音ㄋㄤˊ）。貓逮（ㄉㄞˇ）老鼠。糟糠不厭（形容生活極為貧苦）。糟糠之妻（比喻貧困時共患難的妻子）。辭不意逮（言詞無法明確地表達心意。逮，音ㄉㄞˋ）。

雋永 ㄐㄩㄢˋ ㄩㄥˇ

【全國考題】95小教。

【解釋】指文章或談話意義深長，耐人尋味。

【造句】李白是我國詩壇上的大家，其「雋永」的詩章，至今仍令人讚嘆不已。

【分析】雋，音ㄐㄩㄢˋ，不讀ㄐㄩㄣˋ。

【相關詞】英雋（才智過人的人。同「英俊」。雋，音ㄐㄩㄣˋ）。雋材（傑出的才能。雋，音ㄐㄩㄣˋ）。雋拔（英俊傑出。雋，音ㄐㄩㄣˋ）。雋彥（俊秀的人才。雋，音ㄐㄩㄣˋ）。雋語（耐人尋味的言語。雋，音ㄐㄩㄢˋ）。雋譽（美好的聲名。雋，音ㄐㄩㄣˋ）。檇李（果名。李的一種。檇，音ㄗㄨㄟˋ）。鐫刻（音ㄐㄩㄢ ㄎㄜˋ。雕刻）。鐫級（降級）。鐫罰（免除職務表示懲罰）。

鐫黜（官吏降級或免去職務。黜，音ㄔㄨˋ）。雋不疑（漢代人名。雋，音ㄐㄩㄢˋ）。一時之雋（ㄐㄩㄣˋ）。清新雋永。雋永小品。鐫心銘骨（指感受深刻，永難忘懷。同「刻骨銘心」）。

【全國考題】82、83、85、87、91小教；82中教；90國小；90、97高中；97國中。

黃鸝鳥（ㄏㄨㄤˊ ㄌㄧˊ ㄋㄧㄠˇ）

【解釋】黃鶯的別名。又稱為「黃鸝」。

【造句】「黃鸝鳥」是一級保育鳥類，數量非常稀少，究其原因，除了天災和天敵的影響外，最主要的是人類的捕捉。

【分析】鸝，音ㄌㄧˊ，不讀ㄌㄧˋ。

【相關詞】高麗（古國名。在今朝鮮半島。麗，音ㄌㄧˊ）。梁欐（房屋的棟梁。同「梁麗」。欐，音ㄌㄧˋ）。噴灑。瀟灑。灑脫。鰻鱺（音ㄇㄢˊ ㄌㄧˊ。即鰻魚）。驪（ㄌㄧˊ）歌。高句麗（同「高麗」。句，音ㄍㄡ）。高麗參（ㄕㄣ）。高麗菜。賢伉儷（ㄌㄧˋ）。酈食其（音ㄌㄧˋ ㄧˋ ㄐㄧ。秦末辯士）。一串驪珠（比喻歌聲宛轉圓潤有如成串的珍珠）。牝牡驪黃（比喻觀察事物不能僅著眼於表面，而要了解實質真相。牝，音ㄆㄧㄣˋ）。迆邐不絕（曲曲折折而連綿不斷。迆邐，音ㄧˇ ㄌㄧˇ）。洋洋灑灑。探驪得珠（寫作時能緊扣主題，抓住要點，深得題旨的精髓）。揮灑自如。餔糟歠釃（比喻隨波逐流，與世浮沉的生活態度。同「餔糟歠醨」。餔，音ㄅㄨ；歠釃，音ㄔㄨㄛˋ ㄌㄧˊ）。鴞心鸝舌（形容人說話動聽，心腸卻十分狠毒。鴞，音ㄒㄧㄠ）。儷影雙雙（形容情侶或夫婦感情和睦，形影不離）。躧履相迎（比喻歡迎賓客的急切心情與熱誠。同「屣履相迎」。躧，音ㄒㄧˇ）。釃酒臨江（臨著江流喝酒。釃，音ㄙ）。

【全國考題】100國小。

十三畫

傾（ㄑㄧㄥ）家（ㄐㄧㄚ）蕩（ㄉㄤˋ）產（ㄔㄢˇ）

【解釋】把全部的家產都花光了。

【造句】沉溺賭博不但會「傾家蕩產」，而且會使人損害健康、妻離子散。

【分析】傾家蕩產，不作「傾家盪產」或「傾家當產」。傾，音ㄑㄧㄥ，不讀ㄑㄧㄥˇ。

【相關詞】市場（ㄔㄤˇ）。放蕩。國殤（為國犧牲生命的人）。掃蕩。瑒圭（宗廟祭祀用的圭玉。瑒，音ㄔㄤˋ）。濫觴（比喻事物的開始）。腦震盪。心蕩神馳（形容心神迷亂，無法自持）。皮裡陽秋（嘴裡不說好壞，心中卻自有褒貶）。有腳陽春（稱頌官吏愛護百姓，施行仁政）。百步穿楊（比喻箭術高超或技藝高強）。行容愓愓（走路時身體挺直而腳步很快的樣子。愓，音ㄕㄤ）。兩眼發餳（兩眼半睜半閉，顯露出沒有精神的樣子。餳，音ㄒㄧㄥˊ）。固若金湯（比喻防守嚴密）。雨暘時若（晴雨適時，氣候調和。暘，音ㄧㄤˊ）。春祭國殤。流觴曲水（古人修禊的習俗，在水邊盥洗，藉以驅邪）。飛觴走斝（比喻飲酒暢快。斝，音ㄐㄧㄚˇ）。浩浩湯湯（水勢盛大壯闊的樣子。湯，音ㄕㄤ）。迴腸盪氣。啣觴賦

詩。眼錫耳熱（形容飲酒微醺，兩眼無神）。趾高氣揚。揚長而去。視民如傷（形容在上位者對人民極為愛護）。暢所欲言。腦力激盪。蕩然無存。舉觴稱慶（舉起酒杯，表示慶賀之意。稱，音ㄔㄥ）。颺下屠刀（即放下屠刀。颺，音ㄧㄤˊ）。

【全國考題】92國小；92國中；92師院。

傾斜 ㄑㄧㄥ ㄒㄧㄝˊ

【解釋】傾側偏斜。

【造句】由於建商興建大樓而造成社區地層下陷、房屋「傾斜」，居民群情激憤，包圍工地抗議。

【分析】傾，音ㄑㄧㄥ，不讀ㄑㄧㄥˇ。

【相關詞】頃刻。傾向。傾訴。傾聽。蹞步（半步。同「跬步」。蹞、跬皆音ㄎㄨㄟˇ）。往前傾。傾全力。一見傾心。玉山傾倒（酒醉的樣子。倒，音ㄉㄠˇ）。側耳傾聽。啜（ㄔㄨㄛ）茗傾聽。傾盆大雨。傾倒（ㄉㄠˋ）垃圾。傾家蕩產。傾國傾城。傾巢而出。傾瀉而下。傾囊（ㄋㄤˊ）相授。傾聽民意。萬頃琉璃（形容水波蕩漾）。暴力傾向。碧波萬頃（形容水色碧綠，廣闊無垠的樣子。波，音ㄅㄛ）。權傾天下（形容權勢極大）。

【全國考題】95國中。

傾訴衷曲 ㄑㄧㄥ ㄙㄨˋ ㄓㄨㄥ ㄑㄩ

【解釋】將內心的情意全部訴說出來。

【造句】夫妻之間可以「傾訴衷曲」，讓對方全心全力地為你分憂解勞。

【分析】衷，「衣」中作「中」；曲，音ㄑㄩ，不讀ㄑㄩˇ。

【相關詞】心曲（內心深處。曲，音

ㄑㄩ）。曲（ㄑㄩ）折。曲（ㄑㄩ）線。款曲（ㄑㄩ）。鄉曲（窮鄉僻壤的地方。曲，音ㄑㄩ）。文曲星（星名。傳說為主掌文運的星宿。曲，音ㄑㄩ）。曲（ㄑㄩ）棍球。曲線美。武曲（ㄑㄩ）星。一曲之人（形容心存偏見，不能接納他人意見的人。曲，音ㄑㄩ）。互通款曲（ㄑㄩ）。曲折離奇。曲肱而枕（比喻安貧樂道。曲肱，音ㄑㄩ ㄍㄨㄥ；枕，音ㄓㄣˋ）。曲突徙薪（比喻防患未然。曲，音ㄑㄩ）。曲（ㄑㄩˇ）高和（ㄏㄜˋ）寡。曲終奏雅（比喻結局非常精采。曲，音ㄑㄩˇ）。曲媚取容（曲意諂媚以討好他人。曲，音ㄑㄩ）。曲意逢迎（違反己意，去迎合他人。曲，音ㄑㄩ）。曲盡人情（做事極盡迎合對方的心意或需要。曲，音ㄑㄩ）。曲學阿世（指違背自己的學識以投世俗之所好。曲，音ㄑㄩ；阿，音ㄜ）。周郎顧曲（比喻知音。曲，音ㄑㄩˇ）。委曲求全。歪曲（ㄑㄩ）事實。是非曲（ㄑㄩ）直。苟容曲從（苟且附和，盲目追隨。曲，音ㄑㄩ）。鄉曲之譽（鄉里的讚譽。曲，音ㄑㄩ）。飲水曲肱（同「曲肱而枕」。曲，音ㄑㄩ）。感人心曲（ㄑㄩ）。暗通款曲（ㄑㄩ）。褶曲山脈（因造山運動產生褶曲所形成的山脈。褶曲，音ㄓㄜˊ ㄑㄩ）。

【全國考題】98教大。

傳（ㄔㄨㄢˊ）播（ㄅㄛˋ）

【解釋】藉電波傳遞消息。

【造句】新聞媒體是知識的窗，使全球人類就像生活在地球村一樣，彼此的訊息「傳播」密切快速。

【分析】播，音ㄅㄛˋ，不讀ㄅㄛ。

【相關詞】主播。熊蹯（熊掌。蹯，音ㄈㄢˊ）。廣播。播放。蕃茂（草木茂盛。蕃，音ㄈㄢˊ）。蕃（ㄈㄢˊ）衍。蟠（ㄆㄢˊ）桃。轉播。嶓冢山（陝西省山名。嶓，音ㄅㄛ）。播音室。鄱（ㄆㄛˊ）陽湖。大眾傳播。白髮皤皤（頭髮斑白的樣子。皤，音ㄆㄛˊ）。名聲遠播。沈腰潘鬢（比喻男子身體羸瘦，早生白髮。沈，音ㄕㄣˇ；鬢，音ㄅㄧㄣˋ）。東郭墦間（東門城外的墓地。墦，音ㄈㄢˊ）。掂斤播兩（形容過分計較。掂，音ㄉㄧㄢ）。羝羊觸藩（比喻進退兩難。羝，音ㄉㄧ；藩，音ㄈㄢˊ）。陳蕃下榻（指對賢者的重視或對賓客的禮遇。蕃，音ㄈㄢˊ；榻，音ㄊㄚˋ）。墦間酒肉（比喻人不知奮發振作，而只知求乞別人祭祀後的食物）。幡然改圖（改變原來的計畫。幡，音ㄈㄢ）。幡然悔悟（澈底地悔改、醒悟）。播報新聞。聲名遠播。潘鬢成霜（比喻時光易逝而毫無成就，或感嘆身體未老先衰）。播遷來臺。輪番上陣。燔書坑儒（即焚書坑儒。燔，音ㄈㄢˊ）。龍蟠虎踞。龍蟠鳳逸（比喻不凡的人卻懷才不遇，無人賞識）。皤皤國老（指一國的元老重臣）。藩鎮之亂（發生於唐末）。

【全國考題】76、89國小；83高中。

嗑（ㄎㄜˋ）瓜（ㄍㄨㄚ）子（ㄗˇ）

【解釋】用牙尖咬裂瓜子兒。

【造句】大會舉辦「嗑瓜子」比賽，孫同學速度最快，獲得冠軍。

【分析】嗑，音ㄎㄜˋ，不讀ㄎㄜ；子，音ㄗˇ，不讀˙ㄗ。

【相關詞】搕打（敲打。搕，音ㄎㄜˋ）。溘逝（指人死亡。溘，音ㄎㄜˋ）。蓋縣（古縣名。蓋，音ㄍㄜˇ）。噬嗑（音ㄕˋ ㄏㄜˊ。易經卦名）。鮮豔。打瞌睡。閒磕牙（閒談。同「閒嗑牙」）。蓋文達（人名。唐代人。蓋，音ㄍㄜˇ）。磕頭蟲。豔陽天。波光瀲灩（波光閃爍。波，音ㄅㄛ；瀲灩，音ㄌㄧㄢˋ ㄧㄢˋ）。爭奇鬥豔。風雲開闔（比喻時局變化動盪。闔，音ㄏㄜˊ）。挈榼提壺（形容人非常喜歡飲酒。挈榼，音ㄑㄧㄝˋ ㄎㄜ）。氣蓋山河（形容氣勢盛大）。盍興乎來（為什麼大家不共同來做一做。盍興，音ㄏㄜˊ ㄒㄧㄥ）。執榼承飲（手拿酒器喝酒）。朝露溘至（比喻人生短促。朝露，音ㄓㄠ ㄌㄨˋ）。溘先朝露（形容人死得太早）。溘然長逝（說人死亡）。蓋世之才（當代第一的才識）。蓋世英雄。撞頭搕腦（形容走投無路，四處碰壁）。磕頭碰腦（形容人多擁擠，互相碰撞）。磕頭謝罪。鋪天蓋地（形容聲勢大，威力猛。鋪，音ㄆㄨ）。濃妝豔抹。縱橫捭闔（政治或外交上慣用的聯合、分化等高明的手段。縱，音ㄗㄨㄥ；捭，音ㄅㄞˇ）。闔第光臨。饁彼南畝（送飯到南方的田畝給工作的人吃。饁，音ㄧㄝˋ）。豔冠（ㄍㄨㄢˋ）群芳。豔陽高照。

【全國考題】92小教；94、95、98國中；99、100國小。

圓鑿方枘（ㄩㄢˊ ㄗㄠˊ ㄈㄤ ㄖㄨㄟˋ）

【解釋】比喻格格不入，互不相容。也作「圓（ㄩㄢˊ）鑿方枘」。

【造句】他們一見面就鬥個沒完，「圓鑿方

枘」，格格不入，如何合作下去，實在令人懷疑。

【分析】圓鑿方枘，不作「圓鑿方柄」。鑿，本讀ㄗㄨㄛˋ，今改讀作ㄗㄠˊ；枘，音ㄖㄨㄟˋ，不讀ㄅㄧㄥˇ或ㄋㄟˋ。

【相關詞】枘鑿（音ㄖㄨㄟˋ ㄗㄠˊ。比喻格格不入而不相容）。開鑿。確鑿。鑿井。斧鑿痕（比喻詩文繪畫過於刻意經營而不自然）。人言鑿鑿（指人們議論的事好像有憑有據）。天真未鑿（性情純真率直，未經人事歷練）。方枘圓鑿（同「圓鑿方枘」）。妄生穿鑿（毫無根據地加以穿鑿附會）。言之鑿鑿（說話確實而有憑有據）。炳炳鑿鑿（同「言之鑿鑿」）。穿鑿附會。開鑿運河。圜鑿方枘（同「圓鑿方枘」）。圜，音ㄩㄢˊ）。證據確鑿。鑿山破石（開闢山路）。鑿枘不入（同「枘鑿」）。鑿空之論（憑空穿鑿的議論）。鑿空指鹿（指人故意歪曲事實，混淆是非）。鑿壁偷光（比喻刻苦好學）。鑿鑿有據（確實而有根據）。

【全國考題】94高中；102國中。

塗鴉 ㄊㄨˊ ㄧㄚ

【解釋】用筆隨意畫。也用來謙稱自己的作品拙劣，技巧不成熟。

【造句】當初這件作品只是隨便「塗鴉」，竟然獲得首獎，讓我大感意外。

【分析】塗鴉，不作「塗鴨」。

【相關詞】杈枒（音ㄔㄚ ㄧㄚˊ。樹枝分岔歧出的樣子）。昆邪（音ㄏㄨㄣˊ ㄧㄝˊ。漢時匈奴部落名）。迎迓（迎接。迓，音ㄧㄚˋ）。穿堂。蚜（ㄧㄚˊ）蟲。琅邪（音ㄌㄤˊ ㄧㄝˊ。古郡名）。訝異。發芽。槎枒（同「杈枒」）。槎，音

ㄔㄚˊ）。親迓（親自迎接）。驚訝。打牙祭。研光機（將紙製品及織品研光的機械。研，音ㄧㄚˋ）。麥芽糖。瑯琊山（山東省山名。瑯琊，音ㄌㄤˊ ㄧㄝˊ）。干將莫邪（古代兩劍名。將，音ㄐㄧㄤ；邪，音ㄧㄝˊ）。天真無邪。心堅石穿。戶限為穿（形容訪客眾多）。犬牙相錯（兩地交界處如犬牙交錯參差不齊的樣子）。曲終奏雅（比喻結局非常精采）。百步穿楊。呀然驚恐（吃驚的樣子。呀，音ㄒㄧㄚ）。岈然洼然（地勢高低不平。岈，音ㄒㄧㄚ；洼，音ㄨㄚ）。改邪歸正。附庸風雅（庸俗者結交文人雅士或學習風雅之事）。信筆塗鴉。彩鳳隨鴉（女子嫁給才貌配不上自己的人）。無傷大雅。雅人深致（風雅之人情趣深遠、舉止不俗）。雅俗共賞。鴉（ㄧㄚ）雀無聲。鐵硯磨穿（比喻勤奮苦讀，終有所成）。

【全國考題】91高中；92、93國小；96小教。

意氣用事（ㄧˋ ㄑㄧˋ ㄩㄥˋ ㄕˋ）

【解釋】處理事務僅憑感情而缺乏理性。

【造句】處（ㄔㄨˇ）理任何事一定要理智，千萬不可「意氣用事」。否則事情會愈弄愈糟。

【分析】意氣用事，不作「義氣用事」。

【相關詞】胸臆（胸懷、氣度）。噫嗚（嘆息感傷的樣子。噫，音ㄧˋ）。臆度（ㄉㄨㄛˋ）。臆測。淚沾臆。出人意表。先意承志（揣測人意而加以迎合）。言簡意賅。防意如城（遏止私欲之心有如守城防敵）。事出不意（事情的發生出乎意料之外）。記憶猶新。痛心傷臆（形容極為悲痛）。

過目皆憶（只要一看過就記得）。億則屢中（估計事情準確，每次總是猜中。中，音ㄓㄨㄥˋ）。憑空臆測。薏苡之謗（比喻未收賄賂卻遭到誣謗。薏苡，音ㄧˋ ㄧˇ）。薏苡明珠（同「薏苡之謗」）。

【全國考題】91、92國小。

搖曳生姿（ㄧㄠˊ ㄧˋ ㄕㄥ ㄗ）

【解釋】形容搖晃擺動，姿態婀娜多姿的樣子。

【造句】微風拂（ㄈㄨˊ）過，漫山遍（ㄅㄧㄢˋ）野的菅（ㄐㄧㄢ）芒花「搖曳生姿」，煞是好看。

【分析】搖曳生姿，不作「搖曵生姿」。曳，音ㄧˋ，「曰」的右上不可擅加一點；姿，左上作「二」，不作「冫」。

【相關詞】發洩（同「發泄」）。縲絏（音ㄌㄟˊ ㄒㄧㄝˋ。監獄。同「縲紲」）。曳引機。曳光彈。拖曳傘。生拉硬拽（ㄓㄨㄞˋ）。生拖死拽（同「生拉硬拽」。拽，音ㄓㄨㄞˋ）。曳裾王門（依附王侯權貴門下，仰承鼻息。裾，音ㄐㄩ）。死拉活拽。衣不曳地（形容衣著樸素）。把門拽上。身陷縲絏（指犯罪坐牢）。東扯西拽（藉著各種理由推託）。迎風搖曳。拽住不放。拽著不放（拖拉著不放手）。洩漏消息。洩露（ㄌㄨˋ）機密。棄甲曳兵（形容戰敗潰逃的狼狽狀）。連拖帶拽（同「生拉硬拽」）。掣掣洩洩（迎風飄動的樣子。掣，音ㄔㄜˋ；洩，音ㄧˋ）。履絲曳縞（形容衣著華貴奢侈。縞，音ㄍㄠˇ）。融融洩洩（形容極為歡愉和樂的樣子。洩，音ㄧˋ）。鴨跩鵝行（形容走路時搖晃不穩的樣子。跩，音ㄓㄨㄞˇ）。

【全國考題】77、82、99國小；79、88、92、95國中；93高中；93師院；102教師。

敬而遠之（ㄐㄧㄥˋ ㄦˊ ㄩㄢˇ ㄓ）

【解釋】對人或事抱著不親近也不得罪的態度。

【造句】對於蠻橫（ㄏㄥˋ）不講理的人，你最好「敬而遠之」，避免跟他打交道。

【分析】敬，左上作「艹」（ㄍㄨㄞˇ），不作「艹」；遠，音ㄩㄢˋ，不讀ㄩㄢˇ。

【相關詞】遠庖廚（遠離廚房。遠，音ㄩㄢˋ）。心猿意馬。北轅適楚（比喻行動與目的背道而馳。轅，音ㄩㄢˊ）。改轅易轍（比喻改變方法或態度。同「改弦易轍」）。南轅北轍。拜倒轅門（形容對人臣服，自願服輸）。桃園結義。袁安臥雪（比喻寒士不願向人乞求的節操）。張堪折轅（比喻為官廉潔自持）。猿腸寸斷（思念極為悲切）。農歌轅議（俚俗的作品）。遠罪豐家（遠離罪罰而使家財富厚。遠，音ㄩㄢˋ）。窮猿奔林（比喻人處困境，急於尋找安身的地方。同「窮猿投林」）。攀轅扣馬（挽留賢明的長官）。攀轅臥轍（同「攀轅扣馬」）。籠鳥檻猿（比喻人受限制而無自由。檻，音ㄐㄧㄢˋ）。

【全國考題】99國小；102教師。

敬業樂群（ㄐㄧㄥˋ ㄧㄝˋ ㄧㄠˋ ㄑㄩㄣˊ）

【解釋】專心致力於學業或事業，樂於與朋友、同學切磋探討。

【造句】他那謙恭有禮和「敬業樂群」的態

度，不僅使長官更加器重，同事也樂意與他親近。

【分析】樂，音ㄧㄠˋ，不讀ㄌㄜˋ或ㄩㄝˋ。

【相關詞】瓦礫（ㄌㄧˋ）。石礫。沙礫。淩轢（欺壓虐待。同「陵轢」。轢，音ㄌㄧˋ）。閃爍。樂亭（河北省縣名。樂，音ㄌㄜˋ）。樂陵（山東省縣名。樂，音ㄌㄜˋ）。樂毅（戰國時燕國名將。樂，音ㄩㄝˋ）。濼水（山東省水名。濼，音ㄌㄨㄛˋ）。櫟陽（陝西省古縣名。櫟，音ㄩㄝˋ）。瓦礫堆。日銷月鑠（比喻時光流逝。鑠，音ㄕㄨㄛˋ）。早占勿藥（祝人身體早日康復之詞。占，音ㄓㄢ）。流金鑠石（形容天氣極為炎熱）。英才卓躒（才華出眾，卓絕超群。躒，音ㄌㄨㄛˋ）。飛沙揚礫（形容風力迅猛）。閃爍其詞。眾口鑠金（眾口同聲，足以混淆視聽）。精神矍鑠（指老人身體強健。矍，音ㄐㄩㄝˊ）。樂山樂水（比喻人的喜好不同。樂，音ㄧㄠˋ）。樗櫟庸材（比喻平庸無用的人，或自謙才能低下。樗櫟，音ㄕㄨ ㄌㄧˋ）。震古鑠今（形容事業或功績偉大，可以震驚古人，顯耀當世）。燋金爍石（形容天氣極為炎熱。燋，音ㄐㄧㄠ）。騏驥一躒（千里馬一跳。騏驥，音ㄑㄧˊ ㄐㄧˋ；躒，音ㄌㄧˋ）。爍石流金（同「流金鑠石」）。藥石罔效（形容病情極為嚴重）。

【全國考題】87、89國中、88高中；79中教；99國小。

暈頭轉向（ㄩㄣ ㄊㄡˊ ㄓㄨㄢˋ ㄒㄧㄤˋ）

【解釋】神志昏眩的樣子。

【造句】這件棘手事把我搞得「暈頭轉向」，不知該如何處（ㄔㄨˇ）理才好。

【分析】暈，音ㄩㄣ，不讀ㄏㄨㄣ；轉，音ㄓㄨㄢˋ，不讀ㄓㄨㄢˇ。

【相關詞】公轉（ㄓㄨㄢˋ）。自轉（ㄓㄨㄢˋ）。陳摶（宋代人。自號扶搖子。摶，音ㄊㄨㄢˊ）。飯糰。蓴菜（植物名。蓴，音ㄔㄨㄣˊ）。御飯糰。團團轉（ㄓㄨㄢˋ）。敲門磚。轉（ㄓㄨㄢˋ）圈子。千里蓴羹（舊時多作懷鄉之詞）。不見經傳（比喻毫無根據、來歷或名聲。傳，音ㄓㄨㄢˋ）。白露漙漙（秋天的露水多的樣子。漙，音ㄊㄨㄢˊ）。地球自轉。言歸正傳（ㄓㄨㄢˋ）。拋磚引玉。昏頭轉（ㄓㄨㄢˋ）向。專斷獨行。勞心慱慱（心裡憂煩不快樂。慱，音ㄊㄨㄢˊ）。黃鶯巧囀（黃鶯的鳴叫聲好聽。囀，音ㄓㄨㄢˋ）。摶沙作飯（比喻白費心力）。摶沙嚼蠟（比喻空虛而毫無趣味。嚼，音ㄐㄩㄝˊ）。摶柱乘梁（形容動作敏捷靈活）。摶香弄粉（比喻與女子廝混）。蓴羹鱸膾（比喻思念故鄉。膾，音ㄎㄨㄞˋ）。蓴鱸之思（同「蓴羹鱸膾」）。懷家蓴客（客居在外，思歸故鄉的人）。風水輪流轉（ㄓㄨㄢˋ）。

【全國考題】74師院。

椿萱並茂 ㄔㄨㄣ ㄒㄩㄢ ㄅㄧㄥˋ ㄇㄠˋ

【解釋】比喻父母都健在。椿，父親；萱，母親。

【造句】孤兒院長大的孩子看到同學「椿萱並茂」，可以享受天倫之樂，羨慕之情油然而生。

【分析】椿萱並茂，不作「椿萱並茂」。椿，音ㄔㄨㄣ，不讀ㄓㄨㄤ，右作「春」；椿，音ㄓㄨㄤ，右作「舂」（ㄔㄨㄥ）。

【相關詞】惷愚（愚昧無知。同「蠢愚」）。

惷，音ㄔㄨㄣˇ）。愚蠢。椿庭（對父親的尊稱）。椿象。蠢材。香椿餅。著手成春（讚譽醫生的醫術高明。同「著手回春」。著，音ㄓㄨㄛˊ）。愚夫惷婦（指一般愚昧無知的人）。蠢若木雞（同「呆若木雞」）。蠢蠢欲動。

【全國考題】88、95高中；92中教；98、101國中。

歃血為盟 ㄕㄚˋ ㄒㄧㄝˇ ㄨㄟˊ ㄇㄥˊ

【解釋】古代會盟時，將牲畜的血液（ㄧㄝˋ）塗在嘴邊，表示誠信不渝。

【造句】古代諸侯訂立盟約時，必須舉行「歃血為盟」的儀式。各國矢志堅守約定，若違約必將遭受神靈的懲（ㄔㄥˊ）罰。

【分析】歃血為盟，不作「插血為盟」。歃，音ㄕㄚˋ，不讀ㄔㄚ；首筆作一短橫，不作一撇。

【相關詞】安插。耒臿（音ㄌㄟˇ ㄔㄚ。皆農具名）。畚鍤（音ㄅㄣˇ ㄔㄚˇ。挖運泥土的器具）。荷鍤（肩荷著鍬。荷，音ㄏㄜˋ）。插手。插曲。插花。插秧。插隊。插一腳。見縫（ㄈㄥˋ）插針。無心插柳。插翅難飛。雜臿其間（參雜其間）。

【全國考題】86、96國小；73、79、99、100、101國中；73、79、92師院；95、96教大；79、84、90、95、97、98小教；84、88、98中教；95、96高中；101教師。

滂沱大雨 ㄆㄤ ㄊㄨㄛˊ ㄉㄚˋ ㄩˇ

【解釋】形容雨勢盛大。

【造句】經過一場「滂沱大雨」的洗禮，路

旁的行（ㄒㄧㄥˊ）道樹顯得蒼翠欲滴。

【分析】滂，音ㄆㄤ，不讀ㄆㄤˊ；沱，音ㄊㄨㄛˊ，「宀」下作「匕」，不作「七」或「匕」。

【相關詞】牛蒡（植物名。蒡，音ㄅㄤˋ）。吹嗙（自誇、自詡。嗙，音ㄆㄤˇ）。依傍（ㄅㄤˋ）。英鎊。倚傍（ㄅㄤˋ）。偎（ㄨㄟ）傍（ㄅㄤˋ）。傍（ㄅㄤ）午。傍（ㄅㄤ）亮。傍黑（天色快黑時。傍，音ㄅㄤ）。徬徨。搒掠（鞭笞。搒，音ㄅㄥˋ）。榜人（船夫。榜，音ㄅㄥˋ）。榜女（船家的女兒。榜，音ㄅㄥˋ）。榜舟（使船前進。榜，音ㄅㄥˋ）。榜掠（同「搒掠」。榜，音ㄅㄥˋ）。榜歌（船夫所唱的歌。榜，音ㄅㄥˋ）。膀胱。膀腫（肌肉浮腫。膀，音ㄆㄤ）。磅（ㄆㄤ）礴。誹謗。蹄髈（豬後肢的上半部。也作「蹄膀」。髈，音ㄆㄤˇ；膀，音ㄅㄤˇ）。弔膀子（男女眉目傳情，互相引誘。膀，音ㄅㄤˋ）。奶膀子（乳房周圍的部分。膀，音ㄆㄤ）。光膀子（露出臂膀。膀，音ㄅㄤˇ）。心謗腹非（嘴巴不說，心裡卻反對、責罵）。正氣磅礡。名高引謗（名氣太大，容易引起他人的嫉妒和毀謗）。依山傍（ㄅㄤˋ）水。金榜題名。胡吹亂嗙（自誇、吹牛）。軍事旁午（身體因公務文書而感到疲勞。旁，音ㄅㄤˋ）。胡吹亂滂（胡說八道）。氣勢磅礴。涕泗滂沱（形容哭得很傷心）。傍（ㄅㄤˋ）人門戶。傍人籬壁（比喻依靠他人。傍，音ㄅㄤˋ）。榜上無名。

【全國考題】88、96國小。

煞車（ㄕㄚ ㄔㄜ）

【解釋】控制車子的機件，使車停止前進。

【造句】微笑是人與人之間溝通的語言；禮讓更是人與人之間衝突的「煞車」器。

【分析】煞車，不作「剎車」。煞，音ㄕㄚ，不讀ㄕㄚˋ。

【相關詞】凶煞（ㄕㄚˋ）。地煞（ㄕㄚˋ）。忒煞（音ㄊㄜˋ ㄕㄚˋ。過於）。抹煞（同「抹殺」。煞，音ㄕㄚ）。惡煞（ㄕㄚˋ）。煞（ㄕㄚ）住。煞尾（文章的收尾。煞，音ㄕㄚ）。煞（ㄕㄚˋ）星。煞筆（文章最後的結語。煞，音ㄕㄚ）。煞氣（邪氣。煞，音ㄕㄚˋ）。羨煞（ㄕㄚˋ）。碟煞（ㄕㄚ）。地煞（ㄕㄚˋ）星。急煞（ㄕㄚ）車。煞暑氣（減除盛夏的熱氣。煞，音ㄕㄚ）。一筆抹煞。大煞風景（同「大殺風景」。煞，音ㄕㄚ）。凶神惡煞（ㄕㄚˋ）。忒煞情多。拿人煞氣（拿人來宣泄怨氣。煞，音ㄕㄚ）。街頭煞（ㄕㄚˋ）星。煞（ㄕㄚˋ）有介事。煞（ㄕㄚ）車失靈。煞（ㄕㄚˋ）氣很重。煞（ㄕㄚˋ）費周章。煞（ㄕㄚˋ）費苦心。滿臉煞（ㄕㄚˋ）氣。碟式煞（ㄕㄚ）車。緊急煞（ㄕㄚ）車。

【全國考題】73、90、94、97國小；88、96小教；91國中；91中教。

煥然一新（ㄏㄨㄢˋ ㄖㄢˊ ㄧˋ ㄒㄧㄣ）

【解釋】將舊有的修飾一番，改成新的氣象。

【造句】房屋經過整修之後，顯得「煥然一新」。

【分析】煥然一新，不作「換然一新」。

【相關詞】呼喚。渙散。煥發。調換。癱瘓。大換血。人心渙漓（形容人心動盪離散。同「人心渙散」。漓，音ㄌㄧˊ）。千呼萬喚。不聽使喚。四肢癱瘓。民心渙散。交通癱瘓。改朝換代。改頭換面。呼風喚雨。美輪美奐（形容建築物雄偉壯觀，裝飾極為華美）。英姿煥發。容光煥發。神采煥發。渙然冰釋（比喻疑慮、誤會或嫌隙瞬間完全消除）。渙然汗出（汗流滿身的樣子）。傳喚到案。精神渙散。癱瘓復健。

【全國考題】76、81、83、85、95國小；86、91師院；92國中；95小教。

萬人空巷 ㄨㄢˋ ㄖㄣˊ ㄎㄨㄥ ㄒㄧㄤˋ

【解釋】形容人群爭出觀看，極為擁（ㄩㄥˇ）擠熱鬧的樣子。

【造句】電影明星所到之處「萬人空巷」，影迷爭先恐後想一睹偶像的廬山真面目。

【分析】巷，下作「巳」，不作「已」、「己」或「㔾」（ㄐㄧㄝˊ）。

【相關詞】巷弄（ㄌㄨㄥˋ）。巷道。巷戰。大街小巷。街談巷議（大街小巷中的議論或傳言）。街頭巷尾。

【全國考題】97中教。

萬頭攢動 ㄨㄢˋ ㄊㄡˊ ㄘㄨㄢˊ ㄉㄨㄥˋ

【解釋】形容眾人聚集，極為擁擠的景象。

【造句】為了爭睹巨星的丰采，群眾「萬頭攢動」，把會場擠得水泄不通。

【分析】萬頭攢動，不作「萬頭鑽動」。攢，音ㄘㄨㄢˊ，不讀ㄗㄨㄢ。

【相關詞】刁鑽（ㄗㄨㄢ）。腌臢（音ㄤ ㄗㄤ。同「骯髒」）。積攢（一點一滴的積蓄。攢，音ㄗㄢˇ）。贊成。贊助。攢眉（形容憂慮不快樂的神態。攢，音ㄘㄨㄢˊ）。讚美。讚揚。讚譽。趲路（趕路。趲，音ㄗㄢˇ）。四馬攢蹄（指四肢被捆在一起。攢，音ㄘㄨㄢˊ）。花攢錦簇（同「花團錦簇」。攢，音ㄘㄨㄢˊ）。眾毛攢裘（比喻積少成多。攢，音ㄘㄨㄢˊ）。萬箭攢心（形容極端的痛苦。攢，音ㄘㄨㄢˊ）。群山攢簇（群山聚集在一起。攢，音ㄘㄨㄢˊ）。攢眉苦臉（神情憂慮的樣子。攢，音ㄘㄨㄢˊ）。攢錢罐兒（撲滿。同「悶葫蘆罐」。攢，音ㄗㄢˇ）。讚不絕口。趲馬向前（催馬前行）。鑽（ㄗㄨㄢ）木取火。鑽牛犄角（比喻思想固執不通，使自己陷於困苦的境地。同「鑽牛角尖」。鑽，音ㄗㄨㄢ；犄，音ㄐㄧ）。鑽皮出羽（比喻因偏愛而極度地稱譽。鑽，音ㄗㄨㄢ）。

【全國考題】88、98國小；83、98、100國中；87、93高中；98、101教大；99教師。

絛蟲 ㄊㄠ ㄔㄨㄥˊ

【解釋】扁形寄生動物的一種。俗稱「寸白蟲」。

【造句】「絛蟲」是一種巨大的寄生蟲，寄生在人的腸道內，吸收養分，而使人身體變得衰弱。

【分析】絛蟲，不作「條蟲」。絛，音ㄊㄠ，不讀ㄊㄧㄠˊ或ㄊㄠˊ。

【相關詞】束脩。倏地（突然地、迅速地。倏，音ㄕㄨˋ）。倏忽。悠揚。儵魚（魚名。儵，音ㄔㄡˊ）。儵忽（同「倏忽」。儵，音ㄕㄨˋ）。生死攸關

（比喻關係重大）。攸然而逝（迅速消失）。性命攸關。封豨脩蛇（比喻貪暴的人。同「封豕長蛇」。豨，音ㄒㄧ）。茂林修竹。倏來忽往（速度極快地來去）。倏然消失。悠然自得。悠然神往（從內心深處所升起的一股企盼，而心神嚮往）。眾望攸歸（同「眾望所歸」）。責有攸歸（指各有各的責任，不容推卸）。罪有攸歸（罪責有所歸屬。指罪犯必受懲處）。翛然塵外（形容品格高潔，瀟灑脫俗。翛，音ㄒㄧㄠ）。蘭芷漸滫（比喻受惡質的影響，為人所唾棄。滫，音ㄒㄧㄡˇ）。變化倏忽（形容變化很快的樣子）。

【全國考題】81、90高中；85小教；83、88中教；89中小教；91國小。

罪魁禍首 ㄗㄨㄟˋ ㄎㄨㄟˊ ㄏㄨㄛˋ ㄕㄡˇ

【解釋】作惡犯罪的首要人物。

【造句】日前造成多人死傷的縱火案，警方已將「罪魁禍首」逮（ㄉㄞˇ）捕，並移送法辦。

【分析】魁，音ㄎㄨㄟˊ，不讀ㄎㄨㄟ。

【相關詞】戽斗（引水灌溉田地的器具。戽，音ㄏㄨˋ）。斜谷（終南山的山谷。位於陝西省。斜，音ㄧㄝˊ）。斝耳（一種玉製酒杯。斝，音ㄐㄧㄚˇ）。奪魁。魁梧（ㄨˇ）。石斛（ㄏㄨˊ）蘭。刁斗森嚴（指軍隊夜間戒備森嚴。刁，音ㄉㄧㄠ）。八斗之才（稱譽人的才學極高）。文章魁首（指人文才出眾）。斗酒隻雞（指微薄的祭品。為悼念亡友的之詞）。斗酒學士（稱讚文人的酒量大）。斗斛之祿

（微薄的俸祿）。日進斗金。名魁虎榜（古代科舉，鄉試第一名）。抖出實情。抖起精神。步罡踏斗（法師禮拜星斗的步態和動作。罡，音ㄍㄤ）。金科玉律（不可變更的信條或法則）。南箕北斗（比喻徒有虛名而不實用）。春寒料峭（早春寒冷侵人肌骨）。科班出身。盈科後進（比喻學習應循序漸進、步步落實，不能只圖虛名）。飛觥走斝（暢飲。觥，音ㄍㄨㄥ）。飛觥限斝（同「飛觥走斝」）。飲泉一斛（飲泉五斗）。源泉萬斛（比喻文思流暢）。照本宣科。萬斛泉源（同「源泉萬斛」）。膽大如斗（人極有膽量）。

【全國考題】93國小。

羨慕 ㄒㄧㄢˋ ㄇㄨˋ

【解釋】內心愛慕渴望。

【造句】小蓁不但功課優異，而且又有人緣，真教人「羨慕」不已。

【分析】羨慕，不作「羡慕」。羨，下作「次」（ㄒㄧㄢˊ），不作「次」；羡，音ㄧˊ，如「沙羡」（古地名，在今湖北省）。

【相關詞】欣羨（欣喜仰慕）。強盜。盜賊。竊盜。豔羨（十分羨慕）。防盜器。樣仔欉（芒果樹。樣，音ㄕㄜˋ）。樣腳里（高雄市大樹區里名）。人人稱羨。掩耳盜鈴（比喻自欺欺人）。欺世盜名（欺騙世人，盜取名聲）。盜亦有道。開門揖（ㄧ）盜。稱羨不置（極為傾慕）。慢藏誨盜（收藏財物不謹慎，而招致盜竊。誨，音ㄏㄨㄟˋ）。監守自盜。臨淵羨魚（比喻雖有願望，但只憑空妄想，而無實際行動，難收實效）。雞鳴狗盜（比喻有某種卑微技能的人）。

【全國考題】74、81國小；83中教。

肆無忌憚（ㄙˋ ㄨˊ ㄐㄧˋ ㄉㄢˋ）

【解釋】恣意妄為而毫無顧忌。憚，畏懼。

【造句】他仗著父親的權勢而「肆無忌憚」地結夥鬧事，終於遭到法律的制裁。

【分析】肆無忌憚，不作「肆無忌殫」。憚，音ㄉㄢˋ，不讀ㄉㄢ。

【相關詞】火癉（小兒熱病。癉，音ㄉㄢ）。封禪（古代帝王在泰山上築壇祭天稱為「封」；在梁甫山除地祭地稱為「禪」。禪，音ㄕㄢˋ）。單于（漢時匈奴君長的稱號。單，音ㄔㄢˊ）。單縣（山東省縣名。單，音ㄕㄢˋ）。嘽緩（舒緩而不急迫。嘽，音ㄔㄢˇ）。彈劾（ㄏㄜˊ）。憚煩（害怕事情的煩瑣）。撣灰（拂去灰塵。撣，音ㄉㄢˇ）。撣族（民族名。撣，音ㄕㄢˋ）。撣讓（同「禪讓」）。撣，音ㄕㄢˋ）。燀赫（形容聲勢浩大。燀，音ㄔㄢˇ）。禪讓（君王將帝位傳給賢人。撣，音ㄕㄢˋ）。蟬聯。蘄水（湖北省水名。蘄，音ㄑㄧˊ）。闡（ㄔㄢˇ）述。金日磾（西漢人名。日磾，音ㄇㄧˋ ㄉㄧ）。單雄信（隋唐間人。單，音ㄕㄢˋ）。不能殫記（不能詳盡地記錄下來。殫，音ㄉㄢ）。不憚其煩（形容極有耐心）。全無忌憚。東門之墠（詩經．鄭風的篇名。墠，音ㄕㄢˋ）。邯鄲學步（比喻仿效他人，未能成就，反倒失去自身的特色。邯鄲，音ㄏㄢˊ ㄉㄢ）。門殫戶盡

（形容戰爭家破人亡的慘狀）。柳嚲鶯嬌（形容春天景物的美好。嚲，音ㄉㄨㄛˇ）。財殫力竭（形容生活陷入貧困的境地）。無所忌憚（什麼都不害怕顧忌）。過勿憚改（有過錯就不要怕改正）。道盡塗殫（形容走投無路，面臨末日）。彰善癉惡（憎恨不好的，表揚優良的。癉，音ㄉㄢˋ）。嘽嘽駱馬（黑色鬃毛的白馬不停地喘氣。嘽，音ㄊㄢ）。彈丸之地（比喻很小的地方。彈，音ㄉㄢˋ）。噤若寒蟬。殫心竭力（用盡心思與精力）。殫見洽聞（指人見聞廣博，學識豐富）。殫精極慮（竭盡精力與思慮）。簞瓢屢空（ㄎㄨㄥ）。

【全國考題】80、84、96、102國小；76、82、87國中；85師院；80、81小教。

肄業 ㄧˋ ㄧㄝˋ

【解釋】在求學過程中，尚未修完全部的課業。肄，學習。

【造句】小妤天資聰穎，竟以高中「肄業」的同等學力考上醫學院，令親友讚譽不絕。

【分析】肄業，不作「肆業」。肄，音ㄧˋ，不讀ㄙˋ。

【相關詞】放肆。津渡（渡口）。津貼。肆虐。解迷津。千篇一律。乏人問津。生津止渴。聿修厥德（修養他的品行。聿，音ㄩˋ）。聿懷多福（於是得到許多福祿）。西裝筆挺。位居要津（擔任重要的職位）。妙筆生花。求馬唐肆（比喻尋求的方法、途徑不對，必無所獲）。金科玉律。指點迷津。枯魚之肆（比喻人處於困境)。津津有味。津津樂道。茶館酒肆。歲聿其莫(指一年將盡。莫，音ㄇㄨˋ)。肆言無忌(毫無顧忌地說話)。肆無忌憚(ㄉㄢˋ)。肆意妄為(同「肆無忌憚」)。肆應之才(才具開展，善於應付各種事情的人才)。遍體生津(形容汗流很多)。

【全國考題】74國中；93師院；97社會。

葷粥 ㄒㄩㄣ ㄩˋ

【解釋】匈奴的別稱。

【造句】「葷粥」是秦漢時北方的游牧民族，性格剽(ㄆㄧㄠ)悍。夏朝時稱為「獯鬻」(ㄒㄩㄣ ㄩˋ)。周朝時稱為「獫狁」(ㄒㄧㄢˇ ㄩㄣˇ)或「玁(ㄒㄧㄢˇ)狁」。

【分析】葷粥，音ㄒㄩㄣ ㄩˋ，不讀ㄏㄨㄣ ㄓㄡ。

【相關詞】日暈(ㄩㄣˋ)。酒暈(喝酒後，臉頰上出現的紅暈。暈，音ㄩㄣˋ)。眼暈(頭昏眼花，看東西而頭暈。暈，音ㄩㄣ)。渾元(天地自然之氣。渾，音ㄏㄨㄣˋ)。渾沌(音ㄏㄨㄣˋ ㄉㄨㄣˋ。比喻模糊而不分明的樣子。同「混沌」)。鄆城(山東省縣名。鄆，音ㄩㄣˋ)。暈(ㄩㄣˋ)開。葷食。皸裂(皮膚因寒冷、乾燥而裂開。同「龜裂」。皸、龜皆音ㄐㄩㄣ)。諢名(綽號。諢，音ㄏㄨㄣˋ)。瑷琿(音ㄞˋ ㄏㄨㄣˊ。黑龍江省縣名)。鶤雞(鳥名。體型較大。鶤，音ㄩㄣˋ)。渾(ㄏㄨㄣˊ)天儀。蹚渾水(比喻跟著他人做壞事。蹚渾，音ㄊㄤ ㄏㄨㄣˊ)。犢鼻褌(一種到膝蓋長的短褲。犢，音ㄉㄨˊ；褌，音ㄎㄨㄣ)。七葷八素(形容心神混亂，糊裡糊塗)。夕陽餘暉。寸草春暉。月暈而風(比喻事情發生前，必有跡象。暈，音ㄩㄣˋ)。

鳥革翬飛（形容宮殿的華麗。翬，音ㄏㄨㄟ）。插科打諢（引人發笑的舉動或言談。諢，音ㄏㄨㄣˋ）。渾金璞玉（比喻未加雕琢修飾的天然美質）。渾然不覺。落日餘暉。葷（ㄏㄨㄣ）素不忌。皸手繭足（形容竭盡全力做事）。蝨處褌中（比喻人處世拘謹，見識狹隘。蝨，音ㄕ）。頭暈（ㄩㄣ）目眩。頭暈（ㄩㄣ）眼花。

【全國考題】85小教；93中教。

葉（ㄕㄜˋ）公（ㄍㄨㄥ）好（ㄏㄠˋ）龍（ㄌㄨㄥˊ）

【解釋】比喻表面上喜歡某事物，實際上並非真的喜歡。

【造句】他雖然在客廳的牆上掛著不少字畫，其實只是「葉公好龍」、附庸風雅而已。

【分析】葉，音ㄕㄜˋ，不讀ㄧㄝˋ。

【相關詞】打揲（收拾、整理。揲，音ㄕㄜˊ）。光碟。油煠（油炸的麵食。煠，音ㄓㄚˊ）。城堞（城上的矮牆。堞，音ㄉㄧㄝˊ）。飛碟。浚渫（音ㄐㄩㄣˋ ㄒㄧㄝˋ。同「疏濬」）。浹渫（水流動的樣子。渫，音ㄉㄧㄝˊ）。喋血。媟汙（傲慢不恭敬。媟，音ㄒㄧㄝˋ）。媟慢（態度輕侮不莊重）。殗殜（音ㄧㄝˋ ㄧㄝˋ。生病半臥半起）。硬碟。葉縣（河南省縣名。葉，音ㄕㄜˋ）。雉堞（城上的短牆。雉，音ㄓˋ）。屧廊（走廊。屧，音ㄒㄧㄝˋ）。蹀躞（音ㄉㄧㄝˊ ㄒㄧㄝˋ。小步行走的樣子）。燒光碟。響屧廊（春秋時吳王宮中的走廊）。一葉知秋。一葉扁（ㄆㄧㄢ）舟。井渫不食（比喻人潔身修己而不見用。渫，音ㄒㄧㄝˋ）。油煠猢猻（比喻浮躁輕狂的人）。海上喋血。浚渫河床。淫言媟語（指淫穢猥褻的話）。淚下渫渫（傷心落淚的樣子。渫，音ㄉㄧㄝˊ）。最後通牒。喋喋不休。雉堞圮毀（城上的短牆毀壞了。圮，音ㄆㄧˇ）。蒲牒寫書（比喻人勤讀苦學。蒲，音ㄆㄨˊ）。蹀躞不下（形容內心焦慮不安）。鶼鰈情深（比喻夫婦情意深厚，相處十分融洽。鶼鰈，音ㄐㄧㄢ ㄉㄧㄝˊ）。

【全國考題】95高中；95、98小教；93中教。

裝潢（ㄓㄨㄤ ㄏㄨㄤˊ）

【解釋】指房屋內部的裝修布置。

【造句】這家日式餐廳的室內「裝潢」很有格調，甚得饕（ㄊㄠ）客的喜愛。

【分析】裝潢，不作「裝璜」。

【相關詞】凶橫（ㄏㄥˋ）。專橫（ㄏㄥˋ）。強橫（ㄏㄥˋ）。彈簧。橫（ㄏㄥˋ）死。

橫流（水不由正道而漫溢四處的樣子。橫，音ㄏㄥˋ）。橫（ㄏㄥˋ）財。橫（ㄏㄥˋ）逆。橫（ㄏㄥˋ）禍。橫（ㄏㄥˋ）暴。驕橫（ㄏㄥˋ）。黌宮（學校。黌，音ㄏㄨㄥˊ）。蠻橫（ㄏㄥˋ）。唱雙簧（比喻一搭一唱，彼此配合無間）。登黃甲（稱科舉及第）。天潢貴胄（皇族宗室的後代。胄，音ㄓㄡˋ）。巧言如簧（形容人花言巧語，美妙動聽。同「巧舌如簧」）。如簧之舌（形容人說話滔滔不絕）。老淚橫（ㄏㄥˋ）流。明日黃花（比喻為過時的事物）。青黃不接。信口雌黃（比喻昧於事實，隨口批評。雌，音ㄘ）。飛災橫（ㄏㄥˋ）禍。飛來橫（ㄏㄥˋ）禍。飛黃騰達。涕淚橫（ㄏㄥˋ）流。連登黃甲（科舉時代接連通過會試及殿試，考中進士）。鼓舌如簧（形容人花言巧語，善於言辭）。滿臉橫肉（形容人面貌猙獰凶惡。橫，音ㄏㄥˊ）。潢池弄兵（比喻人不自量力而發動亂事）。橫（ㄏㄥˊ）行無忌。橫（ㄏㄥˊ）行霸道。橫（ㄏㄥˋ）蠻無理。斷港絕潢（比喻無法達到目的地的錯誤途徑）。

【全國考題】87、90、91、92師院；73、90、91、95小教；88、90中教；90、92國小；90、96國中；90、91、98高中。

觥（ㄍㄨㄥ）籌（ㄔㄡˊ）交（ㄐㄧㄠ）錯（ㄘㄨㄛˋ）

【解釋】形容宴會時聚飲的熱鬧景象。觥，酒器。

【造句】縣市長選舉獲得空前的勝利，在野黨高層在慶功宴上「觥籌交錯」，盡興而歸。

【分析】觥，音ㄍㄨㄥ，不讀ㄍㄨㄤ。

【相關詞】門桄（門戶的橫梁。桄，音ㄍㄨㄤˋ）。桄榔（植物名。桄，音ㄍㄨㄤ）。晃朗（光明的樣子。晃，音ㄏㄨㄤˇ）。晃（ㄏㄨㄤˋ）動。晃（ㄏㄨㄤˋ）眼。晃蕩（搖曳擺動，閃爍不定的樣子。晃，音ㄏㄨㄤˋ）。幌（ㄏㄨㄤˇ）子。搖晃。一晃（ㄏㄨㄤˋ）眼。白晃晃（形容雪亮閃耀。晃，音ㄏㄨㄤˇ）。明晃晃（光亮炫目的樣子。晃，音ㄏㄨㄤˇ）。洴澼絖（音ㄆㄧㄥˊ ㄆㄧˋ ㄎㄨㄤˋ。指在水中漂洗棉絮）。線桄子（纏線的器具，中間有軸。桄，音ㄍㄨㄤˋ）。一桄毛線（毛線一團或一束。桄，音ㄍㄨㄤˋ）。杯觥交錯（形容筵席間互相敬酒的熱烈氣氛）。恍如隔世。恍然大悟。洸洋自恣（比喻語言文辭奔放，沒有拘束。洸，音ㄍㄨㄤ）。飛觥走斝（暢飲）。虛晃（ㄏㄨㄤˇ）一招。搖頭晃（ㄏㄨㄤˋ）腦。精神恍惚。

【全國考題】85國小；82、86國中；80、89、92、94、96、102高中；85、86、93師院；95教大；73、76、80、82、84、85、86、97小教；78、82、87中教。

話匣子 ㄏㄨㄚˋ ㄒㄧㄚˊ ˙ㄗ

【解釋】譏笑人話多，說個沒完。

【造句】她一打開「話匣子」，就說個不停，令人生厭。

【分析】匣，音ㄒㄧㄚˊ，不讀ㄐㄧㄚˊ或ㄐㄧㄚˇ。

【相關詞】水閘（ㄓㄚˊ）。呷茶（喝茶。呷，音ㄒㄧㄚˊ）。狎弄（親近玩弄。狎，音ㄒㄧㄚˊ）。狎客（嫖客）。狎翫（戲弄。翫，音ㄨㄢˋ）。海岬（陸地突出至海中的尖形部分。同「岬角」。岬，音ㄐㄧㄚˇ）。琴匣。閘北（地名。指上海北部地區）。閘門。彈匣。鏡匣。大閘蟹。收件匣。肩胛（ㄐㄧㄚˇ）骨。寄件匣。填鴨式。碳粉匣。墨水匣。打開話匣。匣裡龍吟（比喻人雖在野，而聲名遠播於外）。匣劍帷燈（形容事情無法遮掩，或故意透露消息引人注意）。虎兕出柙（比喻失職。兕，音ㄙˋ；柙，音ㄒㄧㄚˊ）。咬薑呷醋（形容生活清苦、省吃儉用）。柙虎樊熊（比喻身旁的危險人物。樊，音ㄈㄢˊ）。得匣還珠（捨本逐末，取捨失當。同「買櫝還珠」。還，音ㄏㄨㄢˊ）。猛虎出柙。富甲一方（形容極為富有）。遊戲卡匣。閘刀開關（一種開關名稱）。

【全國考題】81、87、88國中；94國小；94、96、102高中。

逾期（ㄩˊ ㄑㄧˊ）

【解釋】超過所規定的期限，如「逾期作廢」。

【造句】獎學金申請自即日起至十月底止，「逾期」不予受理。

【分析】逾，音ㄩˊ，不讀ㄩˋ；右從「俞」：上作「人」，不作「入」。

【相關詞】俞允（允許。俞，音ㄩˊ）。腧穴（穴道。腧，音ㄕㄨˋ）。痊癒。媮惰（苟且怠惰。媮，音ㄊㄡ）。覬覦（音ㄐㄧˋ ㄩˊ。希望得到不該得到的東西）。踰矩（超越常規、本分。踰，音ㄩˊ）。不可言喻（無法形容說明）。不可理喻。不言而喻（事理淺顯，很容易了解）。引喻失義（援引例證卻不恰當）。每下愈況。忠貞不渝。信守不渝。穿窬之盜（形容心術不正的人。窬，音ㄩˊ）。家喻戶曉。屑榆為粥（比喻貧苦而好學。屑，音ㄒㄧㄝˋ）。桑榆晚景（比喻晚年）。望杏瞻榆（比喻按照時令勤於耕種）。揶（ㄧㄝˊ）揄（ㄩˊ）嘲弄。揄揚大義（稱頌宣揚正道）。渝盟毀約（改變信約）。傷口癒合。榆枋之見（比喻淺陋的見解。枋，音ㄈㄤ）。瑕不掩瑜（比喻事物雖有缺點，卻掩蓋不了優點。反之作「瑜不掩瑕」）。瑜亮情結。逾時不候。逾越法令。逾齡學童。褕衣甘食（比喻貪圖衣著、食物的美好。褕，音ㄩˊ）。諭（ㄩˋ）令收押。踴躍輸將（踴躍捐款。將，音ㄐㄧㄤ）。篳門圭窬（比喻貧窮人家居住的簡陋。圭，音ㄍㄨㄟ）。難以言喻（很難用言語來形容）。靡衣媮食（比喻只圖眼前享受的生活，不作長久打算。同「靡衣偷食」。靡，音ㄇㄧˋ）。鑽穴踰垣（比喻偷竊的行為。鑽，音ㄗㄨㄢ；垣，音ㄩㄢˊ）。

【全國考題】88國中；100社會。

道觀 ㄉㄠˋ ㄍㄨㄢˋ

【解釋】道士修道的場所，或所供（ㄍㄨㄥˋ）奉的神廟。

【造句】從山腳下蜿（ㄨㄢ）蜒而上，不遠處就有一座「道觀」，十分清幽雅靜。

【分析】觀，音ㄍㄨㄢˋ，不讀ㄍㄨㄢ；左上作「𦫳」（ㄍㄨㄞˇ），不作「艹」。

【相關詞】寺觀（ㄍㄨㄢˋ）。狼獾（動物名。獾，音ㄏㄨㄢ）。參觀。規勸。喜歡。懽娛（喜悅快樂。同「歡娛」。懽，音ㄏㄨㄢ）。權威。罐頭（˙ㄊㄡ）。觀摩。顴骨（眼下鼻旁高起的顏面骨頭。顴，音ㄑㄩㄢˊ）。驩洽（歡樂融洽。同「歡洽」。驩，音ㄏㄨㄢ）。公權力。白雲觀（北京道觀名。觀，音ㄍㄨㄢˋ）。合懽被（有表裡兩層縫合起來的被子。懽，音ㄏㄨㄢ）。油罐車。藥罐子。鸛雀樓（樓亭名。位於山西省。鸛，音ㄍㄨㄢˋ）。東觀之殃（比喻殺身之禍。觀，音ㄍㄨㄢ）。爭權奪利。貞觀（ㄍㄨㄢˋ）之治。嘆為觀止。醍（ㄊㄧˊ）醐灌頂。灌夫罵坐（比喻剛直不屈，不阿諛權勢）。權利義務。權宜之計。顴骨高聳。

【全國考題】86國中；74、86師院。

十四畫

兢兢業業（ㄐㄧㄥ ㄐㄧㄥ ㄧㄝˋ ㄧㄝˋ）

【解釋】做事小心謹慎的樣子。

【造句】為了公司能永續經營，所有同仁無不「兢兢業業」，全力以赴。

【分析】兢兢業業，不作「競競業業」。兢，音ㄐㄧㄥ，不讀ㄐㄧㄥˋ。

【相關詞】克服。剋扣。剋星。共剋時日（共同約定相會的日子）。克己復禮（約束自己，使言行舉止合乎禮節）。克勤克儉。克盡己職。克敵制勝。攻無不克。剋期動身（如期動身）。相生相剋。朝兢夕惕（形容勤奮戒懼，不敢疏忽懈怠。朝，音ㄓㄠ）。戰無不克。戰戰兢兢（戒慎恐懼的樣子）。

【全國考題】83、85國小；87高中。

嘔心瀝血（ㄡˇ ㄒㄧㄣ ㄌㄧˋ ㄒㄧㄝˇ）

【解釋】比喻費盡心血，絞盡腦汁的樣子。

【造句】這些書都是作者「嘔心瀝血」之作，絕不容許不肖書商盜版，牟取不法利益。

【分析】嘔心瀝血，不作「嘔心泣血」或「漚心瀝血」。嘔，音ㄡˇ。

【相關詞】資歷。瀝青。有來歷。行事曆。病歷表。履歷表。心路歷程。伏櫪守株（比喻安於現況）。老驥伏櫪（比喻年雖老卻懷著雄心壯志。驥，音ㄐㄧˋ）。把水瀝乾。來歷不明。往事歷歷。披肝瀝膽（比喻坦懷相待，極盡忠誠）。雨聲淅瀝。青天霹靂。指證歷歷。無冬歷夏（一年當中，不論冬夏）。隔年曆本（比喻已失去效用的東西）。嶔崎歷落（比喻品格高潔，有骨氣。嶔，音ㄑㄧㄣ）。蓬頭歷齒（形容人衰老的面貌）。歷久彌新。歷盡滄桑。歷練之才（見識眾多，閱歷與經驗豐富的人）。歷歷在目。瀝血之仇（指極大的仇恨）。山中無曆日（隱居深山，與人世隔絕，而忘記了年歲的流逝）。

【全國考題】97國中。

嘖嘖稱奇（ㄗㄜˊ ㄗㄜˊ ㄔㄥ ㄑㄧˊ）

【解釋】讚嘆事物極為美好奇妙。

【造句】觀賞魔術師精采的魔術表演，每個遊客無不「嘖嘖稱奇」，直呼值回票價。

【分析】嘖嘖稱奇，不作「咋咋稱奇」。嘖，音ㄗㄜˊ。

【相關詞】水漬（ㄗˋ）。功績。汗漬。沙磧（水中沙石堆。磧，音ㄑㄧˋ）。油漬。空磧（空曠的沙漠）。醃（ㄧㄢ）漬。績效。冰磧湖。夜績麻。風漬書（因遭風雨或受潮而汙損的書）。醃漬物。人言嘖嘖（形容眾人爭相議論）。名勝古蹟。汗馬功績（比喻戰功或工作的績效）。折券棄責（毀債券，不索債。券，音ㄑㄩㄢˋ；責，音ㄓㄞˋ）。紡績井臼（做家事）。探賾索隱（指探求深奧玄妙的事理。賾，音ㄗㄜˊ）。曾子易簀（曾子將死之際。簀，音ㄗㄜˊ）。敬姜猶績（比喻人雖處富貴卻不求安逸，不忘過去的艱苦）。經濟奇蹟。嘖有煩言（指眾人因不滿而發出怨言）。綠竹如簀（綠竹如床席重重密密）。墨漬未乾。積不相容（指長期以來不能互相包容對方）。積案如山（形容未經處理的公文或案件甚多）。積體電路。績學之士（指學問淵博的人）。豐功偉績。蠶績蟹匡（比喻互不相關的兩件事情，卻因某種因緣而發生關係）。

【全國考題】83、87、102國中；97中教。

嗾使（ㄙㄡˇ ㄕˇ）

【解釋】指使他人做不好的事情。也作「唆使」。

【造句】你要有判斷力，絕不受人「嗾使」去做非法的勾（ㄍㄡˋ）當。否則，到頭來吃虧的還是自己。

【分析】嗾，音ㄙㄡˇ，不讀ㄗㄨˊ或ㄙㄨㄛ。

【相關詞】矢鏃（箭頭。鏃，音ㄗㄨˊ）。箭鏃（箭頭上所裝尖銳或有倒鉤的金屬物）。簇新（極新、嶄新。簇，音ㄘㄨˋ）。簇擁。蠶蔟（供蠶吐絲結繭的用具。同「蠶簇」。蔟，音ㄘㄨˋ）。鸑鷟（音ㄩㄝˋ ㄓㄨㄛˊ。鳳凰，古時認為是祥瑞之鳥）。一簇人馬。人群簇擁。亡矢遺鏃（比喻軍事上細微的損失）。利鏃穿骨（銳利的箭頭穿進骨裡）。花團錦簇。花攢錦簇（同「花團錦簇」。攢，音ㄘㄨㄢˊ）。張弓簇箭（指人打獵或出征）。群山攢簇（群山聚集在一起。攢，音ㄘㄨㄢˊ）。群眾簇擁。

【全國考題】79、90、95國中；73師院；99教大；80、93、95小教；90高中；91中教。

嘀咕（ㄉㄧˊ ㄍㄨ）

【解釋】低聲說話。

【造句】你們究竟在「嘀咕」些什麼？有問題就舉手發言。

【分析】嘀，音ㄉㄧˊ，不讀ㄉㄧ。

【相關詞】貶謫（古代官吏有罪，謫降到遠離京城的地方就任。謫，音ㄓㄜˊ）。摘錄。鳴鏑（響箭。同「嚆矢」。鏑，音ㄉㄧˊ；嚆，音ㄏㄠ）。適孫（稱嫡出長孫。適，音ㄉㄧˊ）。謫降（官吏因犯罪而降職）。嫡（ㄉㄧˊ）長子。體適能。心無適莫（心裡無主觀上的肯定與否定。適，音ㄉㄧˊ）。身體不適。冒鏑當鋒（指親自作戰）。冥行擿埴（比喻研究學問時不識門徑，暗中摸索。擿埴，音ㄊㄧˋㄓˊ）。無所適從。無適無莫（指對於人事沒有偏頗及親疏厚薄之分。適，音ㄉㄧˊ）。發姦擿伏（形容吏治清明。擿，音ㄊㄧˋ）。嫡系人馬。嫡傳弟子。摘奸發伏（稱頌吏治清明。同「擿奸發伏」）。滴水不沾。鳴鏑股戰（聽到響箭，便害怕得發抖）。適可而止。鋒鏑餘生（指經過戰亂後而存活下來）。擿奸發伏（同「摘奸發伏」。擿，音ㄊㄧˋ）。擿姦發伏（同「擿奸發伏」。擿，音ㄊㄧˋ）。擿埴索塗（同「冥行擿埴」。擿，音ㄊㄧˋ）。擿問罪犯（審訊罪犯。擿，音ㄊㄧˋ）。

【全國考題】100國小；101社會。

嘉賓 ㄐㄧㄚ ㄅㄧㄣ

【解釋】對來賓的尊稱，如「嘉賓雲集」。

【造句】昨晚的結婚喜筵（ㄧㄢˊ），「嘉賓」雲集，現場喜氣洋洋。

【分析】嘉賓，不作「佳賓」。

【相關詞】嘉勉。嘉獎。嘉言錄。孝行（ㄒㄧㄥˋ）可嘉。勇氣可嘉。神祕嘉賓。強飯為嘉（比喻善自珍重。強，音ㄑㄧㄤˇ）。嘉年華會。嘉言懿行（美善的言行。懿行，音ㄧˋㄒㄧㄥˋ）。嘉惠學子。嘉賓蒞止。精神可嘉。

【全國考題】73國中；73小教。

察言觀色（ㄔㄚˊ ㄧㄢˊ ㄍㄨㄢ ㄙㄜˋ）

【解釋】觀察人的言語和神色，以窺知對方的心意。

【造句】結交朋友必須善善惡（ㄨˋ）惡（ㄜˋ）、「察言觀色」，而且寧可吃虧，不占便宜。

【分析】察言觀色，不作「察顏觀色」。

【相關詞】弔唁（ㄧㄢˋ）。狺狺（狗叫的聲音。狺，音ㄧㄣˊ）。詈辱（責罵侮辱。詈，音ㄌㄧˋ）。詈罵（惡言辱罵）。電唁（拍電報弔喪）。卬首信眉（形容人意氣昂揚的樣子。卬，音ㄤˊ；信，音ㄕㄣ）。尺蠖求信（比喻人暫時委屈養晦，等待時機伸展抱負。蠖，音ㄏㄨㄛˋ；信，音ㄕㄣ）。恭陳唁意（弔唁之辭）。狺狺而吠。疾言厲色（形容人發怒的樣子）。眾口交詈（眾人一致謾罵）。詬詈不休（不停地辱罵）。肆言詈辱（毫無顧忌而嚴厲地辱罵）。德言容功（古代婦女應具備的四種美德）。

【全國考題】88、93、102國小；83、91、93、100國中；83師院；83、91、93小教。

寡廉鮮恥（ㄍㄨㄚˇ ㄌㄧㄢˊ ㄒㄧㄢˇ ㄔˇ）

【解釋】責罵人不知廉恥。鮮，少。

【造句】有些「寡廉鮮恥」的政客，只圖一己之私，而置生民及國家利益於不顧。

【分析】鮮，音ㄒㄧㄢˇ，不讀ㄒㄧㄢ。

【相關詞】苔蘚（ㄒㄧㄢˇ）。朝鮮（ㄒㄧㄢ）。鮮（ㄒㄧㄢˇ）少。鮮（ㄒㄧㄢˇ）有。倨傲

鮮腆（指人傲慢無禮。倨，音ㄐㄩˋ；鮮腆，音ㄒㄧㄢˇ ㄊㄧㄢˇ）。終鮮兄弟（我們兄弟勢單力薄。鮮，音ㄒㄧㄢˇ）。魚雁鮮通（彼此很少書信往來。鮮，音ㄒㄧㄢˇ）。寡見鮮聞（見聞孤陋、學識淺薄。鮮，音ㄒㄧㄢˇ）。屢見不鮮（同「數見不鮮」。鮮，音ㄒㄧㄢ）。德薄能鮮（謙稱自己德行淺薄、才能不強。鮮，音ㄒㄧㄢˇ）。數見不鮮（指事物經常見到，並不稀奇。數，音ㄕㄨㄛˋ；鮮，音ㄒㄧㄢ）。鮮克有終（很少有完美的結局。鮮，音ㄒㄧㄢˇ）。鮮（ㄒㄧㄢˇ）為（ㄨㄟˊ）人知。癬疥之疾（比喻輕微不足為害的小問題或小毛病。癬疥，音ㄒㄧㄢˇ ㄐㄧㄝˋ）。

【全國考題】74師院；89、97、99國小。

嶄露頭角 ㄓㄢˇ ㄌㄨˋ ㄊㄡˊ ㄐㄧㄠˇ

【解釋】比喻顯示傑出的才華或本領。

【造句】欣妤經過多年的努力，終於在這次書法比賽「嶄露頭角」，獲得第一名的殊榮。

【分析】嶄露頭角，不作「斬露頭角」或「展露頭角」。嶄，音ㄓㄢˇ；露，音ㄌㄨˋ，不讀ㄌㄡˋ；角，本讀ㄐㄩㄝˊ，今改讀作ㄐㄧㄠˇ。

【相關詞】天塹（天然形成的河海險要地。塹，音ㄑㄧㄢˋ）。城塹（護城河）。斬獲。溝塹（繞城的壕溝。即護城河）。慚愧。暫時。鏨刀（雕刻金石所用的刀。鏨，音ㄗㄢˋ）。竹塹城（新竹市的舊稱）。先斬後奏。西風東漸（ㄐㄧㄢ）。防微杜漸。長江天塹（指長江的形勢極為險要）。衾影無慚（比喻為人光明磊落，問心無愧。衾，音ㄑㄧㄣ）。高壁深塹（同「高壘深塹」）。高壘深塹（比喻防衛堅固）。斬首示眾。斬草除根。斬釘截鐵。慚鳧企鶴（比喻對自己的短處感到慚愧，而羨慕他人的長處。鳧，音ㄈㄨˊ）。漸入佳境。漸不可長（壞根源不要發展滋長。漸，音ㄐㄧㄢ；長，音ㄓㄤˇ）。懷鉛提槧（指隨身攜帶書寫工具，以便隨時記錄或著述。槧，音ㄑㄧㄢˋ）。

【全國考題】89、95、100、102國小；89師院；99教大；91中教；95高中；95小教。

撇清 ㄆㄧㄝ ㄑㄧㄥ

【解釋】撇開，表示與自己沒有關係，如「撇清關係」。

【造句】雖然他一再「撇清」與黑道掛鉤，不過在縣市長選舉中，仍以高票落選。

【分析】撇，音ㄆㄧㄝ，不讀ㄆㄧㄝˇ。

【相關詞】一撇（ㄆㄧㄝˇ）。作弊。流弊。弊病。弊端。彆（ㄅㄧㄝˋ）扭。撇（ㄆㄧㄝ）下。撇（ㄆㄧㄝ）棄。撇嘴（表示輕視。撇，音ㄆㄧㄝˇ）。槍斃。憋氣。遮蔽。瞥（ㄆㄧㄝ）見。錢幣。襒席（用衣服拂拭坐席，表示恭敬。襒，音ㄅㄧㄝˊ）。蹩（ㄅㄧㄝˊ）腳。假撇清（假裝與某事毫無關聯，故意撇清關係。撇，音ㄆㄧㄝ）。憋不住。蹩腳貨（指品質不良的物品）。切（ㄑㄧㄝˋ）中（ㄓㄨㄥˋ）時弊。民生凋敝。甘言厚幣（說話動聽，禮物貴重）。百弊叢生。舌敝脣焦（形容費盡口舌）。衣不蔽體（形容生活極為貧困）。作法自斃。利弊得失。坐以待斃。徇

(ㄒㄩㄣ)私舞弊。振衰起敝(挽救衰頹，除去弊害)。跛鱉千里(比喻資質駑鈍的人，只要努力不懈，也會有所成就)。弊絕風清(形容政治清明)。撇(ㄆㄧㄝ)在一邊。撇(ㄆㄧㄝ)開不談。興利除弊。甕中捉鱉。驚鴻一瞥。

【全國考題】90、95國中。

斡旋(ㄨㄛˋ ㄒㄩㄢˊ)

【解釋】居中周旋、調解，以打開僵局。

【造句】經過經理的居中「斡旋」，雙方終於前嫌盡釋，言歸於好。

【分析】斡旋，不作「幹旋」。斡，音ㄨㄛˋ，不讀ㄍㄢˋ。

【相關詞】上澣(上旬。澣，音ㄏㄨㄢˇ)。井幹(井上木欄。同「井榦」。幹，音ㄏㄢˊ)。井榦(井上的木欄。同「井幹」。榦，音ㄏㄢˊ)。浩瀚。擀(ㄍㄢˇ)麵。澣衣(洗衣)。翰墨(比喻文章、書法)。擀麵杖(擀麵用的短木棒)。翰林院。國之楨榦(指國家的棟梁之材)。掀天斡地(比喻聲勢浩大。同「掀天揭地」)。揮翰成風(形容寫字或作畫極為快速、熟練)。揮翰臨池(指提筆寫字)。幹父之蠱(兒子能繼承父志。蠱，音ㄍㄨˇ)。調三斡四(挑撥是非。調，音ㄊㄧㄠˊ)。擀餃子皮。操觚染翰(指創作詩文、字畫。觚，音ㄍㄨ)。翰林學士。翰飛戾天(比喻宦途飛黃騰達。戾，音ㄌㄧˋ)。

【全國考題】80、97、101國小；86、90、91、92、95、101國中；81、89、90、92、98高中；86、88、90、93師院；81、91小教。

旖（ㄧˇ）旎（ㄋㄧˇ）

【解釋】柔媚的樣子，如「風光旖旎」。

【造句】臺灣的東海岸蜿（ㄨㄢ）蜒曲（ㄑㄩ）折，風光「旖旎」，令遊客流連忘返。

【分析】旖，音ㄧˇ，不讀ㄑㄧˊ；旎，音ㄋㄧˇ，不讀ㄋㄧˊ。

【相關詞】坐騎（乘坐的馬匹或獸類。騎，音ㄑㄧˊ）。汪踦（春秋時魯國童子。踦，音ㄐㄧˇ）。奇零（零餘的數目。同「畸零」。奇，音ㄐㄧ）。奇（ㄐㄧ）數。倚仗。猗儺（音ㄜˇ ㄋㄨㄛˊ。柔順的樣子）。攲午（午後太陽漸漸西斜。攲，音ㄑㄧ）。攲器（傾斜不正，容易傾覆的器具。同「敧器」。攲，音ㄑㄧ）。犄（ㄐㄧ）角。連猗（ㄧ）。綺（ㄑㄧˇ）麗。

數奇（人命運不佳。奇，音ㄐㄧ）。觭夢（怪異的夢。觭，音ㄐㄧ）。騎（ㄑㄧˊ）兵。奇（ㄐㄧ）蹄目。畸（ㄐㄧ）形兒。騎（ㄑㄧˊ）兵團。人生如寄。不偏不倚。倚老賣老。倚門倚閭（形容父母殷切地盼望子女歸來。閭，音ㄌㄩˊ）。倚馬可待（比喻文思敏捷，寫作快速）。崎（ㄑㄧˊ）嶇不平。掎角之勢（比喻兩邊彼此呼應，共同夾攻敵方。掎，音ㄐㄧˇ）。掎裳連襼（形容人群眾多擁擠。裳，音ㄔㄤˊ；襼，音ㄧˋ）。猗歟盛哉（讚美的詞。美盛啊。猗歟，音ㄧ ㄩˊ）。陶朱猗頓（春秋時代的兩位大富豪。猗，音ㄧ）。陶猗之富（比喻人非常富有。猗，音ㄧ）。攲嶔歷落（比喻人品高潔，有骨氣。同「嶔崎磊落」。攲，音ㄧ）。犄角之勢（同「掎角之勢」）。結駟連騎

（形容高貴顯赫，排場闊綽。騎，音ㄑㄧˊ）。畸形發展。瑰意琦行（思想行為特出、不平凡。琦，音ㄑㄧˊ）。禍福相倚。綺年玉貌（指女子年輕漂亮）。數奇命蹇（指時運不濟，處境困難不順利。奇，音ㄐㄧ；蹇，音ㄐㄧㄢˇ）。膝之所踦（殺牛時，另一隻腳舉起膝來抵住牛。踦，音ㄧˇ）。觭夢幻想（怪異的夢境，超越現實的想法）。餘霞成綺（形容彩霞絢麗多姿）。操其奇贏（商人囤積貨物以謀取暴利。奇，音ㄐㄧ）。

【全國考題】85、90小教；89國小；92高中。

歉收（ㄑㄧㄢˋ ㄕㄡ）

【解釋】農作物收成不好。

【造句】由於天災連連，造成作物「歉收」，農民苦不堪言。

【分析】歉收，不作「欠收」。

【相關詞】涉嫌。嫌隙。縑帛（質地細薄的絲絹。縑，音ㄐㄧㄢ）。頰嗛（猿猴的口腔內兩側的囊狀構造。嗛，音ㄑㄧㄢˇ）。謙卑。賺騙（欺騙）。鐮刀。不避嫌。水簾洞。一廉如水（比喻為官清廉自持）。不慊於心（內心覺得不滿足。慊，音ㄑㄧㄝˋ）。休嫌怠慢（不要嫌我對你招待不周到）。身兼數職。垂簾聽（ㄊㄧㄥˋ）政。映入眼簾。食不兼味（形容生活儉約）。兼容並蓄（包羅各種不同的事物或觀念。同「兼收並蓄」）。兼程回國（不分晝夜，加倍速度地趕回國內）。滿則慮嗛（當盈滿時，就要想到其後不足之時而加以預防。嗛，音ㄑㄧㄢˋ）。盡釋前嫌（完全化解以前的嫌隙）。蒹葭倚玉（比喻極不相稱的人相處在一起。蒹葭，音ㄐㄧㄢ ㄐㄧㄚ）。儉以養廉（儉約可以培養廉潔的心）。斷縑尺楮（指殘缺不全的書畫作品。楮，音ㄔㄨˇ）。鶼鰈情深（比喻夫婦情意深厚，相處和睦）。

【全國考題】91高中；98社會。

滿不在乎（ㄇㄢˇ ㄅㄨˊ ㄗㄞˋ ㄏㄨ）

【解釋】完全不引以為意。

【造句】那名毒犯被捕之後，斜眼看著警察，一副「滿不在乎」的樣子。

【分析】滿不在乎，不作「蠻不在乎」。滿，豎筆左右各作「入」（捺改頓點）。

【相關詞】憒懣（ㄇㄣˋ）。隱瞞。蹣跚（形容步伐不穩，搖搖擺擺的樣子。蹣，音ㄇㄢˊ）。顢頇（音ㄇㄢˊ ㄏㄢ。形容糊塗而不明事理）。滿好的（不作「蠻好的」）。滿厲害。名滿天下。行滿功成（比喻事情圓滿成功）。志得意滿。步履蹣跚。毳衣如璊（穿著細毛織的大紅色官服。毳，音ㄘㄨㄟˋ；璊，音ㄇㄣˊ）。實不相瞞。滿漢全席。瞞上欺下。瞞天過海。瞞心昧己（違背良心做自己不該做的事）。蹣山渡水（比喻長途跋涉的樣子）。顢頇無能。

【全國考題】85國中。

滿腹牢騷（ㄇㄢˇ ㄈㄨˋ ㄌㄠˊ ㄙㄠ）

【解釋】形容心情抑鬱，一肚子怨言。

【造句】老闆要求員工週末加班，員工個個「滿腹牢騷」，但為了生計，最後只好隱忍下來。

【分析】滿腹牢騷，不作「滿腹勞騷」或「滿腹嘮騷」。

【相關詞】阿吽（音ㄚ ㄏㄨㄥ。回教掌管教務的人。同「阿訇」。訇，音ㄏㄨㄥ）。怒吽吽（大怒。吽，音ㄏㄡˇ）。發牢騷。久慣牢成（作慣某事而成為個中能手）。亡羊補牢。汗牛充棟（形容書籍很多）。牢不可破。牢獄之災。庖丁解牛（比喻做事得心應手，運用自如。庖，音ㄆㄠˊ）。泥牛入海（比喻一去不回）。畫地為牢（比喻只准在指定的範圍內活動）。顧犬補牢（比喻在事情出了差錯時，才開始設法補救）。

【全國考題】91國中；92國小。

滷肉飯（ㄌㄨˇ ㄖㄡˋ ㄈㄢˋ）

【解釋】加入滷肉的米飯。

【造句】這家小店做的「滷肉飯」很好吃，我和家人經常光顧。

【分析】滷肉飯，不作「魯肉飯」。

【相關詞】鹵莽（同「魯莽」）。滷味。滷蛋。鹽巴。大滷麵。食鹽水。無鹽女（比喻面貌醜陋而有德行的婦女）。下酒滷菜。米鹽博辯（比喻議論廣泛細雜）。刻畫無鹽（指以醜婦比美人，比擬不倫不類。刻，音ㄎㄜˋ）。流血漂鹵（比喻傷亡很多）。柴米油鹽。鹵莽滅裂（形容做事莽撞、草率不仔細）。朝虀暮鹽（形容生活窮苦。朝，音ㄓㄠ；虀，音ㄐㄧ）。

【全國考題】83小教。

漲價（ㄓㄤˇ ㄐㄧㄚˋ）

【解釋】物價上揚。

【造句】天災頻仍，農作物損失慘重，蔬果因而大幅「漲價」，家庭主婦叫苦連天。

【分析】漲，音ㄓㄤˇ，不讀ㄓㄤˋ。

【相關詞】上漲（ㄓㄤˇ）。看漲（ㄓㄤˇ）。飛漲（ㄓㄤˇ）。高漲（ㄓㄤˇ）。惆（ㄔㄡˊ）悵（ㄔㄤˋ）。棖觸（觸動。棖，音ㄔㄥˊ）。漲（ㄓㄤˇ）潮。暴漲（ㄓㄤˇ）。調漲（ㄓㄤˇ）。膨脹。飆漲（ㄓㄤˇ）。漲停板（股票術語。漲，音ㄓㄤˇ）。劉長卿（唐代人。長，音ㄓㄤˇ）。關雲長（ㄓㄤˇ）。靈長（ㄓㄤˇ）目。水漲船高（同「水長船高」。漲，音ㄓㄤˇ）。行情看漲（ㄓㄤˇ）。油電雙漲（ㄓㄤˇ）。虎韔鏤膺（虎皮弓袋上有青銅雕飾。韔，音ㄔㄤˋ；鏤膺，音ㄌㄡˋ ㄧㄥ）。長（ㄔㄤˊ）於寫作。長君之惡（助長國君的罪惡。長，音ㄓㄤˇ）。長孫無忌（人名。唐代人。長，音ㄓㄤˇ）。長惡不悛（長期為非作歹，不肯悔改。長，音ㄔㄤˊ）。為（ㄨㄟˋ）虎作倀（ㄔㄤ）。秋後算帳。草長鶯飛（形容暮春三月的景色。長，音ㄓㄤˇ）。悵然若失（神志迷惘，若有所失的樣子）。情緒高漲（ㄓㄤˇ）。棖觸無端（感觸很多）。萇弘化碧（比喻忠誠正直。萇，音ㄔㄤˊ）。意識高漲（ㄓㄤˇ）。熱漲（ㄓㄤˋ）冷縮。煙塵漲（ㄓㄤˋ）天。漲（ㄓㄤˋ）紅著臉。漲（ㄓㄤˇ）價歸公。頭昏腦脹。

【全國考題】87師院；88中教；90國小。

滯銷 ㄓˋ ㄒㄧㄠ

【解釋】貨物銷售不出去。

【造句】臺灣某些地區發生口蹄疫，弄得人心惶惶，造成豬肉「滯銷」，肉價猛跌。

【分析】滯，音ㄓˋ，不讀ㄉㄞˋ。

【相關詞】怗懘（音ㄓㄢ ㄔˋ。聲音不和

諧）。芥蔕（同「芥蒂」。蔕，音ㄉㄧˋ）。停滯。墆積（貯藏物資。墆，音ㄉㄧㄝˊ）。墆翳（形容高峻的樣子。翳，音ㄧˋ）。滯留。殢酒（沉溺於酒。殢，音ㄊㄧˋ）。螮蝀（音ㄉㄧˋ ㄉㄨㄥ。虹。同「蝃蝀」）。滯洪池。滯納金（對逾期納稅的納稅義務人所加收的一種款項）。兩眼呆滯。披麻帶孝。沾親帶故（有些親戚或朋友的關係）。停滯不前。眼神呆滯。被山帶河（形容地勢十分險要。被，音ㄅㄟˋ）。帶髮修行（不剃髮而在寺院修行）。愁腸殢酒（心情愁悶的人容易醉酒）。殢雨尤雲（比喻男女相愛情濃）。鋒面滯留。

【全國考題】93師院。

煽動 ㄕㄢ ㄉㄨㄥˋ

【解釋】用言語或文字等手段來慫恿生事。也作「扇（ㄕㄢ）動」。

【造句】同胞們血濃於水的感情，堅如磐石，不容有心人士「煽動」挑（ㄊㄧㄠˇ）撥。

【分析】煽，音ㄕㄢ，不讀ㄕㄢˋ。

【相關詞】扇（ㄕㄢ）風。扇（ㄕㄢ）動。扇惑（同「煽惑」。扇，音ㄕㄢ）。扇（ㄕㄢ）誘。搧火（鼓動、慫恿。同「煽動」。搧，音ㄕㄢ）。搧風（同「扇風」）。煽情。煽惑。騸馬（閹割過的馬。騸，音ㄕㄢˋ）。羽扇綸巾（形容態度沉著鎮定、從容不迫。扇，音ㄕㄢˋ；綸，音ㄍㄨㄢ）。秋扇見捐（比喻女子失寵而遭受冷落）。扇火止沸（比喻採取的辦法錯誤而徒勞無功。扇，音ㄕㄢ）。扇枕溫被（比喻事親至孝。扇，音ㄕㄢ）。扇（ㄕㄢ）風耳朵。搧風點火（同「煽風點火」）。煽風點火。蜂扇蟻聚（比喻起不了作用。扇，音ㄕㄢ）。

【全國考題】80國小。

稱（ㄔㄥˋ）職（ㄓˊ）

【解釋】才能足夠勝（ㄕㄥ）任所擔負的職務。

【造句】他代理局長期間，表現得相當「稱職」，市長決定予以真除。

【分析】稱，音ㄔㄥˋ，不讀ㄔㄣˋ或ㄔㄥ。

【相關詞】勻稱（ㄔㄥˋ）。相稱（雙方配合得很合適。稱，音ㄔㄥˋ；互相稱呼。稱，音ㄔㄥ）。對稱（ㄔㄥˋ）。稱（ㄔㄥˋ）心。稱身（衣服長短合身。稱，音ㄔㄥˋ）。稱（ㄔㄥ）病。

稱（ㄔㄥˋ）意。稱錢（富有。稱，音ㄔㄥˋ）。稱（ㄔㄥ）謝。稱願（合乎心願。稱，音ㄔㄥˋ）。稱（ㄔㄥ）霸。不相稱（ㄔㄥˋ）。對稱（ㄔㄥˋ）軸。稱（ㄔㄥ）一稱。稱（ㄔㄥ）重量。人人稱（ㄔㄥ）快。人人稱（ㄔㄥ）便。父子相稱（ㄔㄥ）。名實相稱（ㄔㄥˋ）。既稟稱事（按工作表現給予官吏的俸祿。稟，音ㄌㄧㄣˇ；稱，音ㄔㄥˋ）。稱（ㄔㄥ）兵作亂。俯首稱（ㄔㄥ）臣。過稱虛譽（名不副實的美譽。稱，音ㄔㄥ）。稱（ㄔㄥˋ）心如意。稱孤道寡（比喻以皇帝自居。稱，音ㄔㄥ）。稱薪而爨（形容人斤斤計較，節儉吝嗇。稱，音ㄔㄥ；爨，音ㄘㄨㄢˋ）。稱體裁衣（比喻事情做得恰到好處。稱，音ㄔㄥˋ）。

【全國考題】79高中；81、87中教。

竭澤而漁（ㄐㄧㄝˊ ㄗㄜˊ ㄦˊ ㄩˊ）

【解釋】比喻只圖眼前利益，不作長遠的打算。也作「涸澤而漁」。漁，捕魚。

【造句】像你這樣的作法，簡直就是「竭澤而漁」，實在令人無法苟同。

【分析】竭澤而漁，不作「竭澤而魚」。

【相關詞】漁夫。漁船。漁獲量。坐收漁利。沉魚落雁。皋魚之泣（比喻孝順父母須及時）。涸澤而漁。貫魚之次（宮中的后妃依次受到君王的寵幸。同「貫魚承寵」）。魚肉鄉民。魚貫而入。魚雁不絕（書信往來頻繁）。漁人得利（同「漁翁得利」）。魯魚亥豕（指因文字形近，以致傳抄或刊刻錯誤。亥豕，音ㄏㄞˋ ㄕˇ）。魯魚帝虎（同「魯魚亥豕」）。

【全國考題】88師院；99教大。

綜合（ㄗㄨㄥˋ ㄏㄜˊ）

【解釋】總合起來。

【造句】主席「綜合」與（ㄩˋ）會者的意見，並提出說明，希望化解雙方的誤會。

【分析】綜，音ㄗㄨㄥˋ，不讀ㄗㄨㄥ。

【相關詞】宗旨。馬鬃。崇拜。推崇。棕色。琮琤（音ㄘㄨㄥˊ ㄔㄥ。形容玉石碰撞聲）。琛賨（音ㄔㄣ ㄘㄨㄥˊ。稀世珍寶）。粽子。豬鬃。孟宗竹。棕櫚（ㄌㄩˊ）油。一代宗匠。一宗買賣。大宗物資。光宗耀祖。流水淙（ㄘㄨㄥˊ）淙。崇山峻嶺。崇洋媚外。推崇備至。開宗明義。傳宗接代。嫠憂宗周（比喻人憂國而忘己身。嫠，音ㄌㄧˊ）。綜合果汁。綜合問題。綜合報導。綜合醫院。錯綜複雜。

【全國考題】76、85、91國小、81、83高中；85、87師院；79、86、88中教；90小教。

罰鍰 ㄈㄚˊ ㄏㄨㄢˊ

【解釋】法律用語。即罰款。

【造句】你任意製造汙染，小心被環保單位告發並「罰鍰」。

【分析】罰鍰，不作「罰緩」。鍰，音ㄏㄨㄢˊ，不讀ㄩㄢˊ。

【相關詞】名媛（ㄩㄢˋ）。暖姝（柔順的樣子。暖，音ㄒㄩㄢ）。楥頭（製鞋用的木質模型。同「楦頭」。楥、楦皆音ㄒㄩㄢˋ）。潺湲（ㄩㄢˊ）。緩起訴。永矢弗諼（發誓永遠不會忘記。弗，音ㄈㄨˊ；諼，音ㄒㄩㄢ）。有例可援（有前例可依循）。事緩則圓（遇事慢慢考慮，不要操之過急，才能圓滿解決）。援筆立就（形容才思敏捷）。馮諼彈鋏（比喻有才能的人暫處困境而有求於人。馮，音ㄈㄥˊ；彈鋏，音ㄊㄢˊ ㄐㄧㄚˊ）。蘧瑗知非（比喻不斷反省而重新做起。蘧瑗，音ㄑㄩˊ ㄩㄢˋ）。

【全國考題】86、89、97國小；73、76、98國中；73、78、80、83、89、90高中；86、92師院；95教大；76、87、88、95小教；78、86中教；97社會。

膏腴之地 ㄍㄠ ㄩˊ ㄓ ㄉㄧˋ

【解釋】肥沃的地方。

【造句】他把這塊「膏腴之地」捐給政府興建安養中心，照顧一些孤獨無依的老人。

【分析】膏腴之地，不作「膏諛之地」。腴，音ㄩˊ，左從「月」（ㄖㄡˋ），右從「臾」（ㄩˊ）：「臼」中作

「人」，與「叟」（ㄙㄡˇ）上作「臼」（ㄕㄣ）不同。

【相關詞】沃腴（肥美）。阿（ㄜ）諛（ㄩˊ）。茱萸（音ㄓㄨ ㄩˊ。植物名）。腴辭（華麗的辭藻）。須臾。諛詞（討好的話）。諂諛（逢迎阿諛。諂，音ㄔㄢˇ）。豐腴（豐厚肥美）。大庾（ㄩˇ）嶺。庾澄慶（歌手）。不食圂腴（不吃豬狗的內臟。圂，音ㄏㄨㄣˋ）。好諛惡直（喜歡阿諛奉承，討厭直言進諫。好，音ㄏㄠˋ；惡，音ㄨˋ）。肌膚稍腴。官盛近諛（向地位高、官職大的人學習，難脫阿諛諂媚之嫌）。阿諛奉承。面貌豐腴。野有庾積（野外有露積的穀物）。稍待須臾。瘐死獄中（泛稱因病死於獄中。瘐，音ㄩˇ）。諂諛取容（逢迎阿諛以討好他人）。體態豐腴。

【全國考題】85國中；84、93、95中教；89師院。

貌合神離（ㄇㄠˋ ㄏㄜˊ ㄕㄣˊ ㄌㄧˊ）

【解釋】表面上彼此很切合，實際上心思不一樣。

【造句】這對夫妻「貌合神離」，離婚是遲早的事。

【分析】貌合神離，不作「貎合神離」。貌，右作「皃」（ㄇㄠˋ），不作「兒」。

【相關詞】禮貌。藐視。互相軒邈（互比高下。邈，音ㄇㄧㄠˇ）。年輕貌美。花容月貌。相貌堂堂。道貌岸然。德言工貌（指婦女所應具備的婦德、婦言、婦容、婦功四德）。藐小微物（微小的東西）。藐視法律。謹毛失貌（比喻注意細微之處，卻忽略了大處）。

邈不可聞（很久以前的事，無法查清楚）。邈若山河（形容極為遙遠）。言者諄諄，聽者藐藐（形容徒費脣舌，勞而無功。諄，音ㄓㄨㄣ）。

【全國考題】82國中；80、82、88高中；84師院；78中教。

踉蹌（ㄌㄧㄤˋ ㄑㄧㄤˋ）

【解釋】腳步錯亂，走路歪斜不穩的樣子。也作「踉蹡（ㄑㄧㄤ）」。

【造句】看小林走起路來「踉蹌」的樣子，鐵定又喝酒了，真是無藥可救！

【分析】踉，音ㄌㄧㄤˋ，不讀ㄌㄧㄤˊ；蹌，音ㄑㄧㄤˋ，不讀ㄑㄧㄤ。

【相關詞】愴悢（音ㄔㄨㄤˋ ㄌㄧㄤˋ。悲傷）。滄浪（青色的水。浪，音ㄌㄤˋ）。跳踉（跳躍、跳起。踉，音ㄌㄧㄤˊ）。閬中（四川省縣名。閬，音ㄌㄤˇ）。閬苑（神仙居住的地方。苑，音ㄩㄢˋ）。薯莨（植物名。莨，音ㄌㄧㄤˊ）。壙埌（音ㄎㄨㄤˋ ㄌㄤˋ。廣闊遼遠的原野）。屎蚵蜋（即蜣螂。蚵蜋，音ㄎㄜ ㄌㄤˊ）。薯莨綢（用薯莨的塊根煮汁染紗絹製成）。不稂不莠（比喻人不成材。稂，音ㄌㄤˊ；莠，音ㄧㄡˋ）。良辰美景。炳炳烺烺（指文章的辭藻聲韻之美。烺，音ㄌㄤˇ）。狼子野心（比喻凶狠殘暴的人）。琅琅上口。琳琅滿目。書聲琅琅（形容讀書聲清脆響亮）。跟跟蹌蹌（同「踉蹌」）。鋃鐺入獄（被捕坐牢。鋃鐺，音ㄌㄤˊ ㄌㄤ）。閬苑歸真（哀悼男喪之辭）。

【全國考題】86國小；87、94小教。

鳳毛麟角（ㄈㄥˋ ㄇㄠˊ ㄌㄧㄣˊ ㄐㄧㄠˇ）

【解釋】比喻稀罕（ㄏㄢˇ）而珍貴的人或物。

【造句】林理事長熱心公益，凡事以他人為先的胸懷，在今天這個功利的社會裡，實屬「鳳毛麟角」。

【分析】鳳毛麟角，不作「鳳毛鱗角」。鳳，「鳥」上有一短橫，作「鳯」，非正。

【相關詞】燐火。遴聘（ㄆㄧㄣˋ）。遴選。一鱗半爪（比喻零星片段的事物。爪，音ㄓㄠˇ）。天上石麟（稱讚他人的兒子聰穎出眾）。怪石嶙峋（石頭多且長得奇形怪狀。嶙峋，音ㄌㄧㄣˊ ㄒㄩㄣˊ）。波光粼粼（波光閃耀的樣子。波，音ㄅㄛ；粼，音ㄌㄧㄣˊ）。虎視鷹瞵（比喻強敵窺視，伺機攫取。瞵，音ㄌㄧㄣˊ）。風骨嶙峋。振鱗奮翼（形容魚龜等游行的樣子）。祥麟威鳳（比喻難得的人才）。鳥集鱗萃（形容聚集很多）。喜獲麟兒。傲骨嶙峋（形容人高傲不屈，堅毅正直）。搖尾乞憐。腹有鱗甲（比喻心地險惡，很難接近）。遍（ㄅㄧㄢˋ）體鱗傷。憐香惜玉。磨而不磷（比喻意志堅定，不受外在環境的影響。磷，音ㄌㄧㄣˊ）。龜龍麟鳳（比喻品德高尚的人）。瞵視昂藏（形容左顧右盼，神采飛揚的樣子）。鴻稀鱗絕（比喻音信斷絕）。攀鱗附翼（攀附權貴，以求晉升）。鱗次櫛比（形容建築物排列得緊密。比，音ㄅㄧˋ）。鱗鴻杳絕（比喻失去聯絡，沒有消息。杳，音ㄧㄠˇ）。麟角鳳距（比喻珍貴但不實用的東西）。麟趾呈祥（讚譽他人子孫良善昌盛）。

【全國考題】91師院。

鳳冠霞帔（ㄈㄥˋ ㄍㄨㄢ ㄒㄧㄚˊ ㄆㄟˋ）

【解釋】古時后妃的冠（ㄍㄨㄢ）飾，明清時也作為嫁服。

【造句】新娘一身「鳳冠霞帔」的打扮，讓來賓的雙眼為（ㄨㄟˋ）之一亮。

【分析】鳳冠霞帔，不作「鳳冠霞披」。冠，音ㄍㄨㄢ，不讀ㄍㄨㄢˋ；帔，音ㄆㄟˋ，不讀ㄆㄧ。

【相關詞】奔波（ㄅㄛ）。彼（ㄅㄧˇ）此。披露（ㄌㄨˋ）。波折。波浪。陂塘（蓄水池。陂，音ㄆㄧˊ）。偏頗（ㄆㄛˇ）。植被（植物覆蓋地表的情形。被，音ㄅㄟˋ）。菠菜。詖辭（偏邪不正的言論。詖，音ㄅㄧˋ）。跛腳。黃陂（湖北省縣名。陂，音ㄆㄧˊ）。簸（ㄅㄛˇ）米。簸（ㄅㄛˇ）弄。簸（ㄅㄛˇ）揚。簸箕（畚箕。簸，音ㄅㄛˋ）。顛簸（ㄅㄛˇ）。超音波。微波爐。電磁波。一波三折。一瘸一簸（同「一瘸一拐」。瘸，音ㄑㄩㄝˊ；簸，音ㄅㄛˇ）。皮裡春秋（表面雖不加以評論，而心中自有褒貶）。曲學詖行（指做學問不走正道，行為偏斜不正。曲，音ㄑㄩ；行，音ㄒㄧㄥˋ）。此起彼落。衣被群生（比喻恩惠廣及百姓。衣被，音ㄧˋ ㄅㄟˋ）。身心俱疲。披星戴月。披荊斬棘。波及無辜。波濤（ㄊㄠˊ）洶湧。知己知彼。厚此薄彼。挹彼注此（比喻取有餘以補不足。挹，音ㄧˋ）。疲於奔命。淪為波臣（被水淹死）。被山帶河（地勢十分險要。被，音ㄅㄟˋ）。被（ㄆㄧ）堅執銳。被褐懷玉（比喻賢能者隱藏才能，不為人知。被褐，音ㄆㄧ ㄏㄜˊ）。跛立箕坐（形容人坐立歪斜不正，態度無禮。跛，音ㄅㄧˋ）。樂此不疲。澤被天下（天下百姓蒙受恩澤。被，音ㄅㄟˋ）。臨去秋波（指離去前回眸一盼）。顛脣簸嘴（批評議論或搬弄口舌。簸，音ㄅㄛˇ）。顛頭簸腦（搖晃著腦袋。簸，音ㄅㄛˇ）。顛簸不破（理論真確，不能更易）。顛簸起伏。

【全國考題】86、88國中；77、81、93高中；84、86師院；95教大；81、85、97小教；89中小教；99國小。

十五畫

嘮叨 ㄌㄠˊ ˙ㄉㄠ

【解釋】囉（ㄌㄨㄛ）唆話說個不停。也作「叨嘮」。

【造句】當我和父母生活在一起時，總會厭煩他們的「嘮叨」。如今父母沒在身邊，卻又羨慕那些和父母生活在一起的孩子們。

【分析】嘮叨，不作「嘮叼」。嘮，音ㄌㄠˊ，不讀ㄌㄠ。

【相關詞】水潦（水災。同「水澇」。潦，音ㄌㄠˋ）。旱潦（旱災和水災。同「旱潦」）。勞（ㄌㄠˋ）軍。犒勞（音ㄎㄠˋ ㄌㄠˋ。以酒肉慰勞有功人員）。嶗山（山東省山名與縣名）。嶗，音ㄌㄠˊ）。慰勞（ㄌㄠˋ）。勞什子（令人厭惡的東西。同「撈什子」。勞，音ㄌㄠˊ；什，音ㄕˊ）。勞（ㄌㄠˋ）軍團。撈什子（同「勞什子」）。撈，音ㄌㄠˊ）。大海撈（ㄌㄠ）針。斗酒自勞（準備斗酒，慰勞自己。勞，音ㄌㄠˋ）。水中撈（ㄌㄠ）月。羔酒自勞（指宰羊喝酒來慰勞自己。勞，音ㄌㄠˋ）。送往勞來（指交際應酬。勞，音ㄌㄠˋ）。勞燕分飛。

【全國考題】100國小。

噗哧（ㄆㄨ ㄔ）

【解釋】形容突然發出的笑聲。也作「噗嗤」。

【造句】見到他大出洋相的窘態，我「噗哧」一聲地笑出來。

【分析】哧，音ㄔ，不讀ㄔˋ。

【相關詞】恫（ㄉㄨㄥˋ）嚇（ㄏㄜˋ）。威嚇（ㄏㄜˋ）。恐嚇（ㄏㄜˋ）。羞赧（ㄋㄢˇ）。赦免。赦罪。赧顏（因羞慚而臉紅）。震嚇（ㄒㄧㄚˋ）。嚇（ㄏㄜˋ）阻。嚇（ㄒㄧㄚˋ）唬。螫（ㄓㄜ）傷。驚嚇（ㄒㄧㄚˋ）。特赦令。十惡不赦。文攻武嚇（ㄏㄜˋ）。赤手空拳。赤忱丹心（形容一片忠心赤誠）。赤貧如洗。忠心赤膽。面有赧色。面紅耳赤。烜（ㄒㄩㄢˇ）赫一時。赦罪責功（赦免罪過，要求有罪者立功贖罪）。被蜂螫了。赧於啟齒（不好意思開口）。赧顏汗下（形容極為羞慚的樣子）。虛聲恫嚇（虛張聲勢，以恐嚇他人）。罪不可赦。赫然大怒。赫然發現。赫赫之功（顯盛的功勛）。赫赫有名。赫赫名流（名聲顯著的人士）。撩蜂吃螫（惹犯壞人，自取禍害）。蝮螫解腕（比喻面臨危險時而能當機立斷。蝮，音ㄈㄨˋ；腕，音ㄨㄢˋ）。瞞神嚇鬼（背著人在暗地裡搗鬼。嚇，音ㄒㄧㄚˋ）。嚇眉唬眼（橫眉豎眼，表示發怒。嚇，音ㄒㄧㄚˋ）。聲勢赫赫（聲勢浩大壯盛）。驚嚇過度。

【全國考題】98小教；100國小。

噘著嘴巴（ㄐㄩㄝ ˙ㄓㄜ ㄗㄨㄟˇ ˙ㄅㄚ）

【解釋】生氣時兩唇閉合而翹起的動作。

【造句】她「噘著嘴巴」，一副受到冤屈的模樣。

【分析】噘，音ㄐㄩㄝ，不讀ㄐㄩㄝˊ。

【相關詞】昏厥。剞劂（音ㄐㄧ ㄐㄩㄝˊ。雕刻用的曲刀）。猖獗。暈厥。鱖（ㄍㄨㄟˋ）魚。大放厥詞（大發議論，多含貶義）。允執厥中（指不偏不倚，無過與不及。即中庸之道）。木頭橛子（小木樁、短木頭。橛，音ㄐㄩㄝˊ）。克盡厥職。厥功甚偉（功勞很大。同「厥功至偉」）。厥角稽首（叩頭時，以額頭輕觸地面。稽，音ㄑㄧˇ）。詒厥孫謀（替子孫的未來作打算、安排。詒，音ㄧˊ）。撅著尾巴（翹著尾巴。撅，音ㄐㄩㄝ）。撅豎小人（卑劣無行的小人）。蕨類植物。蹙眉噘嘴（生氣的樣子。蹙，音ㄘㄨˋ）。

【全國考題】93高中。

嫵媚（ㄨˇ ㄇㄟˋ）

【解釋】形容女子姿態嬌美可愛的樣子，如「成熟嫵媚」。

【造句】暈（ㄩㄣˋ）黃的長街燈，散發著豔麗的色彩，增加了夜的「嫵媚」。

【分析】嫵，音ㄨˇ，不讀ㄈㄨˇ。

【相關詞】安撫。南無（音ㄋㄚˊ ㄇㄛˊ。佛教用語。為敬禮的意思）。荒蕪。堂廡（廳堂兩側較矮的廂房。廡，音ㄨˇ）。廊廡（堂前東西兩側的廂房）。嘸然（驚訝的樣子。嘸，音ㄨˇ）。憮然（悵惘而失意的樣子。憮，音ㄨˇ）。撫卹。撫養。膴仕

（高官厚祿。膴，音ㄨˇ）。謨臣（有謀略的臣子。同「謀臣」）。謨，音ㄇㄛˊ）。千廡萬室（形容住戶很多。同「比屋連甍」）。比，音ㄅㄧˋ；甍，音ㄇㄥˊ）。不識之無（比喻不識字或毫無學問）。去蕪存菁。周原膴膴（岐周的原野多麼肥沃）。昊天大憮（上天太過暴虐。憮，音ㄏㄨ）。撫心自問。撫躬自問（反省）。舉要刪蕪（指抓住重點）。

【全國考題】79高中；85小教；79、91中教；90、94國中；95國小。

廝殺 ㄙ ㄕㄚ

【解釋】交戰，如「捉對廝殺」。

【造句】今年暑假，各飯店將掀起一場「廝殺」戰，推出折扣價以吸引顧客。

【分析】廝殺，不作「嘶殺」。

【相關詞】提撕（提醒，拉扯。撕，音ㄒㄧ）。嘶啞。嘶喊。廝守。廝混。澌滅（消滅淨盡。澌，音ㄙ）。螽（ㄓㄨㄥ）斯。嘶吼聲。撕破臉。人語馬嘶（形容喧鬧嘈雜的景象。同「人喊馬嘶」）。力竭聲嘶。老馬嘶風（比喻人老，但保有雄心壯志）。耳鬢（ㄅㄧㄣˋ）廝磨。長相廝守（形容親暱的樣子）。捉對廝殺。逝者如斯（時光消逝如同河水流去般地迅速）。斯文掃地。慢條斯理。澌盡泯滅（滅亡，消盡。泯，音ㄇㄧㄣˇ）。赫斯之怒（指帝王的怒氣）。廝守到老。聲嘶力竭（同「力竭聲嘶」）。蟬嘶鳥鳴。

【全國考題】85國中。

彈丸之地（ㄉㄢˋ ㄨㄢˊ ㄓ ㄉㄧˋ）

【解釋】比喻極小的地方。

【造句】這座城市雖然只是個「彈丸之地」，卻是全國政治與文化的中心。

【分析】彈，音ㄉㄢˋ，不讀ㄊㄢˊ；丸，音ㄨㄢˊ，點在撇下（與撇輕觸），不在撇上，與「孰」右偏旁的「丸」（ㄐㄧˇ）寫法不同。

【相關詞】丸子。丸散（指中藥的丸劑、粉劑。散，音ㄙㄢˇ）。魚丸。骫法（枉法。骫，音ㄨㄟˇ）。藥丸。肉丸子。定心丸。丸散膏丹。下阪走丸（說人言談敏捷流利）。阪上走丸（比喻形勢發展迅速而順利）。紈綺之年（少年。紈綺，音ㄨㄢˊ ㄑㄧˇ）。紈褲子弟（行為輕佻的富貴人家子弟）。跳丸日月（形容時光消逝迅速）。熊丸之教（比喻賢母教子。教，音ㄐㄧㄠˋ）。膏粱紈綺（比喻繁華奢侈）。綺襦紈褲（指富貴人家的子弟。襦，音ㄖㄨˊ）。齊紈魯縞（指質地細緻的絲絹。縞，音ㄍㄠˇ）。蕙心紈質（指女子品行高潔）。

【全國考題】74師院；90、93國小；91國中。

憤世嫉俗（ㄈㄣˋ ㄕˋ ㄐㄧˊ ㄙㄨˊ）

【解釋】對腐敗的社會現狀及庸俗的世態憤怒厭惡（ㄨˋ）。

【造句】小王是個「憤世嫉俗」的人，只知道批評，不知道自省（ㄒㄧㄥˇ）。

【分析】嫉，音ㄐㄧˊ，不讀ㄐㄧˋ。

【相關詞】迅疾（迅速快捷）。嫉妒。力疾從公（盡力支撐病體處理公務）。大聲疾呼。不疾不徐。民間疾苦。行疾如飛（形容行走快速）。走筆疾書。河魚腹疾（比喻腹瀉）。疢如疾首（內心煩躁得頭痛腦脹。疢，音ㄔㄣˋ）。疾如旋踵（形容變化神速）。疾言厲色（形容人發怒的樣子）。疾言遽色（形容人不能沉穩鎮靜的樣子）。疾風迅雷（事情來得突然快速）。疾風勁草（比喻在艱苦的環境下，才能考驗出堅強的意志和節操）。疾風暴雨。疾馳而過。疾駛而去。無疾而終。痛心疾首。嫉惡如仇。嫉賢妒能（嫉妒才德比自己好的人）。撫劍疾視（按著劍很生氣地瞪著眼睛）。奮筆疾書。

【全國考題】89國小；102教大。

撮合 ㄘㄨㄛˋ ㄏㄜˊ

【解釋】將雙方拉攏在一起。

【造句】月下老人是中國民間流傳至今，專司「撮合」男女姻緣之神。妳不妨進廟參拜，向月下老人求個好姻緣。

【分析】撮，本讀ㄘㄨㄛ，今改讀作ㄘㄨㄛˋ；「取」上作「冃」（ㄇㄠˋ），不作「曰」。

【相關詞】公撮。最初。最後。嘬奶（用嘴吸奶。嘬，音ㄗㄨㄛ）。撮口。撮弄（玩弄、戲耍）。一小撮。一撮土。撮口呼。撮合山（撮合男女婚事的媒人）。為善最樂。開齊合撮。撮合良緣。撮合姻緣。撮科打哄（以詼諧的言詞及有趣的動作引人發笑。同「插科打諢」）。哄，音ㄏㄨㄥˇ）。撮鹽入火（比喻性情急躁）。蕞爾小島。蕞爾小國。

【全國考題】94國小；94國中。

撚指間（ㄋㄧㄢˇ ㄓˇ ㄐㄧㄢ）

【解釋】比喻極短暫的時間。撚指，搓揉手指。

【造句】姊姊剛才明明還站在這裡，怎麼「撚指間」就不見人影？

【分析】撚，音ㄋㄧㄢˇ，不讀ㄖㄢˊ。

【相關詞】撚香（同「拈香」）。拈，音ㄋㄧㄢˊ）。撚鬚（同「捻鬚」）。撚出門（趕出門。同「攆出門」）。吃醋撚酸（比喻嫉妒。同「拈酸吃醋」。拈，音ㄋㄧㄢˊ）。死灰復燃。輕攏慢撚（一種彈琵琶的手法。攏，音ㄌㄨㄥˇ）。燃眉之急。

【全國考題】79師院；99教大。

撫卹金（ㄈㄨˇ ㄒㄩˋ ㄐㄧㄣ）

【解釋】對因公死亡及病故人員的家屬，由政府所付的金錢給（ㄐㄧˇ）予。也作「撫恤金」。

【造句】林姓工程師因公務身亡，政府給予優厚的「撫卹金」。

【分析】卹，右作「卩」（ㄐㄧㄝˊ），不作「卪」（ㄧˋ）。

【相關詞】心血（ㄒㄧㄝˇ）。吐血。血汗。血型。血液（ㄧㄝˋ）。流血。混血。溝洫（田間水道。洫，音ㄒㄩˋ）。憫恤。熱血。體恤。血淋淋。新血輪。灑熱血。心血來潮。安富恤貧（比喻治國安民之道）。血氣之勇。血海深仇。兵不血刃。茹毛飲血。振窮卹貧（賑濟貧困的人）。振窮恤寡（救助窮苦無依的人）。從優撫卹。患難相恤（生活艱苦，則互相體恤救助）。敬老恤貧。憂國恤民（憂心國事，憫恤百姓）。

【全國考題】93小教。

撙節 ㄗㄨㄣˇ ㄐㄧㄝˊ

【解釋】節省、節約，如「撙節開支」。

【造句】不知「撙節」開支，使生活入不敷出而陷入困境，乃意料中的事。

【分析】撙節，不作「樽節」。撙，音ㄗㄨㄣˇ，不讀ㄗㄨㄣ。

【相關詞】尊崇。尊敬。遵守。遵命。遵循。鱒（ㄗㄨㄣ）魚。自尊心。一尊佛像。自尊自大。折衝樽俎（在杯酒宴會間，運用外交手腕獲勝。指進行外交談判。樽俎，音ㄗㄨㄣ ㄗㄨˇ）。東撙西節。師嚴道尊。移樽就教。尊姓大名。節支撙用。德隆望尊（同「德高望重」）。潔樽候教（清洗、整治酒杯以待賓客）。遵照辦理。遵養時晦（暫時退隱，以等待時機。晦，音ㄏㄨㄟˋ）。

【全國考題】76、97國中；78高中；87、91師院；88中教；90、94國小；101社會。

摩頂放踵 ㄇㄛˊ ㄉㄧㄥˇ ㄈㄤˇ ㄓㄨㄥˇ

【解釋】比喻捨身救世，不辭勞苦。

【造句】池田先生為宣揚和平理念，「摩頂放踵」，著（ㄓㄨˋ）書立說，令人感佩。

【分析】摩，「广」內作「朩朩」（ㄆㄞˋ），不作「林」；放，音ㄈㄤˇ，不讀ㄈㄤˋ。

【相關詞】放勛（堯的名號。放，音ㄈㄤˇ）。畋獵（打獵。畋，音ㄊㄧㄢˊ）。敉平（平定。敉，音ㄇㄧˇ）。莜麥

（即蕎麥。荍，音ㄑㄧㄠ）。喜孜孜。不牧之地（指荒地）。不勝（ㄕㄥ）枚舉。不遑枚舉（同「不勝枚舉」）。孜孜不倦。卑以自牧（以謙卑的態度修養自己）。敉平內亂。馬工枚速（比喻各有所長）。焚林而畋（比喻只顧眼前利益，不顧長遠利益。同「竭澤而漁」）。馳騁畋獵（縱情於騎馬打獵）。銜枚疾走（士兵行軍，口銜筷子，以防出聲）。謙沖自牧（同「卑以自牧」）。

【全國考題】88國中。

暴戾恣睢（ㄅㄠˋ ㄌㄧˋ ㄗˋ ㄙㄨㄟ）

【解釋】形容人凶惡橫（ㄏㄥˋ）暴，蠻不講理。

【造句】那些「暴戾恣睢」之徒，橫（ㄏㄥˊ）行鄉里，危害社會治安，今被捕入獄，村民欣喜若狂。

【分析】暴戾恣睢，不作「暴戾恣睢」。恣，本讀ㄘ，今改讀作ㄗˋ；睢，音ㄙㄨㄟ，不讀ㄐㄩ，左作「目」；睢，音ㄐㄩ，不讀ㄙㄨㄟ，左作「且」。

【相關詞】水碓（藉水力舂米的工具。碓，音ㄉㄨㄟˋ）。卡榫（ㄙㄨㄣˇ）。卯榫（指兩器具接合的地方。卯，音ㄇㄠˇ）。准許。桓魋（春秋時宋人。魋，音ㄊㄨㄟˊ）。核准。萑苻（音ㄏㄨㄢˊ ㄈㄨˊ。比喻盜匪聚集的地方）。隆準（隆鼻）。睢陽（古地名。睢，音ㄙㄨㄟ）。碓房（舂米的作坊）。榫眼（器物接合的地方，凹的部分）。榫頭（器物接合的地方，凸出的部分）。罹（ㄌㄧˊ）病。罹患。罹難。暹羅（泰國的舊名。暹，音ㄒㄧㄢ）。百老匯。准考證。罹難者。薙（ㄊㄧˋ）髮令。不敢恭維。外匯存底。奸計不售（奸計沒有得逞）。別具隻眼。別風淮雨（指文章中錯別字連篇而以訛傳訛）。沉魚落雁。呼盧喝雉（形容賭博時的呼叫聲。喝，音ㄏㄜˋ）。恣睢無忌（無所顧忌地任意放縱）。隻手遮天。唯利是圖。唯妙唯肖（ㄒㄧㄠˋ）。連衽成帷（形容人多。衽，音ㄖㄣˋ）。創業維艱。萑苻不靖（盜賊土匪很多，治安不平靜）。進退維谷。雁行折翼（比喻兄弟分離或死亡。行，音ㄏㄤˊ）。雁杳魚沉（比喻沒有任何消息。杳，音ㄧㄠˇ）。稚氣未脫。詭計得售（詭計得逞）。運籌帷幄（謀畫策略。幄，音ㄨㄛˋ）。銷售一空。擓著籃子（把臂插在籃子環裡。擓，音ㄎㄨㄞˇ）。韶顏稚齒（比喻年輕貌美。韶，音ㄕㄠˊ）。草薙禽獮（比喻不分好壞，全數誅殺。獮，音ㄒㄧㄢˇ）。

【全國考題】84、96高中；79、95、97小教；83中教；93師院；99、101教師；102社會。

槭（ㄘㄨˋ）樹（ㄕㄨˋ）

【解釋】落葉喬木，葉交互對生，呈掌狀分裂。紅葉美麗，可供觀賞。木材可製器具。

【造句】每逢秋季，「槭樹」的葉子由綠轉紅，在林木中顯得突兀，煞是好看。

【分析】槭，音ㄘㄨˋ，不讀ㄑㄧ或ㄗㄨˊ。

【相關詞】悲戚。親戚（ㄑㄧ）。蹙眉（皺眉。蹙，音ㄘㄨˋ）。顰蹙（形容憂愁的神情。顰，音ㄆㄧㄣˊ）。槭糖漿（用槭樹的汁液所做成的糖漿）。蹙眉頭（ㄊㄡˊ）。三楓五槭。休戚相關（形容彼此關係密切，利害一致）。休戚與共（同「休戚相關」）。同休共戚

（同「休戚相關」）。自詒伊戚（自己招致禍患。詒，音ㄧˊ）。皇親國戚。計窮勢蹙（計謀用盡，形勢緊迫）。疾首蹙頞（痛恨厭惡的樣子。頞，音ㄜˋ）。疾首蹙額（同「疾首蹙頞」）。掩鼻蹙頞（形容極為厭惡，而不願提及）。喊（ㄑㄧ）喊喳（ㄓㄚ）喳。緊蹙眉頭。皺眉蹙眼（表示心裡不滿或不高興的神情）。攢蹙累積（緊緊地堆擠在一起。攢，音ㄘㄨㄢˊ；累，音ㄌㄟˇ）。

【全國考題】96小教；96中教；97、99國中；98高中；99教大；101國小；101社會。

潛力（ㄑㄧㄢˊ ㄌㄧˋ）

【解釋】一種可能發揮的潛在能力。也作「潛能」。

【造句】雖然她剛出道不久，不過歌喉清越脫俗，在歌唱界頗有發展的「潛力」。

【分析】潛，音ㄑㄧㄢˊ，不讀ㄑㄧㄢˇ。

【相關詞】僭越（假冒名義，逾越本分。僭，音ㄐㄧㄢˋ）。僭號（冒用帝王的尊號）。憯怛（音ㄘㄢˇ ㄉㄚˊ。傷痛）。憯惻（同「憯怛」）。潛入。潛伏。潛能。潛逃。潛藏。譖言（毀謗的話。譖，音ㄗㄣˋ）。譖害（詆毀陷害）。潛伏期。潛規則。潛意識。白髮郎潛（比喻一生運氣不佳，難有作為）。畏罪潛逃。美女簪花（形容書法娟秀或詩文秀麗。簪，音ㄗㄢ）。浸潤之譖（指毀謗他人的話就像水之滲透，積久而逐漸發生作用）。蚊虻噆膚（蚊虻叮咬皮膚。虻，音ㄇㄥˊ；噆，音ㄗㄢˇ）。瓶墜簪折（比喻男女永別）。發揮潛能。缾沉簪折（同「瓶墜簪折」。鉼，音ㄆㄧㄥˊ）。戢鱗潛翼（比喻退隱不仕。戢，音ㄐㄧˊ）。鳩僭鵲巢（比喻坐享其成。同「鳩占鵲巢」）。僭越權限。著簪不忘（比喻不忘故舊。著，音ㄕ）。潛在危機。潛能開發。潛移默化。遺簪墜屨（同「著簪不忘」。屨，音ㄐㄩˋ）。簪筆磬折（形容禮儀完備且恭敬。磬，音ㄑㄧㄥˋ）。簪纓世冑（世代為官的人家。冑，音ㄓㄡˋ）。譖下謾下（讒毀下級，欺謾上級。謾，音ㄇㄢˊ）。

【全國考題】87師院；83小教；92國小；92國中。

澎湃（ㄆㄥ ㄆㄞˋ）

【解釋】波（ㄅㄛ）濤（ㄊㄠˊ）相衝擊的聲音，如「浪濤澎拜」。

【造句】颱風來襲前，從岸邊往大海望去，浪濤（ㄊㄠˊ）洶湧「澎湃」，有如萬馬奔騰，令人不寒而慄。

【分析】澎，音ㄆㄥ，不讀ㄆㄥˊ；湃，音ㄆㄞˋ，不讀ㄅㄞˋ，最右偏旁作四橫一豎，非三橫一豎。

【相關詞】嘉澍（及時雨。澍，音ㄕㄨˋ）。膨脹。彭佳嶼。膨大海。蟛蜞菊（植物名。蟛蜞，音ㄆㄥˊ ㄑㄧˊ）。心潮澎湃（形容心情非常激動）。玉樹臨風（形容人年少而才貌出眾）。別樹一幟。波濤澎湃。洶湧澎湃。通貨膨脹。群生澍濡（百姓承受德澤）。

【全國考題】86國中；79師院；95教大；74小教；90高中；97國小。

熨貼（ㄩˋ ㄊㄧㄝ）

【解釋】形容事物妥帖舒適。

【造句】這個看（ㄎㄢ）護把爸爸照顧得十分「熨貼」，令全家人感激莫名。

【分析】熨，音ㄩˋ，不讀ㄩㄣˋ。

【相關詞】安慰。尉遲（複姓。尉，音ㄩˋ）。慰藉。蔚藍。尉遲恭（唐代名將）。電熨斗。撫慰金。天空蔚藍。文風蔚起。平整熨貼。河北蔚（ㄩˋ）縣。海水蔚藍。雲蒸霞蔚（比喻絢麗燦爛）。蔚為壯觀。蔚為奇觀。蔚為風氣。蔚為風潮。蔚然成風。

【全國考題】88、91師院；83、84、93、95小教；90國中；99國小；100社會。

璀璨（ㄘㄨㄟˇ ㄘㄢˋ）

【解釋】光明燦爛的樣子。

【造句】讓我們攜手合作，構築「璀璨」的美麗人生。

【分析】璀璨，不作「璀燦」。璀，音ㄘㄨㄟˇ，不讀ㄘㄨㄟ。

【相關詞】燦爛。舌粲蓮花（能言善道。同「舌燦蓮花」）。博人一粲。博君一粲（博君一笑）。粲於牙齒（形容談吐幽默典雅）。粲花之論（稱讚言論優美絕妙）。粲然一笑（形容甜美的笑容）。粲然可觀（形容表現優異，成績卓著）。燦然一新（形容光耀明亮，呈現一片嶄新的氣象）。璀璨人生。燦爛奪目。

【全國考題】84國小；93小教。

皚皚白雪（ㄞˊ ㄞˊ ㄅㄞˊ ㄒㄩㄝˇ）

【解釋】雪潔白光亮的樣子。

【造句】冬季到長白山旅遊，不但可以欣賞到「皚皚白雪」，還可以泡舒服的溫泉，真是一舉兩得。

【分析】塏，音ㄎㄞˇ，不讀ㄑㄧˇ。

【相關詞】爽塏（高爽乾燥的地方。塏，音ㄎㄞˇ）。凱旋。剴切（音ㄎㄞˇ ㄑㄧㄝˋ。切中事理）。榿木（木名。材質堅韌。榿，音ㄑㄧ）。綠螘（一種美酒。螘，音ㄧˇ）。覬覦（音ㄐㄧˋ ㄩˊ。希望獲得自己不該擁有的東西）。鎧甲（古代的戰服。鎧，音ㄎㄞˇ）。白皚皚。陳詞剴切。愷悌君子（和樂平易的有德君子。同「豈弟君子」。愷，音ㄎㄞˇ）。零露溰溰（露水濃厚的樣子。露，音ㄌㄨˋ；溰，音ㄧˊ）。覬覦之志（非分的意念或企圖）。螻螘得志（比喻小人得勢。同「螻蟻得志」）。麋沸螘動（比喻紛亂。麋，音ㄇㄧˊ）。

【全國考題】87、97國小。

盤根錯節（ㄆㄢˊ ㄍㄣ ㄘㄨㄛˋ ㄐㄧㄝˊ）

【解釋】比喻事情複雜，不容易處（ㄔㄨˇ）理。

【造句】這件貪瀆案的利益結構「盤根錯節」，亟（ㄐㄧˊ）需檢調單位抽絲剝繭，查個水落石出。

【分析】盤根錯節，不作「盤根錯結」。

【相關詞】癤子（皮膚上的小瘡。癤，音ㄐㄧㄝˊ）。不盥不櫛（不洗臉、不梳髮）。不櫛進士（形容有文才的女子。同「掃眉才子」）。即起盥櫛（就起床梳洗）。貞節牌坊。乘軺建節（乘輕車、擁旄節。指武將駐守一地。軺，音ㄧㄠˊ）。晚節黃花（比喻人老而操守愈堅）。開源節流。節外生枝。節用厚生（節約用度，潤澤百姓）。節節敗退。櫛比鱗次（比喻建築物排列緊密。比，音ㄅㄧˋ）。擊節嘆賞（指對詩文創作或藝術表演的欣賞讚美）。擊節稱賞（同「擊節嘆賞」）。櫛次鱗比（同「櫛比鱗次」）。櫛風沐雨。

【全國考題】91中教；94國中。

稼穡 ㄐㄧㄚˋ ㄙㄜˋ

【解釋】為農事的總稱。春耕為稼，秋收為穡。

【造句】一年到頭，農夫為「稼穡」之事忙碌，真是辛苦。

【分析】稼穡，不作「嫁穡」。穡，音ㄙㄜˋ，不讀ㄑㄧㄤˊ。

【相關詞】帆檣（船上掛帆幔的桅杆。檣，音ㄑㄧㄤˊ）。吝嗇。儉嗇。濇脈（中醫名詞。稱脈象枯澀遲滯。濇，音ㄙㄜˋ）。檣桅（同「帆檣」）。薔薇（ㄨㄟˊ）。吝嗇鬼。牆頭（ㄊㄡˊ）草。騎牆派。不稼不穡（譏刺人無功受祿）。忝列門牆（對師長自謙之辭。忝，音ㄊㄧㄢˇ）。風檣陣馬（比喻行進快速，氣勢勇猛）。嗇己奉公（節省自己的花費，辦好公共事業）。萬里連檣（形容船隻眾多，往來不絕。同「舳艫相繼」。舳，音ㄓㄨˊ）。稼穡艱難（指農事勞動極為不易）。檣傾楫摧（海上風浪很大，船桅和船槳都斷了）。牆風壁耳（比喻祕密容易泄露出去。原作「牆有縫，壁有耳」）。騎牆之見（比喻心存觀望，態度立場不明）。

【全國考題】73國小；81、84國中；84高中；79、93小教。

編纂（ㄅㄧㄢ ㄗㄨㄢˇ）

【解釋】編輯、撰述。

【造句】陳教授花了五年的時間，「編纂」一套辭典，精神與毅力令人敬佩。

【分析】編纂，不作「編篡」。纂，音ㄗㄨㄢˇ，不讀ㄗㄨㄢˋ；篡，音ㄘㄨㄢˋ。

【相關詞】篡（ㄘㄨㄢˋ）位。篡奪。纂修（編輯修訂）。攥拳頭（握住拳頭。攥，音ㄗㄨㄢˋ）。弋者何篡（比喻隱逸的賢者不自惹禍亂，統治者也無可奈何。弋，音ㄧˋ）。王莽篡漢。攥住不放（握住不放）。

【全國考題】73國中；88師院；99教大；79、91小教；94中教；98高中。

罷弊（ㄆㄧˊ ㄅㄧˋ）

【解釋】疲憊困乏。罷，勞乏，通「疲」。

【造句】烽火相連，民生「罷弊」，唯一解決之道，就是倡議交戰國雙方訂立和平協定。

【分析】罷，音ㄆㄧˊ，不讀ㄅㄚˋ；左下作「月」（ㄖㄡˋ），不作「月」。

【相關詞】熊羆（比喻勇士或軍隊。羆，音ㄆㄧˊ）。罷乏。罷免。罷病（疲累貧病。罷，音ㄆㄧˊ）。罷軟（軟弱而不能振作。罷，音ㄆㄧˊ）。罷癃（音ㄆㄧˊ ㄌㄨㄥˊ。指駝背）。罷羸（音ㄆㄧˊ ㄌㄟˊ。形容身體疲軟無力的樣子）。褦襶（音ㄋㄞˋ ㄉㄞˋ。說人不明白事理，不懂事）。罷免權。心態可議。老態龍鍾。老羆當道（比喻勇將鎮守要隘）。故態復萌（ㄇㄥˊ）。益州罷（ㄆㄧˊ）弊。欲罷不能。夢兆熊羆（生男孩的徵兆）。夢熊之喜（同「夢兆熊羆」）。熊丸之教（比喻賢母教子。教，音ㄐㄧㄠˋ）。熊羆之士（比喻勇猛善戰的將士）。罷於奔命（同「疲於奔命」。罷，音ㄆㄧˊ）。積不相能（指向來不能和睦相處）。

【全國考題】79國中；73高中；84中教。

諄諄教誨 ㄓㄨㄣ ㄓㄨㄣ ㄐㄧㄠˋ ㄏㄨㄟˋ

【解釋】懇切耐心地指導、教誨。

【造句】老師對我的「諄諄教誨」，我一定謹記在心，希望將來做個有用的人。

【分析】諄，音ㄓㄨㄣ，不讀ㄔㄨㄣˊ；誨，音ㄏㄨㄟˋ，不讀ㄏㄨㄟˇ。

【相關詞】埻的（音ㄓㄨㄣˇ ㄉㄧˋ。準的）。崞山（山西省山名。崞，音ㄍㄨㄛ）。崞縣（山西省縣名）。惇敘（依長幼親疏之序，互相親厚。惇，音ㄉㄨㄣ）。惇惠（寬厚慈善）。惇樸（寬厚樸實）。淳厚（質樸敦厚）。錞鼓（皆打擊樂器。錞，音ㄔㄨㄣˊ）。鵪（ㄢ）鶉。夏侯惇（三國魏人）。膽固醇。類固醇。大醇小疵（大致上完美而略有缺點）。厹矛鋈錞（三棱鋒刃的長矛飾著白銅柄套。厹，音ㄑㄧㄡˊ；鋈錞，音ㄨˋ ㄉㄨㄟˋ）。坐享其成。言者諄諄。享譽國際。品行端醇（品格行為端正醇厚）。香醇可口。香醇濃郁。飲醇自醉（與寬厚的人交往，如飲酒而醉。比喻德盛服人）。諄諄不倦。諄諄善誘。鶉衣百結（形容衣服破爛不堪的樣子）。

【全國考題】76、80、83國小。

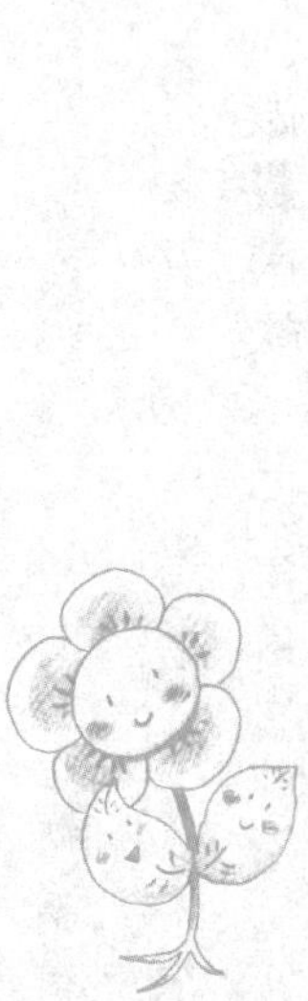

踧踖不安（ㄘㄨˋ ㄐㄧˊ ㄅㄨˋ ㄢ）

【解釋】恭敬而不自然的樣子。

【造句】今晚，老師無預警地作家庭訪問，我坐在媽媽的身旁，心裡始終「踧踖不安」。

【分析】踧，音ㄘㄨˋ，不讀ㄕㄨˊ；踖，音ㄐㄧˊ，不讀ㄒㄧˊ。

【相關詞】俶裝（整理行裝。俶，音ㄔㄨˋ）。寂（ㄐㄧˊ）寞。寂寥（ㄌㄧㄠˊ）。辣椒。不辨菽麥（形容人愚昧無知。菽，音ㄕㄨˊ）。令終有俶（有好的結果就有好的開端）。平原督郵（指劣酒）。布帛菽粟（比喻雖屬平常，卻不可或缺的事物。粟，音ㄙㄨˋ）。任督二脈。伯仲叔季（兄弟長幼的次序）。私淑弟子（未當面受業而宗仰其學，並以之為榜樣，作為學習對象的弟子）。俶落權輿（比喻開始。輿，音ㄩˊ）。俶裝待發。俶載南畝（開始下田幹活）。啜菽飲水（指生活清苦，飲食粗劣。啜，音ㄔㄨㄛˋ）。寂若死灰（形容極為沉靜）。寂寂無聞（沒有名氣，不為眾人所知）。淑善君子（指德行賢良的人）。報國淑世（報效國家，改善社會）。惄如調饑（指憂思想念極為殷切。惄，音ㄋㄧˋ）。惄焉如擣（憂傷想念，痛苦難耐。擣，音ㄉㄠˇ）。椒聊繁衍（比喻子孫眾多）。椒蘭之德（美好的品德）。菽水承歡。禽羞俶獻（把用禽類烹調的佳餚獻給國君）。萬籟俱寂。遇人不淑。寞天寂地（比喻非常寂寞）。闃寂無聲（形容非常寂靜，沒有一點聲音。闃，音ㄑㄩˋ）。

【全國考題】93中教；98高中；98教大。

踩高蹻（ㄘㄞˇ ㄍㄠ ㄑㄧㄠ）

【解釋】一種民俗體育運動。每逢節日，常在街頭巡迴演出。也作「踩高蹺（ㄑㄧㄠ）」。

【造句】「踩高蹻」在春秋時代已經出現，如今已成為喜慶節日時重要的表演活動之一。

【分析】蹻，音ㄑㄧㄠ，不讀ㄑㄧㄠˋ。

【相關詞】跂蹻（音ㄑㄧˊ ㄐㄩㄝ。木屐和草鞋）。喬木。喬裝。喬遷。嬌慣（縱容、溺愛）。撟捷（同「矯捷」。撟，音ㄐㄧㄠˇ）。蕎麥。趫悍（敏捷勇猛的樣子。趫，音ㄑㄧㄠ）。蹻勇（矯健有力。蹻，音ㄐㄧㄠˇ）。蹻捷（手腳靈活輕快。同「矯捷」。蹻，音ㄐㄧㄠˇ）。轎（ㄐㄧㄠˋ）車。賢喬梓（尊稱別人父子）。下喬入幽（比喻違背常理）。天之驕子。付諸洪喬（比喻遺失書信）。目瞪舌撟（同「目瞪口呆」。撟，音ㄐㄧㄠˇ）。芒屩布衣（指平民百姓。屩，音ㄐㄩㄝ）。松喬之壽（比喻長壽）。恃寵而驕。故家喬木（比喻鄉賢）。洪喬之誤（比喻書信寄失）。虛憍恃氣（比喻內在涵養不足而驕傲自大。憍，音ㄐㄧㄠ）。鉗口撟舌（形容因受到驚嚇而說不出話來。鉗，音ㄑㄧㄢˊ）。嬌小玲瓏。嬌生慣養。撟枉過正（同「矯枉過正」）。遷喬之喜。遷喬之望（官職有高升的希望）。燃犀溫嶠（比喻能觀察清楚事物的人）。蹻足而待（形容為時極為短暫。同「翹足而待」。蹻，音ㄑㄧㄠ；翹，音ㄑㄧㄠˊ）。蹻足抗首（形容殷切期望的樣子。蹻，音ㄑㄧㄠ）。驕兵必敗。躡蹻擔簦（音ㄋㄧㄝˋ ㄐㄩㄝ ㄉㄢ ㄉㄥ。指長途跋涉或離家遠遊）。

【全國考題】102國中。

踟（ㄔˊ）躕（ㄔㄨˊ）不（ㄅㄨˋ）前（ㄑㄧㄢˊ）

【解釋】徘徊不前的樣子。也作「躑（ㄓˊ）躅（ㄓㄨˊ）不前」。

【造句】你不要再「踟躕不前」了，勇敢地前進，不瞻前顧後，才有機會成功。

【分析】踟，音ㄔˊ，不讀ㄓ；躕，音ㄔㄨˊ，不作「蹰」。「蹰」為異體字。

【相關詞】痴呆。拔智齒。痴心漢。痴呆症。如痴如醉。利令智昏。見仁見知（同「見仁見智」。知，音ㄓˋ）。見仁見智。知者不惑（聰慧的人能深入了解，凡事不會感到疑惑。知，音ㄓˋ）。知（ㄓˋ）者樂（ㄧㄠˋ）水。知客師父（寺廟中負責接待賓客的僧尼）。挈瓶之知（比喻淺薄的見識、見解。挈，音ㄑㄧㄝˋ；知，音ㄓˋ）。痴人說夢。痴心妄想。搔首踟躕（形容心情焦急的樣子）。聰明睿知（ㄓˋ）。舊雨新知。

【全國考題】88高中。

鋌（ㄊㄧㄥˇ）而（ㄦˊ）走（ㄗㄡˇ）險（ㄒㄧㄢˇ）

【解釋】指人在窮途末路、無計可施時採取冒險行動或不正當（ㄉㄤˋ）的行為。

【造句】那名嫌犯被地下錢莊所逼，竟「鋌而走險」犯下搶劫銀行的滔天大罪。

【分析】鋌而走險，不作「挺而走險」。

【相關詞】宮廷。挺拔。挺直。朝廷。挺不住。挺高興。救生艇。潛（ㄑㄧㄢˊ）水艇。橡皮艇。一挺機槍。大相徑庭（比喻彼此差異極大。相，音ㄒㄧㄤ）。大相逕庭（同「大相徑庭」）。大庭廣眾。大發雷霆。天庭飽滿。伏地挺身。以莛撞鐘（比喻自不量力，徒勞無功。莛，音ㄊㄧㄥˊ）。西裝筆挺。抬頭挺胸。昂首挺立。英俊挺拔。面折廷爭（指在朝廷上據理直言諫諍）。挺身而出。秦庭之哭（指向他國請求救援或哀求別人幫助）。犁庭掃穴（比喻徹底摧毀敵方。同「犁庭掃閭」。閭，音ㄌㄩˊ）。過庭之訓（泛指父親的教誨、訓示）。雷霆之怒。雷霆萬鈞。雷霆電雹（形容盛怒時，氣勢凶猛的樣子。雹，音ㄅㄠˊ）。蜻蜓點水。

【全國考題】76、77、79、81、82、83、84、92、98國中；79、80、83、84、89高中；73、90師院；80小教；78、83中教；93、95國小。

震撼 ㄓㄣˋ ㄏㄢˋ

【解釋】震動、震驚。

【造句】陳部長請辭事件造成政壇強烈的「震撼」，高層隨即展開綿密的慰留行動。

【分析】震撼，不作「震憾」。

【相關詞】抱憾。缺憾。感召（ㄓㄠˋ）。感染。感慨（ㄎㄞˇ）。搖撼。憾事。遺憾。轗軻（音ㄎㄢˇ ㄎㄜˇ。同「坎坷」）。震撼力。震撼彈。了無憾恨（一點也沒有遺憾怨恨）。人生無憾。此生無憾。抱憾而終。抱憾終生。哀感頑豔（形容文章的內容悽惻動人，文辭古拙綺麗）。蚍蜉撼樹（比喻不自量力。蚍蜉，音ㄆㄧˊ ㄈㄨˊ）。感同身受。震撼人心。震撼教育。撼天震地（形容力量或聲勢浩大）。撼動人心。撼動心靈。遺珠之憾。撼天撼地（形容力氣或本事極大）。

【全國考題】74、91師院；91小教；92中教。

餓殍（ㄜˋ ㄆㄧㄠˇ）

【解釋】餓死的人，如「餓殍枕（ㄓㄣˋ）藉」。也作「餓莩（ㄆㄧㄠˇ）」。

【造句】北非發生嚴重的旱災，「餓殍」枕（ㄓㄣˋ）藉，各國紛紛捐貲（ㄗ）濟助。

【分析】殍，音ㄆㄧㄠˇ，不讀ㄈㄨˊ。

【相關詞】尿脬（膀胱。脬，音ㄆㄠ）。俘擄。乘桴（乘坐竹筏。桴，音ㄈㄨˊ）。蚍蜉（音ㄆㄧˊ ㄈㄨˊ。大螞蟻）。桴鼓（戰鼓。同「枹鼓」。枹，音ㄈㄨˊ）。孵（ㄈㄨ）化。孵育。餓莩（餓死的人。莩，音ㄆㄧㄠˇ）。一脬尿（同「一泡尿」。脬、泡皆音ㄆㄠ）。孚眾望（受眾人信服。孚，音ㄈㄨˊ）。俘虜營。人浮於事（欲就業的人多而工作的機會卻少。反之稱為「事浮於人」）。不孚眾望（與「孚眾望」義反）。水乳交融。名孚眾望。君桴臣鼓（比喻君臣間相得益彰）。阮孚蠟屐（比喻對某物痴迷。阮，音ㄖㄨㄢˇ；屐，音ㄐㄧ）。空大老脬（表面雖偉大，而實則虛浮衰弱）。乘桴浮海（乘坐竹筏到海外去）。浮生若寄（虛浮的人生，如同寄居在世間）。浮光掠影。蚍蜉撼樹（比喻不自量力）。情孚意合（同「情同意合」）。桴鼓相應（比喻相互應和，配合得很緊密。同「枹鼓相應」）。野有餓殍。野有餓莩（同「野有餓殍」）。萬物莩甲（萬物萌芽生長。

莩，音ㄈㄨˇ）。葭莩之親（比喻關係疏遠的親戚。葭莩，音ㄐㄧㄚ ㄈㄨˊ）。餓殍枕藉（形容饑荒嚴重。枕，音ㄓㄣˋ）。餓莩載道（餓死的人極多）。

【全國考題】76國中；91、93小教；93高中。

墨守成規 ㄇㄛˋ ㄕㄡˇ ㄔㄥˊ ㄍㄨㄟ

【解釋】形容思想保守，固守舊規矩而不肯改革創新。

【造句】時代瞬息萬變，若一味「墨守成規」，終將被時代的洪流所淘汰。

【分析】墨守成規，不作「默守成規」。

【相關詞】幽默。黑（ㄏㄟ）豆。黑眼珠。全盤皆墨。杜默為詩（指人孤陋寡聞，隨意寫詩）。面目黧（ㄌㄧˊ）黑。風趣幽默。粉墨登場。胸無點墨（比喻人毫無學識）。屠毒筆墨（以文詞攻擊，使他人身敗名裂的行為）。惜墨如金（泛指不肯輕易動筆寫文章）。規矩繩墨（比喻應遵循的標準、法度）。貪墨之風（貪汙不廉潔的風氣）。貪墨敗度（貪圖財利，破壞法度）。嘿（ㄏㄟ）嘿的笑。嘿嘿無言（沉默不說話。嘿，音ㄇㄛˋ）。默不作聲。默默無言。繩墨之言（合於道德禮法，可當作行為準繩的言論）。騷人墨客（風雅的文士）。

【全國考題】83中教。

墨絰從公 ㄇㄛˋ ㄉㄧㄝˊ ㄘㄨㄥˊ ㄍㄨㄥ

【解釋】指居喪（ㄙㄤ）時還辦理公務。形容勤於公事。絰，麻葛（ㄍㄜˊ）布做的喪服。

【造句】科長日前遭父喪（ㄙㄤ），仍戮力公務，「墨絰從公」的精神令人感佩。

【分析】絰，音ㄉㄧㄝˊ，不讀ㄓˋ。

【相關詞】桎梏（音ㄓˋ ㄍㄨˋ。腳鐐手銬。為古代的刑具）。耄耋（音ㄇㄠˋ ㄉㄧㄝˊ。指年紀很大的人）。窒息。蟻垤（蟻穴周圍所隆起的小土堆。垤，音ㄉㄧㄝˊ）。不分軒輊（兩者相比較，勢均力敵，分不出高下。輊，音ㄓˋ）。若垤若穴（有的隆起像土堆，有的深陷如窟窿。指地勢高低不平）。郅治之世（太平盛世。郅，音ㄓˋ）。耄耋之年。窒礙難行。蝸居蟻垤（謙稱自己的房舍狹窄）。墨絰從戎（指居喪時仍帶兵作戰）。築室道謀（比喻人多嘴雜，難以定論）。懲忿窒欲（遏止忿怒和情欲。懲，音ㄔㄥˊ）。

【全國考題】80、85小教；77中教；94高中；94教大；98國中；99教師。

十六畫

儘管 ㄐㄧㄣˇ ㄍㄨㄢˇ

【解釋】即使、雖然。

【造句】「儘管」颳風下雨，我還是要去上學。

【分析】儘管，不作「僅管」。儘，音ㄐㄧㄣˇ，不讀ㄐㄧㄣˋ。

【相關詞】灰燼。儘讓（謙讓）。藎臣（忠誠的臣子。藎，音ㄐㄧㄣˋ）。一言難盡。人盡皆知。化為灰燼。玉石俱燼（同「玉石俱焚」）。同歸於盡。地盡其利。曲盡人情（做事非常投合對方的心意或需要。曲，音ㄑㄩ）。

有儘有讓（知謙遜，能禮讓對方）。克盡己職。劫後餘燼（比喻災難後殘存的人、物或景象）。言不盡意（言語無法將全部的心意表達出來）。盡人皆知（所有的人都知道）。盡忠職守。盡態極妍（形容容貌姿態嬌豔到了極點）。盡興（ㄒㄧㄥˋ）而歸。竭盡所能。餘燼復然（比喻失勢者又重掌大權）。薪盡火傳（同「薪火相傳」）。蘭艾同燼（比喻玉石俱焚、貴賤賢愚盡皆毀滅）。

【全國考題】73、79、96國小。

奮翮高飛（ㄈㄣˋ ㄍㄜˊ ㄍㄠ ㄈㄟ）

【解釋】張開翅膀，在天空中飛翔。

【造句】這隻老鷹經獸醫治療後，傷勢已經痊癒，野放後又能「奮翮高飛」了。

【分析】翮，本讀ㄏㄜˊ，今改讀作ㄍㄜˊ。

【相關詞】打嗝。羽翮（鳥類羽毛的中軸沒於皮膚的部分）。釜鬵（釜甑之類的烹炊用具。鬵，音ㄒㄧㄣˊ）。鬲器（一種古代的炊具。鬲，音ㄌㄧˋ）。膠鬲（殷末賢人。鬲，音ㄍㄜˊ）。灊山（即安徽省的霍山。灊，音ㄑㄧㄢˊ）。灊水（即四川省的渠江）。金融業。橫膈膜（同「膈膜」）。膜，音ㄇㄛˊ）。鎘（ㄍㄜˊ）汙染。天懸地隔（相差很遠）。水乳交融。半付祝融（大半被火焚毀）。羽翮已就（比喻已得到輔弼的人才，勢力已經鞏固壯大）。羽翮飛肉（比喻聚集微小的力量，足以撼舉重物）。典鬻家當（典當家產。鬻，音ㄩˋ）。其樂融融。披瀝肝膈（比喻坦誠相待，忠貞不貳。同「披肝瀝膽」）。金融風暴。弱水之隔（比喻兩地隔絕，無法會合）。振翮飛去（揮動翅膀飛走）。祝融為虐（火災為禍）。溉之釜鬵（我就替他洗滌鍋子）。賣官鬻爵（出賣官爵，以聚斂財物）。賣妻鬻子（形容生活極為貧困）。積雪融化。融為一體。融會貫通。鬻文為生（賣文維持生計）。鬻歌為生（賣唱維持生計）。鬻聲釣世（騙取世俗的名聲和讚譽。同「沽名釣譽」）。

【全國考題】98國小。

撻伐（ㄊㄚˋ ㄈㄚ）

【解釋】征討，如「大張撻伐」。

【造句】法官偏頗的判決，遭到全國民眾的「撻伐」。

【分析】撻，音ㄊㄚˋ，不讀ㄉㄚˊ；伐，音ㄈㄚ，不讀ㄈㄚˊ。

【相關詞】到達。閨闥（女子居住的內室。闥，音ㄊㄚˋ）。撻罰（鞭打的刑罰）。鞭撻。韃靼（音ㄉㄚˊ ㄉㄚˊ。唐末蒙古種族之一）。三達德。踢躂舞（即踢踏舞。躂，音ㄊㄚˋ）。大張撻伐。社會賢達。表情達意。排闥直入（推門進入）。通權達變。群起撻伐。達人知命（心胸豁達的人，能安於天命）。達官貴人。達官顯要。輿（ㄩˊ）論撻伐。韃靼海峽（海峽名。介於亞洲大陸和庫頁島之間）。

【全國考題】95教大。

擒拿術（ㄑㄧㄣˊ ㄋㄚˊ ㄕㄨˋ）

【解釋】一種利用反關節制伏對手的武術。

【造句】警察利用「擒拿術」制伏借酒鬧事的民眾，讓社區回歸平靜。

【分析】擒，音ㄑㄧㄣˊ，不讀ㄑㄧㄣˊ。

【相關詞】噙（ㄑㄧㄣˊ）淚。擒拿。禽流感（全名為「鳥禽類流行性感冒」，是由病毒引起的動物傳染病，通常只感染鳥類）。一舉成擒。七擒七縱（比喻善用策略，使對方臣服）。手到擒來。生擒活捉。衣冠（ㄍㄨㄢ）禽獸。束手就擒。欲擒故縱。眼噙粉淚（形容婦女哭泣的樣子）。智擒搶匪。禽困覆車（比喻凡事不可逼人太甚。車，音ㄐㄩ）。禽息鳥視（比喻生活優裕而對社會毫無貢獻）。禽犢之愛（比喻父母疼愛子女）。噙著淚水。噙齒戴髮（指男子漢頂天立地的氣概）。擒賊擒王（打擊敵人要先擊敗為首的人。比喻做事先從主要的地方著手）。禽獸不如。

【全國考題】94高中。

瞞心昧己（ㄇㄢˊ ㄒㄧㄣ ㄇㄟˋ ㄐㄧˇ）

【解釋】昧著良心做自己不該做的事。

【造句】人人要憑著良心做事，若「瞞心昧己」，做了不該做的事，不但害人，到頭來也害了自己，餿水油就是一例。

【分析】瞞心昧己，不作「瞞心眛己」。眛，音ㄇㄟˋ，眼睛看不清楚的樣子。

【相關詞】沬鄉（古地名。沬，音ㄇㄟˋ）。冒昧。鬼魅。假寐（閉目養神。寐，音ㄇㄟˋ）。愚昧。魅力。昧心錢。日中見沬（太陽中有微明之光。沬，音ㄇㄟˋ）。夙興夜寐（比喻勤勞。興，音ㄒㄧㄥ）。夜不成寐。沬血飲泣（滿臉是血，泣不成聲。沬，音ㄏㄨㄟˋ）。恍如夢寐（好像作夢一樣）。拾金不昧。昧於事實。昧著良心。個中三昧。素昧平生。耿耿不寐（心中掛懷，難以入眠）。晨興夜寐（同「夙興夜寐」）。意猶未盡。夢寐以求。寤（ㄨˋ）寐以求。寢不能寐（形容滿腹心事）。興寐無常（起居不規律。興，音ㄒㄧㄥ）。輾轉不寐（同「耿耿不寐」）。

【全國考題】96教大；98社會。

翱翔 ㄠˊ ㄒㄧㄤˊ

【解釋】鳥回旋高飛的樣子。

【造句】當空姐是不少女孩子的夢想，每次航空公司招考都吸引上千人報名參加，她們都想一圓「翱翔」天際的美夢。

【分析】翱翔，不作「遨翔」。翱，音ㄠˊ，左偏旁作「白」、「大」、「十」。

【相關詞】太皞（帝號。即伏羲氏。皞，音ㄏㄠˋ）。桔槔（音ㄐㄧㄝˊ ㄍㄠ。汲水的工具）。狼嗥（ㄏㄠˊ）。皞天（天。同「昊天」）。如皋射雉（指男子因才華而博取女子的歡心。皋，音ㄍㄠ）。坐擁皋比（位居講席的人。比，音ㄆㄧˊ）。狼嗥鬼叫（形容哭喊聲淒厲悲慘）。皋魚之泣（比喻孝順父母須及時）。皋魚之痛。漢皋解佩（比喻男女因彼此愛慕而互贈禮物）。鶴鳴九皋（比喻賢人雖處卑賤，仍不掩其光芒）。

【全國考題】102國小；102社會。

興奮 ㄒㄧㄥ ㄈㄣˋ

【解釋】精神振作，情緒激動。

【造句】一寫書就得獎，讓我「興奮」莫名，睡意全消。

【分析】興，音ㄒㄧㄥ，不讀ㄒㄧㄥˋ。

【相關詞】作興（音ㄗㄨㄛˋ ㄒㄧㄥ。盛行）。時興（流行。興，音ㄒㄧㄥ）。敗興

（ㄒㄧㄥ）。餘興（ㄒㄧㄥˋ）。興（ㄒㄧㄥˋ）味。興（ㄒㄧㄥ）革。興替（隆盛與衰廢）。興頭（興味正濃。興，音ㄒㄧㄥˋ）。不作興（不流行）。賦比興（作詩的三種表現方法。興，音ㄒㄧㄥˋ）。興（ㄒㄧㄥˋ）匆匆。興奮劑。一言興（ㄒㄧㄥ）邦。一時興（ㄒㄧㄥˋ）起。方興（ㄒㄧㄥ）未艾。夙興（ㄒㄧㄥ）夜寐。武訓興（ㄒㄧㄥ）學。乘興（ㄒㄧㄥˋ）而來。時興式樣（流行的款式）。盍興乎來（為什麼不共同來做一做。盍興，音ㄏㄜˊ ㄒㄧㄥ）。興（ㄒㄧㄥ）利除弊。興（ㄒㄧㄥˋ）致勃勃。興（ㄒㄧㄥ）師問罪。興（ㄒㄧㄥ）師動眾。興（ㄒㄧㄥˋ）高采烈。興（ㄒㄧㄥˋ）會淋漓。興滅繼絕（扶持滅絕的國家，使其得以重新振興。興，音ㄒㄧㄥ）。興（ㄒㄧㄥˋ）盡而返。

【全國考題】76、79、90國小；88師院；98教大；88中教；92國中。

褫（ㄔˇ）奪（ㄉㄨㄛˊ）公（ㄍㄨㄥ）權（ㄑㄩㄢˊ）

【解釋】剝奪犯人應享有的公權。

【造句】殺人犯鄭某被法院判處死刑，並「褫奪公權」終身。

【分析】褫奪公權，不作「遞奪公權」或「禠奪公權」。褫，音ㄔˇ，不讀ㄉㄧˋ或ㄔˋ；禠，音ㄙ，福氣。

【相關詞】投遞。傳遞。搋麵（和麵時用力揉搓。搋，音ㄔㄨㄞ）。遞交。遞解（將罪犯押解到遠處去。解，音ㄐㄧㄝˋ）。螔蝓（音ㄧˊ ㄩˊ。蝸牛）。鷿鷉（音ㄆㄧˋ ㄊㄧˊ。鳥類名）。搋手兒（兩手交錯放在衣袖中）。搋衣服（用力搓揉衣服）。搋麵糰。遞眼色（以眼睛示意）。遞辭呈。伯壎仲篪（比喻兄弟友愛和睦。壎，音ㄒㄩㄣ；

篪，音ㄔˊ）。祈禠禳災（祈福除災害。禠，音ㄙ）。郵遞區號。傳遞聖火。搋手禦寒。褫革職務（革除職務）。壎篪相和（同「伯壎仲篪」）。和，音ㄏㄜˋ）。關山迢遞（比喻路途遙遠）。驚心褫魄（形容非常恐懼害怕）。

【全國考題】86、93、95、98、101國小；73、76、77、81、89、90國中；80、87、89、90、95高中；83、84、85、87、92師院；95教大；76、82、87、88小教；78、82、88中教；99教師；102社會。

褌襠 ㄎㄨㄣ ㄉㄤ

【解釋】兩褌管上端相連在一起的部位。

【造句】他由於一時疏忽，忘記將「褌襠」的拉鍊拉上，引起同學哄堂大笑。

【分析】襠，音ㄉㄤ，不讀ㄉㄤˇ。

【相關詞】耳璫（耳飾。璫，音ㄉㄤ）。典當（ㄉㄤˋ）。屏當（音ㄅㄧㄥˇ ㄉㄤˋ。同「摒擋」）。茶鐺（ㄔㄥ）。酒鐺（古代一種三腳的溫酒器。鐺，音ㄔㄥ）。摒擋（音ㄅㄧㄥˋ ㄉㄤˋ。收拾，料理）。搭檔（ㄉㄤˇ）。當（ㄉㄤˋ）作。當（ㄉㄤˋ）真。當（ㄉㄤˋ）鋪。當（ㄉㄤ）選。檔案。不正當（ㄉㄤˋ）。正當（ㄉㄤˋ）性。老搭檔。高檔貨。噹噹兒（比喻無知識，沒有見過世面的人。噹，音ㄉㄧㄤ）。擋箭牌。大而無當（形容東西大而不實用。當，音ㄉㄤˋ）。以一當（ㄉㄤ）十。正正當（ㄉㄤˋ）當。正當（ㄉㄤˋ）防衛。正當（ㄉㄤˋ）娛樂。正當（ㄉㄤˋ）理由。正當（ㄉㄤˋ）職業。玉卮無當（比喻物品雖貴重，卻毫無用處。

卮，音ㄓ；當，音ㄉㄤˋ）。怒臂當車（比喻自不量力，與強者為敵。臂，音ㄅㄧˋ；當，音ㄉㄤ）。高票當（ㄉㄤ）選。晚食當肉（飢餓了才吃，味道自然甘美，好像食肉一般。後泛指不熱中名利。當，音ㄉㄤˋ）。最佳拍檔。摒擋行裝（料理出門時所攜帶的行李）。勢不可當（ㄉㄤ）。當（ㄉㄤˋ）日無效。鼎鐺玉石（形容生活奢侈。鐺，音ㄔㄥ）。鼎鐺有耳（比喻應多聽聞，以廣益智慧謀慮。鐺，音ㄔㄥ）。鋃鐺入獄（即被捕、坐牢。鋃鐺，音ㄌㄤˊ ㄉㄤ）。銳不可當（ㄉㄤ）。應時當令（恰合時令。應，音ㄧㄥˋ；當，音ㄉㄤ）。螳臂當車（同「怒臂當車」）。鐺底焦飯（比喻極為孝順。鐺，音ㄔㄥ）。拿著雞毛當令箭（比喻玩弄權術。當，音ㄉㄤˋ）。

【全國考題】85國中；91師院。

踽踽獨行（ㄐㄩˇ ㄐㄩˇ ㄉㄨˊ ㄒㄧㄥˊ）

【解釋】獨自行走的樣子。也作「偊（ㄩˇ）偊獨行」。

【造句】看她在校園內「踽踽獨行」，而且一副愁眉不展的樣子，一定有心事才對。

【分析】踽，音ㄐㄩˇ，不讀ㄩˇ。

【相關詞】禹跡（中國的代稱）。蝺僂（音ㄐㄩˇ ㄌㄡˊ。身體彎曲。同「傴僂」、「踽僂」）。踽僂（同「蝺僂」）。齲齒（蛀牙。齲，音ㄑㄩˇ）。大禹治水。行步偊旅（行走時，身體彎曲的樣子。偊，音ㄩˇ）。尚書禹貢。禹惜寸陰。偊偊而步（獨行的樣子。同「踽踽獨行」）。貢禹彈冠（比喻樂於輔佐政治理念一致的人。冠，音

ㄍㄨㄢ）。踽踽涼涼（孤僻不合群的樣子）。

【全國考題】88高中；79師院；99教大；100國中。

踴躍輸將 ㄩㄥˇ ㄩㄝˋ ㄕㄨ ㄐㄧㄤ

【解釋】爭先地捐獻財物。

【造句】八里塵爆造成五百多人輕重傷，希望國人慷慨解囊、「踴躍輸將」，幫助傷患度過難關。

【分析】將，音ㄐㄧㄤ，不讀ㄐㄧㄤˋ。

【相關詞】將指（中指。將，音ㄐㄧㄤˋ）。將息（休息。將，音ㄐㄧㄤ）。船槳。寒螿（昆蟲名。似蟬而較小。螿，音ㄐㄧㄤ）。嘉獎。漿糊（同「糨糊」）。漿，音ㄐㄧㄤˋ）。獎狀。獎勵。鏗（ㄎㄥ）鏘（ㄑㄧㄤ）。將進酒（詩名。將，音ㄐㄧㄤ）。酢（ㄘㄨˋ）漿（ㄐㄧㄤ）草。干將（ㄐㄧㄤ）寶劍。日就月將（形容持續不斷，積少成多。將，音ㄐㄧㄤ）。出將入相（指允文允武的高級官員。將，音ㄐㄧㄤˋ；相，音ㄒㄧㄤˋ）。汗出如漿（形容汗流得很多）。行將就木（比喻年紀已大，生命將結束）。將，音ㄐㄧㄤ）。將（ㄐㄧㄤˋ）士用命。將子無怒（請你不要生我的氣。將，音ㄑㄧㄤ）。將本求利（用本錢作買賣圖利潤。將，音ㄐㄧㄤ）。將伯之助（請求長者幫助。將，音ㄑㄧㄤ）。戛玉鏘金（形容聲音響亮清脆。戛，音ㄐㄧㄚˊ）。踉踉蹡蹡（走路歪斜不穩，跌跌撞撞的樣子。同「踉踉蹌蹌」）。踉，音ㄌㄧㄤˋ；蹡，音ㄑㄧㄤ）。漿酒霍肉（形容飲食奢侈）。韓信將兵（多多益善。將，音ㄐㄧㄤˋ）。鏗鏘有力。

【全國考題】102教大。

靦顏事仇（ㄊㄧㄢˇ ㄧㄢˊ ㄕˋ ㄔㄡˊ）

【解釋】指厚著臉皮去侍奉仇敵。形容人不知羞恥，不能分辨是非。

【造句】他「靦顏事仇」的行徑，為人所不齒。

【分析】靦顏事仇，不作「腆顏事仇」。靦，音ㄊㄧㄢˇ，不讀ㄇㄧㄢˇ。

【相關詞】沉湎（沉迷。湎，音ㄇㄧㄢˇ）。耽湎（同「沉湎」）。緬懷（同「緬想」）。靦然（羞愧臉紅的樣子。靦，音ㄊㄧㄢˇ）。靦腆（音ㄇㄧㄢˇ ㄊㄧㄢˇ。心中羞澀、難為情而表現在臉上。同「腼腆」）。靦臉（厚著臉皮。同「靦面」。靦，音ㄊㄧㄢˇ）。黽沒（音ㄇㄧˇ ㄇㄛˋ。努力、奮勉）。有靦面目（臉部慚愧的樣子。靦，音ㄊㄧㄢˇ）。沉湎酒色。荒湎於酒。偭規越矩（違背禮法。偭，音ㄇㄧㄢˇ）。緬懷先烈。靦冒恩私（厚著臉皮接受恩惠。靦，音ㄊㄧㄢˇ）。靦然視息（同「靦顏借命」。靦，音ㄊㄧㄢˇ）。靦顏借命（厚著臉皮，貪生怕死。靦，音ㄊㄧㄢˇ）。

【全國考題】82、87、93、101高中；83師院；101教大；76小教；78中教；100社會。

龜裂（ㄐㄩㄣ ㄌㄧㄝˋ）

【解釋】皮膚因太冷或乾燥而生裂痕。或指裂縫。

【造句】由於地基下陷，牆壁出現嚴重的「龜裂」現象，住戶們請建商出面解決。

【分析】龜，音ㄐㄩㄣ，不讀ㄍㄨㄟ；筆畫為十六畫，注意標準字體的寫法。

【相關詞】抓鬮（從做好記號的紙捲或紙

團中，拈取其中一個，以取決事情或勝負。鬮，音ㄐㄧㄡ）。拈鬮（同「抓鬮」。拈，音ㄋㄧㄢˊ）。烏龜。龜坼（音ㄍㄨㄟ ㄔㄜˋ。天旱田裂，如龜甲上的紋路）。龜茲（音ㄑㄧㄡ ㄘˊ。國名。漢代西域國之一）。龜筴（古代占卜吉凶的用具。同「龜策」。筴，音ㄘㄜˋ）。不龜藥（不使手凍傷的藥。龜，音ㄐㄩㄣ）。金龜子（ㄗˇ）。金龜婿。龜速車。龜殼花。皮膚龜裂。拈鬮決定。話裡藏鬮（比喻有言外之意）。蝸步龜移（形容動作非常緩慢。蝸，音ㄍㄨㄚ）。龜兔賽跑。龜鶴遐齡（比喻長壽）。

【全國考題】83國小；83、90高中；73、90師院；81中教。

十七畫

應屆畢業（ㄧㄥ ㄐㄧㄝˋ ㄅㄧˋ ㄧㄝˋ）

【解釋】這一屆要畢業的，如「應屆畢業生」。

【造句】校長特別在升旗典禮上勉勵「應屆畢業」生，希望他們離開校園後能勤奮力學，將來對國家社會做出貢獻。

【分析】應，音ㄧㄥ，不讀ㄧㄥˋ；屆，「凵」上作「土」，不作「士」。

【相關詞】服膺（ㄧㄥ）。應（ㄧㄥˋ）允。膺任（擔任）。膺選（當選）。鷹架。應（ㄧㄥ）先生。應聲蟲（比喻胸無定見，隨聲附和的人。應，音ㄧㄥˋ）。一應（ㄧㄥ）俱全。身膺重任。卷卷服膺（態度誠懇真摯地牢記在心。卷，音ㄑㄩㄢˊ）。拊膺切齒

（表示非常悲憤。拊，音ㄈㄨˇ；切，音ㄑㄧㄝˋ）。拳拳服膺（同「卷卷服膺」）。理應（ㄧㄥ）如此。悲憤填膺。虛應故事（敷衍了事。應，音ㄧㄥˋ；事，音ㄕˋ）。罪有應（ㄧㄥ）得。義憤填膺。榮膺后座。撫膺大慟（ㄊㄨㄥˋ）。應（ㄧㄥ）有盡有。應（ㄧㄥˋ）時當（ㄉㄤˋ）令。應時對景（適合當時的情景。應，音ㄧㄥˋ）。應（ㄧㄥˋ）接不暇。應規蹈矩（同「循規蹈矩」。應，音ㄧㄥ）。應（ㄧㄥˋ）運而生。應（ㄧㄥˋ）機立斷。應（ㄧㄥˋ）聲倒地。謬膺重寄（力不勝任，錯負重職。乃自謙詞。謬，音ㄇㄧㄡˋ）。

【全國考題】83國中；93、100國小；98社會。

擢髮難數 ㄓㄨㄛˊ ㄈㄚˇ ㄋㄢˊ ㄕㄨˇ

【解釋】比喻人的罪惡多得難以計數。同「罄竹難書」。

【造句】這一夥流氓，平日橫（ㄏㄥˊ）行鄉里，無惡不作，論其罪行（ㄒㄧㄥˋ），真是「擢髮難數」。

【分析】擢髮難數，只用來形容人的罪惡很多，其他不可誤用。擢，音ㄓㄨㄛˊ；數，音ㄕㄨˇ，不讀ㄕㄨˋ。

【相關詞】拔擢。洗濯（ㄓㄨㄛˊ）。活躍（ㄩㄝˋ）。桂櫂（桂木做成的船槳。櫂，音ㄓㄠˋ）。郵戳（ㄔㄨㄛ）。陽翟（春秋地名。翟，音ㄓㄞˊ）。跳躍。墨翟（即墨子。翟，音ㄉㄧˊ）。踴躍。擢升。戳破。戳章。趯筆（一種書寫方法。運筆至轉彎鉤處，先輕頓，再轉筆而出。趯，音ㄊㄧˋ）。糴米（買入米糧。糴，音ㄉㄧˊ）。糴糶（米糧、稻穀的買進和賣出。糶，音ㄊㄧㄠˋ）。一戳就破。一躍而下。一躍而起。牛山濯濯（形容人禿頭）。拔犀擢象（比喻提拔特出人才）。紀念郵戳。紀念戳記。浮光躍金（指月光照在浮動的水面上，如金光閃爍跳躍）。魚躍龍門。郵戳為憑。童山濯濯（同「牛山濯濯」）。蒼翠如濯（山色像洗過一樣，顯得十分翠綠）。鳶飛魚躍（比喻萬物任其天性而動，各得其所。鳶，音ㄩㄢ）。龍騰虎躍。戳穿謊言。籊籊竹竿（又細又長的竹竿。籊，音ㄊㄧˋ）。躍然紙上（形容描寫得極為生動逼真）。躍躍欲試。糴貴民飢（米貴使人民飢餓）。糶風賣雨（比喻玩弄花樣，招搖撞騙）。

【全國考題】85、92中教；98國小；101教師；102教師。

檢覈 ㄐㄧㄢˇ ㄏㄜˊ

【解釋】檢查審核。

【造句】通過教育部「檢覈」、並經兩年培訓與實習的國小英語師資，面臨有資格卻找不到工作的困境，特別透過立委向教育部陳情。

【分析】檢覈，不作「檢竅」。覈，音ㄏㄜˊ，不讀ㄑㄧㄠˋ。

【相關詞】弓繳（弓和箭。繳，音ㄓㄨㄛˊ）。孔竅。羽檄（古代軍中緊急的文書。檄，音ㄒㄧˊ）。考覈（考查審核。同「考核」）。訣竅。開竅。噭應（拉高聲音，急切回應。噭，音ㄐㄧㄠˋ）。徼外（塞外。徼，音ㄐㄧㄠˋ）。徼幸（同「僥倖」）。徼，音ㄐㄧㄠˇ）。徼循（巡邏警戒。徼，音ㄐㄧㄠˋ）。檄文（軍中文書的通稱）。矰繳（音ㄗㄥ ㄓㄨㄛˊ。繫有絲繩的射鳥工具）。邀約。皦日（明亮的太陽。皦，音ㄐㄧㄠˇ）。繳射（拉弓繳射出。繳，音ㄓㄨㄛˊ）。邊徼（邊塞。徼，音ㄐㄧㄠˋ）。一竅不通。七竅生煙。心中皦皦（心胸光明）。令人激賞。有如皦日（比喻心地光明，有如白日）。羽檄飛馳（比喻軍情緊急）。奉檄守禦。財迷心竅。馬蹄噭千（馬二百匹。同「馬蹄躈千」。噭，音ㄑㄧㄠˋ）。馬蹄躈千（同「馬蹄噭千」。躈，音ㄑㄧㄠˋ）。馬頭草檄（形容文思敏捷）。鬼迷心竅。停車繳費。傳檄而定（形容威勢強大，不需交戰就能降服對方）。慘礉少恩（指執法苛刻嚴厲。礉，音ㄏㄜˊ）。激濁揚清（比喻除惡揚善）。覈實報銷。

【全國考題】85小教；94中教。

瞭如指掌（ㄌㄧㄠˇ ㄖㄨˊ ㄓˇ ㄓㄤˇ）

【解釋】比喻對事情了解得非常清楚。也作「瞭若指掌」。

【造句】他對法律的規定「瞭如指掌」，想要鑽漏洞，簡直是輕而易舉。

【分析】瞭，音ㄌㄧㄠˇ，不讀ㄌㄧㄠˊ。

【相關詞】旱潦（旱災和水災。潦，音ㄌㄠˋ）。泥潦（泥水聚積處。潦，音ㄌㄠˋ）。淫潦（大水災。潦，音ㄌㄠˋ）。嘹亮。潦草。燎毛（比喻事情非常容易。燎，音ㄌㄧㄠˊ）。瞭（ㄌㄧㄠˋ）望。繚繞。燎漿泡（皮膚因燙傷或火傷而產生的水泡。燎，音ㄌㄧㄠˊ）。遼東豕（比喻知識淺陋而少見多怪、自命不凡。豕，音ㄕˇ）。瞭（ㄌㄧㄠˋ）望臺。心急火燎（內心十分焦急。燎，音ㄌㄧㄠˊ）。青面獠牙（形容相貌極為凶惡可怕）。心裡瞭亮（心中明白、清楚。瞭，音ㄌㄧㄠˇ）。星火燎（ㄌㄧㄠˊ）原。洪爐燎髮（比喻解決問題極為容易。燎，音ㄌㄧㄠˊ）。眼花撩亂。煮字療飢（賣文維生）。腳鐐手銬（ㄎㄠˋ）。撩（ㄌㄧㄠˊ）開窗簾。窮愁潦倒。縈青繚白（比喻山林景致美不勝收。縈，音ㄧㄥˊ）。療傷止痛。縱風止燎（比喻不加以遏止，反會助長情勢的發展。燎，音ㄌㄧㄠˊ）。蟲霜旱潦（指農地的四大害）。

【全國考題】90師院；93國小；98中教。

矯揉造作 ㄐㄧㄠˇ ㄖㄡˊ ㄗㄠˋ ㄗㄨㄛˋ

【解釋】過分矯飾，刻意做作。

【造句】她演戲自然率真，不「矯揉造作」，本屆影后非她莫屬。

【分析】矯揉造作，不作「嬌柔造作」。矯，音ㄐㄧㄠˇ，不讀ㄐㄧㄠ。

【相關詞】揉搓。糅合（混合。糅，音ㄖㄡˇ）。糅雜（雜亂不齊）。蹂躪。文白雜糅（文言、白話混合在一起）。玉石雜糅（比喻好壞混雜在一起）。教猱升木（比喻唆使惡人做壞事。猱，音ㄋㄠˊ）。眾說紛揉（各式各樣的說法紛亂不一致。同「眾說紛紜」）。煣木為耒（就樹木的形狀，彎曲而成犁柄。煣，音ㄖㄡˇ；耒，音ㄌㄟˇ）。優柔寡斷。

【全國考題】82、101國小；89中小教；93小教。

繁文縟節 ㄈㄢˊ ㄨㄣˊ ㄖㄨˋ ㄐㄧㄝˊ

【解釋】繁多而瑣碎的儀式和禮節。也作「繁文縟禮」。

【造句】現代人講究簡單，傳統的「繁文縟節」大多已被揚棄殆盡了。

【分析】繁文縟節，不作「繁文褥節」。縟，音ㄖㄨˋ。

【相關詞】耒耨（音ㄌㄟˇ ㄋㄡˋ。翻土除草用的農具）。坐蓐（婦人即將生產或產後坐月子。同「坐褥」）。床蓐（泛指臥具。同「床褥」）。侮辱。溽暑。薅草（拔草。薅，音ㄏㄠ）。繁縟。共榮辱。薅鬍鬚（拔鬍鬚）。刀耕火耨（一種原始耕種方法）。不辱使命。以薅荼蓼（用來除掉田裡的雜草。荼蓼，音ㄊㄨˊ ㄌㄧㄠˇ）。耒耨之教（傳授農業耕種的技術。教，音ㄐㄧㄠˋ）。忍辱負重。祁寒溽暑（形容日子過得極為艱苦。祁，音ㄑㄧˊ）。重裀疊褥（形容住處華美，生活富裕。重裀，音ㄔㄨㄥˊ ㄧㄣ）。深耕易耨（把土耕深，並勤除田間雜草）。盛衰榮辱（比喻人世間的種種變遷）。喪（ㄙㄤˋ）權辱國。落蓐之身（指人身）。

【全國考題】85國中；79師院；85、95小教；95國小；96高中；96中教。

繁星熠熠 ㄈㄢˊ ㄒㄧㄥ ㄧˋ ㄧˋ

【解釋】眾多的星星在天空閃爍不定。

【造句】天空「繁星熠熠」和地面萬家燈火交相輝映，把夏天的午夜點綴得多彩多姿。

【分析】熠，音ㄧˋ，不讀ㄒㄧˊ。

【相關詞】存摺。奏摺。慴伏（因畏懼而屈服。慴，音ㄓㄜˊ）。摺紙。摺疊。皺摺。褲褶（騎兵的戰服。褶，音ㄒㄩㄝˊ）。褶衣（夾衣。褶，音ㄉㄧㄝˊ）。百褶裙。帛為褶（用帛製作的是夾衣。褶，音ㄉㄧㄝˊ）。摺衣服。摺疊

車。相沿成習。相習成風（互相學習效法，蔚成風氣）。涼風習習。習以為常。習而不察。習非勝是（比喻習慣某些錯誤的說法或做法，久而久之就以為是正確的）。熠熠生輝（發出閃亮耀眼的光芒）。熠熠紅星（形容星光耀眼的當紅明星）。褶（ㄓㄜˊ）曲（ㄑㄩ）山脈。

【全國考題】87、93高中；102社會。

繅（ㄙㄠ）絲（ㄙ）

【解釋】把蠶繭煮過抽出絲來。

【造句】相傳黃帝之妻、西陵氏之女嫘（ㄌㄟˊ）祖，是中國五千年前養蠶「繅絲」的發明者，教民眾養蠶「繅絲」並製作成衣服。

【分析】繅，音ㄙㄠ，不讀ㄔㄠˊ。

【相關詞】兜剿。圍剿。勦匪（同「剿匪」）。勦，音ㄐㄧㄠˇ）。勦滅（同「剿滅」。勦，音ㄐㄧㄠˇ）。勦說（抄襲他人的言論以為己出。勦，音ㄔㄠ）。勦襲（同「抄襲」）。勦，音ㄔㄠ）。剿匪。剿滅。窠巢（鳥巢。窠，音ㄎㄜ）。璅語（瑣碎不重要的話。同「瑣語」。璅，音ㄙㄨㄛˇ）。璅蟲（比喻見識淺薄、平庸粗俗的人）。有巢氏。兜剿匪寇。傾（ㄑㄧㄥ）巢而出。剿滅敵軍。勦撫兼施（一面清剿，一面安撫招降。同「剿撫兼施」。勦，音ㄐㄧㄠˇ）。剿撫兼施（同「勦撫兼施」）。鳩占鵲巢。燕巢幕上（比喻處境極為危險）。

【全國考題】86高中；94國小；95小教；97、99教大；98社會。

繃著臉（ㄅㄥ ˙ㄓㄜ ㄌㄧㄢˇ）

【解釋】板起面孔，表示不高興的樣子。

【造句】前陣子她總是「繃著臉」，一句話也不說，今天終於露（ㄌㄡˋ）出迷人的笑靨（ㄧㄝˋ）了。

【分析】繃，音ㄅㄥˇ，不讀ㄅㄥ。

【相關詞】崩坍。崩殂（天子死亡。殂，音ㄘㄨˊ）。崩塌（ㄊㄚ）。崩潰。磞見（碰見。磞，音ㄆㄥˋ）。繃帶。繃裂（脹到極限而撐裂。繃，音ㄅㄥˋ）。繃（ㄅㄥˋ）開。繃（ㄅㄥ）緊。繃價（議價。繃，音ㄅㄥ）。繃臉（同「繃著臉」。繃，音ㄅㄥˇ）。蹦（ㄅㄥˋ）跳。繃不住（忍不住。繃，音ㄅㄥˇ）。繃場面（撐場面。繃，音ㄅㄥ）。繃鼓子（小鼓。繃，音ㄅㄥˋ）。土崩瓦解。山崩地坼（形容聲勢浩大。坼，音ㄔㄜˋ）。分崩離析。天崩地坼（比喻重大的變故）。天崩地裂。活蹦亂跳。倒繃孩兒（比喻原本熟悉的事反倒產生疏漏和錯誤。倒繃，音ㄉㄠˋ ㄅㄥ）。緊繃（ㄅㄥ）著臉。磞死在地（受刺激倒地而死）。繃著價兒（買方和賣方在價格上僵持不下。繃，音ㄅㄥ）。

【全國考題】83、96、102高中；88中教；92、95國小；95小教。

罄竹難書（ㄑㄧㄥˋ ㄓㄨˊ ㄋㄢˊ ㄕㄨ）

【解釋】比喻罪狀之多，非筆墨所能盡記。同「擢（ㄓㄨㄛˊ）髮難數」。

【造句】嫌犯張某長期在鄉里作威作福，罪行（ㄒㄧㄥˋ）「罄竹難書」，今被送往綠島管訓，村民額手稱慶。

【分析】形容罪狀很多，才可以用此成語。

罄，音ㄑㄧㄥˋ。

【相關詞】玉磬（樂器名。磬，音ㄑㄧㄥˋ）。告罄（財物用完或賣完）。芳馨。售罄（賣完）。溫馨。磬折（屈身如磬，表示恭敬，如「曲要磬折」。要，音ㄧㄠ）。謦欬（音ㄑㄧㄥˇ ㄎㄞˋ。談笑）。康乃馨。寧馨兒（即這樣的孩子。馨，音ㄒㄧㄣ）。一言難罄（同「一言難盡」）。久違謦欬（很久沒有聽到你的談笑聲）。先聲奪人。存糧告罄。室如懸磬（比喻非常窮困）。瓶罄罍恥（比喻彼此關係密切，利害一致。罍，音ㄌㄟˊ）。笙磬同音（比喻人相處和諧融洽）。餘容面罄（剩下的容我當面詳述）。罄其所有（竭盡所擁有的一切）。罄無不宜（沒有任何不順利）。聲請羈押。簪筆磬折（形容禮儀完備且恭敬）。簪，音ㄗㄢ）。簞瓢屢罄（同「簞瓢屢空」）。懸然如磬（同「室如懸磬」）。馨香禱祝（形容真誠地盼望）。

【全國考題】81、82、86、89、95、98國小；82、94國中；73、80、81、82、87、98高中；73、74、79、83、84、86、87、88、93師院；95教大；76、80小教；78、90中教。

膾炙人口 ㄎㄨㄞˋ ㄓˋ ㄖㄣˊ ㄎㄡˇ

【解釋】形容詩文為人所稱道，或流行一時的事物。膾，細切肉。炙，烤肉。

【造句】這本童話故事書是作者最「膾炙人口」的作品，大小朋友都很喜歡。

【分析】膾炙人口，不作「燴（ㄏㄨㄟˋ）炙人口」。膾，音ㄎㄨㄞˋ，不讀ㄏㄨㄟˋ；炙，音ㄓˋ，不讀ㄐㄧㄡˇ，上作斜「月」（ㄖㄡˋ），不作斜「月」。

【相關詞】市儈（介紹雙方買賣而居間牟利的人。儈，音ㄎㄨㄞˋ）。狡獪（音ㄐㄧㄠˇ ㄎㄨㄞˋ。詭詐）。會（ㄎㄨㄞˋ）計。會稽（浙江省舊縣名。會，音ㄍㄨㄟˋ）。溝澮（田間水道。澮，音ㄎㄨㄞˋ）。檜（ㄎㄨㄞˋ）木。禬解（祭祀祈福，消除災禍。禬，音ㄍㄨㄟˋ）。一會（ㄏㄨㄟˇ）兒。大雜燴（ㄏㄨㄟˋ）。劊子手（泛指殺人的凶手。劊，音ㄎㄨㄞˋ）。牛肉燴飯。自鄶以下（比喻程度太低，不值得評論。鄶，音ㄎㄨㄞˋ）。羞與噲伍（指不屑與平庸的人為伍。噲，音ㄎㄨㄞˋ）。會稽之恥（比喻戰敗的恥辱）。聚精會神。蓴羹鱸膾（比喻思念故鄉。同「蓴羹鱸鱠」。蓴，音ㄔㄨㄣˊ；膾，音ㄎㄨㄞˋ）。歷歷如繪。薈萃一堂（聚集四方菁英於一處。薈萃，音ㄏㄨㄟˋ ㄘㄨㄟˋ）。旝動而鼓（舞動帥旗，擊鼓進軍。旝，音ㄎㄨㄞˋ）。繪事後素（比喻行事剛開始簡單，然後逐漸深入。同「繢事後素」。繢，音ㄏㄨㄟˋ）。

【全國考題】87國中；74師院；90小教；95、98國小。

膽怯 ㄉㄢˇ ㄑㄩㄝˋ

【解釋】膽小怯懦。

【造句】面對這麼大的場面，他一點都不「膽怯」，真令人佩服。

【分析】怯，本讀ㄑㄧㄝˋ，今改讀作ㄑㄩㄝˋ。

【相關詞】丟棄。劫持。怯場。怯戰。怯懦。法（ㄈㄚˇ）子。法郎（法國的貨幣名稱。法，音ㄈㄚˇ）。法（ㄈㄚˇ）國。法（ㄈㄚˇ）碼。浩劫。砝碼（同「法碼」。砝，音ㄈㄚˇ）。祛（ㄑㄩ）除。祛疑（消除疑惑）。祛痰。羞怯。祛衣（撩起衣服。祛，音ㄑㄩ）。珐（ㄈㄚˋ）瑯。搶劫。好法子。沒法子。法（ㄈㄚˇ）蘭西。祛痰劑。珐瑯質。口呿不合（嘴巴張開合不攏。呿，音ㄑㄩ）。大勇若怯（外表膽怯，事實上卻是十分勇敢的人）。打家劫舍。丟人現眼。丟三落（ㄌㄚˋ）四。丟在腦後。丟盔卸甲。在劫難逃。劫後餘生。劫富濟貧。劫數難逃。近鄉情怯。胠沙思水（比喻來不及挽救。胠，音ㄑㄩ）。祛病延年。羔裘豹袪（羔皮袍子，豹皮袖口。為古時卿大夫的服飾）。探囊胠篋（比喻竊盜的行為。篋，音ㄑㄧㄝˋ）。趁火打劫。萬劫不復。臨死不怯（面對死亡卻一點也不怯懦）。袪衣請業（撩起衣服親往受業。表示虛心請教）。

【全國考題】74、77、91、92國小。

臀部 ㄊㄨㄣˊ ㄅㄨˋ

【解釋】俗稱「屁股」。

【造句】她的舞姿曼妙，「臀部」的擺動更是一絕，觀眾喝（ㄏㄜˋ）彩連連。

【分析】臀，音ㄊㄨㄣˊ，不讀ㄉㄧㄢˋ。

【相關詞】沉澱。宮殿。殿下。殿宇（殿堂，高大的建築物）。殿後。殿軍。殿堂。澱粉。臀鰭。白癜風（一種皮膚病。即白斑。癜，音ㄉㄧㄢˋ）。成績殿後。國會殿堂。魯殿靈光（比喻碩果僅存的人或事物）。

【全國考題】84、87、91國小；77國中；85、88師院；81小教。

臃腫 ㄩㄥ ㄓㄨㄥˇ

【解釋】形容笨重、肥胖、不靈巧。

【造句】幾年不見，妹妹的身材變得「臃腫」不堪，原本小小的臉蛋，竟然出現了厚厚的雙下巴。

【分析】臃，本讀ㄩㄥˇ，今改讀作ㄩㄥ。

【相關詞】培壅（在植物根部堆土，加強穩固。壅，音ㄩㄥ）。雍正。壅塞（ㄙㄜˋ）。擁塞（音ㄩㄥˇ ㄙㄜˋ。阻塞）。擁戴。擁擠。蕹菜（空心菜）。蕹，音ㄩㄥ）。饔飧（音ㄩㄥ ㄙㄨㄣ。指熟食）。一擁（ㄩㄥˇ）而上。伯雍種玉（比喻男女兩家通婚）。佐饔得嘗（比喻助人為善，自己也會獲得善報）。桑樞甕牖（形容貧寒之家。甕牖，音ㄨㄥˋ ㄧㄡˇ）。朝饔夕飧（說自己才疏力薄，除吃飯外別無所能）。雲擁山腰（雲遮住了山腰。擁，音ㄩㄥˇ）。蜂擁（ㄩㄥˇ）而上。蜂擁而至。雍容大度。雍容華貴。雍容爾雅（神態從容，舉止儒雅）。

蓬戶甕牖（同「桑樞甕牖」）。請君入甕（比喻以其人之法，還治其人之身）。甕中捉鱉。甕天蠡海（比喻人見識淺薄。蠡，音ㄌㄧˊ）。甕裡醯雞（指見聞淺陋、眼光狹隘的人。醯，音ㄒㄧ）。甕盡杯乾（比喻物品用盡）。甕牖繩樞（同「桑樞甕牖」）。罋牖繩樞（同「甕牖繩樞」）。罋，音ㄨㄥˋ）。饔飧不繼（形容生活極為困頓）。

【全國考題】79高中；99國小；101社會；102國中。

褻（ㄒㄧㄝˋ）瀆（ㄉㄨˊ）

【解釋】輕慢侮蔑。

【造句】老闆要求員工須以客為尊，不可稍加「褻瀆」。

【分析】褻，音ㄒㄧㄝˋ，「衣」內作「埶」，不作「執」；瀆，音ㄉㄨˊ，不讀ㄉㄨˇ。

【相關詞】危摯（危殆不安。摯，音ㄋㄧㄝˋ）。姿勢。猥（ㄨㄟˇ）褻。夢囈（ㄧˋ）。褻狎（與人相處，舉止輕佻。狎，音ㄒㄧㄚˊ）。褻玩（狎近玩弄。玩，音ㄨㄢˊ）。褻慢（同「褻狎」）。藝術。囈語（說夢話）。白熱化。熱氣球。藝術品。大勢所趨。因勢利導（順應事物發展的趨勢加以引導）。色藝雙絕。兵無常勢（用兵作戰沒有固定不變的方式）。冷嘲熱諷（ㄈㄥˋ）。投戈講藝（雖身處軍中，仍然不忘學習）。來勢洶洶。炙手可熱。後勢看好。酒酣耳熱。掎裳連襼（形容人群眾多。掎裳，音ㄐㄧˇ ㄔㄤˊ；襼，音ㄧˋ）。殺人如爇（形容濫殺無辜。同「殺人如麻」。爇，音ㄧˋ）。貪慾無藝（貪財的慾望沒有限度）。勢在必行。勢如破竹。蓄勢待發。樹藝五穀（種植五穀）。趨炎附勢。

【全國考題】98國中；98高中；101社會。

蹊（ㄒㄧ）蹺（ㄑㄧㄠ）

【解釋】可疑怪異而違背常情。

【造句】這件案子有點「蹊蹺」，我要扮成柯南，將案情查個水落石出，向社會作一交代。

【分析】蹺，音ㄑㄧㄠ，不讀ㄑㄧㄠˋ；右作「堯」：「兀」上作三「土」，左下「土」下橫筆改斜挑。

【相關詞】妖嬈（姿色美麗而輕佻的樣子。嬈，音ㄖㄠˊ）。知曉。阻撓。拿翹（同「拿喬」。翹，音ㄑㄧㄠˊ）。富饒。墝瘠（音ㄑㄧㄠ ㄐㄧˊ。土壤貧瘠堅硬）。嬌嬈（嫵媚、美麗）。澆薄（指人情淡薄或土地貧瘠）。磽瘠（同「墝瘠」）。磽，音ㄑㄧㄠ）。翹首（舉頭遠望。翹，音ㄑㄧㄠˊ）。翹楚（比喻傑出的人才。翹，音ㄑㄧㄠˊ）。蟯蟲。鐃（ㄋㄠˊ）鈸。髐然（屍骨乾枯的樣子。髐，音ㄒㄧㄠ）。見分曉。踩高蹺（ㄑㄧㄠ）。翹（ㄑㄧㄠˋ）翹板。一里撓椎（比喻人言可畏。撓，音ㄋㄠˊ）。不屈不撓。天剛破曉。引頸翹（ㄑㄧㄠˊ）望。心癢難撓（心緒起伏不定，無法克制）。百折不撓。兵驍（ㄒㄧㄠ）將勇。事有蹊蹺。家喻戶曉。桀犬吠堯（比喻各為其主）。神色不撓（形容遇事沉著不慌亂）。堯天舜日（比喻太平盛世）。詢於芻蕘（不恥下問。蕘，音ㄖㄠˊ）。嘵嘵不休（爭論不停的樣子。嘵，音ㄒㄧㄠ）。嶢嶢易缺（比喻剛直的性格易招致禍害。嶢，音ㄧㄠˊ）。膚橈目逃（說人膽小無勇。橈，音ㄋㄠˊ）。曉以大義。翹足而待（形容極短暫的時間。翹，音ㄑㄧㄠˊ）。羹牆見堯（比喻對先賢前輩的追念和仰慕）。譊譊不休（同「嘵嘵不休」）。譊，音ㄋㄠˊ）。饒富趣味。驍勇善戰。

【全國考題】76國小；83、96、98中教；95教大。

轂擊肩摩（ㄍㄨˇ ㄐㄧˊ ㄐㄧㄢ ㄇㄛˊ）

【解釋】指往來的人車眾多，或形容市況熱鬧繁榮。轂，車輪中心的圓木。

【造句】每當假日，百貨公司附近便「轂擊肩摩」、寸步難行。

【分析】轂擊肩摩，不作「股擊肩摩」。轂，音ㄍㄨˇ，「車」上有一短橫。

【相關詞】入彀（比喻就範、陷入圈套中。彀，音ㄍㄡˋ）。不彀（不足）。忠愨（忠誠恭敬。愨，音ㄑㄩㄝˋ）。能彀（同「能夠」）。誠愨（誠懇）。觳土（貧瘠不肥沃的土地。觳，音ㄑㄩㄝˋ）。觳觫（音ㄏㄨˊ ㄙㄨˋ。因恐懼而身體顫抖的樣子）。轂轆（車輪。轂，音ㄍㄨ）。軀殼。一轂轆（形容速度很快。同「一骨碌」。轂、骨皆音ㄍㄨ）。晒穀場。入吾彀中（同「入彀」）。入彀就逮（ㄉㄞˇ）。五穀豐登。多蒙推轂（感謝人推荐之詞。轂，音ㄍㄨˇ）。朱輪華轂（古代高官貴族所乘坐的車子。轂，音ㄍㄨˇ）。車轂擊馳（形容車輛往來頻繁。轂，音ㄍㄨˇ）。孤寡不穀（古代君王的自謙詞）。波紋如縠（像縐紗般的波紋。波，音ㄅㄛ；縠，音ㄏㄨˊ）。金蟬脫殼。英雄入彀（比喻掌握與網羅人才）。借殼上市。張羅彀弓（指準備好打獵的工作）。捧轂推輪（比喻引荐人才。轂，音ㄍㄨˇ）。無殼蝸牛。誘敵入彀。積穀防饑（比喻預作妥善的準備，以備不時之需）。觳觫伏罪（惶恐地認罪）。鶉居鷇飲（比喻自給自足的原始生活或比喻生活儉約。鶉，音ㄔㄨㄣˊ；鷇，音ㄎㄡˋ）。

【全國考題】73、97小教；85、96中教；99國中。

鍥而不舍（ㄑㄧㄝˋ ㄦˊ ㄅㄨˋ ㄕㄜˇ）

【解釋】比喻努力不懈，堅持到底。鍥，刻；舍，同「捨」。

【造句】只要我們秉持著「鍥而不舍」的精神，案情終有水落石出的一天。

【分析】鍥，音ㄑㄧㄝˋ，不讀ㄑㄧˋ；「大」的左上作「丰」：二橫、一挑、一豎，與「丰」（ㄈㄥ）一撇、二橫、一豎的寫法不同。

【相關詞】契合。契約。契機。契闊（分離，相隔。契，音ㄑㄧˋ）。春禊（古人於春季臨水洗濯，袚除不祥的習俗。禊，音ㄒㄧˋ）。商契（殷的始祖。契，音ㄒㄧㄝˋ）。瘈狗（瘋狗。瘈，音ㄐㄧˋ）。瘈瘲（音ㄑㄧˋ ㄗㄨㄥˋ。驚風。病狀為手足痙攣，不停地搐動）。契兄弟（結拜兄弟）。心靈契合。合契若神（事情預測極準，如同鬼神般靈驗）。同符合契（比喻完全相符合。符，音ㄈㄨˊ）。同窗契友。死生契闊（指生死離合）。契舟求劍（比喻拘泥固執，不知變通。同「刻舟求劍」。契，音ㄑㄧˋ）。契若金蘭（形容朋友情意相投，像兄弟一般）。契臂以盟（雙方用刀刻臂出血盟誓。契臂，音ㄑㄧˋ ㄅㄧˋ）。楔形文字。

【全國考題】83師院；84小教；88、95、102國小；84、87高中；89、93、99國中。

十八畫

嚮往（ㄒㄧㄤˋ ㄨㄤˇ）

【解釋】因熱愛、羨慕而希望得到或達到。

【造句】法（ㄈㄚˇ）國悠閒慢活的生活步調，是我「嚮往」的國度，希望有朝一日能到那裡居住或旅遊。

【分析】嚮往，不作「響往」。嚮，音ㄒㄧㄤˋ，不讀ㄒㄧㄤˇ。

【相關詞】片晌（片刻。晌，音ㄕㄤˇ）。半晌（同「片晌」）。晌午（中午。午，音·ㄏㄨㄛ）。晌飯（午餐）。餉遺（音ㄒㄧㄤˇ ㄨㄟˋ。饋贈）。薪餉。嚮導。糧餉。東嚮坐（面向東方而坐）。睡晌覺（睡午覺）。一晌貪歡（貪求片刻的歡樂）。一時半晌（指很短的時間）。女生外嚮（女子的心向著夫家）。心嚮往之（內心思念仰慕）。心嚮神往。民意向背。向平之願（指有關子女婚嫁的事）。向壁虛造（比喻憑空臆造。同「鄉壁虛構」。鄉，音ㄒㄧㄤˋ）。向聲背實（重視虛名而不求實際）。沉吟半晌。

【全國考題】79、91高中；88中教；92小教。

瀆職 ㄉㄨˊ ㄓˊ

【解釋】有虧職守。

【造句】他因為嚴重「瀆職」而被公司解僱，一年來始終賦閒在家。

【分析】瀆，音ㄉㄨˊ，不讀ㄉㄨˇ。

【相關詞】尺牘（書信。牘，音ㄉㄨˊ）。句讀（ㄉㄡˋ）。延續。冒瀆（冒犯褻瀆）。勒（ㄌㄜˋ）贖。貪瀆。疑竇。褻（ㄒㄧㄝˋ）瀆。雪竇寺（寺名。位於浙江省）。鼻竇炎。久未覿面（久未見面。覿，音ㄉㄧˊ）。五岳四瀆（泛指群山眾川）。民無謗讟（人民沒有毀謗怨恨的話。讟，音ㄉㄨˊ）。百身莫贖（比喻已無挽回的餘地）。老牛舐犢（比喻父母疼愛子女。舐犢，音ㄕˋ ㄉㄨˊ）。孤犢觸乳（比喻子女忤逆不孝）。武不可覿（不可展示武力、兵備）。狗竇大開（取笑別人缺牙齒）。初生之犢。苞苴竿牘（指行賄請託。苴，音ㄐㄩ）。盈篇累牘（篇幅過多，文詞冗長。同「連篇累牘」。累，音ㄌㄟˇ）。案牘勞形（形容因公事繁重而疲憊不堪）。舐犢情深。將（ㄐㄧㄤ）功贖罪。帶牛佩犢（比喻棄武而以農為業）。

情竇初開。連篇累牘（同「盈篇累牘」）。買櫝還珠（比喻取捨失當。櫝，音ㄉㄨˊ）。禽犢之愛（同「老牛舐犢」）。弊竇叢生（弊端接連發生）。窮兵黷武（濫用武力，好戰無厭。黷，音ㄉㄨˊ）。擄人勒贖。篳門圭竇（比喻貧窮人家或貧窮人家居室的簡陋。圭，音ㄍㄨㄟ）。褻瀆神明。韞櫝而藏（比喻懷才而不為世用。韞，音ㄩㄣˋ）。覿面相談（面對面相談）。

【全國考題】99教大。

瞿然 ㄐㄩˋ ㄖㄢˊ

【解釋】驚視的樣子，如「瞿然驚覺」。

【造句】等到母親的鬢絲漸漸變成銀白，我才「瞿然」驚覺這些年來她蒼老了許多。

【分析】瞿然，不作「翟然」。瞿，音ㄐㄩˋ，不讀ㄑㄩ或ㄑㄩˊ。

【相關詞】天衢（京都。衢，音ㄑㄩˊ）。肥臞（肥胖與瘦削。臞，音ㄑㄩˊ）。畏懼。恐懼。清臞（指人形體清瘦）。清癯（同「清臞」。癯，音ㄑㄩˊ，為「臞」的異體字）。通衢（四通八達的道路）。街衢（街道）。氍毹（音ㄑㄩˊ ㄩˊ。毛織的地毯）。瞿（ㄑㄩˊ）塘峽。懼高症。狂夫瞿瞿（狂夫驚懼得睜大眼睛。瞿，音ㄐㄩˋ）。勇者不懼。高步雲衢（比喻官居高位。也指科舉登第）。通衢大道（通往四面八方的交通要道）。瞿然注視。通衢廣陌（四通八達的大道。同「通衢」）。龍躍天衢（比喻英雄脫離困境，發揮所長。躍，音ㄩㄝˋ）。衢道不至（比喻徘徊歧路，永遠無法到達目的地）。

【全國考題】89高中；90中教；94小教；100社會。

蹚渾水（ㄊㄤ ㄏㄨㄣˊ ㄕㄨㄟˇ）

【解釋】比喻跟著人家做些危險不正當（ㄉㄤˋ）的事。蹚，踐踏。

【造句】這件事情差（ㄔㄚ）點把我害慘了，我不想再「蹚渾水」，請你另請高明。

【分析】蹚渾水，不作「淌渾水」。蹚，音ㄊㄤ，不讀ㄊㄤˇ；渾，音ㄏㄨㄣˊ，不讀ㄏㄨㄣˋ。

【相關詞】胸膛。瞠視（睜眼直視的樣子。瞠，音ㄔㄥ）。鏜鞈（音ㄊㄤ ㄊㄚˋ。指擊鼓的聲音。同「鏜鞳」。鞳，音ㄊㄚˋ）。驚堂木（古代審判官在公案上所放置的小木塊。用以拍打桌面，警戒罪犯）。子彈上膛。目瞠口哆（驚訝的樣子。哆，音ㄔㄜˇ）。坐不垂堂（形容謹慎保身，不停於危險之處）。肯堂肯構（比喻兒子能繼承父業）。開膛破肚。廟堂之器（比喻可擔當大任的才幹、本領）。瞠乎其後（比喻落後很多而追趕不上）。瞠乎後矣（同「瞠乎其後」。矣，音ㄧˇ）。瞠目結（ㄐㄧㄝˊ）舌。螳臂當車（比喻不自量力。臂，音ㄅㄧˋ；當車，音ㄉㄤ ㄐㄩ）。

【全國考題】85中教；93、95小教；96、101國中；98社會。

轉捩點（ㄓㄨㄢˇ ㄌㄧㄝˋ ㄉㄧㄢˇ）

【解釋】指事情轉變的關鍵。

【造句】大學畢業後就到美國留學，對他而言是個「轉捩點」，深深地影響著他的一生。

【分析】捩，音ㄌㄧㄝˋ，不讀ㄌㄟˋ。

【相關詞】乖戾（ㄌㄧˋ）。惏悷（音ㄌㄢˊ ㄌㄧˋ。悲傷的樣子）。反戾天常（違反天道）。乖戾囂張。風聲鶴唳（形容極為驚恐疑懼。唳，音ㄌㄧˋ）。剛戾自用（固執己見，不聽從人言。同「剛愎自用」）。淚如泉湧。華亭鶴唳（比喻留戀過往事物或官場受挫的懊悔心情）。頓足捩耳（形容束手無策的窘境）。鳶飛戾天（形容天地萬物各得其所，自得其樂。鳶，音ㄩㄢ）。暴戾之氣。暴戾恣（ㄗˋ）睢（ㄙㄨㄟ）。翰飛戾天（比喻在官場上飛黃騰達）。鶴唳雲端（鶴鳥在雲端鳴叫）。

【全國考題】76、87、97國小；79、87、94、99國中；76、80、93小教；90、92、102高中；90師院；91中教；97社會。

雞毛撢子（ㄐㄧ ㄇㄠˊ ㄉㄢˇ ˙ㄗ）

【解釋】以雞毛做成的撢子，可清除灰塵。

【造句】桌上沾滿灰塵，拜拜前記得用「雞毛撢子」撢乾淨。

【分析】撢，音ㄉㄢˇ，不讀ㄊㄢˇ。

【相關詞】玉簟（如玉般光澤的竹席。簟，音ㄉㄧㄢˋ）。竹簟（竹席）。松蕈（ㄒㄩㄣˋ）。香蕈（香菇）。覃思（深思。覃，音ㄊㄢˊ）。燂爍（形容極為炎熱。燂，音ㄑㄧㄢˊ）。篾簟（竹席。篾，音ㄇㄧㄝˋ）。一罈酒。涼簟子。菜根譚。覃子豪（現代詩人。覃，音ㄑㄧㄣˊ）。撢灰塵。醋罈子。蕈狀石。蕈狀雲（因火山爆發或原子彈爆炸所形成的雲）。一潭死水。下莞上簟（下面墊著蒲席，上面鋪著竹席。莞，音ㄍㄨㄢ）。天方夜譚。有驔有魚

(有的是脊毛黃色的黑馬，有的是兩眼有白圈。驔，音ㄉㄧㄢˋ)。研精覃思(潛心研究，深入思考)。蕈類植物。龍潭虎穴。斂簟而櫝(把竹席捆綁收藏起來。櫝，音ㄉㄨˊ)。簟紋如水(形容夏夜十分清涼)。鱗鋏星鐔(形容紋飾奇特，罕有而珍貴的寶劍。鋏，音ㄐㄧㄚˊ；鐔，音ㄊㄢˊ)。

【全國考題】84、101國中；96國小；98中教。

鬩牆(ㄒㄧˋ ㄑㄧㄤˊ)

【解釋】比喻兄弟失和相爭，引申為國家或集團內部的爭鬥。

【造句】為了分家產，造成他們兄弟「鬩牆」，反目成仇，老死不相往來。

【分析】鬩，音ㄒㄧˋ，不讀ㄋㄧˋ。

【相關詞】兒寬(人名。西漢人。兒，音ㄋㄧˊ)。狻猊(音ㄙㄨㄢ ㄋㄧˊ。獅子)。斜睨(斜著眼睛看。睨，音ㄋㄧˋ)。睥睨(同「斜睨」。睥，音ㄅㄧˋ)。端倪(事情的頭緒。倪，音ㄋㄧˊ)。輗軏(音ㄋㄧˊ ㄩㄝˋ。比喻重要的關鍵)。麑裘(以鹿皮做成的皮衣。麑，音ㄋㄧˊ)。齯齒(比喻高壽。同「倪齒」。齯，音ㄋㄧˊ)。霓虹燈。大旱雲霓(形容期盼的殷切)。大車無輗(比喻若言而無信，則無法取信於人，並立足於社會)。尺澤之鯢(比喻見識淺薄狹隘的人。鯢，音ㄋㄧˊ)。怒猊抉石(形容筆力遒勁奔放。抉，音ㄐㄩㄝˊ)。怒猊渴驥(比喻書法的骨力雄健，筆勢奔放。驥，音ㄐㄧˋ)。虹霓吐穎(說人有詩才)。氣吐虹霓(形容人很有氣魄)。氣成虹蜺(形容意氣壯盛。蜺，音ㄋㄧˊ)。高睨大談(放言高論，神態倨傲）。喔咿嚅唲（音ㄨㄛ　ㄧ　ㄖㄨˊ　ㄦˊ。強笑奉承獻媚的樣子）。黃耄倪齒（指老年人。耄，音ㄇㄠˋ）。傲睨自若（形容驕矜傲慢，目空一切）。睥睨群雄。露出端倪。

【全國考題】81、86、87、98國小；76、77、82、94、96國中；80、81、83、84、88、95高中；79、83、90師院；73、76、80、82、87、88、90、94小教；78、82、85、87、88、91中教；99教師。

十九畫

懵懂（ㄇㄥˇ　ㄉㄨㄥˇ）

【解釋】糊塗、心裡不明白。

【造句】度過了那段「懵懂」無知、打打殺殺的歲月，如今的他已蛻（ㄊㄨㄟˋ）變成風度翩翩的正人君子。

【分析】懵，本讀ㄇㄥˊ，今改讀作ㄇㄥˇ；右上作「卝」（ㄍㄨㄞˇ），不作「艹」（ㄘㄠˇ）。

【相關詞】昏瞢（黑暗，愚昧。同「昏蒙」。瞢，音ㄇㄥˊ）。夢幻。夢寐。夢想。夢魘（ㄧㄢˇ）。薨逝（舊稱諸侯死亡。薨，音ㄏㄨㄥ）。丞相薨（丞相去世）。比屋連甍（房屋並列相鄰。比喻住屋眾多。比，音ㄅㄧˋ；甍，音ㄇㄥˊ）。如夢似幻。江淹夢筆（比喻才思枯竭減退。同「江郎才盡」）。南柯一夢。浮生若夢。黃粱一夢。痴呆懵懂。夢見周公。夢寐以求。夢筆生花（比喻才思敏捷、文筆美妙富麗）。碧瓦朱甍（形容建築物富麗堂皇）。魂牽夢縈（形容非常思念的樣子。縈，音ㄧㄥˊ）。懵然未覺

（糊塗而毫無感覺）。懵然無知。懵懵懂懂。

【全國考題】96小教；99國中。

懲罰（ㄔㄥˊ ㄈㄚˊ）

【解釋】責罰。

【造句】小弟屢勸不改，應該受到適度的「懲罰」，你又何必一直袒護著他呢？

【分析】懲，音ㄔㄥˊ，不讀ㄔㄥˇ。

【相關詞】清澂（清澈。澂，音ㄔㄥˊ）。象徵。徵召（ㄓㄠˋ）。徵詢。獎懲。懲戒。懲處（ㄔㄨˇ）。癥結。變徵（高亢悲壯的調子。徵，音ㄓˇ）。澂清湖（同「澄清湖」）。信而有徵（確實而有證據）。洞見癥結（能澈底察見事情的糾葛或問題疑難之所在）。旁徵博引（多方引證資料，以求真實）。酒食徵逐（汲汲追逐吃喝享樂。食，音ㄕˊ）。略施薄懲。無徵不信（沒有證據，無法使人相信）。彰善懲惡。懲忿窒欲（遏止忿怒和情欲）。變徵之聲（高亢悲壯的聲音。徵，音ㄓˇ）。懲羹吹齏（比喻過分地戒懼。同「懲羹吹虀」。齏、虀皆音ㄐㄧ）。嚴懲不貸（指嚴厲處罰，絕不寬恕）。宮商角徵羽（古代五音。角徵，音ㄐㄩㄝˊ ㄓˇ）。

【全國考題】83高中；87、90師院；88、91中教；90、96小教；92、95、99國小；94、99國中。

瓊樓玉宇（ㄑㄩㄥˊ ㄌㄡˊ ㄩˋ ㄩˇ）

【解釋】指月宮或神仙住的地方。也形容精美華麗的樓閣。

【造句】我欲乘風歸去，又恐「瓊樓玉

宇」，高處不勝（ㄕㄥ）寒。（蘇軾〈水調歌頭〉）

【分析】瓊，音ㄑㄩㄥˊ，「人」下不加一橫，「目」下作「夂」，不作「夊」（ㄓˇ）。

【相關詞】敻古（遠古。敻，音ㄒㄩㄥˋ）。遼敻（遙遠）。瓊麻。瓊漿（美酒）。目矎矎（眼花撩亂的樣子。矎，音ㄒㄩㄢ）。玉佩瓊琚（稱讚他人的詩文很美。琚，音ㄐㄩ）。玉液瓊漿（同「瓊漿玉液」。液，音ㄧㄝˋ）。幽闃遼敻（幽靜而遼闊。闃，音ㄑㄩˋ）。碎瓊亂玉（落在地面上的雪白雪花）。瑤林瓊樹（比喻人品高潔）。敻不見人（遼闊而不見人跡）。敻古以來（自遠古以來）。瓊林玉樹（形容人的身材修長、相貌姣好、氣度資質俱佳）。瓊枝玉葉（指皇室貴族的子孫）。瓊閨繡閣（對女子閨房的美稱）。瓊廚金穴（比喻豪門貴戶）。瓊漿玉液（比喻香醇的美酒）。

【全國考題】88國小；87小教；102社會。

矇騙（ㄇㄥ ㄆㄧㄢˋ）

【解釋】欺騙。

【造句】忠厚老實的人容易受到金光黨的「矇騙」欺詐，不得不小心。

【分析】矇，音ㄇㄥ，不讀ㄇㄥˊ。

【相關詞】啟蒙。欺矇（欺騙。矇，音ㄇㄥˊ）。蒙蔽。朦朧（月色昏暗的樣子）。矇住（被欺騙的方法蒙蔽，而一時相信。矇，音ㄇㄥ）。矇（ㄇㄥ）混。矇矓（將睡時眼睛欲閉又張的樣子）。灰濛濛。矇（ㄇㄥ）矇亮。天子蒙塵（天子因戰亂逃亡在外）。吳下阿蒙（比喻人學識淺陋。阿，音ㄚ）。淚眼矇矓（眼睛因充滿淚水而視線模糊）。發蒙振落（比喻輕而易舉，毫不費力）。發矇振聵（比喻見解高明，使人眼界大開。矇，音ㄇㄥˊ；聵，音ㄎㄨㄟˋ）。蒙在鼓裡。濛濛細雨。曠若發矇（指人的腦筋突然開竅，心神清明。同「曠若發蒙」、「曠若發矇」）。曠若發矇（同「曠若發矇」。矇，音ㄇㄥˊ）。曠若發蒙（同「曠若發矇」）。矇頭轉向（形容頭腦昏花，分不清方向。同「暈頭轉向」。矇，音ㄇㄥˊ；轉，音ㄓㄨㄢˋ）。

【全國考題】79、100國中；77師院；96高中。

羸弱（ㄌㄟˊ ㄖㄨㄛˋ）

【解釋】瘦弱。

【造句】青年人是國家的希望，倘若身體「羸弱」，如何肩負救國救民的重責大任？

【分析】羸弱，不作「嬴弱」。羸，音ㄌㄟˊ，左下作「月」（ㄖㄡˋ），右下作「凡」（ㄐㄧˇ），點在撇上；嬴，音ㄧㄥˊ，秦始皇姓「嬴」名「政」。

【相關詞】東瀛（日本。瀛，音ㄧㄥˊ）。蜾蠃（音ㄍㄨㄛˇ ㄌㄨㄛˇ。一種昆蟲。體形似蜂）。嬴政（秦始皇的名字。嬴，音ㄧㄥˊ）。嬴秦（秦朝）。贏糧（攜帶糧食。同「嬴糧」）。輸贏。瀛海（大海）。瀛臺。羸瘦。蠃髻（音ㄌㄨㄛˊ ㄐㄧˋ。螺形的髮髻。同「螺髻」）。贏餘（同「盈餘」、「嬴餘」）。臝身（裸體。同「裸身」。臝，音ㄌㄨㄛˇ）。臝葬（人死後，不用衣衾棺槨而葬。同「裸葬」）。小輸為贏。瓜陏蠃蛤（瓜果螺蛤。陏蠃蛤，音ㄌㄨㄛˋ ㄌㄨㄛˊ ㄍㄜˊ）。身體羸弱。負笈東瀛（到日本求學）。最後贏家。

弊車羸馬（形容生活儉樸）。蓬瀛仙境（指極美好的地方）。嬴秦失鹿（秦朝失去天下。指被劉邦打敗）。操奇計贏（商人囤積貨物以謀取暴利。奇，音ㄐㄧ）。羸糧景從（擔著糧食追隨。同「贏糧景從」。景，音ㄧㄥˇ）。

【全國考題】84、91、96、98國中；84、90師院；93高中；94國小。

鏤骨銘心 ㄌㄡˋ ㄍㄨˇ ㄇㄧㄥˊ ㄒㄧㄣ

【解釋】比喻心存感激且難以忘懷。也作「刻骨銘心」。

【造句】你的這番教誨（ㄏㄨㄟˋ）讓我「鏤骨銘心」，一輩子也不會忘記。

【分析】鏤，音ㄌㄡˋ，不讀ㄌㄡˇ。

【相關詞】竹簍（ㄌㄡˇ）。佝僂（音ㄎㄡˋ ㄌㄡˊ。背部向前彎曲）。草屨（草鞋。屨，音ㄐㄩˋ）。痀瘻（音ㄐㄩ ㄌㄡˋ。駝背）。培塿（音ㄆㄡˇ ㄌㄡˇ。小土山）。淵藪（比喻人或物聚集的地方。多用於貶義。藪，音ㄙㄡˇ）。傴僂（背脊彎曲的病。傴，音ㄩˇ）。貧窶（貧困。窶，音ㄐㄩˋ）。嘍囉（音ㄌㄡˊ ㄌㄨㄛˊ。盜匪的手下）。屢次。摟抱。摟財（貪取錢財。摟，音ㄌㄡ）。摟錢（搜括金錢。摟，音ㄌㄡ）。骷（ㄎㄨ）髏（ㄌㄡˊ）。金縷衣。摟生意（招徠生意。摟，音ㄌㄡ）。摟衣裳（用手攏著提起衣裳。摟，音ㄌㄡ）。一命而僂（比喻謙虛）。不絕如縷（比喻局勢危急）。牛馬維婁（繫著牛馬。婁，音ㄌㄩˇ）。吹影鏤塵（比喻不切實際）。削趾適屨（比喻勉強遷就，拘泥成例而不知變通。削，音ㄒㄩㄝˋ）。納屨踵決（形容極為貧窮）。條分縷析。終窶且貧（既寒酸又貧困。窶，音ㄐㄩˋ）。畫脂鏤冰（比喻徒勞無功。脂，音ㄓ）。傴僂提攜（老人和小孩）。僂指可數（同「屈指可數」。數，音ㄕㄨˇ）。葛屨履霜（比喻過分節儉吝嗇。葛，音ㄍㄜˊ）。屢試不爽。精神抖擻（ㄙㄡˇ）。蒙袂輯屨（形容極為困乏的樣子。袂，音ㄇㄟˋ）。甌窶滿篝（比喻擁有的少而有限，卻要求多且奢侈。窶，音ㄌㄡˊ；篝，音ㄍㄡ）。遺簪墜屨（比喻不忘故舊。同「蓍簪不忘」。簪，音ㄗㄢ；蓍，音ㄕ）。雕蚶鏤蛤（比喻飲食奢侈。蚶，音ㄏㄢ；蛤，音ㄍㄜˊ）。屨賤踊貴（比喻刑罰重且苛濫。踊，音ㄩㄥˇ）。篳路藍縷（比喻開創事業的艱苦）。螻蟻得志（比喻小人得勢。同「螻螘得志」。螻，音ㄌㄡˊ；螘，音ㄧˇ）。篳瓢屢空（形容生活貧困，缺乏食物。空，音ㄎㄨㄥˋ）。藪中荊曲（比喻在不佳的環境中學習，易受影響而變壞）。離婁之明（比喻眼力極佳）。

【全國考題】82國中；73高中；73師院；93國小。

離鄉背井（ㄌㄧˊ ㄒㄧㄤ ㄅㄟˋ ㄐㄧㄥˇ）

【解釋】離開故鄉，在外地生活。

【造句】叔叔國中畢業後就「離鄉背井」到臺北闖天下，如今已是一家機械廠的老闆。

【分析】離鄉背井，不作「離鄉背景」。

【相關詞】耕耘。陷阱。汫水里（臺南市鹽水區里名。汫，音ㄐㄧㄥˇ）。操井臼（操持家務）。井井有條。井然有序。古井無波（比喻寡欲而毫不動情。波，音ㄅㄛ）。市井小民。市井無賴。自操井臼（親自操持家務）。舌耕為生（比喻以教書維持生計）。男耕女織。阱中之虎（比喻處於困境中）。秩序井然。紡績井臼（做家事）。層次井然。

【全國考題】97國小；102教大。

顛撲不破（ㄉㄧㄢ ㄆㄨ ㄅㄨˋ ㄆㄛˋ）

【解釋】比喻理論正確，不能駁倒或改易。

【造句】《老子》一書寓含「顛撲不破」的哲理，值得吾人仔細推敲。

【分析】顛撲不破，不作「顛仆不破」。

【相關詞】噗哧（形容突然發出的笑聲。同「噗嗤」。哧，音ㄔ）。撲通。撲鼻。樸素。璞玉（比喻有潛質而尚未琢磨的人）。鴨蹼。撲克臉（引喻喜怒不形於色的臉部表情）。大璞不完（比喻讀書人當官後，喪失了志向和理想）。反璞歸真（回復到本來質樸純真的境界）。更僕難數（形容事物繁多，到了數算不清的程度。更，音ㄍㄥ）。抱素懷樸（比喻民風敦厚樸實，且人心安定）。采光剖璞（比喻揀選人才。剖，音ㄆㄡˇ）。風塵僕僕。望風撲影（所知有限，而作毫無把握的尋求）。渾金璞玉（比喻未加雕琢的天然美質）。撲通一聲。璞玉為石（比喻見識淺薄）。濮上之音（比喻淫靡亡國之音。濮，音ㄆㄨˊ）。

【全國考題】73國中。

鯰魚（ㄋㄧㄢˊ ㄩˊ）

【解釋】鯰目鯰科魚類的統稱。頭大而扁，嘴闊，生長於河湖池沼（ㄓㄠˇ）中。

【造句】世界七大洲，除南極洲之外，到處

都有「鯰魚」，約有二千五百多種，白晝棲伏水底泥中，夜晚出來活動。

【分析】鯰，音ㄋㄧㄢˊ，不讀ㄋㄧㄢˇ；同「鮎」。不過，「鮎」是異體字。

【相關詞】紀念。捻（ㄋㄧㄢˇ）匪。捻（ㄋㄧㄢˇ）亂。捻塑（音ㄋㄧㄝ ㄙㄨˋ。同「捏塑」）。捻鼻（態度輕鬆的樣子。捻，音ㄋㄧㄝ）。捻線（同「拈線」。捻，音ㄋㄧㄢˇ）。稔知（熟知。稔，音ㄖㄣˇ）。熟稔。豐稔（農作物豐收）。捻鬍子（用手指搓揉鬍子。捻，音ㄋㄧㄢˇ）。山雲淰淰（山雲凝聚的樣子。淰，音ㄋㄧㄢˇ）。五穀豐稔（豐年）。念茲在茲。常稔之田（比喻為良田）。捻手捻腳（放輕動作，小心翼翼的樣子。同「躡手躡腳」。捻，音ㄋㄧㄝ）。捻著鼻子（勉強承受，不情願卻又不敢表示。捻，音ㄋㄧㄝ）。惡稔貫盈（比喻作惡多端，已到末日）。歲稔年豐（指農作物豐收。同「豐稔」）。歲豐年稔（同「歲稔年豐」）。稔惡不悛（作惡多端而不肯悔改。悛，音ㄑㄩㄢ）。禍稔蕭牆（比喻禍害起自內部）。

【全國考題】91國中。

二十畫

懸梁刺股（ㄒㄩㄢˊ ㄌㄧㄤˊ ㄘˋ ㄍㄨˇ）

【解釋】形容苦讀。股，大腿。

【造句】他為了高考能金榜題名，努力效法古人「懸梁刺股」的精神，終於如願以償。

【分析】懸梁刺股，不作「懸梁刺骨」。刺股，用錐子刺腿部；刺骨，形容天氣極為寒冷，如「寒風刺骨」。

【相關詞】殳書（書體名。秦書八體之一。殳，音ㄕㄨ）。芟夷（刈草，刪除。芟，音ㄕㄢ）。芟除（刪除）。骰（ㄊㄡˊ）子。瘟疫。八股文。免疫力。擲骰子。一股力量。一股香味。不堪設想。五羖大夫（春秋百里奚的別稱。羖，音ㄍㄨˇ）。引錐刺股（發憤讀書，刻苦自勵）。心膂股肱（比喻極為親近的得力助手。膂，音ㄌㄩˇ；肱，音ㄍㄨㄥ）。何戈與祋（肩扛著戈和殳等兵器。何，音ㄏㄜˋ；祋，音ㄉㄨㄟˋ）。股肱耳目（同「心膂股肱」）。流感疫苗。疫情擴散。割股療親。

【全國考題】85高中；89國中；96國小。

黥面（ㄑㄧㄥˊ ㄇㄧㄢˋ）

【解釋】在臉上刺字塗墨。

【造句】臺灣的泰雅族及賽德克族皆有「黥面」的習俗，它象徵成年。人一旦成年，就必須為自己的所作所為負起責任。

【分析】黥面，不作「鯨面」。黥，音ㄑㄧㄥˊ，不讀ㄐㄧㄥ。

【相關詞】勍敵（勁敵。勍，音ㄑㄧㄥˊ）。掠奪。涼涼（音ㄌㄧㄤˋ ㄌㄧㄤˋ。增加散熱面積，使物體溫度降低）。晾乾。鯨波（海浪。波，音ㄅㄛ）。掠食者。涼（ㄌㄧㄤˋ）一涼（ㄌㄧㄤˋ）。晾衣服。五日京兆（比喻任職時間短暫。京兆，古官名）。低空掠過。攻城掠地（同「攻城略地」）。直諒多聞（為人正直誠信，見識廣博）。虎踞鯨吞（比喻豪強割據和相互併吞）。姦淫擄掠。貞而不諒（堅守正道，不拘泥小節）。息黥補劓（比喻痛悟前非。劓，音ㄧˋ）。浮光掠影。掠人之美。掠上心頭（記憶浮現在腦海中）。掠取一空。莫之與京（形容極大。同「大莫與京」）。億兆京垓（數目字。垓，音ㄍㄞ）。鯨吞虎噬（比喻強者併吞弱者。噬，音ㄕˋ）。鯨波萬仞（形容波浪極高）。黥首刖足（在額頭上刻字塗墨，並截斷雙腳。刖，音ㄩㄝˋ）。蠶食鯨吞。

【全國考題】83、93、96中教；94國小；101社會。

二十一畫

懾服 ㄓㄜˊ ㄈㄨˊ

【解釋】因畏懼威勢而屈服。

【造句】面對營長威嚴的目光，再頑劣的阿兵哥也不得不「懾服」。

【分析】懾服，不作「折服」。折服，以理說（ㄕㄨㄟˋ）服人，使人信服。兩者詞意不同。懾，音ㄓㄜˊ。

【相關詞】震懾。聶政（戰國時韓國勇士）。聶，音ㄋㄧㄝˋ）。囁嚅（音ㄋㄧㄝˋ ㄖㄨˊ。有話想說又吞吞吐吐的樣子）。攝政（代替君主處理國政）。攝影。鑷（ㄋㄧㄝˋ）子。勾魂攝魄（極具吸引人的魅力，能蕩人心神）。勾攝公事（處理公務）。心驚膽懾。出外攝食。屏氣攝息（形容精神貫注或指極為緊張的神情。屏，音ㄅㄧㄥˇ）。氣勢懾人。追蹤躡跡（指有所依憑而非胡亂揣測）。善自珍攝（自己善加保重）。聲勢懾人。臨難不懾（遭逢危難而不畏懼。難，音ㄋㄢˋ）。懾人心魄（令人心神恐懼）。攝心念佛（專心念佛）。攝取鏡頭。躡手躡腳。躡足附耳（踩人足以示意，附耳說悄悄話）。

【全國考題】88、95國中；73、74、92高中；90小教；98國小。

齜牙咧嘴（ㄗ ㄧㄚˊ ㄌㄧㄝˇ ㄗㄨㄟˇ）

【解釋】形容因痛苦或驚恐而面部扭曲變形。

【造句】他一腳踩空，從樓梯上摔下來，痛得「齜牙咧嘴」，狀極狼狽。

【分析】齜牙咧嘴，不作「齜牙裂嘴」。齜，音ㄗ，不讀ㄘ；咧，音ㄌㄧㄝˇ，不讀ㄌㄧㄝˋ。

【相關詞】分裂。列舉。凜冽。分列式。例假日。咧著嘴。開先例。一例看待。下不為例。天崩地裂。史無前例。列祖列宗。例行公事。咧嘴而笑。陳力就列（指各人在工作崗位上施展才能）。興高采烈。

【全國考題】83中教；93國小；97小教。

二十二畫

儻來之物（ㄊㄤˇ ㄌㄞˊ ㄓ ㄨˋ）

【解釋】比喻不應得而得或非本分所得的東西。也作「倘來之物」。

【造句】這些「儻來之物」還是交給警方處（ㄔㄨˇ）理，免得犯了侵占遺失物罪而身陷囹（ㄌㄧㄥˊ）圄（ㄩˇ）。

【分析】儻，音ㄊㄤˇ，不讀ㄉㄤˇ。

【相關詞】倜儻（卓越豪邁，不受世俗禮法拘束的樣子。倜，音ㄊㄧˋ）。黨羽（同黨附和的人。用於貶義）。讜論（正直的言論。讜，音ㄉㄤˇ）。忠言讜論（忠誠正直的言論）。朋黨比周（指一群人彼此結黨營私，排斥異己。比，音ㄅㄧˋ）。直言讜議（正直的議論）。風流倜儻。無偏無黨（比喻公正而不偏袒）。鄉黨尚齒（指在鄉里中以年高者為尊）。群而不黨（合群而不結黨營私）。黨同伐異（結合同黨，攻擊異己。伐，音ㄈㄚ）。

【全國考題】101高中。

儼然（ㄧㄢˇ ㄖㄢˊ）

【解釋】好似、很像。

【造句】這孩子不過十歲出頭，說起話來有板有眼，「儼然」一副大人樣。

【分析】儼，音ㄧㄢˇ，不讀ㄧㄢˊ。

【相關詞】清釅（清醇有味。釅，音ㄧㄢˋ）。玁狁（音ㄒㄧㄢˇ ㄩㄣˇ。匈奴於周朝時的名稱。同「獫狁」。獫，音ㄒㄧㄢˇ）。釅茶（濃茶）。千巖競秀（形容眾峰奇石競相比美。形容山景秀麗）。屋舍儼然（屋舍整齊的樣子）。重巖疊嶂（形容山岩峰巒重疊，十分險峻。嶂，音ㄓㄤˋ）。師嚴道尊（指師長受到尊敬，其傳授的知識、技能等才會被尊重）。望之儼然（看上去一副莊嚴的樣子）。義正詞嚴。道貌儼然（外表莊重嚴肅的樣子。同「道貌岸然」）。嚴師為難（尊敬老師很困難）。嚴詞厲色。巖穴之士（隱士）。巖居穴處（指隱居生活。處，音ㄔㄨˇ）。

【全國考題】77中教；91師院。

歡欣鼓舞（ㄏㄨㄢ ㄒㄧㄣ ㄍㄨˇ ㄨˇ）

【解釋】形容人歡樂興（ㄒㄧㄥ）奮而手舞足蹈（ㄉㄠˋ）的樣子。

【造句】聽到排球隊榮獲市長杯冠軍，學生莫不「歡欣鼓舞」、額手稱（ㄔㄥ）慶。

【分析】歡欣鼓舞，不作「歡心鼓舞」。歡心，歡悅喜愛的心情，如「討人歡心」。

【相關詞】焮毛（植物葉柄、葉片密布刺狀的短毛。焮，音ㄒㄧㄣˋ）。白浪掀天。欣欣向榮。欣喜若狂。欣然自喜（內心十分高興）。欣然忘食。掀天揭地（比喻本領高強，聲勢懾人）。掀天斡地（同「掀天揭地」。斡，音ㄨㄛˋ）。掀風播浪（比喻鼓動風潮，挑起事端。播，音ㄅㄛˋ）。掀開底牌。掀雷抉電（比喻聲勢懾人。抉，音ㄐㄩㄝˊ）。焮天鑠地（形容火勢很大的樣子。鑠，音ㄕㄨㄛˋ）。

【全國考題】83國中。

籠（ㄌㄨㄥˊ）絡（ㄌㄨㄛˋ）

【解釋】以權術或手段統御他人，如「籠絡人心」。

【造句】當權者釋出多項福利措施以「籠絡」人心，遭到在野黨嚴厲地抨擊。

【分析】籠，音ㄌㄨㄥˊ，不讀ㄌㄨㄥˇ。

【相關詞】拉攏。沿襲。飛瀧（湍急的河流。瀧，音ㄌㄨㄥˊ）。神龕（安置神佛像或祖先牌位的小閣子。龕，音ㄎㄢ）。喉嚨。蔥蘢（草木青翠茂盛的樣子。蘢，音ㄌㄨㄥˊ）。臉龐。壟（ㄌㄨㄥˇ）斷。寵愛。龐大。瀧水（湖南省水名。即武水。瀧，音ㄕㄨㄤ）。瀧岡（江西省山名。瀧，音ㄕㄨㄤ）。籠（ㄌㄨㄥˇ）罩。襲擊。讋服（因懼怕威勢而屈服。同「懾服」。讋，音ㄓㄜˊ）。兜不攏。深喉嚨（提供資料給爆料者的人）。雅礱江（四川省水名。礱，音ㄌㄨㄥˊ）。談不攏。礱穀機（除去穀粒外皮，使成糙米的機具）。籠中鳥。一襲旗袍。什襲珍藏（層層包裝，謹慎珍藏。什，音ㄕˊ）。合不攏嘴。兩腳併攏。受寵若驚。沿襲舊規。恃（ㄕˋ）寵而驕。玲瓏剔（ㄊㄧ）透。得隴（ㄌㄨㄥˇ）望蜀。貪冒榮寵（希冀富貴與恩寵）。勞師襲遠（發動軍隊襲擊遠方的敵人。指冒險的軍事行動）。寒氣襲人。輕攏慢撚（一種弦樂器彈奏指法。攏，音ㄌㄨㄥˇ；撚，音ㄋㄧㄢˇ）。輟耕壟上（比喻才能不甘被埋沒，而心中躍躍思動。輟，音ㄔㄨㄛˋ）。輟耕隴上（同「輟耕壟上」。隴，音ㄌㄨㄥˇ）。磨礱砥礪（比喻嚴加鍛鍊）。蹈常襲故（因循舊法而不知變通。蹈，音ㄉㄠˋ）。寵辱不驚（指將個人得失置之度外）。龐眉皓髮（形容老人的相貌。同「尨眉皓髮」。尨，音ㄆㄤˊ）。龐然大物。攀龍附鳳。瀧岡阡表（歐陽脩撰。瀧，音ㄕㄨㄤ）。譁（ㄏㄨㄚˊ）眾取寵。隴海鐵路。礱推磨轉（隨機應變。磨，音ㄇㄛˋ）。襲人故智（模仿別人用過的計策）。

【全國考題】87師院；88、92中教；92國小。

聽天由命（ㄊㄧㄥ ㄊㄧㄢ ㄧㄡˊ ㄇㄧㄥˋ）

【解釋】順應天意及命運的自然發展。

【造句】面對這次指考，我已盡了最大的努力。至於成績如何，只有「聽天由命」了。

【分析】聽，音ㄊㄧㄥ，不讀ㄊㄧㄥˋ；左下作「𡈼」（ㄊㄧㄥˇ），不作「王」或「壬」。

【相關詞】餐廳。聽（ㄊㄧㄥˋ）任。聽（ㄊㄧㄥˋ）命。聽便（隨其意，聽憑自便。聽，音ㄊㄧㄥˋ）。聽訟（審理訴訟案件。聽，音ㄊㄧㄥˋ）。聽（ㄊㄧㄥˋ）憑。廳堂。聽（ㄊㄧㄥˋ）天命。一切聽（ㄊㄧㄥˋ）便。一聽奶粉（一罐奶粉。聽，音ㄊㄧㄥ）。不聽使喚。言聽計從。垂簾聽（ㄊㄧㄥˋ）政。拱手聽命（聽從對方的命令而不反抗。聽，音ㄊㄧㄥˋ）。流魚出聽（形容音樂美妙動聽）。洗耳諦聽。悉聽而歸（全都聽任你們拿回去。聽，音ㄊㄧㄥˋ）。悉聽尊便（一切任隨你的決定。聽，音ㄊㄧㄥˋ）。駭人聽聞。聽人穿鼻（任他人牽制、擺布。聽，音ㄊㄧㄥˋ）。聽其自便（同「聽便」。聽，音ㄊㄧㄥˋ）。聽（ㄊㄧㄥˋ）其自然。聽憑尊便（同「悉聽尊便」。聽，音ㄊㄧㄥˋ）。

【全國考題】83、93國小；73、83、91師院；90中教。

饔飧不繼（ㄩㄥ ㄙㄨㄣ ㄅㄨˋ ㄐㄧˋ）

【解釋】三餐不繼。形容生活十分困頓。饔，早餐；飧，晚餐。

【造句】那個拾荒老人每天過著「饔飧不繼」的生活，處境堪憐，亟（ㄐㄧˊ）待善心人士的幫助。

【分析】饔飧不繼，不作「饔飱不繼」。饔，音ㄩㄥ；飧，音ㄙㄨㄣ，左作「夕」，不作「歹」。

【相關詞】一簞食（ㄙˋ）。審食其（漢初沛縣人。食其，音ㄧˋ ㄐㄧ）。盤中飧。酈食其（音ㄌㄧˋ ㄧˋ ㄐㄧ。秦末辯士）。食以草具（供給粗惡的食物。食，音ㄙˋ）。食指大動。食指浩繁（家中賴以維生的人口眾多）。風飧露宿（形容野外生活或行旅的艱苦）。

同「風餐露宿」。露，音ㄌㄨˋ）。狼飡虎咽（形容吃東西又猛又急。同「狼吞虎嚥」。飡，音ㄘㄢ；咽，音ㄧㄢˋ）。推食食我（把吃的食物給我吃。食食，音ㄕˊ ㄙˋ）。朝饔夕飧（說自己才疏力薄，除吃飯外別無所能）。解衣推食（比喻慷慨地施惠於人）。簞食壺漿（人民踴躍慰勞犒賞軍隊的熱情。食，音ㄙˋ）。簞食瓢飲（比喻人安貧樂道）。

【全國考題】73、83師院；95小教；97中教；101國中。

鰻（ㄇㄢˊ）魚（ㄩˊ）

【解釋】魚名。體為圓柱狀而細長，富黏液，鱗柔細。

【造句】日本是我國「鰻魚」外銷的主要市場。

【分析】鰻，音ㄇㄢˊ，不讀ㄇㄢˋ；右上作「曰」（ㄇㄠˋ），不作「日」。

【相關詞】布幔。曼妙。帷幔。欺謾（ㄇㄢˊ）。漫長。蔓延。蔓菁（即大頭菜。蔓，音ㄇㄢˊ）。謾罵。鏝刀（塗抹牆壁所使用的工具。鏝，音ㄇㄢˋ）。饅頭。紅燒鰻。蒲燒鰻。蔓越莓。羅曼史。鰻魚苗。不蔓不枝（比喻文章簡潔流暢，不拖泥帶水）。天真爛漫。風寒紗縵（用於女老師或師母喪的哀輓辭。縵，音ㄇㄢˋ）。荒煙蔓草。滋蔓難圖（比喻當權者勢力擴大了，就難以控制、消滅）。酣（ㄏㄢ）歌曼舞。慢條斯理。漫山遍（ㄅㄧㄢˋ）野。漫不經心。漫天討價（胡亂地索取高價）。漫無止境。漫無目的。漫無節制。漫無邊際。輕歌曼舞。蔓生植物。謾上謾下（欺騙上下的人。謾，音ㄇㄢˊ）。謾天謾地（同「謾上謾下」。謾，音ㄇㄢˊ）。羅曼蒂克。

【全國考題】81、91、92國小；80高中；88、90師院；99、102教大；76、96小教；78、79、88中教；90、91國中。

二十三畫

驚濤駭浪（ㄐㄧㄥ ㄊㄠˊ ㄏㄞˋ ㄌㄤˋ）

【解釋】猛烈的風浪。比喻局勢危急。

【造句】這次縣市長選舉，他在「驚濤駭浪」中險勝，著（ㄓㄨㄛˊ）實讓支持的選民捏一把冷汗。

【分析】驚濤駭浪，不作「驚滔駭浪」。濤，音ㄊㄠˊ，不讀ㄊㄠ。

【相關詞】匹儔（音ㄆㄧˇ ㄔㄡˊ。伴侶、配偶）。浪濤。衾幬（音ㄑㄧㄣ ㄔㄡˊ。被褥和床帳）。陶鑄（比喻造就人才。鑄，音ㄓㄨˋ）。壽命。範疇（ㄔㄡˊ）。擣（ㄉㄠˇ）衣。檮杌（音ㄊㄠˊ ㄨˋ。古代楚國的史書）。燾育（覆育。燾，音ㄊㄠˊ）。覆幬（覆蓋。幬，音ㄉㄠˋ）。籌措。籌備。躊（ㄔㄡˊ）躇（ㄔㄨˊ）。同衾幬（比喻友誼深厚）。拔頭籌。一籌莫展。九籌好漢（即九條好漢）。天幬地載（指天地廣闊，無所不包。同「天覆地載」。幬，音ㄉㄠˋ；載，音ㄗㄞˋ）。平疇沃野。延年益壽。拔著短籌（比喻短命而亡。著，音·ㄓㄜ）。波（ㄅㄛ）濤洶湧。怒濤排壑（形容聲勢浩大。壑，音ㄏㄨㄛˋ）。兼籌並顧。海屋添籌（比喻長壽。或祝人長壽的頌詞）。草木疇生（草木同類相聚而生）。

鬥而鑄兵（比喻時機已喪失。同「鬥而鑄錐」）。唱籌量沙（比喻製造假象欺敵。量，音ㄌㄧㄤˊ）。萬壽無疆。綠野平疇。憂心如擣（比喻心中憂慮難安）。舉世無儔（同「舉世無雙」）。疇咨之憂（比喻人才難求的憂慮）。馨香禱祝（形容真誠地期盼）。譸張為幻（用不實的話欺騙他人。譸，音ㄓㄡ）。躊躇滿志（心滿意足，從容自得的樣子）。鶯儔燕侶（形容男女恩愛，如膠似漆）。鑄成大錯。

【全國考題】93師院。

二十四 畫

癲癇症 ㄉㄧㄢ ㄒㄧㄢˊ ㄓㄥˋ

【解釋】病名。即羊癲風。

【造句】「癲癇症」患者發病時，不但口吐（ㄊㄨˋ）白沫，而且手腳會發生痙（ㄐㄧㄥˋ）攣（ㄌㄨㄢˊ）現象。

【分析】癇，音ㄒㄧㄢˊ，不讀ㄐㄧㄢ。

【相關詞】邵僩（作家。僩，音ㄒㄧㄢˋ）。蕑札（竹簡的書札。蕑，音ㄐㄧㄢ）。譋言（誣妄、不實的言詞。同「讕言」。譋，音ㄌㄢˊ）。蕑子藤（蔓草名）。氣定神閒。等閒之輩。等閒視之。閒雲野鶴。瑟兮僩兮（多麼莊重和威武啊）。

【全國考題】87國中；102國小。

鹽水蜂炮（ㄧㄢˊ ㄕㄨㄟˇ ㄈㄥ ㄆㄠˋ）

【解釋】臺南市鹽水區在元宵節舉行的活動。

【造句】為了感受「鹽水蜂炮」的威力，我特別全副武裝——頭戴安全帽，身穿厚重衣物前去朝聖一番。

【分析】鹽水蜂炮，不作「鹽水烽炮」。

【相關詞】山峰。先鋒。門縫（ㄈㄥˋ）。烽火。逢蒙（人名。古代善射之人。同「逄蒙」。逢，音ㄆㄥˊ；逄，音ㄆㄤˊ）。蓬鬆。鋒利。彌縫（設法遮掩缺失，以免被發覺。縫，音ㄈㄥˊ）。急先鋒。敞篷車。高峰期。蓮蓬頭。騎縫章（蓋在重要文件騎縫處的印章。縫，音ㄈㄥˋ）。及鋒而試（指趁著有利時機果斷行動）。尖峰時間。見縫（ㄈㄥˋ）插針。言詞交鋒。奇峰怪石。孤峰絕岸（比喻人品出眾）。冒鏑當鋒（指親自作戰。鏑，音ㄉㄧˊ）。為（ㄨㄟˋ）民前鋒。首如飛蓬。峰迴路轉。針鋒相對。捱風緝縫（比喻善於鑽營門路。同「挨風緝縫」。捱，音ㄞˊ；緝，音ㄑㄧˋ）。烽火相連（形容戰火蔓延不斷）。烽煙四起（比喻到處有戰亂）。逢場作戲。朝氣蓬勃。登峰造極。開路先鋒。蜂午並起（形容雜沓而出）。蜂目豺聲（形容人非常凶悍。豺，音ㄔㄞˊ）。蜂擁（ㄩㄥˇ）而上。華門蓬戶（比喻貧苦人家）。蓬戶甕牖（同「華門蓬戶」）。蓬蒿滿徑（形容極為荒涼，人煙罕至的地方。蒿，音ㄏㄠ）。蓬華生輝。蓬頭垢面。衝鋒陷陣。鋒芒畢露（ㄌㄨˋ）。彌縫其闕

（補救行事的缺失。闕，音ㄑㄩㄝ）。嚴絲合縫（隙縫密合。比喻非常嚴密。縫，音ㄈㄥˋ）。巔峰狀態。權變鋒出（形容言辭辯捷犀利）。

【全國考題】88國小。

齷齪（ㄨㄛˋ ㄔㄨㄛˋ）

【解釋】不乾淨。

【造句】也只有你這種卑鄙（ㄅㄧˇ）「齷齪」的小人，才幹得出如此人神共憤的事情來。

【分析】齷，音ㄨㄛˋ，不讀ㄨㄛ；齪，音ㄔㄨㄛˋ。

【相關詞】喔喔啼（公雞的叫聲。喔，音ㄨㄛˋ）。大權在握。比屋可封（比喻教化有成，國家多賢人。比，音ㄅㄧˋ）。吐哺握髮（比喻禮賢下士，求才殷切。吐哺，音ㄊㄨˇ ㄅㄨˇ）。卑鄙齷齪。待遇優渥（ㄨㄛˋ）。海屋添籌（祝人長壽之詞）。喔咿嚅唲（音ㄨㄛˋ ㄧ ㄖㄨˊ ㄦˊ）。強笑奉承獻媚的樣子）。愛屋及烏。運籌帷幄（謀畫策略。幄，音ㄨㄛˋ）。顏如渥丹（形容臉色非常紅潤的樣子）。寵命優渥（指所受的恩澤極為深厚）。

【全國考題】79小教；98國小。

國家圖書館出版品預行編目資料

最新字音字形辨正辭典 / 蔡有秩編著. -- 二版. --
新北市：螢火蟲, 民105.04
面； 公分

ISBN 978-986-452-034-3（平裝）

1. 漢語詞典學

802.39 105003370

最新字音字形辨正辭典

定價 350 元

中華民國一〇五年四月二版一刷

編 著 蔡有秩
責任編輯 張靜如
封面設計 黃琳芷
美術編輯 徐麗設計工作坊
發 行 人 賴慶雄
出 版 者 螢火蟲出版社
登 記 證 局版台業字第 505 號
發 行 所 新北市板橋區明德街 3 巷 7 號 1 樓
郵撥帳戶 19036926
電 話 (02)2965-0677
傳 真 (02)2968-1062
E-mail andylai.andylai@msa.hinet.net

印 刷 沈氏藝術印刷股份有限公司

總代理 錦德圖書事業有限公司
新北市中和區中山路三段 110 號 7 樓之 6

《形音義總動員》叢書系列

字音字形訓練百分百(上)(下)

形音義的釐清辨正，是語文學習重要的一環。作者透過「字根」「偏旁」的集結歸類，對盤根錯節的文字家族，進行全面理解、辨識，不止符合統整學習的教育思潮，也必然會使這一語文扎根工作更具成效。

作者：蔡有秩、熊仙義　編著
適讀對象：中、小學
定價：共$500 元(不分售)

半邊音不誤讀

在現代，濫讀「有邊讀邊」的錯誤習慣，使誤讀幾乎蔚爲風氣，而這也嚴重造成語音的高度汙染。反而使大眾誤讀的比例大爲提升，甚至造成了以訛傳訛的現象。本書廣泛蒐集忌讀半邊音的字詞、成語凡數千條，並將其中難詞加上簡明注釋，使讀者不但能知其音，也深解其義。因此，本書既可以說是一本資料詳實的正音小字典，也是參加形音義考試、語文競賽必備的攻堅秘笈。

編著：賴慶雄
適讀對象：中、小學
定價：300 元

媽媽的大眼睛

《媽媽的大眼睛》是一本指導孩子辨別錯別字的書，它以學校生活與家庭生活爲題材，引導孩子改正錯別字，讀者不止可以享受到作者在文字間傳達的那一份溫馨關懷的情意，而且由於書中文字親切易懂，材料生動有趣，內容具體實用，對提高孩子的語文程度必有相當的助益。

編著：吳貴珠
適讀對象：中、小學
定價：180 元

字音字形訓練日記新編(上)(下)

蔡有秩老師是國內字音字形競賽的第一把交椅，蔡老師所編著的《字音字形訓練日記》更是校園中歷久不衰，人手一本的暢銷書。這本《字音字形訓練日記新編》集結蔡老師六年來巡迴校園，參加字音字形競賽的心得，更豐富、更完整，是《字音字形訓練日記》的加強版。像寫日記一樣一天四十八題，只要持之以恆，必能累積實力，日後無論參加字音字形競賽、基本學力測驗，都可攻無不克、戰無不勝。

作者：蔡有秩．熊仙義　編著
適讀對象：中、小學
定價:各$300 元

標準字體解惑(上)(下)

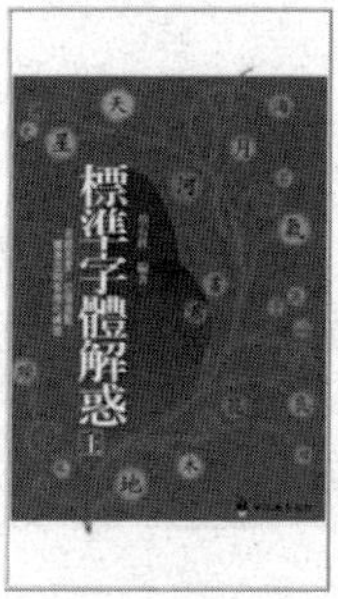

左邊是「月」還是「　」？右邊是「攵」還是「夊」？這裡應該寫做「王」還是「壬」？那裡要寫成「人」，還是「入」？標準字常被寫成不標準字，雖然「差之毫釐」，但在點與捺、撇與豎之間，卻已經「失之千里」。標準字體的釐清辨析，是語文學習扎根工作。本書先從字體的「部首」集結歸類，並以詳細的「註解」提供讀者理解字義途徑，再透過作者累積多年的教學經驗——「寫法說明」，說明正確字體寫法與容易訛誤情形，最後再舉出與本字體相關的其他字例，說明字體用法的變化。本書是讀者認識標準字體的解碼書，是深入辨形解義的重要寶筏，更是準備語文競技不可或缺的祕密兵符。研閱本書而能有得，勝過翻讀字書數十冊。

作者：蔡有秩　編著
適讀對象：中、小學
定價:各$220 元

全新字音字形訓練彙編(上)(下)

每本書都有其不同的功能，這本《全新字音字形訓練彙編》較著重形、音的辨析與答題訓練。由於有不少讀者反映，解答無論是放在書的最後、或題目頁的背面，都會造成翻閱上的麻煩，所以這次上冊採取右面題目、左面答案的方式呈現，練習時只要遮住答案，寫完後再左右核對，自然十分方便。不過，下冊的答案仍放在題目頁的後面。

作者：蔡有秩　編著
適讀對象：中、小學
定價:各$280 元

常用詞語完全訓練日記(上)(下)

《字音字形訓練日記》是字形字音訓練的《基礎篇》《字音字形訓練日記新編》是字形字音訓練的《進階篇》《常用詞語完全訓練日記》則是字音字形訓練的《突破篇》題目包括容易訛讀、訛寫的字形字音導正，標準國字辨析，常見俗諺、歇後語、成語的加強，還有慣用語、流行新詞語的運用。取材新穎、寬廣，題目設計更見精練，富有深意。每天八題，全年近三千題，先作題，再詳讀《解析》，不止可以積少成多，厚植語文能力；更可以讓你深受啓迪，大大提高筆下構思、表達能力。

作者：蔡有秩、黃馨儀　編著

適讀對象：中、小學

定價：各$300 元

永遠不再寫錯字

「札」和「紮」差別在哪裡？

「記念」和「紀念」可不可以通用？

是「必需」，還是「必須」？

「以至於」，還是「以致於」？

是「絕不」，還是「決不」？

本書以趣味的生活故事作引導，激發學生學習興趣，再以題目練習，鞏固學習效果，幫助讀者徹底擺脫惱人的文字陷阱，讓你永遠不再寫錯字。

作者：李文茹　編著

適讀對象：中、小學

定價:$200 元

字音字形全方位訓練（基礎篇、進階篇、深度篇）

形音義的釐清辨正，是語文教育的基礎，蔡有秩老師深耕國內字音字形教育二十多年，先後編著《字音字形訓練日記》、《字音字形訓練日記新編》、《常用詞與完全訓練日記》等暢銷書，堪稱是字音字形訓練競賽的第一名師。

現在，「一字多音」教育部已經重新修訂公布，蔡老師爲滿足校園師生的需求，特別推出這套字音字形全方位訓練，分成《基礎篇》、《進階篇》、《深度篇》三冊，每冊都有180回練習，資料十分豐富，且題目依程度編列成冊，有助於循序自學。只要校園學子，先作題目，再詳讀解析，日積月累，我們相信一定可以走出形音困擾的窘境；對強化本身的語文能力也會有很大的幫助。

編著：蔡有秩、熊仙義

定價：基礎篇、進階篇 320 元；深度篇 350 元

我們希望做得更好！

螢火蟲出版社讀者回函

感謝您購買螢火蟲出版社圖書。為讀者編輯製作優質好書，一直是我們追求的夢想，為了獲得更寶貴的意見，十分期待您能撥冗填寫以下問卷，再沿虛線剪下，對摺寄回本社（免貼郵票）。謝謝您給予我們的建議、分享，您的隻字片語都將鼓舞我們，並成為我們向前邁進的最大動力。

您的基本資料

姓名：________________，性別：____，生日：__年__月__日

電話 / 手機：________________，E-mail：________________

地址：□□□-□□____市/縣____鄉/鎮/市/區

____路/街____段____巷____弄____號____樓/室

・職業：

□學生，就讀學校：________________，____年級

□教職，任教於：________________

□家長，從事：________________ □其他：________________

您對本書的看法

・您購買的圖書是：________________

・您從什麼地方知道這本書？________________

□書店□網路□報章雜誌□師長、親友推薦□書展□廣播電視□其他________

・您對本書的意見：

書　　名：□非常好□好□普通□不好　內　　容：□非常好□好□普通□不好

封面設計：□非常好□好□普通□不好　版面安排：□非常好□好□普通□不好

插圖品質：□非常好□好□普通□不好　價　　格：□非常好□好□普通□不好

其　　他：________________

您對螢火蟲出版社的建議

・您希望本社出版哪些類型書籍（可複選）：

□繪本□童話□漫畫□科普□小說□散文□人物傳記□歷史書□兒童 / 青少年文學

□親子叢書□幼兒讀本□作文書□語文工具書□其他________

・您對本社的其他意見，懇請告訴我們：

（如發現書中有錯誤，本社將贈送您一份小禮物。）

____

____

螢火蟲出版社 收

220-55

新北市板橋區明德街三巷七號一樓

寄件人地址：□□□-□□

市/縣　鄉/鎮/市/區　路/街　段　巷　弄　號　樓/室

廣告回信
板橋郵局登記證
板橋廣字第951號
免貼郵票

螢火蟲出版社

服務電話：(02)2965-0677(代表號)
傳真專線：(02)2968-1062
e-mail：andylai.andylai@msa.hinet.net
網址：http://www.fireflybooks.com.tw/

和螢火蟲在一起

可以點亮童心，開啟智慧，豐富人生

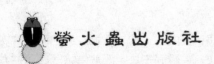